Monge

Título Original: *The Monk*
Copyright © Editora Lafonte Ltda. 2023

Todos os direitos reservados.
Nenhuma parte deste livro pode ser reproduzida por quaisquer meios existentes sem autorização por escrito dos editores e detentores dos direitos.

Direção Editorial	**Ethel Santaella**
Tradução	**Ciro Mioranza**
Revisão	**Rita Del Monaco**
Diagramação	**Marcos Sousa**
Capa	**Angel Fragallo / Midjourney**

Dados Internacionais de Catalogação na Publicação (CIP)
(Câmara Brasileira do Livro, SP, Brasil)

```
Lewis, Matthew Gregory, 1775-1818
   O monge / Matthew Gregory Lewis ; tradução Ciro
Mioranza. -- São Paulo : Lafonte, 2023.

   Título original: The monk.
   ISBN 978-65-5870-484-3

   1. Romance inglês I. Título.

23-164934                                      CDD-823
```

Índices para catálogo sistemático:

1. Romances : Literatura inglesa 823

Eliane de Freitas Leite - Bibliotecária - CRB 8/8415

Editora Lafonte

Av. Profª Ida Kolb, 551, Casa Verde, CEP 02518-000, São Paulo-SP, Brasil – Tel.: (+55) 11 3855-2100
Atendimento ao leitor (+55) 11 3855-2216 / 11 3855-2213 – atendimento@editoralafonte.com.br
Venda de livros avulsos (+55) 11 3855-2216 – vendas@editoralafonte.com.br
Venda de livros no atacado (+55) 11 3855-2275 – atacado@escala.com.br

Matthew G. Lewis

O Monge
Um romance

Tradução
CIRO MIORANZA

Brasil, 2023

Lafonte

Somnia, terrores magicos, miracula, sagas,
Nocturnos lemures, portentaque.

Sonhos, terrores mágicos, milagres, bruxas,
Fantasmas noturnos e presságios.[1]

---

1 Quintus Horatius Flaccus (65-8 a.C.), mais conhecido na literatura universal simplesmente como Horácio, um dos grandes poetas latinos. (N.T.)

ÍNDICE

PREFÁCIO	9
ADVERTÊNCIA	13
CAPÍTULO I	15
CAPÍTULO II	47
CAPÍTULO III	95
CAPÍTULO IV	129
CAPÍTULO V	185
CAPÍTULO VI	215
CAPÍTULO VII	245
CAPÍTULO VIII	267
CAPÍTULO IX	290
CAPÍTULO X	325
CAPÍTULO XI	355
CAPÍTULO XII	395

PREFÁCIO

IMITAÇÃO DE HORÁCIO

Ao que parece, ó malfadado livro,
Vejo-te lançar um ávido olhar
Onde reputações ganhas e perdidas
Estão na famosa fila chamada Paternoster.
Ansioso por encontrar teu precioso óleo
Enterrado em inexplorado portfólio,
Desprezas a prudente fechadura e chave,
E almejas de capa dura e bordas douradas
Ver teu volume bem disposto nas vitrines
De Stockdale, Hookham ou Debrett.

Vai então e passa por aquela perigosa fronteira
De onde livro algum pode retornar.
E quando achares, condenado, desprezado,
Negligenciado, culpado e criticado,
Que os insultos de todos os que te leram cessaram
(Se por acaso alguém te ler realmente),
Profundamente vais suspirar em tua loucura
E almejar por mim, estar em casa, na quietude.

Assumindo então a figura de um ilusionista,
Eu, sobre teu futuro destino, profetizo:
Tão logo tua novidade acabar,
E não fores mais tão jovem e tão novo,
E jogado em algum lugar escuro e sujo,
Mofado com a umidade, recoberto de teias de aranha,
Tuas páginas serão presa fácil das traças.
Ou serás enviado para a loja de sebo
E condenado a sofrer escândalo público,
Servirás para forrar baús ou embrulhar velas!

Mas se encontrares aprovação,
E alguém se sentir inclinado
A perguntar, por natural transição
Com relação a mim e à minha condição;
Que eu não sou, informa o investigador,
Nem muito pobre nem muito rico;
De paixões fortes, de natureza apressada,
De formato sem graça e de estatura anã;
Por poucos aprovado e por poucos inclinados à aprovação;
Extremado no ódio e no amor;

Abominando a todos de quem não gosto,
Adorando quem minha fantasia impressionar;
Ao fazer julgamentos nunca demorados,
E, na maioria das vezes, julgando erroneamente;
Firme na amizade, mas ainda acreditando
Que os outros são traiçoeiros e enganadores,
E pensando na presente era
Que a amizade é pura quimera:
Mais apaixonado que qualquer criatura viva,
Orgulhoso, obstinado e irreconciliável,
Mas ainda para aqueles que mostram bondade,
Pronto para atravessar fogo e fumaça.

Mais uma vez, caso perguntem à tua página,
"Por favor, qual poderia ser a idade do autor?"
Tuas falhas, sem dúvida, vão deixar bem claro
Que eu mal consegui ver meu vigésimo ano,
Que passei, caro leitor, por sobre minhas palavras,
Enquanto o trono da Inglaterra era ocupado por Jorge III.

Agora, pois, prossegue teu venturoso curso:
Vai, meu encanto! Caro Livro, adeus!

M. G. L.
Haia, 28 de outubro de 1794.

ADVERTÊNCIA

A primeira ideia desse romance foi sugerida pela história de *Santon Barsisa*[2], relatada no jornal *The Guardian*... *A Freira Sangrenta*[3] é uma tradição ainda viva em muitas partes da Alemanha; e fui informado de que as ruínas do Castelo de Lauenstein, que ela supostamente assombra, ainda podem ser vistas perto da fronteira da Turíngia.

O *Rei das Águas*[4], da terceira à décima segunda estrofe, é o fragmento de uma balada dinamarquesa original... E *Belerma e Durandarte*[5] é tradução de algumas estrofes que podem ser encontradas numa coleção de poesia espanhola antiga, que contém também a canção popular de *Gayferos e Melesindra*[6], mencionada em *Dom Quixote*.

Acabo, pois, de confessar abertamente todos os plágios que fiz e dos quais tenho plena consciência; mas não duvido de que muitos mais possam ser encontrados e dos quais não tenho ciência no momento.

---

2 Segundo uma lenda islâmica, *Santon Barsisa* foi um asceta que sucumbiu às tentações do demônio. A lenda se tornou conhecida no mundo ocidental depois de ter sido publicada, em 1713, no jornal britânico *The Guardian*. (N.T.)
3 Lenda que é descrita com detalhes mais adiante neste livro, no capítulo IV. (N.T.)
4 Fábula nórdica que vem explicada mais adiante neste livro, no capítulo VIII. (N.T.)
5 Balada espanhola com algumas estrofes transcritas mais adiante neste livro, no capítulo II, e breve explicação histórica em nota. (N.T.)
6 A canção relata o episódio em que Dom Gayferos salva sua amada esposa Melesindra ou Melisendra enquanto são perseguidos por soldados mouros. A balada é mencionada por Miguel de Cervantes (1547-1616), romancista e dramaturgo espanhol, em sua obra-prima *Dom Quixote de la Mancha*. (N.T.)

CAPÍTULO I

– O senhor Ângelo é preciso;
Fica em guarda com vontade; dificilmente confessa
Que seu sangue corre nas veias ou que seu apetite
É mais para pão do que para pedra.[7]

Não fazia ainda cinco minutos que os sinos do convento haviam começado a tocar e a igreja dos Capuchinhos já estava lotada de ouvintes. Mas ninguém fique imaginando que a multidão estava reunida por motivos de piedade ou por sede de informação. Na realidade, muito poucos eram influenciados por essas razões; e numa cidade onde a superstição reina com um poder tão despótico como em Madri, procurar por verdadeira devoção seria uma tentativa infrutífera. A audiência ora reunida na igreja dos Capuchinhos acorreu por várias causas, mas todas elas alheias a seu real motivo.

As mulheres vinham para se exibir; os homens, para ver as mulheres. Alguns foram atraídos pela curiosidade de ouvir um orador tão célebre; outros vieram porque não tinham como preencher melhor seu tempo até a peça teatral começar. Muitos, porque tinham certeza de que seria impossível encontrar lugares na igreja; e metade de Madri foi impelida a chegar ao local na esperança de encontrar a outra metade. As únicas pessoas verdadeiramente ansiosas para ouvir o pregador eram

---

[7] Da peça teatral *Medida por medida*, de William Shakespeare (1564-1616), dramaturgo inglês. (N.T.)

alguns poucos devotos antiquados e meia dúzia de oradores rivais, decididos a encontrar falhas e a ridicularizar o discurso. Quanto ao restante dos ouvintes, o sermão poderia ter sido inteiramente omitido, sem que eles, com certeza, ficassem desapontados, e muito provavelmente sem que percebessem a omissão.

Qualquer que fosse a ocasião, pode-se afirmar com certeza que a igreja dos Capuchinhos nunca havia presenciado uma assembleia tão numerosa. Todos os cantos estavam lotados, todos os assentos estavam ocupados. Até as estátuas, que ornamentavam as longas naves laterais, se sentiam pressionadas pela aglomeração de gente. Havia meninos dependurados nas asas dos querubins; São Francisco e São Marcos suportavam um espectador cada um em seus ombros; e Santa Ágata via-se obrigada a carregar dois. Em decorrência disso e apesar de toda a pressa e diligência, nossas duas recém-chegadas, ao entrar na igreja, procuravam em vão por um lugar.

Mesmo assim, a velha senhora continuou avançando. De nada serviam exclamações de descontentamento proferidas contra ela, vindas de todos os lados. Em vão lhe dirigiam frases como: "Garanto-lhe, senhora, não há mais lugar aqui!"; "Peço-lhe, senhora, que não me empurre desse jeito intolerável!"; "Senhora, não vai conseguir passar por aqui. Pelo amor de Deus! Como há pessoas que podem ser tão inconvenientes!" A velha senhora era obstinada e ia avançando. À força de perseverança e de dois braços musculosos, ela conseguiu abrir passagem por entre a multidão e chegar bem no centro da igreja, a pouca distância do púlpito. Sua companheira a seguia com timidez e em silêncio, aproveitando-se dos esforços de sua condutora.

– Virgem Santa! – exclamou a velha senhora em tom de desapontamento, enquanto lançava um olhar indagador a seu redor. – Virgem Santa! Que calor! Quanta gente! Gostaria de saber qual o significado de tudo isso. Acho que devemos voltar. Não há um único lugar para sentar, e ninguém parece bastante gentil a ponto de nos ceder um assento.

Essa alusão clara e direta atraiu a atenção de dois cavalheiros que ocupavam bancos à direita e estavam encostados na sétima coluna a partir do púlpito. Ambos eram jovens e ricamente vestidos. Ao ouvir esse apelo à polidez pronunciado por uma voz feminina, os dois interromperam a conversa e procuraram com o olhar a mulher que assim falara. Ela havia levantado o véu para ter uma visão mais nítida de toda a catedral. Tinha cabelo ruivo e era estrábica. Os cavalheiros deram-lhe as costas e retomaram a conversa.

– Com certeza – replicou a companheira da velha. – Com certeza, Leonella, vamos voltar para casa imediatamente. O calor é excessivo, e eu estou apavorada no meio de toda essa multidão.

Essas palavras foram pronunciadas num tom de doçura sem igual. Os cavalheiros interromperam novamente a conversa, mas dessa vez não se contentaram em erguer os olhos. Ambos se levantaram involuntariamente de seus assentos e se voltaram na direção da mulher que proferira essas palavras.

A voz era de uma mulher cuja silhueta delicada e elegante despertou nos jovens a mais viva curiosidade de ver-lhe o rosto. Mas essa satisfação lhes foi negada. Suas feições estavam escondidas por um espesso véu. Mas, ao lutar para avançar no meio da multidão, o véu se havia deslocado levemente, deixando a descoberto um pescoço que, em simetria e beleza, poderia competir com o da *Vênus de Médici*[8]. Era da mais deslumbrante brancura e recebia encantos adicionais pelo sombreado que lhe conferiam as tranças de longos cabelos louros, que desciam em cachos até a cintura. Sua estatura era um pouco inferior à média, mas sua silhueta era leve e graciosa como a de uma Hamadríade[9]. Seu peito estava cuidadosamente coberto. Seu vestido branco, preso por uma faixa azul, permitia apenas que, por baixo dele, apontasse um pezinho das mais delicadas proporções. Um rosário de grandes contas pendia de seu braço e seu rosto se escondia atrás de um espesso véu preto. Essa era a mulher, a quem o mais jovem

---

8 Vênus de Médici é uma estátua da deusa do amor Afrodite (Vênus para os romanos). É uma cópia em mármore, feita provavelmente em Atenas, de uma mais antiga de bronze. Está exposta na Galleria degli Uffizi de Florença, museu construído na segunda metade do século XVI por ordem do duque Cosme de Médici, governante do ducado de Florença. (N.T.)

9 Segundo a mitologia grega, as Hamadríades eram oito ninfas protetoras das árvores. (N.T.)

dos cavalheiros oferecia seu assento, enquanto o outro julgou de bom alvitre dar a mesma atenção à companheira dela.

A velha senhora, com reiteradas manifestações de gratidão, mas sem dificuldade alguma, aceitou a oferta e sentou-se. A jovem seguiu-lhe o exemplo, mas não fez outro elogio além de uma simples e graciosa reverência. Dom Lorenzo (esse era o nome do cavalheiro que lhe havia cedido o lugar para sentar-se) ficou ao lado dela. Mas antes sussurrou algumas palavras no ouvido de seu amigo, que imediatamente entendeu o recado e se empenhou em desviar a atenção da velha senhora de sua adorável companheira.

– Sem dúvida, deve ter chegado há bem pouco tempo a Madri – disse Lorenzo à sua bela vizinha. – É impossível que esses encantos tenham permanecido longamente despercebidos; e se essa não for sua primeira aparição em público, a inveja das mulheres e a adoração dos homens já seriam suficientes para que fosse mais que notada.

Ele ficou em silêncio, na expectativa de receber uma resposta. Como suas palavras obrigatoriamente não a exigissem, a senhorita não abriu os lábios. Depois de alguns momentos, ele retomou a conversa.

– Estou errado em supor que é uma estranha em Madri?

A jovem dama hesitou; por fim, em voz tão baixa, que mal se podia ouvir, dignou-se responder:

– Não, senhor.

– Pretende permanecer algum tempo por aqui?

– Sim, senhor.

– Eu me consideraria afortunado, se estiver em meu poder contribuir para que sua permanência seja agradável. Sou bem conhecido em Madri e minha família tem alguns interesses na Corte. Se puder lhe presar algum serviço, não poderia me dar maior honra ou me deixar mais que agradecido ao permitir que eu lhe seja útil.

"Certamente", disse ele para si mesmo, "ela não pode responder a isso com um monossílabo; terá de me dizer algo mais."

Lorenzo estava enganado, pois a jovem dama respondeu apenas com uma inclinação da cabeça.

A essa altura, ele havia descoberto que sua vizinha não era de muita conversa. Mas se o silêncio dela procedia de orgulho, discrição, timidez ou estupidez, ele ainda não sabia dizer.

Depois de uma pausa de alguns minutos, ele continuou:
— Certamente porque é forasteira e ainda não está habituada com nossos costumes que a senhorita continua a usar o véu. Permita-me removê-lo.

Ao mesmo tempo, estendeu a mão na direção do véu. A jovem dama, porém, ergueu a dela para impedi-lo.
— Eu nunca tiro o véu em público, senhor.
— E que mal há nisso, pode me dizer? — interrompeu sua companheira, um tanto bruscamente. — Não vê que todas as outras senhoras retiraram seus véus, sem dúvida para honrar o local sagrado em que estamos? Já tirei o meu. E, certamente, se eu não me recuso a expor minhas feições à observação geral, você não deve ter motivos para ficar tão alarmada desse jeito! Maria Santíssima! Todo esse alvoroço e toda essa agitação por causa do rosto de uma garota! Vamos lá, menina! Descubra seu rosto. Garanto que ninguém vai fugir com o véu...
— Querida tia, esse não é o costume em Múrcia.
— Múrcia, mais essa! Bendita Santa Bárbara, o que significa isso? Você está sempre me lembrando dessa maldita província. Se esse é o costume em Madri, é tudo o que importa no momento. Por isso, o que desejo é que retire o véu imediatamente. Obedeça-me agora mesmo, Antônia, pois sabe muito bem que não suporto ser contrariada...

A sobrinha ficou em silêncio, mas não se opôs mais aos esforços de Dom Lorenzo, que, valendo-se das palavras da tia, se apressou em remover o véu. Que cabeça de serafim se apresentou à admiração dele! Era, contudo, mais fascinante do que bonita; não era tão adorável pela regularidade das feições, mas pela doçura e suavidade da expressão. As várias partes de seu rosto, consideradas separadamente, estavam longe de ser realmente bonitas; mas quando examinadas em conjunto, formavam um todo adorável. Sua pele, embora muito clara, não estava inteiramente desprovida de sardas. Seus olhos não eram muito grandes, nem seus cílios demasiadamente longos. Mas os lábios pareciam transluzir do mais rosado frescor. Seus cabelos louros e ondulados, presos por uma simples fita, caíam até a cintura numa profusão de cachos. Seu pescoço bem torneado era extremamente lindo. Suas mãos e seus braços eram formados na mais perfeita simetria. Seus suaves olhos azuis pareciam um paraíso de doçura, e o cristal em que se moviam resplandecia com todo o brilho dos diamantes. Ela parecia não ter mais de 15 anos. Um sorriso maroto, dançando em seus lábios, demonstrava que possuía esfuziante vivacidade, que o excesso de timidez ora reprimia. Olhou em volta, acanhada; e sempre que seus olhos encontravam acidentalmente os de Lorenzo, ela os abaixava apressadamente na direção de seu rosário. Suas faces logo se inundavam de rubor, e ela passava a desfiar as contas do rosário; embora sua atitude demonstrasse claramente que não sabia o que estava fazendo.

Lorenzo a fitava com um misto de surpresa e admiração; mas a tia julgou necessário se desculpar pelo insensato embaraço de Antônia.

– É uma menina – disse ela – que desconhece totalmente o mundo. Ela foi criada num velho castelo em Múrcia, tendo como única companhia a mãe (Deus a ajude!) que não tem mais nenhum senso das coisas (pobre alma!) do que o necessário para levar a sopa à boca. Mesmo assim, ela é minha irmã, tanto por parte de pai quanto de mãe.

– E tem tão pouco juízo? – disse Dom Cristóbal, fingindo assombro. – Que extraordinário!

– É verdade, senhor. Não é estranho? No entanto, esse é o fato. Só para ver como o destino brinca com as pessoas! Um jovem fidalgo, de primeiríssima qualidade, enfiou na cabeça que Elvira tinha algumas pretensões para a beleza... Quanto a pretensões, na verdade, ela sempre as teve bastante; mas quanto à beleza!... Se eu ao menos tivesse feito metade do que ela fez para conquistar alguém!... Mas isso não vem ao caso agora. Como eu estava dizendo, senhor, um jovem nobre se apaixonou e se casou com ela sem que o pai dele chegasse a saber. A união dos dois permaneceu secreta por quase três anos. Mas, finalmente, chegou aos ouvidos do velho marquês, que, como bem pode supor, não ficou muito satisfeito com a informação. Partiu a toda pressa para Córdoba, determinado a apanhar Elvira e mandá-la para um lugar qualquer, onde nunca mais se ouvisse falar dela. Bendito São Paulo! Como ele se enfureceu ao descobrir que ela havia escapado, que havia se juntado ao marido e que ambos haviam embarcado para as Índias. Ele amaldiçoou a todos nós, como se estivesse possuído pelo espírito maligno; jogou meu pai na prisão (logo meu pai, o sapateiro mais honesto e meticuloso que qualquer outro em Córdoba); e quando partiu, o marquês teve ainda a crueldade de levar o filhinho de minha irmã, então com apenas 2 anos de idade, que ela fora obrigada a deixar para trás na precipitada fuga. Suponho que o pobre coitado deve ter sido muito maltratado, pois alguns meses mais tarde recebemos a notícia de sua morte.

– Ora, que sujeito mais terrível esse velho, senhora!

– Oh! Chocante! E um homem totalmente desprovido de bom gosto! Ora, o senhor haveria de acreditar no que vou lhe dizer? Pois bem, quando tentei acalmá-lo, ele me chamou de bruxa e desejou que, para punir o conde, minha irmã se tornasse tão feia quanto eu! Feia, é verdade! Estranho, não é?

– Ridículo! – exclamou Dom Cristóbal. – Sem dúvida, o conde teria se considerado afortunado, se lhe fosse permitido trocar uma irmã pela outra.

– Oh! Jesus! O senhor é realmente muito educado. Estou sinceramente feliz; no entanto, o conde tenha uma maneira diferente de pensar. Elvira deve ter passado, com toda a certeza, por uma série de apuros! Depois de trabalhar e lutar nas Índias por treze longos anos, seu marido morre e ela volta para a Espanha, sem uma casa em que pudesse se abrigar e sem dinheiro para conseguir uma! Essa jovem Antônia era então apenas uma criança, e a única filha que lhe restava. Mas Elvira descobriu que seu sogro havia se casado novamente, que não se havia reconciliado com o conde e que sua segunda esposa lhe dera um filho, considerado por todos como um jovem muito bom. O velho marquês se recusou a ver minha irmã ou a filha dela. Mas mandou lhe dizer que, na condição de nunca mais ouvir falar dela, lhe concederia uma pequena pensão e lhe permitiria viver num velho castelo que ele possuía em Múrcia, castelo que tinha sido a habitação favorita de seu filho mais velho. Mas desde que ele havia fugido da Espanha, o velho marquês passou a detestar o lugar e o deixou cair em ruínas. Minha irmã aceitou a proposta e passou a residir em Múrcia, lá permanecendo até o mês passado.

– E o que a traz agora a Madri? – perguntou Dom Lorenzo, cuja admiração pela jovem Antônia lhe despertou um vivo interesse pela narração da velha tagarela.

– Ai! Senhor, logo depois que o sogro dela morreu, não faz muito tempo, o administrador das propriedades em Múrcia suspendeu o pagamento da pensão. E agora ela está em Madri, tentando encontrar o filho do marquês para lhe suplicar que continue a fazer os pagamentos. Mas duvido que consiga. Podia se ter poupado todo esse trabalho! Vocês, jovens da nobreza, sempre têm o que fazer com seu dinheiro, e normalmente não estão dispostos a desperdiçá-lo com velhas mulheres. Aconselhei minha irmã a enviar Antônia com o pedido; mas ela não quis nem ouvir falar. É teimosa demais! Bem! Ela vai ficar pior por não seguir meus conselhos: a garota tem um rosto muito bonito e é bem possível que pudesse conseguir bem mais.

– Ah, senhora – interrompeu Dom Cristóbal, fingindo um ar apaixonado –, se um rosto bonito resolve a questão, por que sua irmã não recorre à senhora em pessoa?

– Oh! Jesus! Meu senhor, eu juro que me deixa acabrunhada com esses galanteios! Mas pode ter absoluta certeza de que tenho plena consciência dos perigos de semelhantes missões para confiar irrestritamente no poder de um jovem da nobreza! Não, não; até agora preservei minha reputação sem mácula ou reprovação, e sempre soube como manter os homens a uma distância adequada.

– Disso, senhora, não tenho a menor dúvida. Mas permita-me perguntar-lhe, a senhora tem então alguma aversão ao matrimônio?

– Essa é uma pergunta muito íntima. Não posso deixar de confessar que, se um amável cavalheiro se apresentar...

Nesse momento, ela pretendia lançar um olhar terno e significativo a Dom Cristóbal; mas, infelizmente, ao voltar-se, seu estrabismo lhe pregou uma abominável peça, fazendo com que seu olhar caísse diretamente sobre o companheiro de Cristóbal; Lorenzo tomou o cumprimento como se fosse dirigido a ele e respondeu com uma profunda reverência.

– Posso lhe perguntar – disse ele – o nome do marquês?

– Marquês de las Cisternas.

– Eu o conheço muito bem. Por hora, não está em Madri, mas é esperado a qualquer momento. Ele é um homem extremamente bom e, se a adorável Antônia permitir que eu seja seu advogado junto a ele, duvido que eu não seja capaz de fazer uma apresentação favorável de sua causa.

Antônia ergueu os olhos azuis e silenciosamente agradeceu pela oferta com um sorriso de inexprimível doçura. A satisfação de Leonella foi muito mais evidente e audível. De fato, como a sobrinha geralmente ficava calada em sua companhia, a tia achava que era seu dever falar pelas duas. E fazia isso sem dificuldade, pois muito raramente ficava de boca fechada.

– Oh! Senhor! – exclamou ela. – Haverá de colocar toda a nossa família sob a maior obrigação! Aceito sua oferta com toda a gratidão possível e gostaria de lhe retribuir com mil agradecimentos pela generosidade de sua proposta. Antônia, por que não fala, menina? Enquanto o cavalheiro lhe diz todo tipo de coisas polidas, você fica aí muda, como uma estátua, sem proferir uma única sílaba de agradecimento, seja ela má, boa ou indiferente!

– Minha querida tia, estou bem ciente de que...

– Quieta, sobrinha! Quantas vezes já lhe disse que nunca deve interromper uma pessoa que está falando!? Quando é que me viu fazer uma coisa dessas? São esses seus modos de Múrcia? Misericórdia! Nunca serei capaz de fazer dessa garota uma pessoa bem-educada! Mas, por favor, senhor – continuou ela, dirigindo-se a Dom Cristóbal –, diga-me, qual o motivo de tamanha multidão reunida hoje nesta catedral?

– Mas será possível que não saiba que Ambrósio, superior desse convento, prega um sermão nesta igreja todas as quintas-feiras? Madri inteira proclama seus louvores. Até agora ele pregou apenas três vezes; mas todos os que o ouviram ficaram tão encantados com sua eloquência, de tal forma, que é difícil conseguir um lugar na igreja quanto achar um local vago na primeira apresentação de uma nova comédia. A fama dele certamente deve ter chegado a seus ouvidos...

– Ai, senhor!, até ontem nunca tinha tido a sorte de ver Madri, e em Córdoba somos tão pouco informados do que se passa no resto do mundo, que o nome de Ambrósio nunca foi mencionado por aqueles lados.

– Mas vai encontrá-lo na boca de todos em Madri. Ele parece ter fascinado os habitantes; e embora eu mesmo não tenha assistido a seus sermões, estou surpreso com o entusiasmo que ele conseguiu despertar. A adoração prestada a ele por jovens e velhos, homens e mulheres, é algo sem igual. Os poderosos o enchem de presentes; suas esposas se recusam a ter qualquer outro confessor, e ele é conhecido em toda a cidade como o "santo homem".

– Sem dúvida, senhor, ele é de origem nobre...

– Esse é um ponto que ainda permanece obscuro. O falecido superior dos Capuchinhos o encontrou ainda criança na porta do convento. Todas as tentativas para descobrir quem o havia deixado ali foram inúteis, e a própria criança nada soube dizer sobre seus pais. Foi educado no convento, onde permanece desde então. Bem cedo mostrou forte inclinação para os estudos e para a vida religiosa, e assim que atingiu a idade requerida, professou os votos. Ninguém jamais apareceu para reivindicá-lo ou para esclarecer o mistério que envolve seu nascimento; e os monges[10], cientes dos favores advindos em prol do estabelecimento por causa dele, não hesitaram em difundir a notícia de que ele é um presente da Virgem Maria. Na verdade, a austeridade singular de sua

---

10 O autor desse romance toma a liberdade de usar o termo *monge* para designar um *frade capuchinho* e também *mosteiro* para indicar um *convento* desses religiosos. Na verdade, na nomenclatura católica, *monge* é o designativo de membro de uma *Ordem monástica*, que vive enclausurado num *mosteiro*, como seria o caso dos monges beneditinos, cistercienses, cartuxos. Em contrapartida, *frade* ou *frei* (também chamado padre) designa o membro de *Ordem religiosa* que não vive enclausurada em mosteiro, mas se recolhe num *convento* e tem uma vida ativa, dedicada aos fiéis da comunidade. Em respeito ao texto original inglês, foram conservados os termos *monge* e *mosteiro*, que o autor equipara a *frade* e *convento*, em muitas passagens dessa obra, inclusive no próprio título, *O Monge*. (N.T.)

vida favorece o relato. Ele está agora com 30 anos de idade; cada hora desse período foi dedicada ao estudo, em total isolamento do mundo e na mortificação da carne. Até três semanas atrás, quando foi eleito superior da Ordem a que pertence, nunca tinha estado fora dos muros do convento. Mesmo agora, nunca os deixa, exceto às quintas-feiras, quando faz um sermão nesta catedral, para a qual toda a Madri acorre só para ouvi-lo. Dizem que seu conhecimento é extremamente profundo e que sua eloquência é mais que persuasiva. Dizem que, em toda a sua vida, jamais transgrediu uma única regra de sua Ordem e que, em seu caráter, não há como descobrir qualquer mancha. Dizem ainda que é um observador tão rigoroso da castidade, que não sabe em que consiste a diferença entre um homem e uma mulher. As pessoas comuns o consideram, portanto, um verdadeiro santo.

– Isso torna uma pessoa santa? – perguntou Antônia. – Meu Deus! Então eu sou uma?

– Bendita Santa Bárbara! – exclamou Leonella. – Que pergunta! Quieta, menina, cale-se! Esses não são assuntos adequados para jovens mulheres. Você não parece se lembrar de que existem homens no mundo e deve imaginar que todos são do mesmo sexo que você. Gostaria de vê-la dar a entender às pessoas que sabe que um homem não tem seios, nem quadris, nem...

Para sorte da ignorância de Antônia, que a lição de sua tia logo teria dissipado, um murmúrio geral na igreja anunciava a chegada do pregador. Dona Leonella se levantou para vê-lo melhor, e Antônia seguiu seu exemplo.

Era um homem de porte nobre e imponente presença. Sua estatura era elevada e suas feições incomumente bonitas. Seu nariz era aquilino, seus olhos grandes, negros e reluzentes, e suas sobrancelhas escuras praticamente se juntavam. Sua tez era de um marrom profundo, mas claro; o estudo e a vigília haviam privado inteiramente suas faces de uma cor mais viva. A serenidade reinava em sua testa lisa e sem rugas; e o contentamento, expresso em cada traço de suas feições, parecia anunciar o homem que desconhecia de igual modo preocupações e delitos. Ele se curvou com humildade perante o público. Mas persistia ainda certa severidade em seu olhar e em suas maneiras, que inspiravam um temor geral, e poucos conseguiam aturar aquele seu olhar, ao mesmo tempo ardente e penetrante. Assim era Ambrósio, superior dos Capuchinhos, conhecido como "o santo homem".

Antônia, enquanto o contemplava avidamente, sentiu palpitar em seu peito um prazer que até então lhe era desconhecido e para o qual tentou em vão encontrar explicação. Esperou com impaciência até que o sermão começasse; e quando, finalmente, o frade passou a falar, o som de sua voz pareceu penetrar profundamente na alma dela. Embora nenhum outro espectador tivesse provado sensações tão violentas quanto a jovem Antônia, todos escutavam com interesse e emoção. Até aqueles que se mostravam insensíveis aos méritos da religião, ficavam encantados com a oratória de Ambrósio. Todos se sentiam irresistivelmente atraídos pelas palavras do frade, e o mais profundo silêncio reinava pelas naves apinhadas.

Nem mesmo Lorenzo conseguiu resistir ao encanto. Esqueceu-se de que Antônia estava sentada ao lado dele e ouviu o pregador com toda a atenção.

Com uma linguagem nervosa, clara e simples, o monge discorreu sobre as belezas da religião. Explicou algumas partes obscuras das Sagradas Escrituras num estilo que trazia consigo uma irrefutável convicção. Sua voz, ao mesmo tempo distinta e profunda, estava carregada de todos os terrores da tempestade, enquanto ele investia contra os vícios da humanidade e descrevia as punições reservadas a eles num estado futuro. Cada ouvinte rememorava suas ofensas passadas e tremia de medo. O trovão parecia rolar, com seu raio destinado a esmagá-lo, e com o abismo da destruição eterna a se abrir sob seus pés. Mas quando Ambrósio, mudando de tema, passou a falar da excelência de uma consciência imaculada, da gloriosa perspectiva que a eternidade apresentava à alma sem mácula e sem reprovação, e da recompensa que a esperava nas regiões da glória eterna, seus ouvintes começaram a sentir o ânimo perdido retornando paulatinamente. Eles se entregaram com confiança à misericórdia de seu juiz; acolheram com alegria as palavras consoladoras do pregador; e enquanto a potente voz dele se transformava em melodia, eles foram transportados para aquelas regiões felizes que ele pintou na imaginação de todos em cores brilhantes e reluzentes.

    O sermão foi muito longo; uma vez terminado, porém, a audiência lamentou que não tivesse durado mais. Embora o monge tivesse parado de falar, um silêncio entusiasta ainda persistia na igreja. Por fim, o encanto começou a se dissipar aos poucos, e a admiração geral passou a ser expressa em termos audíveis. Enquanto Ambrósio descia do púlpito, os ouvintes se aglomeraram em torno dele, cobriam-no de bênçãos, lançavam-se a seus pés e lhe beijavam a orla do hábito. Ele foi passando vagarosamente, com as mãos cruzadas de forma devota sobre o peito, até chegar à porta que se abria para a capela do convento, onde os outros frades o aguardavam. Ele subiu os degraus e, voltando-se para seus seguidores, dirigiu-lhes algumas palavras de agradecimento e de exortação. Enquanto falava, seu rosário, composto de grandes contas de âmbar, caiu de sua mão e foi parar no meio da multidão que o cercava. O objeto foi ávida e imediatamente recolhido pelos espectadores, que o dividiram entre si. Todos aqueles que conseguiram ficar com uma conta, guardaram-na como se fosse uma relíquia sagrada; mesmo que o rosário tivesse sido benzido três vezes pelo próprio São Francisco, não poderia ter sido disputado com maior vivacidade. O superior, sorrindo diante de tamanha avidez, deu sua bênção e deixou a igreja, enquanto a humildade transparecia em toda a sua aparência. Será que essa humildade encontrava abrigo também em seu coração?

    Os olhos de Antônia o seguiam com ansiedade. Quando a porta se fechou atrás dele, pareceu-lhe que havia perdido alguém essencial para sua felicidade. Uma lágrima rolou em silêncio por suas faces.

    "Ele está separado do mundo!", disse ela para si mesma. "Talvez eu nunca mais o veja!"

    Enquanto enxugava a lágrima, Lorenzo a observava.

    – Está satisfeita com nosso orador? – perguntou ele. – Ou acha que Madri supervaloriza seus talentos?

    O coração de Antônia estava tão repleto de admiração pelo monge, que ela aproveitou a oportunidade para falar dele. Além disso, como não considerava mais Lorenzo um completo estranho, sentia-se menos constrangida por sua excessiva timidez.

– Oh! Ele excede em muito todas as minhas expectativas – respondeu ela. – Até esse momento eu não tinha ideia do poder da eloquência. Mas quando ele começou a falar, sua voz me inspirou tanto interesse, tanta estima, quase poderia dizer tanta afeição por ele, que eu mesma estou surpresa com a agudeza de meus sentimentos.

Lorenzo sorriu diante da força desse modo de se expressar.

– A senhorita é jovem e mal está entrando na vida – disse ele. – Seu coração, novo nesse mundo e cheio de calor e sensibilidade, recebe com avidez as primeiras impressões. Inexperiente como é, não suspeita dos enganos dos outros; e vendo o mundo por meio de sua verdade e inocência, imagina que todos os que a cercam merecem sua confiança e estima. Que pena, que essas belas visões venham a se dissipar muito em breve! Que pena, que logo venha a descobrir a baixeza da raça humana e que tenha de se proteger contra seus semelhantes assim como se protege contra seus inimigos!

– Ai, senhor – replicou Antônia –, os infortúnios de meus pais já me deram não poucos tristes exemplos da perfídia do mundo! Ainda assim, com toda a certeza, no presente caso, o calor da simpatia não pode ter me enganado.

– No presente caso, admito que não. O caráter de Ambrósio é perfeitamente irrepreensível; e um homem que passou a vida inteira entre os muros de um convento não pode ter encontrado a oportunidade de pecar, mesmo que tivesse essa inclinação. Mas agora, em virtude das funções que essa nova condição lhe impõe, deverá entrar ocasionalmente no mundo e ficar exposto ao torvelinho das tentações; é nesses momentos que lhe caberá demonstrar todo o esplendor de sua virtude. A provação será perigosa, pois ele está precisamente naquela fase da vida em que as paixões são mais vigorosas, desenfreadas e despóticas. Sua reputação já estabelecida o transformará numa vítima ilustre para a sedução. A novidade dará encantos adicionais às atrações do prazer; e até mesmo os talentos com os quais a natureza o dotou contribuirão para sua ruína, facilitando os meios de obtenção de seu objetivo. Muito poucos retornariam vitoriosos de uma disputa tão severa.

– Ah, com certeza, Ambrósio será um desses poucos!

– Disso eu mesmo não tenho dúvidas. Segundo todos os relatos, ele é uma exceção para a humanidade em geral, e a inveja procuraria em vão manchar seu caráter.

– Senhor, está me deliciando com essa garantia! Isso me encoraja a ceder à minha predisposição em favor dele, e não sabe com que dor eu deveria ter reprimido esse sentimento! Ah!, querida tia, implore à minha mãe para que o escolha como nosso confessor.

– Eu implorar a ela? – retrucou Leonella. – Garanto-lhe que jamais farei tal coisa. Não gosto nem um pouco desse tal de Ambrósio. Tem um ar de severidade que me fez tremer dos pés à cabeça. Se fosse meu confessor, eu nunca teria coragem de confessar metade de meus pecadilhos, e então eu ficaria numa situação delicada! Nunca vi um mortal de aparência tão severa e espero nunca ver outro igual. Sua descrição do diabo, que Deus nos perdoe!, quase me deixou louca de medo; e quando falou dos pecadores, parecia que estava pronto para devorá-los.

– Tem razão, senhora – concordou Dom Cristóbal. – Dizem que a severidade excessiva é o único defeito de Ambrósio. Como está isento das falhas humanas, não é suficientemente indulgente com as dos outros; e, embora estritamente justo e desinteressado em suas decisões, seu governo sobre os monges já deu algumas provas de sua inflexibilidade... Mas a multidão praticamente já se dispersou. A senhora nos permitiria acompanhá-las até sua casa?

– Oh, Jesus! – exclamou Leonella, fingindo corar. – Senhor, eu não me permitiria tal coisa por nada desse mundo! Se eu voltasse para casa acompanhada por um cavalheiro tão galante, minha irmã, tão escrupulosa que é, me daria um sermão de uma hora, e seria um nunca acabar com isso. Além do mais, gostaria que não fizesse seu pedido nesse momento.

– Meu pedido? Asseguro-lhe, senhora...

– Oh!, senhor, acredito que suas manifestações de impaciência são todas mais que sinceras, mas eu preciso realmente de um pouco de tempo. Não seria tão delicado de minha parte aceitar sua mão à primeira vista.

– Aceitar minha mão? Como espero viver e respirar...

– Oh!, caro senhor, não me pressione mais, se me ama! Vou considerar sua obediência como prova de sua afeição. Haverá de receber notícias minhas amanhã. E sem mais, adeus. Mas, por favor, cavalheiros, posso perguntar seus nomes?

– O de meu amigo – respondeu Lorenzo – é Conde d'Ossorio, e o meu, Lorenzo de Medina.

– É o suficiente. Bem, dom Lorenzo, vou informar minha irmã sobre sua amável oferta e lhe comunicarei o resultado o mais rápido possível. Para onde devo enviar a mensagem?

– Sempre posso ser encontrado no Palácio Medina.

– Pode contar com notícias minhas. Adeus, cavalheiros. Senhor Conde, suplico que modere o excessivo ardor de sua paixão. Para lhe provar, no entanto, que não estou descontente com o senhor e para evitar que se abandone ao desespero, receba este sinal de minha afeição e, nos momentos que puder, dedique um pensamento à ausente Leonella.

Ao dizer isso, estendeu a mão magra e enrugada que seu suposto admirador beijou com tanta falta de graça e tão evidente constrangimento, que Lorenzo teve dificuldade em reprimir a vontade de rir. Leonella então se apressou em deixar a igreja. A adorável Antônia a seguia em silêncio. Mas, ao chegar ao pórtico, voltou-se involuntariamente e tornou a olhar para Lorenzo. Ele fez uma inclinação, como que se despedindo; ela retribuiu a reverência e saiu apressadamente.

– Então, Lorenzo! – disse Dom Cristóbal, assim que ficaram a sós. – Você me arrumou uma bela encrenca! Para favorecer seus planos com Antônia, gentilmente me disponho a tecer alguns elogios de conveniência, que nada significam, para a tia da jovem e, no final de uma hora, já me encontro à beira do matrimônio! Como vai me recompensar por ter sofrido tanto por sua causa? O que pode me pagar por ter beijado a pata de couro daquela velha bruxa maldita? Com os diabos! Ela deixou um odor tão forte em meus lábios que vou cheirar a alho durante um mês inteiro! Ao passar pelo Prado, serei tomado por uma omelete ambulante ou por uma grande cebola putrefata!

— Confesso, meu pobre conde — replicou Lorenzo —, que seu serviço foi acompanhado de perigo; mas estou tão longe, no entanto, de supor que esse perigo tenha ultrapassado seu poder de resistência, que provavelmente solicitarei que prossiga alimentando seus amores por mais algum tempo.

— Diante desse pedido, concluo que a pequena Antônia causou alguma impressão a você.

— Não consigo lhe expressar até que ponto estou encantado com ela. Desde a morte de meu pai, meu tio, o duque de Medina, vem insistindo no desejo de me ver casado. Até agora, evitei suas insinuações e me recusei a compreendê-las. Mas depois do que eu vi esta tarde...

— Bem? E o que foi que viu esta tarde? Ora, com toda a certeza, Dom Lorenzo, você não pode estar tão louco para pensar em tomar como esposa essa neta do "sapateiro mais honesto e esmerado de toda a Córdoba"!

— Você se esquece de que ela é também neta do falecido Marquês de las Cisternas. Mas em vez de entrar em discussões sobre nascimento e títulos, prefiro lhe assegurar que nunca vi uma mulher tão interessante quanto Antônia.

— Não deixa de ser possível. Mas você não pode ter a intenção de se casar com ela.

— Por que não, meu caro conde? Terei riqueza suficiente para nós dois, e sabe que meu tio é muito liberal a esse respeito. Pelo que sei de Ramón de las Cisternas, estou certo de que ele vai reconhecer prontamente Antônia como sobrinha. O nascimento dela, portanto, não será obstáculo para que eu lhe ofereça minha mão. Eu seria um tratante se pensasse nela em outros termos que não fosse o casamento. E, na verdade, ela parece possuir todas as qualidades necessárias para me fazer feliz como esposa: jovem, bela, afável, sensata...

— Sensata? Ora, ela não disse nada além de "Sim" e "Não".

— Ela não falou muito mais, devo concordar... mas sempre disse "sim" ou "não" no momento certo.

– É isso mesmo? Oh!, que jovem mais obediente! Esse é o argumento certo de todo apaixonado, e não ouso mais contestar um casuísta tão profundo. Não seria o caso de ir ao teatro?

– Está fora de meus planos. Cheguei ontem à noite a Madri e ainda não tive oportunidade de ver minha irmã. Você sabe que o convento dela fica nessa rua; eu estava indo para lá quando vi essa multidão se aglomerando nessa igreja; isso despertou minha curiosidade e quis saber o que estava acontecendo. Agora devo seguir o que pretendia desde o início, e provavelmente vou passar a noite com minha irmã diante da grade do parlatório.

– Está me dizendo que sua irmã está num convento? Oh!, é verdade, eu tinha esquecido. E como vai dona Agnes? Estou surpreso, Dom Lorenzo, como é que pôde pensar em encerrar uma jovem tão encantadora entre os muros de um claustro?

– Eu ter pensado nisso, Dom Cristóbal? Como pode suspeitar que eu fosse capaz de tamanha barbaridade? Você sabe muito bem que ela tomou o hábito por vontade própria e que circunstâncias particulares a levaram a querer se isolar do mundo. Usei todos os meios a meu alcance para dissuadi-la dessa ideia, mas meu esforço foi infrutífero e perdi uma irmã!

– Você é um sujeito de muita sorte, Lorenzo! Acho que você saiu ganhando muito com essa perda. Se bem me lembro, dona Agnes tinha um dote de dez mil moedas de ouro; metade desse montante reverteu em favor de Vossa Senhoria. Por Santiago! Quem dera eu tivesse cinquenta irmãs na mesma condição. Eu haveria de consentir em perdê-las todas sem muito pesar...

– O que está dizendo, conde? – reagiu Lorenzo, com voz zangada. – Você acha que sou tão vil a ponto de ter influenciado o enclausuramento de minha irmã? Acha que o desprezível desejo de me tornar dono da fortuna dela poderia...

– Admirável! Calma, Dom Lorenzo! Agora o homem está todo em brasas. Queira Deus que Antônia consiga suavizar esse temperamento explosivo ou, com toda certeza, nos degolaremos antes que o mês termine! Para evitar, no entanto, catástrofe tão trágica no momento, me retiro e o deixo como senhor da situação. Adeus, meu Cavaleiro do Monte Etna! Modere essa disposição inflamável e lembre-se de que sempre que for necessário fazer a corte àquela bruxa, você pode contar com meus serviços.

Dizendo isso, saiu apressadamente da catedral.

– Que desmiolado! – disse Lorenzo. – Com um coração excelente como o dele, que pena que tenha tão pouco juízo!

A noite avançava rapidamente. As lamparinas, no entanto, ainda não estavam acesas. Os fracos raios da lua nascente mal podiam penetrar na semiescuridão gótica da igreja. Lorenzo se sentia incapaz de sair do local. O vazio deixado em seu peito pela ausência de Antônia e o sacrifício de sua irmã, que Dom Cristóbal acabara de reavivar em sua imaginação, criaram aquela melancolia de espírito que combinava muito bem com a obscuridade religiosa que o cercava. Estava ainda encostado na sétima coluna a partir do púlpito. Uma brisa suave e refrescante soprava ao longo das naves solitárias. Os raios de luar que penetravam na igreja através de janelas pintadas tingiam as desgastadas abóbadas e os maciços pilares com milhares de variados matizes de luz e cores. Um silêncio universal reinava a seu redor, interrompido somente pelo ocasional fechamento de portas do convento adjacente.

A calma da hora e a solidão do lugar contribuíram para alimentar a disposição de Lourenço para a melancolia. Ele se jogou num assento que estava perto dele e se entregou aos delírios de sua fantasia. Pensou em sua união com Antônia. Pensou nos obstáculos que poderiam se opor a seus desejos; e mil visões cambiantes flutuaram diante de sua imaginação, tristes, é verdade, mas não desagradáveis. O sono foi se apoderando dele insensivelmente e a tranquila sobranceria de sua mente, quando acordado por momentos, continuou a influenciar seus devaneios.

Ele ainda se imaginava dentro da igreja dos Capuchinhos; mas não era mais escura e imersa na solidão. Inúmeras lamparinas prateadas irradiavam esplendor pelo teto abobadado; acompanhada pelo cativante canto de um coral distante, a melodia do órgão inundava a igreja. O altar parecia decorado para alguma distinta celebração; estava cercado por um esplêndido grupo de pessoas, perto do qual estava Antônia, aprumada em seu vestido branco nupcial e corada com todos os encantos da modéstia virginal.

Um tanto esperançoso e temeroso, Lorenzo contemplou a cena diante de si. De repente, a porta que dava para o convento se abriu e viu avançar, acompanhado de um longo séquito de monges, o pregador que acabara de ouvir com tanta admiração. Ele se aproximou de Antônia.

– E onde está o noivo? – perguntou o frade imaginário.

Antônia parecia olhar em volta da igreja com ansiedade. Involuntariamente, o jovem avançou alguns passos, saindo de seu esconderijo. Ela o viu. Um rubor de prazer brilhou em suas faces. Com um gracioso movimento da mão, acenou para que ele avançasse. Ele não desobedeceu ao comando, voou na direção dela e se jogou a seus pés.

Ela recuou por um momento. Então, olhando para ele com prazer indescritível, exclamou:

– Sim! Meu noivo! Meu noivo prometido!

Dizendo isso, se apressou em jogar-se em seus braços. Mas antes que ele tivesse tempo de acolhê-la, um desconhecido se pôs entre os dois. Tinha uma forma gigantesca, pele escura e olhos ferozes e terríveis; sua boca expirava labaredas de fogo, e em sua testa estava escrito em caracteres legíveis: "Orgulho! Luxúria! Crueldade!"

Antônia deu um grito. O monstro a tomou em seus braços e, saltando com ela por sobre o altar, passou a torturá-la com odiosas carícias. Ela se debatia em vão para se livrar de seu abraço. Lorenzo voou para socorrê-la, mas antes que tivesse tempo de alcançá-la, ouviu-se um forte estrondo de trovão. Instantaneamente a catedral parecia desmoronar. Os monges começaram a correr, gritando de medo. As lamparinas se apagaram, o altar afundou e, em seu lugar, apareceu um abismo que vomitava nuvens de fogo. Soltando um berro poderoso e terrível, o monstro mergulhou no abismo e, em sua queda, tentou arrastar Antônia consigo, lutando em vão. Animada por poderes sobrenaturais, ela se desvencilhou de seus braços, mas seu vestido branco ficou em poder do monstro. Imediatamente, uma asa de brilhante esplendor surgiu em cada um dos braços de Antônia. Foi saindo do abismo e, enquanto ia subindo, gritava para Lorenzo:

– Amigo! Nós nos encontraremos lá em cima!

No mesmo instante, o teto da catedral se abriu. Vozes harmoniosas ressoavam ao longo das volutas, e a glória em que Antônia era recebida era composta de raios de brilho tão deslumbrante, que Lorenzo não conseguia mais ficar olhando. Sua visão falhou, e ele caiu no chão.

Quando acordou, viu-se estendido no pavimento da igreja, que estava iluminada, e o canto de hinos soava a distância. Por um momento, Lorenzo não conseguiu convencer-se de que o que acabara de testemunhar fora um sonho, tamanha a impressão que causou em sua mente. Uma pequena observação convenceu-o de que estava enganado: as lamparinas tinham sido acesas enquanto ele dormia, e a música que ouvia era cantada pelos monges, que recitavam o ofício de vésperas na capela do convento.

Lorenzo levantou-se e se preparou para seguir em direção ao convento da irmã. Com a mente inteiramente ocupada pela singularidade do sonho que tivera, já se aproximava do pórtico, quando sua atenção foi atraída por uma sombra que se movia na parede oposta. Olhou com curiosidade em volta e logo avistou um homem envolto numa capa, que parecia verificar cuidadosamente se seus passos estavam sendo observados. Pouquíssimas pessoas podem se julgar isentas da influência da curiosidade. O desconhecido parecia ansioso, aguardando o momento aprazado para ocultar alguma coisa na catedral, e foi exatamente essa circunstância que fez com que Lorenzo desejasse descobrir o que esse estranho estava prestes a fazer.

Nosso herói estava ciente de que não tinha o direito de se intrometer nos segredos desse cavalheiro desconhecido.

"Vou embora", disse Lorenzo para si mesmo. Mas ficou onde estava.

A sombra projetada pela coluna o ocultou efetivamente do estranho, que continuava avançando com cautela. Por fim, tirou uma carta de debaixo da capa e colocou-a apressadamente sob uma enorme estátua de São Francisco. Então, retirando-se precipitadamente, se escondeu numa parte da igreja, a uma considerável distância do local onde estava a estátua.

"Então", murmurou Lorenzo para si mesmo, "esse deve ser apenas um insensato caso amoroso. Creio que é melhor que me vá daqui, pois nada tenho a ver com isso."

Na verdade, até aquele momento, não lhe tinha passado pela cabeça a ideia de que pudesse ter alguma coisa a ver com aquilo. Mas achou necessário encontrar alguma desculpa para si mesmo por ter cedido à curiosidade. Fez então uma segunda tentativa para se retirar da igreja. Dessa vez, chegou até o pórtico sem encontrar nenhum impedimento. Mas estava destinado a fazer outra visita ao local naquela noite. Enquanto descia os degraus que levavam à rua, um cavalheiro avançou contra ele com tanta violência, que ambos quase foram ao solo pelo encontrão. Lorenzo sacou a espada.

– O que é isso, senhor? – perguntou ele. – O que significa toda essa brutalidade?

– Ah! É você, Medina! – replicou o recém-chegado, que agora Lorenzo reconhecia, pela voz, que era Dom Cristóbal. – Você é o sujeito mais afortunado do mundo por não ter deixado a igreja antes de meu retorno. Para dentro, para dentro, meu caro rapaz! Elas estarão aqui logo mais!

– Quem estará aqui?

– A velha galinha e todos os seus lindos pintinhos! Para dentro, estou dizendo, e então saberá de toda a história.

Lorenzo o seguiu até o interior da catedral, e os dois se esconderam atrás da estátua de São Francisco.

– E agora – falou nosso herói –, posso tomar a liberdade de perguntar o que significa toda essa pressa e todo esse enlevo?

– Oh! Lorenzo, vamos apreciar uma visão gloriosa! A priora de Santa Clara e todo seu séquito de freiras estão vindo para cá. Deve saber que o piedoso Frei Ambrósio (que o Senhor o recompense por isso!) não se desloca de seu recinto por nenhum motivo. E, como hoje em dia é absolutamente necessário, para todo convento que se preze, tê-lo como confessor, em decorrência disso, as freiras são obrigadas a vir até o convento dos Capuchinhos. Se Maomé não vai à montanha, a montanha vem a Maomé. Agora, a prioresa de Santa Clara, para se furtar melhor de olhares impuros como os seus e os de seu humilde servo, julga mais conveniente trazer seu santo rebanho à confissão, ao entardecer: Ela será admitida na capela do convento dos Capuchinhos por aquela porta privada. A porteira de Santa Clara, que é uma velha alma muito digna e grande amiga minha, acabou de me assegurar que elas estarão aqui, dentro de instantes. Há boas notícias para você, seu velhaco! Vamos contemplar alguns dos rostos mais bonitos de Madri!

– Na verdade, Cristóbal, não vamos ver coisa alguma. As freiras estão sempre com um véu cobrindo o rosto.

– Não! Não! Estou bem informado a respeito. Ao entrar num local de culto, elas sempre tiram seus véus em sinal de respeito ao santo patrono. Mas, quieto! Estão chegando! Silêncio, silêncio! Observe e convença-se.

"Bom!", disse Lorenzo para si mesmo. "Talvez eu descubra a quem são endereçados os votos desse misterioso estranho."

Mal Dom Cristóbal havia parado de falar, apareceu a prioresa de Santa Clara, seguida por uma longa procissão de freiras. Cada uma delas, ao entrar na igreja, tirava o véu. A prioresa cruzou as mãos sobre o peito e fez uma profunda reverência ao passar pela estátua de São Francisco, padroeiro da catedral. As freiras seguiram seu exemplo, e várias passaram sem ter satisfeito a curiosidade de Lorenzo. Ele já começava a se desesperar porque queria ver esse mistério desvendado, quando, ao prestar homenagem a São Francisco, uma das freiras deixou cair o rosário; assim que se abaixou para recolhê-lo, a luz brilhou sobre seu rosto. No mesmo instante, com destreza, apanhou a carta que estava debaixo da estátua, guardou-a sob as vestes, no peito, e apressou-se a reassumir seu lugar na procissão.

– Ah! – disse Cristóbal, em voz baixa. – Aqui temos uma pequena intriga, sem dúvida.

– Agnes, por Deus! – exclamou Lorenzo.

– O quê? Sua irmã? Com os diabos! Então alguém, suponho, terá de pagar por nossa espionagem.

– E pagará por isso sem demora – respondeu o irmão enraivecido.

A piedosa procissão já havia entrado no convento. A porta já estava fechada. O desconhecido abandonou imediatamente seu esconderijo e se apressou em deixar a igreja. Antes de chegar à saída, porém, encontrou Medina barrando-lhe a passagem. O estranho recuou rapidamente e cobriu os olhos com o chapéu.

– Não tente fugir de mim! – exclamou Lorenzo. – Quero saber quem é o senhor e qual o conteúdo daquela carta.

– Daquela carta? – repetiu o desconhecido. – E com que direito é que me pergunta?

– Com um direito do qual agora me envergonho. Mas não cabe ao senhor me perguntar. Responda detalhadamente às minhas perguntas ou me responda com sua espada.

– A última alternativa será a mais rápida – retrucou o outro, sacando sua espada. – Vamos, senhor! Bravo! Estou pronto!

Ardendo de raiva, Lorenzo se lançou ao ataque. Os antagonistas já haviam trocado várias estocadas quando Cristóbal, que naquele momento parecia ter mais juízo do que os dois outros, se pôs entre suas armas.

– Parem! Parem! Medina! – exclamou ele. – Lembrem-se das consequências de derramar sangue em solo sagrado!

O estranho largou imediatamente a espada.

– Medina? – exclamou ele. – Meu bom Deus, será possível! Lorenzo, já se esqueceu de Ramón de las Cisternas?

A perplexidade de Lorenzo aumentava a cada momento. Ramón caminhou na direção dele, mas com um olhar de desconfiança Lorenzo retirou a mão, que o outro se preparava para tomar.

– O senhor, aqui, marquês? Qual é o significado de tudo isso? Andou mantendo correspondência clandestina com minha irmã, cuja afeição...

– Sempre foi minha e ainda é. Mas esse não é o lugar adequado para explicações. Acompanhe-me até minha residência e saberá de tudo. Quem é esse que está com você?

– Alguém que acredito que já tenha visto antes – respondeu Dom Cristóbal –, embora provavelmente não numa igreja.

– O Conde d'Ossorio?

– Exatamente, marquês.

– Não tenho nenhuma objeção em lhe confiar meu segredo, pois tenho certeza de que posso contar com seu silêncio.

– Então sua opinião sobre mim é melhor do que a minha própria e, portanto, sinto-me levado a pedir que reavalie essa sua confiança. Siga seu caminho e eu seguirei o meu. Marquês, onde é que posso encontrá-lo?

– Como sempre, no Palácio de las Cisternas. Mas lembre-se de que estou ali como incógnito; se quiser me visitar, deve perguntar por Alfonso d'Alvarada.

– Bom! Bom! Adeus, cavalheiros! – disse Dom Cristóbal, partindo imediatamente.

– Como é, marquês? – disse Lorenzo, com tom de surpresa. – O senhor, Alfonso d'Alvarada?

– Isso mesmo, Lorenzo. Mas, a menos que já tenha ouvido de sua irmã minha história, tenho muito a relatar, o que vai deixá-lo assombrado. Siga-me, portanto, até meu palácio, sem demora.

Nesse momento, o porteiro dos Capuchinhos entrou na catedral para trancar as portas. Os dois nobres se retiraram de imediato e se dirigiram a toda pressa para o Palácio de las Cisternas.

*

– Bem, Antônia! – disse a tia, assim que deixou a igreja. – O que acha de nossos dois galantes? Dom Lorenzo realmente parece um jovem muito distinto; ele foi muito atencioso com você, e ninguém sabe o que pode acontecer a partir disso. Mas Dom Cristóbal, eu lhe confesso que é a própria Fênix da polidez. Tão galante! Tão bem-educado! Tão sensível e tão tocante! Bem! Se algum homem conseguir convencer-me a romper meu voto de nunca me casar, esse homem só poderá ser Dom Cristóbal. Veja só, minha sobrinha, que tudo acontece exatamente como eu lhe disse. No momento em que pus meus pés em Madri, soube que eu seria cercada de admiradores. Quando tirei o véu, você viu, Antônia, que efeito esse ato produziu no conde? E quando lhe ofereci minha mão, observou com que ar de paixão ele a beijou? Se alguma vez testemunhei o amor verdadeiro, então eu o vi hoje, impresso no semblante de Dom Cristóbal!

Ora, Antônia tinha observado o modo como Dom Cristóbal havia beijado essa mesma mão. Mas como ela tirou conclusões um pouco diferentes das de sua tia, foi suficientemente sábia para segurar a língua. Como esse é o único caso conhecido de uma mulher que já fez isso, foi julgado digno de ser registrado aqui.

A velha dama continuou falando com Antônia no mesmo tom até chegarem à rua onde ficava a casa em que estavam hospedadas. Ali, uma multidão reunida diante da porta impedia a passagem; foram então para o lado oposto da rua, a fim de descobrir o que havia atraído todas essas pessoas para esse local. Depois de alguns minutos, a multidão formou um círculo. E então Antônia percebeu, bem no meio, uma mulher de estatura extraordinária, girando repetidamente e fazendo todo tipo de gestos extravagantes. Seu vestido era feito de retalhos de seda e de linho de diversas cores, dispostos de maneira fantástica, ainda que não totalmente desprovidos de bom gosto. Sua cabeça estava coberta por uma espécie de turbante, enfeitado com folhas de videira e flores silvestres. Parecia muito queimada pelo sol, e sua pele era de um profundo tom oliva; tinha olhos ardentes e estranhos; segurava na mão uma longa vara preta, com a qual, em intervalos, traçava uma variedade de figuras singulares no chão, ao redor das quais dançava com atitudes excêntricas de loucura e devaneio. De repente, ela parou de dançar, girou três vezes em torno de si com rapidez e, depois de uma breve pausa, cantou a seguinte balada:

A CANÇÃO DA CIGANA

Venham, apertem minha mão! Minha arte supera
Tudo o que qualquer mortal já conheceu;
Venham, donzelas, venham! Meu espelho mágico
Pode mostrar a silhueta de seu futuro marido;

Pois é a mim que é dado o poder
De ver, aberto, o livro do destino;
E ler as resoluções predispostas do céu,
E mergulhar no futuro.

Eu guio o vagão prateado da pálida lua;
Os ventos em laços mágicos seguro;
Com meus encantos faço dormir o rubro dragão,
Que gosta de vigiar o ouro enterrado;

Cercada com feitiços, ilesa eu me arrisco
Entre as bruxas frequentar seu estranho Sabbath;
Sem medo, entro no círculo da feiticeira,
E sem me ferir, piso em cobras adormecidas.

Vejam! Aqui estão encantos de grande poder!
Isso assegura a fidelidade de um marido
E essa poção composta à meia-noite
Despertará para o amor a juventude mais fria:

Se uma donzela se permitiu demais,
Sua perda essa poção vai reparar;
Fará renascer o rubor na face esmaecida,
E transformará uma bela morena em loira!

Então ouçam em silêncio, enquanto eu descubro
O que posso ver no espelho da sorte;
E cada um, depois que muitos anos se passarem,
Reconhecerá que as palavras da cigana são verdadeiras.

– Querida tia! – disse Antônia quando a estranha terminou. – Não é uma louca?

– Louca? Não, menina. Ela é apenas má. É uma cigana, uma espécie de nômade, cuja única ocupação é correr pelo país contando mentiras e roubando daqueles que ganham dinheiro honestamente. Fora com esses vermes! Se eu fosse rei da Espanha, todos os que fossem encontrados em meus domínios deveriam ser queimados vivos num prazo de três semanas.

Essas palavras foram proferidas de forma tão clara, que chegaram aos ouvidos da cigana. Ela imediatamente abriu caminho por entre a multidão e foi em direção das senhoras. Saudou-as três vezes à moda oriental e depois se dirigiu a Antônia.

A CIGANA

– Senhora! Amável senhora! Saiba
    Que eu seu futuro posso mostrar;
    Dê-me sua mão e não tenha medo.
Senhora! Amável senhora! Escute!

– Querida tia! – disse Antônia. – Perdoe-me dessa vez! Deixe que ela leia minha sorte!

– Bobagem, menina! Ela não lhe dirá nada além de mentiras.

– Não importa. Deixe-me pelo menos ouvir o que ela tem a dizer. Deixe, tia querida! Por favor, eu imploro!

– Está bem, está bem, Antônia! Visto que está tão ansiosa por isso... Aqui, vamos, boa mulher, poderá ler as mãos de nós duas. Aqui tem o dinheiro e agora quero ouvir sobre minha sorte.

Ao dizer isso, tirou a luva e estendeu a mão. A cigana olhou para a mão por um momento e logo deu essa resposta.

A CIGANA

Sua sorte? Agora está tão velha,
Boa senhora, isso já é mais que sabido:
Ainda assim, por seu dinheiro, num instante,
Retribuirei com bons conselhos.
Espantados com sua vaidade infantil,
Todos os seus amigos a têm como insana,
E lamentam vê-la usar sua arte
Para conquistar o coração de um jovem amante.

Acredite em mim, senhora, quando tudo estiver terminado,
Sua idade ainda será cinquenta e um;
E os homens raramente se deixam envolver no amor
Por dois olhos cinzentos e que piscam de soslaio.

Aceite, pois, meus conselhos. Deixe de lado
Sua maquiagem, enfeites, luxúria e orgulho,
E aos pobres essas quantias doe,
Que agora são gastas em espetáculo inútil.

Pense em seu Criador, não em pretendente;
Pense em suas falhas do passado, não no futuro;
E pense que a foice do tempo logo mais ceifará
Os poucos cabelos ruivos, que enfeitam sua testa.

A plateia ria de bom gosto durante a cantilena da cigana; e, de boca em boca, repetia "cinquenta e um anos", "olhos vesgos", "cabelos ruivos", "maquiagem e enfeites" etc. Leonella quase se sufocou de raiva e dirigiu contra sua maldosa conselheira as mais amargas recriminações. A profetisa morena escutou-a durante algum tempo com um sorriso desdenhoso; por fim, deu-lhe uma resposta curta e depois voltou-se para Antônia.

A CIGANA

– Paz, senhora! O que eu disse é verdade;
E agora, minha amável donzela, é com você;
Dê-me sua mão e deixe-me ver
Seu destino futuro e o decreto dos céus.

Imitando Leonella, Antônia tirou a luva e apresentou a mão branca à cigana, que, depois de contemplá-la por algum tempo com uma expressão mesclada de pena e espanto, pronunciou seu oráculo com as seguintes palavras:

A CIGANA

– Jesus! que palma tenho aqui!
Casta e afável, jovem e bela,
Exibindo mente e forma perfeitas,
Você seria verdadeira bênção para um homem bom;
Mas, infelizmente!, essa linha revela,
Que destruição paira sobre você;
Homem devasso e diabo astuto
Confluirá para selar seu mal;
E da terra soerguida por tristezas,
Logo sua alma deverá voar para o céu.
Mas para adiar seus sofrimentos,
Lembre-se bem do que lhe digo.
Quando encontrar um homem mais virtuoso
Do que é possível vislumbrar entre todos,
Um que não conhece qualquer crime,
Mas não tem pena das falhas do vizinho,
Lembre-se das palavras da cigana:
Embora ele pareça tão bom e afável,
Bela aparência externa pode muito bem esconder
Corações inflados de pura luxúria e orgulho!

> Adorável donzela, com lágrimas a deixo!
> Que minha predição não a entristeça;
> Antes, acatando com toda a submissão,
> Espere calmamente a angústia iminente,
> E espere eterna felicidade
> Num mundo melhor do que esse.

Tendo dito isso, a cigana voltou a girar três vezes e saiu correndo da rua com gestos frenéticos. A multidão a seguiu. Com a porta de Elvira já desembaraçada, Leonella entrou em casa, irritada com a cigana, com a sobrinha e com todas as pessoas. Enfim, irritada com todos, menos consigo mesma e com seu charmoso cavalheiro. As previsões da cigana afetaram também Antônia, e de forma marcante. Mas a impressão logo se dissipou e, em poucas horas, ela havia esquecido a aventura tão completamente como se nunca tivesse acontecido.

CAPÍTULO II

Talvez se você provasse uma só vez
A milésima parte das alegrias,
Que desfruta um coração amado, amando de novo,
Diria, arrependida, suspirando,
Perdido é o tempo todo
Que não se passa amando.[11]

Depois de ser acompanhado pelos monges até a porta de sua cela, o superior os dispensou com um ar de consciente superioridade, em que a aparência de humildade travava um combate com a realidade do orgulho.

Assim que ficou sozinho, deu livre curso à indulgência de sua vaidade. Quando se lembrou do entusiasmo que sua pregação havia despertado, seu coração se inflou em êxtase e sua imaginação o presenteou com esplêndidas visões de engrandecimento. Olhou ao seu redor com exultação, e o orgulho lhe disse em voz alta, que ele era superior a todos os seus semelhantes.

"Quem", pensou ele, "quem, além de mim, passou pelas provações da juventude e não encontra nenhuma mancha em sua consciência? Quem mais dominou a violência das fortes paixões e do impetuoso temperamento e se submeteu, desde o início da vida, à reclusão voluntária? Procuro por tal homem em vão. Não vejo ninguém além de

---

11 Torquato Tasso (1544-1595), poeta italiano. (N.T.)

mim mesmo nessa condição. A religião não pode ostentar outro igual a Ambrósio! Que poderoso efeito meu sermão produziu sobre os ouvintes! Como eles se aglomeraram ao meu redor! Como me cobriram de elogios e me aclamaram como o único pilar incorrupto da Igreja! O que me resta fazer agora? Nada, a não ser vigiar a conduta de meus irmãos com o mesmo cuidado com que até agora cuidei da minha. Mas, alto lá! Não posso ser tentado a me afastar daqueles caminhos que até agora percorri sem hesitar nem um momento sequer? Não sou eu mesmo um homem cuja natureza é frágil e propensa ao erro? Agora devo abandonar a solidão de meu retiro. As mais belas e nobres damas de Madri frequentam continuamente a igreja do convento e não querem saber de nenhum outro confessor. Devo acostumar meus olhos aos objetos da tentação e me expor à sedução do luxo e do desejo. Será que vou encontrar neste mundo, em que me sinto obrigado a entrar, uma mulher tão amável, tão adorável... como a senhora, Maria Santíssima...?"

Ao dizer isso, fixou os olhos numa imagem da Virgem, que estava dependurada na parede em frente. Por dois anos, esse havia sido o objeto de sua crescente admiração e veneração. Fez uma pausa e ficou contemplando a imagem com prazer.

"Que beleza nesse semblante!", continuou ele, depois de alguns minutos de silêncio. "Que graciosa é a forma dessa cabeça! Que doçura, mas que majestade em seus divinos olhos! Com que suavidade seu rosto se reclina sobre suas mãos! Poderia a rosa competir com o rubor dessa face? O lírio poderia rivalizar com a brancura dessas mãos? Oh!, se existisse semelhante criatura e se existisse apenas para mim! Se me fosse permitido entrelaçar meus dedos nesses cachos dourados e pressionar com meus lábios os tesouros desse colo e regaço branco como a neve! Deus de misericórdia, será que eu poderia resistir à tentação? Não poderia pedir em troca um único abraço como recompensa de meus trinta anos de sofrimentos? Será que não deveria abandonar... Como sou tolo! Para onde devo permitir que me leve minha admiração por essa imagem? Afastem-se de mim, ideias impuras! Devo sempre me lembrar de que essa mulher inexiste para mim. Jamais nasceu ser mortal tão perfeito como o representado nessa imagem. Mas, mesmo que existisse, a provação poderia ser difícil demais para uma virtude comum, mas a de Ambrósio é à prova contra todas as tentações. Tentação, eu disse? Para mim, não existiria. O que me encanta quando idealizo e considero essa imagem como um ser superior me desagradaria vê-la transformada em mulher manchada com todas as falhas da mortalidade. Não é a beleza da mulher que tanto me entusiasma; é a habilidade do pintor que admiro, é a divindade que adoro! As paixões não estão mortas em meu peito? Não me libertei das fragilidades humanas? Não tema, Ambrósio! Confie na força de sua virtude. Entre com sobranceria no mundo, pois você está acima das fraquezas dele. Lembre-se de que você agora está isento dos defeitos da humanidade e desafie todas as artes dos espíritos das trevas. Eles o conhecerão pelo que você é!"

Nesse ponto, seus devaneios foram interrompidos por três suaves batidas na porta da cela. Com dificuldade, o monge despertou de seu delírio. As batidas se repetiram.

– Quem é? – perguntou Ambrósio, por fim.
– É Rosário – respondeu uma voz afável.
– Entre! Entre, meu filho!

A porta logo foi aberta, e Rosário apareceu com uma pequena cesta nas mãos.

Rosário era um jovem noviço do convento, que pretendia fazer a profissão dos votos em três meses. Uma espécie de mistério envolvia esse jovem que o tornava ao mesmo tempo objeto de interesse e de curiosidade. Sua aversão pela sociedade, sua profunda melancolia, sua rígida observância das regras de sua Ordem e seu isolamento voluntário do mundo, tão incomum em sua idade, atraíram a atenção de toda a fraternidade. Ele parecia ter medo de ser reconhecido, e ninguém jamais tinha visto seu rosto. Sua cabeça estava continuamente envolta em seu capuz. Mesmo assim, por algumas de suas feições, descobertas acidentalmente, ele parecia ser um jovem muito bonito e nobre. Rosário era o único nome pelo qual era conhecido no convento.

Ninguém sabia de onde ele vinha e, quando questionado a respeito, guardava um profundo silêncio. Um estrangeiro, com ricas vestimentas e magnífica carruagem, declarou que o jovem era de distinta linhagem, solicitou aos monges que o recebessem como noviço, depositando, para tanto, a quantia estipulada. No dia seguinte, voltou com Rosário, e desde então nunca mais se soube dele.

O jovem evitava cuidadosamente a companhia dos demais monges; respondia a todos com doçura, mas com reserva, e evidentemente mostrava inclinação para a solidão. O superior era a única exceção a essa regra. O jovem o via com um respeito que beirava a idolatria. Procurava a companhia dele com a maior assiduidade e aproveitava ciosamente de todas as ocasiões para gozar de seus favores e obter suas graças. Na presença do superior, seu coração parecia estar à vontade, e um ar de alegria permeava todas as suas maneiras e conversas. Ambrósio, por sua vez, não se sentia menos atraído pelo jovem. Estando sozinho com ele, deixava de lado sua habitual severidade. Quando falava com ele, adotava sem perceber um tom mais brando do que o usual, e nenhuma voz lhe soava tão doce como a de Rosário. Ele retribuía as atenções do jovem, ministrando-lhe lições sobre as mais variadas ciências, que o noviço recebia com docilidade. Ambrósio ficava cada dia mais impressionado com a vivacidade do gênio do rapaz, com a simplicidade de seus modos e com a retidão de seu coração. Em resumo, amava-o com toda a afeição de um pai. Às vezes, não conseguia deixar de satisfazer secretamente o desejo de ver o rosto de seu pupilo, mas sua regra de abnegação se estendia também para a curiosidade, o que o impediu de comunicar esse desejo ao jovem.

– Perdoe minha intromissão, padre – disse Rosário, enquanto colocava a cesta sobre a mesa. – Estou aqui para lhe dirigir uma súplica. Ao saber que um caro amigo está gravemente doente, peço suas preces pela recuperação dele. Se as orações podem interceder no céu para poupá-lo, as suas, certamente, devem ser mais eficazes.

– No que depender de mim, meu filho, sabe que pode contar comigo. Qual é o nome do seu amigo?

– Vincenzo della Ronda.

– Isso é suficiente. Não o esquecerei em minhas orações e que nosso três vezes abençoado São Francisco se digne a ouvir meu pedido de intercessão! O que tem aí na cesta, Rosário?

– Algumas daquelas flores, reverendo padre, que notei que o senhor aprecia muito. Permite que eu as arrume em seu quarto?

– Suas atenções me encantam, filho.

Enquanto Rosário distribuía o conteúdo da cesta em pequenos vasos colocados em várias partes da cela, o monge continuou assim a conversa.

– Não o vi na igreja esta tarde, Rosário.

– Mas eu estava presente, padre. Sou tão grato por sua proteção, que não perderia a oportunidade de presenciar seu triunfo.

– Ai! Rosário, tenho poucos motivos para triunfar: o santo falou por minha boca. A ele pertence todo o mérito. Parece então que você ficou satisfeito com meu sermão?

– Satisfeito, é o que diz? Oh!, o senhor se superou! Nunca ouvi eloquência igual... exceto uma vez!

Nesse instante, o noviço deixou escapar um suspiro involuntário.

– Quando foi isso? – perguntou o monge.

– Quando o senhor pregou sobre a súbita indisposição de nosso falecido superior.

– Eu me lembro: isso foi há mais de dois anos. E você estava presente? Naquela época, eu não o conhecia, Rosário.

– É verdade, padre. E teria preferido que Deus me tivesse feito expirar antes de presenciar aquele dia! De quantos sofrimentos, de quanta tristeza eu teria sido poupado!

– Sofrimentos em sua idade, Rosário?

– Sim, padre. Sofrimentos que, se tomasse conhecimento deles, aumentariam igualmente sua ira e compaixão! Sofrimentos que constituem ao mesmo tempo o tormento e o prazer de minha existência! Mas, neste local e neste retiro, meu peito se sentiria tranquilo, não fosse pelas torturas da apreensão. Oh, Deus! Oh, Deus! Como é cruel viver com medo! Padre! Eu renunciei a tudo, abandonei para sempre o mundo e suas delícias. Nada mais resta agora. Nada mais me encanta agora, a não ser sua amizade, a não ser sua afeição. Se eu perder isso, padre! Oh! Se eu perder isso, tema ante os efeitos de meu desespero!

– Você teme a perda de minha amizade? De que modo minha conduta pôde justificar esse temor? Deveria me conhecer melhor, Rosário, e me considerar digno de sua confiança. Quais são seus sofrimentos? Pode revelá-los a mim, e acredite que, se estiver em meu poder aliviá-los...

– Ah!, não está no poder de ninguém a não ser do seu. Mesmo assim, não devo levá-los a seu conhecimento. O senhor me odiaria por minha confissão! Haveria de me expulsar de sua presença com escárnio e ignomínia!

– Meu filho, eu imploro! Eu lhe suplico!

– Pelo amor de Deus, não me pergunte mais nada! Não devo... não ouso... Escute! O sino toca para as vésperas! Padre, dê-me sua bênção, e eu o deixo!

Ao dizer isso, ajoelhou-se e recebeu a bênção que havia pedido. Em seguida, pressionando os lábios na mão do superior, levantou-se e saiu apressadamente da cela. Pouco depois, Ambrósio desceu para as vésperas (que eram cantadas numa pequena capela do convento), inteiramente surpreso pela singularidade do comportamento do jovem.

Terminadas as vésperas, os monges se retiraram para suas respectivas celas. Só o superior ficou na capela, para receber as freiras de Santa Clara. Não fazia muito tempo que estava sentado na cadeira do confessionário quando a prioresa apareceu. Cada uma das freiras foi ouvida em confissão, uma por vez, enquanto as outras esperavam com a prioresa na sacristia adjacente. Ambrósio ouviu as confissões com atenção, deu muitas exortações, impôs penitência proporcional a cada ofensa e, por algum tempo, tudo transcorreu como de costume, até que, finalmente, uma das freiras, notável pela nobreza de seu porte e elegância de sua silhueta, descuidadamente permitiu que uma carta caísse de dentro de seu hábito. Ela já estava se retirando, sem sequer notar a perda da carta. Ambrósio, supondo que se tratava de missiva escrita por algum parente dela, recolheu-a com a intenção de restituí-lo à freira.

– Espere, filha – disse ele. – Você deixou cair...

Nesse momento, como o papel já estava aberto, seus olhos leram involuntariamente as primeiras palavras. Surpreso, deu um passo para trás! Ao ouvir a voz dele, a freira se havia voltado e percebeu então sua carta na mão dele; dando um grito de terror, correu para tentar recuperá-la.

– Espere! – disse o frade, em tom severo. – Filha, eu devo ler essa carta.

– Então estou perdida! – exclamou ela, apertando as mãos descontroladamente.

Toda a cor desapareceu instantaneamente de seu rosto. Tremia de agitação e foi obrigada a abraçar uma coluna da capela para não cair. Enquanto isso, o padre superior lia as seguintes linhas:

"Tudo está pronto para sua fuga, minha querida Agnes. Amanhã, à meia-noite, espero encontrá-la na porta do jardim. Consegui a chave, e poucas horas serão suficientes para colocá-la em lugar seguro. Não se deixe levar por escrúpulos equivocados que a induzam a rejeitar essa forma de preservarmos tanto você como a criatura inocente que traz em seu seio. Lembre-se de que prometeu ser minha muito antes de se comprometer com a Igreja; que seu estado logo ficará evidente aos olhos curiosos de suas companheiras e que essa fuga é o único meio de evitar os efeitos de seu malévolo ressentimento. Adeus, minha Agnes, minha querida e prometida esposa! Não deixe de estar na porta do jardim à meia-noite!"

Assim que terminou a leitura, Ambrósio lançou um olhar severo e zangado para a imprudente freira.

– Essa carta deve ser entregue à prioresa! – disse ele, e passou por ela.

Essas palavras soaram como um trovão aos ouvidos de Agnes. Despertou de seu torpor apenas para perceber a perigosa situação em que se encontrava. Ela correu atrás do monge e o deteve pela batina.

– Espere! Oh!, espere! – gritou ela, em tom de desespero, enquanto se atirava aos pés do frade, banhando-os com suas lágrimas. – Padre, tenha compaixão de minha juventude! Olhe com indulgência para a fraqueza de uma mulher e digne-se esconder minha fragilidade!

O resto de minha vida será dedicado para expiar essa única falha e sua clemência poderá trazer uma alma de volta para o céu!

– Espantosa confidência! O quê! O convento de Santa Clara vai se transformar em retiro de prostitutas? Devo permitir que a Igreja de Cristo acalente em seu seio a devassidão e a vergonha? Sua miserável indigna! A clemência que pede faria de mim seu cúmplice. A misericórdia nesse caso seria criminosa. Você se abandonou à luxúria de um sedutor; você contaminou o hábito sagrado com sua impureza e ainda ousa pensar que merece minha compaixão? Por isso não me detenha mais! Onde está a senhora prioresa? – acrescentou ele, levantando a voz.

– Espere! Padre, espere! Escute-me, só por um momento! Não me culpe de impura, nem pense que errei no calor de meu temperamento. Muito antes de eu tomar o hábito de freira, Ramón era dono de meu coração. Ele me inspirou com a mais pura e irrepreensível paixão e já estava para se tornar meu legítimo esposo. Uma aventura horrível e a traição de um parente nos separaram. Julguei que o havia perdido para sempre e entrei para o convento, num ato de desespero. O acaso nos uniu novamente, e não pude recusar o melancólico prazer de misturar minhas lágrimas às dele. Nós nos encontrávamos todas as noites nos jardins de Santa Clara e, num momento de descuido, violei meu voto de castidade. Em breve serei mãe. Reverendo Ambrósio, tenha compaixão de mim; tenha compaixão do ser inocente cuja existência está ligada à minha. Se revelar minha imprudência à prioresa, nós duas, eu e a criança, estaremos perdidas. A punição, que as leis do convento de Santa Clara preveem para infelizes como eu, é muito severa e cruel. Reverendo padre! Não deixe que sua consciência imaculada o torne insensível com aqueles menos capazes de resistir à tentação! Não deixe que a misericórdia seja a única virtude que não toque seu coração! Tenha pena de mim, reverendo! Devolva-me a carta, não me condene à inevitável destruição!

– Sua ousadia me confunde! Devo ocultar seu crime, eu, a quem você enganou com sua falsa confissão? Não, filha, não! Vou lhe prestar um serviço fundamental. Vou resgatá-la da perdição, quer queira quer não. A penitência e a mortificação haverão de expiar seu pecado, e a severidade vai obrigá-la a retomar o caminho da santidade. O quê! Oh!, madre Santa Ágata!

– Padre! Por tudo o que é sagrado, por tudo o que lhe é mais caro, eu suplico, eu imploro...

– Solte-me! Não vou ouvi-la. Onde está a prioresa? Madre Santa Ágata, onde está a senhora?

A porta da sacristia se abriu, e a prioresa entrou na capela, seguida pelas monjas.

– Cruel! Cruel! – exclamou Agnes, soltando a batina do frade.

Desesperada e fora de si, ela se jogou no chão, batendo no peito e rasgando o véu no auge de seu desespero. As freiras contemplavam com espanto a cena que se desenrolava diante delas. O frade entregou então o papel fatal à prioresa, informou-a da maneira como o havia encontrado e acrescentou que cabia a ela decidir qual penitência a delinquente merecia.

Enquanto examinava a carta, o semblante da prioresa se inflamou de ira. O quê! Um crime desses cometido em seu convento e dado a conhecer a Ambrósio, o ídolo de Madri, o homem a quem ela mais desejava impressionar com o rigor e a regularidade com que conduzia sua casa! Palavras seriam inadequadas para expressar sua fúria. Ela ficou em silêncio e lançou sobre a freira prostrada olhares de ameaça e de malignidade.

– Levem-na daqui para o convento! – disse ela, por fim, a algumas de suas acompanhantes.

Duas das freiras mais velhas se aproximaram então de Agnes, levantaram-na à força do chão e se prepararam para conduzi-la para fora da capela.

– O que é isso? – exclamou ela, de repente, tentando se livrar das mãos das outras freiras com gestos bruscos. – Então toda a esperança está perdida? Você já me arrasta para o castigo? Onde está você, Ramón? Oh! Salve-me! Salve-me!

Então, lançando um olhar desvairado para o padre superior, continuou:

— Escute! Homem de coração de pedra! Escute-me, orgulhoso, inflexível e cruel! Poderia ter me salvado; poderia ter me restituído a felicidade e a virtude, mas não! O senhor é o destruidor de minha alma. É meu assassino e sobre o senhor recai a maldição de minha morte e a de meu filho que ainda não nasceu! Insolente em sua virtude ainda inabalada, desprezou as súplicas de uma penitente, mas Deus terá misericórdia, embora o senhor não tenha nenhuma. E onde está o mérito de sua alardeada virtude? Que tentações venceu? Covarde! Fugiu da sedução, não a enfrentou. Mas o dia da provação vai chegar! Oh! Então, quando o senhor ceder a paixões impetuosas! Quando sentir que o homem é fraco e que nasceu para errar! Quando, estremecendo, voltar seus olhos para seus pecados e suplicar com terror a misericórdia de seu Deus, oh!, nesse momento de medo, pense em mim! Pense em sua crueldade! Pense em Agnes e perca a esperança do perdão!

Ao proferir essas últimas palavras, suas forças se esvaíram, e ela caiu sem sentidos no colo de uma freira que estava ao lado. Foi imediatamente levada da capela, e suas companheiras a seguiram.

Ambrósio não ouviu as reprovações dela sem emoção. Uma pontada secreta em seu coração o fez sentir que havia tratado essa infeliz com demasiada severidade. Por isso deteve a prioresa e arriscou-se a proferir algumas palavras em favor da pecadora.

— A violência de seu desespero — disse ele — prova que pelo menos o vício não se tornou familiar para ela. Tratando-a, talvez, com menos rigor do que geralmente se aplica em tais casos e mitigando um pouco a penitência habitual...

— Mitigar, padre? — interrompeu a prioresa. — Não eu, acredite. As leis de nossa Ordem são estritas e severas; caíram em desuso ultimamente, mas o crime de Agnes me mostra a necessidade de sua restauração. Vou manifestar minha intenção ao convento, e Agnes será a primeira a sentir o rigor dessas leis, que serão obedecidas ao pé da letra. Adeus, padre.

Dizendo isso, saiu rapidamente da capela.

— Cumpri meu dever — disse Ambrósio para si mesmo.

Ele não se sentia ainda perfeitamente satisfeito com essa reflexão. Para dissipar as ideias desagradáveis que essa cena despertara nele, ao deixar a capela, desceu até o jardim do mosteiro.

Em toda Madri não havia lugar mais bonito ou mais bem arranjado. Era cuidado com o mais requintado gosto. As flores habilmente selecionadas o adornavam com o máximo de exuberância e, embora artisticamente arranjadas, pareciam plantadas pela mão da natureza. Fontes, brotando de recipientes de mármore branco, refrescavam o ar com chuviscos constantes, e os muros estavam inteiramente cobertos por jasmins, videiras e madressilvas. O escurecer aumentava a beleza da cena. A lua cheia, percorrendo um céu azul e sem nuvens, derramava sobre as árvores um trêmulo brilho, e as águas das fontes reluziam nos raios prateados. Uma brisa suave soprava a fragrância das flores de laranjeira ao longo das alamedas, e o rouxinol ressoava seu murmúrio melodioso por todo esse bosque artificial. Para o meio dele, o frade superior dirigiu seus passos.

No meio desse pequeno bosque, havia uma gruta rústica, que lembrava uma ermida. As paredes foram construídas com raízes de árvores, e os interstícios, preenchidos com musgo e hera. Assentos de relva foram levantados e dispostos em ambos os lados, e uma cascata natural caía da rocha acima. Totalmente compenetrado, o monge se aproximou do local. A calma reinante tocou seu peito, e uma voluptuosa tranquilidade envolveu de languidez sua alma.

Ele foi até a gruta e estava entrando para descansar, mas parou ao perceber que o local já estava ocupado. Estendido sobre um dos bancos havia um homem em postura melancólica. Sua cabeça estava apoiada no braço, e ele parecia perdido em meditação. O monge se aproximou e reconheceu Rosário. Observou-o em silêncio e resolveu não entrar. Depois de alguns minutos, o jovem ergueu os olhos e os fixou com tristeza na parede oposta.

– Sim! – disse ele, com um suspiro profundo e melancólico. – Sinto toda a felicidade de sua situação e toda a miséria da minha! Como seria feliz se eu pudesse pensar como o senhor! Se eu pudesse, como o senhor, olhar com desgosto para a humanidade, se pudesse me enterrar para sempre em alguma solidão impenetrável e esquecer que o mundo contém seres que merecem ser amados! Oh Deus! Que bênção a misantropia seria para mim!

– É um pensamento bem estranho, Rosário – disse o monge, entrando na gruta.

– O senhor por aqui, reverendo padre? – exclamou o noviço.

Ao mesmo tempo, levantando-se confuso de seu lugar, puxou o capuz apressadamente sobre o rosto. Ambrósio sentou-se no banco e convidou o jovem a sentar-se ao lado dele.

– Você não deve ceder a essa disposição para a melancolia – disse ele. – O que pode ter feito você ver a misantropia sob uma luz tão desejável, quando é o mais odioso de todos os sentimentos?

– A leitura, padre, desses versos que até agora tinham escapado à minha observação. A claridade do luar permitiu que os lesse. Oh!, como invejo os sentimentos do autor!

Ao dizer isso, apontou para uma placa de mármore fixada na parede oposta; nela estavam gravados os seguintes versos:

INSCRIÇÃO NUM EREMITÉRIO

Quem quer que esteja agora lendo estes versos,
Não pense, embora me tenha retirado do mundo,
Que me alegre vivendo meus dias solitários
Nesse lúgubre deserto,
Que com remorso uma consciência sangrando
Me trouxe até aqui.

Nenhum pensamento de culpa meu peito amarga:
De livre vontade fugi dos caramanchões da corte;
Pois bem que eu vi em salões e torres
Essa luxúria e orgulho,
Os mais caros e sombrios poderes do arquidemônio,
Em pompa e magnificência presidem.

Eu vi a humanidade com o vício incrustado;
Eu vi que a espada da honra estava enferrujada;
Que poucos por nada além de loucura cobiçaram;
Que aquele ainda que enganado, confiava
No amor ou no amigo;
E para cá vim com homens desgostados
Para minha vida acabar.

Nessa caverna solitária, em vestes humildes,
Assim como um inimigo para a confusa loucura,
E melancolia sombria e franzida
Eu desgastei
Minha vida, e em meu santo ofício
Consumo o dia.

Contentamento e conforto me abençoam mais
Nesta gruta do que nunca eu senti antes
Num palácio, e com pensamentos ainda subindo
A Deus nas alturas,
Cada noite e manhã com voz implorante
Esse desejo eu suspiro.

Deixe-me, oh!, Senhor!, da vida me retirar,
Desconhecido cada fogo mundano culpado,
Palpitação de remorso ou desejo frouxo;
E quando eu morrer,
Deixe-me nessa crença expirar,
Para Deus eu voo!

Estranho, se cheio de juventude e tumulto,
Até agora nenhuma tristeza estragou seu silêncio,
Talvez esteja lançando um olhar desdenhoso
Para a oração do eremita:
Mas se você tem motivo para suspirar,
Culpa sua ou cuidado;

Se você conheceu o vexame do falso amor,
Ou foi exilado de sua nação,
Ou a culpa amedronta sua contemplação,
E o faz definhar,
Oh!, como deve lamentar sua condição,
E invejar a minha!

– Se fosse possível – disse o frade – para o homem mergulhar tão inteiramente em si mesmo, a ponto de viver em absoluto isolamento da natureza humana e ainda pudesse sentir a serena tranquilidade que esses versos expressam, admito que a situação seria mais desejável do que viver num mundo tão repleto de vícios e loucuras. Mas esse nunca pode ser o caso. Essa inscrição foi colocada aqui apenas para o ornamento da gruta, e os sentimentos e o eremita são igualmente imaginários. O homem nasceu para viver em sociedade. Por pouco que ele se sinta ligado ao mundo, nunca pode esquecê-lo totalmente ou suportar ser inteiramente esquecido por ele. Desgostoso com a culpa ou com os absurdos da raça humana, o misantropo foge dela. Resolve se tornar um eremita e se enterra na caverna de alguma rocha sombria. Enquanto o ódio inflama seu peito, possivelmente poderá se sentir contente com sua situação. Mas quando suas paixões começarem a esfriar; quando o tempo tiver amenizado suas tristezas e curado as feridas que carregou consigo em sua solidão, você acha que a alegria se tornará sua companheira? Ah!, não, Rosário. Quando não for mais sustentado pela violência das paixões, vai sentir toda a monotonia de seu modo de viver e seu coração se tornará presa do tédio e do cansaço. Vai olhar em volta e vai se encontrar sozinho no universo. O amor pela humanidade vai reviver em seu peito e vai ansiar por retornar àquele mundo que abandonou. A natureza perderá todos os seus encantos aos olhos dele; ninguém vai estar por perto para apontar suas belezas ou compartilhar sua admiração por sua excelência e variedade. Apoiado no fragmento de alguma rocha, ele vai contemplar a queda d'água com um olhar vago, vai observar sem emoção a glória do sol poente. E quando cair a noite, vai retornar vagarosamente à sua cela, pois ninguém vai estar ansioso por sua chegada. Não vai sentir conforto em sua refeição solitária e sem sabor. Vai se jogar em seu catre de musgo, desanimado e insatisfeito, e vai acordar apenas para passar um dia tão triste e monótono quanto o anterior.

– O senhor me surpreende, padre! Suponha que circunstâncias o condenem à solidão. Os deveres da religião e a consciência de uma vida bem vivida não transmitiram a seu coração aquela calma que...

– Se imaginasse isso possível, eu estaria me enganando a mim mesmo. Estou convencido do contrário e de que toda a minha fortaleza não me impediria de ceder à melancolia e ao desgosto. Depois de passar o dia estudando, se você soubesse com que prazer encontro meus irmãos ao entardecer! Depois de passar muitas horas na solidão, se eu pudesse lhe explicar a alegria que sinto mais uma vez ao rever um semelhante! É nesse aspecto particular que coloco o principal mérito de uma instituição monástica. Ela isola o homem das tentações do pecado, lhe concede o tempo necessário para servir adequadamente ao Ser supremo, poupa-o da mortificação de presenciar os crimes do mundo e ainda permite que ele desfrute das bênçãos da sociedade. E você, Rosário, inveja a vida de um eremita? Será que é tão cego que não consegue enxergar a felicidade de sua situação? Reflita sobre isso por um momento. Esse convento se tornou seu retiro. Sua regularidade, sua gentileza, seus talentos fizeram de você o objeto de estima de todos aqui. Você está isolado do mundo que professa odiar, mas permanece de posse dos benefícios da sociedade e de uma sociedade composta pelos seres humanos mais dignos e respeitáveis.

– Padre! Padre! É exatamente isso que causa meu tormento! Feliz teria sido eu, se tivesse passado toda a minha vida entre os pecadores e abandonados! Se nunca tivesse ouvido pronunciar a palavra virtude! É minha adoração sem limites pela religião, é a profunda sensibilidade de minha alma para a beleza do justo e do bom que me enche de vergonha! Que me leva à perdição! Oh!, se eu nunca tivesse visto os muros desse mosteiro!

– O que está dizendo, Rosário? Quando conversamos pela última vez, você falou em tom diferente. Minha amizade então se tornou de tão exígua importância? Se você nunca tivesse visto os muros desse mosteiro, nunca teria me conhecido. Será que é esse realmente seu desejo?

– Nunca o teria conhecido? – repetiu o noviço, levantando-se do banco e agarrando a mão do frade com ar desvairado. – O senhor? O senhor? Oxalá Deus tivesse enviado um raio para cegar meus olhos antes que pudesse tê-lo visto! Prouvera a Deus que eu nunca mais voltasse a vê-lo e pudesse esquecer de que um dia já o vi!

Com essas palavras, saiu correndo da gruta. Ambrósio manteve a atitude anterior, refletindo sobre o comportamento inexplicável do jovem. Estava inclinado a suspeitar de perturbação mental, mas o teor geral de sua conduta, a concatenação de suas ideias e a serenidade de seu comportamento até o momento de deixar a gruta pareciam descartar essa hipótese. Depois de alguns minutos, Rosário voltou e sentou-se novamente no banco. Apoiou o rosto sobre uma das mãos e com a outra enxugou as lágrimas que escorriam, vez por outra, de seus olhos.

O monge olhou para ele com compaixão e absteve-se de interromper suas meditações. Ambos observaram por algum tempo um silêncio profundo. Um rouxinol havia pousado no ramo de uma laranjeira, na frente da gruta, e desatou a cantar de forma melancólica, mas melodiosa. Rosário ergueu a cabeça e ouvia com atenção.

– Era assim – disse ele, com um profundo suspiro. – Era assim que, durante o último mês de sua vida infeliz, minha irmã costumava sentar-se ouvindo o rouxinol. Pobre Matilde! Ela dorme na sepultura, e seu coração partido não pulsa mais com paixão.

– Você tinha uma irmã?

– O senhor disse bem, eu tinha. Infelizmente, não tenho mais. Ela submergiu sob o peso de suas tristezas na primavera da vida.

– Que tristezas eram essas?

– Elas não vão despertar sua compaixão. O senhor não conhece o poder desses sentimentos irresistíveis e fatais, que transformaram o coração dela em presa fácil. Padre, ela foi abandonada pela sorte no amor. Apaixonou-se por alguém dotado de todas as virtudes, por um homem, oh!, diria antes, por uma divindade... e essa paixão provou ser a ruína de sua existência. O porte nobre desse homem, seu caráter imaculado, seus vários talentos, sua sólida, maravilhosa e gloriosa sabedoria poderiam ter abalado até o mais insensível dos corações. Minha irmã o viu e ousou amá-lo, embora jamais esperasse ser correspondida.

— Se o amor dela foi tão bem concedido, o que a impedia de ter esperança de ser correspondida?

— Padre, antes de conhecê-la, Julián já havia se comprometido à mais bela e mais celestial das noivas! Mesmo assim, minha irmã ainda o amava e, pelo bem do marido, ela passou a ter adoração pela esposa. Certa manhã, ela encontrou meios de escapar da casa de nosso pai: vestida com humildes roupas, ela se ofereceu como doméstica à esposa de seu amado e foi aceita. Desse modo, passou a estar continuamente na presença dele. Empenhou-se para conquistar as boas graças desse homem e teve êxito. O devotamento dela atraiu a atenção de Julián. Os virtuosos são sempre gratos, e ele soube distinguir Matilde entre as demais companheiras dela.

— E seus pais não a procuraram? Aceitaram sua perda tão facilmente, sem tentar recuperar a filha dispersa?

— Antes que pudessem encontrá-la, ela própria reapareceu. O amor dela se tornou tão violento, que não havia mais como escondê-lo. Mas ela não desejou a pessoa de Julián, ela ambicionava apenas um lugar no coração dele. Num momento de descuido, ela acabou confessando seu afeto. Qual foi sua recompensa? Cego de amor pela esposa e acreditando que até um mero olhar dirigido a outra era uma ofensa a tudo o que devia à esposa, ele expulsou Matilde de sua presença. Proibiu-a de aparecer novamente diante dele. Essa severidade partiu o coração dela. Acabou voltando para a casa do pai e, alguns meses depois, foi levada ao túmulo.

— Menina infeliz! Certamente, seu destino foi muito severo, e Julián foi muito cruel.

— O senhor acha, padre? — exclamou o noviço, com entusiasmo. — O senhor acha que ele foi cruel?

— Sem dúvida que sim, e sinto a mais sincera compaixão por ela.

– Sente compaixão por ela? Tem compaixão por ela? Oh! Padre! Padre! Então tenha compaixão de mim!

O frade teve um sobressalto. Depois de breve pausa, Rosário acrescentou, com voz vacilante:

– Pois meus sofrimentos são ainda maiores. Minha irmã tinha uma amiga, uma verdadeira amiga, que se compadecia da agudeza de seus sentimentos e não a recriminava por sua incapacidade de reprimi-los. Eu...! Eu não tenho nenhum amigo! O mundo inteiro não pode me apresentar um coração que esteja disposto a compartilhar dos sofrimentos do meu!

Ao proferir essas palavras, ele soluçou alto. O frade se comoveu. Tomou uma das mãos de Rosário e a apertou com ternura.

– Você diz que não tem nenhum amigo? O que sou eu, então? Por que não confia em mim? O que pode temer? Minha severidade? Já fui severo alguma vez com você? A dignidade de meu hábito? Rosário, deixe de lado o monge e peço que passe a me considerar não tanto como amigo, mas como seu pai. Eu bem posso assumir esse título, pois nunca um pai cuidou de um filho com mais carinho do que eu cuidei de você. Desde o momento em que o vi pela primeira vez, percebi sensações em meu peito até então desconhecidas para mim; sua companhia me trouxe um prazer que ninguém mais poderia me proporcionar; e quando testemunhei a extensão de sua inteligência e de seu conhecimento, regozijei-me como um pai diante das perfeições do filho. Então deixe de lado seus temores. Fale comigo com toda a franqueza. Fale comigo, Rosário, diga que confia em mim. Se minha ajuda ou minha compaixão puderem aliviar sua aflição...

– Claro que podem! Só elas podem! Ah! Padre, com que boa vontade eu lhe abriria meu coração! Com que boa vontade eu revelaria o segredo que me acabrunha com seu peso! Mas, oh!, tenho medo! Tenho medo!

– Medo de que, meu filho?

– De que o senhor haveria de abominar minha fraqueza, de que a recompensa de minha confiança pudesse ser a perda de sua estima.

– Como posso tranquilizá-lo? Reflita sobre toda a minha conduta passada, sobre a ternura paterna que sempre lhe demonstrei. Abominá-lo, Rosário? Já não é mais possível. Perder sua companhia seria me privar do maior prazer de minha vida. Então, revele-me o que o aflige, e acredite em mim enquanto juro solenemente...

– Espere! – interrompeu o noviço. – Jure que, seja qual for meu segredo, não me obrigará a deixar o mosteiro até que tenha concluído meu noviciado.

– Eu o prometo com toda a sinceridade, e assim como Cristo mantém suas promessas para com a humanidade, espero manter as minhas com você. Agora, pois, explique esse mistério e conte com minha indulgência.

– Vou lhe obedecer. Saiba então... Oh! como tremo só ao pensar em dizer a palavra! Escute-me com toda a compaixão, reverendo Ambrósio! Apele para cada centelha latente de fraqueza humana que possa lhe ensinar a ter compaixão da minha! Padre! – continuou ele, atirando-se aos pés do frade e levando-lhe a mão aos lábios com avidez, enquanto a agitação sufocava por momentos sua voz. – Padre! – prosseguiu ele, em tom vacilante. – Eu sou uma mulher!

O padre superior estremeceu com essa confissão inesperada. Prostrado no chão, jazia o falso Rosário, como se esperasse em silêncio a sentença de seu juiz. Assombro por um lado, apreensão por outro, ambos, por alguns minutos, ficaram acorrentados nas mesmas atitudes, como se tivessem sido tocados pela vara de algum mago. Por fim, recuperando-se de sua confusão, o monge deixou a gruta e correu com precipitação em direção do mosteiro. Sua reação não passou despercebida à suplicante. Ela se levantou de imediato, apressou-se em segui-lo, alcançou-o, atirou-se a seus pés e lhe abraçou os joelhos. Ambrósio tentou em vão livrar-se dela.

– Não fuja de mim! – exclamou ela. – Não me deixe abandonada sob o impulso do desespero! Escute, enquanto justifico minha imprudência, enquanto reconheço que a história de minha irmã é minha própria história! Eu sou Matilde. E o senhor é o amado dela!

Se a surpresa de Ambrósio já era grande diante da primeira confissão, essa segunda ultrapassou todos os limites. Atônito, embaraçado e indeciso, sentia-se incapaz de pronunciar uma sílaba e permaneceu em silêncio, olhando para Matilde. Isso deu a ela a oportunidade de continuar suas explicações, da seguinte maneira.

– Não pense, Ambrósio, que vim lhe roubar a esposa de suas afeições. Não, acredite em mim: só a religião é digna do senhor, e longe está o desejo de Matilde de afastá-lo dos caminhos da virtude. O que sinto pelo senhor é amor, não licenciosidade. Suspiro em possuir seu coração, não desejo o prazer com sua pessoa. Digne-se ouvir minha justificativa. Alguns momentos irão convencê-lo de que esse santo retiro não está poluído por minha presença e que o senhor pode me conceder sua compaixão sem transgredir seus votos.

Ela se sentou. Ambrósio, quase sem saber o que estava fazendo, seguiu seu exemplo. E ela continuou falando:

– Eu venho de uma família distinta. Meu pai era o patriarca da nobre Casa de Villanegas. Ele morreu quando eu ainda era criança e me deixou como única herdeira de suas imensas posses. Jovem e rica, fui cortejada pelos mais nobres moços de Madri, mas nenhum deles conseguiu conquistar minha afeição. Fui criada por um tio dotado do mais sólido senso das coisas e extensa erudição. Era com muito prazer que ele me transmitia um pouco de seu conhecimento. Foi por meio de suas instruções que meu entendimento foi adquirindo mais força e mais precisão do que geralmente ocorre com outras pessoas de meu sexo. A habilidade de meu preceptor, aliada à curiosidade natural, me levou a fazer notável progresso não somente em ciências, geralmente estudadas, mas também em outras, reveladas apenas a poucos, uma vez que ainda estão sob a censura da cegueira da superstição. Mas enquanto meu guardião trabalhava para ampliar a esfera de meu conhecimento, ele incutia cuidadosamente em mim todos os preceitos morais. Ele me livrou das algemas do preconceito vulgar, me mostrou a beleza da religião, me ensinou a olhar com adoração os puros e virtuosos, e, infelizmente, eu segui à risca tudo o que ele inculcou em mim! Com essas disposições, julgue se eu poderia observar com outro sentimento que não fosse o desgosto, o vício, a dissipação e a ignorância que tanto desgraçam nossa juventude espanhola. Rejeitei todas as ofertas com desdém. Meu coração permaneceu sem dono até que o acaso me conduziu à catedral dos Capuchinhos. Oh! Certamente, naquele dia meu anjo da guarda cochilou e negligenciou seu serviço! Foi essa a primeira vez que o vi. O senhor substituía seu superior, ausente por doença. Não pode imaginar o vivo entusiasmo que seu sermão despertou em mim. Oh! Como eu sorvia suas palavras! Como sua eloquência parecia me modificar completamente! Eu mal ousava respirar, temendo perder uma sílaba; e enquanto o senhor falava, pareceu-me que uma radiante glória brilhava ao redor de sua cabeça, e seu semblante resplandecia com a majestade de um deus. Retirei-me da igreja, extasiada de admiração. A partir daquele momento, o senhor se tornou o ídolo de meu coração, o permanente objeto de minhas meditações. Passei a fazer indagações a seu respeito. Os relatos que me fizeram sobre seu modo de vida, seu conhecimento, piedade e abnegação acabaram por reforçar as correntes que já me prendiam por sua eloquência. Eu estava consciente de que não havia mais um vazio em meu coração, de que eu havia encontrado o homem que, até então, em vão havia procurado. Na expectativa de voltar a ouvi-lo, visitava sua catedral todos os dias. O senhor permanecia recluso dentro dos muros do mosteiro, e eu sempre me retirava, triste e desapontada. A noite era mais propícia para mim, pois o senhor estava diante de mim em meus sonhos, me prometia amizade eterna; me guiava pelos caminhos da virtude e me ajudava a suportar os aborrecimentos da vida. A manhã dissipava essas agradáveis visões; acordava e me via separada do senhor por barreiras que pareciam intransponíveis. O tempo parecia apenas aumentar a força de minha paixão. Tornei-me melancólica e desalentada. Fugia das companhias, e minha saúde piorava a cada dia. Por fim, não podendo mais viver nesse estado de tortura, resolvi assumir o disfarce em que me vê. Meu artifício foi afortunado: fui recebida no mosteiro e consegui ganhar sua estima. Agora, então, eu deveria me sentir completamente feliz, se minha paz não tivesse sido perturbada pelo medo de ser descoberta. O prazer que desfrutava em sua companhia era amargurado pela ideia de que talvez logo fosse privada da mesma. E meu coração palpitava com tanto arrebatamento quando obtinha uma prova de sua amizade, que me convenci de que nunca haveria de sobreviver com sua perda. Resolvi, portanto, que não haveria de deixar a descoberta de meu sexo ao acaso, mas que lhe confessaria tudo pessoalmente e que me entregaria inteiramente à sua misericórdia e indulgência. Ah!, Ambrósio, será que me enganei? Será que vai ser menos generoso do que pensei? Não posso acreditar. O senhor não vai levar uma miserável ao desespero. Ainda terei permissão para vê-lo, para conversar com o senhor, para adorá-lo? Suas virtudes serão meu exemplo ao longo de toda a minha vida e, quando expirarmos, nossos corpos descansarão na mesma sepultura.

Parou. Enquanto ela falava, mil sentimentos opostos se debatiam no peito de Ambrósio. Surpreso pela singularidade dessa aventura, confuso pela declaração abrupta, ressentimento pela ousadia de entrar no mosteiro e consciência da austeridade com que deveria responder, esses eram os sentimentos de que tinha consciência. Mas havia outros também que ainda não chegara a perceber. Não percebeu que sua vaidade se sentia lisonjeada pelos elogios prestados à sua eloquência e virtude. Tampouco percebeu que sentia um prazer secreto ao pensar que uma jovem e aparentemente adorável mulher havia abandonado o mundo por causa dele e sacrificado todas as outras paixões àquela que ele lhe havia inspirado. E menos ainda havia percebido que seu coração palpitava de desejo, enquanto suas mãos eram afavelmente pressionadas pelos dedos de marfim de Matilde.

Aos poucos, foi se recuperando de seu estado de confusão. Suas ideias foram se tornando mais claras. Logo percebeu a extrema gravidade no fato de permitir que Matilde permanecesse no mosteiro após revelar seu sexo. Assumiu então um ar de severidade e retirou a mão.

– Como, senhorita! – disse ele. – Pode realmente alimentar a esperança de obter minha permissão para permanecer entre nós? Mesmo que eu atendesse a seu pedido, qual o bem que a senhorita haveria de auferir? Pense que eu nunca poderia corresponder a um afeto, que...

– Não, padre, não! Espero não inspirar no senhor um amor como o meu. Desejo apenas a liberdade de estar perto do senhor, de passar algumas horas do dia em sua companhia, para obter sua compaixão, sua amizade e sua estima. Certamente, o que estou pedindo é mais que razoável.

– Mas reflita, senhorita! Reflita apenas por um momento sobre a impropriedade de abrigar uma mulher no mosteiro e, além do mais, uma mulher que confessa que me ama. Não há como. O risco de ser descoberta é muito grande, e não vou me expor a uma tentação tão perigosa.

– Tentação, está dizendo? Esqueça que sou mulher, e a mulher não existirá mais. Considere-me apenas como um amigo, como um infeliz, cuja felicidade, cuja vida depende de sua proteção. Não tema que algum dia irei trazer à sua lembrança que o amor mais impetuoso, mais desmedido, me induziu a disfarçar meu sexo; ou que, instigada por desejos ofensivos a seus votos e à minha honra, eu irei tentar afastá-lo do caminho da retidão. Não, Ambrósio, aprenda a me conhecer melhor. Eu o amo por suas virtudes. Se perdê-las, com elas perderá também meu afeto. Eu o considero um santo. Prove-me que não é mais do que um homem, e eu o abandono com desdém. É então por minha causa que teme a tentação? Por mim, em quem os prazeres deslumbrantes do mundo não despertaram em mim outro sentimento senão desprezo? Por mim, cujo apego ao senhor se baseia no fato de vê-lo isento de toda fragilidade humana? Oh! Descarte essas apreensões perniciosas! Pense em mim com mais nobreza, pense em si mesmo com mais nobreza. Sou incapaz de induzi-lo ao erro, e certamente sua virtude está estabelecida em bases muito firmes para ser abalada por desejos injustificáveis. Ambrósio, meu caro Ambrósio, não me expulse de sua presença! Lembre-se de sua promessa e autorize minha permanência!

– Impossível, Matilde. Seu interesse me obriga a recusar seu pedido, pois temo por você, não por mim. Depois de vencer os impetuosos arroubos da juventude, depois de passar trinta anos em mortificação e penitência, eu seguramente poderia permitir sua permanência, sem temer que chegasse a me inspirar sentimentos mais calorosos do que a piedade. Mas para você, permanecer no mosteiro só pode trazer consequências fatais. Você iria interpretar mal cada palavra minha, cada ato meu; você aproveitaria com avidez de todas as circunstâncias que pudessem encorajar sua esperança de ser correspondida em seu afeto. Insensivelmente, sua paixão haveria de levar a melhor sobre sua razão e, longe de ser reprimida por minha presença, cada momento que passássemos juntos só serviria para excitá-la e aumentá-la. Acredite em mim, pobre mulher! Você tem minha mais sincera compaixão. Estou convencido de que até agora você agiu com base nos motivos mais puros. Mas, embora esteja cega pela imprudência de sua conduta, eu seria culpado se não tentasse abrir seus olhos. Sinto que o dever me obriga a tratá-la com dureza. Devo rejeitar seu pedido e eliminar toda sombra de esperança que possa ajudar a alimentar sentimentos tão perniciosos para sua paz de espírito. Matilde, você deve partir daqui amanhã.

– Amanhã, Ambrósio? Amanhã? Oh! Certamente, não pode estar falando sério! Não pode resolver me deixar no desespero! Não pode ter a crueldade...

– Você ouviu minha decisão e deve obedecer. As leis de nossa Ordem proíbem sua permanência: seria perjúrio ocultar o fato de que uma mulher está residindo entre os muros deste mosteiro, além do que meus votos me obrigam a revelar sua história à comunidade. Por conseguinte, você deve partir daqui! Sinto muito, mas não há mais nada que eu possa fazer!

Ele pronunciou essas palavras com voz fraca e trêmula. Então, levantando-se do banco, partiu apressadamente em direção do mosteiro. Dando um grito bem alto, Matilde o seguiu e o deteve.

– Espere um momento, Ambrósio! Escute-me! Só mais uma palavra!

– Não quero ouvir nada! Solte-me! Já ouviu minha decisão!

– Mas uma só palavra! Uma última palavra e terei terminado!

– Deixe-me! Suas súplicas são em vão! Deve partir daqui amanhã!

– Vá então, bárbaro! Mas esse recurso ainda me resta.

Ao dizer isso, ela sacou subitamente um punhal, abriu o hábito e pôs a ponta da arma contra o peito.

– Padre, eu nunca vou sair viva desses muros!

– Espere! Espere, Matilde! O que vai fazer?

– O senhor decidiu e eu também. No momento em que me deixar, eu cravo esse punhal em meu coração.

– Meu São Francisco! Matilde, você perdeu o juízo? Conhece as consequências de seu ato? Sabe que o suicídio é o maior dos crimes? Que você destrói sua alma? Que perde seu direito à salvação? Que prepara para si mesma tormentos eternos?

– Não me importo! Não me importo! – respondeu ela, com veemência. – Ou sua mão me guia para o paraíso ou a minha própria me condena à perdição! Fale comigo, Ambrósio! Diga-me que vai esconder minha história, que continuarei privando de sua amizade e de sua companhia, ou esse punhal beberá meu sangue!

Ao pronunciar essas últimas palavras, ergueu o braço e fez um movimento como se fosse se esfaquear. Os olhos do frade seguiram com pavor o curso da adaga. Ela havia rasgado o hábito e seu peito estava parcialmente exposto. A ponta da arma repousava sobre seu seio esquerdo. Oh!, que seio! Os raios da lua que o iluminavam permitiram ao monge observar sua deslumbrante brancura. Seus olhos demoraram-se com insaciável avidez naquela formosa esfera. Uma sensação até então desconhecida encheu seu coração com uma mistura de ansiedade e deleite. Um fogo violento disparou por todos os seus membros. O sangue ferveu em suas veias, e mil desejos selvagens confundiram sua imaginação.

– Espere! – gritou ele, com voz apressada e vacilante. – Não posso mais resistir! Fique, então, feiticeira! Fique para minha perdição!

Dizendo isso, saiu correndo do local e se dirigiu ao mosteiro. Entrou na cela e se atirou no leito, perturbado, indeciso e confuso.

Durante algum tempo, achou impossível organizar suas ideias. A cena em que estivera envolvido despertara tamanha variedade de sentimentos em seu peito, que foi incapaz de decidir qual era o predominante. Estava indeciso sobre qual atitude deveria tomar com relação à perturbadora de sua tranquilidade. Estava ciente de que a prudência, a religião e a decência exigiam que ele a obrigasse a deixar o mosteiro. Mas, por outro lado, razões tão poderosas autorizavam sua permanência, que ele estava inclinado a consentir que ela ficasse.

Não podia negar que se sentia lisonjeado pela declaração de Matilde e, ao refletir que, sem saber, havia conquistado um coração que havia resistido aos ataques dos mais nobres cavalheiros da Espanha. A maneira como havia conquistado seu afeto também encheu sua vaidade de contentamento. Lembrou-se das muitas horas felizes que passara na companhia de Rosário e passou a temer aquele vazio em seu coração que a separação dele haveria de deixar. Além de tudo isso, considerou que, como Matilde era rica, seu auxílio poderia ser um grande benefício para o mosteiro.

"E qual é o risco que eu corro", pensou ele, consigo mesmo, "ao autorizá-la a ficar? Será que não posso confiar com segurança nas afirmações dela? Não será mais fácil para mim esquecer seu sexo e ainda considerá-la minha amiga e minha discípula? Não tenho dúvida de que o amor dela é tão puro quanto o descreve. Se fosse fruto de mera licenciosidade, ela o teria escondido por tanto tempo em seu peito? Não teria empregado algum meio para obter sua satisfação? Mas fez exatamente o contrário: ela se esforçou para manter oculto seu sexo; e nada, a não ser o medo de ser descoberta e minha insistência, a teria impelido a revelar o segredo. Ela observou os deveres da religião tão rigorosamente quanto eu. Não fez nenhuma tentativa para despertar minhas paixões adormecidas, nem jamais conversou comigo, até esta noite, sobre o amor. Se estivesse ansiosa em conquistar minha afeição, e não minha estima, não teria escondido de mim seus encantos tão cuidadosamente como o fez. Até este exato momento, contudo, não vi ainda seu rosto. Certamente, esse rosto deve ser extremamente belo, e seu corpo muito bonito, a julgar por... pelo que vi."

Quando essa última ideia passou por sua imaginação, um rubor se espalhou por suas faces. Alarmado com os sentimentos a que estava se entregando, ele se pôs em oração. Levantou-se, ajoelhou-se diante da bela imagem da Virgem Maria e implorou sua ajuda para sufocar essas perniciosas emoções. Voltou depois para a cama e se resignou a dormir.

Acordou com calor e cansado. Durante o sono, sua imaginação inflamada só lhe havia apresentado as mais voluptuosas cenas. Matilde estava diante dele em seus sonhos, e seus olhos novamente se demoraram em seu peito nu. Ela repetia seus protestos de amor eterno, jogava os braços em volta do pescoço dele e o enchia de beijos; e ele os retribuía. Ele a apertava apaixonadamente contra seu peito, e... a visão desaparecia. Às vezes, os sonhos mostravam a imagem de sua Madona favorita, e ele imaginava que estava ajoelhado diante dela; enquanto ele lhe oferecia seus votos, os olhos da imagem pareciam expandir sobre ele um brilho de inexprimível doçura. Ele encostava seus lábios nos da imagem e os julgava quentes. A própria imagem se animava, saía da tela e o abraçava afetuosamente, deixando seus sentidos incapazes de suportar prazer tão intenso. Essas eram as cenas que ocupavam seus pensamentos enquanto dormia. Seus desejos insatisfeitos colocavam diante dele as imagens mais lascivas e provocantes, e ele se desbragava em alegrias até então desconhecidas.

Ele saltou de repente do leito, totalmente confuso com a lembrança de seus sonhos. Mais envergonhado ainda se sentiu quando refletiu sobre os motivos da noite anterior, que o levaram a autorizar a permanência de Matilde. A nuvem que havia obscurecido seu discernimento já se havia dissipado. Estremeceu quando observou seus argumentos baseados em seus reais motivos e descobriu que havia sido escravo da adulação, da avareza e do amor-próprio. Se numa hora de conversa, Matilde havia produzido uma mudança tão notável em seus sentimentos, o que ele não poderia temer com a permanência dela no mosteiro? Consciente do perigo que corria, despertou de seu sonho de confiança e resolveu insistir na partida dela sem demora. Começou a sentir que não era à prova de tentação e que, por mais que Matilde pudesse se conter dentro dos limites da modéstia, ele era incapaz de enfrentar essas paixões, das quais, equivocadamente, se considerava isento.

– Agnes! Agnes! – exclamou ele, enquanto refletia sobre seu embaraço. – Já começo a sentir sua maldição!

Saiu da cela, determinado a expulsar o falso Rosário. Assistiu à oração das matinas; mas como seus pensamentos estavam ausentes, prestou pouca atenção. Seu coração e sua mente estavam repletos de objetos mundanos, e ele orou sem devoção. Terminada essa oração matinal, ele desceu ao jardim. Dirigiu-se ao mesmo lugar onde, na noite anterior, havia feito essa embaraçosa descoberta. Não tinha dúvidas de que Matilde iria procurá-lo ali; e não estava enganado. Logo em seguida, ela entrou no eremitério e se aproximou do monge com um ar tímido. Depois de alguns minutos, em que ambos ficaram em silêncio, parecia como se estivesse a ponto de falar. Mas o padre superior, que durante esse tempo esteve concentrado em sua resolução, interrompeu-a repentinamente. Embora ainda não tivesse consciência de quanto a voz dela poderia influenciá-lo, ele temia a sedução melodiosa dessa mesma voz.

– Sente-se a meu lado, Matilde – disse ele, assumindo uma expressão de firmeza, embora tentasse cuidadosamente evitar a menor aparência de severidade. – Escute-me pacientemente e acredite que, no que hei de dizer, não sou mais influenciado por meu interesse do que pelo seu. Acredite que sinto por você a mais calorosa amizade, a mais sincera compaixão, e que você não pode se sentir mais triste do que eu, quando lhe digo claramente que nunca mais devemos nos encontrar.

– Ambrósio! – exclamou ela, num tom de voz que expressava ao mesmo tempo surpresa e tristeza.

– Fique calma, minha amiga! Meu Rosário! Permita-me chamá-la por esse nome, que me é tão querido! Nossa separação é inevitável. Envergonho-me ao reconhecer como isso me afeta profundamente... Mas é assim que deve ser. Sinto-me incapaz de tratá-la com indiferença, e essa mesma convicção me obriga a insistir em sua partida. Matilde, você não deve permanecer aqui por mais tempo.

– Oh! Onde devo agora procurar por honradez? Aborrecida com um mundo pérfido, em que feliz região se esconde a verdade? Padre, eu esperava que ela residisse aqui. Achava que seu coração fosse o santuário predileto dela. E o senhor diz que isso também é falso? Oh! Deus! E o senhor também pode me trair?

– Matilde!

– Sim, padre, sim! É com justiça que o recrimino. Oh! Onde estão suas promessas? Meu noviciado ainda não terminou, e ainda assim quer me obrigar a deixar o mosteiro? Como pode ter a coragem de me afastar do senhor? E não obtive seu solene juramento no sentido contrário?

– Não vou obrigá-la a deixar o mosteiro. Você entendeu de forma errada meu juramento solene. Mas, ainda assim, quando apelo para sua generosidade, quando lhe falo sobre os embaraços que sua presença aqui me causa, você não é capaz de me liberar desse juramento? Reflita sobre o perigo de ser descoberta, sobre o opróbrio em que tal fato me mergulharia; pense que minha honra e minha reputação estão em jogo e que minha paz de espírito depende de sua submissão. Como até agora meu coração está livre, me separarei de você com pesar, mas não com desespero. Fique aqui, e em poucas semanas sacrificará minha felicidade no altar de seus encantos. Você é muito atraente, muito amável! Eu haveria de amá-la, haveria de me apaixonar por você! Meu peito se tornaria presa de desejos que a honra e minha profissão me proíbem de satisfazer. Se eu resistisse a eles, a impetuosidade de meus desejos insatisfeitos me levaria à loucura. Se eu cedesse à tentação, sacrificaria, por um condenável momento de prazer, minha reputação neste mundo e minha salvação no próximo. Então, a você recorro para que me defenda de mim mesmo. Ajude-me a não perder a recompensa de trinta anos de sofrimento! Ajude-me a não me tornar vítima de remorso! Seu coração já sentiu a angústia de um amor sem esperança. Oh! Então, se você realmente me valoriza, poupe o meu dessa angústia! Livre-me de minha promessa. Fuja desses muros. Vá, e leve consigo minhas mais calorosas orações por sua felicidade, minha amizade, minha estima e minha admiração. Fique, e você se tornará para mim a fonte de perigo, de sofrimentos, de desespero! Responda-me, Matilde. Qual é sua decisão? – Ela ficou em silêncio. – Não vai falar, Matilde? Não vai dizer qual é sua opção?

– Cruel! Cruel! – exclamou ela, torcendo as mãos em agonia. – Sabe muito bem que não me oferece escolha! Sabe muito bem que não posso ter outra vontade senão a sua!

– Então eu não estava enganado! A generosidade de Matilde equivale a minhas expectativas.

– Sim. Provarei a verdade de meu afeto submetendo-me a uma sentença que me corta o coração. Está livre de sua promessa. Vou deixar o mosteiro hoje mesmo. Tenho uma parenta, abadessa de um mosteiro na Estremadura; para lá vou dirigir meus passos e ali vou me isolar para sempre do mundo. Mas diga-me, padre, posso levar comigo para a solidão seus melhores votos para meu bem-estar? E o senhor poderia, por vezes, desviar sua atenção dos objetos celestiais para dedicar um pensamento a mim?

– Ah!, Matilde, temo que vou pensar em você com muito mais frequência do que deveria, para conservar minha tranquilidade!

– Então não tenho mais nada a desejar, exceto que possamos nos encontrar no céu. Adeus, meu amigo! Meu Ambrósio!... E, pensando bem, gostaria de levar comigo algum sinal de sua estima!

– O que poderia lhe dar?

– Algo... qualquer coisa... Uma daquelas flores será suficiente. – Ela apontou para um arbusto de rosas, plantado na entrada da gruta. – Vou escondê-la em meu peito e, quando eu morrer, as freiras a encontrarão murcha sobre meu coração.

O frade não soube o que responder. Com passos lentos e a alma pesada pela aflição, deixou o eremitério. Aproximou-se do arbusto e se inclinou para colher uma das rosas. De repente, soltou um grito penetrante, recuou rapidamente e deixou a flor, que já segurava, cair da mão. Matilde ouviu o grito e ansiosamente correu em sua direção.

– O que aconteceu? – perguntou ela. – Responda, pelo amor de Deus! O que aconteceu?

– Recebi minha sentença de morte! – respondeu ele, com voz fraca. –Escondida entre as rosas... uma serpente...

Logo a dor se tornou tão intensa que sua natureza não foi capaz de suportar; seus sentidos o abandonaram e ele caiu inerte nos braços de Matilde.

A angústia dela era indescritível. Começou a puxar os cabelos, a bater no peito e, não ousando deixar Ambrósio, aos altos gritos tentou chamar os monges para auxiliá-la. Finalmente, conseguiu. Alarmados com os gritos, vários irmãos acorreram e transportaram o frade superior até o mosteiro. Ele foi colocado imediatamente na cama, e o monge que exercia a função de cirurgião da fraternidade se preparou para examinar a ferida. A essa altura, a mão de Ambrósio já havia inchado muito; os remédios ministrados lhe conservaram a vida, é verdade, mas não lhe recobraram os sentidos. Desvairado e sofrendo todos os horrores do delírio, espumava pela boca, e quatro dos monges mais fortes mal conseguiam segurá-lo na cama.

Frei Pablos, assim se chamava o cirurgião, apressou-se em examinar a mão ferida. Os monges cercaram a cama, esperando ansiosamente o diagnóstico; entre eles, o falso Rosário não parecia o mais insensível à calamidade do frade superior. Olhava para o enfermo com uma angústia inexprimível, e os gemidos que a todo momento escapavam de seu peito traíam de modo suficiente a violência de sua aflição.

O padre Pablos examinou a ferida. Ao retirar a lanceta, notou que sua ponta estava tingida de uma tonalidade esverdeada. Meneou a cabeça tristemente e se afastou do lado da cama.

– É o que eu temia! – disse ele. – Não há esperança.

– Não há esperança? – exclamaram os monges a uma só voz. – Está dizendo que não há esperança?

– Pelos efeitos imediatos, suspeitei que nosso superior foi picado por um cientipedoro[12]. O veneno que se pode ver em minha lanceta confirma minha suspeita. Não vai conseguir viver mais de três dias.

– E não há como encontrar um remédio? – perguntou Rosário.

– Sem extrair o veneno, ele não consegue se recuperar; e como extraí-lo ainda é um mistério para mim. Tudo o que posso fazer é aplicar na ferida ervas que aliviem a dor. O paciente poderá recobrar os sentidos, mas o veneno irá se espalhar pela corrente sanguínea e, dentro de três dias, haverá de morrer.

Imensa era a tristeza de todos ao ouvirem esse diagnóstico. Pablos, como havia prometido, tratou a ferida e depois se retirou, seguido por seus companheiros. Somente Rosário permaneceu na cela, depois de ver atendida sua súplica de ficar cuidando do padre superior. Tendo perdido as forças depois de tanto esforço, Ambrósio tinha caído num sono profundo. Totalmente vencido pelo cansaço, ele mal dava sinais de vida. Estava ainda nessas condições quando os monges voltaram

---

12 Espécie originária, provavelmente, das Américas; seu nome leva a pensar também em centopeia (lacraia), embora o texto diga claramente de que se trata de uma cobra. (N.T.)

para perguntar se alguma mudança havia ocorrido. Pablos afrouxou o curativo que cobria a ferida, mais por curiosidade do que por alimentar a esperança de descobrir algum sintoma favorável. Qual não foi seu espanto ao constatar que a inflamação havia desaparecido por inteiro! Examinou a mão; a ponta da lanceta saiu limpa e sem qualquer mancha; nenhum sinal do veneno era perceptível e, se o orifício não estivesse ainda visível, Pablos poderia ter duvidado de que tivesse havido algum ferimento ali.

Ele deu a notícia a seus confrades. A alegria deles só podia ser comparada à surpresa do ocorrido. Logo se libertaram, porém, desse último sentimento e passaram a explicar as circunstâncias de acordo com as próprias ideias. Eles estavam perfeitamente convencidos de que seu superior era um santo e pensaram que nada poderia ser mais natural do que São Francisco ter operado um milagre a seu favor. Essa opinião foi adotada por unanimidade e comentada com entusiasmo; passaram a gritar: "Milagre, milagre!" com tanto fervor, que logo interromperam o sono de Ambrósio.

Os monges se aglomeraram imediatamente em torno da cama e expressaram sua satisfação pela maravilhosa recuperação. Ele tinha recobrado inteiramente seus sentidos e de nada mais se queixava, a não ser da sensação de fraqueza e languidez. Pablos lhe deu um medicamento fortificante e o aconselhou a ficar de cama pelos dois dias seguintes. Retirou-se, então, desejando que o paciente não se esgotasse com conversas, mas tentasse repousar o máximo. Os outros monges seguiram seu exemplo, e o frade superior e Rosário ficaram a sós.

Durante alguns minutos, Ambrósio fitou sua acompanhante com um misto de prazer e de apreensão. Ela estava sentada ao lado da cama, com a cabeça inclinada para baixo e, como sempre, envolta no capuz do hábito.

– E você ainda está aqui, Matilde? – disse o frade, por fim. – Não está satisfeita por ter quase causado minha morte, que nada além de um milagre poderia ter me salvado da sepultura? Ah! Certamente os céus enviaram aquela serpente para punir...

Matilde interrompeu-o, pondo a mão nos lábios dele com ar de alegria.

– Silêncio! Padre, Silêncio! O senhor não deve falar!

– Quem deu essa ordem não sabe quão interessantes são os assuntos sobre os quais desejo falar.

– Mas eu sei e por isso reforço a mesma recomendação. Fui nomeada sua enfermeira, e o senhor não deve desobedecer minhas ordens.

– Você está de bom humor, Matilde!

– Bem, pode ser. Acabei de receber uma alegria sem igual, a maior em toda a minha vida.

– Que alegria foi essa?

– Uma que devo esconder de todos, mas principalmente do senhor.

– Mas principalmente de mim? Não, eu lhe suplico, Matilde...

– Silêncio, padre! Silêncio! Não deve falar. Mas como não parece disposto a dormir, permite que o entretenha com minha harpa?

– Como? Eu não sabia que entendia de música.

– Oh! Eu toco muito mal! Mas, como o silêncio lhe foi prescrito pelas próximas 48 horas, talvez eu possa até entretê-lo quando estiver cansado de suas reflexões. Vou buscar minha harpa.

Logo retornou com o instrumento.

– Agora, padre, o que devo cantar? Gostaria de ouvir a balada que trata do galante Durandarte, que morreu na famosa batalha de Roncesvales?[13]

– O que quiser, Matilde.

– Oh! não me chame de Matilde! Me chame de Rosário, me chame de seu amigo! Esses são os nomes que adoro ouvir de seus lábios. Agora, escute!

---

13 Batalha travada, no ano 778, na localidade de Roncesvales, próxima da fronteira entre a França e a Espanha, pelas tropas do Carlos Magno contra os bascos e na qual a retaguarda do exército do imperador foi dizimada; entre os mortos, estava o comandante Rolando, cantado em prosa e verso nas cantigas e obras de gesta dos séculos posteriores; a mais antiga dessas se intitula *La Chanson de Roland* (A Canção de Rolando), escrita em torno do ano 1100. (N.T.)

Ela então afinou a harpa e, depois de poucos momentos, tocou um prelúdio com tamanho bom gosto, que comprovou ter perfeito domínio do instrumento. A ária que tocou era suave e melancólica.

Ambrósio, enquanto ouvia, sentiu diminuir sua inquietação, e uma agradável melancolia lhe invadiu o peito. De repente, Matilde mudou o ritmo. Com a mão arrojada e rápida, tocou alguns acordes marciais e então cantou a seguinte balada, de um modo ao mesmo tempo simples e melodioso.

DURANDARTE E BELERMA[14]

Triste e assustadora é a história
Da batalha de Roncesvales;
Naquelas planícies fatais de glória
Pereceram muitos galantes cavaleiros.

Ali caiu Durandarte. Nunca
De capitão mais nobre se ouviu falar;
Ele, antes que seus lábios para sempre
Se fechassem em silêncio, assim exclamou:

"Oh! Belerma! Oh! minha amada!
Para minha dor e meu prazer nasceste!
Sete longos anos eu te servi, bela,
Sete longos anos meus obséquios foram desprezados.

E agora quando teu coração corresponde
A meus desejos, arde como o meu,
Destino cruel, negando minha felicidade,
Me manda a todas as esperanças renunciar.

---

14 Balada que celebra o amor de Durandarte por Belerma, nome de personagem que representa a dama ideal, cantada por menestréis do século XVI; Durandarte parte para a guerra, onde é ferido, e, antes de morrer, confia ao fiel amigo e primo Montesinos a mensagem a transmitir à amada. (N.T.)

Ah! Embora jovem eu caia, acredita em mim,
A morte nunca há de reclamar um suspiro;
É perder-te, é deixar-te
Que me faz pensar que é difícil morrer!"

"Oh! meu primo Montesinos,
Por aquela amizade firme e querida
Que desde a juventude viveu entre nós,
Agora, meu último pedido, ouve!

Quando minha alma, esses membros abandonando
Ansiosa busca um ar mais puro,
De meu peito retirando o coração frio,
Entrega-o aos cuidados de Belerma.

Diga-lhe que eu, de minhas terras, possuidora
Nomeei-a com meu último suspiro:
Diga-lhe que meus lábios abri para abençoá-la,
Antes que se fechassem para sempre na morte;

Duas vezes por semana também, com sinceridade
Eu a adorava, primo, diga-lhe;
Duas vezes por semana para quem
Sinceramente a amava, primo, peça-lhe que reze.

Montesinos, agora é a hora
Marcada pelo destino que está próximo:
Olhe! Meu braço perdeu a força!
Olhe! Deixo cair minha confiante espada!

Olhos que me viram partir,
Para casa nunca me verão correr!
Primo, contenha essas lágrimas,
Deixe-me morrer em seu colo!

Sua bondosa mão feche minhas pálpebras,
No entanto, um favor eu imploro:
Rogue pelo repouso de minha alma,
Quando meu coração não mais pulsar;

Assim também Jesus, ainda atendendo
Gracioso ao pedido de um cristão,
Com prazer, aceite meu espírito ascendendo,
E um assento no céu me conceda."

Assim falou o galante Durandarte;
Logo seu coração corajoso se partiu em dois.
Muito alegrou a festa mourisca,
Que o galante Cavaleiro estivesse morto.

Chorando amargamente, Montesinos
Tirou dele o elmo e a espada;
Chorando amargamente, Montesinos
Cavou o túmulo de seu galante primo.

Para cumprir a promessa feita,
Ele arrancou o coração do peito,
Para que Belerma, miserável dama!,
Pudesse receber o último legado.

Triste estava o coração de Montesinos,
Sentiu a aflição seu peito rasgar.
"Oh!, meu primo Durandarte,
Ai de mim que vejo seu fim!

Doce nas maneiras, justo nos favores,
Brando no temperamento, feroz na luta,
Guerreiro mais nobre, honrado e corajoso,
Jamais haverá de contemplar a luz!

Primo, veja!, minhas lágrimas caem sobre você!
Como sobreviverei à sua perda!
Durandarte, aquele que o matou,
Por causa disso me deixou vivo!"

Enquanto ela cantava, Ambrósio ouvia com prazer. Nunca tinha ouvido voz mais harmoniosa. E se perguntava como sons tão celestiais podiam ser produzidos por outras criaturas que não fossem anjos. Mas, embora isso fosse agradável ao sentido da audição, um único olhar o convenceu de que não deveria confiar naquele da visão. A cantora estava sentada a alguma distância da cama. A maneira como ela se curvava sobre a harpa era natural e graciosa; seu capuz estava caído mais para trás do que o usual, deixando aparecer dois lábios vermelhos, carnudos, frescos e úmidos, e um queixo em cujas covinhas pareciam espreitar mil cupidos. A longa manga do hábito poderia encostar nas cordas do instrumento; para evitar esse inconveniente, ela a arregaçou até acima do cotovelo, expondo, desse modo, um braço formado na mais perfeita simetria, cuja delicadeza da pele poderia competir com a brancura da neve. Ambrósio se atreveu a olhá-la apenas uma vez. Mas aquele olhar bastou para convencê-lo de como era perigosa a presença dessa sedutora criatura. Fechou os olhos, mas foi em vão que tentou bani-la de seus pensamentos. Diante dele, a via se movendo, adornada com todos os encantos que sua exaltada imaginação poderia arquitetar. Para cada aspecto de pura beleza que tinha visto, havia outro ainda escondido, que a fantasia lhe apresentava em cores brilhantes. Ainda assim, no entanto, seus votos e a necessidade de guardá-los incólumes estavam presentes em sua memória. Lutou contra o desejo e estremeceu quando percebeu quão profundo era o precipício diante dele.

Matilde parou de cantar. Temendo a influência dos encantos da moça, Ambrósio permaneceu de olhos fechados, desfiando orações a São Francisco, para que o ajudasse nessa perigosa provação! Matilde acreditava que ele estivesse dormindo. Levantou-se e se aproximou da cama suavemente e ficou olhando para ele com atenção, por alguns minutos.

– Ele dorme! – disse ela, por fim, em voz baixa, mas o frade conseguia ouvi-la perfeitamente. – Agora posso contemplá-lo sem ofendê-lo! Posso misturar minha respiração com a dele. Posso ficar admirando suas feições, e ele não pode suspeitar de impureza e falsidade de minha parte! Ele teme que eu o induza a violar seus votos! Oh! Que injusto! Se fosse minha intenção despertar seus desejos, haveria eu de esconder meu rosto com tanto cuidado? Esse mesmo rosto, sobre o qual todos os dias eu o ouço...

Ela parou, perdida em seus pensamentos.

– Ontem mesmo – continuou ela –, há bem poucas horas passadas, eu era muito cara a ele! Ele me estimava, e meu coração estava satisfeito! Agora!... Oh! Agora, de que modo cruel minha situação mudou! Ele me vê com desconfiança! Ele me manda deixá-lo, deixá-lo para sempre! Oh! Meu santo! Meu ídolo! O senhor, que ocupa, depois de Deus, o segundo lugar em meu coração! Mais dois dias e meu coração lhe será revelado... Se pudesse ter auscultado meus sentimentos, quando presenciei sua agonia! Se pudesse saber o quanto seus sofrimentos aprofundaram meu amor!... Mas chegará a hora em que irá se convencer de que minha paixão é pura e desinteressada. Então terá pena de mim e sentirá todo o peso dessa tristeza!

Ao dizer isso, sua voz estava embargada pelo choro. Enquanto se inclinava sobre Ambrósio, uma lágrima caiu no rosto dele.

– Ah! Eu o perturbei! – exclamou Matilde, recuando rapidamente.

Seu alarme não tinha fundamento. Ninguém dorme tão profundamente quanto aqueles que estão determinados a não acordar. O frade se encontrava nessa situação: aparentava estar ainda num profundo repouso, que, a cada minuto, o tornava menos capaz de desfrutar. A lágrima ardente havia aquecido seu coração.

"Que afeto! Que pureza!", disse ele para si mesmo, intimamente. "Ah! Visto que meu peito é tão sensível à compaixão, o que seria se fosse agitado pelo amor?"

Matilde se levantou mais uma vez e se afastou um pouco mais da cama. Ambrósio arriscou-se a abrir os olhos e a lançá-los, temerosamente, sobre ela. O rosto dela estava voltado para o outro lado.

Ela descansava a cabeça sobre a harpa, numa postura melancólica, e olhava para a imagem dependurada na parede oposta à cama.

– Feliz, feliz imagem! – Assim ela se dirigiu à bela Madona. – Oh, imagem, é para você que ele dirige suas orações! É para você que ele olha com admiração! Achei que você teria aliviado minhas angústias, mas você só serviu para aumentar o peso delas. Você, imagem, me fez sentir que, se eu o tivesse conhecido antes de ele professar os votos, Ambrósio e a felicidade poderiam ter sido meus. Com que prazer ele contempla esse quadro! Com que fervor ele dirige suas orações à imagem insensível! Ah! Será que seus sentimentos não podem ser inspirados por algum gênio afável e secreto, amigo de minha afeição? Não seria o instinto natural do homem que o informa... cale-se, inútil esperança! Não permita que eu encoraje uma ideia que desmerece o brilho da virtude de Ambrósio. É a religião, não a beleza, que atrai sua admiração. Não é diante da mulher, mas da divindade que ele se ajoelha. Se ele se dirigisse a mim com pelo menos um pouco da terna expressão com que ele cumula essa Madona! Se dissesse que, se já não se houvesse comprometido com a Igreja, não teria desprezado Matilde! Oh! Permita-me nutrir essa adorável ideia! Talvez ele ainda possa reconhecer que sente por mim mais do que compaixão e que afeição como a minha poderia muito bem ter merecido retribuição. Talvez venha a reconhecer isso quando eu estiver em meu leito de morte! Ele então não precisa temer infringir seus votos e a confissão de seu afeto suavizará as dores da morte. Se eu pudesse ter certeza disso! Oh!, com que intensidade haveria de suspirar pelo momento da dissolução!

O frade não perdeu uma sílaba sequer desse monólogo; e o tom com que ela pronunciou essas últimas palavras penetrou em seu coração. Involuntariamente, levantou a cabeça do travesseiro.

– Matilde! – disse ele, com voz perturbada. – Oh! minha Matilde!

Ao ouvir essas palavras, ela se assustou e se voltou imediatamente para ele. A rapidez de seu movimento fez com que seu capuz caísse para trás da cabeça; suas feições tornaram-se visíveis aos olhos indagadores do monge. Qual não foi seu espanto ao ver a semelhança exata desse rosto com o de sua admirada Madona! A mesma delicada proporção de feições, a mesma profusão de cabelos dourados, os mesmos lábios rosados, olhos celestiais e majestade de porte adornavam Matilde! Soltando uma exclamação de surpresa, Ambrósio deixou-se cair no travesseiro e ficou na dúvida se a criatura diante dele era mortal ou divina.

Matilde parecia inteiramente confusa. Permaneceu imóvel em seu lugar, apoiada em seu instrumento. Seus olhos estavam voltados para o chão e suas faces claras se tingiam de rubor. Ao se recuperar, sua primeira atitude foi esconder o rosto. Então, com voz insegura e conturbada, aventurou-se a dirigir essas palavras ao frade.

– O acaso fez com que descobrisse um segredo, que eu nunca teria revelado a não ser em meu leito de morte. Sim, Ambrósio, em Matilde de Villanegas vê o original de sua amada Madona. Logo depois de me dar conta de minha infeliz paixão, tive a ideia de lhe enviar meu retrato. Muitos admiradores me haviam convencido de que eu possuía alguma beleza e estava ansiosa para saber que efeito haveria de produzir no senhor. Entrei em contato com Martin Galuppi, célebre pintor veneziano, na época residente em Madri, para que pintasse meu retrato. A semelhança era impressionante. Enviei o quadro para o mosteiro dos Capuchinhos, como se estivesse à venda, e o judeu de quem o senhor o comprou era um de meus emissários. O senhor o comprou. Entrei em êxtase quando fui informada de que o senhor o havia contemplado com prazer, ou melhor, com adoração; além disso, que o havia dependurado em sua cela e que não dirigia suas súplicas a nenhum outro santo. Será que essa descoberta vai fazer com que passe a suspeitar ainda mais de mim? Em vez disso, deveria convencê-lo de como meu afeto é puro e estimulá-lo a me manter em sua companhia e estima. Todos os dias, ouvi os louvores que o senhor tece em orações a meu retrato. Fui testemunha ocular dos transportes que a beleza do quadro provocava no senhor. Ainda assim, me proibi de usar contra sua virtude essas armas que o senhor mesmo me forneceu. Escondi de sua vista aquele rosto que o senhor inconscientemente amava. Procurei não despertar desejos seus, exibindo meus encantos, nem tornar-me dona de seu coração por meio de seus sentimentos. Meu único objetivo era atrair sua atenção ao cumprir cuidadosamente os deveres religiosos, conquistar sua estima, convencendo-o de que minha intenção era virtuosa e meu afeto era sincero. E consegui. Tornei-me sua companheira e sua amiga. Ocultei meu sexo de seu conhecimento; e se o senhor não tivesse me pressionado a revelar meu segredo, se eu não tivesse sido atormentada pelo medo da descoberta, nunca teria me conhecido por qualquer outro que não fosse Rosário. E, ainda assim, está decidido a me afastar do senhor? As poucas horas de vida que ainda me restam, não posso passá-las em sua presença? Oh! Fale, Ambrósio, e diga-me que posso ficar!

Essa fala deu ao padre superior a oportunidade de se recompor. Ele estava consciente de que, na atual disposição de sua mente, evitar a companhia dela era seu único refúgio contra o poder dessa mulher encantadora.

– Sua declaração me deixou tão atônito – disse ele – que no momento me sinto incapaz de lhe responder. Não insista numa resposta, Matilde. Deixe-me sozinho. Eu preciso ficar sozinho.

– Obedecerei... Mas antes de ir, prometa não insistir para que eu deixe o mosteiro imediatamente.

– Matilde, reflita sobre sua situação. Reflita sobre as consequências de sua permanência. Nossa separação é indispensável e não há outra saída.

– Mas hoje não, padre! Oh! Por piedade, hoje não!

– Você me pressiona demais, mas não consigo resistir a esse tom de súplica. Visto que insiste tanto, eu me rendo a seu pedido: consinto que permaneça aqui pelo tempo suficiente para, de alguma forma, preparar os irmãos para sua partida. Fique mais dois dias. Mas no terceiro... – ele suspirou involuntariamente. – Lembre-se de que, no terceiro, devemos nos separar para sempre!

Ela tomou a mão dele ansiosamente e pressionou-a contra os lábios.

– No terceiro dia? – exclamou ela, com um ar de estranha solenidade. – O senhor está certo, padre! Está certo! No terceiro dia devemos nos separar para sempre!

Enquanto pronunciava essas palavras, seus olhos assumiam uma expressão terrível, que encheu de horror a alma do frade. Uma vez mais ela lhe beijou a mão e, então, saiu rapidamente da cela.

Apreensivo por autorizar a presença de hóspede tão perigosa, mas consciente de que sua permanência infringia as leis de sua Ordem, o peito de Ambrósio se tornou o teatro de mil paixões em conflito. Por fim, seu apego ao falso Rosário, auxiliado pelo ardor natural de seu temperamento, parecia provável que obtivesse a vitória. O sucesso foi garantido, quando aquela presunção, que formava a base de seu caráter, veio em auxílio de Matilde. O monge chegou à conclusão de que vencer a tentação era um mérito infinitamente maior do que evitá-la. Pensou que deveria antes alegrar-se com a oportunidade que lhe era dada de provar a firmeza de sua virtude. Santo Antônio resistiu a todas as seduções da luxúria. Então por que ele não deveria? Além disso, Santo Antônio foi tentado pelo diabo, que pôs em prática todas as artimanhas para excitar suas paixões, ao passo que o perigo de Ambrósio provinha de uma simples mulher mortal, medrosa e modesta, cujas apreensões de sua rendição não eram menos violentas que as dele.

"Sim," pensou ele; "a infeliz vai ficar. Não tenho nada a temer por sua presença. Mesmo que eu me mostrasse demasiadamente fraco para resistir à tentação, estaria protegido do perigo pela inocência de Matilde."

Ambrósio haveria ainda de aprender que, para um coração inexperiente, o vício é sempre mais perigoso quando se esconde atrás da máscara da virtude.

Ele se sentia tão perfeitamente recuperado que, quando o padre Pablos o visitou novamente à noite, pediu permissão para deixar seu quarto no dia seguinte. Seu pedido foi atendido. Matilde não apareceu mais naquela tarde, exceto em companhia dos monges, quando vieram em grupo para saber do estado de saúde do padre superior. Ela parecia temerosa de conversar com ele em particular e ficou apenas alguns minutos no quarto dele. O frade dormiu bem, mas os sonhos da noite anterior se repetiram, e as sensações de voluptuosidade eram ainda mais agudas e refinadas. As mesmas visões excitantes de luxúria flutuaram diante de seus olhos: Matilde, em todo o esplendor de sua beleza, fogosa, terna e sensual, apertava-o contra o peito e lhe prodigalizava as mais ardentes carícias. Ele correspondia com a mesma avidez e já estava a ponto de satisfazer seus desejos, quando a figura traiçoeira desapareceu, deixando-o entregue a todos os horrores da vergonha e da decepção.

O dia amanheceu. Cansado, atormentado e exausto pelos sonhos provocantes, ele não estava disposto a deixar a cama. Desculpou-se por não comparecer às matinas, e era a primeira manhã em toda a sua vida que faltava a elas. Levantou-se tarde. Durante todo o dia, não teve oportunidade de falar com Matilde sem testemunhas. Sua cela estava sempre lotada de monges, ansiosos para expressar preocupações com seu estado. E ainda estava ocupado, recebendo os cumprimentos por sua recuperação, quando o sino tocou, chamando todos ao refeitório.

Depois da refeição, os monges se separaram e se dispersaram por várias partes do jardim, onde a sombra das árvores ou o retiro de alguma gruta apresentavam os meios mais agradáveis para desfrutar da sesta. Ambrósio se dirigiu para o eremitério. Com um simples olhar, convidou Matilde a acompanhá-lo.

Ela obedeceu e o seguiu até lá em silêncio. Entraram na gruta e se sentaram. Ambos pareciam relutantes em iniciar a conversa e ficaram à mercê do embaraço que os constrangia. Por fim, o frade superior falou; abordou apenas assuntos indiferentes, e Matilde lhe respondeu no mesmo tom. Ela parecia ansiosa em levá-lo a esquecer que a pessoa que estava sentada a seu lado não era outra senão Rosário. Nenhum dos dois ousou ou mesmo quis fazer uma alusão ao assunto que dominava o coração de ambos.

Os esforços de Matilde para parecer alegre eram evidentemente forçados. Sentia-se oprimida pelo peso da ansiedade e, quando falou, sua voz saiu baixa e fraca. Parecia desejosa de terminar uma conversa que a embaraçava e, queixando-se de que não estava bem, pediu permissão a Ambrósio para voltar ao mosteiro. Ele a acompanhou até a porta da cela; e quando chegaram lá, ele a deteve para lhe comunicar seu consentimento para que ela continuasse sendo sua companheira na solidão, desde que ela própria fizesse questão.

Ela não deu nenhum sinal de satisfação ao receber essa notícia, embora no dia anterior estivesse tão ansiosa em obter essa permissão.

– Infelizmente, padre – disse ela, acenando com a cabeça tristemente –, sua bondade chega tarde demais! Meu destino está selado. Devemos nos separar para sempre. Acredite, no entanto, que sou grata por sua generosidade, por sua compaixão por uma infeliz que não é de modo algum merecedora de tanto!

Ela levou o lenço aos olhos. Seu capuz cobria apenas metade de seu rosto. Ambrósio observou que ela estava pálida, com os olhos fundos e pesados.

– Meu bom Deus! – exclamou ele. – Você está muito doente, Matilde! Vou mandar chamar o padre Pablos imediatamente.

– Não, não faça isso. Estou doente, é verdade. Mas ele não pode curar minha doença. Adeus, Padre! Lembre-se de mim em suas orações amanhã, enquanto eu me lembrarei do senhor no céu!

Ela entrou na cela e fechou a porta.

Sem perder um momento sequer, o padre superior mandou o médico para o quarto dela e ficou esperando impacientemente pelo diagnóstico. Mas o padre Pablos logo voltou e declarou que sua missão havia sido infrutífera. Rosário se recusou a recebê-lo e rejeitou incisivamente sua ajuda. A apreensão que esse relato causou a Ambrósio não foi nada insignificante. Assim mesmo determinou que Matilde passasse como bem entendesse aquela noite. Mas se o estado dela não estivesse melhor pela manhã, ele insistiria para que ela seguisse o conselho do padre Pablos.

Ele não conseguia dormir. Abriu a janela e contemplou os raios da lua que brincavam sobre o pequeno riacho cujas águas banhavam os muros do mosteiro. O frescor da brisa noturna e a tranquilidade da hora encheram de tristeza a mente do frade. Ele pensou na beleza e no afeto de Matilde, nos prazeres que poderiam ter compartilhado, se ele não estivesse preso aos grilhões monásticos. Refletia que, não sustentado pela esperança, o amor dela por ele não poderia subsistir por muito tempo; julgava que, sem dúvida, ela conseguiria extinguir sua paixão e buscar a felicidade nos braços de alguém mais afortunado. Estremeceu ao pensar no vazio que a ausência dela deixaria em seu peito. Passou a olhar com desgosto para a monotonia do convento e suspirou por aquele mundo do qual estava separado para sempre. Essas eram as reflexões que foram interrompidas por uma forte batida na porta. O sino da igreja já havia batido duas horas. O padre superior se apressou em saber a causa dessa perturbação. Abriu a porta da cela, e um irmão leigo entrou; seus olhares indicavam que estava com pressa e confuso.

– Depressa, reverendo padre! – disse ele. – Corra depressa para o quarto do jovem Rosário. Ele pede seriamente para vê-lo. Ele está à beira da morte.

– Deus do céu! Onde está o padre Pablos? Por que não está com ele? Oh! Tenho medo! Tenho medo!

– O padre Pablos já o viu, mas sua arte nada mais pode fazer. Diz que suspeita que o jovem tenha sido envenenado.

– Envenenado? Oh! Que desgraça! É como eu suspeitava! Mas não há um instante sequer a perder. Talvez ainda haja tempo de salvá-lo!

Dizendo isso, voou em direção da cela do noviço. Vários monges já estavam no quarto. O padre Pablos era um deles e tinha na mão um remédio que tentava convencer Rosário a tomar. Os outros estavam ocupados em admirar a divina fisionomia do enfermo, que agora contemplavam pela primeira vez. Parecia mais adorável do que nunca. Já não estava pálida ou lânguida; um brilho intenso se espalhara por suas faces; seus olhos reluziam com uma alegria serena e seu semblante expressava confiança e resignação.

– Oh! não me atormente mais! – estava ela dizendo a Pablos quando o padre superior, apavorado, entrou correndo na cela. – Minha doença está muito além do alcance de suas habilidades, e não desejo ser curado... – Percebendo então Ambrósio: – Ah! É ele! – exclamou ela. – Eu o vejo uma vez mais, antes de nos separarmos para sempre! Deixem-me, meus irmãos! Tenho muito a dizer em particular a esse santo homem.

Os monges se retiraram imediatamente, e Matilde e o frade superior ficaram a sós.

– O que você fez, mulher imprudente! – exclamou o frade, assim que ficaram sozinhos. – Diga-me, minhas suspeitas são justas? Estou realmente prestes a perder você? Sua própria mão foi o instrumento de sua destruição?

Ela sorriu e segurou a mão dele.

– Em que fui imprudente, padre? Sacrifiquei uma pedra e salvei um diamante. Minha morte preserva uma vida valiosa para o mundo e mais querida para mim do que a minha própria. Sim, padre; estou envenenada. Mas saiba que o veneno já circulou em suas veias.

– Matilde!

– O que vou lhe contar é o que tinha resolvido a nunca lhe revelar, a não ser no leito de morte. Esse momento chegou. Não pode já ter esquecido o dia em que sua vida corria perigo pela picada de uma cientipedoro. O médico o desenganou, declarando que não sabia como fazer para extrair o veneno. Eu conhecia apenas um meio e não hesitei nem um momento em empregá-lo. Fomos deixados sozinhos em sua cela, e o senhor dormiu. Removi em parte o curativo de sua mão, beijei a ferida e suguei o veneno com meus lábios. O efeito foi mais rápido do que eu esperava. Sinto a morte em meu coração. Mais uma hora e estarei num mundo melhor.

– Deus todo-poderoso! – exclamou o padre superior, caindo em cima da cama, quase sem sentidos.

Depois de alguns minutos, levantou-se subitamente e olhou para Matilde com toda a selvageria do desespero.

– E você se sacrificou por mim! Você morre, e morre para salvar Ambrósio! E não há realmente remédio, Matilde? E não há mesmo qualquer esperança? Fale comigo! Oh! Fale! Diga-me que você ainda tem um meio de salvar sua vida!

– Console-se, meu único amigo! Sim, ainda tenho um meio de salvar minha vida em meu poder, mas é um meio que não ouso empregar. É perigoso! É terrível! O preço a pagar seria muito alto... a menos que me fosse permitido viver para o senhor.

– Então viva para mim, Matilde, para mim e por minha gratidão!... – Tomou a mão dela e, em êxtase, a pressionou contra seus lábios. – Lembre-se de nossas últimas conversas. Concordarei com tudo. Lembre-se com que cores vivas você descreveu a união de duas almas. Que caiba a nós a concretização dessas ideias. Vamos esquecer as distinções de sexo, vamos desprezar os preconceitos do mundo e vamos nos considerar apenas como irmãos e amigos. Viva, então, Matilde! Oh! Viva para mim!

– Ambrósio, não é possível. Quando pensava assim, acabei enganando tanto o senhor quanto a mim mesma. Ou morro agora ou vou expirar por causa dos persistentes tormentos de desejos não satisfeitos. Oh!, desde a última vez que conversamos, um terrível véu diante de meus olhos se rasgou. Não o amo mais com a devoção que se presta a um santo; não o valorizo mais pelas virtudes de sua alma; eu desejo o prazer de sua pessoa. A mulher domina meu peito e me tornei presa da mais selvagem das paixões. Não falo mais em amizade, palavra fria e insensível. Meu peito arde de amor, de amor indizível, e só o amor pode ser sua retribuição. Tema, então, Ambrósio, tema para ter êxito em suas orações. Se eu viver, sua verdade, sua reputação, sua recompensa de uma vida passada em sofrimentos, tudo o que o senhor valoriza estará irremediavelmente perdido. Não serei mais capaz de combater minhas paixões, aproveitarei todas as oportunidades para excitar seus desejos e vou me empenhar para alcançar sua desonra e a minha. Não, não, Ambrósio; não devo viver! Estou cada vez mais convencida de que só tenho uma alternativa. Sinto com cada palpitação do coração que devo amá-lo como homem ou morrer.

– Espantoso!... Matilde! Será que é você mesma que fala assim comigo?

Ele fez um movimento como se fosse se levantar. Ela deu um grito e, soerguendo-se da cama, jogou os braços em torno do frade para detê-lo.

– Oh! não me deixe! Ouça meus erros com compaixão! Dentro de algumas horas não existirei mais. Mais um pouco e estarei livre dessa vergonhosa paixão.

– Desgraçada de uma mulher, o que posso lhe dizer! Não posso... não devo... Mas viva, Matilde! Oh! Continue viva!

– O senhor realmente não sabe o que está pedindo. O quê? Viver para mergulhar na infâmia? Para me tornar a agente do inferno? Para provocar sua destruição e a minha? Sinta meu coração, padre.

Ela tomou a mão dele: Confuso, envergonhado, mas fascinado, ele não a retirou e sentiu o coração dela palpitar.

– Sinta este coração, padre! Ainda é a sede da honra, da verdade e da castidade. Se amanhã ainda estiver batendo, deverá tornar-se presa dos mais horrendos crimes. Oh!, deixe-me, pois, morrer hoje! Deixe-me morrer, enquanto ainda mereço as lágrimas dos virtuosos! É assim que quero expirar! – Reclinou a cabeça no ombro dele e seus cabelos dourados se esparramaram sobre o peito do monge. – Em seus braços, vou cair no sono; sua mão fechará meus olhos para sempre, e seus lábios receberão meu último suspiro. E não vai pensar em mim de vez em quando? Não vai derramar, vez por outra, uma lágrima sobre meu túmulo? Oh! Sim! Sim! Sim! Esse beijo é minha garantia!

Era tarde da noite. Em torno, reinava absoluto silêncio. Os fracos feixes de luz de uma lamparina solitária iluminavam o semblante de Matilde e espalhavam pela cela uma luz difusa e misteriosa. Nenhum olhar indiscreto ou ouvido curioso andava perto dos amantes. Nada se ouvia, a não ser os suspiros melodiosos de Matilde. Ambrósio se exibia em pleno vigor de sua virilidade. Ele via diante de si uma mulher jovem e bela, mulher que salvara sua vida, mulher que o adorava e que, só por causa desse amor, estava à beira da sepultura. Ele estava sentado na cama, e sua mão pousou sobre o peito dela. E Matilde reclinou voluptuosamente a cabeça sobre o peito dele. Quem então poderia se maravilhar, se ele cedeu à tentação? Embriagado de desejo, ele aproximou seus lábios daqueles que os procuravam. Seus beijos competiam com os de Matilde em ardor e paixão. Extasiado, ele a tomou nos braços, esqueceu-se dos votos, de sua santidade e de sua fama. Não se lembrava de mais nada, a não ser do prazer e da oportunidade.

– Ambrósio! Oh! meu Ambrósio! – suspirou Matilde.

– Seu, sempre seu! – murmurou o frade, mergulhando no peito da jovem Matilde.

CAPÍTULO III

Esses são os vilões
Que todos os viajantes tanto temem.
Alguns deles são cavalheiros,
Tal como a fúria da juventude desgovernada,
Desconfie da companhia de homens detestáveis.[15]

O marquês e Lorenzo seguiram em silêncio para o palácio. O primeiro se ocupava de trazer à mente todas as circunstâncias de que era capaz de se lembrar e que pudessem dar a Lorenzo uma ideia mais favorável de sua relação com Agnes. O segundo, justamente preocupado com a honra da família, sentia-se embaraçado na presença do marquês. A aventura que acabara de presenciar o impedia de tratá-lo como amigo; mas, como os interesses de Antônia estavam confiados à sua mediação, viu que não seria prudente tratá-lo como inimigo. Com base nessas reflexões, concluiu que o plano mais sábio seria o ficar calado e esperar com impaciência a explicação de dom Ramón.

Chegaram ao Palácio de las Cisternas. O marquês o conduziu de imediato a seus aposentos e começou a expressar sua satisfação por encontrá-lo em Madri. Lorenzo o interrompeu.

– Desculpe, meu senhor – disse ele, com ar distante –, se respondo com certa frieza a suas expressões de consideração. A honra de uma

---

15 Da comédia intitulada *Os dois cavalheiros de Verona*, de William Shakespeare (1564-1616), dramaturgo inglês. (N.T.)

irmã está envolvida nesse assunto. Até que isso seja resolvido e o motivo de sua correspondência com Agnes esclarecido, não posso considerá-lo meu amigo. Estou ansioso para ouvir as razões de sua conduta e espero que não se demore em dar a devida explicação.

– Primeiro, me dê sua palavra de que vai escutar com paciência e indulgência.

Amo demais minha irmã, para julgá-la duramente e até este momento eu não possuía amigo que me fosse tão caro quanto o senhor. Também sou levado a confessar que, se estiver em seu poder atender-me num assunto que me toca muito de perto, estou ansioso para confirmar que ainda merece toda minha estima.

– Lorenzo, você me comove! Nada pode me dar maior prazer do que uma oportunidade de prestar serviço ao irmão de Agnes.

– Convença-me de que posso aceitar seus favores sem desonra, e não haverá homem no mundo a quem eu esteja mais disposto a demonstrar minha gratidão.

– Já ouviu, provavelmente, sua irmã mencionar o nome de Alfonso d'Alvarada?

– Nunca. Embora eu sinta por Agnes uma afeição verdadeiramente fraternal, as circunstâncias nos impediram de ficar muito tempo juntos. Ainda criança, ela foi entregue aos cuidados de uma tia, casada com um nobre alemão. Em seu castelo ela permaneceu até dois anos atrás, quando voltou para a Espanha, determinada a se isolar do mundo.

– Meu bom Deus!, Lorenzo, você sabia das intenções dela e, ainda assim, nada fez para dissuadi-la?

– Marquês, o senhor me ofende. A informação que recebi quando estava em Nápoles me chocou profundamente, e apressei meu retorno a Madri com o propósito expresso de impedir esse sacrifício. No momento em que cheguei, corri para o convento de Santa Clara, que Agnes havia escolhido para nele fazer o noviciado. Pedir para ver minha irmã. Imagine minha surpresa quando ela me mandou dizer que não pretendia me ver. Declarou categoricamente que, temendo minha influência sobre sua mente, não confiaria em minha companhia até o dia anterior àquele em que receberia o véu. Supliquei às freiras, insisti para ver Agnes e até cheguei a suspeitar de que ela estivesse sendo mantida longe de mim contra a própria vontade. Para livrar-se da imputação de violência contra a postulante, a prioresa me trouxe algumas linhas escritas com a bem conhecida caligrafia de minha irmã, repetindo a mensagem que eu já havia recebido. Todas as tentativas posteriores para conseguir um momento de conversa com ela foram tão infrutíferas quanto a primeira. Ela estava inflexível, e eu não tive permissão para vê-la até o dia anterior àquele em que ela entrou no claustro para nunca mais sair. No encontro desse dia estavam presentes também nossos parentes mais próximos. Foi a primeira vez que a vi desde que era menina e foi uma cena muito comovente. Ela se atirou em meu colo, me beijou e chorou amargamente. Por todos os argumentos possíveis, com lágrimas e súplicas, ajoelhando-me a seus pés, tentei fazê-la desistir de seu propósito. Expliquei-lhe todas as dificuldades a enfrentar na vida religiosa; levei-a a pensar em todos os prazeres a que iria renunciar e implorei para que me revelasse qual era a causa de querer se afastar do mundo. Diante dessa última pergunta, ela empalideceu, e mais abundantes suas lágrimas escorreram dos olhos. Ela me suplicou para não insistir nesse assunto e que, para mim, bastava saber que sua resolução estava tomada e que o convento era o único lugar onde podia ter esperança de encontrar a paz. Ela perseverou em seu propósito e fez a profissão dos votos. Eu a visitava com frequência no convento e falava com ela através das grades do locutório; e cada momento que passava junto dela, mais intensamente sentia a aflição por sua perda. Pouco depois fui obrigado a deixar Madri. Voltei ontem ao entardecer e, desde então, não tive tempo de ir até o convento de Santa Clara.

– Então, até que eu o mencionei, você nunca ouviu o nome de Alfonso d'Alvarada?

– Perdão, senhor. Minha tia me escreveu dizendo que um aventureiro assim chamado havia encontrado meios de ser apresentado no Castelo de Lindenberg; disse que ele havia se envolvido com minha irmã e que ela até havia consentido em fugir com ele. Antes que o plano pudesse ser levado a termo, contudo, o cavalheiro descobriu que as propriedades em Hispaniola, que ele acreditava pertencerem a Agnes, na verdade pertenciam a mim. Essa informação o fez mudar de planos. Desapareceu no dia da planejada fuga, e Agnes, desesperada por sua perfídia e mesquinhez, resolveu se retirar num convento. Minha tia acrescentou que esse aventureiro havia dito que era meu amigo; por isso ela queria saber se eu realmente o conhecia. Respondi que não. Eu não tinha a menor ideia de que Alfonso d'Alvarada e o Marquês de las Cisternas fossem a mesma pessoa. A descrição que me foi dada do primeiro não correspondia de forma alguma com a do marquês.

– Nisso reconheço facilmente o caráter pérfido de dona Rodolfa. Cada palavra desse relato está gravada com marcas de sua malícia, de sua falsidade, de seus talentos para deturpar aqueles a quem ela deseja ferir. Perdoe-me, Medina, por falar tão livremente de sua parenta. O mal que ela me fez justifica meu ressentimento e, quando você ouvir minha história, ficará convencido de que minhas palavras não foram muito severas.

Ele então começou sua narrativa da seguinte maneira:

HISTÓRIA DE DOM RAMÓN, MARQUÊS DE LAS CISTERNAS

A longa experiência, meu caro Lorenzo, me convenceu de como é generosa sua natureza. Não esperei que declarasse não ter conhecimento das aventuras de sua irmã para supor que elas haviam sido propositadamente escondidas de você. Se tivessem chegado a seu conhecimento, de quantos infortúnios Agnes e eu teríamos escapado! O destino havia decidido de outra forma! Você estava em suas viagens quando conheci sua irmã; e, como nossos inimigos tiveram o cuidado de esconder dela seu paradeiro, foi impossível para ela implorar por carta sua proteção e conselho.

Ao deixar Salamanca, em cuja Universidade, segundo ouvi dizer, você permaneceu um ano depois de minha saída, embarquei imediatamente para minhas viagens. Meu pai me supria generosamente com dinheiro, mas ele insistia para que eu ocultasse minha posição e me apresentasse como nada mais que um simples cavalheiro. Essa recomendação provinha dos conselhos de um amigo dele, o duque de Villa Hermosa, um fidalgo por cujas habilidades e conhecimento do mundo eu sempre nutri a mais profunda veneração.

– Acredite em mim, meu caro Ramón – disse ele –, mais tarde você sentirá os benefícios dessa degradação temporária. É verdade que, como Conde de las Cisternas, você teria sido recebido de braços abertos, e sua vaidade juvenil poderia sentir-se gratificada pelas atenções que viriam de todos os lados, em seu favor. Dessa outra forma, quase tudo dependerá de você mesmo: terá excelentes recomendações, mas só você saberá como e quando fazer uso delas. Deverá se esforçar para agradar, deverá se empenhar para obter a aprovação daqueles a quem será apresentado. Aqueles que teriam cortejado a amizade do Conde de las Cisternas não terão interesse em descobrir os méritos ou em suportar pacientemente as faltas de Alfonso d'Alvarada. Consequentemente, quando se sentir realmente estimado, poderá atribuir isso com segurança às suas boas qualidades, não à sua posição; e essa distinção com que é contemplado será infinitamente mais lisonjeira. Além disso, sua nobre linhagem não permitiria seu relacionamento com as classes mais baixas da sociedade que, dessa outra forma, estarão em seu poder e das quais, em minha opinião, poderá obter consideráveis benefícios. Não se limite a manter contato somente com os ilustres dos países por onde passar. Examine os usos e os costumes do povo em geral. Entre nas casas dos camponeses e, observando como são tratados os súditos de estrangeiros, aprenda a diminuir os fardos e a aumentar o conforto de seus súditos. De acordo com minhas ideias, dentre todas as vantagens que um jovem destinado à posse de poder e riqueza pode colher das viagens, ele deveria considerar como essencial a oportunidade de se relacionar com as classes sociais inferiores e mesmo de testemunhar o sofrimento do povo em geral.

Perdoe-me, Lorenzo, se minha narrativa parece tediosa. A estreita relação que agora existe entre nós me deixa ansioso para que você venha a conhecer todos os detalhes a meu respeito; e no receio de omitir a menor circunstância que possa induzi-lo a pensar favoravelmente, tanto com relação a sua irmã quanto a mim, posso correr o risco de relatar muitas coisas que você pode julgar desinteressantes.

Segui o conselho do duque. Logo me convenci de sua sabedoria.

Deixei a Espanha usando o suposto título de dom Alfonso d'Alvarada e acompanhado por um único criado de comprovada fidelidade. Paris foi meu primeiro destino. Por algum tempo fiquei encantado com essa cidade, como deve ficar todo homem jovem, rico e amante dos prazeres. Mas, mesmo no meio de todas as diversões, sentia que algo faltava a meu coração. Cansei-me de toda essa libertinagem. Descobri que as pessoas com as quais eu convivia e que aparentavam ser tão polidas e sedutoras, eram, no fundo, frívolas, insensíveis e hipócritas. Afastei-me dos habitantes de Paris com repugnância e abandonei aquele teatro de luxúria sem dar um suspiro sequer de arrependimento.

Parti então para a Alemanha, com o objetivo de visitar a maior parte das principais Cortes. Antes dessa expedição, porém, pretendia permanecer algum tempo em Estrasburgo. Ao descer de minha pequena carruagem em Luneville para tomar um refresco, observei uma esplêndida carruagem, escoltada por quatro criados em ricos uniformes, esperando na porta do Leão de Prata. Logo depois, olhando pela janela, vi uma senhora de porte elegante, seguida por duas acompanhantes, entrar na carruagem, que partiu imediatamente.

Perguntei ao proprietário quem era a senhora que acabava de partir.

– Uma baronesa alemã, senhor, de elevada posição e fortuna. Veio visitar a duquesa de Longueville, como me informaram os criados dela. Está indo para Estrasburgo, onde vai encontrar o marido, e então ambos deverão retornar ao castelo em que residem na Alemanha.

Abreviei minha permanência nessa localidade, com a intenção de chegar a Estrasburgo naquela mesma noite. Minhas esperanças, no entanto, foram frustradas por problemas em minha carruagem. O acidente aconteceu no meio de uma densa floresta, e fiquei realmente preocupado por não ter outro meio de prosseguir viagem.

Estávamos no auge do inverno. A noite já se fechava em torno de nós, e Estrasburgo, que era a cidade mais próxima, ainda estava a várias léguas de distância. Pareceu-me que minha única alternativa, para não passar a noite na floresta, era tomar o cavalo de meu criado e rumar para Estrasburgo, tarefa nada agradável naquela época do ano. Não tendo, contudo, outro recurso à mão, fui obrigado a decidir por ela. Comuniquei, por conseguinte, meu plano ao cocheiro, dizendo-lhe que enviaria pessoas para ajudá-lo assim que chegasse a Estrasburgo. Eu não tinha muita confiança na honestidade dele. Mas como meu criado, Stefano, estava bem armado e visto que o cocheiro já era de idade avançada, julguei que não corria perigo de perder minha bagagem.

Felizmente, como então me pareceu, surgiu uma oportunidade de passar a noite de maneira mais agradável do que eu esperava. Ao mencionar minha intenção de seguir sozinho para Estrasburgo, o cocheiro meneou a cabeça em desaprovação.

– É um longo caminho – disse ele. – Será muito difícil chegar lá sem um guia. Além disso, o senhor não parece nada acostumado com os rigores da estação, e é possível que não consiga suportar o frio excessivo...

– De que adianta me apresentar todas essas objeções? – perguntei, interrompendo-o com impaciência. – Não tenho outro recurso: corro um risco ainda maior de morrer de frio passando a noite na floresta.

– Passar a noite na floresta? – retrucou ele. – Oh! por São Denis! Ainda não estamos numa situação tão ruim assim. Se não me engano, estamos a apenas cinco minutos, a pé, da cabana de meu velho amigo Batista. É um lenhador e um sujeito muito honesto. Não duvido que não irá lhe dar abrigo esta noite, e com prazer. Nesse meio-tempo, posso tomar o cavalo de sela, cavalgar até Estrasburgo e voltar com ajuda para consertar sua carruagem, em torno do raiar do dia.

– E em nome de Deus! – exclamei. – Como pode me deixar em suspense por tanto tempo? Por que não me falou logo dessa cabana? Que grande estupidez!

– Pensei que talvez o senhor não se dignaria aceitar...

– Que absurdo! Vamos, vamos! Não diga mais nada, mas conduza-nos sem demora até a cabana do lenhador.

Ele obedeceu, e o seguimos a pé. Os cavalos conseguiram arrastar, com alguma dificuldade, o veículo quebrado atrás de nós. Meu criado quase perdeu a fala, e eu mesmo comecei a sentir os efeitos do frio, antes de chegarmos à tão almejada cabana. Era uma construção pequena, mas limpa. Assim que nos aproximamos, fiquei contente ao observar pela janela o brilho de uma lareira aconchegante. Nosso condutor bateu à porta. Passou-se um tempo sem qualquer resposta. As pessoas lá dentro pareciam em dúvida se deveriam nos receber.

– Vamos, vamos lá, meu amigo Batista! – gritou o cocheiro com impaciência. – O que está fazendo? Está dormindo? Ou você vai recusar hospedagem por uma noite a um cavalheiro, cuja carruagem acabou de quebrar na floresta?

– Ah!, é você, meu caro Claude? – respondeu a voz de um homem, vinda de dentro da cabana. – Espere um momento, e já vou abrir a porta.

Logo depois os ferrolhos foram retirados. A porta se abriu, e um homem se apresentou com uma lamparina na mão. Recebeu calorosamente o guia e depois se dirigiu a mim.

– Entre, senhor. Entre e seja bem-vindo! Desculpe-me por não tê-lo recebido imediatamente, mas há tantos velhacos neste lugar que, se não fosse por sua aparência, teria suspeitado que o senhor fosse um deles.

Dizendo isso, ele me conduziu à sala, onde eu havia visto a lareira. Fui imediatamente acomodado numa poltrona, que ficava perto do fogo. Uma mulher, que eu supunha ser a esposa de meu anfitrião, levantou-se quando entrei e me recebeu com uma leve e distante reverência. Ela não respondeu a meu cumprimento, mas voltou a sentar-se em seguida e retomou o trabalho que estava fazendo. As maneiras de seu marido eram tão amistosas quanto as dela eram secas e repulsivas.

– Gostaria de poder alojá-lo de forma mais conveniente, senhor – disse ele. – Mas não podemos nos gabar de ter muito espaço disponível neste casebre. Creio, no entanto, que podemos providenciar um cômodo para o senhor e outro para seu criado. Terá de se contentar com uma refeição magra. Mas o que temos, acredite, é de coração que oferecemos.
– Em seguida, voltando-se para a esposa: – Ora, Marguerite, como pode

ficar aí sentada, com tanta tranquilidade, como se não tivesse nada melhor para fazer? Mexa-se, mulher! Mexa-se! Traga algo para comer. Providencie alguns lençóis. Vamos, vamos! Ponha lenha no fogo, pois o cavalheiro parece estar morrendo de frio.

A esposa jogou seu trabalho apressadamente sobre a mesa e passou a executar as ordens do marido, mas com uma falta de vontade mais que evidente. Sua fisionomia me desagradou desde o primeiro momento em que a fitei. Mesmo assim, no geral, suas feições eram inquestionavelmente bonitas. Mas sua pele era amarelada e sua silhueta diminuta e descarnada. Uma expressão melancólica se espalhava por seu semblante, e deixava transparecer marcas tão visíveis de rancor e de má vontade, que não podiam deixar de ser notadas até mesmo pelo observador mais desatento. Cada olhar e cada ação demonstravam descontentamento e impaciência. E as respostas que dava a Batista, quando ele a recriminava com bom humor por seu ar insatisfeito, eram ácidas, curtas e afiadas. Enfim, desde o primeiro momento, senti por ela profunda antipatia, em proporção inversa à simpatia que logo tive por seu marido, cuja aparência e jeito inspiravam estima e confiança. Seu semblante era aberto, sincero e amistoso; suas maneiras tinham toda a honestidade do camponês, mas desprovidas de rudeza. Suas faces eram largas, cheias e rosadas; e na solidez de sua compleição física, ele parecia oferecer um amplo pedido de desculpas pela magreza da esposa. Pelas rugas em sua testa, julguei que ele tinha mais de 60 anos, mas que tinha suportado bem todos esses anos, pois parecia ainda vigoroso e forte. A esposa não devia ter mais de 30 anos, mas em ânimo e vivacidade ela era infinitamente mais velha que o marido.

Apesar de sua falta de vontade, no entanto, Marguerite começou a preparar o jantar, enquanto o lenhador conversava alegremente sobre diversos assuntos. O cocheiro, que havia recebido uma garrafa de aguardente, estava pronto para partir para Estrasburgo e perguntou se eu tinha mais alguma ordem a dar.

– Para Estrasburgo? – interrompeu Batista. – Você não está pensando em chegar lá esta noite!

– Perdão, amigo! Se eu não for buscar alguém para consertar a carruagem, como é que esse senhor poderá seguir viagem amanhã?

– É verdade, eu tinha esquecido da carruagem. Bem, mas Claude, você pode pelo menos jantar antes de partir. Isso não o fará perder muito tempo; além do mais, o senhor parece ser uma pessoa de bom coração e não vai querer que parta de estômago vazio numa noite tão terrivelmente fria como essa.

Concordei prontamente, dizendo ao cocheiro que chegar a Estrasburgo, no dia seguinte, uma ou duas horas mais tarde, seria perfeitamente irrelevante. Ele me agradeceu e, em seguida, deixando a cabana com Stefano, guardou os cavalos no estábulo do lenhador. Batista os seguiu até a porta e olhou para fora com ansiedade.

– Sopra um vento forte e cortante! – disse ele. – Eu me pergunto o que estará detendo meus meninos por tanto tempo! Senhor, vou lhe apresentar dois dos mais elegantes rapazes que já pisaram na face da terra. O mais velho tem 23 anos, o segundo é um ano mais novo. Iguais a eles em bom senso, coragem e disposição para o trabalho não podem ser encontrados dentro de um raio de cinquenta milhas de Estrasburgo. Já deveriam ter voltado! Começo a ficar preocupado com eles.

Nesse momento, Marguerite estava ocupada em estender a toalha sobre a mesa.

– A senhora está igualmente ansiosa pelo retorno de seus filhos? – perguntei.

– Eu não! – respondeu ela, irritada. – Eles não são meus filhos.

– Vamos! Vamos, Marguerite! – disse o marido. – Não perca o bom humor por causa de uma pergunta simples como essa do cavalheiro. Se você não parecesse tão zangada, ele nunca teria pensado que você tinha idade suficiente para ter um filho de 23 anos. Mas veja só quantos anos o mau humor lhe acrescenta! Desculpe a grosseria de minha esposa, senhor. Fica irritada com qualquer bagatela e agora se mostra um tanto descontente porque o senhor não acha que ela tenha menos de trinta anos. Essa é a verdade, não é, Marguerite? Sabe, senhor, que a idade é sempre um assunto delicado para uma mulher. Vamos! Vamos! Marguerite, sorria! Tente pelo menos! Se você não tem filhos tão velhos agora, terá daqui a vinte anos, e espero que possamos viver para vê-los rapazes bem apessoados como Jacques e Robert.

Marguerite juntou as mãos e as agitou, irritada.

– Deus me livre! – disse ela. – Deus me livre! Se fosse assim, eu os estrangularia com minhas mãos!

Ela saiu da sala apressadamente e subiu as escadas.

Não pude deixar de expressar ao lenhador o quanto sentia pena dele por estar acorrentado por toda a vida a uma parceira tão mal-humorada.

– Ah! Senhor! Cada um tem sua cruz, e a minha é Marguerite. Mas, no fim das contas, ela é apenas mal-humorada, não é maldosa. O pior é que sua afeição por dois filhos que teve com o primeiro marido faz com que se comporte como verdadeira madrasta de meus dois filhos. Ela não suporta a presença deles e, dependendo de sua vontade, eles nunca poriam os pés dentro desta casa. Mas nesse ponto sempre permaneço firme e nunca consentirei em abandonar os pobres rapazes à própria sorte, como ela já me pediu, não poucas vezes, que o fizesse. Quanto ao resto, deixo que ela faça o que quiser; e, na verdade, em favor dela devo dizer que administra uma casa como raramente se vê.

Estávamos conversando dessa maneira quando fomos interrompidos por um alô bem alto, que ecoou pela floresta.

– Meus filhos, espero! – exclamou o lenhador, correndo para abrir a porta.

O grito se repetiu. Agora distinguíamos o trote de cavalos e, logo depois, o rumor de uma carruagem, escoltada por vários cavaleiros, que parou na porta da cabana. Um dos cavaleiros perguntou a que distância ainda estavam de Estrasburgo. Como se dirigia a mim, respondi no número de milhas que Claude me dissera. Diante disso, ouviu-se uma saraivada de maldições contra os condutores, por terem se perdido pelo caminho. As pessoas que ocupavam a carruagem foram informadas da distância de Estrasburgo e também de que os cavalos estavam cansados demais e não conseguiriam prosseguir. Uma dama, que parecia ser a patroa, deixou transparecer seu desgosto com essa informação. Mas como não havia remédio, uma das acompanhantes perguntou ao lenhador se ele poderia lhes oferecer hospedagem por aquela noite.

Ele pareceu muito embaraçado, e respondeu que não poderia, acrescentando que um cavalheiro espanhol e seu criado já ocupavam os únicos aposentos vagos de sua casa. Ao ouvir isso, a cortesia de minha nação não haveria de me permitir ficar com essas acomodações, uma vez que uma dama também precisava delas. Imediatamente comuniquei ao lenhador que me dispunha a transferir meu direito para a senhora. Ele fez algumas objeções, mas eu as ignorei e, dirigindo-me para a carruagem, abri a porta e ajudei a senhora a descer. Logo a reconheci como a mesma pessoa que havia visto na estalagem de Luneville. Aproveitei para perguntar a uma de suas acompanhantes qual era o nome dela.

– Baronesa de Lindenberg – foi a resposta.

Não pude deixar de observar quão diferente foi a recepção que nosso anfitrião deu a esses recém-chegados e a mim. Sua relutância em admiti-los estava visivelmente expressa em seu semblante, e com dificuldade teve de vencer essa relutância para dizer àquela senhora que era bem-vinda. Eu a conduzi para dentro da casa e lhe ofereci a poltrona que eu acabara de deixar. Ela me agradeceu com extrema graciosidade e pediu mil desculpas por me incomodar. De repente, o semblante do lenhador se desanuviou.

– Finalmente consegui arranjar tudo! – disse ele, interrompendo as desculpas da mulher. – Posso alojar a senhora e suas acompanhantes, madame, e não haverá necessidade de fazer esse cavalheiro sofrer por sua polidez. Temos dois quartos disponíveis, um para a senhora e o outro para o senhor. Minha esposa cederá o dela para as duas criadas. Quanto aos criados, deverão contentar-se em passar a noite num grande celeiro, que fica a poucos passos da casa. Lá eles terão fogo para se aquecer e uma ceia tão boa quanto pudermos lhes preparar.

Depois de seguidos agradecimentos da parte da senhora e de minha oposição ao fato de que Marguerite tivesse de ceder seu quarto, houve acordo quanto ao arranjo. Como a sala era pequena, a baronesa dispensou imediatamente seus criados. Batista estava a ponto de conduzi-los ao mencionado celeiro, quando dois jovens apareceram à porta da cabana.

– Com os diabos! – exclamou o primeiro, recuando. – Robert, a casa está cheia de estranhos!

– Ah! Aí estão meus filhos! – exclamou nosso anfitrião. – Ora, Jacques! Robert, para onde estão indo, rapazes? Há lugar de sobra ainda para vocês.

Com essa garantia, os rapazes retornaram. O pai os apresentou à baronesa e a mim: Depois se retirou com nossos criados, enquanto, a pedido das duas criadas, Marguerite as conduziu ao quarto destinado à patroa delas.

Os dois recém-chegados eram jovens, altos, fortes, bem constituídos, de feições duras e bem queimados do sol. Eles nos cumprimentaram com poucas palavras e saudaram Claude, que agora entrava na sala, como um velho conhecido. Tiraram então as capas, em que estavam envoltos, seus cintos de couro, dos quais pendiam os sabres e, sacando cada um deles um par de pistolas do cinto, colocaram tudo sobre uma prateleira.

– Vocês viajam bem armados – disse eu.

– Verdade, senhor – respondeu Robert. – Deixamos Estrasburgo quase noite e é necessário tomar precauções ao passar por essa floresta depois do anoitecer. Essa região não tem boa reputação, garanto.

– Como? – perguntou a baronesa. – Há ladrões por aqui?

– É o que dizem, madame. De minha parte, atravessei essa floresta em todos os horários e nunca encontrei nenhum deles.

Nesse momento, Marguerite voltou. Seus enteados a levaram para o outro lado da sala, e ficaram conversando em voz baixa com ela por alguns minutos. Pelos olhares que eles lançavam para nós, de vez em quando, deduzi que andavam perguntando sobre o que estávamos fazendo na cabana.

Enquanto isso, a baronesa expressou seu receio de que o marido estivesse ansioso e preocupado por causa dela. Estava pensando em enviar um de seus criados para informar o barão de seu atraso. Mas o relato que os jovens fizeram da floresta tornou esse plano impraticável.

Claude a aliviou de sua preocupação. Ele a informou de que precisava chegar a Estrasburgo naquela noite e que, se ela lhe confiasse uma carta, poderia ter toda a certeza de que a missiva seria entregue.

– E então – perguntei – você não tem medo de encontrar esses ladrões?

– Ai de mim, senhor! Um homem pobre, com uma família numerosa, não pode perder a chance de obter algum lucro por medo de eventual perigo; e talvez o barão acabe me oferecendo uma pequena recompensa por meu sacrifício. Além do mais, nada tenho a perder, exceto minha vida, que não tem qualquer valor para os ladrões.

Achei seus argumentos muito fracos e o aconselhei a esperar até a manhã. Mas, como a baronesa não concordou comigo, fui obrigado a desistir da questão. A baronesa de Lindenberg, como descobri depois, havia muito que estava acostumada a sacrificar os interesses dos outros em favor dos seus. Seu desejo de enviar Claude a Estrasburgo a deixou cega com relação aos perigos dessa missão. Ficou decidido, por conseguinte, que ele deveria partir sem demora. A baronesa escreveu a carta ao marido, e enviei algumas linhas a meu banqueiro, avisando-o de que só chegaria a Estrasburgo no dia seguinte. Claude tomou nossas cartas e deixou a cabana.

A dama declarou estar muito cansada da viagem. Além de vir de longe, os condutores haviam tomado o caminho errado na floresta. Dirigiu-se então a Marguerite, solicitando ser conduzida a seu quarto, a fim de poder repousar por meia hora. Uma das criadas dela foi imediatamente chamada; a jovem apareceu com uma lamparina, e a baronesa a seguiu escada acima. A toalha de mesa estava na sala onde eu me encontrava, e Marguerite logo me deu a entender que eu estava atrapalhando. Suas insinuações eram mais que claras para poder entendê-las facilmente; por isso pedi a um dos rapazes que me conduzisse ao quarto onde eu deveria dormir e onde poderia permanecer até que o jantar ficasse pronto.

– Qual é o quarto dele, mãe? – perguntou Robert.

– Aquele com cortinas verdes – respondeu ela. – Acabei de me dar ao trabalho de prepará-lo e coloquei lençóis limpos na cama. Se o cavalheiro quiser relaxar e se espreguiçar nela, que ele mesmo a arrume depois.

– A senhora está de mau humor, mãe, mas isso não é novidade. Tenha a bondade de me seguir, senhor.

Ele abriu a porta e caminhou em direção de uma escada estreita.

– Você não está levando uma lamparina! – advertiu Marguerite. – É seu próprio pescoço ou o do cavalheiro que quer quebrar?

Ela passou por mim e pôs uma vela nas mãos de Robert. Depois de recebê-la, ele começou a subir a escada. Jacques estava ocupado em estender a toalha de mesa e de costas para mim. Marguerite aproveitou o momento, quando não estávamos sendo observados, tomou minha mão e a apertou com força.

– Olhe para os lençóis! – disse ela ao passar por mim e imediatamente retomou sua ocupação anterior.

Assustado por seu ato inesperado, permaneci como que petrificado. A voz de Robert, desejando que eu o seguisse, me trouxe de volta à realidade. Subi as escadas. Meu guia me levou até um quarto, onde um belo fogo ardia na lareira. Ele pôs a vela sobre a mesa, perguntou se eu precisava de mais alguma coisa e, ao ouvir minha resposta negativa, me deixou sozinho. Pode estar certo de que, no momento em que me vi a sós, logo procurei atender a instrução de Marguerite. Tomei a vela, aproximei-a imediatamente da cama e afastei as cobertas. Qual não foi meu espanto, meu horror, ao ver os lençóis vermelhos de sangue!

Naquele momento, mil ideias confusas passaram por minha imaginação. Os ladrões que infestavam a floresta, a exclamação de Marguerite a respeito de seus filhos, as armas e a aparência dos dois jovens, e os vários relatos que já tinha ouvido a respeito da correspondência secreta que frequentemente existe entre ladrões e cocheiros; todas essas circunstâncias passaram por minha cabeça e me deixaram cheio de dúvidas e apreensão. Refleti sobre os meios mais prováveis de verificar a veracidade de minhas conjeturas. De repente, percebi alguém lá embaixo andando apressadamente para frente e para trás. Tudo agora me parecia suspeito. Com cuidado, aproximei-me da janela que, como o quarto estava fechado havia muito tempo, permanecia aberta, apesar do frio. Arrisquei-me a olhar para fora. O clarão da lua me permitiu distinguir um homem, que não tive dificuldade em reconhecer como meu anfitrião. Observei seus movimentos.

Ele caminhava rapidamente, depois parava e parecia ficar escutando. Batia com os pés no chão e batia com os braços no peito, como se estivesse tentando se proteger da inclemência da estação. Ao menor ruído, se uma voz fosse ouvida na parte inferior da casa, se um morcego passasse voando por ele, ou se o vento balançasse galhos e folhas, ele se assustava e olhava a seu redor com ansiedade.

– Que o diabo o carregue! – disse ele, finalmente, com impaciência. – Quem quer que seja ele!

Falava em voz baixa; mas como estava logo abaixo de minha janela, não tive dificuldade em distinguir suas palavras.

Então passei a ouvir passos de alguém se aproximando. Batista foi em direção do som. Parou junto a um homem que sua baixa estatura e o chifre dependurado no pescoço indicavam não ser outro senão meu fiel Claude, que eu supunha já estar a caminho de Estrasburgo. Esperando que a conversa deles lançasse alguma luz sobre minha situação, apressei-me em me colocar em condições de ouvi-la com segurança. Para tanto, apaguei a vela que estava sobre uma mesa perto da cama. As chamas do fogo não eram suficientes para acusar minha presença. E então retomei imediatamente meu lugar junto à janela.

Os homens que eram objeto de minha curiosidade se posicionaram bem abaixo de minha janela. Suponho que, durante minha momentânea ausência, o lenhador culpou Claude pelo atraso, pois, quando voltei a meu posto, o mesmo tentava desculpar-se de sua falta.

– Mas – acrescentou ele – minha diligência no presente haverá de compensar meu atraso de antes.

– Nessa condição – respondeu Batista – estou disposto a perdoá-lo de imediato. Mas, na verdade, como você vai dividir igualmente conosco o lucro, seu próprio interesse deverá estimulá-lo a empenhar-se com toda a diligência possível. Seria uma vergonha deixar um espólio tão nobre escapar! Você diz que esse espanhol é rico?

– O criado dele se gabava na estalagem de que os pertences dentro da carruagem devem valer mais de duas mil moedas de ouro.

Oh!, como amaldiçoei a imprudente vaidade de Stefano!

– E me disseram – continuou o cocheiro – que essa baronesa carrega consigo um cofre com joias de imenso valor.

– Pode ser, mas eu preferia que ela tivesse ficado longe. O espanhol era uma presa fácil. Os rapazes e eu poderíamos facilmente ter dominado a ele e ao criado, e então as duas mil moedas de ouro teriam sido divididas entre nós quatro. Agora teremos de dividir com todo o bando, e pode ser que ainda nos escapem. Caso nossos amigos tenham se dirigido para seus diferentes postos antes de você chegar à caverna, tudo estará perdido. Os acompanhantes da dama são numerosos demais para que possamos dominá-los sozinhos. A menos que nossos sócios cheguem a tempo, teremos de deixar esses viajantes seguir seu rumo amanhã, sem qualquer dano.

– Foi um grande azar que meus camaradas que dirigiam a carruagem fossem daqueles que não conhecem nossa aliança! Mas não tema, amigo Batista. Dentro de uma hora estarei na caverna. Agora são 10 horas, e você pode esperar a chegada do bando à meia-noite. A propósito, cuide de sua esposa. Você sabe a profunda repugnância que ela tem por nosso modo de vida e pode encontrar um jeito de avisar os criados da baronesa sobre nos planos.

– Oh! Estou seguro de seu silêncio. Ela tem muito medo de mim e ama demais os filhos para ousar trair meu segredo. Além disso, Jacques e Robert a vigiam de perto e não vão permitir que ela ponha os pés fora da cabana. Os criados estão muito bem alojados no celeiro. Vou dar um jeito para manter tudo calmo até a chegada de nossos amigos. Se eu tivesse certeza de que você vai poder encontrá-los, despacharíamos os estrangeiros nesse instante. Mas como é possível que você não consiga encontrar o bando, tenho medo de que os criados venham procurá-los pela manhã.

– E suponha que um dos viajantes venha a descobrir seu plano?

– Então deveremos apunhalar aqueles que estão em nosso poder e tentar dominar o resto. Mas para evitar correr tal risco, vá depressa para a caverna. O bando nunca sai de lá antes das 11h e, se você for diligente, poderá chegar a tempo de detê-los.

– Diga a Robert que tomei o cavalo dele; o meu rompeu a rédea e fugiu para o mato. Qual é a senha?

– A recompensa da coragem.

– É o suficiente. Estou indo para a caverna a toda pressa.

– E eu devo me juntar aos hóspedes, para que minha ausência não levante suspeitas. Adeus e tome cuidado.

Então, esses dignos cúmplices se separaram. Um rumou para o estábulo, enquanto o outro voltou para a cabana.

Você pode imaginar quais devem ter sido meus sentimentos durante essa conversa, da qual não perdi uma sílaba sequer. Não ousei me demorar em reflexões, nem consegui vislumbrar um meio de escapar dos perigos que me ameaçavam. Sabia que qualquer resistência seria inútil. Eu estava desarmado e um só homem contra três. Resolvi, no entanto, vender o mais caro que pudesse minha vida. Temendo que Batista percebesse minha ausência e suspeitasse que eu tinha ouvido a conversa dele com Claude, acendi de novo e rapidamente a vela e saí do quarto. Ao descer, vi a mesa posta para seis pessoas. A baronesa estava sentada ao lado da lareira. Marguerite estava ocupada preparando a salada, e seus enteados estavam cochichando no outro extremo da sala. Batista, tendo que dar uma volta pelo jardim, antes de chegar à porta da casa, ainda não havia chegado. Sentei-me em silencio diante da baronesa.

Um simples olhar para Marguerite foi suficiente para que ela entendesse que seu aviso não tinha sido inútil. Como ela me parecia diferente agora! O que antes parecia tristeza e mau humor, descobri agora que era puro desgosto pela conduta de seus companheiros e compaixão pelo perigo que eu corria. Passei a considerá-la meu único recurso. Mas, sabendo que era vigiada pelo marido com olhos desconfiados, muito pouco podia esperar de seu empenho e de sua boa vontade.

Apesar de todos os meus esforços para ocultá-la, minha preocupação estava visivelmente expressa em meu semblante. Eu estava pálido e tanto minhas palavras quanto minhas ações eram desordenadas e atrapalhadas. Os jovens perceberam e me perguntaram qual seria a causa. Culpei o forte cansaço e o violento efeito que o intenso frio produzia em mim. Se acreditaram ou não, não sei dizer. Pelo menos pararam de me incomodar com suas perguntas. Tentei desviar minha atenção dos perigos que me cercavam, conversando sobre diferentes assuntos com a baronesa. Falei da Alemanha e de minha intenção de visitá-la imediatamente: Deus sabe que realmente nem pensava naquele momento em visitá-la! Ela me respondia com muita graça e afabilidade e afirmou que o prazer de me conhecer compensava amplamente o atraso de sua viagem; além disso, me convidou com insistência para passar um tempo no castelo de Lindenberg. Enquanto ela falava, os rapazes trocavam sorrisos maliciosos, o que insinuava que ela teria sorte se algum dia voltasse a ver aquele castelo. Não pude deixar de perceber essa conduta escusa, mas escondi a emoção que a mesma despertava em meu peito. Continuei a conversar com a baronesa, mas minhas palavras eram, com frequência, tão incoerentes que, como ela me informou mais tarde, começou a duvidar que eu estivesse em meu juízo perfeito. O fato era que, enquanto minha conversa girava em torno de um assunto, meus pensamentos estavam inteiramente ocupados com outro. Ficava pensando em descobrir um meio de deixar a cabana, ir até o celeiro e avisar os criados sobre os planos de nosso anfitrião. Logo me convenci de que qualquer tentativa nesse sentido era praticamente impossível. Jacques e Robert observavam cada movimento meu com olhos atentos, e fui obrigado a abandonar a ideia. Todas as minhas esperanças repousavam agora na possibilidade de Claude não encontrar os bandidos. Nesse caso, de acordo com o que ouvi, poderíamos partir ilesos.

    Estremeci sem querer quando Batista entrou na sala. Pediu mil desculpas por sua longa ausência, mas "precisava resolver alguns assuntos que não podiam ser adiados". Pediu, então, permissão para que sua família pudesse sentar-se à mesma mesa conosco, pois, sem essa permissão, o respeito não o autorizaria a tomar tal liberdade. Oh! Como, em meu coração, amaldiçoei esse hipócrita! Como eu detestava a presença desse homem, que estava a ponto de me privar de minha vida, vida que me era nesse momento infinitamente cara! Eu tinha todos os motivos para estar satisfeito com a vida; tinha juventude, riqueza, berço e educação; e as perspectivas mais belas se apresentavam diante de mim. Eu vi essas perspectivas prestes a terminar da maneira mais horrível. Então fui obrigado a dissimular e a receber com uma aparência de gratidão as falsas cortesias daquele que segurava a adaga contra meu peito.

A permissão que nosso anfitrião pedia foi facilmente concedida. Sentamo-nos à mesa. A baronesa e eu ocupávamos um lado. Os filhos do lenhador estavam à nossa frente, de costas para a porta. Batista sentou-se ao lado da baronesa, na extremidade superior, e o lugar ao lado dele foi deixado para sua esposa. Ela logo entrou na sala e nos serviu uma refeição à moda do campo, simples, mas saborosa. Nosso anfitrião julgou necessário desculpar-se pela simplicidade do jantar: "Ele não tinha sido informado da nossa vinda e só podia nos oferecer a refeição que era destinada à sua família."

– Mas – acrescentou ele –, se algum acidente deter meus nobres hóspedes por mais tempo do que pretendem no momento, espero dar-lhes um tratamento melhor.

Que pilantra! Eu sabia muito bem o acidente a que aludia; estremeci ao pensar no tratamento que nos aguardava!

Minha companheira em perigo parecia ter se livrado inteiramente de sua aflição por estar atrasada. Ela ria e conversava com a família com imensa alegria. Tentei seguir o exemplo dela, mas foi em vão. Meu aparente ânimo era evidentemente forçado e a coação que me impunha a mim mesmo não escapou à observação de Batista.

– Vamos, vamos, senhor, anime-se! – disse ele. – Não parece ter se recuperado totalmente do cansaço. Para animar seu espírito, o que diz de uma taça de excelente vinho velho que meu pai me deixou? Que Deus o tenha, ele está num mundo melhor! Raramente bebo esse vinho. Mas como não tenho a honra de receber hóspedes tão ilustres todos os dias, essa é uma ocasião que merece uma garrafa.

Ele deu então uma chave à esposa e lhe passou instruções sobre o local onde encontrar o vinho do qual falava. Ela não parecia nada satisfeita com a incumbência. Tomou a chave um tanto a contragosto e hesitou em deixar a mesa.

– Não ouviu? – perguntou-lhe Batista, num tom zangado.

Marguerite lançou-lhe um olhar misto de raiva e de medo e saiu da sala. Os olhos do marido a seguiram com desconfiança, até que ela fechou a porta.

Ela logo retornou com uma garrafa lacrada com cera amarela. Colocou-a sobre a mesa e devolveu a chave ao marido. Desconfiei que esse licor não nos era oferecido sem um propósito específico e observei com inquietação os movimentos de Marguerite. Ela estava enxaguando algumas pequenas taças feitas de chifre. Ao colocá-las diante de Batista, percebeu que meus olhos estavam fixos nela e, no momento em que ela pensou que não estava sendo observada pelo bandido, me fez sinal com a cabeça para não provar o licor. E então retomou seu lugar.

Enquanto isso, nosso anfitrião sacou a rolha e, enchendo duas das taças, ofereceu uma para a baronesa e outra para mim. A princípio, ela fez algumas objeções, mas depois de muita insistência por parte de Batista, condescendeu. Temendo levantar suspeitas, hesitei em não aceitar a taça que me foi oferecida. Pelo aroma e pela cor, imaginei que fosse champanhe. Mas alguns grãos de pó flutuando na superfície me convenceram de que havia sido adulterado. Não ousei, no entanto, mostrar minha repugnância ao beber; levei-o aos lábios e fingi engolir a bebida: Subitamente, levantei da cadeira, aproximei-me de uma vasilha com água a alguma distância, na qual Marguerite havia enxaguado as taças. Fingi cuspir o vinho com desgosto e aproveitei a oportunidade para despejar o líquido na vasilha.

Os bandidos pareceram ficar alarmados com meu gesto. Jacques ameaçou levantar-se da cadeira, pôs a mão no peito, onde descobri o punho de uma adaga. Voltei a meu lugar com tranquilidade e fingi não ter notado a confusão deles.

– Você não acertou meu gosto, amigo – disse eu, dirigindo-me a Batista. – Não há jeito de eu beber champanhe sem que sinta uma violenta indisposição. Engoli um pouco do vinho antes de perceber sua qualidade e creio que vou pagar caro por minha imprudência.

Batista e Jacques trocaram olhares de desconfiança.

– Talvez – disse Robert – o aroma pode ser desagradável para você.

Ele se levantou da cadeira e apanhou a taça. Notei que a examinava para verificar se estava vazia.

– Ele deve ter bebido o suficiente – disse ele ao irmão, em voz baixa, enquanto se sentava novamente.

Marguerite parecia apreensiva, com receio de que eu tivesse provado a bebida. Com um olhar, deixei-a tranquila.

Esperei com ansiedade pelos efeitos que a bebida produziria na baronesa. Não duvidava de que os grãos que observei eram venenosos e lamentei que tivesse sido impossível para mim alertá-la sobre o perigo. Alguns minutos se passaram antes que eu percebesse que seus olhos estavam pesados e que sua cabeça tombava sobre o ombro; ela caiu num sono profundo. Fingi não prestar atenção a essa circunstância e continuei minha conversa com Batista, com toda a alegre disposição que ainda era capaz de aparentar. Mas ele não me respondia mais sem constrangimento. Olhava-me com desconfiança e espanto e vi que os ladrões cochichavam com frequência entre si. Minha situação se tornava a cada momento mais difícil; tentava manter uma atitude de confiança, mas muito sem jeito. Igualmente temeroso da chegada dos outros cúmplices e de que suspeitassem de meu conhecimento de seus planos, não sabia como dissipar a desconfiança que os bandidos tinham com relação a mim. Nesse novo dilema, foi a amiga Marguerite que veio novamente em meu socorro. Ela passou por trás das cadeiras de seus enteados, parou por um momento à minha frente, fechou os olhos e reclinou a cabeça sobre o ombro. Esse gesto dissipou imediatamente minha incerteza; significava que eu deveria imitar a baronesa e fingir que a bebida havia produzido seu efeito em mim. Foi o que fiz e, em poucos minutos, parecia perfeitamente vencido pelo sono.

– Pronto! – exclamou Batista, assim que caí para trás na cadeira. – Finalmente, ele dorme! Já começava a pensar que ele havia descoberto nosso plano e que deveríamos ser forçados a executá-lo de qualquer maneira.

– E por que não executá-lo de qualquer jeito? – perguntou o feroz

Jacques. – Por que deixar a ele a possibilidade de trair nosso segredo? Marguerite, alcance-me uma das pistolas. Um único toque no gatilho vai acabar com ele de uma vez.

– E suponha – retrucou o pai –, suponha que nossos amigos não cheguem esta noite. Uma bela figura haveríamos de fazer pela manhã quando os criados perguntarem por ele! Não, não, Jacques. Devemos esperar por nossos parceiros. Se eles se juntarem a nós, seremos suficientemente fortes para dar conta dos criados bem como dos patrões, e o butim será todo nosso. Se Claude não encontrar o bando, devemos ter paciência e deixar que a presa escape por entre nossos dedos. Ah! Meninos, meninos, se vocês tivessem chegado cinco minutos antes, já teríamos terminado com o espanhol e duas mil moedas de ouro estariam em nosso poder. Mas vocês, quando mais são necessários para qualquer coisa, nunca estão presentes. Vocês são os ladrões mais azarados que já vi!

– Bem, bem, pai! – replicou Jacques. – Se o senhor pensasse como eu, a essa altura tudo já estaria acabado. O senhor, Robert, Claude e eu teríamos dado conta dos estrangeiros, mesmo que eles estivessem em número maior. Mas Claude não está mais aqui, e é tarde demais para pensar nisso agora. Devemos esperar pacientemente pela chegada da gangue; e, se os viajantes nos escaparem esta noite, vamos dar um jeito de assaltá-los amanhã.

– Certo! Certo! – disse Batista. – Marguerite, deu o sonífero para as damas de companhia?

Ela respondeu que sim.

– Então, está tudo certo. Vamos, vamos, rapazes. Aconteça o que acontecer, não temos motivos para nos queixar dessa aventura. Não corremos perigo, podemos ganhar muito e não vamos perder nada.

Nesse momento, ouvi um tropel de cavalos se aproximando. Oh! que terrível era esse som para meus ouvidos! Um suor frio escorreu por minha testa e senti todos os terrores da morte iminente. Não fiquei nada tranquilizado ao ouvir a compassiva Marguerite exclamar em tom de desespero:

– Deus todo-poderoso! Eles estão perdidos!

Felizmente, o lenhador e seus filhos estavam muito ocupados com a chegada de seus comparsas para pensar em mim ou notar a violência de minha agitação, que os teria convencido de que meu sono era fingido.

– Abram! Abram! – exclamaram várias vozes do lado de fora da cabana.

– Sim! Sim! – exclamou Batista, alegremente. – São nossos amigos, com certeza! Agora nosso butim está garantido. Vamos! Rapazes, vamos! Conduzam-nos ao celeiro. Vocês sabem o que deve ser feito ali.

Robert correu para abrir a porta da cabana.

– Mas primeiro – disse Jacques, tomando suas armas –, primeiro deixe-me despachar esses dorminhocos.

– Não, não, não! – interveio o pai. – Vão para o celeiro, onde sua presença é necessária. Deixem-me cuidar deles e das mulheres lá em cima.

Jacques obedeceu e seguiu o irmão. Parece que ficaram conversando por alguns minutos com os recém-chegados. Depois ouvi os ladrões desmontarem e, conforme imaginei, rumar para o celeiro.

– Sim, tudo muito bem calculado! – murmurou Batista. – Eles deixaram os cavalos para que possam atacar os estrangeiros de surpresa. Bom! Bom! E agora, aos negócios!

Eu o ouvi aproximar-se de um pequeno armário do outro lado da sala e destrancá-lo. Nesse momento, senti que eu era sacudido de leve.

– Agora! Agora! – sussurrou Marguerite.

Abri os olhos. Batista estava de costas para mim. Não havia mais ninguém na sala, a não ser Marguerite e a baronesa adormecida. O vilão havia apanhado uma adaga do armário e parecia examiná-la para ver se estava bem afiada. Eu não tinha pensado em me munir de armas para a viagem. Mas percebi que essa era minha única chance de escapar e resolvi não perdê-la. Pulei da cadeira e me atirei subitamente sobre Batista; agarrando-o pelo pescoço, apertei-o com tanta força que o impedi de soltar um único grito. Você deve se lembrar da fama que eu tinha em Salamanca, por causa da força de meus braços; essa força me prestou, nessa ocasião, um serviço essencial. Surpreso, aterrorizado e sem fôlego, o vilão não era de forma alguma um adversário perigoso. Eu o joguei no chão, agarrei-o com mais força ainda e, enquanto o mantinha imobilizado, Marguerite lhe arrancou a adaga das mãos e a cravou repetidas vezes no coração até que ele expirou.

Assim que esse ato horrível, mas necessário, foi perpetrado, Marguerite me pediu para que a seguisse.

– A fuga é nossa única salvação! – disse ela. –Rápido! Rápido! Vamos embora!

Obedeci sem hesitar; mas, não querendo deixar a baronesa vítima da vingança dos ladrões, tomei-a em meus braços, ainda adormecida, e corri atrás de Marguerite. Os cavalos dos bandidos estavam atados perto da porta: Minha condutora saltou sobre um deles. Segui seu exemplo, coloquei a baronesa diante de mim e esporeei meu cavalo. Nossa única esperança era chegar a Estrasburgo, que ficava muito mais perto do que o pérfido Claude me havia assegurado. Marguerite conhecia bem o caminho e galopava à minha frente. Fomos obrigados a passar pelo celeiro, onde os ladrões massacravam nossos criados. A porta estava aberta. Podíamos ouvir os gritos dos moribundos e as imprecações dos assassinos! Não há como descrever o que senti naquele momento!

Jacques ouviu o rumor dos cascos de nossos cavalos quando passamos pelo celeiro. Ele correu para a porta com uma tocha nas mãos e reconheceu facilmente os fugitivos.

– Fomos traídos! Fomos traídos! – gritou ele para seus companheiros.

Eles largaram imediatamente aquela tarefa sanguinária e correram para seus cavalos. Não ouvimos mais nada. Enterrei minhas esporas nas virilhas de meu cavalo e Marguerite instigava o seu com a adaga que já havia nos prestado um serviço tão bom. Voávamos como um raio e alcançamos as planícies abertas. Já podíamos ver a torre da catedral de Estrasburgo, quando ouvimos os ladrões se aproximando. Marguerite olhou para trás e distinguiu nossos seguidores descendo uma pequena colina não muito distante. Já era impossível exigir mais de nossos cavalos. O barulho se aproximava mais a cada momento.

– Estamos perdidos! – exclamou ela. – Os vilões estão cada vez mais perto!

– Avante! Continue! – repliquei. – Ouço o tropel de cavalos vindo da cidade.

Redobramos nossos esforços e logo percebemos um numeroso grupo de cavaleiros. Eles vinham em nossa direção a toda velocidade e já estavam a ponto de nos ultrapassar.

– Parem! Parem! – gritou Marguerite. – Salvem-nos! Pelo amor de Deus, salvem-nos!

O primeiro, que parecia atuar como guia, freou imediatamente seu cavalo.

– É ela! É ela! – exclamou ele, saltando do cavalo. – Pare, meu senhor, pare! Estão a salvo! É minha mãe!

No mesmo instante, Marguerite saltou do cavalo, abraçou o rapaz e o cobriu de beijos. Os demais cavaleiros também pararam.

– A baronesa de Lindenberg? – perguntou um dos estranhos, ansioso. – Onde está ela? Não está com vocês?

Ele parou ao vê-la deitada sem sentidos em meus braços. Imediatamente a recebeu em seu colo. O sono profundo em que ela se encontrava fez com que ele primeiro temesse por sua vida; mas as batidas do coração dela logo o tranquilizaram.

– Graças a Deus! – disse ele. – Ela escapou ilesa.

Interrompi sua alegria apontando os bandidos, que continuavam se aproximando. Assim que os mencionei, a maior parte do grupo, que parecia ser composta principalmente de soldados, apressou-se a enfrentá-los. Os vilões não esperaram pelo ataque; percebendo o perigo, deram meia-volta e fugiram para a floresta, sendo perseguidos por nossos salvadores. Nesse meio-tempo, o estranho, que imaginei ser o Barão de Lindenberg, depois de me agradecer por salvar sua senhora, propôs que retornássemos o mais rápido possível à cidade. A baronesa, ainda sob o efeito da droga que havia ingerido, foi deixada aos cuidados dele. Marguerite e seu filho montaram novamente em seus cavalos, os criados do barão nos seguiram e logo chegamos à estalagem, onde o barão havia reservado alguns aposentos.

Era a Águia Austríaca, a mesma estalagem onde meu banqueiro, a quem antes de deixar Paris eu havia informado sobre minha intenção de visitar Estrasburgo, havia reservado acomodações para mim. Alegrei-me com essa coincidência. Isso me deu a oportunidade de travar amizade com o barão, que haveria de ser útil para mim na Alemanha. Logo depois de nossa chegada, a senhora foi levada para a cama. O médico que veio atendê-la prescreveu um medicamento que provavelmente neutralizaria os efeitos do sonífero; e depois que a baronesa o ingeriu, foi entregue aos cuidados da dona da estalagem. O barão dirigiu-se, então, a mim e pediu que lhe contasse os detalhes dessa aventura. Atendi a seu pedido de imediato, pois a dor que sentia pelo destino de Stefano, a quem fui obrigado a abandonar à crueldade dos bandidos, não me deixava em paz até que tivesse notícias dele. Logo depois fiquei sabendo que meu fiel criado havia perecido. Os soldados que haviam perseguido os bandidos voltaram enquanto eu estava empenhado em relatar minha aventura ao barão. Por meio deles, soube que os ladrões haviam sido apanhados. Culpa e verdadeira coragem não combinam. Eles se haviam atirado aos pés de seus perseguidores, renderam-se sem desferir um golpe, revelaram seu esconderijo, deram a conhecer a senha que facilitaria a captura do resto da quadrilha e, enfim, mostraram claramente toda a sua covardia e baixeza. Desse modo, todo o bando, composto de cerca de sessenta pessoas, foi feito prisioneiro e conduzido a Estrasburgo. Alguns dos soldados correram para a cabana, utilizando um dos bandidos como guia. Foram primeiramente para o celeiro, onde tiveram a sorte de encontrar dois dos criados do barão ainda vivos, embora gravemente feridos. O resto havia expirado sob as espadas dos ladrões e, entre esses mortos, estava meu infeliz Stefano.

Alarmados com nossa fuga, os ladrões, em sua pressa de nos alcançar, não revistaram a cabana. Como consequência, os soldados encontraram as duas damas de companhia ilesas e mergulhadas no mesmo sono profundo que havia afetado a baronesa. Não encontraram mais ninguém na cabana, exceto uma criança com menos de 4 anos, que os soldados levaram para a cidade. Enquanto fazíamos conjeturas a respeito da origem desse pequeno, Marguerite entrou correndo no cômodo com o menino nos braços. Ela se ajoelhou aos pés do oficial que estava nos fazendo esse relato e lhe desejou mil bênçãos por ter salvado seu filho.

Uma vez terminada essa explosão de ternura maternal, solicitei a Marguerite que explicasse de que maneira havia se unido a um homem cujos princípios pareciam totalmente discordantes com os dela. Ela baixou os olhos e enxugou algumas lágrimas que escorriam por suas faces.

– Cavalheiros – disse ela, depois de alguns minutos de silêncio –, gostaria de lhes pedir um favor. Os senhores têm o direito de saber a quem devem seus agradecimentos. Não vou, portanto, ocultar uma confissão que me cobre de vergonha, mas permitam-me que o faça com o mínimo de palavras possível. Nasci em Estrasburgo, de pais respeitáveis. No momento, devo ocultar os nomes deles. Meu pai ainda vive e não merece estar envolvido em minha infâmia. Se vocês atenderem a meu pedido, poderão vir a saber meu nome de família. Um vilão se tornou senhor de meus afetos e, para segui-lo, deixei a casa de meus pais. Mesmo assim, embora minha paixão tenha sido mais forte que minha virtude, não mergulhei nessa degeneração do vício, como é comum acontecer com as mulheres que dão o primeiro passo em falso. Eu amava meu conquistador, amava-o cegamente. Eu sempre fui fiel a ele. Essa criança e o jovem que o advertiu, meu senhor barão, do perigo que corria sua senhora, são frutos desse afeto. Mesmo agora lamento sua perda, embora seja a ele que devo todas as misérias de minha existência. Ele era de origem nobre, mas tinha esbanjado toda a sua herança paterna. Seus parentes o consideravam uma vergonha para o nome da família e o abandonaram totalmente. Seus excessos chamaram a atenção da polícia. Ele foi obrigado a fugir de Estrasburgo e não viu outro recurso contra a mendicância senão uma união com os bandidos que infestavam a floresta vizinha e cuja tropa era composta principalmente de jovens de família na mesma situação que ele. Eu estava decidida a não abandoná-lo. Segui-o até a caverna dos bandidos e compartilhei com ele a miséria inseparável de uma vida de pilhagem. Mas, embora soubesse que nossa existência era sustentada por roubos, não conhecia todas as terríveis circunstâncias ligadas à profissão de meu amante. Ele ocultava tudo isso de mim com o maior cuidado. Ele sabia muito bem que meus sentimentos não eram suficientemente depravados para olhar sem horror para um assassinato. Ele suspeitava, e com razão, que eu haveria de fugir com ódio dos braços de um assassino. Durante oito anos, seu amor por mim não diminuiu. E com todo o cuidado, ele evitava que eu chegasse ao conhecimento de todas as circunstâncias que poderiam me levar a suspeitar dos crimes dos quais ele participava com frequência. E conseguiu isso muito bem, pois foi somente depois da morte dele que descobri que suas mãos estavam manchadas com sangue de inocentes. Numa noite fatal, ele foi trazido de volta à caverna coberto de ferimentos, recebidos ao atacar um viajante inglês, que foi imediatamente morto por seus parceiros. Ele só teve tempo de implorar meu perdão por toda a tristeza que me havia causado; beijou minha mão e expirou. Minha dor foi inexprimível. Assim que me senti um pouco mais forte, resolvi retornar a Estrasburgo, jogar-me com meus dois filhos aos pés de meu pai e implorar seu perdão, embora não tivesse muita esperança de obtê-lo. Qual não foi minha consternação quando fui informada de que ninguém que conhecesse o lugar secreto dos bandidos teria permissão de deixar a quadrilha, além do que, deveria desistir de todas as esperanças de voltar à sociedade e deveria também automaticamente aceitar um integrante do bando como meu marido! Minhas súplicas e protestos foram inúteis. Eles tiraram a sorte para decidir com quem eu deveria ficar. Tornei-me propriedade do infame Batista. Um ladrão, que um dia tinha sido monge, presidiu nossa união com uma cerimônia mais burlesca do que religiosa: eu e meus filhos fomos entregues nas mãos de meu novo marido, que nos levou imediatamente para sua cabana. Ele me assegurou que fazia muito tempo que nutria por mim a mais ardente estima, mas que a amizade por meu falecido marido o obrigara a reprimir seus desejos. Ele se esforçou para me ajudar a aceitar meu destino e, por algum tempo, me tratou com respeito e gentileza. Finalmente, descobrindo que minha aversão mais aumentava do que diminuía, ele conseguia o que bem queria pela violência, pois eu persistia em rejeitá-lo. Nenhum recurso mais me restou a não ser suportar meus sofrimentos com paciência. Eu tinha consciência de que os merecia, de verdade. Mas fugir era impossível. Meus filhos estavam sob o poder de Batista, e ele havia jurado que, se eu tentasse escapar, a vida deles haveria de pagar por isso. Tive muitas oportunidades de testemunhar a barbaridade de sua natureza para duvidar de que haveria de cumprir a palavra ao pé da letra. A triste experiência me havia convencido dos horrores de minha situação. Meu primeiro amante os havia cuidadosamente escondido de mim. Batista, ao contrário, sentia prazer ao exibir diante de meus olhos todas as crueldades de sua profissão e se esforçava para me familiarizar com sangue e matança. Minha natureza era sensual e ardente, mas não cruel. Minha conduta tinha sido imprudente, mas meu coração não era perverso. Imaginem então o que eu devia sentir ao ser testemunha contínua dos crimes mais horríveis e revoltantes! Imaginem como devo ter sofrido por estar unida a um homem que recebia o hóspede desavisado com ar de sinceridade e hospitalidade, ao mesmo tempo em que planejava sua eliminação. Desgosto e descontentamento atormentavam minha existência. Os poucos encantos que a natureza me havia concedido despareceram, e o desânimo de meu semblante denotava os sofrimentos que se acumulavam em meu coração. Mil vezes fui tentada a pôr fim à minha existência, mas o amor a meus filhos não me deixou fazê-lo. Tremia ao imaginar meus queridos meninos entregues nas mãos de meu tirano, e tremia ainda mais por suas virtudes do que por suas vidas. O segundo era ainda muito novo para se beneficiar de meus ensinamentos. Mas no coração de meu primogênito eu trabalhei incessantemente para inculcar nele aqueles princípios que poderiam mantê-lo bem distante dos crimes de seus pais. Ele me ouvia com docilidade, ou melhor, com avidez. Mesmo em sua tenra idade, dava mostras de que não tinha nascido para viver entre malfeitores; e o único consolo que eu desfrutava em meio às minhas tristezas era testemunhar as virtudes incipientes de meu Teodoro. Tal era a minha situação, quando a perfídia do cocheiro de Dom Alfonso o conduziu até a cabana. Sua juventude, seu aspecto e seus modos chamaram minha atenção e me predispuseram em seu favor. A ausência dos filhos de meu marido me deu a oportunidade que há muito desejava encontrar e resolvi arriscar tudo para proteger o estrangeiro. A vigilância de Batista me impediu de advertir dom Alfonso do perigo que corria. Eu sabia que minha traição seria imediatamente punida com a morte. E por mais marcada que minha vida fosse por amarguras e calamidades, eu precisava de coragem para sacrificá-la a fim de salvar a de um estranho. Minha única esperança estava em conseguir pedir socorro em Estrasburgo. Resolvi tentar. E se surgisse uma oportunidade de alertar dom Alfonso do perigo, sem ser descoberta, eu estava determinada a aproveitá-la com avidez. Por ordem de Batista, subi para preparar a cama do estrangeiro. Cobri o leito com os lençóis usados por um viajante que havia sido assassinado poucas noites antes e que ainda estavam manchados de sangue. Esperava que essas marcas não deixassem de chamar a atenção de nosso hóspede e que delas conseguisse deduzir as intenções de meu pérfido marido. Mas não foi só isso que fiz para preservar o estrangeiro. Teodoro estava de cama, doente. Entrei no quarto dele sem ser observada por meu tirano e lhe contei meu plano. Ele logo se prontificou a me ajudar. Levantou-se e, apesar de adoentado, trocou de roupa com toda a rapidez. Prendi um dos lençóis em volta de seus braços e o desci pela janela. Ele correu até o estábulo, tomou o cavalo de Claude e partiu para Estrasburgo. Se fosse abordado pelos bandidos, teria dito que ia levar uma mensagem de Batista, mas felizmente chegou à cidade sem encontrar nenhum obstáculo. Imediatamente após sua chegada a Estrasburgo, ele procurou ajuda com o magistrado. Sua história correu de boca em boca e, por fim, chegou ao conhecimento do senhor barão. Receando pela segurança de sua esposa, pois sabia que ela deveria passar pela mesma estrada naquela noite, suspeitou que ela também poderia ter caído nas mãos dos ladrões. Ele acompanhou Teodoro, que guiou os soldados em direção à cabana, e chegou bem a tempo de nos salvar de cairmos mais uma vez nas mãos de nossos inimigos.

    Nesse ponto, interrompi Marguerite para perguntar por que me haviam dado aquela poção de sonífero. Ela disse que Batista supunha que eu tinha alguma arma comigo e queria me deixar incapaz de oferecer qualquer resistência. Era uma precaução que ele sempre tomava, pois, como os viajantes não tinham esperança de escapar, o desespero os teria incitado a vender caro suas vidas.

O barão quis saber então quais eram os planos de Marguerite agora. Juntei-me a ele para declarar minha presteza em mostrar minha gratidão a ela por ter salvado minha vida.

– Cansada de um mundo – respondeu ela – em que só encontrei desgraças, meu único desejo é retirar-me para um convento. Mas, antes disso, devo criar meus filhos. Acredito que minha mãe não existe mais, provavelmente levada prematuramente à sepultura por minha fuga de casa! Meu pai está vivo ainda. Não é um homem duro; talvez, senhores, apesar de minha ingratidão e imprudência, a intercessão dos senhores possa induzi-lo a me perdoar e a tomar conta de seus desafortunados netos. Se conseguirem obter esse benefício para mim, os senhores terão pago meus serviços mil vezes!

Tanto o barão quanto eu garantimos a Marguerite que não pouparíamos esforços para obter seu perdão; e mesmo que seu pai se mostrasse inflexível, ela não precisava se preocupar com o destino dos filhos. Eu me comprometi a tomar conta de Teodoro, e o barão prometeu tomar o mais novo sob sua proteção.

A mãe nos agradeceu com lágrimas nos olhos pelo que chamou de generosidade, mas que, na verdade, não era mais do que nosso agradecimento por tudo o que ela havia feito por nós. Ela saiu, então, da sala para colocar o filho menor na cama, pois o pequeno já estava dominado pelo cansaço e pelo sono.

A baronesa, ao recobrar os sentidos e ser informada dos perigos de que eu a havia livrado, mostrou-se profundamente agradecida. Ela se uniu tão calorosamente aos insistentes apelos do marido para que eu os acompanhasse até seu castelo na Baviera, que achei impossível resistir às suas súplicas. Durante a semana que passamos em Estrasburgo, não nos esquecemos dos interesses de Marguerite. Em nossa conversa com o pai dela fomos mais felizes do que podíamos esperar. O bom velhinho tinha perdido a esposa; não tinha filhos senão essa desafortunada filha, de quem não tinha notícias havia quase quatorze anos.

Estava rodeado de parentes distantes, que esperavam impacientes por seu falecimento para se apoderar de seu dinheiro. Quando, portanto, Marguerite reapareceu de modo tão inesperado, ele considerou esse fato como um verdadeiro presente do céu. Acolheu-a, junto com os filhos, de braços abertos e insistiu para que eles se estabelecessem na casa dele sem demora. Os primos, desapontados, viram-se obrigados a ceder o local. O velho não quis saber do projeto da filha de se retirar para um convento. Disse-lhe que precisava demais dela para sua felicidade e logo a persuadiu a desistir de seu projeto. Mas nenhuma razão poderia induzir Teodoro a desistir do plano que eu havia inicialmente traçado para ele. Ele se apegou a mim com transparente sinceridade durante minha estada em Estrasburgo; e quando eu estava a ponto de deixá-lo, ele me implorou com lágrimas para levá-lo a meu serviço. Expôs todos os seus pequenos talentos nas cores mais favoráveis e tentou me convencer de que eu o julgaria de infinita utilidade para mim na estrada. Eu não estava disposto a me encarregar de um rapaz, que mal completara 13 anos, sabendo que só poderia ser um fardo para mim. Não pude resistir, contudo, às súplicas desse afetuoso jovem, que de fato possuía mil qualidades estimáveis. Com alguma dificuldade, ele persuadiu seus parentes a deixá-lo me seguir e, uma vez obtida a permissão, eu lhe conferi o título de pajem. Depois de passar uma semana em Estrasburgo, Teodoro e eu partimos para a Baviera em companhia do barão e de sua senhora. Estes últimos, assim como eu, convencemos Marguerite a aceitar vários presentes de valor, tanto para ela quanto para seu filho mais novo. Ao deixá-la, prometi que lhe devolveria Teodoro dentro de um ano.

Relatei toda essa aventura de modo bem detalhado, Lorenzo, para que possa entender de que forma o "Aventureiro Alfonso d'Alvarada foi introduzido no Castelo de Lindenberg". Julgue por si próprio quanto crédito merecem as afirmações de sua tia!

CAPÍTULO IV

Vá embora! E saia de minha vista! Deixa a terra te esconder!
Teus ossos estão sem medula, teu sangue está frio!
Tu não tens, nesses olhos, nenhum reflexo
Com o qual possas brilhar! Afasta-te, sombra horrorosa!
Zombaria irreal, afasta-te! [16]

CONTINUAÇÃO DA HISTÓRIA DE DOM RAMÓN

Minha viagem foi extremamente agradável. Achei o barão um homem sensato, mas com pouco conhecimento do mundo. Havia passado grande parte da vida sem sair dos limites dos próprios domínios e, consequentemente, suas maneiras estavam longe de ser as mais polidas; mas era cordial, bem-humorado e amigável. Sua atenção para comigo era tudo o que eu poderia desejar, e eu tinha todos os motivos para estar satisfeito com seu comportamento. Sua principal paixão era a caça, que ele considerava uma ocupação séria. Quando falava de alguma caçada notável, tratava o assunto com tanta seriedade como se fosse uma batalha da qual dependesse o destino de dois reinos. Acontece que sou um esportista de certa envergadura e, logo após minha chegada a Lindenberg, dei algumas provas de minha destreza. O barão passou a me considerar então como um homem genial e me jurou amizade eterna.

Essa amizade se tornou para mim, sob certos aspectos, indiferente.

---

16 Da peça teatral *Macbeth*, de William Shakespeare (1564-1616), dramaturgo inglês. (N.T.)

No castelo de Lindenberg, vi pela primeira vez sua irmã, a adorável Agnes. Para mim, que estava com o coração desocupado e que sofria com esse vazio, vê-la e amá-la foi praticamente a mesma coisa. Encontrei em Agnes tudo o que era necessário para assegurar minha afeição. Ela não tinha então mais que 16 anos, mas sua compleição física delicada e elegante já estava formada. Ela possuía vários talentos artísticos, especialmente os da música e do desenho. Mostrava uma personalidade alegre, aberta e bem-humorada; e a graciosa simplicidade de suas roupas e maneiras formavam um vantajoso contraste com a arte e o estudado coquetismo das damas parisienses, que eu acabara de deixar. Desde o momento em que a vi, senti o mais vivo interesse por seu destino. Fiz muitas perguntas a respeito dela à baronesa.

– É minha sobrinha – respondeu a dama. – O senhor ainda não sabe, Dom Alonso, que eu sou sua conterrânea. Sou irmã do duque de Medina Celi. Agnes é filha de meu segundo irmão, Don Gastón. Ela foi destinada à vida no convento desde o berço e em breve vai professar os votos em Madri.

(Nesse ponto, Lorenzo interrompeu o marquês com uma exclamação de surpresa.

– Destinada ao convento desde o berço? – disse ele. – Por Deus, essa é a primeira vez que ouço falar de tal plano!

– Acredito, meu caro Lorenzo – respondeu dom Ramón. – Mas deve me ouvir com paciência. Não ficará menos surpreso quando eu relatar alguns detalhes de sua família, que ainda lhe são desconhecidos e que ouvi da boca da própria Agnes.

Ele então retomou sua narrativa, como segue.)

Você não pode deixar de estar ciente de que seus pais infelizmente eram escravos da superstição mais grosseira: quando essa fraqueza passou a prevalecer, todos os seus outros sentimentos, todas as suas outras paixões cederam a essa força irresistível. Na época em que, grávida, estava esperando Agnes, a mãe dela foi acometida por uma doença perigosa e foi desenganada pelos médicos. Nessa situação, dona Inesilla jurou que, se ela se recuperasse da doença, a criança que carregava em seu seio, se fosse menina seria dedicada a Santa Clara e, se fosse menino, a São Bento. Suas orações foram atendidas, e ela ficou curada da doença. Agnes nasceu e foi imediatamente destinada ao serviço de Santa Clara.

Dom Gastón concordou prontamente com os desejos da esposa. Mas, conhecendo os sentimentos do duque, seu irmão, com relação à vida monástica, decidiu que o destino de sua irmã deveria ser cuidadosamente escondido do tio. Para melhor guardar o segredo, ficou resolvido que Agnes deveria acompanhar sua tia, dona Rodolfa, à Alemanha, para onde essa senhora estava prestes a ir para juntar-se ao homem com quem acabara de se casar, o barão de Lindenberg. Logo depois de chegar, a jovem Agnes foi internada num convento situado a poucas milhas do castelo. As freiras, a quem sua educação foi confiada, cumpriram sua tarefa a rigor. Fizeram dela uma moça com perfeito domínio de muitos conhecimentos e se esforçaram para infundir em sua mente o gosto pelo retiro e pelos tranquilos prazeres de um convento. Mas um instinto secreto fez a jovem reclusa perceber que não tinha nascido para a solidão. Com toda a liberdade e alegria da juventude, não tinha medo de tratar como ridículas muitas cerimônias que as freiras respeitavam com temor. Nada a deixava mais feliz do que se deixar levar por sua viva imaginação que a inspirava com algum plano para atormentar a rígida abadessa ou a feia, mal-humorada e velha porteira. Ela via com desgosto o futuro que tinha pela frente. Não havia, porém, alternativa, e Agnes se submetia à vontade dos pais, embora não fosse sem um secreto descontentamento.

Ela não conseguiu disfarçar por muito tempo essa repugnância. Dom Gastón foi informado a respeito. Alarmado, com medo de que seu afeto pela moça, Lorenzo, viesse a interferir nos projetos já fixados e com receio de que você se opusesse abertamente ao que era feito com sua irmã, ele resolveu manter todo o caso longe de seu conhecimento, assim como do duque, até que o sacrifício fosse consumado. A data para a imposição e tomada do véu foi fixada para o momento em que você estivesse viajando. Nesse meio-tempo, nenhuma alusão foi feita a respeito da promessa fatal de dona Inesilla. Sua irmã nunca teve permissão para saber por onde você andava. Todas as suas cartas eram lidas antes que ela as recebesse, e os trechos, que provavelmente poderiam alimentar a inclinação dela para o mundo, eram apagados. As respostas dela eram ditadas pela tia ou por dona Cunegunda, a governanta. Fiquei sabendo desses detalhes em parte por Agnes e em parte pela própria baronesa.

Eu logo decidi resgatar essa adorável moça de um destino tão contrário às suas inclinações e inadequado a seus méritos. Esforcei-me para cair nas boas graças dela e lhe falava com orgulho de minha amizade e intimidade com você. Ela me ouvia com avidez; parecia devorar minhas palavras quando tecia elogios a respeito de você, e os olhos dela pareciam me agradecer o afeto que eu tinha pelo irmão. Por fim, minha atenção constante e incessante conquistou seu coração e, com dificuldade, consegui que confessasse que me amava. Quando, no entanto, lhe propus que abandonássemos o Castelo de Lindenberg, ela rejeitou a ideia categoricamente.

– Seja generoso, Alfonso – disse ela. – Já é dono de meu coração, mas não use esse poder de forma ignóbil. Não empregue sua ascendência sobre mim para me persuadir a dar um passo, do qual teria de me envergonhar no futuro. Sou jovem e sozinha. Meu irmão, meu único amigo, está separado de mim, e meus outros parentes agem comigo como meus inimigos. Tenha pena de minha triste situação. Em vez de tentar me seduzir para que cometa um ato que me cobriria de vergonha, tente antes empenhar-se em conquistar a afeição daqueles que decidem meu destino. O barão o estima. Minha tia, para outros sempre dura, orgulhosa e desdenhosa, lembra que você a resgatou das mãos de assassinos e por isso mostra apenas com você a aparência de bondade e benignidade. Tente, portanto, usar de sua influência com meus guardiões. Se eles consentirem com nossa união, eu me casarei com você. Pelo que me contou a respeito de meu irmão, não posso duvidar de que obtenha a aprovação dele. E quando meus pais descobrirem a impossibilidade de executar seus desígnios, espero que eles haverão de desculpar minha desobediência, e haverão de encontrar outro meio de pagar a promessa fatal de minha mãe.

Desde o primeiro momento em que vi Agnes, procurei conquistar o apreço de seus parentes. Autorizado pela confissão de seu afeto, redobrei meus esforços. Dirigi minha especial atenção à baronesa, pois foi fácil descobrir que a palavra dela era lei no castelo. O barão lhe era totalmente submisso e a considerava um ser superior. Ela tinha cerca de 40 anos. Na juventude, tinha sido muito bonita, mas andou perdendo boa parte de seus encantos com o passar dos anos, embora ainda possuísse alguns vestígios daquela beleza. Seu raciocínio demonstrava solidez e coerência quando não era obscurecido pelo preconceito, o que infelizmente não raro acontecia. Suas paixões eram violentas; não poupava esforços para satisfazê-las e perseguia com vingança aqueles que se opunham a seus desejos. A mais calorosa amiga e a mais inveterada inimiga, assim era a baronesa de Lindenberg.

 Trabalhei incessantemente para agradá-la. Infelizmente, fui bem até demais nesse afã. Ela parecia sentir-se gratificada com minha atenção e me tratava com uma distinção que não concedia a mais ninguém. Uma de minhas ocupações diárias era ler para ela por várias horas. Teria preferido passar essas horas com Agnes. Mas, como eu estava consciente de que a complacência para com a tia haveria de facilitar nossa união, me submetia de bom grado à penitência que me era imposta. A biblioteca de dona Rodolfa se compunha principalmente de velhos romances espanhóis: esses eram seus estudos favoritos e, uma vez por dia, um desses impiedosos volumes era colocado regularmente em minhas mãos. Li as enfadonhas aventuras de "Perceforest", "Tirante, o Branco", "Palmeirim da Inglaterra" e "O Cavaleiro do Sol"[17], até o livro cair de minhas mãos de puro tédio. Mas o crescente prazer que a baronesa parecia ter em minha companhia me encorajava a perseverar, e ultimamente ela mostrou por mim uma inclinação tão marcante que Agnes me aconselhou a aproveitar a primeira oportunidade que tivesse para revelar à tia nossa paixão.

 Uma tarde, eu estava sozinho com dona Rodolfa nos aposentos dela. Como nossas leituras geralmente falavam de amor, a presença de

---

17 Títulos de romances de cavalaria do período medieval ou imediatamente posteriores; dentre eles, cumpre destacar *Palmeirim d'Inglaterra* de autoria do português Francisco de Moraes Cabral (1500-1572), escrito no início da década de 1540. (N.T.)

Agnes não era permitida. Eu estava precisamente me congratulando por ter terminado "Os Amores de Tristão e da Rainha Isolda"[18]...

– Ah!, que infelizes! – exclamou a baronesa. – O que acha disso, senhor? Julga possível que o homem sinta um afeto tão desinteressado e sincero?

– Não posso duvidar – respondi. – Meu coração me fornece a certeza. Ah!, dona Rodolfa, se eu pudesse contar com sua aprovação de meu amor! Se eu pudesse apenas confessar o nome da dona de meu afeto sem incorrer em seu ressentimento!

Ela me interrompeu.

– Suponha que eu possa lhe poupar essa confissão. Suponha que eu admitisse que o objeto de seus desejos não me é desconhecido? Suponha que eu dissesse que ela retribui sua afeição e lamenta não menos sinceramente a infeliz promessa que a separa de você?

– Ah!, dona Rodolfa! – exclamei, ajoelhando-me diante dela e levando a mão dela a meus lábios. – A senhora descobriu meu segredo! Qual é sua decisão? Devo perder as esperanças ou posso contar com seu favor?

Ela não retirou a mão que eu segurava, mas voltou-se para o lado e cobriu o rosto com a outra.

– Como posso recusar? – respondeu ela. – Ah!, dom Alfonso, há muito percebi a quem suas atenções se dirigiam, mas até agora não me havia dado conta do efeito que causavam em meu coração. Enfim, não posso mais esconder minha fraqueza tanto de mim mesma quanto de você. Eu me rendo à violência da minha paixão e reconheço que o adoro! Por três longos meses reprimi meus desejos, que só aumentaram com essa resistência; submeto-me, pois, à impetuosidade deles. Orgulho, medo e honra, respeito por mim mesma e meu compromisso com o barão, todos foram vencidos. Eu os sacrifico por meu amor pelo senhor e ainda me parece que pago um preço muito baixo por esse mesmo amor.

---

18 Trata-se de uma lendária história do trágico amor entre o cavaleiro Tristão e a princesa Isolda; teria sido escrita em torno do século XII por um autor normando; muito difundida, a lenda foi, nos séculos seguintes, reescrita e adaptada de variadas formas e em diferentes línguas. (N.T.)

Ela fez uma pausa, esperando resposta... Imagine, meu amigo Lorenzo, qual deve ter sido minha confusão com essa descoberta. Vi logo toda a magnitude desse obstáculo, que eu mesmo havia construído, em prol de minha felicidade. A baronesa havia tomado para si mesma as atenções que lhe dedicava somente por causa de Agnes. E a força de sua revelação, os olhares que a acompanhavam e o conhecimento que eu tinha de sua disposição vingativa me fizeram tremer por mim e por minha amada. Fiquei em silêncio por alguns minutos. Eu não sabia como responder à declaração dela. Julguei que nada mais me restava senão desfazer o mal-entendido sem demora e ocultar de seu conhecimento, por algum tempo, o nome de minha verdadeira amada. Assim que ela confessou sua paixão, os transportes que antes eram evidentes em minhas feições deram lugar à consternação e ao constrangimento. Larguei a mão dela e me levantei. A mudança em meu semblante não escapou à observação dela.

– O que significa esse silêncio? – perguntou ela, com a voz trêmula. –Onde está aquela alegria que o senhor me induziu a esperar?

– Perdoe-me, senhora – respondi –, se o que a necessidade me obriga a parecer duro e ingrato. Encorajá-la a cometer um erro que, por mais que me lisonjeie, deve revelar-se fonte de decepção, me faria parecer um criminoso aos olhos de todos. A honra me obriga a informá-la que confundiu como solicitude de amor o que era simples atenção própria da amizade. Esse era o sentimento que eu desejava despertar em seu coração. O respeito que lhe devoto e a gratidão pelo generoso tratamento, que o barão me dispensa, me impedem de alimentar pela senhora um sentimento mais ardente. Talvez essas razões não fossem suficientes para me proteger de seus atrativos, não fosse o fato de meu afeto já pertencer a outra pessoa. A senhora tem encantos que podem cativar até mesmo os mais insensíveis. Nenhum homem de coração disponível poderia resistir a eles. Sorte a minha que meu coração já está comprometido, caso contrário eu haveria de lamentar a vida toda por ter violado as leis da hospitalidade. Lembre-se, nobre senhora, de sua honra, como eu, de minha parte, me lembro do barão, e substitua por estima e amizade aqueles sentimentos que eu nunca poderei retribuir.

A baronesa empalideceu ao ouvir essa inesperada e indiscutível declaração. Não sabia se estava acordada ou sonhando. Por fim, ao se recobrar da surpresa, a consternação deu lugar à raiva, e o rubor do sangue voltou a seu rosto com violência.

– Vilão! – exclamou ela. – Monstro de falsidade! Assim é que recebe a confissão de meu amor? Assim é que... mas não, não! Não pode, não deve ser assim! Alfonso, eis-me a seus pés! Seja testemunha de meu desespero! Olhe com pena para uma mulher que o ama com o afeto mais sincero! Como foi que mereceu tal tesouro aquela que possui seu coração? Que sacrifício ela fez por você? O que a eleva acima de Rodolfa?

Insisti e fiz com que ela se levantasse.

– Pelo amor de Deus, senhora, reprima esses arroubos, antes que sejam motivo de desgraça para mim e para a senhora. Suas exclamações podem ser ouvidas, e seu segredo divulgado entre seus criados. Vejo que minha presença só a irrita; permita, pois, que me retire.

Estava para deixar o aposento quando, de repente, a baronesa me segurou pelo braço.

– E quem é essa feliz rival? – disse ela, em tom ameaçador. – Vou saber o nome dela, e quando souber!... Deve ser alguém sob meu comando, visto que o senhor solicitou minha permissão, minha proteção! Espere até que eu a encontre, deixe-me saber quem se atreve a me roubar seu coração, e ela irá sofrer todos os tormentos que o ciúme e a decepção podem infligir! Quem é ela? Responda-me agora mesmo! Espero que não tente escondê-la de minha vingança! Vou colocar espiões atrás do senhor; cada passo, cada olhar será observado. Seus olhos é que vão entregar minha rival. Vou saber quem é, e quando for encontrada, trema, Alfonso por ela e por si mesmo!

Ao proferir essas últimas palavras, sua fúria atingiu um nível tal que lhe cortou a respiração. Ofegou, gemeu e finalmente desmaiou. Quando vi que estava prestes a cair, amparei-a em meus braços e a coloquei num sofá. Então, correndo até a porta, chamei uma de suas damas de companhia. Deixei-a aos cuidados dela e aproveitei a oportunidade para escapar.

Agitado e confuso além dos limites, dirigi meus passos para o jardim. A benignidade com que a baronesa me ouviu a princípio elevou minhas esperanças ao mais alto nível; imaginei que ela tivesse percebido meu afeto pela sobrinha dela e o aprovasse. Minha decepção foi total ao compreender o verdadeiro significado de seu discurso. E eu fiquei sem saber o que fazer. A superstição dos pais de Agnes, aliada à infeliz paixão de sua tia, pareciam opor à nossa união obstáculos quase intransponíveis.

Ao passar por um salão no andar inferior, cujas janelas davam para o jardim, vi Agnes, pela porta entreaberta, sentada à mesa. Ela estava desenhando, e vários esboços inacabados estavam espalhados a seu redor. Entrei, ainda indeciso se deveria informá-la sobre a declaração da baronesa.

– Oh! É você? – disse ela, levantando a cabeça. – Como não é mais um estranho, vou continuar minha ocupação sem cerimônia. Tome uma cadeira e sente-se a meu lado.

Obedeci e sentei perto da mesa. Sem saber o que estava fazendo e inteiramente acabrunhado ainda com a cena de que acabara de participar, apanhei alguns dos desenhos e dei uma olhada neles. Um dos temas me impressionou por sua singularidade. Representava o grande salão do Castelo de Lindenberg. Uma porta, que conduzia a uma escada estreita, estava entreaberta. Em primeiro plano aparecia um grupo de figuras, dispostas nas atitudes mais grotescas. O terror estava estampado em cada semblante. Uma delas estava de joelhos com os olhos voltados para o céu e orando com muita devoção. Outra estava rastejando de quatro. Algumas escondiam seus rostos em suas capas ou no regaço dos companheiros; outras se refugiavam debaixo de uma mesa, sobre a qual eram visíveis os restos de um banquete; Outras ainda, com bocas escancaradas e olhos arregalados, apontavam para uma figura, supostamente responsável por toda aquela perturbação. Essa figura representava uma mulher de estatura muito maior que a do ser humano, vestida com o hábito de alguma ordem religiosa. Seu rosto estava oculto por um véu; trazia um rosário pendendo de seu braço e suas vestes estavam manchadas em vários lugares com o sangue que escorria de uma ferida no peito. Com uma das mãos segurava uma lamparina e, com a outra, uma grande adaga. E parecia caminhar em direção dos portões de ferro do salão.

– O que significa isso, Agnes? – perguntei. – É uma invenção sua?

Ela deu uma olhada no desenho.

– Oh!, não – respondeu ela. – É invenção de cabeças muito mais sábias que a minha. Mas será possível que, depois de ter vivido por três longos meses em Lindenberg, não tenha ouvido falar da Freira Sangrenta?

– Você é a primeira pessoa a mencionar esse nome para mim. Por favor, quem poderia ser essa senhora?

– Não saberia ao certo o que poderia lhe dizer. Tudo o que sei sobre a história dela se baseia numa antiga e tradicional lenda dessa família, transmitida de pai para filho, e que ainda merece crédito em todos os domínios do barão. Aliás, o próprio barão acredita nisso; e quanto à minha tia, que tem uma inclinação natural pelo extraordinário, ela duvidaria mais da veracidade da Bíblia do que da Freira Sangrenta. Quer que lhe conte a história?

Respondi que ficaria muito agradecido se a contasse. Ela retomou seu desenho e então começou a narrar a lenda, num tom de burlesca gravidade.

– É surpreendente que em todas as crônicas dos tempos passados, essa notável personagem nunca tenha sido citada. De bom grado lhe contaria a vida dela, mas, infelizmente, só se ficou sabendo da existência da freira depois que ela faleceu. Depois de sua morte, ela achou necessário fazer algum barulho pelo mundo e, com essa intenção, ousou tomar posse do Castelo de Lindenberg. Como tinha bom gosto, instalou-se no melhor aposento da casa: e, uma vez ali acomodada, começou a se divertir batendo nas mesas e cadeiras no meio da noite. Talvez dormisse mal, mas isso eu nunca fui capaz de verificar. Segundo a tradição, esse entretenimento começou há cerca de um século. Era acompanhado de gritos, uivos, gemidos, xingamentos e muitos outros agradáveis ruídos dessa natureza. Mas, embora uma sala em particular fosse especialmente honrada com suas visitas, ela não se limitava a ela. Ocasionalmente, se aventurava pelas velhas galerias, andava de um lado para outro nos espaçosos salões ou, às vezes, parava na porta dos quartos, chorando e gemendo, para total terror dos moradores. Nessas excursões noturnas, ela foi vista por diferentes pessoas, que descrevem sua aparência como você a vê aqui, traçada pela mão dessa indigna historiadora.

A singularidade desse relato cativou minha atenção.

– Nunca falava com aqueles que se encontravam com ela? – perguntei.

– Ela, nunca. Na verdade, as manifestações noturnas dela não eram muito convidativas para conversar. Às vezes, suas pragas e maldições ecoavam pelo castelo. Momentos depois, ela recitava o Pai-Nosso e logo depois proferia as mais horríveis blasfêmias; a seguir, entoava *De Profundis*[19] com toda introspecção, como se ainda estivesse no coro. Em resumo, ela parecia um ser poderoso e caprichoso. Mas rezando ou praguejando, mostrando-se ímpia ou devota, ela sempre dava um jeito de aterrorizar os que podiam ouvi-la. Tornou-se praticamente impossível morar no castelo, e seu dono ficou tão assustado com essas folias da meia-noite que, numa bela manhã, foi encontrado morto na cama. Esse fato pareceu agradar muito à freira, pois ela passou a fazer mais barulho do que nunca. Mas o barão seguinte demonstrou ser astuto demais para ela. Ele apareceu uma noite trazendo consigo um célebre exorcista que teve medo de se trancar por uma noite no aposento assombrado. Ao que parece, ele travou uma dura batalha com o fantasma, antes que esse prometesse que dali em diante haveria de ficar quieto. A freira era obstinada, mas ele era mais ainda e, por fim, ela consentiu em deixar os habitantes do castelo desfrutar boas noites de sono. Por algum tempo, nenhuma notícia se teve dela. Mas, depois de cinco anos, o exorcista morreu, e então a Freira se aventurou a aparecer de novo. Agora, no entanto, passou a se mostrar mais

---

19 Oração litúrgica católica, recitada ou cantada especialmente nos ritos fúnebres; na realidade, a oração é o Salmo 130 da Bíblia que, na versão latina, começa com as palavras *De profundis clamavi ad te, Domine...* (Dos profundos abismos clamei a ti, Senhor...). (N.T.)

gentil e bem-comportada. Caminhava pelo castelo em silêncio e só aparecia a cada cinco anos. Esse costume, se você acreditar no barão, ainda continua. Ele está totalmente convencido de que, a cada cinco anos, no dia 5 de maio, assim que o relógio bate uma hora, a porta do aposento assombrado se abre. (Observe que essa sala foi trancada por quase um século.) Então o fantasma da freira sai com sua lamparina e sua adaga. Desce a escada da torre leste; e atravessa o grande salão! Nessa noite, o porteiro sempre deixa abertos os portões do castelo, em respeito à aparição: Não que isso seja de alguma forma necessário, uma vez que ela poderia facilmente passar pelo buraco da fechadura se assim o quisesse, mas por mera cortesia e para impedi-la de que saia de forma tão depreciativa para a dignidade de uma senhora fantasma.

– E para onde ela vai, ao deixar o castelo?

– Para o céu, espero. Mas se ela for para lá, certamente o lugar não lhe agrada, pois ela sempre volta depois de uma hora de ausência. A freira se retira, então, para o aposento e fica quieta por mais cinco anos.

– E você acredita nisso, Agnes?

– Como pode me fazer tal pergunta? Não, não, Alfonso! Tenho motivos demais para lamentar a influência da superstição para ser eu mesma sua vítima. Mas não devo confessar minha incredulidade à baronesa; ela não tem dúvida quanto à veracidade dessa história. Dona Cunegunda, minha governanta, afirma que, quinze anos atrás, viu o fantasma com os próprios olhos. Ela me contou uma noite como ela e vários outros criados ficaram apavorados durante o jantar com a aparição da Freira Sangrenta, como o fantasma é chamado no castelo. Foi a partir do relato dela que desenhei esse esboço, e pode ter certeza de que não me esqueci de Cunegunda. Aqui está ela! Jamais me esquecerei de como ficou zangada por tê-la retratado de forma tão fiel.

E Agnes apontou para uma figura burlesca de uma velha em atitude de evidente terror.

Apesar da melancolia que me acabrunhava, não pude deixar de sorrir com a imaginação lúdica de Agnes. Ela havia desenhado com perfeição o semblante de dona Cunegunda, mas havia exagerado tanto cada defeito, que acabou por produzir uma caricatura tão irresistivelmente risível, que era fácil imaginar a raiva da mulher.

– O desenho é admirável, minha querida Agnes! Eu não sabia que você possuía tamanho talento para retratar o ridículo.

– Espere um pouco – replicou ela. – Vou lhe mostrar uma figura ainda mais ridícula do que a da senhora Cunegunda. Se gostar e se assim lhe aprouver, pode ficar com ela.

Ela se levantou e se dirigiu até um armário a pouca distância. Destrancando uma gaveta, tirou uma pequena caixa, que abriu e me apresentou o desenho.

– Percebe a semelhança? – perguntou ela, sorrindo.

Era seu rosto.

Comovido pelo presente, beijei o retrato com paixão. Joguei-me aos pés dela e expressei meus agradecimentos nos termos mais calorosos e afetuosos. Ela me ouviu com prazer e me assegurou que compartilhava de meus sentimentos. Subitamente, ela deu um grito, largou minha mão e saiu voando da sala por uma porta que dava para o jardim. Assustado por essa saída inesperada, levantei-me rapidamente. Confuso, vi a baronesa de pé a meu lado, vermelha de ciúme e quase sufocando de raiva. Desde que se recobrara do desmaio, ela vinha torturando sua imaginação para descobrir quem era sua rival oculta. Ninguém parecia merecer mais suas suspeitas do que Agnes. Ela imediatamente se apressou em encontrar a sobrinha para acusá-la de encorajar meus galanteios e comprovar se suas conjeturas tinham realmente fundamento. Infelizmente, ela já tinha visto o suficiente para não precisar de outra confirmação. Ela apareceu na porta no exato momento em que Agnes me entregava seu retrato. Ela me ouviu professar amor eterno por sua rival e me viu ajoelhado aos pés da jovem. Ela entrou na sala para nos separar, mas, como estávamos muito entretidos um com o outro, não percebemos a aproximação dela até que Agnes a viu de pé a meu lado.

A raiva de dona Rodolfa e meu constrangimento nos deixaram calados por algum tempo. A senhora foi a primeira a se recuperar.

– Então, minhas suspeitas eram verdadeiras – disse ela. – O coquetismo de minha sobrinha triunfou, e é por ela que eu fui sacrificada. Sob certo aspecto, no entanto, sou afortunada: não serei a única a lamentar uma paixão frustrada. O senhor também deverá conhecer o que é amar sem esperança! Espero diariamente ordens para devolver Agnes aos pais dela. Imediatamente depois de chegar à Espanha, ela vai tomar o véu e vai colocar uma barreira intransponível entre vocês dois. Pode me poupar de suas súplicas – continuou ela, percebendo-me a ponto de falar. – Minha resolução está tomada e é imutável. Sua amada vai ficar trancada como prisioneira em seus aposentos até trocar esse castelo pelo claustro. A solidão talvez a lembre do senso do dever. Mas, para evitar que se oponha a esse desejado evento, devo informá-lo, dom Alfonso, que sua presença aqui não é mais agradável nem para o barão nem para mim. Não foi para falar bobagens à minha sobrinha que seus parentes o enviaram para a Alemanha. Seu objetivo era viajar, e eu lamentaria adiar por mais tempo tão excelente plano. Adeus, senhor. Lembre-se de que amanhã de manhã nos veremos pela última vez.

Dito isso, ela me lançou um olhar de orgulho, desprezo e maldade, e saiu do salão. Eu também me retirei e passei a noite arquitetando um modo de resgatar Agnes do poder daquela tirânica tia.

Depois dessa comunicação categórica da dona do castelo, era impossível para mim prolongar a estadia em Lindenberg. Consequentemente, no dia seguinte, anunciei minha partida imediata. O barão declarou que ficava sinceramente consternado e se expressou a meu favor tão calorosamente que me empenhei em garantir seu interesse por minha causa. Mal havia mencionado o nome de Agnes quando o barão me interrompeu dizendo que estava totalmente fora de suas possibilidades interferir nesse assunto. Percebi que de nada adiantava discutir. A baronesa dominava o marido com influência despótica e não foi difícil entender que ela já o havia convencido de que deveria se opor a meu casamento com a sobrinha. Agnes não apareceu. Pedi permissão para me despedir dela, mas meu pedido foi negado. Fui obrigado a partir sem vê-la.

Ao deixá-lo, o barão apertou afetuosamente minha mão e me assegurou que, tão logo a sobrinha partisse, eu poderia considerar sua casa como minha.

– Adeus, dom Alfonso! – disse a baronesa, e me estendeu a mão. Tomei-a e fiz menção de levá-la aos lábios, mas ela me impediu. O marido estava do outro lado da sala e não podia nos ouvir.

– Cuide-se – continuou ela. –Meu amor se transformou em ódio e meu orgulho ferido não se dará por satisfeito. Vá para onde quiser, minha vingança o seguirá!

Ela acompanhou essas palavras com um olhar capaz de me fazer tremer. Não respondi, mas apressei-me em deixar o castelo.

No momento em que minha carruagem saía do paço, olhei para as janelas dos aposentos de sua irmã, mas não se via ninguém. Desanimado, joguei-me para trás, no assento da carruagem. Nenhum outro criado me acompanhava, além de um francês, que contratei em Estrasburgo para o lugar de Stefano, e meu pequeno pajem, de quem já falei antes. A fidelidade, a inteligência e o bom humor de Teodoro já tinham conquistado minha estima. Mas a partir daquele momento ele passou a me prestar serviços tão relevantes que fizeram com que eu o considerasse como um anjo da guarda. Mal havíamos percorrido meia milha quando ele apontou a cabeça na porta da carruagem.

– Coragem, senhor! – disse ele em espanhol, que já havia aprendido a falar com fluência e correção. – Enquanto o senhor estava com o barão, observei o momento em que dona Cunegunda estava no andar debaixo e eu fui para o cômodo que fica acima dos aposentos de dona Agnes. Cantei o mais alto que pude uma ária alemã que ela conhecia muito bem, esperando que ela reconhecesse minha voz. Não me decepcionei, pois logo ouvi a janela se abrir. Apressei-me em fazer descer uma pequena corda que eu mesmo havia providenciado. Ao ouvir a janela se fechando, puxei a corda e, preso nela, encontrei esse pedaço de papel.

Ele então me entregou o bilhete que estava endereçado a mim. Abri-o com impaciência. Continha as seguintes palavras, escritas a lápis:

"Esconda-se durante os próximos quinze dias em algum vilarejo vizinho. Minha tia acreditará que você deixou Lindenberg, e eu vou recuperar minha liberdade. Estarei na ala oeste à meia-noite do dia 30. Não falte, e teremos a oportunidade de acertar nossos planos futuros. Adeus. Agnes."

Ao ler essas linhas, minha emoção excedeu todos os limites. Nem sei quantas vezes e com que expressões agradeci a Teodoro. De fato, a habilidade e a atenção do rapaz mereciam meus mais calorosos elogios. Você não pode acreditar, eu não lhe havia revelado minha paixão por Agnes. Mas o astuto rapaz era por demais perspicaz para não descobrir meu segredo e muito discreto para não esconder o que já sabia. Observou em silêncio o que estava acontecendo e não fez absolutamente nada até o momento em que julgou que sua interferência era necessária para defender meus interesses. Admirei igualmente a sensatez, a perspicácia, a habilidade e a fidelidade desse jovem. Essa não foi a primeira ocasião em que o achei de grande utilidade e cada dia que passava, mais me convencia de sua agilidade e capacidade. Durante minha curta estada em Estrasburgo, ele se dedicou diligentemente a aprender os rudimentos da língua espanhola. Continuou a estudá-la e com tanto sucesso que em pouco tempo falava espanhol com a mesma facilidade com que falava sua língua materna. Passava a maior parte do tempo lendo. Havia adquirido muito conhecimento para sua idade e uniu as vantagens de um semblante vivo e de uma figura atraente a uma inteligência incomum e ao melhor dos corações. Tem agora 15 anos. Ainda está a meu serviço e, quando tiver a oportunidade de vê-lo, tenho certeza de que vai gostar dele. Mas desculpe essa digressão; volto ao assunto que interrompi.

Obedeci às instruções de Agnes. Segui para Munique. Deixei minha carruagem aos cuidados de Lucas, meu criado francês, e depois voltei a cavalo para uma pequena vila a cerca de quatro milhas de distância do Castelo de Lindenberg. Ao chegar, contei uma história ao dono da hospedaria em que me instalei, a fim de que não estranhasse minha longa permanência em sua estalagem. Felizmente, o velho era crédulo e desinteressado. Acreditou em tudo o que eu disse e não procurou saber mais do que eu achava conveniente lhe dizer. Ninguém estava comigo, exceto Teodoro. Ambos andávamos disfarçados e sempre juntos, ninguém suspeitava que fôssemos outra coisa do que parecíamos ser. Assim se passaram os quinze dias. Durante esse tempo, tive a agradável comprovação de que Agnes estava mais uma vez em liberdade. Ela passou pela aldeia com dona Cunegunda. Parecia estar saudável e animada. Conversava com sua companheira sem qualquer aparência de coação.

– Quem são essas senhoras? – perguntei a meu anfitrião, quando a carruagem passou.

– A sobrinha do barão de Lindenberg com sua governanta – respondeu ele. – Ela vai regularmente todas as sextas-feiras ao convento de Santa Catarina, onde foi criada e que fica a cerca de uma milha daqui.

Pode muito bem acreditar que fiquei aguardando com impaciência a sexta-feira seguinte. Uma vez mais pude ver minha adorável amada. Ela olhou para mim, ao passar diante da porta da hospedaria. Um rubor que se espalhou por seu rosto me disse que, apesar de meu disfarce, me havia reconhecido. Curvei-me profundamente. Ela retribuiu o cumprimento com uma leve inclinação de cabeça, como se fosse para alguém de posição inferior, e olhou para o outro lado até a carruagem desaparecer de vista.

Finalmente, a tão esperada e desejada noite chegou. Noite calma, bem iluminada pela lua cheia. Assim que o relógio bateu 11 horas, dirigi-me ao local combinado, decidido a não me atrasar. Teodoro tinha providenciado uma escada de corda. Escalei o muro do jardim sem dificuldade. O pajem me seguiu e puxou a escada atrás de nós. Posicionei-me na ala oeste e esperei impacientemente pela chegada de Agnes. Cada brisa que sussurrava, cada folha que caía, eu acreditava que eram seus passos e corria a seu encontro. Assim, fui obrigado a passar uma hora inteira, e cada minuto parecia uma eternidade. O sino do castelo finalmente bateu 12 horas, e mal pude acreditar que a noite avançava tão devagar. Mais um quarto de hora se passou, e ouvi o passo leve de minha amada se aproximando do pavilhão com cautela. Corri ao encontro dela e a conduzi até um assento. Atirei-me a seus pés e expressava minha alegria ao vê-la, quando ela me interrompeu, dizendo:

– Não temos tempo a perder, Alfonso. Os momentos são preciosos, pois embora não seja mais prisioneira, Cunegunda vigia cada um de meus passos. Chegou uma mensagem de meu pai. Devo partir imediatamente para Madri, e foi com dificuldade que consegui adiar a viagem por uma semana. A superstição de meus pais, apoiada pelas declarações de minha cruel tia, não me deixam esperanças de apaziguá-los e obter compaixão. Nesse dilema, resolvi me comprometer com sua honra. Deus queira que nunca me dê motivos para me arrepender de minha resolução! A fuga é a única maneira de escapar dos horrores de um convento, e minha imprudência se justifica pela urgência do perigo. Agora, ouça o plano pelo qual espero efetuar minha fuga. Hoje é dia 30 de abril. Daqui a cinco dias, o fantasma da freira deve aparecer. Na última visita que fiz ao convento, consegui arrumar um traje apropriado para interpretar a personagem. Uma amiga, que permanece no convento e a quem não tive escrúpulos em confiar meu segredo, prontamente consentiu em me fornecer um hábito religioso. Providencie uma carruagem e fique com ela a pequena distância do grande portão do castelo. Assim que o relógio bater uma hora, sairei de meu quarto e me vestirei com as mesmas roupas que o fantasma costuma usar. Qualquer pessoa que me encontrar ficará tão apavorada que nada fará para se opor à minha fuga. Devo alcançar facilmente o portão e me colocarei sob sua proteção. Deve dar tudo certo. Mas, oh!, Alfonso, se me enganar, se desprezar minha imprudência e me pagar com ingratidão, o mundo não haverá de conhecer um ser mais miserável do que eu! Sei de todos os perigos a que me exponho. Sei que lhe dou o direito de me tratar com leviandade, mas confio em seu amor, em sua honra! O passo que estou prestes a dar colocará minha família contra mim. Se você me abandonar, se trair a confiança que deposito em você, não terei nenhum amigo para punir seu insulto ou para defender minha causa. Toda a minha esperança repousa somente em você e, se seu coração não estiver comigo, estarei perdida para sempre!

O tom com que ela pronunciou essas palavras foi tão comovente que, apesar de minha alegria ao receber sua promessa de me seguir, não pude deixar de me emocionar. Eu também me lamentava em segredo por não ter tido a precaução de trazer uma carruagem até o vilarejo e assim poderia ter partido com Agnes naquela mesma noite. Tal tentativa agora era impraticável, pois não se poderia conseguir nem carruagem nem cavalos a não ser em Munique, que ficava a dois dias de viagem de Lindenberg. Fui, portanto, obrigado a concordar com o plano dela, que na verdade parecia bem arquitetado. Seu disfarce impediria que fosse retida no momento de deixar o castelo e permitiria que ela entrasse na carruagem, que estaria à espera no portão, sem dificuldade ou perda de tempo.

Agnes reclinou tristemente a cabeça em meu ombro e, à luz da lua, vi lágrimas escorrendo por suas faces. Esforcei-me para dissipar sua melancolia e a estimulei a pensar unicamente em nossa felicidade. Prometi, nos termos mais solenes, que sua virtude e inocência estariam seguras sob minha guarda e que até que a Igreja a tornasse minha legítima esposa, sua honra deveria ser considerada por mim tão sagrada quanto a de uma irmã. Eu disse a ela que minha primeira providência seria encontrá-lo, Lorenzo, para que aprovasse nossa união. E eu continuava a falar no mesmo tom, quando um barulho me assustou. Subitamente, a porta do pavilhão se abriu e Cunegunda apareceu diante de nós. Ela tinha percebido que Agnes saíra furtivamente do quarto, seguiu-a até o jardim e a viu entrando no pavilhão. Protegida pela sombra das árvores e sem ser percebida por Teodoro, que esperava ali por perto, ela se aproximou em silêncio e ouviu toda a nossa conversa.

– Admirável! – exclamou Cunegunda, com uma voz estridente de raiva, enquanto Agnes dava um grito agudo. – Por Santa Bárbara, jovem dama, que excelente ideia teve! Vai se disfarçar de Freira Sangrenta, verdade? Que impiedade! Que incredulidade! Realmente, estou pensando em deixá-la prosseguir com seu plano. Quando encontrar o verdadeiro fantasma garanto que estaria numa bela enrascada! Dom Alfonso, o senhor deveria se envergonhar de seduzir uma criatura tão jovem e ignorante e instigá-la a deixar família e amigos. Mas dessa vez, pelo menos, vou estragar seus perversos propósitos. A baronesa será informada de tudo, e Agnes deverá adiar a ocasião de representar o papel de fantasma para uma oportunidade melhor. Adeus, senhor... Dona Agnes, deixe-me ter a honra de conduzir sua figura fantasmagórica de volta a seus aposentos.

Ela se aproximou do assento em que estava sua trêmula pupila, tomou-a pela mão e preparou-se para conduzi-la para fora do pavilhão. Eu a detive e, com súplicas, afagos, promessas e adulações, tentei trazê-la para meu lado. Mas descobrindo que tudo o que eu poderia dizer era inútil, abandonei a vã tentativa.

– Sua obstinação deve ser sua punição – disse eu. – Mas resta um recurso para salvar Agnes e a mim, e não hesitarei em empregá-lo.

Aterrorizada com essa ameaça, ela tentou mais uma vez deixar o pavilhão. Mas eu a agarrei pelo pulso e a detive à força. No mesmo instante, Teodoro apareceu e fechou a porta, impedindo que ela escapasse. Tomei o véu de Agnes e o enrolei em torno da cabeça da governanta, que soltou gritos tão penetrantes que, apesar de nossa distância do castelo, fiquei com receio de que fossem ouvidos. Por fim, consegui amordaçá-la tão inteiramente que ela não conseguia mais emitir um único som. Teodoro e eu, ainda que com alguma dificuldade, conseguimos amarrar as mãos e os pés dela com nossos lenços. Aconselhei Agnes a retornar a seus aposentos o mais rápido possível. Prometi que nada de mal aconteceria a Cunegunda, mas que se lembrasse de que no dia 5 de maio eu estaria esperando por ela no portão principal do castelo, e logo me despedi dela com carinho. Trêmula e preocupada, ela mal teve forças para manifestar seu consentimento a meus planos e foi correndo de volta para seus aposentos, apavorada e confusa.

Nesse breve espaço de tempo, Teodoro me ajudou a carregar minha idosa prisioneira. Foi içada por cima do muro, colocada em minha frente na sela do cavalo, como se fosse uma mala de viagem, e parti a galope com ela para longe do Castelo de Lindenberg. A infeliz mulher nunca havia feito uma viagem mais desagradável em sua vida; foi sacudida e balançada de tal maneira que, no fim, parecia estar pouco mais animada que uma múmia. E isso sem falar do medo que sentiu quando atravessamos um riacho, que foi preciso cruzar no caminho para o vilarejo. Antes de chegarmos à estalagem, eu já havia determinado o que fazer com a problemática Cunegunda. Entramos na rua onde ficava a estalagem e, enquanto o pajem batia na porta, fiquei esperando a certa distância. O dono abriu a porta com uma lamparina na mão.

– Alcance-me a lamparina – disse Teodoro. – Meu patrão está chegando.

Ele agarrou rapidamente a lamparina e, de propósito, a deixou cair no chão: O dono da estalagem voltou à cozinha para reacendê-la, deixando a porta aberta. Aproveitei da escuridão, saltei de meu cavalo com Cunegunda em meus braços, subi correndo as escadas e cheguei a meu quarto sem ser notado; destranquei então a porta de um armário espaçoso, coloquei-a lá dentro e virei a chave. O dono e Teodoro logo apareceram com as lamparinas. O primeiro se mostrou um pouco surpreso por eu voltar tão tarde, mas não fez nenhuma pergunta indiscreta. Ele saiu logo em seguida e me deixou exultando com o sucesso de meu feito.

Imediatamente depois, fui fazer uma visita à minha prisioneira. Tentei persuadi-la a submeter-se com paciência a seu confinamento temporário. Minha tentativa não teve sucesso. Incapaz de falar ou se mover, ela expressava sua fúria com seu semblante e, exceto nas refeições, eu nunca ousava desamarrá-la ou libertá-la da mordaça. Nessas ocasiões, eu mantinha uma espada desembainhada e a ameaçava, dizendo que, se desse um único grito, eu cravaria a arma em seu peito. Logo depois de terminar a refeição, eu lhe recolocava a mordaça. Eu estava ciente de que esse procedimento era cruel e só poderia ser justificado pela urgência das circunstâncias. Mas Teodoro não tinha escrúpulos a respeito. O cativeiro de Cunegunda o divertia muito. Durante a estada do rapaz no castelo, havia uma guerra constante entre os dois. Agora que mantinha a inimiga sob seu controle, celebrava seu triunfo sem piedade. Parecia não pensar em outra coisa senão em descobrir novos meios de atormentá-la. Às vezes fingia ter pena de sua sorte, depois ria dela, a insultava e a imitava. Pregava-lhe mil peças, uma mais maldosa que a outra e se divertia dizendo-lhe que seu sequestro devia ter causado grande surpresa na casa do barão. De fato, era o caso. Ninguém, exceto Agnes, poderia imaginar o que havia acontecido com dona Cunegunda. Eles vasculharam todos os buracos e recantos, procurando por ela. Os lagos foram dragados e os bosques passaram por uma minuciosa busca. Mesmo assim, dona Cunegunda não foi encontrada. Agnes guardou o segredo, e eu guardei a governanta. Por isso a baronesa permaneceu sem nada saber sobre o destino da velha, mas suspeitava que tivesse cometido suicídio. Assim se passaram cinco dias, durante os quais preparei tudo o que era necessário para a execução de meu plano. Logo depois de deixar Agnes, fiz questão de despachar um camponês com uma carta para Lucas em Munique, ordenando-lhe que tomasse providências para que uma carruagem, puxada por quatro cavalos, estivesse no vilarejo de Rosenwald por volta das 10 horas da noite do dia 5 de maio. Lucas obedeceu a minhas instruções com precisão. A carruagem chegou na hora marcada. Quanto mais o período de fuga de sua ama se aproximava, mais a raiva de Cunegunda aumentava. Cheguei a acreditar que o ódio e a raiva acabariam por matá-la, se eu não tivesse felizmente descoberto sua predileção por licor de cereja. A mulher foi devidamente suprida com essa bebida predileta, e como Teodoro a vigiava continuamente, a mordaça podia ser ocasionalmente removida. A bebida parecia ter um efeito maravilhoso em suavizar a aspereza de sua natureza, e visto que seu confinamento não lhe permitia nenhuma outra diversão, ela ficava bêbada regularmente uma vez por dia, só para passar o tempo.

Chegou, enfim, o dia 5 de maio, data que jamais haverei de esquecer! Antes que o relógio batesse meia-noite, dirigi-me para o local combinado. Teodoro me seguiu a cavalo. Escondi a carruagem numa espaçosa caverna na colina sobre a qual estava situado o castelo. Essa caverna era de considerável profundidade e, entre os camponeses era conhecida pelo nome de Caverna de Lindenberg. A noite estava calma e bela; os raios da lua iluminavam as antigas torres do castelo e derramavam uma luz prateada sobre seus cumes. Tudo estava calmo a meu redor. Nada se ouvia, a não ser a brisa noturna suspirando entre as folhas, o latido distante dos cães da aldeia ou a coruja que se instalara num recanto da deserta torre leste. Ouvi seu piado melancólico e olhei para cima. Ela estava pousada no alto de uma janela, que reconheci ser a do aposento assombrado. Isso me trouxe à lembrança a história da Freira Sangrenta e suspirei enquanto refletia sobre a influência da superstição e a fraqueza da razão humana. Subitamente, ouvi um coro fraco invadir o silêncio da noite.

– O que pode ocasionar esse barulho, Teodoro?

– Um distinto estrangeiro – respondeu ele – passou pelo vilarejo hoje a caminho do castelo. Dizem que é o pai de dona Agnes. Sem dúvida, o barão está dando uma festa para comemorar sua chegada.

O sino do castelo anunciou a meia-noite. Esse era o sinal usual para que a família se retirasse para dormir. Logo depois percebi luzes no castelo movendo-se para frente e para trás em diferentes direções. Achei que era sinal de que as pessoas estavam se separando. Podia ouvir as pesadas portas rangendo ao se abrirem com dificuldade e, ao se fecharem novamente, os caixilhos podres se entrechocando. O quarto de Agnes ficava do outro lado do castelo. Estremeci, temendo que ela não tivesse conseguido a chave do aposento assombrado. Era necessário que ela passasse por esse cômodo para alcançar a escada estreita pela qual o fantasma deveria descer para o grande salão. Agitado por essa apreensão, mantive meus olhos constantemente fixos na janela, onde esperava perceber o brilho amigável de uma lamparina carregada por Agnes. Já podia ouvir as portas maciças sendo destrancadas. Pela vela em suas mãos, reconheci o velho Conrado, porteiro. Ele abriu os portões de par em par e se retirou. As luzes do castelo desapareceram gradativamente e, por fim, todo o edifício estava envolto na escuridão.

Enquanto eu estava sentado numa pequena saliência da colina, a quietude do cenário me trazia ideias melancólicas não totalmente desagradáveis. O castelo, que se mostrava por inteiro à minha vista, formava um quadro igualmente terrível e pitoresco. Suas muralhas pesadas, iluminadas com um solene brilho da lua, suas velhas e parcialmente arruinadas torres erguendo-se até as nuvens e parecendo carrancudas nas planícies a seu redor, suas altas ameias cobertas de hera e sua ponte levadiça agora baixada em honra da habitante fantasmagórica, tudo provocava em mim uma sensação de um triste e reverente horror.

Ainda assim, essas sensações não me ocupavam tanto a ponto de me impedir de testemunhar com impaciência o lento passar do tempo. Aproximei-me do castelo e aventurei-me a contorná-lo. Alguns raios de luz ainda brilhavam nos aposentos de Agnes. Eu os observava com alegria. Estava ainda olhando para eles, quando percebi uma figura se aproximando da janela e a cortina sendo cuidadosamente fechada para ocultar a lamparina ainda acesa. Convencido por essa observação de que Agnes não havia abandonado nosso plano, voltei com o coração leve a meu antigo posto.

O relógio tocou meia-hora! Depois, três quartos de hora! Meu peito batia forte com esperança e expectativa. Por fim, ouviu-se o som desejado. O sino tocou uma hora, e a mansão ecoou com o barulho alto e solene. Olhei para o cômodo assombrado. Mal se haviam passado cinco minutos quando a esperada luz apareceu. Eu estava agora perto da torre. A janela não estava tão longe do chão, mas imaginei ter percebido uma figura feminina com uma lamparina na mão movendo-se lentamente pelo aposento. A luz logo desapareceu e tudo ficou novamente escuro e sombrio.

Luzes ocasionais brilhavam nas janelas da escadaria à medida que o adorável fantasma passava por elas. Acompanhei a luz através do salão; ela chegou à entrada e, por fim, vi Agnes passar pela ponte levadiça. Estava vestida exatamente como havia descrito o espectro. Um rosário de contas pendia de seu braço; a cabeça estava envolta num longo véu branco. O vestido de freira estava manchado de sangue, e ela teve o cuidado de providenciar uma lamparina e uma adaga. Ela veio até o local onde eu estava. Corri a seu encontro e a tomei em meus braços.

– Agnes! – exclamei, enquanto a apertava contra meu peito. – Agnes, Agnes! Tu és minha! Agnes, Agnes! Eu sou teu! Enquanto o sangue correr em minhas veias, tu serás minha! Eu serei teu! Teu meu corpo! Tua minha alma!

Aterrorizada e ofegante, ela não conseguia falar. Largou a lamparina e a adaga e mergulhou em meu peito em silêncio. Eu a ergui em meus braços e a levei para a carruagem. Teodoro ficou para trás, a fim de libertar dona Cunegunda. Também o encarreguei de deixar uma carta para a baronesa, na qual explicava todo o caso e lhe suplicava que utilizasse seus bons ofícios para tentar apaziguar dom Gastón em vista de minha união com a filha dele. Revelava-lhe, na carta, meu verdadeiro nome e lhe provava que minha origem e também minhas expectativas justificavam minha pretensão de me casar com a sobrinha dela; assegurava-lhe, além do mais, que, embora me fosse impossível retribuir seu amor, haveria de lutar incessantemente para obter sua estima e amizade.

Entrei na carruagem, onde Agnes já estava sentada. Teodoro fechou a porta, e os cocheiros deram a partida. A princípio, fiquei encantado com a rapidez de nosso progresso. Mas assim que passou o perigo de sermos perseguidos, pedi aos condutores que moderassem o passo. Eles tentaram em vão seguir minhas ordens, pois os cavalos se recusaram a obedecer ao comando das rédeas e continuaram a correr com espantosa rapidez. Os cocheiros redobraram seus esforços para detê-los, mas os animais, aos coices e saltos, conseguiram se livrar do comando das rédeas. Dando um forte grito, os condutores se viram arremessados ao chão. Nesse exato momento, surgiram nuvens espessas que obscureceram o céu; os ventos uivavam em torno de nós, os relâmpagos brilhavam e trovões rugiam com tremendo fragor. Nunca tinha presenciado uma tempestade tão assustadora! Apavorados pelo estridor de elementos em contenda, os cavalos pareciam aumentar de velocidade a cada momento. Nada podia interromper sua corrida. Eles arrastaram a carruagem por sebes e valas, saltaram perigosos barrancos e pareciam competir com os ventos para saber quem era mais veloz.

Tudo isso enquanto minha companheira permanecia imóvel em meus braços. Realmente alarmado com a magnitude do perigo, tentava em vão fazê-la recobrar os sentidos quando um forte estrondo anunciou que nossa viagem tinha chegado ao fim da maneira mais trágica. A carruagem se havia partido em pedaços. Na queda, bati minha cabeça contra uma pedra. A dor do ferimento, a violência do choque e a apreensão pela segurança de Agnes se combinaram para me dominar tão completamente que meus sentidos me abandonaram e caí desmaiado no chão.

Provavelmente fiquei algum tempo nessa situação, pois quando abri os olhos já era dia claro. Vários camponeses estavam a meu redor e pareciam se perguntar se minha recuperação seria realmente possível. Eu falava alemão razoavelmente bem. Assim que consegui articular algum som, perguntei por Agnes. Qual não foi minha surpresa e angústia, quando os camponeses me asseguraram que ninguém havia sido visto correspondendo àquela descrição! Disseram-me que, ao se dirigirem para o trabalho diário, ficaram alarmados ao observar os destroços de minha carruagem, e ao ouvir os gemidos de um cavalo, o único dos quatro que sobreviveu; os outros três jaziam mortos a meu lado. Não havia ninguém perto de mim quando eles chegaram, e muito tempo se passou até que eles conseguissem me reanimar. Preocupadíssimo com relação ao paradeiro de minha companheira, implorei aos camponeses que se dispersassem em busca da jovem. Descrevi a vestimenta que usava e prometi uma ingente gratificação a quem me trouxesse qualquer notícia dela. Quanto a mim, era impossível partir à procura dela, pois havia quebrado duas costelas na queda, e meu braço se deslocou, ficando como que dependurado ao longo do corpo. Mais ainda, minha perna esquerda ficou tão dilacerada, que não esperava recuperar seu uso no futuro.

Os camponeses atenderam a meu pedido, e todos partiram, exceto quatro, que confeccionaram uma maca com alguns galhos e se dispuseram a me levar até a cidade vizinha. Perguntei o nome da cidade, e me responderam que era Ratisbona. Mal consegui me convencer de que havia percorrido uma distância tão grande numa única noite. Contei aos aldeões que à 1 hora da madrugada eu havia passado pelo vilarejo de Rosenwald. Eles menearam a cabeça pensativamente e fizeram sinais uns aos outros de que eu devia estar delirando. Fui levado para uma pousada decente e colocado na cama. Chamaram um médico que repôs meu braço perfeitamente no lugar. Examinou então meus outros ferimentos e me disse que não precisava ter medo de sequelas de nenhum deles, mas me ordenou que permanecesse imóvel e que me preparasse para uma cura enfadonha e dolorosa. Respondi-lhe que, se desejava que me mantivesse imobilizado, deveria primeiro tentar obter algumas notícias sobre uma senhora que havia deixado Rosenwald em minha companhia na noite anterior e que estava comigo no momento em que a carruagem se despedaçou. Ele sorriu e limitou-se a me recomendar muita calma para que eu recebesse todos os devidos cuidados para minha completa recuperação. Quando me deixou, foi recebido pela dona da pousada na porta do quarto.

– O cavalheiro não está em seu juízo perfeito – ouvi-o dizer, em voz baixa, à dona do local. – É a consequência natural da queda, mas logo deverá passar.

Um após o outro, os camponeses voltaram à hospedaria e me informaram que nenhum vestígio havia sido descoberto de minha infeliz companheira.

A inquietação se transformou em desespero. Supliquei que renovassem a busca com a maior urgência e dobrei as promessas de recompensa que já lhes havia feito. Meus modos atrapalhados e exasperados acabaram por deixar claro aos presentes que eu estava delirando. Como não havia aparecido sinal algum da dama, eles acreditaram que ela era uma criatura fabricada por minha mente febril e não deram mais atenção a meus pedidos. A anfitriã me garantiu, no entanto, que uma nova investigação seria feita, mas descobri depois que só fizera a promessa para me acalmar. Nada mais foi feito nesse sentido.

Embora minha bagagem estivesse em Munique aos cuidados de meu criado francês, minha maleta, como me havia preparado para uma longa viagem, estava muito bem provida. Além disso, minhas roupas provavam que eu era um homem distinto e, em decorrência disso, todas as atenções possíveis me eram prestadas na pousada. O dia transcorreu sem que eu tivesse qualquer notícia de Agnes. A ansiedade do medo deu lugar ao desânimo. Deixei de perguntar insistentemente por ela e mergulhei nas profundezas de melancólicas reflexões. Percebendo que eu estava quieto e tranquilo, meus cuidadores acreditaram que meu delírio havia diminuído e que minha recuperação havia tomado um rumo favorável. De acordo com a ordem do médico, engoli um preparado medicinal e, assim que a noite caiu, meus assistentes se retiraram e me deixaram descansar.

Esse repouso não me ajudou. A agitação de meu peito afugentava o sono. Inquieto em minha mente, apesar do cansaço de meu corpo, continuei a me virar de um lado para outro, até que o relógio num campanário vizinho bateu "uma" hora. Assim que ouvi esse som surdo e fúnebre e o escutava morrer ao longe carregado pelo vento, senti um súbito calafrio percorrer todo o meu corpo. Estremeci sem saber por quê. Gotas de suor frio escorriam por minha testa e, de medo, meus cabelos ficaram eriçados. De repente, ouvi passos lentos e pesados subindo a escada. Com um movimento involuntário, levantei-me da cama e abri a cortina. Uma única vela colocada sobre a lareira espalhava um brilho fraco pelo aposento, cujas paredes estavam cobertas de tapeçaria. A porta foi aberta com violência. Uma figura entrou e se aproximou de minha cama com passos solenes e medidos. Tremendo de medo, examinei essa visitante da meia-noite. Deus todo-poderoso! Era a Freira Sangrenta! Era ela minha companheira desaparecida! Seu rosto ainda estava coberto pelo véu, mas ela não carregava mais a lamparina e a adaga. Levantou o véu lentamente. Que visão se apresentou a meus assustados olhos! Via diante de mim um cadáver animado. Seu rosto era longo e desfigurado; suas faces e seus lábios não tinham sangue. A palidez da morte se espalhava por suas feições, e seus globos oculares fixos firmemente em mim eram opacos e vazios.

Contemplei o espectro com horror, grande demais para poder descrevê-lo. Meu sangue estava congelado em minhas veias. Eu teria gritado por ajuda, mas som nenhum vinha da garganta e passava por meus lábios. Meus nervos permaneciam impotentes, e meu corpo ficou na mesma atitude inanimada de uma estátua.

A freira imaginária olhou para mim por alguns minutos em silêncio; havia algo de petrificante em seu olhar. Por fim, em voz baixa e sepulcral, proferiu as seguintes palavras:

– Ramón! Ramón! Tu és meu! Ramón! Ramón! Eu sou tua! Enquanto o sangue correr em tuas veias, eu sou tua! Tu és meu! Meu teu corpo! Minha tua alma!

Ofegando de medo, escutei enquanto ela repetia minhas palavras. A aparição se sentou à minha frente, ao pé da cama, e ficou em silêncio.

Seus olhos estavam cravados seriamente nos meus; pareciam dotados do mesmo poder de uma cascavel, pois eu não conseguia olhar para outro lugar. Meus olhos estavam fascinados, e eu não tinha forças para afastá-los dos olhos da assombração.

Nessa posição ela permaneceu por uma hora inteira sem falar ou se mover; nem eu era capaz de fazer coisa alguma. Por fim, o relógio bateu 2 horas. A aparição se levantou e aproximou-se de mim. Com seus dedos gelados, tomou minha mão que pendia sem vida sobre a coberta e beijou meus lábios, repetindo outra vez:

– Ramón! Ramón! Tu és meu! Ramón! Ramón! Eu sou tua! etc...

Ela largou então minha mão, saiu do quarto com passos lentos, e a porta se fechou atrás dela. Até aquele momento, as faculdades de meu corpo estiveram todas suspensas. Só as de minha mente ficaram alertas. O encanto agora estava rompido; o sangue que havia congelado em minhas veias voltou a meu coração com violência. Dei um gemido profundo e afundei inerte no travesseiro.

O cômodo contíguo estava separado de meu quarto apenas por uma divisória estreita; era ocupado pelo anfitrião e sua esposa. O homem acordou com meu gemido e logo correu para meu quarto; a esposa dele o seguiu pouco depois. Com alguma dificuldade conseguiram me reanimar o juízo e mandaram chamar imediatamente o médico, que logo chegou. Disse-lhes que minha febre havia subido muito e que, se eu continuasse a sofrer uma agitação tão violenta, ele não poderia responder por minha vida. Os remédios que me ministrou me tranquilizaram um pouco mais e caí numa espécie de sono até o raiar do dia. Mas pesadelos terríveis me impediram de sentir algum benefício com o período de descanso. Agnes e a Freira Sangrenta se apresentavam alternadamente à minha imaginação e pareciam ter combinado de me perseguir e de me atormentar. Acordei cansado e sem energia. Minha febre parecia ter aumentado em vez de ter baixado. A agitação de minha mente impedia que meus ossos fraturados se regenerassem. Tive desmaios frequentes, e durante todo o dia o médico não julgou conveniente que eu ficasse sozinho por duas horas seguidas.

Por causa da singularidade de minha aventura, decidi ocultá-la de todos, pois não poderia esperar que acreditassem numa história tão estranha. Eu estava muito preocupado com Agnes. Não sabia o que ela teria pensado ao não me encontrar no local combinado e temia que ela duvidasse de minha fidelidade. Eu confiava, no entanto, na discrição de Teodoro e esperava que minha carta à baronesa pudesse convencê-la da retidão de minhas intenções. Essas considerações aliviaram um pouco minha inquietação, mas a impressão deixada em minha mente pela visitante noturna ficava mais forte a cada momento. A noite se aproximava, e eu temia sua chegada. Ainda assim, tentei me persuadir de que o fantasma não apareceria mais e, em todo caso, pedi que um criado ficasse acomodado em meu quarto durante a noite toda.

A fadiga de meu corpo por não ter dormido na noite anterior, aliada aos fortes soníferos que havia ingerido, finalmente me proporcionaram aquele repouso de que tanto necessitava. Mergulhei num sono profundo e tranquilo, e já havia dormido por algumas horas, quando o relógio vizinho me despertou ao marcar "uma" hora da madrugada. Seu som trouxe à minha memória todos os horrores da noite anterior. O mesmo calafrio percorreu todo o meu corpo. Consegui me soerguer na cama e percebi o criado dormindo profundamente numa poltrona perto de mim. Chamei-o pelo nome. Não respondeu. Sacudi-o com força pelo braço e tentei em vão acordá-lo, mas ele permanecia insensível a meus esforços. Então, comecei a ouvir passos pesados subindo a escada. A porta se abriu e novamente a Freira Sangrenta apareceu diante de mim. Mais uma vez meus membros ficaram paralisados. Mais uma vez ouvi aquelas palavras fatais repetidas,

– Ramón! Ramón! Tu és meu! Ramón! Ramón! Eu sou tua! etc...

A cena que tanto me havia chocado na noite anterior se repetia agora. O espectro beijou meus lábios como fizera da primeira vez e me tocou com seus dedos putrefatos. E como em sua primeira aparição, deixou o quarto assim que o relógio bateu "duas" horas.

Isso se repetia todas as noites. Longe de me acostumar com o fantasma, cada nova visita me incutia maior pavor. A imagem da freira me perseguia continuamente, e eu me tornei presa de uma melancolia eterna. A constante agitação de minha mente retardava de maneira considerável o restabelecimento de minha saúde. Vários meses se passaram até que eu pudesse deixar a cama. Quando finalmente fui transferido para um sofá, estava tão fraco, sem ânimo e emaciado que não podia andar pelo quarto sem ajuda. Os olhares de meus assistentes revelavam a pouca esperança que tinham em minha recuperação. A profunda tristeza, que me oprimia sem remissão, fez com que o médico me considerasse um hipocondríaco. Eu guardava cuidadosamente comigo, em segredo, a causa de minha aflição, pois sabia que ninguém poderia me ajudar. O fantasma não era visto por ninguém a não ser por mim. Insisti com frequência para que um criado ficasse comigo no quarto; mas, no momento em que o relógio batia "uma" hora, um sono irresistível se apoderava dele e não o deixava até a partida do fantasma.

Pode até se surpreender que, durante esse tempo, eu não tenha feito perguntas sobre sua irmã. Teodoro, que, com dificuldade, descobriu meu paradeiro, me tranquilizou quanto à segurança dela. Ao mesmo tempo me convenceu de que todas as tentativas de libertá-la do cativeiro seriam infrutíferas até que eu estivesse em condições de retornar à Espanha. Os detalhes do que vou lhe contar agora me foram em parte narrados por Teodoro e em parte pela própria Agnes.

Na noite fatídica em que sua fuga deveria ter ocorrido, um acidente a impediu de deixar o quarto na hora marcada. Por fim, ela se aventurou passar pela sala mal-assombrada, desceu a escada que conduzia ao salão, encontrou os portões abertos como esperava e deixou o castelo sem ser notada. Qual não foi sua surpresa quando não me encontrou no local para recebê-la! Examinou a caverna, andou por todas as trilhas dos bosques vizinhos e passou duas horas inteiras nessa busca infrutífera. Não conseguiu descobrir nenhum vestígio meu ou da carruagem. Alarmada e desapontada, sua única alternativa era retornar ao castelo antes que a baronesa sentisse sua falta. Mas então se viu diante de novo empecilho: o sino já havia tocado "duas" horas. A hora do fantasma havia passado e o cuidadoso porteiro já havia trancado os portões. Depois de muita indecisão, arriscou-se a bater de leve. Por sorte, Conrad ainda estava acordado. Ouviu as batidas e se levantou, murmurando por ter sido chamado uma segunda vez. Assim que abriu uma das portas e viu a suposta aparição esperando para entrar, deu um grito e caiu de joelhos. Agnes aproveitou desse momento de terror do porteiro, passou rapidamente por ele, correu para seus aposentos e, tendo se livrado do traje de fantasma, jogou-se na cama tentando em vão encontrar explicação para meu desaparecimento.

Nesse meio-tempo, quando Teodoro viu minha carruagem passar com a falsa Agnes, voltou alegremente para o vilarejo. Na manhã seguinte, libertou Cunegunda do confinamento e a acompanhou até o castelo. Lá, ele encontrou o barão, a senhora dele e dom Gastón, discutindo juntos os relatos do porteiro. Todos eles acreditavam na existência de fantasmas, mas dom Gastón argumentava que nunca se havia ouvido falar que um fantasma batesse à porta para poder entrar e que semelhante procedimento era totalmente incompatível com a natureza imaterial de um espírito. Eles ainda estavam discutindo esse assunto quando o pajem apareceu com Cunegunda e esclareceu o mistério. Ao ouvir seu depoimento, todos concordaram que a Agnes que Teodoro tinha visto entrar em minha carruagem deveria ser a Freira Sangrenta e que o fantasma que aterrorizara Conrad só poderia ser a filha de dom Gastón.

Passada a surpresa que essa descoberta causou, a baronesa resolveu aproveitar a ocasião para persuadir a sobrinha a tomar o véu. Temendo que um acordo tão vantajoso para a filha induzisse dom Gastón a mudar de ideia, ela destruiu minha carta e continuou a se referir a mim como um aventureiro desconhecido e necessitado. Uma vaidade infantil me havia levado a ocultar meu verdadeiro nome até mesmo de minha amada. Eu queria ser amado por mim mesmo, não por ser filho e herdeiro do marquês de las Cisternas. A consequência foi de que minha posição não era conhecida por ninguém no castelo, exceto pela baronesa, que teve o cuidado de guardar essa informação para si própria, escondendo-a dos demais. Dom Gastón concordou com o conselho da irmã e mandou chamar Agnes, exigindo seu comparecimento diante deles. Ela foi acusada de ter planejado uma fuga, obrigada a fazer uma confissão completa e ficou maravilhada com a gentileza com que foi recebida essa confissão. Mas qual não foi sua aflição quando foi informada de que o fracasso de seu plano devia ser atribuído a mim! Cunegunda, instruída pela baronesa, disse a Agnes que, quando a libertei, eu desejava que ela informasse à sua senhora que nossa relação havia terminado, que todo o caso era fruto de uma informação falsa e que eu não convinha, de forma alguma, à minha posição, me casar com uma mulher sem fortuna ou sem perspectivas.

A esse respeito, meu súbito desaparecimento deu à explicação um aspecto de grande probabilidade. Teodoro, que poderia ter desmentido toda a história, foi mantido longe de Agnes, por ordem de dona Rodolfa. O que provou ser uma confirmação ainda maior de que eu era um impostor foi a chegada de uma carta sua, Lorenzo, dizendo que não tinha nenhum amigo chamado Alfonso d'Alvarada. Essas aparentes provas da minha perfídia, aliadas às ardilosas insinuações de sua tia, às adulações de Cunegunda e às ameaças e à ira do pai dela, venceram inteiramente a repugnância de sua irmã por um convento. Indignada por meu comportamento e desgostosa com o mundo em geral, ela consentiu em tomar o véu. Passou mais um mês no Castelo de Lindenberg. Durante esse período, minha total ausência confirmou sua resolução, e então ela acompanhou dom Gastón à Espanha. Teodoro foi posto em liberdade. Foi imediatamente para Munique, onde esperava ter notícias minhas. Mas descobrindo por Lucas que eu nunca havia retornado, continuou sua busca com perseverança incansável e finalmente conseguiu me localizar em Ratisbona.

Eu estava tão alterado que ele mal conseguia se lembrar de minhas feições. A dor visível estampada em seu rosto confirmava o quanto ele se importava comigo. A companhia desse amável rapaz, a quem sempre considerei mais como companheiro do que como criado, era agora meu único conforto. Sua conversa era alegre, mas sensata, e suas observações perspicazes e divertidas. Ele adquiriu muito mais conhecimento do que o normal para sua idade, mas o que o tornava mais agradável para mim era sua voz encantadora e alguma habilidade musical. Ele havia adquirido também algum gosto pela poesia e, às vezes, até se aventurava a escrever alguns versos. Ocasionalmente, compunha pequenas baladas em espanhol; embora não fossem composições de real destaque, devo confessar; mas me agradavam por sua novidade, e ouvi-las acompanhadas do violão era minha única distração. Teodoro percebeu muito bem que algo atormentava minha mente, mas como escondia a causa de minha dor até mesmo dele, o respeito não permitiu que ele se intrometesse em meus segredos.

Uma tarde eu estava deitado no sofá, mergulhado em reflexões nada agradáveis. Teodoro se divertia observando da janela uma luta entre dois cocheiros, que estavam brigando no pátio da estalagem.

– Ah! Ha! – gritou ele, de repente. – Ali está o Grande Mogol.[20]

– Quem? – perguntei.

– Apenas um homem que me disse coisas estranhas em Munique.

– A propósito de quê?

– Agora que me lembrou disso, era uma espécie de mensagem para o senhor, mas realmente nem valia a pena transmiti-la. De minha parte, acredito que o sujeito é louco. Quando cheguei a Munique para procurar o senhor, encontrei esse sujeito morando na estalagem "O Rei dos Romanos", e o dono do local me falou coisas estranhas a respeito dele. Pelo sotaque, supõe-se que seja estrangeiro, mas de que país ninguém sabe. Parecia não ter nenhum conhecido na cidade. Falava pouco, e nunca foi visto sorrindo. Não tinha criados nem bagagens, mas sua bolsa parecia bem abastecida, e ele fazia coisas boas na cidade. Alguns julgavam que era um astrólogo árabe, outros pensavam que era um cômico ambulante, e muitos afirmavam que era o dr. Fausto[21], que o diabo havia mandado de volta para a Alemanha. O proprietário, no entanto, disse-me que tinha as melhores razões para acreditar que era o grande Mogol, que vivia incógnito.

– Mas qual era a mensagem estranha, Teodoro?

– É verdade, eu já ia esquecendo. Na realidade, não teria sido

---

20 Expressão metafórica, alusão ao Grande Mogol ou Mogul, governante do Império Mogol que dominou por séculos imenso território do continente asiático, relembrando seu imenso poder. (N.T.)

21 Alusão à obra de Johann Wolfgang von Goethe (1749-1832), intitulada *Fausto*; nela, Mefistófeles, um demônio, aposta com Deus que poderá conquistar a alma de Fausto, um sábio erudito, que dá nome a esse poema trágico. (N.T.)

grande perda se eu a tivesse esquecido completamente. O senhor deve saber que, enquanto eu estava perguntando pelo senhor ao proprietário, esse estranho ia passando. Ele parou e olhou para mim fixamente. "Jovem", disse ele, com voz grave, "aquele que você procura encontrou o que não gostaria de encontrar. Somente minha mão pode estancar o sangue. Peça a seu mestre que procure por mim quando o relógio bater "uma" hora.

– O quê? – exclamei, pulando de meu sofá. (As palavras que Teodoro havia repetido pareciam dar a entender que o estranho sabia de meu segredo.) – Vá correndo buscá-lo, meu rapaz! Peça-lhe que me conceda alguns momentos de conversa!

Teodoro ficou surpreso com a veemência de minha reação. Ainda assim, não fez perguntas, mas se apressou em me obedecer. Esperei seu retorno com impaciência. Depois de um breve espaço de tempo, ele reapareceu e introduziu o esperado hóspede em meu quarto. Era um homem de porte majestoso. Seu semblante era fortemente marcado, e seus olhos eram grandes, negros e cintilantes. Havia algo, no entanto, em seu olhar que, no momento em que o vi, me inspirou certo temor, para não dizer pavor. Estava modestamente vestido, seu cabelo não estava empoado e uma faixa de veludo preto que circundava sua testa espalhava sobre seus traços uma espécie de sombreado extra. Seu semblante refletia uma profunda melancolia; seu passo era lento e seus modos graves, majestosos e solenes.

Ele me cumprimentou com toda a cortesia e, depois de responder aos cumprimentos e apresentações usuais, fez sinal a Teodoro para sair do quarto. O pajem se retirou imediatamente.

– Estou a par de seu problema – disse ele, sem me dar tempo para falar. – Tenho o poder para livrá-lo de sua visitante noturna, mas isso não pode ser feito antes de domingo. Na primeira hora do dia de *Sabbath*, os espíritos das trevas têm pouca influência sobre os mortais. Depois de sábado, a freira não o visitará mais.

– Será que posso saber – perguntei – por quais meios o senhor tomou conhecimento de um segredo que escondi cuidadosamente de todos?

– Como posso ignorar sua angústia, quando a causa dela está a seu lado nesse momento?

– Eu me sobressaltei. O estranho continuou:

– Embora para o senhor seja visível apenas por uma hora das vinte e quatro do dia, ela jamais o abandona, nem de dia nem de noite. Nem irá jamais abandoná-lo até que o senhor lhe tenha concedido o que ela pede.

– E o que é que ela pede?

– Ela mesma vai lhe dar a resposta. Eu realmente não sei o que é. Espere com paciência até sábado à noite. Tudo, então, será esclarecido.

Não ousei fazer mais perguntas. Ele logo mudou a conversa e passou a falar de outros assuntos. Citou pessoas que deixaram de existir há séculos, mas que lhe parecia tê-las conhecido pessoalmente. Não consegui mencionar um só país, por mais distante que fosse, que ele não tivesse visitado, nem podia deixar de admirar a extensão e a variedade de seus conhecimentos. Comentei que o fato de ter viajado muito, de ter visto e conhecido tantas coisas deve ter lhe dado um prazer infinito. Ele meneou a cabeça tristemente.

– Ninguém – respondeu ele – seria capaz de compreender a tristeza que me acabrunha! O destino me obriga a estar em constante movimento. Não me é permitido passar mais de quinze dias no mesmo lugar. Não tenho nenhum amigo no mundo e, pelo desassossego de meu destino, jamais poderei ter um. De bom grado abandonaria essa vida miserável, pois invejo aqueles que desfrutam da quietude da sepultura. Mas a morte me evita e foge de meu abraço. É em vão que me atiro no caminho do perigo. Mergulho no oceano, mas as ondas me devolvem à praia com repugnância. Corro para o fogo, mas as chamas recuam diante de minha aproximação. Enfrento a fúria dos bandidos, mas suas espadas ficam cegas e se quebram ao atingir meu peito. O tigre faminto estremece ao me ver por perto, e o jacaré foge de um monstro mais horrível do que ele próprio. Deus colocou seu selo em mim, e todas as suas criaturas respeitam essa marca fatal!

Ele tocou a faixa de veludo, que estava amarrada em volta da cabeça. Havia em seus olhos uma expressão de fúria, de desespero e de malevolência, que me enchia de terror até o mais fundo da alma. Uma convulsão involuntária me fez estremecer. O estranho percebeu.

— Essa é a maldição que pesa sobre mim — continuou ele. — Estou condenado a inspirar horror e ódio a todos os que me olham. O senhor já está sentindo a influência do feitiço e, a cada momento, sentirá mais. Não quero aumentar seus sofrimentos com minha presença. Adeus e até sábado. Assim que o relógio bater meia-noite, me espere na porta do quarto.

Depois de dizer isso, ele partiu, deixando-me atônito com a misteriosa mudança de suas maneiras e da conversa.

A garantia que me deu de que logo me veria livre das visitas da aparição produziu um benéfico efeito em minha saúde. Teodoro, a quem eu tratava mais como uma criança adotada do que um criado, ficou surpreso ao perceber a mudança em minha aparência. Ele me felicitou por esse sintoma que preanunciava a recuperação da saúde e disse estar contente pelo fato de ter tirado tanto proveito de minha conversa com o Grande Mogol. Depois de me informar, descobri que o estranho já havia passado oito dias em Ratisbona e, de acordo com seu relato, deveria permanecer no local somente mais seis dias. Faltavam ainda três dias até sábado. Oh!, com que impaciência fiquei esperando esse dia! Entrementes, a Freira Sangrenta continuou suas visitas noturnas, mas na expectativa de logo me livrar delas completamente, os efeitos que essas visitas produziam em mim se tornaram menos intensos do que antes.

A tão desejada noite chegou. Para evitar suspeitas, fui para a cama na hora habitual. Mas assim que meus cuidadores me deixaram, me vesti novamente e me preparei para receber o estranho. Ele entrou em meu quarto por volta da meia-noite. Trazia nas mãos uma pequena arca, que colocou perto do fogão. Ele me cumprimentou sem falar; eu retribuí o cumprimento, observando igual silêncio. Ele abriu então a pequena arca. A primeira coisa que tirou dela foi um pequeno crucifixo de madeira. Ajoelhou-se, olhou para o crucifixo com tristeza e elevou os olhos ao céu. Parecia que estava rezando com todo o fervor. Por fim, inclinou a cabeça respeitosamente, beijou o crucifixo por três vezes e ficou de pé outra vez. Em seguida, tirou da arca um cálice coberto; aspergiu o chão com o líquido do cálice, que parecia ser sangue, e depois, mergulhando nele uma extremidade do crucifixo, descreveu um círculo no meio do quarto. Ao redor do círculo, colocou várias relíquias, caveiras, fêmures etc. Observei que dispôs todos eles em forma de cruz. Por fim, tirou uma grande Bíblia e acenou para que eu o seguisse até dentro do círculo. Obedeci.

– Cuidado para não pronunciar uma sílaba sequer! – sussurrou o estranho. – Não saia do círculo e, se tem amor à vida, não ouse olhar para meu rosto!

Segurando o crucifixo numa das mãos e a Bíblia na outra, parecia ler com profunda atenção. O relógio bateu "uma" hora! Como de costume, ouvi os passos do fantasma na escada: mas não fui tomado pelo costumeiro tremor. Esperei sua aproximação com confiança. Ele entrou no quarto, aproximou-se do círculo e parou. O estranho murmurou algumas palavras ininteligíveis para mim. Então, erguendo a cabeça e estendendo o crucifixo em direção do fantasma, exclamou com voz distinta e solene:

– Beatriz! Beatriz! Beatriz!

– O que queres? – perguntou a aparição, num tom oco e vacilante.

– O que é que perturba teu sono? Por que afliges e torturas esse jovem? Como é que o descanso pode ser devolvido a teu espírito inquieto?

– Não me atrevo a dizer!... Não devo dizer!... De bom grado eu repousaria em meu túmulo, mas ordens severas me forçam a prolongar minha punição!

– Conheces esse sangue? Sabes em que veias correu? Beatriz! Beatriz! Em nome dele, eu te ordeno que me respondas!

– Não me atrevo a desobedecer a meus senhores.

– E te atreves a me desobedecer?

Ele falou em tom de comando e tirou a faixa preta da testa. Apesar da advertência dele em contrário, a curiosidade não permitiu que eu desviasse os olhos de seu rosto: levantei-os e vi uma cruz em brasa gravada na fronte dele. Não posso descrever o horror que isso provocou em mim, mas sei que nunca senti nada igual! Meus sentidos me abandonaram por alguns instantes, um terror misterioso dominou minha coragem e, se o exorcista não me tivesse segurado pela mão, eu teria caído fora do círculo.

Quando voltei a mim, percebi que a cruz ardente tinha produzido um efeito não menos violento no fantasma. Seu semblante expressava reverência e horror, e seus imaginários membros tremiam de medo.

– Sim! – disse ela, finalmente. – Eu tremo diante dessa marca!... Eu a respeito!... Eu te obedeço! Fica sabendo então que meus ossos ainda não foram sepultados. Eles apodrecem na escuridão da Caverna de Lindenberg. Ninguém, exceto esse jovem, tem o direito de dar-lhes sepultura. Seus lábios me entregaram seu corpo e sua alma. Nunca o libertarei de sua promessa, nunca haverá de conhecer uma noite sem terror, a menos que se comprometa a recolher meus ossos apodrecidos e depositá-los na cripta da família em seu castelo na Andaluzia. Então terá de oferecer trinta missas pelo descanso de meu espírito, e eu não voltarei mais a perturbar este mundo. Agora, deixa-me partir! Essas chamas estão me queimando!

Ele baixou lentamente a mão que segurava o crucifixo e que, até então, apontava para ela. A aparição inclinou a cabeça, e sua forma se dissolveu no ar. O exorcista me conduziu para fora do círculo. Ele repôs a Bíblia e os demais objetos na arca e então se dirigiu a mim, que estava ao lado dele sem palavras, por causa do pavor.

– Dom Ramón, o senhor ouviu as condições para seu descanso. Cabe ao senhor cumprir essas condições ao pé da letra. Para mim, nada mais me resta do que esclarecer o mistério que ainda envolve a história desse fantasma e informar que, quando viva, Beatriz usava o sobrenome *de las Cisternas*. Ela era a tia-avó de seu avô; pela proximidade de parentesco, as cinzas dela exigem respeito de sua parte, embora a enormidade dos crimes dela pudesse despertar sua aversão. Quanto à natureza desses crimes, ninguém poderá lhe explicar melhor do que eu mesmo, pois conheci pessoalmente o homem santo que acabou com os rituais noturnos dela no Castelo de Lindenberg e ouvi esse relato dos próprios lábios dele: "Beatriz de las Cisternas tomou o véu em tenra idade, não pela própria vontade, mas por ordem expressa dos pais. Ela era então muito jovem para lamentar os prazeres de que sua profissão a privava. Mas assim que seu caráter ardente e voluptuoso começou a se manifestar, ela se abandonou livremente ao impulso de suas paixões e aproveitou a primeira oportunidade para satisfazê-las. Finalmente, essa oportunidade se apresentou, depois de muitos obstáculos que apenas acrescentaram nova força a seus desejos. Ela conseguiu escapar do convento e fugiu para a Alemanha com o barão de Lindenberg. Viveu no castelo dele por muitos meses como sua concubina declarada. A Baviera inteira ficou escandalizada com sua conduta indecente e descarada. Seus banquetes competiam em luxo com os de Cleópatra, e Lindenberg se tornou o cenário da mais desenfreada libertinagem. Não satisfeita em exibir a incontinência de uma prostituta, ela se professava ateia; aproveitava de todas as oportunidades para zombar de seus votos monásticos e ridicularizava as cerimônias mais sagradas da religião. Possuidora de um caráter tão depravado, não limitou por muito tempo suas afeições a um único objeto. Logo após sua chegada ao castelo, o irmão mais novo do barão chamou a atenção dela por suas feições fortes, estatura gigantesca e membros hercúleos. Ela não era do tipo que sabe controlar e disfarçar suas inclinações por muito tempo e encontrou em Otto von Lindenberg um igual em depravação. Ele correspondeu à paixão dela apenas o suficiente para aumentá-la; e quando conseguiu o que desejava, ele fixou o preço de seu amor: o assassinato do irmão dele. A miserável aceitou essa terrível condição, e concordaram em perpetrar o crime durante a noite. Otto, que residia numa pequena propriedade, a algumas milhas de distância do castelo, prometeu que estaria esperando por ela à 1h da madrugada, na Caverna de Lindenberg. Prometeu também que traria consigo um grupo de amigos escolhidos, cuja ajuda seria necessária para torná-lo senhor do castelo; e o passo seguinte deveria ser a união deles dois. Foi essa última promessa que levou Beatriz a vencer todos os escrúpulos, pois, apesar da afeição que o barão tinha por ela, ele havia declarado categoricamente que nunca faria dela sua esposa. A noite fatal chegou. O barão dormia nos braços de sua pérfida senhora quando o sino do castelo tocou "uma" hora. Beatriz tirou imediatamente uma adaga de debaixo do travesseiro e a enfiou no coração do amante. O barão deu um único gemido terrível e expirou. A assassina deixou a cama apressadamente, tomou uma lamparina numa das mãos, a adaga ensanguentada na outra, e dirigiu-se para a caverna. O porteiro não se atreveu recusar-se a abrir os portões para alguém que era a mais temida no castelo, muito mais do que seu amo. Beatriz chegou à Caverna de Lindenberg sem dificuldade; ali, de acordo com o combinado, encontrou Otto à sua espera. Ele a recebeu e ouviu a narrativa dela com entusiasmo. Mas antes que ela tivesse tempo de perguntar por que não estava acompanhado dos amigos, ele a convenceu de que não desejava testemunhas para a conversa deles. Ansioso para esconder sua participação no assassinato e para se livrar de uma mulher, cujo caráter violento e atroz o fazia temer, e com razão, pela própria segurança, tinha resolvido eliminar sua miserável agente. Avançando sobre ela repentinamente, arrancou a adaga das mãos dela e a cravou, ainda banhada com o sangue do irmão, no peito da moça, pondo um fim à existência dela com repetidos golpes. Otto sucedeu então ao irmão no baronato de Lindenberg. O assassinato foi atribuído exclusivamente à freira fugitiva, e ninguém suspeitou que ele a tivesse persuadido a cometer o ato. Mas, embora seu crime não tenha sido punido pelo homem, a justiça de Deus permitiu que ele não desfrutasse em paz de suas honras manchadas de sangue. Com os ossos ainda insepultos na caverna, a alma inquieta de Beatriz continuou a habitar o castelo. Vestida com seu hábito religioso em memória de seus votos professados e rompidos, munida da adaga com que havia feito sangrar seu amante e segurando a lamparina que guiou seus passos durante a fuga, todas as noites ela se postava diante da cama de Otto. A mais terrível confusão reinava no castelo; gritos e gemidos ressoavam nos cômodos abobadados. O fantasma, enquanto percorria as antigas galerias, proferia uma mistura incoerente de orações e blasfêmias. Otto não foi capaz de suportar os sobressaltos provocados por essa terrível visão. Seu horror aumentava a cada aparição: Finalmente, seu terror se tornou tão insuportável que seu coração não aguentou, e uma manhã foi encontrado morto na cama, totalmente frio e sem vida. Sua morte não pôs fim aos distúrbios noturnos. Os ossos de Beatriz continuavam insepultos, e seu fantasma continuava a assombrar o castelo. Os domínios de Lindenberg foram transferidos a um parente distante. Apavorado, porém, com os relatos que lhe foram feitos sobre a Freira Sangrenta (assim o espectro era chamado pelo povo), o novo barão chamou em seu auxílio um célebre exorcista. Esse santo homem conseguiu obrigá-la a um repouso temporário. Mas, embora ela tenha lhe contado toda a sua história, não lhe deu permissão para que a revelasse a outros ou para que seu esqueleto fosse removido para um solo sagrado. Essa missão foi reservada ao senhor e, até sua chegada, o fantasma dela estava condenado a vagar pelo castelo e lamentar o crime que havia cometido ali. O exorcista, contudo, obrigou Beatriz a ficar em silêncio durante todo o tempo que ele ainda tivesse de vida. Enquanto ele existiu, o quarto mal-assombrado ficou fechado, e o fantasma permaneceu invisível. Na morte do exorcista, que aconteceu cinco anos depois, ela apareceu novamente, mas voltava apenas uma vez a cada cinco anos, no mesmo dia e na mesma hora em que ela mergulhou sua adaga no coração de seu amante adormecido. Então ela visitava a caverna que contém seu esqueleto em decomposição, retornava ao castelo assim que o relógio batia "duas" horas e não era mais vista durante os cinco anos seguintes. Estava condenada a sofrer durante um século. Esse período já passou. Nada mais resta a fazer agora a não ser levar as cinzas de Beatriz ao túmulo. Eu recebi a incumbência de livrá-lo desse fantasma atormentador e, em meio a todas as tristezas que me oprimem, só de pensar que fui útil ao senhor já é um consolo para mim. Jovem, adeus! Que o espírito de sua parenta possa desfrutar do descanso de uma sepultura, que a vingança do Todo-poderoso me negou para sempre!

Nesse momento, o estranho se preparou para deixar o aposento.

– Um momento, por favor! – disse eu. – O senhor satisfez minha curiosidade em relação ao fantasma, mas me deixa diante de um mistério ainda maior no que diz respeito ao senhor mesmo. Digne-se me informar a quem fico devendo esses favores. O senhor menciona circunstâncias há muito passadas e pessoas mortas há muito tempo. O senhor conheceu pessoalmente o exorcista que, segundo suas palavras, já faleceu há quase um século. Como devo explicar isso? O que significa aquela cruz ardente em sua testa e por que a visão dela causou tanto horror a minha alma?

Sobre esses pontos, por algum tempo ele se recusou a me contar. Por fim, vencido por minhas súplicas, consentiu em esclarecer tudo, com a condição de que eu adiasse essa explicação para o dia seguinte. Acabei concordando com essa condição, e ele foi embora. Pela manhã, meu primeiro cuidado foi indagar sobre o misterioso estranho. Imagine minha decepção quando fui informado de que ele já havia saído de Ratisbona. Mandei alguns mensageiros à procura dele, mas foi em vão. Não restava qualquer vestígio do fugitivo. Desde aquele momento, nunca mais tive notícias dele, e é muito provável que nunca mais volte a ter.

(Nesse ponto, Lorenzo interrompeu a narrativa do amigo.

– Como? – exclamou ele. – O senhor nunca descobriu quem ele era, ou mesmo nem chegou a suspeitar quem era?

– Perdão! – respondeu o marquês. – Quando contei essa aventura a meu tio, o cardeal-duque, ele me disse que não tinha dúvida de que esse homem singular era o célebre personagem conhecido universalmente pelo apelativo de *o judeu errante*[22]. O fato de não poder ficar mais de quatorze dias no mesmo local, a cruz de fogo gravada na testa, o efeito que essa cruz produz naqueles que a contemplam e muitas outras circunstâncias tornam essa suposição bem plausível. O cardeal está totalmente convencido disso; de minha parte, estou inclinado a adotar a única solução que se oferece para esse enigma. Volto à narrativa de que me afastei.)

A partir desse período, a recuperação de minha saúde foi tão rápida que surpreendeu os médicos. A Freira Sangrenta não apareceu mais, e logo pude partir para Lindenberg. O barão me recebeu de braços abertos. Contei a ele todos os fatos que compunham minha aventura,

---

22 Lenda que remonta aos inícios da Idade Média, segundo se julga, e que se relaciona com a sexta-feira da paixão de Cristo. Há várias versões, mas todas falam que Jesus, carregando a cruz e passando diante da oficina de sapateiro de um judeu, este o empurrou ou lhe pediu que caminhasse mais depressa, ao que Jesus, em resposta, lhe teria dado como penitência esperar por seu regresso, vagando pelo mundo sem descanso. (N.T.)

e ele não ficou nem um pouco satisfeito ao descobrir que sua mansão não seria mais perturbada com as visitas do fantasma a cada cinco anos. Lamentei ao perceber que a ausência não tinha enfraquecido a imprudente paixão de dona Rodolfa. Numa conversa particular que tive com ela durante minha breve estada no castelo, ela renovou suas tentativas de me persuadir a retribuir seu afeto. Considerando-a como a causa primeira de todos os meus sofrimentos, o único sentimento que nutri por ela foi o de repulsa. O esqueleto de Beatriz foi encontrado no local que ela tinha mencionado. Sendo isso tudo o que eu procurava em Lindenberg, apressei-me em deixar os domínios do barão, igualmente ansioso para realizar as exéquias da freira assassinada e escapar da importunação de uma mulher que eu detestava. Parti, seguido das ameaças de dona Rodolfa de que meu desprezo por ela não ficaria muito tempo impune.

Percorri o caminho para a Espanha com toda a pressa. Lucas, com toda a minha bagagem, veio a meu encontro em Lindenberg. Cheguei à minha terra natal sem nenhum acidente e segui imediatamente para o castelo de meu pai na Andaluzia. Os restos mortais de Beatriz foram depositados na cripta da família, as devidas cerimônias foram realizadas e também foram mandadas rezar as missas que ela havia exigido. Nada me impedia agora de empregar todos os meus esforços para descobrir o paradeiro de Agnes. A baronesa me havia assegurado que a sobrinha já havia tomado o véu. Eu suspeitava de que essa informação tinha sido forjada pelo ciúme e esperava encontrar minha amada ainda livre para aceitar minha mão. Perguntei pela família dela. Descobri que antes que a filha chegasse a Madri, dona Inesilla tinha falecido. Soube também, meu caro Lorenzo, que você estava no exterior, mas não pude descobrir em que lugar. Seu pai estava numa província distante, em visita ao duque de Medina, e quanto a Agnes, ninguém sabia ou queria me dizer o que tinha acontecido com ela. Teodoro, como combinado, havia retornado a Estrasburgo, onde encontrou seu avô morto e Marguerite de posse de seus bens. Todas as súplicas para que o filho ficasse com ela foram infrutíferas. Ele a deixou pela segunda vez e me acompanhou até Madri. Passou então a me ajudar com todo o empenho em minhas buscas. Mas nossos esforços conjuntos não tiveram sucesso. O local onde Agnes vivia isolada do mundo permanecia um mistério impenetrável, e comecei a perder todas as esperanças de reencontrá-la.

Cerca de oito meses atrás, eu estava voltando aborrecido para meu palácio, depois de passar o fim da tarde no teatro. A noite estava escura, e eu ia caminhando sozinho. Mergulhado em reflexões que não eram lá muito agradáveis, não percebi que três homens vinham me seguindo desde a saída do teatro. Ao entrar numa rua deserta, fui atacado com toda a violência pelos três. Dei uns passos para trás, saquei a espada e enrolei a capa no braço esquerdo. A escuridão da noite estava a meu favor, pois a maior parte dos golpes dos bandidos, direcionados ao acaso, não chegou a me atingir. Por fim, tive a sorte de colocar fora de combate um de meus adversários. Mas antes disso eu já havia recebido vários ferimentos e estava sendo tão acuado, que minha morte teria sido inevitável, se o choque de espadas não tivesse atraído a atenção de um cavalheiro. Ele correu em minha direção com sua espada já desembainhada, seguido de vários criados que carregavam tochas. Sua chegada equilibrou o combate. Ainda assim, os bandidos não haveriam de abandonar seu propósito, se os criados não se juntassem a nós. Então eles fugiram, e nós os perdemos na escuridão.

O estranho se dirigiu a mim com toda a polidez e perguntou se eu estava ferido. Debilitado pela perda de sangue, mal consegui lhe agradecer pela oportuna ajuda e lhe solicitar que deixasse alguns de seus criados me levar ao Palácio de las Cisternas. Assim que mencionei esse nome, ele confessou ser amigo de meu pai e disse que não permitiria que eu fosse transportado para tão longe antes que alguém examinasse meus ferimentos. Acrescentou que sua residência ficava perto dali e me implorou que o acompanhasse. Suas maneiras eram tão sinceras, que não pude rejeitar sua oferta, e, apoiando-me em seu braço, em poucos minutos chegamos à entrada de um magnífico palácio.

Ao entrar, um velho criado de cabelos grisalhos veio dar as boas--vindas a meu condutor. Ele perguntou quando o duque, seu patrão, pretendia deixar o país e recebeu a resposta de que permaneceria ali ainda alguns meses. Meu salvador pediu então que mandassem chamar sem demora o médico da família. Suas ordens foram obedecidas. Eu fui acomodado em um sofá, num belo aposento, e o médico, depois de examinar meus ferimentos, me tranquilizou, dizendo-me que não passavam de ferimentos leves. Mas ele me recomendou a não me expor ao ar da noite. Além disso, o estranho insistiu tanto para que me acomodasse em sua casa, que consenti em permanecer onde estava pelo menos naquele momento.

Estando sozinho com meu salvador, aproveitei a oportunidade para lhe agradecer de modo mais conveniente do que havia feito até então. Mas ele me pediu para não tocar mais no assunto.

– Fico muito feliz – disse ele – pela oportunidade que tive de lhe prestar esse pequeno serviço e me considerarei eternamente grato a minha filha por ter me detido tanto tempo no convento de Santa Clara. A grande estima que sempre tive pelo Marquês de las Cisternas, ainda que o destino não tenha permitido que nos aproximássemos tanto quanto eu desejaria, faz com que me sinta feliz pela oportunidade que tive de travar conhecimento com o filho dele. Estou certo de que meu irmão, dono dessa casa, lamentará não estar em Madri para recebê-lo pessoalmente. Mas, na ausência do duque, sou o chefe da família e posso lhe assegurar que, em nome dele, todo o Palácio Medina estará sempre à sua disposição.

Imagine, Lorenzo, minha surpresa ao descobrir, na pessoa de meu salvador, dom Gastón de Medina. Surpresa que só poderia ser igualada, para minha secreta satisfação, pela certeza de que Agnes estava no convento de Santa Clara. Essa última sensação de contentamento não diminuiu quando, em resposta às minhas perguntas aparentemente indiferentes, ele me disse que a filha realmente havia tomado o véu. Não permiti que a dor ocasionada por essa notícia criasse raízes em meu espírito. Eu me consolava com a ideia de que a influência de meu tio em Roma haveria de remover esse obstáculo e que, sem dificuldade, eu haveria de obter a dispensa dos votos para minha amada. Animado com essa esperança, acalmei a inquietação de meu coração e redobrei meus esforços para parecer grato pela atenção e satisfeito com a companhia de dom Gastón.

Um criado entrou no aposento e me informou que o bandido que eu havia ferido dava alguns sinais de vida. Solicitei que ele fosse levado ao palácio de meu pai e que, assim que ele recuperasse a voz, eu o interrogaria sobre os motivos que o tinham levado a atentar contra minha vida. Disseram-me que já podia falar, embora com dificuldade. Dom Gastón, movido certamente pela curiosidade, insistiu para que o bandido fosse interrogado em sua presença, mas eu não me dispunha, de forma alguma, a satisfazer essa curiosidade. Uma das razões era que, suspeitando de onde viera o golpe, eu não queria expor aos olhos de Dom Gastón a culpa de sua irmã. A outra era que eu temia ser reconhecido por Alfonso d'Alvarada e que precauções fossem tomadas para me manter longe de Agnes. Confessar minha paixão por sua filha e tentar trazê-lo para meu lado me parecia um passo imprudente, em vista do que eu já conhecia do caráter de dom Gastón. Considerando essencial que ele me conhecesse por nada menos do que o conde de las Cisternas, eu estava determinado a não deixá-lo ouvir a confissão do bandido. Insinuei a ele que, como suspeitava que uma dama estava envolvida no assunto, cujo nome poderia acidentalmente escapar da boca do bandido, era necessário que eu interrogasse o homem em particular. A delicadeza de dom Gastón o impediu de insistir mais no assunto e, em consequência, o assaltante foi levado a meu palácio.

Na manhã seguinte, me despedi de meu anfitrião, que deveria retornar até o duque no mesmo dia. Meus ferimentos eram tão leves que, a não ser pela necessidade de manter meu braço numa tipoia por um breve período de tempo, não sofri nenhum inconveniente com essa aventura noturna. O médico que examinou o bandido considerou seu ferimento mortal. Ele mal teve tempo de confessar que havia sido instigado a me assassinar pela vingativa dona Rodolfa, e expirou minutos depois.

Todos os meus pensamentos estavam agora voltados para conseguir falar com a adorável freira. Teodoro se pôs a trabalhar e dessa vez teve mais sorte. Ele passou a abordar o jardineiro de Santa Clara com tanta insistência, utilizando-se de subornos e promessas, que o velho se pôs inteiramente a favor de meus interesses. Foi definido que eu haveria de entrar no convento como seu ajudante. O plano foi colocado em prática de imediato. Disfarçado com uma roupa comum e com um tapa-olho preto cobrindo um dos olhos, fui apresentado à prioresa, que aprovou a escolha do jardineiro. Assumi imediatamente meu emprego. Botânica tinha sido um de meus estudos favoritos, e eu não me sentia deslocado, portanto, em minha nova função. Durante alguns dias fiquei trabalhando no jardim do convento sem encontrar a razão de meu disfarce. Na quarta manhã, tive mais sucesso. Ouvi a voz de Agnes e já estava correndo em direção a ela quando a visão da madre superiora me deteve. Recuei com cautela e me escondi atrás de um denso grupo de árvores.

A prioresa veio caminhando e sentou-se com Agnes num banco a certa distância. Eu a ouvi recriminando em tom severo a constante melancolia da companheira. Disse-lhe que chorar a perda de qualquer amante em sua situação era um crime; mas chorar a perda de um infiel era loucura e absurdo levados ao extremo. Agnes respondia em voz tão baixa, que eu não conseguia distinguir suas palavras, mas percebi que usava termos de gentileza e submissão. A conversa foi interrompida pela chegada de uma jovem pensionista que comunicou à superiora que havia gente esperando por ela no parlatório. A velha madre se levantou, beijou o rosto de Agnes e se retirou. A recém-chegada permaneceu no local. Agnes conversou muito com ela, elogiando alguém que não consegui identificar, mas sua companheira parecia muito encantada e interessada na conversa. A freira lhe mostrou várias cartas; a outra passou a lê-las com evidente prazer, obteve permissão para copiá-las e retirou-se com esse propósito, para minha grande satisfação.

Logo que a outra ficou fora de vista, eu deixei meu esconderijo. Temendo alarmar minha adorável amada, aproximei-me dela suavemente, pretendendo me revelar aos poucos. Mas quem, mesmo que por um só momento, pode enganar os olhos do amor? Ela ergueu a cabeça quando me aproximei e, apesar de meu disfarce, me reconheceu com um único olhar. Ela se levantou apressadamente com uma exclamação de surpresa e tentou se retirar. Mas eu a segui, a detive e implorei que me escutasse. Convencida de minha falsidade, ela se recusou a me ouvir e ordenou que eu deixasse o jardim. Agora era minha vez de recusar. Protestei que, por mais perigosas que fossem as consequências, não a deixaria até que ela ouvisse minha justificativa. Assegurei-lhe que ela havia sido enganada pelos artifícios de seus parentes; que eu poderia convencê-la sem sombra de dúvida de que minha paixão havia sido pura e desinteressada; e lhe perguntei o que deveria me induzir a procurá-la no convento, se eu fosse influenciado pelos motivos egoístas que meus inimigos haviam atribuído a mim.

Minhas súplicas, meus argumentos e minha decisão de não deixá-la até que ela prometesse me ouvir, unidos a seus temores de que as freiras me vissem com ela, à sua curiosidade natural e ao afeto que ela ainda sentia por mim, apesar de minha suposta deserção, finalmente prevaleceram. Ela me disse que atender ao meu pedido naquele momento era impossível, mas se comprometeu a estar no mesmo lugar às 11h da noite e conversar comigo pela última vez. Obtida essa promessa, soltei-lhe a mão, e ela correu rapidamente para o convento.

Comuniquei meu sucesso a meu aliado, o velho jardineiro: ele me indicou um esconderijo onde poderia me abrigar até a noite sem medo de ser descoberto. Fui ao local indicado no momento em que deveria me retirar com meu suposto mestre e esperei impacientemente pela hora marcada. O frio da noite me favorecia, pois mantinha as outras freiras confinadas em suas celas. Só Agnes era insensível à inclemência do clima e, antes das 11h, veio a meu encontro no local em que havia ocorrido nossa conversa anterior. Sem interrupções, relatei a ela a verdadeira causa de meu desaparecimento no fatídico dia 5 de maio. Ela ficou evidentemente abalada com minha narrativa. Quando a concluí, ela confessou a injustiça de suas suspeitas a meu respeito e culpou-se por ter tomado o véu numa atitude de desespero por causa de minha ingratidão.

– Mas agora é tarde demais para reclamar! – acrescentou ela. – A sorte está lançada: eu professei meus votos e me dediquei ao serviço dos céus. Tenho certeza de que não sou pessoa talhada para viver num convento. Meu desgosto pela vida monástica aumenta a cada dia. Tédio e descontentamento são meus companheiros constantes, e não vou lhe esconder que a paixão que antes sentia por alguém tão próximo de ser meu marido ainda não se extinguiu em meu peito. Mas devemos nos separar! Barreiras intransponíveis nos dividem um do outro, e desse lado dos muros nunca mais devemos nos encontrar!

Então me esforcei para provar que nossa união não era tão impossível quanto ela pensava. Eu lhe falei sobre a influência do cardeal-duque de Lerma em Roma e lhe assegurei de que ele obteria facilmente uma dispensa dos votos dela. Eu também não duvidava de que dom Gastón haveria de concordar com minhas opiniões, quando informado de meu nome verdadeiro e de meu afeto desde longa data. Agnes respondeu que, se eu realmente alimentava essa esperança, era porque conhecia muito pouco seu pai. Liberal e amável em todos os outros aspectos, a superstição se distinguia como a única mancha em seu caráter. Quanto a isso, ele era inflexível. Sacrificava seus interesses mais caros razão de seus escrúpulos e consideraria um insulto supor que ele fosse capaz de autorizar a filha a romper os votos feitos ao céu.

– Mas suponha – disse eu, interrompendo-a –, suponha que ele desaprove nossa união. Vamos fazer com que ignore meus planos até que eu possa resgatá-la da prisão em que está confinada. Quando for minha esposa, estará livre da autoridade dele. Eu não preciso de ajuda financeira e quando ele vir que seu ressentimento é inútil, sem dúvida vai ficar inteiramente a seu favor. Mas se o pior acontecer, se dom Gastón se mostrar irreconciliável, meus parentes haverão de competir entre si para fazê-la esquecer essa perda; e você encontrará em meu pai um substituto para o pai de quem eu a privarei.

– Dom Ramón – replicou Agnes, com voz firme e resoluta –, eu amo meu pai. Ele me tratou com severidade nesse caso, mas recebi dele em todas as outras situações tantas provas de amor, que seu afeto se tornou necessário para minha existência. Se eu deixasse o convento, ele nunca me perdoaria, e tremo só de pensar na ideia de que haveria de me amaldiçoar em seu leito de morte. Além disso, estou consciente de que meus votos são obrigatórios. Foi de livre e espontânea vontade que assumi esse compromisso com Deus e não posso rompê-lo sem cometer um pecado. Então tire essa ideia da cabeça de que podemos nos unir novamente. Estou consagrada à religião e por mais que eu sofra por nossa separação, eu mesma haveria de pôr obstáculos ao que sinto de que me tornaria culpada.

Tentei de todos os modos contestar esses escrúpulos infundados. Estávamos ainda discutindo o assunto quando o sino do convento convocou as freiras para as matinas. Agnes era obrigada a participar dessa hora de oração, mas não a deixei até obrigá-la a prometer que, na noite seguinte, ela estaria no mesmo lugar, na mesma hora. Esses encontros continuaram por várias semanas ininterruptas. E é nesse ponto e agora, Lorenzo, que devo implorar sua indulgência. Pense em nossa situação, em nossa juventude, em nosso grande e duradouro afeto. Pese todas as circunstâncias que acompanharam nossos encontros e reconhecerá que a tentação deve ter sido irresistível. Você até poderá me perdoar quando eu reconhecer que, num momento de descuido, a honra de Agnes foi sacrificada por minha paixão.

(Os olhos de Lorenzo brilharam de fúria. Um rubor intenso inundou seu rosto. Ele se levantou e tentou sacar a espada. O marquês percebeu seu movimento e segurou-lhe a mão. Ele a apertou afetuosamente.

– Meu amigo! Meu irmão! Ouça-me até a conclusão! Até lá, controle sua emoção e, pelo menos, esteja convencido de que, se o que relatei for criminoso, a culpa deve recair sobre mim e não sobre sua irmã.

Lorenzo deixou-se convencer pelas súplicas de dom Ramón. Retomou seu lugar e ouviu o resto da narrativa com um semblante sombrio e impaciente. O marquês prosseguiu.)

Mal passou a primeira explosão de paixão quando Agnes, recuperando-se, saltou de meus braços com horror. Ela me chamou de sedutor infame, cobriu-me com as mais amargas recriminações e passou a bater no peito com toda a violência de um delírio. Envergonhado por minha imprudência, com dificuldade encontrei palavras para me desculpar. Tentei consolá-la, joguei-me a seus pés e implorei seu perdão. Ela tentava livrar sua mão, que eu havia tomado e que tentava beijar.

– Não me toque! – exclamou ela, com uma violência que me aterrorizou. – Monstro de perfídia e de ingratidão, como me deixei enganar por você! Eu o considerava meu amigo, meu protetor; eu me entreguei em suas mãos com confiança e, confiando em sua honra, pensei que a minha não corria risco. E foi justamente você, a quem eu adorava, que me cobriu de infâmia! Foi você que me induziu a romper meus votos a Deus e que me reduziu ao mais baixo nível de meu sexo! Envergonhe-se, vilão! Nunca mais voltará a me ver!

Levantou-se do banco em que estava sentada. Tentei detê-la, mas ela se desvencilhou de meus braços com violência e se refugiou no convento.

Retirei-me, totalmente confuso e inquieto. Na manhã seguinte, como de costume, não deixei de comparecer ao jardim; mas Agnes não estava em lugar nenhum. À noite, eu a esperei no local onde geralmente nos encontrávamos. Foi inútil. Vários dias e noites se passaram da mesma maneira. Por fim, vi minha amada ofendida cruzar o passeio em cujas bordas eu estava trabalhando. Ela estava acompanhada pela mesma jovem pensionista, em cujo braço parecia apoiar-se por fraqueza. Ela me olhou por um instante, mas logo virou a cabeça. Esperei seu retorno, mas ela rumou diretamente para o convento sem me dar atenção alguma, nem a meus olhares penitentes com que eu implorava perdão.

Assim que as freiras se retiraram, o velho jardineiro se aproximou de mim com o semblante carregado.

– Senhor – disse ele –, sinto muito lhe dizer que não posso mais lhe ser útil. A dama que você costumava encontrar acabou de me assegurar que se eu o admitir novamente no jardim, ela irá contar tudo à senhora prioresa. Pediu-me que lhe dissesse também que sua presença aqui é um insulto e que, se o senhor ainda tiver o mínimo de respeito por ela, nunca mais tentará vê-la. Desculpe-me, então, por informar que não posso mais continuar protegendo seu disfarce. Se a prioresa souber de minha conduta, ela pode não se contentar em me dispensar do serviço, mas, por vingança, pode me acusar de ter profanado o convento e fazer com que eu seja jogado nas prisões da Inquisição.

Infrutíferas foram minhas tentativas de dissuadi-lo dessa resolução. Ele proibiu terminantemente minha entrada no jardim, e Agnes perseverou em não me deixar vê-la nem ouvi-la. Cerca de quinze dias depois, uma doença grave acometeu meu pai e me obrigou a partir para a Andaluzia. Viajei imediatamente e, como imaginava, encontrei o marquês à beira da morte. Ainda que à primeira vista sua doença tivesse sido considerada mortal, ele resistiu por vários meses. Durante esse período de enfermidade, meus cuidados para com ele e, depois de sua morte, minha ocupação para manter seus negócios em ordem não permitiram que eu deixasse a Andaluzia. Finalmente e logo que possível, voltei a Madri e, ao chegar ao palácio, encontrei essa carta esperando por mim.

(Nesse momento, o marquês abriu a gaveta de uma escrivaninha e tirou um papel dobrado que entregou a seu interlocutor. Lorenzo desdobrou-o e reconheceu a caligrafia da irmã. A carta dizia o seguinte:

"Em que abismo de miséria você me jogou! Ramón, você me obriga a ser tão criminosa quanto você. Eu tinha resolvido nunca mais vê-lo e, se possível, esquecê-lo. Se não conseguisse, pretendia lembrá-lo apenas com ódio. Uma pessoa por quem sinto a ternura de uma mãe, me solicita que perdoe meu sedutor e recorra a seu amor como um meio de salvação. Ramón, seu filho vive em meu seio. Tremo em pensar na vingança da prioresa. Tremo por mim e ainda mais pela inocente criatura cuja existência depende da minha. Nós dois estamos perdidos, caso minha situação seja descoberta. Aconselhe-me, então, sobre as medidas a tomar, mas não procure me ver. O jardineiro, que se comprometeu a entregar essa carta, foi despedido, e não podemos mais contar com a ajuda dele nessa questão. O homem contratado em seu lugar é de uma fidelidade incorruptível. O melhor meio de me transmitir sua resposta é escondê-la sob a grande estátua de São Francisco, que fica na catedral dos Capuchinhos. Lá eu vou todas às quintas-feiras para me confessar, e será fácil para mim recolher sua carta. Ouvi dizer que agora você não está em Madri. Devo suplicar-lhe que me escreva tão logo retornar? Creio que não. Ah! Ramón! Que situação cruel a minha! Enganada por meus parentes mais próximos, compelida a abraçar uma vocação com obrigações que não consigo cumprir à risca, embora ciente da santidade dessas obrigações; além do mais, induzida a violá-las por aquele de quem menos suspeitava de traição; e agora sou obrigada por circunstâncias a escolher

entre a morte e o perjúrio. A timidez da mulher e o afeto maternal não me permitem vacilar na escolha. Assumo toda a culpa em que mergulho quando me rendo ao plano que antes você me havia proposto. A morte de meu pobre pai, que ocorreu depois de nosso último encontro, removeu um obstáculo. Ele descansa na sepultura e já não temo sua ira. Mas da ira de Deus, oh, Ramón!, quem me protegerá? Quem pode me proteger de minha consciência, de mim mesma? Não ouso me deter nesses pensamentos, pois poderão me levar à loucura. Tomei minha resolução: obter a dispensa de meus votos. Estou pronta para fugir com você. Escreva, meu marido! Diga-me que a ausência não diminuiu seu amor, diga-me que você resgatará da morte seu filho ainda não nascido e sua desafortunada mãe. Vivo sofrendo todas as agonias do terror. Cada olhar que se volta para mim parece ler meu segredo e minha vergonha. E você é a causa dessas agonias! Oh! Quando meu coração o amou pela primeira vez, quão pouco suspeitou que você o fizesse sentir essas dores! AGNES."

Depois de examinar a carta, Lorenzo a devolveu em silêncio. O marquês a recolocou na gaveta e então prosseguiu.)

Indescritível foi minha alegria ao ler essa notícia tão desejada e tão pouco esperada. Coloquei logo meu plano em ação. Quando dom Gastón me revelou o paradeiro da filha, não tive dúvida de que ela estava disposta a deixar o convento. Eu já havia, portanto, confiado o assunto ao cardeal-duque de Lerma, que imediatamente se ocupou em obter a bula necessária. Felizmente, depois disso não havia pedido a ele para sustar os procedimentos iniciados. Não faz muito tempo que recebi uma carta dele, afirmando que esperava receber a qualquer dia a ordem do tribunal de Roma. Eu já me dava por satisfeito com essa notícia. Mas o cardeal me escreveu dizendo que eu deveria encontrar algum meio de retirar Agnes do convento, sem o conhecimento da prioresa. Ele não duvidava de que essa superiora haveria de ficar muito irritada por perder uma pessoa de tão alta posição e haveria de considerar a renúncia de Agnes um insulto à sua casa. Ele considerava essa prioresa como uma mulher de caráter violento e vingativo, capaz de chegar aos maiores extremos. Era de se temer, portanto, que ela frustrasse minhas esperanças, encerrando Agnes no convento e tornando inútil o mandado do papa. Influenciado por essas considerações, resolvi resgatar minha amada e escondê-la até a chegada do esperado ofício na propriedade do cardeal-duque. Ele aprovou meus planos e se declarou disposto a dar abrigo à fugitiva. Em seguida, tratei de sequestrar o novo jardineiro do convento de Santa Clara e mantê-lo confinado em meu palácio. Dessa forma, fiquei de posse da chave da porta do jardim e agora não tinha mais nada a fazer a não ser preparar Agnes para a fuga. Isso foi feito pela carta que você me viu entregar essa noite. Eu disse a ela que deveria estar pronto para recebê-la à meia-noite de amanhã, que havia conseguido a chave da porta do jardim e que ela poderia contar com uma libertação rápida.

Pois então, Lorenzo, você ouviu toda a minha longa narrativa. Não tenho nada a dizer em meu favor, salvo que minhas intenções para com sua irmã sempre foram as mais honestas e que sempre foi e ainda é meu desígnio torná-la minha esposa. Mais ainda, que eu confio, quando considerar todas essas circunstâncias, nossa juventude e nosso afeto, você não apenas vai perdoar nosso desvio momentâneo da virtude, mas também me ajudará a reparar minhas faltas para com Agnes e a garantir um título legítimo à pessoa e ao coração dela.

CAPÍTULO V

Ó você! Para quem a luz da vaidade tudo propaga
Na louca viagem da fama impelida pelo vento da glória,
Com que vendaval cambiante seu curso ruma,
Para sempre dirigi-lo para baixo ou elevá-lo para o alto!
Quem anseia por glória encontra apenas breve repouso,
Um sopro o reaviva e um sopro o derruba.[23]

O marquês concluiu o relato de suas aventuras. Lorenzo, antes que pudesse determinar qual sua resposta, passou alguns momentos refletindo. Finalmente, rompeu o silêncio.

– Ramón! – disse ele, tomando-lhe a mão. – A honra estrita me obrigaria a lavar em seu sangue a mancha lançada sobre minha família, mas as circunstâncias do caso me proíbem considerá-lo um inimigo. A tentação era grande demais para resistir. Foi a superstição de meus familiares que ocasionou esses infortúnios, e eles são mais culpados do que o senhor ou mesmo do que Agnes. O que se passou entre vocês não pode ser anulado, mas ainda pode ser reparado com a união entre os dois. Você sempre foi, continua sendo, meu caro e, de fato, meu único amigo. Sinto por Agnes a mais verdadeira afeição, e não há ninguém a quem eu a confiaria com mais boa vontade do que a você. Prossiga, pois, com seu plano. Vou acompanhá-lo amanhã à noite e eu mesmo vou conduzir Agnes à casa do cardeal. Minha presença será

---

23 De um poema de Alexander Pope (1688-1744), poeta britânico. (N.T.)

uma sanção por sua conduta e evitará que ela incorra em culpa por sua fuga do convento.

O marquês agradeceu em palavras que lhe pareciam insuficientes para expressar toda a sua gratidão. Lorenzo o informou então de que não precisava mais temer a inimizade de dona Rodolfa. Cinco meses já haviam se passado desde que, num acesso de raiva, ela sofreu um derrame cerebral e expirou algumas horas depois. Ele então passou a falar sobre Antônia e seus interesses. O marquês ficou muito surpreso ao ouvir falar de um novo membro em sua família. Seu pai havia carregado seu ódio por Elvira para o túmulo e nunca havia dado a entender que sabia o que havia acontecido com a viúva de seu filho mais velho. Dom Ramón assegurou ao amigo que não estava errado ao supor que tinha real interesse em conhecer sua cunhada e sua amável filha. Os preparativos para a fuga não permitiriam que ele as visitasse no dia seguinte, mas, entrementes, gostaria de que Lorenzo lhes protestasse sua amizade e fornecesse a Elvira, por sua conta, qualquer quantia de que necessitasse. O jovem prometeu que assim faria, tão logo tomasse conhecimento de onde a jovem residia. Ele então se despediu de seu futuro cunhado e voltou para o Palácio de Medina.

Já ia raiando o dia quando o marquês se retirou para seus aposentos. Consciente de que sua narrativa levaria algumas horas e, desejando evitar interrupções ao retornar ao palácio, ordenou aos criados que não o aguardassem acordados. Ficou um tanto surpreso, por conseguinte, ao entrar em sua antessala e encontrar ali Teodoro. O pajem estava sentado a uma mesa com uma caneta na mão, e estava tão compenetrado em seu trabalho que não percebeu a aproximação de seu patrão. O marquês parou para observá-lo. Teodoro escreveu ainda algumas linhas, parou e riscou uma parte do que escrevera: Então voltou a escrever, sorriu e parecia muito satisfeito com o que havia feito. Por fim, largou a caneta, saltou da cadeira e bateu palmas alegremente.

– Pronto! – exclamou ele, em voz alta: – Agora estão que é um encanto!

Seu entusiasmo foi interrompido por uma risada do marquês, que suspeitou da natureza do trabalho do jovem.

– O que é que está um encanto, Teodoro?

O jovem se sobressaltou e olhou em volta. Enrubesceu, correu até a mesa, apanhou o papel em que estivera escrevendo e o escondeu, confuso.

– Oh!, meu senhor, eu não sabia que estava tão perto de mim. Posso lhe ser útil? Lucas já foi para a cama.

– Eu seguirei o exemplo dele assim que tiver dado minha opinião sobre seus versos.

– Meus versos, senhor?

– Ora, tenho certeza de que você estava escrevendo versos, pois nada mais poderia mantê-lo acordado até essa hora da manhã. Onde estão, Teodoro? Gostaria de ver sua composição.

O rosto de Teodoro ficou ainda mais corado, mas, na realidade, ele ansiava em mostrar sua poesia; antes, porém, esperava ser pressionado a mostrá-la.

– Na verdade, meu senhor, esses versos não são dignos de sua atenção.

– Não são esses versos que acabou de declarar que eram um encanto? Vamos, vamos, deixe-me ver se nossas opiniões se equivalem. Prometo que encontrará em mim um crítico indulgente.

O rapaz tomou o papel com aparente relutância, mas a satisfação que brilhava em seus olhos escuros e expressivos traía a vaidade de seu pequeno coração. O marquês sorriu enquanto observava as emoções de um coração ainda pouco treinado para ocultar seus sentimentos.

Ele se sentou no sofá. Teodoro, com esperança e medo estampados em seu ansioso semblante, aguardava com inquietude pela decisão de seu patrão, enquanto o marquês lia as seguintes linhas:

"*AMOR E IDADE*

A noite estava escura; o vento soprava frio;
Anacreonte[24], tristonho e velho,
Sentou-se ao lado do fogo e alimentou a chama alegremente:
De repente, a porta da cabana se abre,

---

24 Anacreonte (563-478 a,C.), poeta lírico grego. (N.T.)

E eis que diante dele está o Cupido,
Que lança um olhar amistoso em volta e o chama pelo nome.

'És mesmo tu?', o assustado senhor perguntou
Em tom taciturno, enquanto a ira
Enrubescia suas faces pálidas e enrugadas.
'Queres uma vez mais com fúria amorosa
Inflamar meu peito endurecido pela idade?
Menino vaidoso, para perfurar meu peito tuas flechas são fracas demais.

O que procuras nesse deserto sombrio?
Nenhum sorriso ou alegria habitam aqui;
Nunca esses vales presenciaram um doce gracejo.
O eterno inverno domina as planícies;
A idade em minha casa reina despótica,
Meu jardim não tem flor, meu peito não tem calor.

Vai embora e procura o caramanchão florido,
Onde alguma virgem madura corteja teu poder,
Ou lança sonhos provocadores voando sobre a cama dela;
No seio amoroso de Damon repousa;
Devassa... no lábio rosado de Chloe[25]*,*
Ou usa suas faces coradas como travesseiro para tua cabeça.

Que seja essa tua morada; essas regiões frias
Evita! Nem penses que cresceste sábio e velho
Que essa cabeça grisalha uma vez mais teu jugo suportará;
Lembrando que meus anos mais belos
Por ti foram marcados com suspiros e lágrimas,
Considero falsa tua amizade e evito a armadilha traiçoeira.

---

25 Damon e Chloe são personagens da obra *Miscellaneous Works*, de Rochard Linnecar (1722-1800), dramaturgo inglês. (N.T.)

Ainda não esqueci as dores
Que senti, enquanto estava preso às correntes de Júlia;
As chamas ardentes com as quais meu peito queimava;
As noites que passei privadas de descanso;
As pontadas de ciúme que atormentavam meu peito;
Minhas esperanças frustradas e paixão não correspondida.

Então vai-te daqui e não amaldiçoes mais meus olhos!
Vai embora da porta de minha pacífica cabana!
Nenhum dia, nenhuma hora, nenhum momento ficarás.
Conheço tua falsidade, receio tuas artes,
Desconfio de teus sorrisos e temo teus dardos;
Traidor, vai-te daqui e procura outra para trair!

'A idade, meu velho, confunde tua inteligência?'
Respondeu a divindade ofendida e franziu a testa;
(Sua expressão era doce, como o sorriso da Virgem!)
'Tu te diriges a mim com essas palavras?
A mim, que não canso de te amar,
Embora desprezes minha amizade e recrimines o passado!'

Se uma bela fada encontraste por acaso,
Centenas de outras ninfas te foram amáveis,
E cujos sorrisos poderiam muito bem compensar a severidade de Júlia.
Mas assim é o homem! Com mão injusta
Favores inumeráveis escreve na areia,
Mas grava pequenas falhas em rocha sólida e duradoura.

Ingrato! Quem te guiou até as ondas
Ao meio-dia, onde Lésbia adorava banhar-se?
Quem te indicou o esconderijo onde Dafne[26] estava?
E quem, quando Célia gritou por socorro,

---

26 Na mitologia grega, Lésbia e Dafne eram ninfas ou divindades inferiores que habitavam nos rios e nos bosques. (N.T.)

Te pediu para com beijos acalmar a donzela?
O que não era senão Amor, oh!, falso Anacreonte!

Então tu poderias me chamar de... 'menino afável'!
Minha única felicidade! Minha fonte de alegria!...
Então poderias me valorizar mais que tua alma!
Poderias me beijar e dançar a teus pés;
E jurar, nem teu vinho agradaria,
Se não tivesse o lábio do amor tocado primeiro a taça!

Aqueles doces dias não merecem mais voltar?
Devo deplorar para sempre tua perda,
Banido de teu coração e excluído de teu favor?
Ah!, não; esse sorriso dissipa meus temores;
Aquele peito arfante, aqueles olhos brilhantes
Declaram-me sempre querida e todas as minhas falhas perdoadas.

Mais uma vez amado, estimado, cuidado,
Cupido estará em teus braços,
Brinca a teus pés ou dorme em teu peito:
Minha tocha, teu coração atingido pela idade aquecerá;
Minha mão pálida desarmará a raiva do inverno,
E juventude e primavera devem aqui mais uma vez suas festas celebrar...

Uma pluma agora de tonalidade dourada
Ele, sorrindo, das asas arrancou;
E nas mãos do poeta o menino a deposita;
E bem diante dos olhos de Anacreonte
Os mais belos sonhos de fantasia surgem,
E em torno de sua cabeça, uma indomável inspiração esvoaça.

Seu peito arde com fogo amoroso
Ansioso, ele toma a lira mágica;
Rápidos sobre as melódicas cordas seus dedos correm:

*A pluma arrancada da asa do Cupido
Desliza pelo arco há tanto tempo esquecido,
Enquanto Anacreonte canta o poder e o elogio do amor.*

*Assim que esse nome foi ouvido, os bosques
Sacudiram a neve; as inundações derretidas
Romperam suas correntes frias e o inverno fugiu.
Uma vez mais a terra estava coberta de flores;
Zéfiros suaves respiravam através de caramanchões floridos;
Alto se elevou o glorioso sol e derramou o brilho do dia.*

*Atraídos pelo som harmonioso,
Silvanos e faunos cercam a cabana,
E curiosos acorrem para ouvir o menestrel;
As ninfas da floresta se apressam para saborear a melodia;
Ansiosas elas correm; elas ouvem, elas amam,
E, enquanto escutam a melodia, esquecem que o homem é velho.*

*Cupido, que a nada se prende por muito tempo,
Empoleirado na harpa assiste à canção,
Ou sufoca com beijos as doces notas.
Ora no peito do poeta repousa,
Ora entrelaça seus cabelos grisalhos com rosas,
Ou sobre asas douradas flutua em círculos libertinos.*

*Então Anacreonte exclamou... 'Nunca mais
Em outro santuário derramarei meus votos,
Visto que Cupido se digna a inspirar meus números:
De Febo[27] ou da Donzela de olhos azuis
Agora meu verso não pedirá ajuda,
Pois somente o amor será o patrono de minha lira.'*

---

27 Febo, deus romano, equivalente ao grego Apolo, presidia a música, a poesia, e assim como Apolo era para os gregos o deus-sol e o deus da beleza, assim Febo era para os romanos o deus-sol e o mais belo dos deuses. (N.T.)

Em alta melodia, nos dias de outrora,
Eu cantava os louvores do rei ou do herói,
E dedilhava os acordes marciais com fogo épico.
Mas adeus, ó herói! Adeus, ó rei!
Seus feitos meus lábios não mais cantarão,
Somente o amor será o tema de minha lira."

O marquês lhe devolveu o papel com um sorriso de encorajamento.
– Gostei muito de seu pequeno poema – disse ele. – Mas não deve dar grande valor à minha opinião. Não sou crítico de poesia e, de minha parte, nunca cheguei a compor mais do que seis versos em minha vida. E essa meia dúzia de versos produziu um efeito tão ruim, que estou decidido a nunca mais compor outros. Mas estou me desviando do assunto. Eu ia dizer que você não pode empregar seu tempo pior do que fazer versos. Um autor, seja bom ou mau, ou nem uma coisa nem outra, é um animal a quem todos se sentem no direito de atacar. Embora nem todos sejam capazes de escrever livros, todos se consideram capazes de julgar quem os escreve. Uma composição ruim carrega consigo a própria punição, o desprezo e o ridículo. Uma boa provoca inveja e impõe a seu autor mil formas de mortificação. Ele se vê exposto a críticas parciais e mal-humoradas. Um critica o conteúdo, outro o estilo, um terceiro os valores que ele tenta inculcar. E aqueles que não conseguem encontrar defeitos no livro, se empenham em estigmatizar o autor. Eles trazem maldosamente à tona todas as pequenas circunstâncias que possam ridicularizar seu caráter ou conduta, e procuram ferir o homem, já que não podem ferir o escritor. Em resumo, entrar no mundo da literatura é expor-se voluntariamente às flechas do descaso, do ridículo, da inveja e da decepção. Quer você escreva bem ou mal, tenha certeza de que não escapará da crítica. Na verdade, essas circunstâncias representam um bom consolo para o jovem escritor: ele se lembra de que Lope de Vega e Calderón[28] foram vítimas de críticas

---

28 Félix Lope de Vega y Carpio (1562-1635) foi um dramaturgo e poeta espanhol; Pedro Calderón de la Barca (1600-1681) também foi um dramaturgo e poeta espanhol. (N.T.)

injustas e invejosas, e ele se coloca modestamente na mesma situação. Mas estou ciente de que todas essas sábias observações nada valem para você. A arte de escrever é uma mania que parece não ter qualquer razão suficientemente forte para subsistir; não seria nada fácil para você me persuadir a não amar, como para mim persuadi-lo a não escrever. Mas se não puder deixar de ser ocasionalmente tomado por uma profunda ânsia poética, tome pelo menos a precaução de mostrar seus versos apenas àqueles cujo respeito por você garanta sua aprovação.

– Então, meu senhor, não acha essas linhas toleráveis? – perguntou Teodoro, com um ar humilde e abatido.

– Você não captou o que eu quis dizer. Como falei antes, gostei muito desses versos, mas minha consideração por você me torna parcial, e outros podem julgá-los menos favoravelmente. Devo observar ainda que, mesmo minha predisposição a seu favor, não me cega tanto a ponto de me impedir de ver alguns defeitos. Por exemplo, você faz uma terrível confusão de metáforas e é muito propenso a colocar a força de seus versos nas palavras em vez de fazer prevalecer o sentido. Alguns dos versos parecem ser introduzidos somente para rimar com outros, e a maioria das melhores ideias são tomadas de outros autores, embora possivelmente você mesmo não tenha consciência do plágio. Essas falhas podem ser ocasionalmente desculpadas numa obra mais extensa, mas um poema curto deve ser correto e perfeito.

– Tudo isso é verdade, senhor, mas deve levar em conta que eu só escrevo por prazer.

– Seus defeitos são os menos desculpáveis. Sua incorreção pode ser perdoada naqueles que trabalham por dinheiro, que são obrigados a cumprir uma determinada tarefa em determinado tempo e são pagos de acordo com a quantidade, não pelo valor de suas produções. Mas para aquele que nenhuma necessidade o obriga a se tornar escritor, que escreve meramente pela fama e tem todo o tempo possível para polir suas composições, as falhas são imperdoáveis e merecem as flechas mais agudas da crítica.

O marquês levantou-se do sofá; o pajem parecia desanimado e melancólico, o que não escapou à observação de seu patrão.

– Mas – acrescentou ele, sorrindo –, acho que essas linhas não vêm em seu descrédito. Sua versificação é toleravelmente fácil e sua percepção, ajustada. A leitura de seu pequeno poema de modo geral me agradou muito e, se não for pedir demais, ficaria muito grato se me desse uma cópia.

O semblante do jovem se iluminou de imediato. Ele não percebeu o sorriso, meio aprovador, meio irônico, que acompanhou o pedido, e prometeu a cópia com a maior presteza. O marquês se retirou para o quarto, muito animado com o efeito instantâneo produzido na vaidade de Teodoro pela conclusão de sua crítica. Ele se deitou, e o sono logo o dominou. Seus sonhos o presentearam com as mais belas cenas de felicidade com Agnes.

Ao chegar ao Palácio de Medina, o primeiro cuidado de Lorenzo foi perguntar sobre a correspondência. Encontrou várias cartas esperando por ele; mas não aquela que procurava. Leonella não pôde escrever naquela noite. Sua impaciência, contudo, para conquistar o coração de dom Cristóbal, a quem se vangloriava de ter causado ótima impressão, não permitiria que passasse mais um dia sem informá-lo onde ela poderia ser encontrada. Ao retornar da igreja dos Capuchinhos, ela contou, exultante, à irmã, como um belo cavalheiro tinha sido atencioso para com ela e também como o companheiro dele prometeu se encarregar da causa de Antônia junto ao Marquês de las Cisternas. Elvira recebeu essa notícia com sensações muito diferentes daquelas de quem a transmitia. Ela recriminou a imprudência da irmã por ter confiado sua história a um indivíduo totalmente desconhecido e expressou seu medo de que esse passo tão impensado pudesse predispor o marquês contra ela. A maior de suas apreensões, no entanto, ela a guardou no peito. Tinha observado com inquietação que, à menção de Lorenzo, um profundo rubor se espalhou pelo rosto de sua filha. A tímida Antônia não ousava pronunciar o nome dele. Sem saber por quê, sentia-se constrangida quando se falava dele e procurou focar a conversa em Ambrósio. Elvira percebeu as emoções nesse peito juvenil e, em decorrência disso, insistiu para que Leonella rompesse a promessa que havia feito aos cavalheiros. Um suspiro, que ao ouvir essa ordem escapou de Antônia, confirmou a cautelosa mãe em sua resolução.

Mas Leonella estava determinada a não obedecer a essa resolução. Ela imaginava que era inspirada pela inveja e que sua irmã temia vê-la em posição superior à dela. Sem comunicar sua intenção a ninguém, ela aproveitou a oportunidade para enviar a seguinte nota a Lorenzo, que lhe foi entregue assim que acordou:

"Sem dúvida, sr. dom Lorenzo, muitas vezes deve ter me acusado de ingratidão e de desleixo. Mas, palavra de honra, não estava em meu poder cumprir minha promessa ontem. Não sei com que palavras descrever a estranha atitude de minha irmã ao ser informada de seu bondoso desejo de visitá-la. Ela é uma mulher esquisita, mas ornada de muitas qualidades. Seu ciúme com relação a mim, porém, a induz a ter ideias inexplicáveis. Ao saber que seu amigo me havia prestado alguma atenção, ela ficou imediatamente alarmada. Chegou a reprovar minha conduta e praticamente a me proibir de lhe revelar nosso endereço. Mas meu grande senso de gratidão por suas gentis ofertas de serviço e... devo confessá-lo?... Meu desejo de ver mais uma vez o amável dom Cristóbal me impedem de obedecer às determinações dela. Por isso aproveito deste momento para informá-lo de que moramos na Estrada de Santiago, a quatro portas do Palácio d'Albornos e quase em frente à casa do barbeiro Miguel Coello. Pergunte por dona Elvira Dalfa, pois, por ordem do sogro, minha irmã continua usando o nome de solteira. Às 8 horas desta noite, o senhor certamente nos encontrará, mas não diga uma só palavra que possa levantar suspeitas de que eu lhe escrevi esta carta. Se, por acaso, encontrar o Conde d'Ossorio, diga-lhe... fico envergonhada ao confessá-lo... diga-lhe que sua presença será muito apreciada para a afetuosa
LEONELLA.

As últimas frases foram escritas em tinta vermelha, para expressar o rubor de suas faces, ainda que cometessem um ultraje à sua virginal modéstia.

Assim que Lorenzo leu essa nota, saiu à procura de dom Cristóbal. Como não conseguiu encontrá-lo durante o dia, dirigiu-se sozinho à casa de dona Elvira, para infinita decepção de Leonella. O criado, a quem disse seu nome, lhe confirmou que a senhora estava em casa e, desse modo, a mulher não tinha desculpa alguma para recusar a visita. Assim mesmo, ela consentiu em recebê-lo com muita relutância. Essa relutância só aumentou ao notar as alterações que o anúncio da chegada dele produziu no semblante de Antônia e, muito mais, quando o próprio jovem apareceu. A simetria de suas feições, a animação de seus traços e a elegância natural de suas maneiras e palavras convenceram Elvira de que esse hóspede devia ser perigoso para sua filha. Resolveu tratá-lo com polidez distante, recusar seus serviços com gratidão pela delicadeza da oferta e dar-lhe a entender, sem ofender, que suas visitas futuras estariam longe de ser bem-vindas.

Ao entrar na casa, ele encontrou Elvira, que estava indisposta, reclinada num sofá. Antônia, sentada ao lado de seu bastidor de bordar, e Leonella, em traje pastoral, segurava nas mãos o livro *Diana*, de Montemayor[29]. Apesar de ser a mãe de Antônia, Lorenzo não podia deixar de imaginar Elvira como a verdadeira irmã de Leonella e a filha do "sapateiro mais honesto e trabalhador de Córdoba". Um simples olhar foi suficiente para ressaltar o engano. Ele viu uma mulher cujas feições, embora enfraquecidas pelo tempo e pelo sofrimento, ainda traziam as marcas de uma beleza ímpar. Uma dignidade sobranceira emanava de seu semblante, mas era temperada por uma graça e doçura que a tornavam verdadeiramente encantadora. Lorenzo imaginou que, na juventude, deveria ter sido muito parecida com a filha, e prontamente desculpou a imprudência do falecido conde de las Cisternas. Ela lhe apontou onde sentar-se e retomou imediatamente seu lugar no sofá.

Antônia o recebeu com uma singela reverência e continuou seu trabalho: Suas faces estavam vermelhas, e ela tentava esconder sua emoção debruçando-se sobre seu bastidor de bordar. A tia dela também optou por exibir um ar de modéstia. Fingindo corar e tremer, esperou, de olhos baixos, receber, como esperava, os cumprimentos de dom Cristóbal. Percebendo, depois de algum tempo, que não havia

---

29 *Diana* é uma obra de Jorge de Montemayor ou Jorge de Montemor (1520-1561), músico, poeta, dramaturgo e escritor português, mas que escrevia sobretudo em espanhol. (N.T.)

nenhum sinal da aproximação dele, ela se aventurou a olhar em torno da sala e constatou com irritação que Medina estava desacompanhado. A impaciência não lhe permitiu aguardar por uma explicação. Interrompendo Lorenzo, que estava transmitindo a mensagem de Ramón, ela quis saber o que havia acontecido com seu amigo.

Julgando necessário manter-se em boas graças com a mulher, ele se empenhou em consolá-la de seu desapontamento, cometendo um pequeno delito contra a verdade.

– Ah! Senhora! – replicou ele, com voz melancólica. – Como ele deverá ficar triste por ter perdido essa oportunidade de lhe prestar seus respeitos! A doença de um parente o obrigou a deixar Madri às pressas; mas, ao voltar, sem dúvida haverá de colher com entusiasmo o primeiro ensejo que tiver para se jogar a seus pés!

Ao dizer isso, seus olhos encontraram os de Elvira. Ela castigou sua falsidade lançando-lhe um expressivo olhar de desagrado e de reprovação. Até mesmo o engano de pouco lhe serviu. Contrariada e decepcionada, Leonella levantou-se e se retirou, enraivecida, para seus aposentos.

Lorenzo apressou-se em reparar a falta, que na opinião de Elvira o havia prejudicado, e passou a relatar a conversa que tivera com o marquês a respeito dela. Garantiu-lhe que Ramón estava disposto a reconhecê-la como a viúva de seu irmão e que, até que estivesse em condições de apresentar-lhe os cumprimentos pessoalmente, Lorenzo havia recebido a incumbência de representá-lo. Essa informação tirou um enorme e inquietante peso dos ombros de Elvira. Agora, ela havia encontrado um protetor para a órfã Antônia, por cuja sorte no futuro vinha sofrendo as maiores apreensões. A mulher não poupou agradecimentos a ele, que tão generosamente havia interferido em seu favor, mas não o convidou a fazer nova visita.

Mesmo assim, ao levantar-se para partir, ele pediu permissão para perguntar, ocasionalmente, sobre sua saúde. A polida seriedade de sua atitude, a gratidão por seus serviços e o respeito por seu amigo, o marquês, não admitiriam uma recusa. Ela consentiu, com certa relutância, em voltar a recebê-lo. Ele prometeu não abusar de sua bondade e se retirou da casa.

Antônia ficou então sozinha com a mãe. Seguiu-se um silêncio que durou algum tempo. Ambas desejavam falar sobre o mesmo assunto, mas nenhuma sabia como abordá-lo. A primeira sentia uma timidez que selava seus lábios, sem poder explicar o motivo. A outra temia descobrir que suas suspeitas fossem verdadeiras ou que pudesse inspirar na filha ideias que ainda lhe eram desconhecidas. Finalmente, Elvira começou a conversa.

– Esse jovem é encantador, Antônia. Gostei muito dele. E ele ficou muito tempo perto de você, ontem, na catedral?

– Ele não me deixou nem por um momento enquanto permaneci na igreja; ele me cedeu seu assento e foi muito prestativo e atencioso.

– Verdade? Então, por que você nunca mencionou o nome dele para mim? Sua tia se derreteu em elogios para o amigo dele e você só tecia louvores à eloquência de Ambrósio. Mas nenhuma das duas proferiu uma única palavra sobre a pessoa e as qualidades de dom Lorenzo. Se Leonella não tivesse falado de sua disposição para se empenhar por nossa causa, eu nem saberia que ele existia.

Ela fez uma pausa. Antônia corou, mas ficou em silêncio.

– Talvez você o julgue menos favoravelmente do que eu. Em minha opinião, seu porte é agradável, sua conversa é sensata e suas maneiras são cativantes. Mesmo assim, ele pode ter causado uma impressão diferente em você. Talvez pense que ele é desagradável e...

– Desagradável? Oh!, querida mãe, como é que eu poderia pensar isso? Seria muito ingrata se não tivesse percebido a bondade dele ontem, e seria muito cega se não tivesse conseguido enxergar seus méritos. Seu porte tão gracioso, tão nobre! Suas maneiras tão afáveis e, ao mesmo tempo, tão viris! Nunca vi tantas qualidades reunidas numa só pessoa, e duvido que haja outro igual em Madri.

– Por que, então, não falou nada em favor dessa Fênix de Madri? Por que ocultou de mim que a companhia dele lhe proporcionou prazer?

– Na verdade, não sei. A senhora me faz uma pergunta que eu mesma não consigo responder. Estive a ponto de mencioná-lo mil vezes. Seu nome estava constantemente em meus lábios, mas quando ia pronunciá-lo me faltava coragem. Mesmo assim, se eu não falava dele, não era porque eu pensasse menos nele.

– Acredito nisso. Mas posso lhe dizer por que lhe faltava coragem? Porque você está acostumada a me confiar seus pensamentos mais secretos, que não sabe como ocultá-los. E ainda, temia reconhecer que seu coração nutria um sentimento que você sabia que eu deveria desaprovar. Venha cá, minha filha.

Antônia largou o bastidor, ajoelhou-se ao lado do sofá e escondeu o rosto no colo da mãe.

– Não tenha medo, minha doce menina! Considere-me igualmente como sua amiga e mãe, e não receie qualquer recriminação de minha parte. Eu li as emoções em seu rosto; você ainda tem pouca habilidade para escondê-las, de modo que não escaparam a meu olhar atento. Esse Lorenzo é perigoso para sua paz. Ele já causou uma impressão em seu coração. Na verdade, percebo facilmente que sua afeição é retribuída, mas quais podem ser as consequências dessa atração? Você é pobre e não tem amigos, minha Antônia. Lorenzo é o herdeiro do duque de Medina Celi. Mesmo que as intenções dele sejam honestas, o tio dele nunca haverá de consentir na união de vocês. E sem o consentimento do tio, eu tampouco darei o meu. Por experiência própria, sei que sofrimentos deve suportar a mulher que se casar com alguém cuja família não está disposta a recebê-la. Então lute contra esse afeto. Por mais sofrimento que possa lhe custar, tente dominá-lo. Seu coração é terno e sensível. Já recebeu uma forte emoção. Mas, uma vez convencida de que não deve encorajar tais sentimentos, acredito que você tem força suficiente para expulsá-los de seu peito.

Antônia beijou-lhe a mão e prometeu obediência total. Elvira então continuou.

– Para evitar que sua paixão se torne mais forte, será necessário proibir as visitas de Lorenzo. O serviço que ele me prestou não me permite que as proíba imediatamente, mas, a menos que eu julgue muito favoravelmente seu caráter, ele deverá diminuir suas visitas paulatinamente, sem se sentir ofendido, se eu confessar minhas razões e me entregar inteiramente à mercê da generosidade dele. Na próxima vez que o encontrar, confessarei honestamente o embaraço que a presença dele nos causa. O que é que você me diz, minha filha? Não acha que é uma medida necessária?

Antônia concordou com tudo sem hesitação, mas não sem pesar. A mãe a beijou afetuosamente e se retirou para dormir. Antônia seguiu seu exemplo e prometeu com tanta frequência nunca mais pensar em Lorenzo que, até adormecer, não pensou em outra coisa.

Enquanto isso acontecia na casa de Elvira, Lorenzo corria para se encontrar com o marquês. Tudo estava pronto para a segunda fuga de Agnes e, à meia-noite, os dois amigos com uma carruagem puxada por quatro cavalos aguardavam perto do muro do jardim do convento. Dom Ramón tirou a chave e destrancou o portão. Eles entraram e ficaram esperando ansiosamente pela chegada de Agnes. Depois de algum tempo, o marquês começou a ficar impaciente. Temendo que sua segunda tentativa não tivesse êxito como a primeira, propôs fazer um reconhecimento do convento. Os amigos foram em direção dele. Tudo estava escuro e tranquilo. A prioresa estava ansiosa para manter a história em segredo, temendo que o crime de uma de suas freiras trouxesse desgraça para toda a comunidade, ou que a intervenção de parentes poderosos a privasse de se vingar de sua pretensa vítima. Teve o cuidado, portanto, de não dar ao amante de Agnes nenhum motivo para supor que o plano dele havia sido descoberto e que sua amada estava a ponto de sofrer o castigo de sua culpa. O mesmo motivo a fez rejeitar a ideia de mandar prender o desconhecido sedutor enquanto estava no jardim; esse procedimento teria criado muita confusão, e a desgraça de seu convento seria comentada por toda Madri. Ela se contentou em confinar Agnes. Quanto ao amante, ela o deixou livre para seguir seus planos. O resultado foi exatamente o que ela esperava. O marquês e Lorenzo esperaram em vão até o raiar do dia. Então se retiraram sem barulho, alarmados com o fracasso do plano e ignorando a causa do insucesso.

Na manhã seguinte, Lorenzo foi ao convento e pediu para ver a irmã. A prioresa apareceu na grade com uma fisionomia tristonha e o informou que havia vários dias Agnes parecia muito agitada. Preocupadas, as outras freiras lhe pediram em vão para que revelasse a causa dessa agitação e que confiasse na bondade delas para se aconselhar e se consolar. A superiora disse ainda que Agnes persistia obstinadamente em esconder a causa de sua angústia. Na quinta-feira à noite, porém, essa ansiedade provocou um efeito tão forte que ela adoeceu e foi obrigada a guardar a cama. Lorenzo não acreditou numa única palavra dessa história e insistiu para ver a irmã. Se ela não pudesse vir até a grade do parlatório, ele desejava ir até a cela da irmã. A prioresa se benzeu! Ficou escandalizada com a ideia de olhos profanos de um homem penetrando o interior de sua casa sagrada e confessou-se surpresa que Lorenzo pudesse pensar em semelhante coisa. Ela lhe disse que seu pedido não poderia ser atendido, mas, se voltasse no dia seguinte, ela esperava que sua amada freira estivesse suficientemente recuperada para se encontrar com o irmão diante da grade do parlatório. Com essa resposta, Lorenzo foi obrigado a se retirar, insatisfeito e temeroso pela segurança da irmã.

Ele voltou na manhã seguinte bem cedo. Agnes tinha piorado. O médico havia dito que ela estava em perigo iminente. Ordenou que ficasse em total repouso e lhe era totalmente impossível receber a visita do irmão. Lorenzo ficou furioso com essa resposta, mas não havia jeito. Ele se encolerizou, implorou, ameaçou: Tentou utilizar de todos os meios para poder ver Agnes. Seus esforços foram tão infrutíferos quanto os do dia anterior, e ele voltou desesperado para falar com o marquês. Esse, por sua vez, não mediu esforços para descobrir o que havia ocasionado o fracasso do plano. Dom Cristóbal, a quem tinha sido confiado o caso agora, tentou arrancar o segredo da velha porteira do convento de Santa Clara, com a qual tinha travado amizade. Mas ela se mostrou muito cautelosa, e ele não conseguiu arrancar nenhuma informação. O marquês estava como que transtornado, e Lorenzo não se sentia menos inquieto que ele. Ambos estavam convencidos de que a fuga planejada deveria ter sido descoberta. Não duvidavam de que a doença de Agnes era uma farsa, mas não sabiam por que meios resgatá-la das mãos da prioresa.

Lorenzo visitava o convento regularmente, todos os dias, e com a mesma regularidade era informado de que sua irmã piorava em vez de melhorar. Certo de que a indisposição da irmã era uma mentira, essas notícias não o alarmaram. Mas o fato de não saber do destino dela nem dos motivos que induziam a prioresa a afastá-la dele provocaram a mais séria inquietação. Ele não sabia ainda que medidas deveria tomar quando o marquês recebeu uma carta do cardeal-duque de Lerma. A carta continha a esperada Bula do Papa, ordenando que Agnes fosse dispensada dos votos e restituída a seus parentes. Esse documento fundamental definiu de uma vez os procedimentos a tomar. Eles resolveram que Lorenzo deveria levá-lo à prioresa sem demora e exigir que sua irmã lhe fosse imediatamente entregue. Contra esse mandato não se podia alegar doença, o que dava ao irmão o poder de levá-la imediatamente para o Palácio de Medina. E ele estava decidido a valer-se desse poder no dia seguinte.

Com a mente aliviada da inquietação a respeito da irmã e com o ânimo elevado pela esperança de em breve restituí-la à liberdade, tinha tempo agora para dedicar alguns momentos ao amor e a Antônia. No mesmo horário da visita anterior, ele se dirigiu à casa de dona Elvira, que tinha dado ordens para recebê-lo. Assim que sua chegada foi anunciada, a filha se retirou com Leonella, e quando ele entrou na sala, encontrou somente a dona da casa. Ela o recebeu com menos frieza do que da primeira vez e pediu para que tomasse assento perto dela, no sofá. Sem perder tempo, ela abordou o assunto, como tinha combinado com Antônia.

– Não me julgue ingrata, dom Lorenzo, nem que me esqueci de quanto são essenciais os serviços que me prestou junto ao marquês. Sinto o peso de minhas obrigações. Nada sob a calota do céu deveria me induzir a dar o passo a que agora sou compelida, senão o interesse de minha filha, de minha amada Antônia. Minha saúde está piorando. Só Deus sabe quanto tempo tenho ainda antes de ser convocada diante de seu trono. Minha filha será deixada sem pais e, se perder a proteção da família Cisternas, sem amigos. Ela é jovem e ingênua, despreparada para enfrentar a perfídia do mundo e com encantos suficientes para torná-la objeto de sedução. Julgue, então, como devo tremer com as perspectivas que podem se abrir diante dela! Julgue como devo estar ansiosa para mantê-la distante de companhias que podem despertar paixões ainda adormecidas em seu peito. O senhor é amável, dom Lorenzo. Antônia tem um coração suscetível e amoroso, e está muito agradecida pelos favores que nos foram concedidos por sua interferência junto ao marquês. Mas sua presença me faz temer. Receio que inspire em Antônia sentimentos que possam amargurar o resto de sua vida ou que a incentivem a nutrir esperanças injustificáveis e fúteis na condição dela. Perdoe-me se confesso meus terrores e permita que minha franqueza valha como desculpa. Não posso proibir que venha à minha casa, pois a gratidão me impede. Só posso confiar em sua generosidade e pedir-lhe que poupe os sentimentos de uma mãe ansiosa e amorosa. Acredite em mim quando lhe asseguro que lamento a necessidade de rejeitar sua amizade, mas não há outro remédio, e os interesses de Antônia me obrigam a pedir-lhe que suspenda suas visitas. Se atender a meu pedido, a estima que já sinto pelo senhor só haverá de aumentar, e estarei convencida de que o senhor é verdadeiramente merecedor desse sentimento.

– Sua franqueza me encanta – respondeu Lorenzo. – A senhora haverá de descobrir que sua opinião favorável a meu respeito é acertada. Mesmo assim, espero que as razões, que ora alego, irão persuadi-la a retirar um pedido que não posso atender sem infinita relutância. Eu amo sua filha, amo-a sinceramente. Não desejo maior felicidade do que inspirá-la com os mesmos sentimentos e receber sua mão no altar em casamento. É verdade, eu mesmo não sou rico. A morte de meu pai me deixou muito pouco em termos de posses. Mas minhas expectativas justificam minha pretensão de obter a mão da filha do conde de las Cisternas.

Ele ia prosseguir, mas Elvira o interrompeu.

Ah!, dom Lorenzo, o senhor esquece nesse título pomposo a mesquinhez de minha origem. Esquece que já passei catorze anos na Espanha, rejeitada pela família de meu marido e vivendo com um estipêndio que mal chegava para sustentar e educar minha filha. E mais, fui até negligenciada pela maioria de meus parentes, que por inveja fingem duvidar da realidade de meu casamento oficial. Com a suspensão de minha pensão pela morte de meu sogro, fui reduzida praticamente à miséria. Foi nessa situação que fui socorrida por minha irmã, que, apesar de todas as suas fraquezas, possui um coração caloroso, generoso e afetuoso. Ela me ajudou com a pequena fortuna que meu pai lhe deixou, me persuadiu a vir para Madri e tem sustentado a mim e à minha filha desde que deixamos Múrcia. Então, não considere Antônia como descendente do conde de las Cisternas; considere-a como uma órfã pobre e desprotegida, como a neta do comerciante Torríbio Dalfa, como a necessitada pensionista da filha desse comerciante. Reflita sobre a diferença entre essa situação e a do sobrinho e herdeiro do poderoso duque de Medina. Acredito que suas intenções sejam honestas, mas como não há esperanças de que seu tio aprove essa união, prevejo que as consequências de seu afeto serão fatais para a tranquilidade de minha filha.

– Perdão, senhora. Está mal informada se supõe que o duque de Medina se parece com os demais homens. Os sentimentos dele são liberais e desinteressados. Ele me estima muito, e não tenho motivos para temer que ele se oponha a nosso casamento, quando perceber que minha felicidade depende de Antônia. Mas supondo que ele desprovê nossa união, o que tenho ainda a temer? Meus pais já não vivem. Minha pequena fortuna, que já está à minha disposição, será suficiente para sustentar Antônia e, se fosse o caso, eu chegaria até mesmo a renunciar ao ducado de Medina para me casar com ela.

– O senhor é jovem e impetuoso; É natural que tenha essas ideias. Mas a experiência me ensinou, à minha custa, que uma união desigual vem acompanhada de maldições. Eu me casei com o conde de las Cisternas contra a vontade dos pais dele e paguei caro por esse passo imprudente. Para onde quer que nos dirigíssemos, uma maldição do pai de Gonzalo nos perseguia. A pobreza nos atingiu, e não tínhamos nenhum amigo por perto para suprir nossas necessidades. Nossa afeição mútua ainda existia, mas, infelizmente, não sem interrupções. Acostumado com a riqueza e o bem-estar, meu marido mal podia suportar a transição para a angústia e a indigência. Ele olhava para trás e lamentava ter deixado todo o conforto que outrora desfrutava.

Queixava-se por ter abandonado a condição em que vivia por minha causa e, nos momentos de desespero em que caía, me recriminava por tê-lo transformado em companheiro da miséria e da necessidade. Ele me chamava de sua perdição, de fonte de suas tristezas, de causa de sua destruição! Ah Deus! Ele nem sequer podia imaginar quanto meu coração me censurava! Ele não sabia que eu sofria triplamente, por mim mesma, por meus filhos e por ele! É verdade que a raiva dele raramente durava muito. A sincera afeição que nutria por mim logo revivia no coração dele, e então o arrependimento pelas lágrimas, que me havia feito derramar, me torturava ainda mais do que suas reprovações. Ele se jogava no chão, implorava meu perdão nos termos mais desvairados e se amaldiçoava a si mesmo por se considerar o assassino de minha tranquilidade. Como sei por experiência própria, portanto, que uma união contraída contra a vontade das famílias, de qualquer uma das partes, está fadada a ser infeliz, pretendo poupar minha filha desses sofrimentos por que passei. Sem o consentimento de seu tio, enquanto eu viver, ela nunca será sua. E, sem dúvida, ele não vai aprovar essa união. O poder dele é imenso, e Antônia não será exposta à raiva e à perseguição dele.

– Exposta à perseguição dele? Mas isso poderia ser facilmente evitado! Se o pior viesse a acontecer, bastaria deixar a Espanha. Minha riqueza me dá condições de seguir esse plano. As Índias Ocidentais nos ofereceriam um refúgio seguro. Tenho uma propriedade, embora não seja de valor expressivo, em Hispaniola. Para lá poderíamos nos transferir, e eu passaria a considerá-la como minha terra natal, se me desse realmente a possibilidade de me unir tranquilamente com Antônia.

– Ah!, jovem, essa é uma visão romântica das coisas. Gonzalo pensava da mesma maneira. Imaginava que poderia deixar a Espanha sem arrependimento. Mas já titubeava no momento da partida. O senhor ainda não sabe o que é deixar a terra natal; abandoná-la para nunca mais voltar a vê-la! Não sabe o que é trocar os cenários da infância por regiões desconhecidas e climas bárbaros! Ser esquecido, completa e definitivamente esquecido pelos companheiros da juventude! Ver os amigos mais queridos, os mais intimamente próximos pela estima e afeição, perecer vítimas de doenças ocasionais típicas dos ares das Índias e descobrir-se incapaz de lhes dar assistência necessária! Eu senti tudo isso! Meu marido e dois lindos bebês encontraram seus túmulos em Cuba, e nada poderia ter salvo minha jovem Antônia, a não ser meu rápido retorno à Espanha. Ah!, dom Lorenzo, se pudesse imaginar o que sofri durante minha ausência! Se pudesse saber o quanto me arrependi de tudo o que deixei para trás e como me soava caro o próprio nome da Espanha! Eu chegava a invejar os ventos que sopravam nessa direção. E quando um marinheiro espanhol cantava alguma ária bem conhecida, ao passar por minha janela, lágrimas enchiam meus olhos enquanto eu pensava em minha terra natal. Gonzalo também... meu marido...

Elvira fez uma pausa. Sua voz vacilou, e ela escondeu o rosto com o lenço. Depois de breve silêncio, ela se levantou do sofá e prosseguiu.

– Desculpe-me se vou deixá-lo por alguns momentos. A lembrança do que sofri mexeu muito comigo, e preciso ficar sozinha. Até eu voltar, leia essas linhas. Depois da morte de meu marido, encontrei-as entre os papéis dele. Se eu soubesse antes que ele nutria tais sentimentos, a dor teria me matado. Ele escreveu esses versos durante a viagem para Cuba, quando sua mente estava dominada pela tristeza, a ponto de esquecer que tinha uma esposa e filhos. O que estamos prestes a perder sempre nos parece a coisa mais preciosa. Gonzalo estava deixando a Espanha para sempre e, portanto, a Espanha era mais cara a seus olhos do que tudo o que havia no mundo. Leia esses versos, dom Lorenzo. Eles vão lhe dar uma ideia dos sentimentos de um homem banido de seu país!

Elvira pôs um papel nas mãos de Lorenzo e retirou-se da sala. O jovem examinou o conteúdo e encontrou o que se segue.

"O EXÍLIO

Adeus, oh! nativa Espanha! Adeus para sempre!
Esses olhos banidos não verão mais tuas costas;
Um presságio triste diz a meu coração, que nunca mais
Os passos de Gonzalo vão pisar tuas praias.

Silenciosos são os ventos; enquanto o navio singra mansamente
Com movimentos suaves para o imperturbável oceano,
Eu sinto a vangloriada coragem de meu peito falhando,
E amaldiçoo as ondas que me levam para longe da Espanha.

Ainda a vejo! Abaixo daquele céu azul claro
Ainda aparecem os campanários tão amados;
Do outro ponto escarpado, o vendaval da noite
Ainda ecoa a meus ouvidos os sotaques nativos.

Apoiado numa rocha coroada de musgo e cantando alegremente,
Lá, ao sol, suas redes o pescador seca;
Muitas vezes ouvi a melancólica balada trazendo
Cenas de alegrias passadas diante de meus olhos tristes.

Ah! Feliz rapaz! Esperando a hora de sempre,
Quando o melancólico crepúsculo obscurece o céu;
Então procura alegremente o amado pavilhão paterno,
E compartilha a festa que os campos nativos fornecem:

Amizade e amor, seus hóspedes da cabana, o recebem
Com boas-vindas honestas e com sorriso sincero;
Nenhum infortúnio ameaçador o priva de alegrias presentes,
Nenhum suspiro acusa no peito, nenhuma lágrima nas faces.

Ah! Feliz rapaz! Essa felicidade me foi negada,
O acaso me faz ver com inveja tua sorte;
Eu, que de casa e da Espanha como um exilado fujo,
Digo adeus a tudo o que estimo, a tudo o que amo, adeus.

Nunca mais meu ouvido vai escutar a cantiga bem conhecida,
Cantada por uma garota da montanha, que pastoreia suas cabras,
Algum rapaz da aldeia implorando amorosa piedade,
Ou pastor cantando a plenos pulmões suas rústicas notas.

Nunca mais meus braços vão abraçar um pai afetuoso,
Nunca mais haverá calma doméstica em meu coração, bem sei;
Longe dessas alegrias, com suspiros que a memória evoca
Para céus sufocantes e climas distantes eu vou.

Onde o sol das Índias gera novas doenças,
Onde cobras e tigres se reproduzem, para lá vou eu;
Para enfrentar a sede febril que nenhuma arte aplaca,
A febre amarela e o fogo enlouquecedor do dia.

Só para sentir dores lentas que consomem meu fígado,
Para morrer aos poucos, na flor da idade,
Para ter meu sangue ardente sorvido por febre insaciável,
E o cérebro delirando com a fúria da estrela do dia.

O que pode me levar a conhecer tanta dor, a me afastar
Com tantos suspiros amargos de ti, querida terra;
Sentir que esse coração deve te amar para todo o sempre,
Sentir que todas as tuas alegrias foram extirpadas de mim!

Ai de mim! Quantas vezes arroubos de imaginação no sono
Vão evocar em minha mente minha terra natal!
Quantas vezes o arrependimento me lembrará tristemente
Cada prazer perdido e cada caro amigo deixado para trás!

Vales agrestes de Múrcia e amados caramanchões românticos,
O rio em cujas margens quando criança eu brinquei,
Os salões antigos de meu castelo, suas torres carrancudas,
Cada bosque lembrarei em prantos e cada conhecida clareira.

Sonhos da terra onde todos os meus desejos se concentram,
Tuas paisagens, que não sou mais predestinado a ver,
Muitas vezes emergirão na memória, atormentando minha alma
E transformando cada prazer passado em dor presente.

*Mas veja! O sol sob as ondas se retira;
A noite se apressa para restaurar seu império;
Nuvens à minha vista obscurecem as torres da aldeia,
Que agora se veem, debilmente, e agora não se veem mais.*

*Oh!, não soprem, ventos! Calmo seja o movimento da água!
Durma, durma, meu barco, em silêncio no mar!
Então, quando a luz da manhã dourar o oceano,
Mais uma vez meus olhos verão a costa da Espanha.*

*Inútil é o desejo! Meu último pedido desdenhado,
De novo sopra o vento, e altas ondas insuflam vagalhões:
Longe estaremos antes do romper da manhã;
Oh!, então para sempre, amada Espanha, adeus!"*

Lorenzo mal teve tempo de ler essas linhas, quando Elvira voltou. O fato de dar livre curso a suas lágrimas a havia aliviado, e seu espírito havia recuperado a compostura habitual.

– Não tenho mais nada a dizer, meu senhor – disse ela. – O senhor ouviu minhas apreensões e minhas razões para implorar que não repita suas visitas. Depositei minha total confiança em sua honra e estou certa de que não vai julgar que minha opinião a seu respeito tenha sido por demais favorável.

– Só mais uma pergunta, senhora, e prometo que a deixarei. Se o duque de Medina aprovar meu amor, minhas atenções não seriam aceitas pela senhora e pela bela Antônia?

– Vou ser bem franca com o senhor, dom Lorenzo. Embora seja pequena a probabilidade dessa união acontecer, receio que seja desejada e de forma extremamente ardente por minha filha. O senhor causou uma impressão muito forte no jovem coração dela, o que me deixa muito alarmada. Para evitar que essa impressão se torne mais forte ainda, sou obrigada a recusar sua amizade. Para mim, o senhor pode ter certeza de que eu deveria me alegrar em estabelecer minha filha de forma tão vantajosa. Consciente de que minha saúde, prejudicada pela dor e pelas enfermidades, não me permite esperar uma longa permanência neste mundo, tremo ao pensar em deixá-la sob a proteção de um perfeito estranho. O marquês de las Cisternas é totalmente desconhecido para mim. Ele vai se casar; a esposa dele pode olhar para Antônia com desagrado e privá-la de seu único amigo. Se o duque, seu tio, der seu consentimento, o senhor nem pense em duvidar de que vai obter o meu e o de minha filha. Mas sem o dele, não espere o nosso. Em todo caso, quaisquer que sejam os passos que o senhor der, qualquer que seja a decisão do duque, até que o senhor tenha conhecimento dessa decisão, imploro que não se permita estimular a predisposição de Antônia com sua presença. Se a sanção de seus parentes autorizar o senhor a tratá-la como sua esposa, minhas portas estarão totalmente abertas para o senhor. Se essa sanção for recusada, peço-lhe que se contente em ter minha estima e gratidão, mas lembre-se de que não deveremos mais nos encontrar.

Lorenzo prometeu, relutantemente, conformar-se com essa decisão. Mas acrescentou que esperava obter em breve o consentimento que lhe daria o direito de renovar o relacionamento. Ele então explicou por que o marquês não a havia visitado pessoalmente e não teve escrúpulos em confiar a ela a história da irmã dele. Concluiu dizendo que esperava libertar Agnes no dia seguinte e que, assim que os temores de dom Ramón se acalmassem sobre esse assunto, ele não perderia tempo em assegurar a dona Elvira sua amizade e proteção.

A dama meneou a cabeça.

– Tremo por sua irmã – disse ela. – Ouvi muitas particularidades sobre o caráter da madre superiora de Santa Clara, de uma amiga que foi educada no mesmo convento com ela. Contou-me que essa superiora era arrogante, inflexível, supersticiosa e vingativa. Desde então, ouvi dizer que está obcecada pela ideia de transformar seu convento no mais regular de Madri e nunca perdoou aquelas cuja imprudência lançou a menor mancha sobre ele. Embora naturalmente violenta e severa quando seus interesses o exigem, ela sabe muito bem assumir uma aparência de benignidade. Ela tenta por todos os meios persuadir jovens mulheres de posição a se tornar membros de sua comunidade.

É implacável quando enfurecida e tem muita intrepidez em tomar as medidas mais rigorosas para punir a transgressora. Sem dúvida, ela haverá de considerar a saída de sua irmã do claustro uma verdadeira desgraça para seu convento. Deverá usar de todos os artifícios para evitar obedecer ao decreto de Sua Santidade, e estremeço só ao pensar que dona Agnes está nas mãos dessa perigosa mulher.

Lorenzo levantou-se para se despedir. Elvira estendeu-lhe a mão, que ele beijou respeitosamente e, dizendo que esperava para breve a permissão para beijar também a mão de Antônia, voltou para seu palácio. A dama ficou perfeitamente satisfeita com a conversa que tiveram. Ela via com muita alegria a perspectiva de ele se tornar seu genro, mas a prudência a aconselhou a ocultar da filha as lisonjeiras esperanças que ela mesma agora ousava nutrir.

Mal o dia raiou, e Lorenzo já estava no convento de Santa Clara, munido do necessário documento papal. As freiras estavam recitando as matinas. Ele esperou impacientemente pela conclusão do serviço de culto e, por fim, a prioresa apareceu atrás da grade do parlatório. Logo perguntou por Agnes. A velha dama respondeu, com ar melancólico, que a situação da querida criatura estava piorando de hora em hora e que os médicos a haviam praticamente desenganado. Mas eles haviam declarado também que a única chance de sua recuperação consistia em mantê-la quieta e não permitir que dela se aproximassem pessoas que poderiam deixá-la agitada. Lorenzo não acreditou numa única dessas palavras, nem nas expressões de pesar e de afeição por Agnes, demonstradas durante esse breve relato. Para encerrar o assunto, ele colocou a Bula do Papa nas mãos da madre superiora e insistiu para que, doente ou com saúde, sua irmã deveria ser entregue a ele sem demora.

A prioresa recebeu o papel com ar de humildade. Mas, assim que seus olhos percorreram rapidamente o conteúdo, seu ressentimento frustrou todos os esforços de hipocrisia. Um vermelho vivo se espalhou por todo o seu rosto e ela lançou a Lorenzo olhares de raiva e ameaça.

– Essa ordem é categórica – disse ela, com voz de raiva, que em vão tentou disfarçar. – De bom grado eu obedeceria, mas, infelizmente, está fora de meu alcance.

Lorenzo a interrompeu com uma exclamação de surpresa.

– Repito, senhor; obedecer a essa ordem está totalmente fora de meu alcance. Por respeito aos sentimentos de um irmão, eu lhe teria comunicado a triste notícia aos poucos e o teria preparado para ouvi-la com coragem. Mas meus planos foram inutilizados. Essa ordem me manda lhe entregar a Irmã Agnes sem demora. Sinto-me obrigada, no entanto, a informá-lo sem circunlóquios que ela expirou na sexta-feira passada.

Lorenzo recuou horrorizado e empalideceu. Um momento de reflexão o convenceu de que essa afirmação deveria ser falsa, o que o deixou um pouco mais tranquilo.

– A senhora está mentindo! – exclamou ele, enfurecido. – Nem cinco minutos se passaram desde que a senhora me garantiu que, embora doente, ela ainda estava viva. Traga-a aqui agora mesmo! Devo e quero vê-la, e todas as tentativas de mantê-la longe de mim serão inúteis.

– Contenha-se, senhor! Creio que saiba que deve respeito à minha idade, bem como à minha posição. Sua irmã morreu. Se a princípio escondi o falecimento dela, foi por temer que um evento tão inesperado pudesse produzir no senhor um efeito muito violento. Na verdade, o senhor se mostra mal-agradecido por minha especial atenção. E que interesse, diga-me, teria eu em detê-la? Saber do desejo que ela nutria de deixar nossa comunidade já é motivo suficiente para eu querer sua partida e considerá-la uma desonra para a irmandade de Santa Clara; mas ela perdeu minha afeição de uma maneira ainda mais repreensível. Os delitos que ela cometeu foram graves, e quando o senhor souber a causa de sua morte, sem dúvida se alegrará, dom Lorenzo, por semelhante pecadora não estar mais entre nós. Ela passou mal na quinta-feira passada ao voltar da confissão na capela dos Capuchinhos. Sua doença parecia acompanhada de estranhas circunstâncias. Mas ela persistiu em esconder a causa. Graças à Virgem, nós não suspeitávamos do que poderia ser! Imagine, então, qual deve ter sido nossa consternação, nosso horror, quando no dia seguinte ela deu à luz uma criança morta, a quem ela seguiu imediatamente para o túmulo. Como, senhor? É possível que seu semblante não mostre nenhuma surpresa, nenhuma indignação? É possível que a infâmia de sua irmã tenha chegado a seus ouvidos e que ainda assim ela mereça toda a sua afeição? Nesse caso, o senhor não precisa de minha compaixão. Não posso dizer mais nada, exceto repetir minha impossibilidade de obedecer às ordens de Sua Santidade. Agnes está morta e, para convencê-lo de que o que digo é verdade, juro por nosso abençoado Salvador, que ela foi enterrada três dias atrás.

Nesse momento, ela beijou um pequeno crucifixo que pendia de seu cinto. Então se levantou da cadeira e saiu do parlatório. Ao se retirar, dirigiu a Lorenzo um sorriso desdenhoso.

– Adeus, senhor – disse ela. – Não conheço remédio para esse mal. Temo que nem mesmo uma segunda Bula do Papa consiga a ressurreição de sua irmã.

Lorenzo também se retirou, tomado pela dor. Mas dom Ramón, ao receber a notícia, ficou quase louco. Ele não conseguia se convencer de que Agnes estava realmente morta e continuou a insistir que ela estava presa entre os muros do convento de Santa Clara. Nenhum argumento poderia fazê-lo abandonar suas esperanças de recuperá-la. Dia após dia, inventava um novo esquema para obter notícias dela, e todos com o mesmo resultado.

De sua parte, Medina desistiu da ideia de voltar a ver sua irmã. Mesmo assim, acreditava que o fim dela encobria meios escusos. Persuadido disso, ele encorajava as investigações de dom Ramón, determinado, caso descobrisse a menor justificativa para suas suspeitas, a vingar-se severamente da insensível prioresa. A perda da irmã o afetou profundamente. E essa profunda dor foi uma das causas que o obrigou, por decoro, a adiar por algum tempo a conversa com o duque sobre Antônia. Enquanto isso, seus emissários rondavam constantemente a porta de Elvira. Ele tinha conhecimento de todos os movimentos de sua amada. Como ela nunca faltava, às quintas-feiras, ao sermão na igreja dos Capuchinhos, ele estava certo de que poderia vê-la uma vez por semana, embora, para cumprir a promessa feita, evitasse cuidadosamente ser visto. Assim se passaram dois longos meses. Ainda nenhuma informação tinha sido obtida de Agnes. Todos, exceto o marquês, acreditavam que ela estava morta. E então Lorenzo decidiu revelar seus sentimentos ao tio. Ele já havia dado alguns indícios de sua intenção de se casar, que foram recebidos tão favoravelmente quanto poderia esperar. E ele não tinha dúvida alguma sobre o êxito de sua solicitação.

CAPÍTULO VI

Enquanto deitados nos braços um do outro, em êxtase,
Eles abençoavam a noite e amaldiçoavam o dia que ia nascer.

(Lee)

A explosão de êxtase havia passado. A luxúria de Ambrósio estava satisfeita. O prazer desapareceu, e a vergonha usurpou-lhe o assento em seu peito. Confuso e apavorado com sua fraqueza, ele se soltou dos braços de Matilde. Seu perjúrio se apresentava claramente a seus olhos. Refletiu sobre a cena em que acabara de atuar e estremeceu com as possíveis consequências, se fossem descobertos. Via o futuro com horror. Seu coração estava desanimado e tornou-se a morada da saciedade e do desgosto. Evitou os olhos de sua parceira na fragilidade. Prevaleceu um silêncio melancólico, durante o qual ambos pareciam imersos em desagradáveis reflexões.

Matilde foi a primeira a rompê-lo. Tomou afavelmente a mão dele e a apertou contra seus lábios ardentes.

– Ambrósio! – murmurou ela, com voz suave e trêmula.

O frade se assustou com o som dessa voz. Voltou seu olhar para os olhos de Matilde, que estavam cheios de lágrimas. Suas faces estavam cobertas de rubor e sua expressão suplicante parecia solicitar compaixão.

– Mulher perigosa! – disse ele. – Em que abismo de sofrimento você me mergulhou! Se alguém descobrir que você é mulher, minha honra, ou melhor, minha vida pagará pelo prazer de alguns momentos. Tolo que fui, ao me deixar levar por suas seduções! O que fazer agora? Como posso expiar minha culpa? Que expiação pode obter o perdão de meu crime? Matilde, desgraçada, você destruiu meu sossego para sempre!

– A mim é que dirige essas recriminações, Ambrósio? A mim, que sacrifiquei por você os prazeres do mundo, o luxo da riqueza, a delicadeza do sexo, meus amigos, minha fortuna e minha fama? O que é que você perdeu e que eu guardei para mim? Não compartilhei de sua culpa? Você não compartilhou de meu prazer? Culpa, eu disse? Em que consiste nossa culpa, senão na opinião de um mundo que julga mal? Deixe que esse mundo ignore nossas alegrias, e elas se tornarão divinas e inocentes! Antinatural era seu voto de castidade. O homem não foi criado para semelhante estado e, se o amor fosse crime, Deus nunca o teria feito tão doce, tão irresistível! Então afaste essas nuvens de sua cabeça, meu Ambrósio! Entregue-se livremente a esses prazeres, sem os quais a vida é um presente sem valor. Pare de me recriminar por ter lhe ensinado o que é felicidade e sinta os mesmos arroubos com a mulher que o adora!

Enquanto falava, seus olhos se enchiam de um delicioso langor. Seu peito arfava. Ela enlaçou os braços voluptuosamente em volta dele, puxou-o para si e beijou-lhe os lábios. Ambrósio, uma vez mais, ardeu em desejo. A sorte estava lançada. Seu voto de castidade já havia sido rompido. Já havia cometido o crime, e por que deveria abster-se de desfrutar a recompensa? Ele a apertou contra o peito com ardor redobrado. Não mais reprimido pelo sentimento de vergonha, deu vazão a seus apetites imoderados, ao mesmo tempo em que a bela libertina colocava em prática todas as invenções da luxúria, todos os refinamentos na arte do prazer que poderiam aumentar a felicidade de sua posse e tornar os transportes de seu amante ainda mais requintados. Ambrósio descontrolava-se em delícias até então desconhecidas para ele. A noite passou rapidamente, e a manhã enrubesceu ao vê-lo ainda nos braços de Matilde.

Intoxicado de prazer, o monge se levantou do voluptuoso leito da sereia. Não sentia mais vergonha de sua incontinência nem temia a vingança do céu ofendido. Seu único medo era que a morte lhe roubasse os prazeres, pelos quais o longo jejum só fizera aumentar seu apetite. Matilde estava ainda sob a influência do veneno e o voluptuoso monge temia menos pela vida de sua salvadora do que pela de sua concubina. Se a perdesse, não seria fácil encontrar outra amante com quem pudesse saciar suas paixões tão plenamente e com tanta segurança. Ele, portanto, a pressionou insistentemente, para que fizesse uso dos meios que ela dizia conhecer para salvar a própria vida.

– Sim! – replicou Matilde. – Visto que você me fez sentir que a vida é valiosa, vou salvar a minha de qualquer maneira. Nenhum perigo vai me deter. Vou considerar as consequências de minha ação com ousadia e não vou estremecer com os horrores que se apresentarem. Julgo que meu sacrifício mal poderá pagar o preço para ter você a meu lado, e quero lembrar que um momento passado em seus braços neste mundo paga uma era de punições no outro. Mas antes de dar esse passo, Ambrósio, jure solenemente que nunca vai me perguntar sobre quais meios utilizei para salvar minha vida.

Ele jurou da maneira mais solene que pôde.

– Muito obrigada, meu amado. Essa precaução é necessária, pois, embora não saiba, você está sob o domínio de preconceitos vulgares. Os assuntos em que deverei estar envolvida nesta noite podem surpreendê-lo pela singularidade e podem me rebaixar perante sua opinião. Diga-me, você possui a chave da porta do lado oeste do jardim?

– A porta que se abre para o cemitério comum a nós e à irmandade de Santa Clara? Não tenho a chave, mas posso obtê-la facilmente.

– Só precisará fazer isso: ajude-me a entrar no cemitério à meia-noite. Vigie, enquanto desço até a cripta de Santa Clara, para que nenhum curioso observe minhas ações. Deixe-me lá sozinha por uma hora e salvarei essa vida para dedicá-la a seus prazeres. Para evitar suspeitas, não me visite durante o dia. Lembre-se da chave e de que estarei esperando por você antes da meia-noite. Escute! Estou ouvindo passos se aproximando! Deixe-me. Vou fingir que estou dormindo.

O frade obedeceu e saiu da cela. Ao abrir a porta, apareceu o padre Pablos.

– Vim até aqui – disse o último – para saber como está meu jovem paciente.

– Silêncio! – replicou Ambrósio, pondo o dedo sobre os lábios. – Fale baixo. Acabei de vê-lo. Está num sono profundo, que, sem dúvida, vai lhe fazer muito bem. Não o perturbe por ora, pois ele precisa repousar.

Frei Pablos obedeceu e, ouvindo o sino tocar, acompanhou o padre superior às matinas. Ambrósio sentiu-se constrangido ao entrar na capela. A culpa era coisa nova para ele, e imaginava que todos os olhos podiam ler as aventuras da noite refletidas em seu semblante. Ele se esforçou para orar. Seu peito não resplandecia mais de devoção. Seus pensamentos vagavam incontrolados pelos encantos secretos de Matilde. Mas o que lhe faltava em pureza de coração, compensava com a aparente santidade externa. Para melhor encobrir sua transgressão, redobrava a pretensa aparência de virtude, e nunca tinha sido visto mais devoto aos céus desde que havia rompido seus votos religiosos. Assim, inconscientemente acrescentou hipocrisia ao perjúrio e à incontinência. Tinha cometido os últimos pecados ao ceder à sedução quase irresistível, mas agora era culpado de um pecado voluntário, ao tentar ocultar aqueles a que havia sido induzido por outrem.

Concluídas as matinas, Ambrósio retirou-se para sua cela. Os prazeres que acabara de saborear pela primeira vez ainda estavam gravados em sua mente. Seu cérebro estava confuso e envolto num caos de remorso, volúpia, inquietação e medo. Recordava com pesar aquela paz de alma de outros tempos, aquela segurança de virtude, que até então tinha podido desfrutar. Ele havia se entregado a excessos cuja própria ideia, apenas vinte e quatro horas antes, repudiava com horror. Estremecia ao pensar que uma insignificante indiscrição de sua parte ou de Matilde derrubaria aquele muro de reputação que lhe custara trinta anos para erguer e o tornaria abominável para aquelas pessoas que por ora o tinham como ídolo. A consciência lhe pintava em cores vivas seu perjúrio e sua fraqueza. A apreensão aumentava os horrores da punição, e ele já se imaginava nas prisões da Inquisição. A essas ideias atormentadoras logo se sucediam a beleza de Matilde e aquelas deliciosas lições que, uma vez aprendidas, jamais serão esquecidas. Um único vislumbre delas o reconciliavam consigo mesmo. Considerou que os prazeres da noite anterior haviam sido comprados a um bom preço pelo sacrifício da inocência e da honra. A própria lembrança desses prazeres enchia sua alma de êxtase. Amaldiçoou sua tola vaidade, que o induzira a desperdiçar na obscuridade a flor da juventude, ignorando as verdadeiras bênçãos do amor e da mulher. Decidiu manter, a qualquer custo, seu relacionamento com Matilde e recorreu a todos os argumentos que pudessem confirmar sua resolução. Ele se perguntava, desde que sua irregularidade permanecesse ignorada pelos outros, em que consistiria sua falta e quais consequências deveria aguentar. Se observasse rigorosamente todas as regras de sua Ordem religiosa, exceto a castidade, não duvidava de que poderia manter a estima dos homens e até mesmo a proteção dos céus. Julgava que poderia ser facilmente perdoado por um desvio tão leve e natural de seus votos. Mas ele se esquecia de que, tendo professado esses votos, a incontinência, o mais venial dos pecados para os leigos, tornava-se na pessoa dele o mais hediondo dos crimes.

Uma vez decidido em relação a sua conduta futura, sua mente ficou mais tranquila. Atirou-se na cama e tratou de dormir para recobrar as forças consumidas nos excessos noturnos. Acordou revigorado e ansioso por uma repetição de seus prazeres. Obedecendo à ordem de Matilde, não a visitou na cela durante o dia. Frei Pablos mencionou no refeitório que Rosário havia sido finalmente persuadido a seguir sua prescrição, mas que os remédios não tinham produzido o menor efeito, e que ele acreditava que nenhuma habilidade mortal poderia salvá-lo do túmulo. O padre superior concordou com essa opinião e fingiu lamentar o destino prematuro de um jovem, cujos talentos pareciam tão promissores.

A noite chegou. Ambrósio tivera o cuidado de pedir ao porteiro a chave da porta que dava para o cemitério. De posse da chave, quando tudo estava em silêncio no mosteiro, ele deixou sua cela e correu para a de Matilde. Ela havia se levantado da cama e já estava vestida antes da chegada dele.

– Estive aguardando você com impaciência – disse ela. – Minha vida depende desses breves momentos. Está com a chave?

– Sim.

– Então vamos logo para o jardim. Não temos tempo a perder. Siga-me!

Ela tomou uma pequena cesta coberta, que estava em cima da mesa. Segurando a cesta com uma das mãos e tomando a lamparina, que ardia sobre a lareira, com a outra, saiu apressada da cela. Ambrósio a seguiu. Ambos mantiveram um profundo silêncio. Ela foi na frente com passos rápidos, mas cautelosos, atravessou o claustro e alcançou o lado oeste do jardim. Seus olhos faiscavam de modo selvagem, o que deixou o monge impressionado, com admiração e terror ao mesmo tempo. Uma coragem determinada e desesperada parecia transparecer na testa da jovem. Entregou a lamparina a Ambrósio e, tomando a chave, destrancou a porta e entrou no cemitério. Tratava-se de uma vasta e espaçosa praça coberta de teixos. Metade dela pertencia ao mosteiro. A outra metade era propriedade da irmandade de Santa Clara e era protegida por um telhado de pedra. A divisão era marcada por uma grade de ferro, cuja portinhola ficava geralmente destrancada.

Matilde dirigiu seus passos para lá. Abriu a portinhola e procurou a porta que conduzia às criptas subterrâneas, onde repousavam os corpos em decomposição das freiras de Santa Clara. A noite estava totalmente escura. Nem a lua nem as estrelas eram visíveis. Felizmente não havia um sopro de vento, e o frade carregava a lamparina em total segurança. Graças a essa claridade, logo descobriram a porta do sepulcro. Estava disposta numa reentrância da parede e quase escondida por grossos festões de hera que pendiam do alto. Três degraus de pedra tosca conduziam até a porta, e Matilde estava a ponto de descer quando, subitamente, recuou.

– Há gente na cripta! – sussurrou ela para o monge. – Esconda-se até que essas pessoas tenham saído.

Ela se refugiou atrás de um imponente e magnífico túmulo, erguido em homenagem à fundadora do convento. Ambrósio seguiu seu exemplo, escondendo cuidadosamente a lamparina para que seu brilho não os traísse. Poucos momentos se passaram e a porta que conduzia às criptas subterrâneas se abriu. Raios de luz subiram pela escada, permitindo aos espectadores ocultos observar duas mulheres vestidas com hábitos religiosos, que pareciam estar entretidas numa conversa séria. O frade superior não teve dificuldade em reconhecer a prioresa de Santa Clara, acompanhada de uma das freiras mais idosas do convento.

– Já está tudo preparado – disse a prioresa. – O destino dela será decidido amanhã. Todas as suas lágrimas e suspiros serão inúteis. Não! Nesses vinte e cinco anos em que sou superiora deste convento, nunca presenciei nada mais infame!

– A senhora deverá esperar muita oposição à sua decisão – replicou a outra, com voz mais branda. – Agnes tem muitas amigas no convento e, em particular, a madre Santa Úrsula defenderá sua causa com o maior vigor. Na verdade, Agnes merece ter amigas; e eu gostaria de poder convencer a senhora a considerar a juventude e a situação peculiar dela. Parece que ela tem consciência e está arrependida do erro que cometeu. O excesso de dor demonstra sua penitência, e estou convencida de que suas lágrimas fluem mais de contrição do que de medo da punição. Reverenda madre, se pudesse se persuadir a mitigar a severidade de sua sentença, se ao menos se dignasse a ignorar essa primeira transgressão, ofereço-me como penhor da conduta futura de Agnes.

– Ignorar isso, está dizendo? Madre Camila, a senhora me surpreende! O quê? Depois de me humilhar na presença do ídolo de Madri, do próprio homem a quem eu mais desejava impressionar com o rigor de minha disciplina? Como devo ter parecido desprezível ao reverendo padre! Não, madre, não! Nunca haverei de perdoar esse insulto. A melhor maneira de convencer Frei Ambrósio de que abomino esses crimes é punir o de Agnes com todo o rigor que nossas severas leis permitem. Deixe de súplicas, portanto. Todas elas serão inúteis. Minha resolução está tomada. Amanhã, Agnes será um terrível exemplo de minha justiça e de meu ressentimento.

Madre Camila parecia não desistir do assunto, mas a essa altura as freiras estavam longe demais para serem ouvidas. A prioresa destrancou a porta que dava para a capela de Santa Clara e, depois de entrar com sua companheira, tornou a fechá-la.

Matilde perguntou quem era essa Agnes, com a qual a prioresa estava tão furiosa, e que ligação ela poderia ter com Ambrósio. Ele lhe contou toda a história e acrescentou que, desde aquele fato, suas ideias haviam sofrido uma completa revolução e, por essa razão, sentia agora muita compaixão pela infeliz freira.

– Pretendo – disse ele – solicitar uma audiência com a madre superiora amanhã mesmo e utilizar todos os meios para obter uma mitigação de sua sentença.

– Cuidado com o que faz! – interrompeu Matilde. – Sua mudança repentina de sentimentos pode naturalmente causar surpresa e dar origem a suspeitas, o que é de nosso maior interesse evitar. Em vez disso, redobre sua austeridade externa e critique acerbamente os erros dos outros, para melhor ocultar os seus. Abandone a freira a seu destino. Sua interferência poderia ser perigosa, e a imprudência dela merece ser punida. Quem não tem habilidade suficiente para ocultar os prazeres do amor não é digno de gozar deles. Mas ao discutir esse insignificante assunto, acabo perdendo momentos preciosos. A noite voa rapidamente e muito deve ser feito antes do amanhecer. As freiras já se retiraram. Não há mais perigo. Dê-me a lamparina, Ambrósio. Tenho de descer sozinha nessas catacumbas. Espere aqui e, se alguém se aproximar, me avise. Mas, se preza sua vida, não tente me seguir. Sua existência poderia ser vítima de sua imprudente curiosidade.

Dizendo isso, ela avançou em direção ao sepulcro, segurando ainda a lamparina numa das mãos e a pequena cesta na outra. Empurrou a porta, que girou lentamente nas dobradiças, e uma escada estreita e sinuosa de mármore preto se apresentou a seus olhos. Ela desceu. Ambrósio ficou lá em cima, observando o fraco clarão da lamparina que, aos poucos, ia sendo engolido pela escuridão, até desaparecer; e ele se viu envolto pelas trevas.

Ali, sozinho, ele não conseguia refletir sem se surpreender com a mudança repentina no caráter e nos sentimentos de Matilde. Até poucos dias antes, ela parecia ser a mais meiga e dócil das mulheres, inteiramente submissa à vontade dele e considerando-o como um ser superior. Agora assumiu uma espécie de coragem e masculinidade em suas maneiras e em sua fala, que pouco se importava em agradá-lo. Não falava mais para insinuar, mas para comandar. Ele se sentia incapaz de discutir com ela em igualdade de condições e se via obrigado a confessar, a contragosto, que o raciocínio dela era superior ao seu. A cada momento mais se convencia dos surpreendentes poderes de sua mente. Mas o que ganhava na opinião do homem, ela perdia com juros no afeto do amante. Ele sentia falta de Rosário, carinhoso, afável e submisso. Lamentava que Matilde preferisse as virtudes do sexo masculino às do seu próprio, e quando ele pensou nas expressões proferidas por ela com relação à pobre e devota freira, não pôde deixar de considerá-las como cruéis e pouco femininas. A compaixão é um sentimento tão natural, tão próprio do caráter feminino, que dificilmente chega a ser mérito para a mulher que a possui, mas não ter compaixão alguma se configura realmente como grave crime. Ambrósio não poderia perdoar facilmente à sua amante a falta dessa amável qualidade. Embora ele a recriminasse por sua insensibilidade, compreendia, no entanto, a verdade de suas observações; e embora sentisse sinceramente pena da infeliz Agnes, resolveu abandonar a ideia de intervir em favor dela.

Quase uma hora se havia passado desde que Matilde descera às catacumbas. Não havia retornado ainda. A curiosidade de Ambrósio só aumentava. Ele se aproximou da escada. Ficou à escuta. Tudo estava em silêncio, exceto que, a intervalos, conseguia ouvir o som da voz de Matilde, que serpenteava pelas passagens subterrâneas e ecoava nos tetos abobadados dos sepulcros. Ela estava a uma distância muito grande para que ele pudesse distinguir suas palavras e, antes que chegassem até ele, se desfaziam em murmúrios confusos. Ansiando penetrar nesse mistério, ele resolveu desobedecer às ordens dela e segui-la até a cripta.

Avançou até a escada e já havia descido alguns degraus quando lhe faltou coragem. Lembrou-se das ameaças de Matilde, se infringisse suas ordens, e seu peito se encheu de um secreto e inexplicável temor. Voltou a subir as escadas, retomou sua posição anterior e esperou impacientemente pela conclusão dessa aventura.

De repente, sentiu um choque violento. Um terremoto sacudiu o solo. As colunas que sustentavam o teto, sob o qual ele se encontrava, foram abaladas com tanta força que a cada momento o ameaçavam com sua queda e, no mesmo instante, ele ouviu um forte e assustador som de trovão. Depois que o rumor cessou, ele estava com os olhos fixos na escada e viu uma resplandecente coluna de luz brilhar ao longo da cripta. Não durou mais que um instante. Assim que desapareceu, tudo ficou novamente calmo e escuro. Viu-se uma vez mais envolto pela profunda escuridão, e o silêncio da noite só foi rompido pelo zumbido de um morcego que passou esvoaçando lentamente por ele.

A cada momento que passava, mais aumentava o medo de Ambrósio. Mais uma hora transcorreu até que a mesma luz voltou a aparecer, mas desaparecendo subitamente outra vez. Era acompanhada por acordes de música doce, mas solene, que, enquanto se esgueirava pelas abóbadas da cripta, inspirava no monge sensações de prazer e de terror. Logo que música cessou, ele ouviu os passos de Matilde na escada. Ela saiu da cripta, com a mais viva alegria animando seu belo semblante.

– Você viu alguma coisa? – perguntou ela.
– Por duas vezes vi uma coluna de luz brilhando na escada.
– Nada mais?
– Nada.
– O dia está prestes a raiar. Vamos retornar ao mosteiro antes que a luz do amanhecer nos denuncie.

Com passos rápidos, ela saiu do cemitério. Chegou à sua cela e o curioso frade ainda a acompanhava. Ela fechou a porta e se livrou da lamparina e da cesta.

– Consegui! – exclamou ela, atirando-se nos braços dele. – Consegui mais até do que esperava! Viverei, Ambrósio, viverei para você! O passo que eu tanto temia dar acabou sendo para mim uma fonte de alegrias inexprimíveis! Oh!, se pudesse comunicar essas alegrias a você! Oh!, se me fosse permitido compartilhar com você meu poder e elevá-lo tão acima do nível de seu sexo assim como um ato ousado me exaltou acima do meu!

– E o que a impede, Matilde? – interrompeu o frade. – Por que guarda segredo sobre o que ocorreu na cripta? Não me acha digno de sua confiança? Matilde, devo duvidar da verdade de seu afeto, enquanto você tem alegrias das quais me proíbe de compartilhar.

– Você me recrimina injustamente. Lamento sinceramente ser obrigada a esconder de você minha felicidade. Mas não tenho culpa. A culpa não está em mim, mas em você, meu Ambrósio! Você é muito monge ainda. Sua mente está escravizada pelos preconceitos da educação; e a superstição pode fazer você estremecer com a ideia daquilo que a experiência me ensinou a apreciar e a valorizar. De momento, você não é digno de total confiança com relação a um segredo de tamanha importância. Mas a força de seu bom senso e a curiosidade que me alegra ver brilhar em seus olhos me faz esperar que um dia você haverá de merecer minha confiança. Até que esse dia chegue, controle sua impaciência. Lembre-se de que você jurou solenemente de nunca fazer perguntas sobre o que aconteceu nesta noite. Insisto para que cumpra seu juramento, pois – acrescentou ela, sorrindo, enquanto selava os lábios dele com um beijo lascivo – embora eu o perdoe por ter rompido seus votos com os céus, espero que mantenha o que prometeu a mim sob juramento.

O frade retribuiu a carícia que havia feito seu sangue ferver nas veias. Os voluptuosos e desenfreados excessos da noite anterior foram renovados, e os dois não se separaram até que o sino tocou para a recitação das matinas.

Os mesmos prazeres eram repetidos com frequência. Os monges se alegraram com a inesperada recuperação do fingido Rosário, e nenhum deles suspeitou do verdadeiro sexo do noviço. O superior do convento podia possuir sua amante com toda a tranquilidade e, percebendo que ninguém suspeitava de sua fraqueza, abandonou-se com plena segurança a suas paixões. A vergonha e o remorso não o atormentavam mais. Repetições frequentes o familiarizaram com o pecado, e seu peito se tornou insensível às ferroadas da consciência. Matilde encorajava nele esses sentimentos. Mas ela logo percebeu que havia saciado seu amante com a liberdade ilimitada de suas carícias. Acostumado com os encantos dela, os mesmos desejos, que tanto o inspiravam no início, não mais o excitavam agora. Passado o delírio da paixão, ele teve tempo para observar os mais insignificantes defeitos. Onde não havia nenhum, a saciedade o levou a imaginá-los. O monge estava farto da abundância de prazer. Mal se havia passado uma semana e ele já estava cansado da amante. Sua natureza ardente ainda o fazia buscar nos braços dela a satisfação de sua luxúria. Mas passado o momento da paixão, ele a abandonava com desgosto, e seu humor, naturalmente inconstante, o fazia suspirar impacientemente por variedade.

A posse, que satura o homem, só aumenta a afeição da mulher. Matilde, a cada dia que passava, mais se apegava ao frade. Desde que passara a obter seus favores, ele se tornou mais querido do que nunca para ela, que se sentia agradecida pelos prazeres de que ambos haviam compartilhado igualmente. Infelizmente, à medida que sua paixão se tornava mais ardente, a de Ambrósio esfriava. As próprias demonstrações de afeto por parte dela causavam nele desgosto, e o excesso servia para extinguir a chama que ainda ardia, mas debilmente, em seu peito. Matilde não pôde deixar de observar que sua companhia lhe parecia menos agradável a cada dia. Ele já não dava muita atenção quando ela falava, os talentos musicais, que ela possuía à perfeição, haviam perdido o poder de diverti-lo. Ou se ele se dignava a elogiá-los, seus aplausos eram evidentemente forçados e frios. Não a olhava mais com afeto, nem prelibava os sentimentos dela com a parcialidade de um amante. Matilde percebeu isso muito bem e passou a redobrar seus esforços para reavivar nele aqueles sentimentos que já tivera um dia. Tudo o que ela fazia estava fadado ao fracasso, pois ele considerava como importunações os esforços dela para agradá-lo, e ficou revoltado com os próprios meios que ela utilizava para reconquistá-lo. Mesmo assim, continuavam com suas relações ilícitas. Mas ficou claro que não era o amor que o levava aos braços dela, mas a sede de um apetite brutal. Seu temperamento fazia com que tivesse necessidade de uma mulher, e Matilde era a única com quem ele podia saciar suas paixões com segurança. Apesar da beleza dela, ele olhava com mais desejo para todas as outras mulheres; mas temendo que sua hipocrisia fosse descoberta, mantinha confinadas essas inclinações em seu peito.

Não era de forma alguma tímido por natureza, mas a educação recebida lhe havia incutido tanto medo em sua mente que a apreensão passou a fazer parte de seu caráter. Se tivesse passado sua juventude no mundo, teria se mostrado possuidor de muitas qualidades viris e brilhantes. Ele era naturalmente empreendedor, firme e destemido. Tinha um coração de guerreiro e poderia ter brilhado com esplendor à frente de um exército. Não lhe faltava generosidade. O desafortunado nunca deixou de encontrar nele um ser compassivo. Suas habilidades eram rápidas e brilhantes, e seu discernimento, vasto, sólido e decisivo. Com essas qualificações, poderia ter sido um orgulho para seu país. Ele as possuía e havia dado provas delas desde sua primeira infância, e seus pais haviam contemplado suas virtudes com o mais afetuoso deleite e admiração. Infelizmente, foi afastado dos pais quando ainda criança. Caiu nas mãos de um parente cujo único desejo era nunca mais ouvir falar dele. Para tanto, confiou-o a seu amigo, o antigo superior da Ordem dos Capuchinhos. Esse superior, um verdadeiro monge, não mediu esforços para persuadir o menino de que não havia felicidade fora dos muros de um convento. E teve pleno êxito. A maior ambição de Ambrósio era a de ser admitido na Ordem de São Francisco. Seus instrutores reprimiram cuidadosamente aquelas virtudes cuja grandeza e desinteresse não convinham ao claustro. Em vez da benevolência universal, ele adotou uma parcialidade egoísta como sua condição particular. Aprendeu a considerar a compaixão pelos erros dos outros como um crime da pior espécie. A nobre franqueza de seu temperamento foi transformada em humildade servil e, para interromper o aperfeiçoamento de seu espírito natural, os monges aterrorizaram sua jovem mente, colocando diante dele todos os horrores que a superstição poderia propiciar. Pintaram-lhe os tormentos dos condenados com as cores mais escuras, terríveis e fantásticas, e o ameaçaram, pela mais leve falta, com a perdição eterna. Não é de admirar que sua imaginação, constantemente debruçada sobre esses objetos medonhos, tenha tornado seu caráter tímido e apreensivo. Acrescente-se a isso que sua longa ausência no mundo fora do convento e seu total desconhecimento dos perigos comuns da vida lhe deram uma ideia muito mais sombria da realidade. Enquanto os monges estavam ocupados em erradicar suas virtudes e moderar seus sentimentos, permitiram que todos os seus vícios naturais alcançassem plena perfeição. Permitiram, pois, que o rapaz crescesse orgulhoso, vaidoso, ambicioso e desdenhoso. Ele tinha ciúme de seus iguais e desprezava todos os méritos, exceto o próprio. Era implacável quando ofendido e cruel em sua vingança. Ainda assim, apesar dos esforços para corrompê-las, suas boas qualidades naturais ocasionalmente rompiam a escuridão lançada sobre elas com tanto cuidado.

Nessas ocasiões, a disputa pela superioridade entre seu caráter real e o adquirido era impressionante e inexplicável para aqueles que não conheciam seu temperamento original. Ele prescrevia as penitências mais severas aos infratores, mas, no momento seguinte, a compaixão o induzia a mitigá-las: Planejava os feitos mais ousados para, em seguida, com medo das consequências, se ver obrigado a abandoná-los. Sua genialidade inata lançava uma fulgurante luz sobre os assuntos mais obscuros, mas, quase instantaneamente, sua superstição fazia com que mergulhassem novamente numa escuridão mais profunda do que aquela de onde haviam acabado de ser resgatados. Seus confrades, que o consideravam um ser superior, não notavam essa contradição na conduta de seu ídolo. Estavam persuadidos de que tudo o que ele fazia devia estar certo e julgavam que ele tinha boas razões para mudar de opinião. O fato é que os diferentes sentimentos, inspirados pela educação e pela própria natureza, travavam ferrenha luta em seu íntimo. Restava às suas paixões, que até então não haviam tido oportunidade de entrar em jogo, decidir a vitória. Infelizmente, suas paixões eram os piores juízes, aos quais poderia pedir ajuda. A reclusão monástica tinha trabalhado, até o momento, a seu favor, pois não lhe dava espaço para descobrir seus defeitos. A supremacia de seus talentos o elevara muito acima de seus companheiros para permitir que ele tivesse ciúmes deles. Sua piedade exemplar, sua eloquência persuasiva e suas maneiras agradáveis lhe garantiram a estima de todos e, consequentemente, ele não tinha ofensas de que se vingar. Sua ambição se justificava pelo reconhecimento de seu mérito, e seu orgulho, pela confiança em si próprio e nada mais. Nunca tinha visto pessoas de outro sexo, e muito menos conversado com elas. Ignorava os prazeres que uma mulher poderia oferecer e, se no curso de seus estudos chegasse a ler "que os homens apreciavam esses prazeres", ele sorria e se perguntava como isso era possível.

Por um tempo, dietas frugais, vigílias frequentes e penitências severas esmoreceram e reprimiram o ardor natural de seu temperamento. Mas assim que a oportunidade se apresentou, nem bem vislumbrou os prazeres para os quais ainda era um estranho, as barreiras da religião se mostraram muito fracas para resistir à torrente avassaladora de seus desejos. Todos os impedimentos cederam diante da força de seu temperamento ardente, confiante e voluptuoso em excesso. Até então suas outras paixões haviam permanecido adormecidas; mas só precisavam ser despertadas uma vez, para se mostrarem violentas e irresistíveis.

Ele continuava sendo objeto de admiração em Madri. O entusiasmo provocado por sua eloquência parecia aumentar sempre mais em vez de diminuir. Todas as quintas-feiras, único dia em que ele aparecia em público, a catedral dos Capuchinhos ficava lotada de ouvintes, e seu sermão era sempre recebido com a mesma aprovação. Foi nomeado confessor de todas as principais famílias de Madri, e ninguém que fosse considerado atualizado haveria de acatar uma penitência imposta por outro que não fosse Ambrósio. Ele persistia ainda na resolução de nunca sair de seu convento. Essa peculiaridade contribuiu para uma opinião ainda mais elevada de sua santidade e abnegação. Acima de tudo, as mulheres cantavam seus louvores em voz alta, menos influenciadas pela devoção do que pelo nobre semblante dele, aliado a um ar majestoso e a uma compleição física graciosa e bem constituída. O espaço na frente da porta do convento e da igreja estava sempre lotado de carruagens de manhã à noite; e as mais nobres e belas damas de Madri vinham confessar ao frade seus pecadilhos secretos.

Os olhos do voluptuoso frade devoravam os encantos dessas damas. Se as penitentes tivessem conseguido interpretar esses sinais, ele não precisaria de outro meio para expressar seus desejos. Para sua desgraça, elas estavam tão firmemente persuadidas da continência dele, que a possibilidade de ele abrigar pensamentos indecentes nunca havia passado pela imaginação delas. O clima quente, como se sabe, exerce grande influência sobre o temperamento das damas espanholas. Mas a mais frívola teria achado mais fácil inspirar uma paixão na estátua de mármore de São Francisco do que no coração frio e rígido do imaculado Ambrósio.

De sua parte, o frade estava pouco familiarizado com a depravação do mundo; não suspeitava que poucas dentre suas penitentes teriam rejeitado seus galanteios. Mesmo assim, ainda que tivesse sido mais bem instruído a esse respeito, o perigo de semelhante tentativa teria selado totalmente seus lábios. Ele sabia que seria difícil para uma mulher guardar um segredo tão estranho e tão importante quanto a sua fragilidade; além disso, tremia com medo de que Matilde o traísse. Ansioso por preservar uma reputação que lhe era infinitamente cara, compreendia todo o risco de confiar sua fraqueza a alguma mulher vaidosa e volúvel; e como as belezas de Madri afetavam apenas seus sentidos sem tocar seu coração, ele as esquecia assim que saíam de sua vista. O perigo de ser descoberto, o medo de ser repelido, a perda da reputação, todas essas considerações o aconselhavam a reprimir seus desejos. E, embora sentisse agora a mais perfeita indiferença por isso, via-se obrigado a confinar-se à pessoa de Matilde.

Certa manhã, a afluência de penitentes foi maior do que de costume. Ele ficou retido no confessionário até tarde. Por fim, a multidão foi deixando o local, e ele se preparava para deixar a capela, quando duas mulheres entraram e se aproximaram dele com humildade. Levantaram os véus, e a mais nova pediu-lhe que a ouvisse por alguns instantes. A melodia de sua voz, daquela voz que nenhum homem pode ouvir sem demonstrar interesse, chamou de imediato a atenção de Ambrósio. Ele parou. A jovem parecia abatida pela aflição; suas faces estavam pálidas, seus olhos esmaecidos com lágrimas e seu cabelo caía em desordem sobre o rosto e o peito. Ainda assim, seu semblante era tão doce, tão inocente, tão celestial, que poderia ter encantado um coração menos suscetível do que aquele que palpitava no peito do frade. Com mais suavidade do que o habitual, ele lhe pediu que prosseguisse, e a ouviu falar como segue, com uma emoção que aumentava a cada instante:

– Reverendo padre, o senhor está diante de uma infeliz, ameaçada de perder a mais querida e quase única amiga! Minha mãe, minha maravilhosa mãe está enferma e acamada. Uma doença repentina e terrível se apoderou dela ontem à noite; e tão rápido tem sido o progresso dessa enfermidade, que os médicos não têm mais esperança de conseguir salvá-la. Não posso mais contar com a ajuda humana. Nada me resta senão implorar pela misericórdia aos céus. Padre, toda Madri fala de sua piedade e virtude. Digne-se recordar minha mãe em suas orações. Talvez elas possam fazer com que o Todo-poderoso a salve; e se isso ocorrer, eu me comprometo a iluminar, todas as quintas-feiras nos próximos três meses, o altar de São Francisco, em sua homenagem.

"Pois bem!", pensou o monge. "Temos aqui um segundo Vicentino della Ronda. A aventura de Rosário começou assim", e desejou secretamente que essa pudesse ter a mesma conclusão.

Ele aceitou o pedido. A jovem agradeceu, demonstrando a mais profunda gratidão, e depois continuou:

– Teria ainda outro favor a pedir. Nós somos forasteiras em Madri. Minha mãe precisa de um confessor e não sabe a quem recorrer. Sabemos que o senhor nunca sai do mosteiro e, infelizmente, minha pobre mãe não pode vir até aqui! Se tiver a bondade, reverendo padre, de designar uma pessoa adequada, cujos sábios e piedosos conselhos possam suavizar as agonias de minha mãe em seu leito de morte, o senhor estará concedendo um eterno favor a corações que não sabem ser ingratos.

O monge aceitou também esse pedido. Na verdade, que pedido poderia ele recusar, uma vez feito de forma tão encantadora? A jovem que fazia o pedido era tão interessante! Sua voz era tão doce, tão harmoniosa! Suas lágrimas transluziam, e sua aflição parecia acrescentar novo brilho a seus encantos. Ele prometeu enviar um confessor naquela mesma tarde e solicitou que lhe deixasse o endereço. A acompanhante lhe apresentou um cartão no qual estava escrito o endereço e, em seguida, retirou-se com a bela jovem, que pediu aos céus, antes de sua partida, mil bênçãos ao padre superior por sua bondade. Os olhos dele a seguiram até a saída da capela. Foi só depois que ela estava fora de vista que ele examinou o cartão, no qual leu as seguintes palavras:

"Dona Elvira Dalfa, Estrada de Santiago, quatro portas a partir do Palácio d'Albornos."

A jovem solicitante não era outra senão Antônia, e Leonella era sua acompanhante. Essa última tinha consentido, mas não sem dificuldade, em acompanhar a sobrinha até o convento. Ambrósio lhe havia inspirado tanto medo que ela tremia só ao vê-lo. Seu medo havia até mesmo afetado sua loquacidade natural e, enquanto estava na presença do frade, não conseguiu proferir uma única sílaba.

O monge se retirou para sua cela, perseguido pela imagem de Antônia. Ele sentia milhares de novas emoções brotando em seu peito e temia examinar a causa que as gerava. Eram totalmente diferentes daquelas despertadas por Matilde, quando ela declarou pela primeira vez seu sexo e sua afeição. Não sentia a provocação da luxúria. Nenhum desejo voluptuoso tumultuava seu coração. Nem uma imaginação ardente lhe pintava os encantos que a modéstia havia ocultado de seus olhos. Ao contrário, o que sentia agora era um sentimento misto de ternura, admiração e respeito. Sua alma estava inundada de uma suave e deliciosa melancolia, que não a teria trocado pelos mais vivos transportes de alegria. De momento, a companhia não lhe apetecia, preferindo a solidão que lhe permitia entregar-se às visões da fantasia: Seus pensamentos eram todos amáveis, melancólicos e tranquilizadores, e tudo o que realmente fazia sentido para ele nesse mundo era Antônia.

– Feliz o homem! – exclamou ele, em seu entusiasmo romântico. – Feliz o homem que está destinado a possuir o coração dessa adorável moça! Que delicadeza em suas feições! Que elegância em sua forma!

Que encantadora é a tímida inocência de seus olhos, tão diferente da expressão libertina, do fogo selvagem e lascivo que brilha nos de Matilde! Oh!, mais doce deve ser um beijo arrebatado dos lábios rosados da primeira do que todos os favores completos e voluptuosos concedidos tão livremente pela segunda. Matilde me sacia de prazer até a aversão, me obriga a permanecer em seus braços, imita uma meretriz e se envaidece em sua prostituição. Repugnante! Se ela soubesse que encanto inexprimível é o pudor, como ele cativa de forma irresistível o coração do homem, como o acorrenta firmemente ao trono da beleza, ela nunca teria se livrado dele. Qual seria o preço justo do amor dessa adorável moça? Será que eu me recusaria a sacrificar meus votos, se me fosse permitido declarar meu amor perante céus e terra? Enquanto eu procurava inspirá-la com ternura, amizade e estima, como as horas passavam tranquilas e imperturbáveis! Deus dos céus! Contemplar seus olhos azuis brilhar sobre os meus com tímida ternura! Ficar sentado por dias, por anos, ouvindo aquela voz afável! Ter o direito de agradá-la e ouvir as expressões ingênuas de sua gratidão! Observar as emoções de seu coração imaculado! Encorajar cada virtude nascente! Compartilhar de suas alegrias quando feliz, beijar suas lágrimas quando angustiada e vê-la voar para meus braços em busca de conforto e apoio! Sim. Se existe felicidade perfeita na terra, essa será o quinhão somente daquele que se tornar marido desse anjo.

Enquanto sua fantasia forjava essas ideias, ele andava de um lado para outro da cela com ar desordenado. Seus olhos estavam fixos no vazio: Sua cabeça estava reclinada sobre o ombro. Uma lágrima rolou por suas faces, enquanto refletia que ele jamais haveria de alcançar a felicidade plena.

– Não tenho qualquer chance com ela! – continuou ele, murmurando. – Ela não pode ser minha pelo casamento. E seduzir essa inocência, fazer uso de sua confiança depositada em mim para decretar sua ruína... Oh! Seria o crime mais tétrico que o mundo já viu! Não tema, adorável menina! Comigo, sua virtude não corre nenhum risco. Nem pelas Índias eu faria com que esse afável coração conhecesse as torturas do remorso.

Mais uma vez se pôs a andar apressadamente de um lado para outro em seu quarto. Então, parando, seu olhar caiu sobre o quadro de sua tão admirada Madona de outrora. Ele o arrancou da parede com indignação, jogou-o no chão e o afastou com o pé.

– Prostituta!

Pobre Matilde! Seu amante se esqueceu de que apenas por causa dele ela havia aniquilado sua virtude; e a única razão para ele desprezá-la era que ela o tinha amado demais.

Ele se jogou numa cadeira que ficava perto da mesa. Viu o cartão com o endereço de Elvira. Tomou-o nas mãos e se lembrou de sua promessa a respeito de um confessor. Passou alguns minutos em dúvida, mas o domínio que Antônia exercia sobre ele era forte demais para permitir que resistisse por mais tempo à ideia que lhe ocorreu. Resolveu que ele próprio seria o confessor. Não haveria maior dificuldade em deixar o mosteiro sem ser notado. Se mantivesse a cabeça envolta em seu capuz, esperava passar pelas ruas sem ser reconhecido. Ao tomar essas precauções e ao recomendar discrição à família de Elvira, não tinha dúvida de que poderia manter Madri na ignorância de que havia rompido sua promessa de nunca ver o lado de fora dos muros do mosteiro. A única coisa que temia era a vigilância de Matilde. Mas, se no refeitório lhe dissesse que, durante todo aquele dia, estaria ocupado em sua cela, julgava que certamente podia se furtar do vigilante ciúme dela. Assim, nas horas em que os espanhóis geralmente fazem a sesta, ele se aventurou a deixar o mosteiro por uma porta secreta, cuja chave estava em seu poder. O capuz do hábito cobria seu rosto; por causa do calor reinante, as ruas estavam quase totalmente desertas. O monge cruzou com poucas pessoas, encontrou a Estrada de Santiago e chegou sem problemas à porta da residência de dona Elvira. Tocou a campainha, foi atendido e conduzido imediatamente a um aposento do andar de cima.

Esse era o momento em que ele corria o maior risco de ser descoberto. Se Leonella estivesse em casa, ela o teria reconhecido no mesmo instante. Seu temperamento comunicativo nunca lhe teria permitido descansar até que toda a Madri ficasse sabendo de que Ambrósio havia se aventurado a sair do mosteiro para visitar sua irmã. Nesse ponto, a sorte estava do lado do monge. Ao voltar para casa, Leonella encontrou uma carta informando-a de que acabara de morrer um primo que deixara o pouco que possuía para ela e Elvira. Para tomar posse desse legado, ela foi obrigada a partir para Córdoba sem perder tempo. No meio de todas as suas fraquezas, seu coração era verdadeiramente caloroso e cheio de afeto, razão pela qual não estava disposta a deixar a irmã num estado de saúde tão precário. Mas Elvira insistiu para que ela fizesse a viagem, ciente de que a desamparada situação da filha não poderia desprezar a oportunidade de obter alguma fortuna, por mais insignificante que fosse. Assim, Leonella deixou Madri, sinceramente aflita por causa da doença da irmã, e dando alguns suspiros ao lembrar-se do amável, mas inconstante, dom Cristóbal. Ela estava totalmente convencida de que, a princípio, havia aberto uma profunda brecha no coração dele. Mas como não recebeu mais notícias, supôs que ele havia desistido de procurá-la, decepcionado por sua origem humilde; por outro lado, deveria saber que nenhuma outra união seria possível se não fosse pelo casamento com esse "dragão de virtude", como ela própria se autodenominava. Ou ainda, por ser naturalmente caprichoso e mutável, a lembrança dos encantos dela foi apagada do coração do conde por outros encantos de alguma nova beldade. Qualquer que tivesse sido a causa de sua perda, ela a lamentava profundamente. Tentava em vão, como assegurou a todos que tiveram a gentileza de ouvi-la, arrancar a imagem dele de seu coração sensível. Afetava ares de uma virgem apaixonada, deixando transparecer uma imagem mais que ridícula. Soltava suspiros tristes, andava de braços cruzados, proferia longos solilóquios, e suas conversas giravam normalmente em torno de uma donzela abandonada que agonizava com o coração partido! Seus cabelos ruivos estavam sempre ornamentados com uma grinalda de salgueiro. Todos os dias, ao anoitecer, era vista vagando pelas margens de um riacho ao luar. Dizia que era uma grande admiradora de riachos murmurantes e de rouxinóis,

"De locais solitários e bosques crepusculares,
Lugares que a pálida paixão ama!"

Esse era o estado de espírito de Leonella quando foi obrigada a deixar Madri. Elvira estava perdendo a paciência com todas essas loucuras e se esforçava para convencê-la a agir como uma mulher sensata. Seus conselhos, porém, eram inúteis. Leonella lhe garantiu, ao se despedir, que nada a faria esquecer o pérfido dom Cristóbal. Nesse ponto, felizmente estava enganada. Um jovem honesto de Córdoba, ajudante de um boticário, julgou que a fortuna dela seria suficiente para se instalar numa requintada loja própria. Como consequência dessa reflexão, ele se declarou seu admirador. Leonella não era inflexível. O ardor dos suspiros dele derreteu seu coração, e ela logo consentiu em torná-lo o mais feliz dos homens. Ela escreveu à irmã para informá-la de seu casamento. Mas, por motivos que serão explicados mais adiante, Elvira nunca respondeu à essa carta.

Ambrósio foi conduzido à antessala do aposento onde Elvira repousava. A criada o deixou sozinho enquanto anunciava sua chegada à senhora. Antônia, que estava ao lado da cama da mãe, veio imediatamente até ele.

– Perdão, padre – disse ela, avançando em direção dele. Ao reconhecer suas feições, parou subitamente e deu um grito de alegria. – Não é possível! – continuou ela. – Será que meus olhos não estão me enganando? O digno Ambrósio quebrou sua resolução para amenizar as aflições da melhor das mulheres? Que prazer essa visita haverá de dar à minha mãe! Não me deixe adiar por um só momento o conforto que sua piedade e sabedoria lhe proporcionarão.

Assim dizendo, abriu a porta do quarto, apresentou o distinto visitante à mãe e, depois de ter colocado uma poltrona ao lado da cama, retirou-se para outro aposento.

Elvira ficou muito satisfeita com essa visita. As expectativas haviam sido elevadas pelo relato da filha, mas ela as achava exageradas. Ambrósio, dotado pela natureza com o dom de agradar, abusou desse poder enquanto conversava com a mãe de Antônia. Com uma eloquência persuasiva, ele acalmou todo o medo e dissipou todo o escrúpulo. Levou-a a refletir sobre a infinita misericórdia do supremo Juiz, despojou a morte de seus dardos e terrores, e lhe ensinou a ver sem temor o abismo da eternidade, em cuja beira ela então se encontrava. Elvira estava absorta em atenção e encantada. Enquanto ouvia suas exortações, a confiança e o conforto invadiam insensivelmente sua mente. Então desabafou sem hesitar seus cuidados e apreensões. Ele já havia apaziguado as apreensões com relação à vida futura. Faltava agora remover as preocupações que acabrunhavam a enferma com relação ao destino de Antônia. Temia por ela. Não tinha ninguém a quem pudesse recomendá-la, exceto o Marquês de las Cisternas e sua irmã Leonella. A proteção do primeiro era incerta, e quanto à irmã, embora afeiçoada à sobrinha, Leonella era tão insensata e ineficiente que a tornava uma pessoa imprópria para tomar conta de uma moça tão jovem e tão desconhecedora da vida no mundo. Assim que soube da causa de seus temores, o frade lhe pediu para que ficasse tranquila quanto a isso. Não tinha dúvida de que poderia garantir a Antônia um refúgio seguro na casa de uma de suas penitentes, a marquesa de Villa-Franca. Tratava-se de uma senhora de reconhecidas virtudes, notável por seus rígidos princípios e por sua grande caridade. Se por algum motivo se visse privado desse recurso, ele se comprometeu a obter abrigo para Antônia em algum respeitável convento. Quer dizer, na qualidade de pensionista; pois Elvira havia declarado não ser favorável a uma vida monástica; e também porque o monge não era tão ingênuo ou complacente a ponto de afirmar que a desaprovação dela não era infundada.

Essas provas do interesse que sentia por Antônia conquistaram completamente o coração de Elvira. Ao agradecer, esgotou todas as expressões que a gratidão poderia fornecer e declarou que agora poderia se resignar ao túmulo com tranquilidade. Ambrósio levantou-se para se despedir. Prometeu voltar no dia seguinte à mesma hora, mas pediu que suas visitas fossem mantidas em segredo.

– Não estou disposto – disse ele – a levar ao conhecimento de todos a violação de uma regra imposta por pura necessidade. Se eu não tivesse resolvido nunca deixar o convento, exceto em circunstâncias tão urgentes quanto a que me trouxe à sua porta, eu seria frequentemente chamado para resolver questões insignificantes.

Os curiosos, os desocupados e os extravagantes haveriam de absorver esse tempo que agora passo ao lado da cama de uma enferma, confortando a penitente moribunda e retirando os espinhos de seu caminho para a eternidade.

Elvira elogiou igualmente sua prudência e compaixão, prometendo ocultar cuidadosamente a honra de suas visitas. O monge então lhe deu a bênção e retirou-se do aposento.

Encontrou Antônia na antessala. Não podia negar a si mesmo o prazer de passar alguns momentos na companhia dela. Pediu que se mantivesse calma, pois sua mãe parecia serena e tranquila, e ele tinha esperança de que ela ainda podia se recuperar. Perguntou quem lhe prestava assistência e comprometeu-se a enviar o médico do convento para vê-la, um dos mais habilidosos de Madri. Passou então a elogiar Elvira, falando da pureza e da fortaleza de espírito que demonstrava; concluiu dizendo que a mãe dela lhe havia inspirado a mais alta estima e reverência. O coração inocente de Antônia se desvelava em gratidão, e a alegria dançava em seus olhos, onde ainda brilhava uma lágrima. As esperanças que teve sobre a recuperação da mãe, o vivo interesse que parecia sentir por ela e a forma lisonjeira com que a mencionava, tudo isso somado à fama de homem sensato e virtuoso e também à impressão causada que ela guardava da eloquência do frade, confirmava a opinião favorável que a primeira aparição dele havia inspirado em Antônia. Ela respondeu com timidez, mas sem embaraço. Não teve medo de contar a ele todas as suas pequenas tristezas, todos os seus pequenos medos e ansiedades; e lhe agradeceu por sua bondade com todo o calor genuíno que os favores acendem num coração jovem e inocente. Somente esses sabem como estimar os benefícios em seu valor pleno. Aqueles que estão conscientes da perfídia e do egoísmo do ser humano sempre recebem uma obrigação com apreensão e desconfiança, pois suspeitam que algum motivo secreto deve se esconder por trás disso. Expressam seus agradecimentos com moderação e cautela, e temem elogiar efusivamente uma ação generosa, cientes de que algum dia deverão retribuir o favor. Antônia não era assim. Ela achava que o mundo era composto somente de criaturas que se assemelhavam a ela e que, se o vício existia, ainda era um segredo para ela. O monge lhe tinha prestado um serviço. Disse que o fizera para seu bem, e ela ficou agradecida pela generosidade e pensou que nenhum termo era suficientemente forte para expressar seus mais profundos agradecimentos. Com que deleite Ambrósio ouviu a declaração de sua singela gratidão! A graça natural de suas maneiras, a doçura inigualável de sua voz, sua modesta vivacidade, sua elegância não estudada, seu semblante expressivo e olhos inteligentes se uniam para lhe inspirar prazer e admiração, enquanto a solidez e a correção de suas observações recebiam uma beleza adicional da inalterada simplicidade da linguagem em que eram transmitidas.

Ambrósio se sentiu, finalmente, obrigado a encerrar essa conversa que para ele tinha demasiados encantos. Repetiu a Antônia o desejo de que suas visitas não fossem divulgadas, desejo que ela prometeu respeitar. Então ele deixou a casa, enquanto a encantadora moça corria para junto da mãe, ignorando o dano que sua beleza havia causado. Estava ansiosa para saber a opinião de Elvira a respeito do homem que ela havia elogiado em termos tão entusiásticos, e ficou muito satisfeita ao descobrir que a opinião da mãe era igualmente favorável, se não até mais do que a dela.

– Mesmo antes que ele começasse a falar – disse Elvira –, eu estava inteiramente inclinada a seu favor: o fervor de suas exortações, a dignidade de suas maneiras e a coerência de seu raciocínio estavam muito longe de me induzir a alterar minha opinião. Sua voz agradável e encorpada me impressionou de uma forma toda especial. Mas, com certeza, Antônia, já ouvi essa voz antes. Parecia perfeitamente familiar a meu ouvido. Ou devo ter conhecido o frade em tempos passados ou sua voz tem uma semelhança maravilhosa com a de algum outro, a quem ouvi muitas vezes. Havia certos tons que tocaram meu coração e me fizeram experimentar sensações tão singulares que me esforço em vão para tentar explicá-las.

– Minha querida mãe, a voz dele produziu o mesmo efeito em mim. Certamente, no entanto, nenhuma de nós duas jamais ouviu sua voz antes de chegarmos a Madri. Suspeito que o que atribuímos à sua voz procede realmente de suas maneiras agradáveis, que nos impedem de considerá-lo um estranho. Não sei por quê, mas me sinto mais à vontade conversando com ele do que costumo ficar com pessoas que me são desconhecidas. Não tive medo de lhe contar todos os meus pensamentos infantis e, de alguma forma, me senti confiante porque ele haveria de ouvir minhas loucuras com indulgência. Oh! Eu não estava enganada! Ele me ouviu com tanta bondade e atenção! Respondeu a minhas perguntas com tanta gentileza e condescendência! Não me chamou de criança nem me tratou com desprezo, como costumava fazer nosso velho e rabugento confessor no castelo. Eu realmente acredito que, mesmo se tivesse vivido em Múrcia por mil anos, nunca teria gostado daquele velho e gordo padre Dominic!

– Confesso que o padre Dominic não tinha as maneiras mais agradáveis do mundo, mas era honesto, amigável e bem-intencionado.

– Ah!, querida mãe, essas qualidades são tão comuns!

– Deus queira, minha filha, que a experiência não a ensine a considerá-las raras e preciosas, pois assim me pareceram não poucas vezes! Mas diga-me, Antônia, por que é impossível que eu já tenha visto o frade antes?

– Porque desde o momento em que ele entrou no mosteiro, nunca mais esteve fora dos muros. Ele me disse há pouco que, por causa de seu desconhecimento das ruas, teve alguma dificuldade em encontrar a Estrada de Santiago, embora esteja tão perto do mosteiro.

– Tudo isso é possível, e ainda assim posso tê-lo visto *antes* de ele entrar no mosteiro. Para que pudesse sair, era necessário que antes disso tivesse entrado.

– Virgem Santa! Como diz, é bem verdade... Oh! Mas será que ele não nasceu no mosteiro?

Elvira sorriu.

– Ora, não me parece nada provável.

– Espere, espere! Agora me lembro de como foi. Ele foi levado ao mosteiro ainda criança. O povo diz que ele caiu do céu e foi enviado como presente aos Capuchinhos pela Virgem Maria.

– Foi muito amável da parte da Virgem. E assim, ele caiu do céu, Antônia? Deve ter sofrido uma queda terrível...

– Muitos não acreditam nisso, e imagino, querida mãe, que devo incluí-la também entre os incrédulos. De fato, como disse a dona dessa casa à minha tia, a ideia geral é que os pais do menino, pobres e incapazes de mantê-lo, o deixaram recém-nascido na porta do mosteiro. O falecido superior, por pura caridade, o educou no convento, e o menino se mostrou um modelo de virtude, piedade, aprendizagem e não sei o que mais. Como consequência, foi primeiramente aceito como irmão da Ordem e, não faz muito tempo, foi eleito padre superior do convento. Mas se essa história é verdadeira ou não, pelo menos todos concordam que, quando os monges o tomaram sob seus cuidados, ele não falava ainda. Então a senhora não pode ter ouvido sua voz antes que ele entrasse no mosteiro, porque, naquela época, ele não emitia uma palavra sequer.

– Palavra de honra, Antônia, você argumenta muito bem! Suas conclusões são infalíveis! Eu não suspeitava que você fosse tão boa em lógica.

– Ah! Está zombando de mim! Mas tanto faz. Alegra-me vê-la bem-humorada. Além disso, parece tranquila e serena, e espero que não tenha mais convulsões. Oh! Eu tinha certeza de que a visita do frade lhe faria bem!

– De fato, essa visita me fez bem, minha filha. Aquietou minha mente a respeito de alguns pontos que me agitavam e já sinto os efeitos da atenção dele. Meus olhos estão pesados e acho que posso dormir um pouco. Feche as cortinas, minha Antônia. Mas, se eu não acordar antes da meia-noite, peço-lhe que não fique aqui comigo.

Antônia prometeu obedecê-la e, depois de receber sua bênção, fechou as cortinas da cama. Sentou-se então em silêncio com seu bastidor de bordar e passou as horas construindo castelos no ar. Sentia-se bem animada pela evidente mudança para melhor de Elvira e sua imaginação lhe apresentava visões brilhantes e agradáveis. Nesses devaneios, Ambrósio era figura destacada. Pensava nele com alegria e gratidão, mas para cada pensamento que dedicava ao frade, pelo menos dois eram inconscientemente dedicados a Lorenzo. Assim o tempo passou, até que o sino do campanário da catedral dos Capuchinhos anunciou a meia-noite. Antônia se lembrou das recomendações da mãe e obedeceu, embora com relutância. Ela abriu as cortinas com cautela. Elvira estava entregue a um sono profundo e tranquilo. Seu rosto se havia recomposto com uma cor saudável e um sorriso informava que seus sonhos eram agradáveis. Quando Antônia se inclinou sobre ela, imaginou ouvir seu nome sendo pronunciado. Beijou suavemente a testa da mãe e retirou-se para seu quarto. Ali, ela se ajoelhou diante de uma estátua de Santa Rosália, sua padroeira, recomendou-se à proteção do céu e, como era seu costume desde a infância, concluiu suas devoções recitando as seguintes estrofes.

HINO DA MEIA-NOITE

Agora tudo está silencioso; o carrilhão solene
Já não infla o vendaval noturno;
Tua terrível presença, Hora sublime,
Com coração imaculado mais uma vez eu saúdo.

Agora é o momento de silêncio e pavor,
Quando os feiticeiros usam seu poder maligno;
Quando as tumbas desistem de guardar seus mortos
Para aproveitar as vantagens da hora.

Isenta de culpa e de pensamentos culpados,
Fiel ao dever e à devoção verdadeira,
De coração leve e consciência pura,
Repouso, tua afável ajuda eu invoco.

Bons anjos, recebam meus agradecimentos,
Pois as ciladas do vício eu vejo com desprezo;
Obrigado, porque essa noite livre do mal
Durmo, como vou acordar de manhã.

Ainda não pode meu peito inconsciente
Abrigar alguma culpa a mim desconhecida?
Algum desejo impuro, que deprime,
Que você enrubesce por ver e eu por possuir?

Se algo assim houver, em afável sonho
Instrua meus pés a evitar a armadilha;
Irradie a verdade sobre meus erros,
E digne-se manter-me sob seus cuidados.

Afaste de meu leito pacífico
O feitiço da bruxa, inimigo do repouso,
O gnomo noturno, a fada libertina,
O fantasma da dor e o ímpio demônio.

Não deixe o tentador em meu ouvido
Derramar lições de alegria profana;
Não deixe o pesadelo, vagando perto
De meu leito, destruindo a calma de meu sono.

Não deixe que algum sonho horrível assuste
Com estranhas formas fantásticas meus olhos;
Mas, em vez disso, mande alguma visão brilhante
Que exiba a felicidade dos céus distantes.

Mostre-me as cúpulas de cristal do céu,
Os mundos de luz onde habitam os anjos;
Mostre-me a sorte dada aos mortais,
Que sem culpa vivem, que sem culpa morrem.

Então mostre como conseguir um lugar
No meio desses felizes reinos do ar;
Ensine-me a evitar cada mancha de culpa,
E guie-me para o que é bom e justo.

Então, toda manhã e noite, minha voz
Para o céu a agradecida melodia elevará,
Para que se regozijem os poderosos guardiões,
Os bons anjos que exultam em louvores.

Então eu vou me esforçar com todo o ardor
Para cada vício evitar, para cada falha corrigir;
Amarei as lições que me inspira,
E apreciarei as virtudes que exalta.

Então, quando finalmente por alto comando
Meu corpo busca o repouso da sepultura,
Quando a morte se aproxima com mão amiga
Para meus cansados olhos de peregrino fechar,

Satisfeita por minha alma ter escapado do naufrágio,
Sem tristeza, vou renunciar a minha vida,
E entregar novamente a Deus meu espírito,
Tão puro como o recebi dele pela primeira vez.

Terminadas as suas devoções habituais, Antônia se deitou. O sono logo invadiu seus sentidos e por várias horas desfrutou daquele repouso calmo que somente a inocência pode conhecer e pelo qual muitos monarcas trocariam com prazer sua coroa.

CAPÍTULO VII

*...Ah!, que escuros
São esses vastos reinos e tristes resíduos;
Onde prevalece o silêncio, e a noite, a noite escura,
Escura como era o caos antes do surgimento do sol,
Que com seus raios tentaria atravessar a sombra profunda.
A tímida luz da vela
Ao brilhar através das obscuras criptas abobadadas
Encobertas de musgo úmido e de lodo pegajoso,
Deixam cair um ilimitado horror,
Que serve apenas para tornar
Sua noite mais pavorosa!*[30]

Ao retornar ao mosteiro sem ser descoberto, a mente de Ambrósio estava repleta das mais agradáveis imagens. Estava deliberadamente cego ao perigo de se expor aos encantos de Antônia. Ele só se lembrava do prazer que a companhia dela lhe proporcionara e se alegrava com a perspectiva de que esse prazer se repetisse. Não deixou de aproveitar da indisposição de Elvira para ver a filha todos os dias. De início, limitou-se a inspirar em Antônia um sentimento de amizade. Mas assim que ele se convenceu de que nela palpitava aquele sentimento em toda a extensão, seu objetivo se tornou mais decidido e suas atenções assumiram

---
30 De um poema de Robert Blair (1699-1746), poeta escocês. (N.T.)

um tom mais ardente. A inocente familiaridade com que ela o tratava, encorajava seus desejos. Acostumou-se com a modéstia da jovem, que não despertava mais o mesmo respeito e admiração; ainda a admirava, mas isso só o tornava mais ansioso para privá-la daquela qualidade que constituía seu principal encanto. O ardor da paixão e a sagacidade natural que, infelizmente, tanto para sua desgraça quanto para a de Antônia, ele possuía em abundância, lhe proporcionavam conhecimento das artes da sedução. Distinguia facilmente as emoções favoráveis a seus desígnios e aproveitava com avidez todos os meios para infundir a corrupção no coração de Antônia. Mas percebeu que essa não era tarefa fácil. A extrema simplicidade da jovem a impedia de perceber o objetivo a que tendiam as insinuações do monge. Mas a excelente moral que devia à diligente educação de Elvira, a solidez e correção de seu entendimento e um forte senso do que era certo implantado em seu coração pela natureza, fizeram-na sentir que os ensinamentos dele deviam estar errados. Com algumas palavras simples, ela frequentemente derrubava toda a série de argumentos inconsistentes e o obrigavam a se convencer de como eram fracos esses argumentos quando opostos à virtude e à verdade. Nessas ocasiões, ele se refugiava em sua eloquência e a dominava com uma torrente de paradoxos filosóficos, aos quais, não os compreendendo, era impossível para ela responder. E assim, embora não a convencesse de que seu raciocínio era correto, pelo menos a impedia de descobrir que era falso. Ele percebeu que o respeito dela por sua opinião aumentava dia após dia; por isso não duvidava que, com o tempo, conseguiria levá-la ao ponto desejado.

Ele tinha consciência de que suas tentativas eram altamente criminosas; via claramente a baixeza que era o ato de seduzir a inocente menina. Mas a paixão que sentia era violenta demais para permitir que abandonasse seu intento. Resolveu prosseguir com seu plano, não importando quais fossem as consequências. Esperava encontrar Antônia em algum momento de descuido e, ciente de que não havia nenhum outro homem que a cortejasse, uma vez que nem ela nem Elvira haviam mencionado algum pretendente, imaginou que o jovem coração dela ainda estava desocupado. Enquanto esperava a oportunidade de satisfazer sua luxúria injustificável, a cada dia aumentava sua frieza para com Matilde, frieza que se devia, em boa parte, à consciência que ele tinha de suas faltas para com ela. Para escondê-las, ele não era suficientemente senhor de si mesmo. Tinha medo de que, num ataque de ciúme, ela revelasse o segredo do qual dependia sua reputação e até mesmo sua vida. Matilde não pôde deixar de observar sua indiferença: ele estava ciente de que ela havia notado isso e, temendo suas reprovações, passou a evitá-la cuidadosamente. Quando, porém, não podia evitá-la, sua brandura era suficiente para convencê-lo de que não tinha nada a temer de seu ressentimento. Ela havia retomado a personalidade do afável e interessante Rosário. Ela não o acusou de ingratidão, mas seus olhos cheios de lágrimas involuntárias e a melancolia suave de seu semblante e voz proferiam queixas muito mais tocantes do que as palavras poderiam transmitir. Ambrósio não ficou indiferente ao sofrimento dela, mas incapaz de remover sua causa, se absteve de mostrar o quanto isso o afetava. Como a conduta dela o convenceu de que não precisava temer sua vingança, continuou a negligenciá-la e a evitar sua companhia com cuidado. Matilde percebeu que era inútil tentar reconquistar a afeição dele; mesmo assim, reprimiu o impulso de ressentimento e continuou a tratar seu volúvel amante com o mesmo carinho e atenção de antes.

Aos poucos, Elvira ia se recuperando. Já não era acometida de convulsões, e Antônia deixou de temer pela mãe. Ambrósio via esse restabelecimento com desagrado. Já havia percebido que o conhecimento do mundo de Elvira não se deixaria enganar por seu comportamento santificado e que facilmente haveria de perceber também os desígnios dele com relação à filha. Por isso resolveu, antes que a mãe deixasse o leito, testar a extensão de sua influência sobre a inocente Antônia.

Num final de tarde, quando encontrou Elvira quase perfeitamente recuperada, deixou-a mais cedo do que de costume. Não encontrando Antônia na antessala, aventurou-se a procurá-la no próprio quarto dela, que estava separado daquele da mãe somente por um cubículo, onde geralmente dormia Flora, a criada. Antônia estava sentada num sofá, de costas para a porta, e lia com atenção. Não percebeu a aproximação dele até que se sentou ao lado dela. Antônia se assustou, mas logo se refez e recebeu o frade com um olhar de prazer. Então, levantando-se, ela fez menção de conduzi-lo à sala de estar; mas Ambrósio, tomando-a pela mão, a obrigou com branda violência a voltar a seu lugar. Ela obedeceu sem dificuldade. Não sabia se era mais impróprio conversar a sós com ele num aposento do que em outro. Ela se achava igualmente segura dos princípios dele e dos seus e, tendo-se acomodado novamente no sofá, começou a conversar com ele com sua naturalidade e vivacidade habituais.

Ele examinou o livro que ela estivera lendo e que agora estava sobre a mesa. Era a Bíblia.

"Como?", pensou ele, "Antônia lê a Bíblia e continua tão ignorante?"

Mas, após uma inspeção mais aprofundada, descobriu que Elvira havia feito exatamente a mesma observação. Aquela prudente mãe, enquanto admirava as belezas das Escrituras Sagradas, estava convencida de que, sem restrições, nenhuma leitura mais imprópria poderia ser permitida a uma jovem. Muitas das narrativas tendem apenas a excitar ideias pouco indicadas para um coração feminino: todas as coisas são chamadas de forma clara e direta pelos nomes que possuem, e as crônicas de um bordel dificilmente poderiam fornecer uma seleção maior de expressões indecentes. Mesmo assim, esse é o livro de estudos recomendado às jovens mulheres e também aquele que é colocado nas mãos de crianças, capazes de compreender pouco mais do que aquelas passagens que seria melhor que ignorassem; enfim, é o livro que, com muita frequência, inculca os primeiros rudimentos do vício e que por primeiro desperta as paixões ainda adormecidas. Elvira estava tão convencida disso que teria preferido colocar nas mãos da filha *Amadis de Gaula* ou *O Valente Campeão, Tirante o Branco*; e antes a teria autorizado a estudar as façanhas obscenas de

Don Galaor ou as piadas lascivas da *Damsel Plazer de mi vida*[31]. Como consequência, ela tinha tomado duas resoluções a respeito da Bíblia. A primeira era de que Antônia não deveria lê-la até que tivesse idade suficiente para saborear suas belezas e lucrar com sua moralidade. A segunda, de que deveria fazer uma cópia de próprio punho, alterando ou omitindo todas as passagens impróprias. Ela havia optado pela segunda alternativa, e essa era a Bíblia que Antônia estava lendo. Fazia pouco tempo que a tinha recebido, e ela a lia com uma avidez, com um deleite inexprimíveis. Ambrósio percebeu o engano e repôs o livro sobre a mesa.

Antônia falou da saúde da mãe com toda a entusiasmada alegria de um coração juvenil.

– Admiro sua afeição filial – disse o frade. – Isso prova a excelência e a sensibilidade de seu caráter. Promete um tesouro àquele a quem o céu destinou a possuir seu amor. O coração que é capaz de tanto amor por uma mãe, o que não haverá de sentir pelo ser amado? Melhor, talvez, o que sente por alguém agora? Diga-me, minha adorável filha, você sabe o que é amar? Responda-me com sinceridade; esqueça meu hábito e me considere apenas como amigo.

– O que é amar? – disse ela, repetindo a pergunta. – Oh! sim, sem dúvida. Eu amei muitas, muitas pessoas.

– Não é isso que quero dizer. O amor de que falo pode ser sentido somente por uma pessoa. Você nunca viu o homem que desejaria que fosse seu marido?

– Oh! Na verdade, não!

Isso não era verdade, mas ela tinha consciência de sua falsidade. Ela não conhecia a natureza de seus sentimentos por Lorenzo. Além do mais, como nunca mais o tinha visto desde a primeira visita que fizera a Elvira, a cada dia a imagem dele ficava mais debilmente impressa em

---

31 *Amadis de Gaula* e *O Valente Campeão, Tirante, o Branco* são títulos de novelas de cavalaria do período medieval; *Don Galaor* era fiel escudeiro do galã Amadis de Gaula; *Damsel Plazer de mi vida* (Donzela, Prazer de minha vida) é personagem do romance de cavalaria *Dom Quixote de la Mancha*, de Miguel de Cervantes (1547-1616), romancista, dramaturgo e poeta espanhol. (N.T.)

seu peito. Mais ainda, ela pensava num marido com todo o terror de uma virgem e respondeu negativamente à pergunta do frade sem um momento de hesitação.

— E você não deseja encontrar esse homem, Antônia? Não sente um vazio em seu coração que gostaria de preencher? Não suspira pela ausência de alguém a quem quer muito bem, mas que ainda não sabe quem é? Não percebe que o que antes poderia lhe agradar, não tem mais encantos para você? Que mil novos desejos, novas ideias, novas sensações brotaram em seu peito, apenas para serem sentidas, para nunca serem descritas? Ou enquanto você enche todos os outros corações de paixão, será possível que o seu permaneça insensível e frio? Não pode ser! Aquele olhar derretido, aquelas faces coradas, aquela voluptuosa e encantadora melancolia que às vezes se espalha por suas feições, todos esses sinais desmentem suas palavras. Você ama, Antônia, e em vão tentaria esconder isso de mim.

— Padre, o senhor me surpreende! O que é esse amor de que está falando? Não conheço a natureza dele, e se o senti, por que esconderia esse sentimento?

— Você não conheceu nenhum homem, Antônia, que, embora nunca tivesse visto antes, lhe parecia ter procurado por ele há muito tempo? Um homem, cuja forma, embora seja de um estranho, seja familiar a seus olhos? Um homem, cujo tom de voz a acalmou, lhe agradou, penetrou até o fundo de sua alma? Um homem, em cuja presença você se sentiu feliz e cuja ausência lamentou? Um homem que faz seu coração bater mais forte e acelerado e em cujo peito, com ilimitada confiança, você deposita todas as suas preocupações? Nunca sentiu tudo isso, Antônia?

— Certamente que sim: a primeira vez que o vi, senti isso.

Ambrósio se sobressaltou. Mal ousou dar crédito ao que ouvira.

— Eu, Antônia? — exclamou ele, com os olhos cintilando de prazer e impaciência, enquanto segurava a mão dela e a pressionava com êxtase contra seus lábios. — Eu, Antônia? Você sentiu tudo isso por mim?

— Até com mais força do que o senhor descreveu. No mesmo instante em que o vi, fiquei tão contente, tão interessada! Esperei tão ansiosamente para ouvir o som de sua voz e quando a ouvi, parecia tão doce! Sua voz me falou numa linguagem até então tão desconhecida! Pensei: "Essa voz me disse mil coisas que eu desejava ouvir!" Parecia que eu o conhecia há muito tempo, como se eu tivesse direito à sua amizade, a seus conselhos e à sua proteção. Chorei quando o senhor partiu e fiquei ansiando para que o tempo transcorresse depressa, a fim de que pudesse revê-lo em breve.

– Antônia!, minha encantadora Antônia! – exclamou o monge, apertando-a contra o peito. – Posso acreditar em meus sentidos? Repita-me isso, minha doce menina! Diga-me novamente que você me ama, que me ama verdadeira e ternamente!

– Na verdade, eu o amo; excetuando minha mãe, não há ninguém no mundo que me seja mais caro!

Diante dessa confissão tão franca, Ambrósio não se dominou mais. Louco de desejo, apertou a ruborizada e trêmula jovem em seus braços. Pressionou seus lábios avidamente nos dela, sugou seu hálito puro e delicioso, violou com a mão atrevida os tesouros de seu peito e prendeu em torno de si seus braços delicados e rendidos. Sobressaltada, alarmada e confusa com a ação dele, a surpresa a princípio privou-a do poder de resistência. Por fim, recuperando-se, ela se esforçou para se livrar de seu abraço.

– Padre!... Ambrósio! – gritou ela. – Solte-me, pelo amor de Deus!

Mas o licencioso monge não atendeu às súplicas dela; persistiu em seu desígnio e passou a tomar liberdades ainda maiores. Antônia rezou, chorou e lutou. Aterrorizada ao extremo, embora não soubesse bem com quê, ela usou todas as suas forças para repelir o frade e estava a ponto de gritar por socorro quando a porta do quarto se abriu de repente. Ambrósio teve suficiente presença de espírito para perceber o perigo. Relutantemente, largou sua presa e levantou-se rapidamente do sofá. Antônia soltou uma exclamação de alegria, voou para a porta, ao encontro dos braços da mãe.

Alarmada por algumas frases do frade, que Antônia repetira inocentemente, Elvira resolveu averiguar a veracidade de suas suspeitas. Ela conhecia o ser humano muito bem para não se deixar iludir pela suposta virtude do monge. Havia refletido sobre vários pormenores que, embora insignificantes, quando considerados em conjunto pareciam autorizar seus temores. As frequentes visitas que, até onde ela podia constatar, se restringiam à família dela; a evidente emoção do frade, sempre que falava de Antônia; o fato de ele se encontrar no auge e no vigor de sua virilidade; e, sobretudo, sua perniciosa filosofia, que lhe fora relatada por Antônia e que não condizia com sua conversa na presença dela, todas essas circunstâncias lhe suscitavam dúvidas quanto à pureza da amizade de Ambrósio. Em decorrência disso, resolveu, quando ele estivesse a sós com Antônia, tentar surpreendê-lo. Seu plano deu certo. É verdade que, no momento em que ela entrou na sala, ele já havia abandonado sua presa, mas a desordem no vestido da filha e a vergonha e confusão estampadas no semblante do frade bastaram para provar que suas suspeitas eram muito bem fundadas. Mas ela era muito prudente para tornar conhecidas essas suspeitas. Julgou que desmascarar o impostor não seria fácil, visto que o público estava totalmente predisposto a favor dele. Além do mais, ela tinha poucos amigos e achou perigoso transformar em inimigo um personagem tão poderoso. Fingiu, portanto, não perceber a agitação dele, sentou-se tranquilamente no sofá, alegou um motivo qualquer para ter deixado seu quarto tão inesperadamente e conversou sobre vários assuntos com aparente confiança e naturalidade.

Tranquilizado pelo comportamento dela, o monge começou a se recompor. Ele se esforçou para responder às perguntas de Elvira, sem aparentar embaraço. Mas como não tinha grande prática em dissimulação, tinha a impressão de que deveria parecer confuso e desajeitado. Logo a seguir, interrompeu a conversa e se levantou para partir. Qual não foi seu desgosto quando, ao despedir-se, ouviu Elvira lhe dizer, em termos polidos, que, estando agora perfeitamente restabelecida, achava uma injustiça privar a companhia do frade de outros que poderiam ter muito mais necessidade! Ela lhe prometeu eterna gratidão, pelo benefício que, durante sua doença, recebeu de sua companhia e de suas exortações. E lamentou que seus afazeres domésticos, bem como os inúmeros compromissos que a condição dele deveria necessariamente lhe impor, pudessem privá-la daí em diante do prazer de suas visitas. Embora tudo isso tenha sido dito numa linguagem mais branda, essa sugestão era clara demais para ser equivocada. Ainda assim, o monge se preparava para protestar, mas um expressivo olhar de Elvira o deteve. Ele não ousou insistir por novas visitas, pois a atitude dela o convenceu de que fora descoberto. Ele se resignou sem responder. Despediu-se apressadamente e retornou ao mosteiro, com o coração cheio de raiva, vergonha, amargura e decepção.

Antônia se sentiu aliviada com a partida dele, mas não pôde deixar de lamentar que nunca mais haveria de vê-lo. Elvira também sentiu um secreto pesar, pois tivera muito prazer em considerá-lo seu amigo e agora lastimava ter de mudar de opinião. Mas ela já estava mais que acostumada com a falsidade das amizades mundanas para permitir que o presente desapontamento a atormentasse por muito tempo. Por ora bastava mostrar claramente à filha o perigo que havia corrido. Mas foi obrigada a tratar o assunto com cautela, para que, ao remover a venda da ignorância, corria o risco de rasgar o véu da inocência. Contentou-se, portanto, em advertir Antônia a ficar atenta e ordenando-lhe, caso o frade insistisse em suas visitas, que nunca o recebesse desacompanhada. Antônia prometeu seguir à risca essa ordem.

Ambrósio entrou apressadamente em sua cela. Fechou a porta atrás de si e, desesperado, se jogou na cama. O impulso do desejo, as pontadas da frustração, a vergonha por ter sido descoberto e o medo de ser publicamente desmascarado o deixaram na mais completa e terrível confusão. Não sabia mais que caminho seguir. Privado da presença de Antônia, não tinha esperanças de satisfazer aquela paixão que agora se tornara parte de sua existência. Percebeu que seu segredo estava nas mãos de uma mulher. Tremeu, apreensivo, ao ver o precipício que tinha diante de si e ficou com raiva ao pensar que, se não fosse por Elvira, já poderia ter possuído o objeto de seus desejos. Proferindo as imprecações mais injuriosas, jurou vingar-se dela; jurou igualmente que, custasse o que custasse, ainda haveria de possuir Antônia. Pulando da cama, passou a andar pela cela com passos desordenados, esbravejou com impotente fúria, lançou-se violentamente contra as paredes e se entregou a todos os acessos de raiva e de loucura.

Ele ainda estava sob a influência dessa tempestade de paixões quando ouviu uma batida suave na porta da cela. Ciente de que alguém tinha ouvido sua voz, não ousou recusar a entrada do importuno. Tentou recompor-se e esconder sua agitação. Tendo conseguido até certo ponto, puxou o trinco. A porta se abriu e Matilde apareceu.

Nesse preciso momento, não havia ninguém cuja presença mais quisesse dispensar. Não tinha suficiente domínio sobre si mesmo para esconder sua humilhação. Recuou e franziu a testa.

– Estou ocupado – disse ele, em tom severo e apressado. – Deixe-me!

Matilde não lhe deu ouvidos. Trancou novamente a porta e se dirigiu a ele com ar afável e suplicante.

– Perdoe-me, Ambrósio – disse ela. – Para seu bem, não vou obedecer. Não tema queixas de minha parte. Não vim para recriminá-lo por sua ingratidão. Eu o perdoo de coração e, como seu amor não pode mais ser meu, peço que me conceda o segundo melhor presente, sua confiança e amizade. Não podemos forçar nossas inclinações. A beleza, que um dia você viu em mim, sumiu quando a novidade passou e, se ela não pode mais despertar desejo algum, a culpa é minha, não sua. Mas por que insiste em me evitar? Por que tanta ansiedade para fugir de minha presença? Você está imerso em tristeza, mas não permite que eu a compartilhe. Você está decepcionado, mas não aceita meu conforto. Você tem desejos, mas não permite que o ajude para satisfazê-los. É disso que me queixo, não de sua indiferença para com minha pessoa. Desisti dos direitos de amante, mas nada me fará desistir dos de amiga.

Sua brandura teve um efeito instantâneo nos sentimentos de Ambrósio.

– Generosa Matilde! – replicou ele, tomando-lhe a mão. – Como consegue se colocar tão acima das fraquezas de seu sexo! Sim, aceito sua oferta. Preciso de um conselheiro e de um confidente. Em você, encontro reunidas todas as qualidades necessárias. Mas para me ajudar na satisfação de meus desejos... Ah! Matilde, não está a seu alcance!

– Não está ao alcance de ninguém além do meu. Ambrósio, para mim você não tem segredos. Todos os seus passos, todas as suas ações foram observadas por meus olhos atentos. Você está amando.

– Matilde!

– Por que esconder isso de mim? Não tema os pequenos ciúmes que atingem todas as mulheres. Minha alma desdenha uma paixão tão desprezível. Você está amando, Ambrósio; e Antônia Dalfa é o objeto de sua chama. Conheço todos os pormenores de sua paixão. Cada conversa entre vocês foi repetida para mim. Fui informada de sua tentativa de manter relações libidinosas com Antônia, da decepção que teve e de como foi mandado embora da casa de Elvira. Agora se desespera por que quer possuir sua amada. Mas eu vim para reavivar suas esperanças e apontar o caminho para o sucesso.

– Para o sucesso? Oh! Impossível!

– Para aqueles que ousam, nada é impossível. Confie em mim e você ainda pode ser feliz. É chegada a hora, Ambrósio, quando a consideração por seu conforto e tranquilidade me obriga a revelar uma parte de minha história que você ainda não conhece. Escute e não me interrompa. Se minha confissão lhe desagradar, lembre-se de que, ao fazê-la, meu único objetivo é satisfazer seus desejos e restaurar aquela paz em seu coração que no momento o abandonou. Já lhe contei uma vez que meu tutor era um homem de conhecimento fora do comum: Não mediu esforços para instilar esse conhecimento em minha mente infantil. Entre as várias ciências que a curiosidade o induzira a explorar, não negligenciou aquela que é considerada ímpia por muitos e, por muitos outros, ilusória. Falo daquelas artes que se relacionam com o mundo dos espíritos. Suas profundas pesquisas sobre causas e efeitos, sua aplicação incansável ao estudo da filosofia natural, seu conhecimento profundo e ilimitado das propriedades e virtudes de cada pedra preciosa que enriquece as profundezas, de cada erva que a terra produz, finalmente lhe renderam a compreensão do que havia procurado por tanto tempo e com tanta seriedade. Sua curiosidade foi totalmente saciada, sua ambição amplamente satisfeita. Ele conseguiu dar leis aos elementos. Podia inverter a ordem da natureza.

Seus olhos conseguiram ler os mandamentos do futuro, e os espíritos infernais se submeteram a seu comando. Por que está se afastando de mim? Entendo esse olhar interrogativo. Suas suspeitas estão certas, embora seus terrores sejam infundados. Meu tutor não escondeu de mim sua aquisição mais preciosa. Mas se eu nunca tivesse visto você, nunca teria exercido meu poder. Como você, tremia de medo só de pensar em magia. Como você, tinha uma ideia formada sobre as terríveis consequências de invocar um demônio. Para preservar aquela vida que seu amor me ensinou a valorizar, recorri a expedientes que temia empregar. Você se lembra daquela noite que passei na cripta de Santa Clara? Foi então que, cercada por cadáveres em decomposição, ousei realizar aqueles ritos místicos que convocaram em meu auxílio um anjo caído. Imagine qual deve ter sido minha alegria ao descobrir que meus terrores eram imaginários. Vi o demônio obedecendo a minhas ordens, vi-o tremer com minha carranca e descobri que, em vez de vender minha alma a um senhor, minha coragem havia comprado para mim mesma um escravo.

– Matilde, sua imprudente! O que é que foi fazer? Condenou-se a si mesma à perdição eterna, trocou sua felicidade eterna por um poder momentâneo! Se a satisfação de meus desejos depende de bruxaria, renuncio categoricamente à sua ajuda. As consequências são terríveis demais. Tenho verdadeira adoração por Antônia, mas não estou tão obcecado pela luxúria a ponto de sacrificar por ela minha existência neste mundo e no próximo.

– Preconceitos ridículos! Oh!, enrubesça, Ambrósio, tenha vergonha por viver sob o domínio dos preconceitos. Onde está o risco de aceitar minha oferta? O que poderia me induzir a persuadi-lo a dar esse passo, senão o desejo de levá-lo a recobrar sua felicidade e sua tranquilidade? Se há algum perigo, deverá recair sobre mim. Sou eu que invoco o ministério dos espíritos. Meu, portanto, será o crime, e o benefício, todo seu. Mas não há perigo. O inimigo da humanidade é meu escravo e não meu soberano. Não há diferença entre dar e receber leis, entre servir e comandar? Desperte de seus sonhos inúteis, Ambrósio! Livre-se desses temores tão impróprios para uma alma como a sua; deixe-os para os homens comuns e ouse ser feliz! Acompanhe-me esta noite à cripta de Santa Clara, presencie meus encantamentos e Antônia será sua.

– Para conquistá-la por esses meios, não posso nem quero. Pare, portanto, de tentar me persuadir, pois não ouso empregar os agentes dos infernos.

– Não *ousa*? Como você me enganou! Aquela mente, que eu considerava tão grande e valente, mostra-se fraca, pueril e baixa, escrava de erros vulgares e mais fraca que a de uma mulher.

– O quê? Embora consciente do perigo, deveria me expor deliberadamente às artes do sedutor? Será que devo renunciar para sempre a meu direito de salvação? Será que meus olhos devem procurar uma visão que eu sei que vai destruí-los? Não, não, Matilde. Não vou me aliar ao inimigo de Deus.

– Então você é amigo de Deus, no momento? Não rompeu seus compromissos com ele, não renunciou ao serviço dele e se entregou ao impulso de suas paixões? Você não está planejando a destruição de uma inocente, a ruína de uma criatura que ele formou no molde dos anjos? Se não está contando com os demônios, de quem seria a ajuda que você haveria de invocar para a execução de seu louvável propósito? Será que os Serafins vão protegê-lo, vão conduzir Antônia para seus braços e sancionar, com o ministério deles, seus prazeres ilícitos? Que absurdo! Mas não estou enganada, Ambrósio! Não é a virtude que faz com que você rejeite minha oferta; você a aceitaria, mas lhe falta coragem. Não é o crime que segura sua mão, mas o castigo. Não é o respeito por Deus que o detém, mas o temor de sua vingança! De bom grado você o ofenderia em segredo, mas você teme em se declarar inimigo dele. Ora, que vergonha para a alma covarde daquele que não tem coragem para ser e se mostrar amigo firme ou inimigo mortal!

– Olhar para a culpa com horror, Matilde, já é um mérito. Nesse aspecto, eu me glorio em confessar-me um covarde. Embora minhas paixões tenham me desviado das leis divinas, ainda sinto em meu coração um amor inato pela virtude. Mas não cabe bem a você me acusar de perjúrio. Você, que foi quem me seduziu para violar meus votos;

você, que por primeira despertou meus vícios adormecidos, que me fez sentir o peso das correntes da religião e que me convenceu de que a culpa tinha seus prazeres. Embora meus princípios tenham cedido à força de meu temperamento, ainda tenho graça suficiente para temer a bruxaria e evitar um crime tão monstruoso, tão imperdoável!

– Imperdoável, está dizendo? Onde está, então, seu constante elogio da infinita misericórdia do Todo-poderoso? Será que ultimamente estabeleceu limites? Não acolhe mais o pecador com alegria? Você o ofende, Ambrósio, mas sempre terá tempo para se arrepender e ele tem bondade para perdoar. Dê a ele uma gloriosa oportunidade de exercer essa bondade; quanto maior seu pecado, maior o mérito dele em perdoar. Abandone, pois, esses escrúpulos infantis. Convença-se de que é para seu próprio bem e me siga até a cripta.

– Chega, chega, Matilde! Esse tom de escárnio e essa linguagem ousada e ímpia soam horrivelmente mal em qualquer boca, mas muito mais na de uma mulher. Deixemos de lado essa conversa que não desperta outros sentimentos além de horror e desgosto. Não a seguirei até a cripta, nem aceitarei os serviços de seus agentes infernais. Antônia será minha, mas minha por meios humanos.

– Então ela nunca será sua! Você foi banido da presença dela; a mãe abriu os olhos dela a respeito de seus propósitos e agora está em guarda contra eles. Mais ainda, ela ama outro. Um jovem de grande mérito possui o coração dela e, a menos que você interfira, ela deverá tornar-se noiva dele dentro de alguns dias. Essa informação me foi transmitida por meus servos invisíveis, a quem recorri logo que percebi sua indiferença para comigo. Eles vigiaram cada movimento seu, me relataram tudo o que aconteceu na casa de Elvira e me inspiraram a ideia de ajudá-lo nos desígnios que você acalenta. Todos esses relatos têm sido meu único conforto. Embora você evitasse minha presença, eu estava a par de todos os seus passos. Mais que isso, eu estava constantemente com você, de alguma forma, graças a esse precioso presente!

Com essas palavras, ela retirou de debaixo de seu hábito um espelho de aço polido, cujas bordas estavam marcadas com vários símbolos estranhos e desconhecidos.

– Em meio a todas as minhas tristezas, a todos os meus pesares por causa de sua frieza, encontrei forças para lutar contra o desespero graças a esse talismã. Ao pronunciar certas palavras, aparece no espelho a pessoa em que o observador concentra os pensamentos. Assim, embora eu tenha sido banida de sua vista, Ambrósio, você sempre esteve presente na minha.

Isso atiçou profundamente a curiosidade do frade.

– O que você relata é incrível! Matilde, você não está se divertindo com minha credulidade?

– Que seus olhos julguem!

Ela colocou o espelho nas mãos dele. A curiosidade o induziu a tomá-lo, e o amor, a desejar que a imagem de Antônia aparecesse. Matilde pronunciou as palavras mágicas. Imediatamente, uma espessa fumaça se ergueu a partir dos símbolos gravados nas bordas e se espalhou pela superfície. Depois, foi se dissipando gradualmente. Uma confusa mistura de cores e de imagens se apresentou aos olhos do frade, cores e imagens que, por fim, se acomodaram em seus devidos lugares e refletiram, em miniatura, a adorável silhueta de Antônia.

A cena mostrava um pequeno quarto dentro de seus aposentos. Ela estava se despindo para tomar banho. As longas tranças de seus cabelos já estavam presas no alto da cabeça. O apaixonado monge teve a oportunidade de observar os contornos voluptuosos e a admirável simetria do corpo da jovem. Ela tirou a última peça de roupa e caminhou para a banheira já preparada. Pôs o pé na água; achou-a fria e puxou o pé de volta. Embora sem saber que estava sendo observada, um senso inato de pudor a induziu a ocultar seus encantos; e ficou hesitando na beirada da banheira, numa posição semelhante à da *Vênus de Médici*. Nesse momento, um passarinho domesticado voou em sua direção, aninhou a cabeça entre seus seios e os mordiscou numa maliciosa brincadeira. A sorridente Antônia tentou em vão se desvencilhar do pássaro e, por fim, usou as mãos para afastá-lo de seu encantador porto. Ambrósio não conseguia mais aguentar. Seus desejos o levavam à loucura.

– Eu me rendo! – exclamou ele, jogando o espelho no chão. – Matilde, eu a sigo! Faça de mim o que quiser!

Ela não esperou mais nada. Já era meia-noite. Correu para sua cela e logo voltou com a pequena cesta e a chave da porta do cemitério, que permanecera em seu poder desde a primeira visita à cripta. Não deu tempo ao monge para refletir.

– Vamos! – disse ela, tomando a mão dele. – Siga-me e testemunhe os efeitos de sua resolução!

Dito isso, ela o puxou rapidamente. Entraram no cemitério sem ser vistos, abriram a porta da cripta e se encontraram no alto da escada subterrânea. Até então os raios da lua cheia haviam guiado seus passos, mas agora não podiam mais contar com esse recurso, pois Matilde se havia esquecido de providenciar uma lamparina. Segurando a mão de Ambrósio, ela começou a descer os degraus de mármore, mas a densa escuridão, que os cobria, obrigou-os a caminhar devagar e com cautela.

– Você está tremendo! – disse Matilde a seu companheiro. – Não tenha medo, estamos perto do local destinado.

Chegaram ao pé da escada e continuaram a avançar, tateando o caminho ao longo das paredes. Ao virar subitamente uma esquina, avistaram um fraco brilho de luz que parecia queimar a distância. Para lá dirigiram seus passos. Os raios provinham de uma pequena lamparina sepulcral que ardia incessantemente diante da estátua de Santa Clara. Esses fracos e lúgubres raios iluminavam as maciças colunas que sustentavam o teto, mas eram insuficientes para dissipar a espessa escuridão em que todo o ambiente estava envolto.

Matilde tomou a lamparina.

– Espere por mim! – disse ela ao frade. – Dentro de alguns momentos estarei de volta.

Com essas palavras, ela desapareceu rapidamente numa das passagens que se ramificavam em várias direções a partir desse local e formavam uma espécie de labirinto. Ambrósio ficou sozinho. As trevas mais profundas o cercavam, e aumentavam as dúvidas que começavam a renascer em seu íntimo. Ele fora levado pelo delírio do momento. A vergonha de admitir seus temores na presença de Matilde o induzira a reprimi-los. Mas agora que estava abandonado e sozinho, eles retomaram sua antiga ascendência. Temia a cena que logo mais haveria de presenciar. Não sabia até que ponto as ilusões da magia poderiam agir em sua mente e possivelmente forçá-lo a cometer algum ato que haveria de provocar uma ruptura irreparável entre ele e os céus. Nesse terrível dilema, bem que teria implorado a ajuda de Deus, mas tinha consciência de que havia perdido todo direito a semelhante proteção. Teria voltado alegremente ao mosteiro, mas como havia passado por inúmeras cavernas e passagens sinuosas, qualquer tentativa para chegar ao pé da escada era inútil. Seu destino estava traçado. Não havia nenhuma possibilidade de escapar. Por isso passou a combater suas apreensões e recorreu a todos os argumentos que pudessem ajudá-lo a suportar com coragem o que haveria de sobrevir. Pôs-se a pensar que Antônia seria a recompensa de sua ousadia e insuflou sua imaginação, enumerando os encantos da jovem. Conforme Matilde havia observado, ele se convenceu de que sempre teria tempo suficiente para se arrepender e que, como se valia da ajuda dela e não daquela dos demônios, o crime de bruxaria não poderia lhe ser imputado. Tinha lido muito sobre o assunto e entendia que, a menos que firmasse um pacto formal renunciando a seu direito à salvação, satanás não teria nenhum poder sobre ele. Estava totalmente determinado a não firmar tal pacto, quaisquer que fossem as ameaças que haveria de sofrer ou as vantagens que haveria de usufruir.

    Essas eram suas meditações enquanto aguardava por Matilde. Elas foram interrompidas por um murmúrio baixo, que não parecia vir de muito longe. Ele se assustou. Ficou escutando. Alguns minutos se passaram em silêncio; logo depois o murmúrio se repetiu. Parecia um gemido de dor. Em qualquer outra situação, esse fato só teria despertado sua atenção e curiosidade. Naquele momento, a sensação predominante era de terror. Com sua imaginação totalmente repleta de ideias de bruxaria e espíritos, imaginou que algum fantasma inquieto estava vagando perto dele; ou então que Matilde havia sucumbido, vítima de sua presunção, e estava morrendo sob as cruéis garras dos demônios. O rumor não parecia se aproximar, mas continuava a ser ouvido em intervalos. Às vezes se tornava mais audível, sem dúvida, à medida que os sofrimentos da pessoa que emitia os gemidos se tornavam mais agudos e insuportáveis. Ambrósio pensava que, de vez em quando, conseguia distinguir palavras e especialmente uma vez em que estava quase convencido de que ouviu uma voz fraca exclamar:

– Deus! Oh! Deus! Não há esperança! Nenhum socorro!

Gemidos ainda mais profundos se seguiram a essas palavras. Eles desapareceram gradativamente, e o silêncio universal prevaleceu uma vez mais.

"O que significa isso?", pensou o monge, perplexo.

Nesse momento, uma ideia surgiu em sua mente que o deixou como que petrificado de horror. Sobressaltou-se e ficou totalmente arrepiado.

– Será possível! – gemeu ele, involuntariamente. – Será possível! Oh! que monstro eu sou!

Ele desejava resolver suas dúvidas e reparar sua falta, se já não fosse tarde demais. Mas esses sentimentos generosos e compassivos logo foram afastados pelo retorno de Matilde. Ele se esqueceu dos gemidos que ouvia e não se lembrou de nada além do perigo e do embaraço de sua situação. A luz da lamparina que retornava dourou as paredes, e alguns momentos depois Matilde estava ao lado dele. Ela havia abandonado o hábito religioso. Agora estava vestida com um longo manto negro, em que se destacava uma variedade de símbolos desconhecidos, bordados com fios de ouro. Estava preso ao corpo por um cinto de pedras preciosas, no qual estava afixado um punhal. Seu pescoço e seus braços estavam descobertos. Numa das mãos trazia uma vareta dourada. Seu cabelo estava solto e caía descontroladamente sobre os ombros. Seus olhos brilhavam com uma expressão terrível, e todo o seu gestual era calculado para inspirar temor e admiração ao observador.

– Siga-me! – disse ela ao monge, em voz baixa e solene. – Está tudo pronto!

As pernas dele tremiam enquanto obedecia. Ela o conduziu por várias passagens estreitas e, em todos os lugares por onde passavam, os raios da lamparina só exibiam objetos revoltantes: caveiras, ossos, túmulos e imagens cujos olhos pareciam faiscar sobre eles com horror e surpresa. Finalmente, chegaram a uma caverna espaçosa, com um teto tão alto, que os olhos procuravam em vão enxergar. Uma profunda escuridão pairava no vazio. Vapores úmidos gelaram o coração do frade, e ele escutou com tristeza uma rajada de vento que uivava ao longo das criptas solitárias. Matilde parou e se virou para Ambrósio, cujas faces e lábios estavam pálidos de apreensão. Com um olhar de desprezo e de raiva, ela reprovou sua pusilanimidade, mas não falou. Pôs a lamparina no chão, perto da cesta, e fez sinal para que Ambrósio se calasse, e deu início aos misteriosos ritos. Desenhou um círculo ao redor dele e outro ao redor de si mesma. Em seguida, tirando um pequeno frasco da cesta, derramou algumas gotas no chão, diante dela. Inclinou-se sobre o local, murmurou algumas frases indistintas e imediatamente uma pálida e sulfurosa chama brotou do chão. A chama foi aumentando gradativamente e, por fim, se espalhou por toda a superfície, exceto nos círculos em que estavam Matilde e o monge. Em seguida, as grandes chamas foram subindo pelas enormes colunas de pedra bruta, deslizaram ao longo do teto e transformaram a caverna numa imensa câmara totalmente inundada por um trêmulo fogo azulado, que não emitia calor algum; pelo contrário, o extremo frio do lugar parecia aumentar a cada momento. Matilde continuou com seus encantamentos. De vez em quando, retirava da cesta alguns objetos, cujos nomes e natureza eram, em sua maioria, desconhecidos do frade. Mas entre os poucos que ele conseguiu identificar, observou, de modo particular, três dedos humanos e um Agnus Dei[32] que ela partiu em pedaços. Então jogou todos esses objetos no fogo que ardia diante dela, e as chamas os consumiram instantaneamente.

O monge olhava para ela com ansiosa curiosidade. De repente, ela soltou um grito alto e penetrante. Parecia tomada por um acesso de delírio; puxava os cabelos, batia no peito, gesticulava de modo frenético

---

32 Objeto devocional católico, geralmente constituído de uma medalha com a imagem de um cordeiro e de uma correntinha para trazê-lo ao pescoço; o nome latino *Agnus Dei* significa Cordeiro de Deus, apelativo atribuído a Cristo por ter se sacrificado pelos pecados dos homens. (N.T.)

e, tirando o punhal do cinto, cravou-o no braço esquerdo. O sangue jorrou abundantemente e, quando ela ficou à beira do círculo, cuidou para que o sangue caísse do lado de fora. As chamas se retiravam do local onde o sangue pingava. Nuvens escuras se ergueram lentamente do solo ensanguentado e subiram gradativamente até atingir a abóbada da caverna. Ouviu-se, ao mesmo tempo, um estrondo de trovão: O eco ressoou assustadoramente ao longo das passagens subterrâneas e o chão tremeu sob os pés da feiticeira.

Foi então que Ambrósio se arrependeu de sua imprudência. A solene singularidade do encantamento o havia preparado para algo estranho e horrível. Esperava com temor o aparecimento do espírito, cuja vinda era anunciada por trovões e terremotos. Olhava apavorado a seu redor, esperando que alguma medonha aparição encontrasse seus olhos e cuja visão o deixaria louco. Um calafrio tomou conta de seu corpo e caiu de joelhos, incapaz de sustentar o próprio peso.

– Está vindo! – exclamou Matilde, alegremente.

Ambrósio estremeceu e, aterrorizado, esperava o demônio. Qual não foi sua surpresa quando, ao silenciar do trovão, um belo trecho de uma melodiosa música soou no ar. Ao mesmo tempo, a nuvem se dissipou e ele viu a figura mais bela que o lápis da fantasia jamais conseguiria desenhar. Era um jovem aparentando 18 anos, cuja perfeição de corpo e rosto era incomparável. Estava completamente nu. Uma estrela brilhante cintilava em sua testa, duas asas vermelhas se estendiam de seus ombros, e seus cabelos sedosos eram presos por uma faixa de fogo multicolorido, que brincava em volta de sua cabeça, formando uma variedade de figuras, e que brilhava mais do que qualquer pedra preciosa. Braceletes de diamantes estavam presos em seus braços, e argolas igualmente de diamantes enfeitavam seus tornozelos; em sua mão direita carregava um ramo de prata, imitando a murta. Seu corpo resplandecia com uma aura deslumbrante. Estava rodeado de nuvens de luz rosada e, no momento em que apareceu, um ar refrescante exalava perfumes pela caverna. Encantado com uma visão tão diversa a suas expectativas, Ambrósio contemplou o espírito com prazer e admiração. Mas, por mais bela que fosse a figura, ele não pôde deixar de notar o olhar selvagem do demônio e uma misteriosa melancolia impressa em suas feições, traindo o anjo caído e inspirando os espectadores com secreto temor.

A música cessou. Matilde se dirigiu ao espírito, falando uma língua incompreensível para o monge; e na mesma língua recebia as respostas. Ela parecia insistir em algo que o demônio não estava disposto a conceder. Ele lançava com frequência olhares raivosos sobre Ambrósio e, nessas ocasiões, o coração do frade parecia afundar. Matilde se mostrava sempre mais irritada. Falava num tom alto e autoritário, e seus gestos demonstravam que o estava ameaçando com sua vingança. As ameaças tiveram o efeito desejado. O espírito caiu de joelhos e, com ar submisso, apresentou a ela o ramo de murta. Assim que ela o recebeu, a música se fez ouvir novamente. Uma espessa nuvem se estendeu sobre a aparição. As chamas azuis desapareceram e a escuridão total reinou na caverna. O frade não se moveu do lugar. Todas as suas forças estavam paralisadas pelo prazer, pela ansiedade e pela surpresa. Finalmente, a escuridão se dissipou e ele percebeu Matilde parada perto dele, em seu hábito religioso, com a murta nas mãos. Não havia nenhum vestígio do encantamento, e as abóbadas eram iluminadas apenas pelos fracos feixes de luz da lamparina sepulcral.

– Eu consegui – disse Matilde –, embora com mais dificuldade do que esperava. Lúcifer, a quem invoquei para me ajudar, a princípio não quis obedecer a minhas ordens. Para obrigá-lo a me obedecer, fui obrigada a recorrer a meus mais poderosos encantamentos. Eles produziram o efeito desejado, mas tive de prometer que nunca mais vou invocá-lo em seu favor. Cuidado, então, na forma como vai usar de uma oportunidade que nunca mais vai retornar. Minhas artes mágicas não vão ter mais validade alguma para você. No futuro, só poderá esperar por ajuda sobrenatural invocando você mesmo os demônios e aceitando as condições para a execução do serviço deles. Isso nunca será necessário. Você precisa de força mental para forçá-los à obediência e, a menos que você pague o preço estipulado, eles não vão servi-lo voluntariamente. Nesse caso, porém, eles consentem em obedecê-lo. Eu lhe ofereço agora os meios de desfrutar de sua amada e tome cuidado para não desperdiçar a oportunidade. Receba essa murta reluzente. Enquanto você a tiver nas mãos, todas as portas se abrirão para você. Ela lhe mostrará o acesso, amanhã à noite, aos aposentos de Antônia. Então assopre três vezes sobre a murta, pronunciando o nome de Antônia, e coloque a murta sobre o travesseiro da jovem. Um sono semelhante à morte se apoderará imediatamente dela e a privará do poder de resistir a suas investidas. O sono perdurará até o amanhecer. Nesse estado, você pode satisfazer seus desejos sem perigo de ser descoberto, pois, quando a luz do dia dissipar os efeitos do encantamento, Antônia vai perceber sua desonra, mas não saberá dizer quem foi o estuprador. Boa sorte então, meu Ambrósio, e que esse serviço o convença de que minha amizade é desinteressada e pura. A noite já deve estar terminando; vamos voltar para o mosteiro, para que nossa ausência não cause surpresa.

O frade superior recebeu o talismã com silenciosa gratidão. Suas ideias estavam confusas demais com as aventuras da noite para permitir que ele expressasse seus agradecimentos de forma audível, ou mesmo para compreender todo o valor do presente. Matilde apanhou a lamparina e a cesta, e guiou seu companheiro pela misteriosa caverna. Ela repôs a lamparina em seu antigo lugar e continuou o caminho na escuridão, até chegar ao pé da escada. Os primeiros raios do sol nascente descendo por ela facilitaram a subida. Matilde e o frade saíram apressados do cemitério, fecharam a porta, e logo chegaram ao claustro ocidental do mosteiro. Não encontraram ninguém pelo caminho e puderam se retirar, sem serem observados, para suas respectivas celas.

A confusão mental de Ambrósio começava agora a se apaziguar. Ele se alegrou com o feliz desfecho de sua aventura e, refletindo sobre as virtudes da murta, considerou que Antônia já estava em seu poder. A imaginação lhe relembrou aqueles encantos secretos que o espelho mágico lhe havia mostrado e ficou aguardando com impaciência a chegada da meia-noite.

CAPÍTULO VIII

Os grilos cantam e, depois de intenso trabalho, o homem
Recupera-se pelo descanso: nosso Tarquínio assim
Pressionou suavemente os juncos antes de acordar
A castidade por ele ferida... Citera,
Quão bravamente caíste na própria armadilha!
Desabrochado lírio! Mais branco que os lençóis![33]

Todas as buscas do marquês de las Cisternas foram inúteis. Para ele, Agnes estava perdida para sempre. O desespero produziu um efeito tão violento em sua constituição física, cuja consequência foi uma doença prolongada e grave. Isso o impediu de visitar Elvira como pretendia. E ela, ignorando a causa dessa negligência, passou a ficar muito preocupada. A morte da irmã havia impedido Lorenzo de comunicar ao tio sua intenção de se casar com Antônia. As exigências da mãe da jovem proibiam que ele se apresentasse novamente sem o consentimento do duque; e como ela não ouviu mais falar dele ou de sua proposta de casamento, Elvira pensou que ele havia encontrado um partido melhor ou havia recebido ordens de desistir de pensar em sua filha. A cada dia ela ficava mais inquieta com relação ao destino de Antônia. Enquanto tinha a proteção do frade, suportou com firmeza a

---

33 Da peça *Cimbelina*, de William Shakespeare (1564-1616), dramaturgo inglês. *Citera* é o nome de uma ilha grega que se tornou célebre por seu santuário dedicado à deusa Afrodite; em linguagem poética, *Citera* é a pátria alegórica dos amores. (N.T.)

decepção de suas esperanças com relação a Lorenzo e ao marquês. Mas agora não podia contar com esse recurso. Estava convencida de que Ambrósio havia tramado a ruína da filha dela. E quando pensava que, ao morrer, deixaria Antônia sem amigos e desprotegida num mundo tão vil, tão pérfido e depravado, seu coração se enchia de amargura e apreensão. Nessas ocasiões, ela se sentava por horas contemplando a adorável menina, fingindo escutar sua inocente conversa quando, na realidade, seus pensamentos se concentravam nas tristezas em que, a qualquer momento, poderia mergulhar. Então, de repente, ela a apertava em seus braços, reclinava a cabeça sobre o peito da filha e o orvalhava com suas lágrimas.

Se soubesse de um acontecimento que estava para sobrevir, ela teria aliviado sua inquietação. Lorenzo agora esperava apenas por uma oportunidade favorável para informar ao duque de sua intenção de se casar. Uma circunstância ocorrida nesse período obrigou-o, no entanto, a adiar sua explicação por mais alguns dias.

A doença de dom Ramón parecia se agravar sempre mais. Lorenzo estava constantemente ao lado de sua cama e o tratava com uma ternura verdadeiramente fraterna. Tanto a causa quanto os efeitos da doença eram sentidos com grande aflição pelo irmão de Agnes. Ainda assim, a dor de Teodoro não era menos sincera. Aquele amável rapaz não abandonou seu mestre nem por um momento sequer e lançou mão de todos os meios para consolar e aliviar seus sofrimentos. O marquês havia nutrido um amor tão profundo por sua falecida amada, que era evidente a todos que ele não sobreviveria à sua perda. Nada haveria que pudesse impedi-lo de se afundar na dor, a não ser a persuasão de que ela ainda estava viva e precisava de sua ajuda. Embora convencidos do contrário, seus assistentes o encorajavam a acreditar em algo que constituía seu único conforto. Todos os dias era informado por eles de que novas investigações estavam sendo feitas a respeito do paradeiro de Agnes. Histórias foram inventadas contando as várias tentativas feitas para entrar no convento e foram relatadas circunstâncias em que, embora não garantissem sua recuperação absoluta, pelo menos eram suficientes para manter vivas suas esperanças. O marquês caía constantemente na mais profunda depressão quando informado do fracasso dessas supostas tentativas. Mesmo assim, ele não acreditava que as sucessivas haveriam de apresentar o mesmo resultado, mas alimentava as esperanças de que na seguinte seria mais afortunado.

Teodoro era o único que se esforçava para realizar as quimeras de seu mestre. Estava eternamente ocupado em planejar esquemas para entrar no convento ou, pelo menos, para obter das freiras alguma informação sobre Agnes. A execução desses planos era o único motivo que poderia convencê-lo a afastar-se de dom Ramón. Ele se tornou um verdadeiro Proteu[34], mudando de forma todos os dias, mas todas as suas metamorfoses produziam pouco ou nenhum resultado. Ele voltava regularmente ao Palácio de las Cisternas sem nenhuma informação que confirmasse as esperanças de seu mestre. Um dia, decidiu disfarçar-se de mendigo. Pôs um tapa-olho no olho esquerdo, arranjou uma guitarra e se postou diante do portão do convento.

"Se Agnes estiver realmente confinada no convento", pensou ele, "e ouvir minha voz, ela a reconhecerá e possivelmente encontrará meios de me dizer que está aqui."

Com essa ideia, misturou-se na multidão de mendigos que se reuniam diariamente diante do portão do convento de Santa Clara para receber a sopa, que as freiras costumavam distribuir ao meio-dia. Todos levavam vasilhas ou tigelas para a sopa. Mas, como Teodoro não tinha utensílio algum para esse fim, pediu permissão para tomar sua sopa na porta do convento. Isso lhe foi concedido sem dificuldade: sua voz doce e seu semblante cativante, apesar do olho vendado, conquistaram o coração da boa e velha porteira, que, auxiliada por uma irmã leiga, estava ocupada em servir a cada um sua porção de sopa. Ela pediu a Teodoro para aguardar até que os outros tivessem partido e prometeu que então seria atendido. O jovem não desejava outra coisa, pois não era para tomar sopa que se apresentava no convento. Ele agradeceu

---

34 Na mitologia grega, Proteu era uma divindade marinha que assumia as mais diversificadas formas como disfarce e era reverenciado como profeta que, além de conhecer o passado e o presente, podia predizer o futuro. (N.T.)

à porteira pela permissão, afastou-se do portão e, sentando-se sobre uma grande pedra, divertiu-se em afinar sua guitarra, enquanto os mendigos eram servidos.

Assim que a multidão se dispersou, Teodoro foi chamado ao portão e convidado a entrar. Obedeceu mais que prontamente, mas fingiu grande respeito ao passar pelo sagrado limiar e se mostrou intimidado com a presença das reverendas damas. Sua fingida timidez agradou a vaidade das freiras, que procuraram tranquilizá-lo. A porteira o levou até seu pequeno parlatório. Enquanto isso, a irmã leiga foi à cozinha e logo voltou com uma porção dupla de sopa, de melhor qualidade do que a que era servida aos mendigos. Sua anfitriã adicionou algumas frutas e doces de sua reserva particular, e ambas encorajaram o jovem a comer sem cerimônia. A todas essas atenções, ele respondeu com imensa gratidão e expressões de reverência para com suas benfeitoras. Enquanto comia, as freiras admiravam a delicadeza de seus traços, a beleza de seus cabelos, a doçura e a graça que acompanhavam todos os seus gestos. Lamentaram entre si em sussurros que um jovem tão encantador estivesse exposto às seduções do mundo e concordaram que ele seria um digno pilar da Igreja católica. Concluíram sua conferência com a resolução de que prestariam um verdadeiro serviço aos céus se pedissem à madre superiora que intercedesse junto a Ambrósio para que admitisse o mendigo na Ordem religiosa dos Capuchinhos.

Tendo determinado isso, a porteira, que era pessoa de grande influência no convento, dirigiu-se às pressas até a cela da superiora. A porteira lhe fez então um relato tão entusiasmado dos méritos de Teodoro, que a velha madre superiora ficou curiosa e pediu para vê-lo. Consequentemente, a porteira foi incumbida de conduzi-lo ao parlatório. Entrementes, o suposto mendigo se esmerava em perguntar à irmã leiga o que havia acontecido com Agnes. Suas respostas apenas corroboravam as afirmações da madre superiora, dizendo que Agnes adoecera ao voltar da confissão, que nunca mais conseguiu deixar a cama desde aquele momento e que ela mesma estivera presente no funeral. Chegou até a afirmar que viu o cadáver e ajudou com as próprias mãos a arrumá-lo no caixão. Esse relato desencorajou Teodoro.

Mas como ele já havia levado a aventura tão longe, resolveu esperar para ver como haveria de terminar.

A Porteira voltou e pediu que ele a seguisse. Ele a obedeceu e foi conduzido ao parlatório, onde a prioresa já estava postada atrás da grade. As freiras a cercaram, agrupando-se ansiosas para presenciar uma cena que prometia alguma diversão. Teodoro cumprimentou a todas com profundo respeito, e sua presença teve o poder de suavizar por um momento até a testa franzida da superiora. Ela fez várias perguntas a respeito de seus pais, de sua religião e o que o havia reduzido ao estado de mendicância. As respostas que ele deu eram perfeitamente satisfatórias e perfeitamente falsas. Ela então lhe pediu sua opinião sobre a vida monástica. Respondeu em termos de alta estima e respeito por ela. Diante disso, a prioresa lhe disse que não era impossível obter o ingresso numa Ordem religiosa, que a recomendação dela não permitiria que a pobreza dele fosse um obstáculo e que, se ela o considerasse merecedor, poderia contar com sua proteção no futuro. Teodoro lhe assegurou que merecer seu favor seria sua maior ambição. Então a superiora pediu para que ele voltasse no dia seguinte para conversar mais delongadamente sobre o assunto. Em seguida, ela deixou o parlatório.

As freiras, cujo respeito pela superiora fez com que se mantivessem em silêncio até aquele momento, agora se aglomeravam junto da grade e assaltavam o jovem com uma infinidade de perguntas. Ele já havia examinado cada uma delas com atenção. Infelizmente, Agnes não estava entre elas. As freiras fizeram tantas perguntas ao mesmo tempo, que ele mal conseguiu responder a algumas. Uma perguntou onde ele nasceu, já que sua fala denotava um sotaque estrangeiro. Outra quis saber por que ele usava um tapa-olho. A irmã Helena perguntou se ele não tinha uma irmã como ele, porque gostaria de ter uma companheira parecida com ele; e a irmã Raquel estava totalmente convencida de que um irmão seria um companheiro mais agradável. Teodoro se divertia contando às crédulas e curiosas freiras todas as histórias estranhas que sua imaginação pudesse inventar. Contou suas supostas aventuras e deixou todas as ouvintes espantadas ao falar de gigantes, de selvagens, de naufrágios e de ilhas desertas.

Deixou-as completamente maravilhadas ao falar de "antropófagos e homens cujas cabeças crescem abaixo dos ombros" e de outras coisas. Disse que tinha nascido em Terra Incógnita, que fora educado numa universidade hotentote[35] e que havia passado dois anos entre os americanos da Silésia[36].

– No que diz respeito à perda de meu olho – disse ele –, foi um justo castigo que recebi por falta de respeito à Virgem, quando fiz minha segunda peregrinação a Loreto. Eu estava perto do altar na capela milagrosa. Os monges estavam ornamentando a estátua com as melhores vestimentas. Os peregrinos foram instruídos a fechar os olhos durante essa cerimônia. Mas, embora eu seja por natureza extremamente religioso, a curiosidade era muito grande. No momento... vou horrorizá-las, reverendas senhoras, quando eu revelar meu crime!... No momento em que os monges estavam trocando as vestes da estátua, arrisquei abrir meu olho esquerdo e dei uma espiada na imagem. Esse olhar foi o último! A aura de glória que cercava a Virgem era grande demais para poder suportar. Fechei apressadamente meu olho sacrílego e nunca mais fui capaz de abri-lo!

Ao relatar esse milagre, todas as freiras se benzeram e prometeram interceder junto à Santíssima Virgem para que ele recobrasse a visão. Elas expressaram sua admiração pela extensão de suas viagens e pelas estranhas aventuras que havia feito, tão jovem ainda. Repararam então em seu violão e perguntaram se era um músico de profissão. Respondeu com modéstia que não cabia a ele decidir sobre seus talentos, mas pediu permissão para que elas mesmas julgassem. As irmãs concordaram sem dificuldade.

---

35 Hotentote é o designativo de povo da África meridional, que habita ou habitava especialmente áreas da Namíbia e da África do Sul. (N.T.)
36 Alusão à Guerra dos Sete Anos (1756-1763), que envolveu as grandes monarquias europeias que buscavam um controle definitivo em regiões da África, da Ásia e das Américas com o objetivo de domínio e de exploração colonial; essa guerra redesenhou especialmente as áreas de influência inglesa e francesa no mundo inteiro; a citação da Silésia (região da Europa, hoje dividida entre a Polônia e a Alemanha) relembra a ajuda prestada por tropas americana à Inglaterra contra a França. (N.T.)

— Mas, pelo menos — disse a velha porteira —, tome cuidado para não cantar nada profano.

— A senhora pode confiar em minha discrição — respondeu Teodoro. — Vai ouvir minha canção sobre como é perigoso para as jovens se apaixonar, canção ilustrada pela aventura de uma donzela que se apaixonou repentinamente por um cavalheiro desconhecido.

— Mas a aventura é verdadeira? — perguntou a porteira.

— Palavra por palavra. Aconteceu na Dinamarca, e a heroína era considerada tão bonita, que não era conhecida por nenhum outro nome senão o de "a adorável donzela".

— Na Dinamarca, está dizendo? — murmurou uma freira idosa. — As pessoas da Dinamarca não são todas negras?

— De modo algum, reverenda irmã. Elas são de um delicado verde-ervilha com cabelos e bigodes cor de fogo.

— Mãe de Deus! Verde-ervilha? — exclamou a Irmã Helena. — Oh!, é impossível!

— Impossível? — disse a porteira, com um olhar de desprezo e de exultação. — De jeito nenhum. Quando eu era jovem, lembro-me de ter visto várias pessoas assim.

Teodoro ajeitou e afinou o instrumento. Ele havia lido a história de um rei da Inglaterra cuja prisão fora descoberta por um menestrel; e esperava que o mesmo esquema lhe permitisse descobrir onde Agnes se encontrava, se é que ainda estava no convento. Escolheu uma balada que a própria Agnes lhe ensinara no Castelo de Lindenberg. Ela poderia escutar a música, e ele esperava ouvi-la cantarolando algumas das estrofes. Seu violão estava afinado, e ele se preparou para tocar e cantar.

— Mas, antes de começar — disse ele —, é necessário informá-las, senhoras, de que essa mesma Dinamarca está terrivelmente infestada de feiticeiras, bruxas e espíritos malignos. Cada elemento possui seu demônio apropriado. Os bosques são assombrados por um poder maligno, chamado "o Rei dos Elfos ou o Rei Carvalho". Ele é quem destrói as árvores, estraga a colheita e comanda os diabinhos e os duendes. Ele aparece na forma de um ancião de figura majestosa, com uma coroa dourada e uma longa barba branca; sua principal diversão consiste em atrair as crianças pequenas para longe dos pais e, assim que consegue levá-las para sua caverna, ele as destroça em mil pedaços... Os rios são governados por outro demônio, chamado "o Rei das Águas". Sua missão é agitar as profundezas, ocasionar naufrágios e arrastar os marinheiros que se afogam sob as ondas; ele tem a aparência de um guerreiro e se dedica a atrair jovens virgens para sua armadilha. O que ele faz com essas virgens dentro da água, reverendas senhoras, deixo para sua imaginação... "O Rei do Fogo" parece ser um homem todo formado de chamas. Ele provoca meteoros e luzes errantes que seduzem os viajantes, levando-os a lagoas e pântanos, e direciona o raio para onde pode causar mais danos... O último desses demônios elementares é chamado "o Rei das Nuvens". Sua figura é a de um belo jovem e se distingue por duas grandes asas negras. Embora sua aparência seja tão encantadora, não tem menos disposição para o mal do que os outros. Ele se empenha continuamente em provocar tempestades, arrancando florestas pela raiz e fazendo ruir castelos e conventos sobre seus habitantes. O primeiro tem uma filha, que é a rainha dos elfos e das fadas. O segundo tem uma mãe, que é uma poderosa feiticeira. Nenhuma dessas damas vale mais do que os cavalheiros. Não me recordo de ter ouvido falar de nenhuma família atribuída aos outros dois demônios, mas no momento não me interesso por nenhum deles, exceto pelo demônio das Águas. Ele é o herói de minha balada. Mas julguei necessário, antes de começar, dar-lhes algumas informações sobre seus feitos...

Teodoro tocou então uma breve música. Depois, esticando a voz ao máximo possível, para facilitar que chegasse ao ouvido de Agnes, cantou as seguintes estrofes.

O REI DAS ÁGUAS
UMA BALADA DINAMARQUESA

Com suave murmúrio fluía a torrente,
Enquanto pela margem perfumada e florida
A adorável donzela com alegres canções
Seguia seu caminho para a igreja de Maria.

*O olhar maligno do demônio das águas
Ao longo das margens a viu se apressar;
Ele correu direto para a bruxa, sua mãe,
E em tons suplicantes assim lhe implorou:*

*"Oh! Mãe! Mãe! Me aconselhe agora,
Como posso surpreender aquela donzela?
Oh! Mãe! Mãe! Me explique agora,
Como posso aquela donzela conquistar?"*

*A bruxa lhe deu uma armadura branca;
Ela o ajeitou como um galante cavaleiro;
Da água cristalina fez então com suas mãos
Um corcel, cujo couro era coberto de areia.*

*O Rei das Águas então veloz partiu;
E a galope seguiu para a igreja de Maria;
Ele amarrou seu corcel à porta,
E muitas vezes andou pelo átrio da igreja.*

*Seu corcel à porta ele amarrou,
E muitas vezes andou pelo átrio da igreja;
Então seguiu com pressa pela nave, onde todas
As pessoas se reuniam, grandes e pequenas.*

*Quando o cavaleiro se aproximou, o padre disse:
"E por que o chefe branco se apresenta aqui?"
A adorável donzela sorriu e sussurrou:
"Oh! quem dera eu fosse a noiva do chefe branco!"*

*Ele passou pelos bancos um e dois;
"Oh! adorável donzela, eu morreria por ti!"
Ele passou pelos bancos dois e três;
"Oh! adorável donzela, vem comigo!"*

Então meigamente sorriu a adorável donzela,
E, enquanto dava a mão, ela disse:
"A meu lado a alegria, a meu lado a aflição,
Pela colina, pelo vale, contigo eu vou."

O padre junta as mãos dos dois:
Eles dançam, ao belo clarão da lua;
E mal sabe a donzela radiante,
Que seu parceiro é o Duende do Mar.

Oh! algum espírito se dignou cantar,
"Seu parceiro é o Rei das Águas!"
A donzela teve medo e ódio confessados,
E amaldiçoou a mão que então ela apertava.

Mas nada que desse motivo para pensar
De como estava perto e à beira do perigo;
Ainda assim ela foi; e de mãos dadas
Os amantes chegaram à areia amarela.

"Suba nesse corcel comigo, minha amada;
Precisamos cruzar o leito do riacho aqui;
Cavalgue com coragem; não é profundo;
Os ventos estão calmos, as ondas dormem."

Assim falou o Rei das Águas. A donzela
Obedeceu ao desejo do noivo traidor;
E logo ela viu o corcel banhar-se
Encantado nas águas de seu pai.

"Pare! Pare!, meu amor! As águas azuis
Já estão agora mesmo meus pés enrugando!"
"Oh! deixe de lado seus medos, minha amada!
Agora já chegamos à parte mais profunda."

*"Pare! Pare! Meu amor! Pois agora eu vejo
Que as águas sobem acima de meu joelho."
"Oh! deixe de lado seus medos, minha amada!
Agora já chegamos à parte mais profunda."*

*"Pare! Pare! Pelo amor de Deus, pare!
Oh! As águas flutuam sobre meu peito!"
Mal pronunciara essas palavras, quando cavaleiro
E corcel desapareceram de sua vista.*

*Ela grita, mas grita em vão; pois altos
Os ventos selvagens soprando amortecem o grito;
O demônio exulta; os vagalhões arremetem,
E sobre sua infeliz vítima se estendem.*

*Três vezes enquanto lutava contra a correnteza,
A adorável donzela foi ouvida gritando;
Mas quando a fúria da tempestade passou,
A adorável donzela ninguém mais pôde avistar.*

*Advertidas por esse conto, ó donzelas formosas,
A quem vocês dão seu amor, tomem cuidado!
Não acreditem em todo cavaleiro elegante,
Nem dancem com o Duende do Mar!*

O jovem parou de cantar. As freiras ficaram encantadas com a doçura de sua voz e a forma magistral de tocar o instrumento. Mas, por mais lisonjeiro que fosse esse aplauso em qualquer outro momento, no presente era insípido para Teodoro. Seu artifício não teve êxito. Deteve-se em vão entre as estrofes. Nenhuma voz respondeu à sua e perdeu a esperança de se igualar a Blondel[37].

---
37 Blondel de Nesle (entre 1175 e 1210), poeta e trovador francês. (N.T.)

O sino do convento avisou as freiras de que era hora da reunião no refeitório. Foram obrigadas a deixar o parlatório. Agradeceram ao jovem pelo entretenimento que sua música lhes havia proporcionado e lhe pediram que retornasse no dia seguinte. Ele prometeu voltar. As freiras, para garantir que o moço mantivesse a palavra, disseram-lhe que sempre poderia contar com o convento para suas refeições, e cada uma delas lhe deu um pequeno presente. Uma lhe deu uma caixa de doces; outra, um *Agnus Dei*; algumas lhe deram relíquias de santos, imagens de cera e crucifixos bentos; outras ainda o presentearam com peças de trabalhos em que as religiosas se destacam, como bordados, flores artificiais, rendas e laços. Elas o aconselharam a vender todos esses mimos para que pudesse comprar roupas e se vestir melhor. E lhe asseguraram que seria fácil vender esses objetos, uma vez que os espanhóis estimam muito os trabalhos das freiras. Mostrando aparente respeito e gratidão pelos presentes recebidos, observou que não saberia como levá-los, pois não tinha cesta. Várias freiras se apressaram para conseguir uma, mas foram detidas pelo retorno de uma senhora idosa, que Teodoro não havia visto até então; seu semblante suave e ar respeitável fizeram com que ele simpatizasse de imediato com ela.

– Ah! – disse a porteira. – Aí vem madre Santa Úrsula com uma cesta.

A freira se aproximou da grade e ofereceu a cesta a Teodoro: era feita de salgueiro, forrada com cetim azul, e nos quatro lados estavam pintadas cenas da lenda de Santa Genoveva.

– Aqui está meu presente – disse ela, enquanto o entregava nas mãos dele. – Meu bom jovem, não o despreze. Embora seu valor pareça insignificante, ele tem muitas virtudes ocultas.

Essas palavras foram acompanhadas por um olhar expressivo. Não passou despercebido a Teodoro. Ao receber o presente, ele se aproximou o máximo possível da grade.

– Agnes! – sussurrou ela, com uma voz quase inaudível. Teodoro, no entanto, conseguiu ouvir e concluiu que algum segredo estava escondido na cesta. Seu coração batia de impaciência e alegria. Nesse momento, a superiora voltou. Com um semblante sombrio e carrancudo, parecia, se é que isso era possível, mais severa do que nunca.

– Madre Santa Úrsula, gostaria de falar com a senhora em particular.

A freira mudou de cor e ficou evidentemente desconcertada.

– Comigo? – respondeu ela, com voz trêmula.

A madre superiora fez sinal para que ela a seguisse e se retirou. Madre Santa Úrsula obedeceu. Logo depois, o sino do refeitório tocou pela segunda vez, as freiras saíram do parlatório, e Teodoro se viu livre para levar seus presentes. Encantado por ter conseguido, finalmente, uma informação para o marquês, ele voou mais do que correu até chegar ao Palácio de las Cisternas. Em poucos minutos, estava ao lado da cama de seu mestre com a cesta nas mãos. Lorenzo estava no quarto, tentando conformar seu amigo com um infortúnio que ele próprio sentia com muita severidade. Teodoro relatou sua aventura e as esperanças criadas pelo presente de madre Santa Úrsula. O marquês teve um sobressalto na cama. Aquele fogo que desde a morte de Agnes havia se extinguido, renascia agora em seu peito, e seus olhos brilhavam pela ansiedade da expectativa. As emoções que transpareciam no semblante de Lorenzo foram pouco mais fracas, e ele esperava com inexprimível impaciência a solução desse mistério. Ramón tomou a cesta das mãos de seu pajem. Esvaziou o conteúdo sobre a cama e examinou tudo com minuciosa atenção. Esperava encontrar uma carta no fundo da cesta. Nada disso apareceu. Retomou a busca e novamente sem sucesso. Finalmente, dom Ramón observou que um canto do forro de cetim azul estava descosturado. Rasgou rapidamente o tecido e retirou dali um pedacinho de papel que não estava dobrado nem lacrado. Estava endereçado ao marquês de las Cisternas, e o conteúdo era o seguinte:

"*Tendo reconhecido seu pajem, arrisco-me a lhe enviar essas poucas linhas. Obtenha uma ordem do Cardeal-Duque para deter minha pessoa e a madre superiora. Mas não permita que a ordem seja executada antes de sexta-feira à meia-noite. É a festa de Santa Clara. Haverá uma procissão de freiras à luz de tochas, e eu estarei entre elas. Tome cuidado para não revelar isso a ninguém. Se uma única sílaba despertar as suspeitas da madre superiora, o senhor nunca mais ouvirá falar de mim. Seja cauteloso, se prezar a memória de Agnes e desejar punir os assassinos dela. O que tenho para contar é de congelar seu sangue de horror. Santa Úrsula."*

Nem chegou a terminar de ler a nota e caiu sem sentidos ou qualquer movimento sobre o travesseiro. Perdeu aquele mínimo de esperança que até agora havia sustentado sua existência; e essas linhas o convenceram, de maneira incisiva, de que Agnes realmente não existia mais. Lorenzo recebeu essa notícia com menos resistência, pois sempre teve a ideia de que sua irmã havia perecido por meios injustos. Quando soube pela carta de madre Santa Úrsula como eram verdadeiras suas suspeitas, essa confirmação não despertou outro sentimento em seu peito senão o desejo de punir os assassinos como eles mereciam. Não foi tarefa fácil fazer o marquês voltar a si. Assim que recuperou a fala, irrompeu em execrações contra os assassinos de sua amada e jurou se vingar deles de modo exemplar. Continuou a delirar e a se atormentar com tanta raiva, até que sua constituição física, enfraquecida pela dor e pela doença, não suportou mais e perdeu os sentidos mais uma vez. Sua melancólica situação afetou profundamente Lorenzo, que de bom grado teria permanecido no aposento de seu amigo, mas outros problemas exigiam agora sua presença. Era necessário obter a ordem de prender a prioresa de Santa Clara. Para tanto, depois de confiar Ramón aos cuidados dos melhores médicos de Madri, deixou o Palácio de las Cisternas e se dirigiu ao palácio do cardeal-duque.

Ficou extremamente decepcionado quando soube que assuntos de Estado tinham obrigado o cardeal a partir para uma província distante. Faltavam apenas cinco dias para sexta-feira, mas esperava voltar a tempo para a procissão de Santa Clara, se viajasse dia e noite. E foi o que aconteceu. Encontrou o cardeal-duque e lhe falou sobre a suposta culpa da prioresa, bem como sobre os efeitos violentos que a notícia produziu em dom Ramón. Não poderia ter usado argumento mais forte do que esse último. De todos os seus sobrinhos, o marquês era o único a quem o cardeal-duque se apegava sinceramente. Ele o estimava muitíssimo, e a prioresa não poderia ter cometido crime pior a seus olhos do que colocar em perigo a vida do marquês. Consequentemente, ele concedeu a ordem de prisão sem dificuldade: Entregou também a Lorenzo uma carta destinada a um alto oficial da Inquisição, expressando o desejo de que a ordem fosse executada. Munido desses papéis, Medina voltou às pressas para Madri, onde chegou na sexta-feira, algumas horas antes do anoitecer. Encontrou o marquês um pouco melhor, mas tão fraco e exausto que não conseguia mais falar senão com grande esforço. Depois de passar uma hora ao lado da cama do amigo, Lorenzo o deixou para comunicar seu desígnio ao tio e também para entregar a carta do cardeal a dom Ramirez de Mello. O primeiro ficou petrificado de horror quando soube do destino de sua infeliz sobrinha; encorajou Lorenzo a punir seus assassinos e comprometeu-se a acompanhá-lo à noite ao convento de Santa Clara. Dom Ramirez prometeu o mais firme apoio e selecionou um grupo de arqueiros de confiança para evitar oposição por parte da população.

Mas, enquanto Lorenzo estava ansioso para desmascarar uma religiosa hipócrita, ignorava os sofrimentos que outro lhe preparava. Auxiliado pelos agentes infernais de Matilde, Ambrósio se havia decidido pela ruína da inocente Antônia. O momento, que deveria ser fatal para ela, havia chegado. Ela se dirigira ao quarto da mãe para lhe desejar boa-noite. Ao beijá-la, porém, sentiu um desânimo incomum infundir-se em seu peito. Ela deixou a mãe, mas voltou imediatamente, jogou-se nos braços maternos, banhando-lhe o rosto com suas lágrimas. Sentia-se desconfortável em deixá-la, e um pressentimento secreto lhe dizia que nunca mais haveriam de se encontrar. Elvira a observou e não levou muito a sério essa apreensão infantil. Ela até a repreendeu brandamente por estimular uma tristeza tão infundada e advertiu-a de como era perigoso encorajar tais ideias.

Para todas essas advertências, não recebeu outra resposta senão:

– Mãe! Querida mãe! Oh! Quisera Deus que já tivesse amanhecido!

Elvira, cuja inquietude em relação à filha era um grande obstáculo ao seu perfeito restabelecimento, ainda se debatia sob os efeitos de sua grave e recente doença. Nessa noite, estava mais indisposta do que o normal e se recolheu antes da hora habitual. Antônia se retirou do quarto da mãe com pesar e, até que a porta se fechou, manteve os olhos fixos nela com expressão melancólica. Ela se dirigiu a seus aposentos, com o coração cheio de amargura; parecia-lhe que todas as perspectivas de futuro haviam ruído e o mundo não continha mais nada pelo que valesse a pena existir. Deixou-se cair numa cadeira, reclinou a cabeça sobre um braço e olhou para o chão com uma expressão vazia, enquanto as imagens mais sombrias flutuavam em sua imaginação. Ainda estava nesse estado de insensibilidade quando foi perturbada por uma música suave tocada embaixo de sua janela. Levantou-se, foi até a janela e a abriu para ouvir com mais clareza. Como havia coberto o rosto com um véu, aventurou-se a olhar para fora. À luz da lua, ela conseguiu ver vários homens com violões e alaúdes nas mãos; e a pouca distância deles estava outro, envolto num manto, cuja estatura e aparência se assemelhavam muito às de Lorenzo. Não estava enganada. De fato, era o próprio Lorenzo que, tendo dado sua palavra de que não se apresentaria a Antônia sem o consentimento do tio, lançava mão de ocasionais serenatas para convencer sua amada de que ainda sentia o mesmo afeto por ela. Seu estratagema não teve o efeito desejado. Antônia estava longe de supor que aquela música noturna tivesse a clara intenção de agradá-la. Ela era modesta demais para se considerar digna dessas atenções e, concluindo que deveriam ser endereçadas a alguma dama vizinha, entristeceu-se ao descobrir que eram oferecidas por Lorenzo.

A ária tocada era triste e melodiosa. Estava de acordo com o estado de espírito de Antônia, e ela a ouviu com prazer. Depois de um trecho de certa extensão, a música passou a ser acompanhada de vozes, e Antônia distinguiu as seguintes palavras:

SERENATA

(Estribilho)
Oh! Minha lira, toque uma suave melodia!
É aqui o lugar onde a beleza adora repousar;

Descreva as dores do desejo afetuoso,
Que dilaceram o peito do amante fiel.

(Canção)
Em cada coração encontrar um escravo,
Em cada alma estabelecer seu reino,
Em vínculos liderar os sábios e corajosos,
E fazer os cativos beijar suas correntes,
Esse é o poder do amor, e oh!
Como anseio conhecer o poder do amor.

Em suspiros passar toda a vida,
Degustar um sono curto e interrompido,
Por um caro objeto muito distante,
Desprezar o resto, assistir e chorar,
Essas são as dores do amor, e oh!
Como anseio conhecer as dores do amor!

Ler o consentimento em olhos virginais,
Beijar com ardor lábios nunca antes beijados
Ouvir o suspiro de arrebatamento fluir,
E beijar, e beijar, e beijar uma vez mais,
Esses são teus prazeres, amor, mas oh!
Quando meu coração conhecerá teus prazeres?

(Estribilho)
Agora cale-se, minha lira! Fique quieta, minha voz!
Durma, adorável donzela! Que desejos afetuosos
Com pensamentos amorosos encham teus sonhos,
Embora calada esteja minha voz e silenciada minha lira.

A música cessou, os artistas se dispersaram e o silêncio voltou a reinar na rua. Antônia abandonou a janela com pesar. Como sempre fazia, recomendou-se à proteção de Santa Rosália, fez suas orações de costume e se deitou. Caiu logo no sono, e suas preces a aliviaram de seus temores e de sua inquietude.

Eram quase 2 horas quando o lascivo monge se aventurou a dirigir seus passos para a residência de Antônia. Já foi dito que o mosteiro não ficava muito longe da Estrada de Santiago. Ele chegou à porta da casa sem ser observado. Então parou e hesitou por um momento. Refletiu sobre a monstruosidade do crime, sobre as consequências de uma descoberta e na probabilidade de que, depois do ato, Elvira suspeitasse de que ele era o estuprador de sua filha. Por outro lado, havia a possibilidade de que tudo não passasse de uma suspeita; nenhuma prova de sua culpa poderia ser produzida; parecia impossível alegar que o estupro tivesse sido cometido sem que Antônia soubesse quando, onde e por quem; finalmente, ele acreditava que sua fama estava firmemente estabelecida para ser abalada pelas acusações infundadas de duas mulheres desconhecidas. Esse último argumento era totalmente falso. Ele não sabia de como é incerto o aplauso popular e que basta um momento para que se torne hoje o indivíduo mais detestado do mundo aquele que ontem era seu ídolo. O resultado das deliberações do monge foi que ele deveria prosseguir em seu plano. Subiu os degraus que levavam à casa. Assim que tocou a porta com a murta prateada, ela se abriu inteiramente e lhe deu passagem. Entrou, e a porta se fechou por conta própria.

Guiado pelos raios da lua, subiu a escada com passos lentos e cautelosos. Olhava em volta a todo momento, com apreensão e ansiedade. Via um espião em cada sombra e ouvia uma voz em cada murmúrio da brisa noturna. A consciência de culpa pelo que estava prestes a fazer aterrorizou seu coração e o tornou mais tímido do que o de uma mulher. Ainda assim, seguiu adiante. Chegou à porta do quarto de Antônia. Parou e ficou escutando. Tudo estava quieto lá dentro. O silêncio total o convenceu de que sua desejada vítima havia se retirado para descansar e ele se aventurou a erguer o trinco. A porta estava trancada por dentro e resistiu a seus esforços: Mas assim que o talismã a tocou, o trinco girou. O mal-intencionado monge deu alguns passos e se viu no quarto onde dormia a inocente jovem, inconsciente de como era perigoso esse visitante que se aproximava de seu leito. A porta se fechou atrás dele e o trinco voltou à sua posição anterior.

Ambrósio avançou com cautela. Tomou cuidado para que nenhuma tábua rangesse sob seus pés e prendeu a respiração ao se aproximar da cama. Sua primeira preocupação foi realizar a cerimônia mágica, como Matilde lhe havia explicado. Assoprou três vezes sobre a murta de prata, pronunciou o nome de Antônia e colocou o amuleto sobre o travesseiro. Os efeitos que já havia produzido não lhe permitiam duvidar de seu poder de prolongar o sono de sua amada jovem. Realizado o encantamento, ele considerou a jovem inteiramente sob seu poder e seus olhos flamejavam de luxúria e impaciência. Então se aventurou a lançar um olhar para a bela adormecida. Uma única vela, queimando diante da estátua de Santa Rosália, espargia uma luz fraca pelo quarto e lhe permitia que examinasse todos os encantos da adorável criatura diante dele. O calor da estação obrigara a jovem a retirar parte das cobertas. A insolente mão de Ambrósio se apressou em remover aquelas que ainda a cobriam. Ela estava deitada com o rosto reclinado sobre um braço que parecia de marfim. O outro braço repousava ao lado da cama em graciosa indolência. Algumas mechas de seus cabelos haviam escapado por baixo da touca de musselina, que prendia o resto, e caíam descuidadamente sobre seu peito, que arfava com uma lenta e regular respiração. O ar quente havia deixado suas faces mais coradas do que o usual. Um sorriso inexprimivelmente doce brincava em seus lábios perfeitos e corados, através dos quais escapava, de vez em quando, um suspiro suave ou uma frase pronunciada pela metade. Um ar de encantadora inocência e candor permeava todo o seu corpo, e havia uma espécie de pudor em sua nudez, o que acrescentava novas ferroadas aos desejos do lascivo monge.

Ficou alguns instantes devorando com os olhos aqueles encantos que logo se submeteriam a suas desregradas paixões. Aquela boca entreaberta parecia solicitar um beijo. Ele se inclinou sobre a jovem; juntou seus lábios aos dela e, extasiado, aspirou a fragrância de seu hálito. Esse prazer momentâneo aumentou sua ânsia por algo mais intenso ainda. Seus desejos atingiram aquele nível incontrolável que é próprio dos brutos. Resolveu não adiar nem um instante mais a realização de seus desejos e apressadamente começou a arrancar aquelas vestes que impediam a satisfação de sua luxúria.

– Deus de misericórdia! – exclamou uma voz atrás dele. – Não estou enganada? Não é uma ilusão?

Terror, confusão e decepção acompanharam essas palavras, ao atingirem os ouvidos de Ambrósio, que se levantou de um salto e se voltou para ela. Elvira parou na porta do quarto e fitou o monge com um olhar de surpresa e de ódio.

Um pesadelo assustador lhe havia mostrado Antônia à beira de um precipício. Viu-a tremendo à beira dele e a cada momento parecia mais perto da queda; ouviu-a exclamar aos gritos: "Salve-me, mãe! Salve-me!... Mais um momento e será tarde demais!" Elvira acordou apavorada. A visão desse pesadelo deixou gravada em sua mente uma impressão tão forte que não poderia voltar a dormir antes de se certificar de que a filha estava em segurança. Levantou apressadamente da cama, vestiu uma camisola e, passando pelo cubículo onde dormia a criada, chegou ao quarto de Antônia bem a tempo de resgatá-la das garras do estuprador.

A vergonha dele e o espanto dela pareciam ter petrificado em estátuas tanto Elvira quanto o monge: Ficaram olhando um para o outro em silêncio. A senhora foi a primeira a se recuperar.

– Não é um sonho! – exclamou ela. – É realmente Ambrósio que está diante de mim! É o homem que Madri estima como um santo que encontro a essa hora perto da cama de minha infeliz filha! Monstro de hipocrisia! Já suspeitava de seus desígnios, mas me recusei de acusá-lo por pena da fragilidade humana. O silêncio agora seria criminoso. Toda a cidade deverá ser informada de sua incontinência. Vou desmascará-lo, seu vilão, e convencer a Igreja de que víbora ela acalenta em seu seio.

Pálido e confuso, o culpado tremia, perplexo, diante dela. Teria ficado contente se pudesse atenuar seu delito, mas não conseguia encontrar desculpas para sua conduta. Não conseguia proferir nada além de frases desconexas e desculpas que se contradiziam. Elvira estava furiosa demais para conceder o perdão que ele pedia. Ela protestou dizendo que chamaria a vizinhança e faria dele um exemplo para todos os futuros hipócritas. Então correu até a cama e passou a chamar Antônia para que acordasse. Percebendo que sua voz não surtia efeito, tomou-a pelo braço e a ergueu com força do travesseiro. O encantamento era extremamente poderoso. Antônia permaneceu insensível e quando a mãe a soltou, afundou a cabeça no travesseiro.

– Esse sono não pode ser natural! – exclamou a atônita Elvira, cuja indignação aumentava a cada instante. – Algum mistério está por trás de tudo isso. Mas trema, hipócrita! Toda a sua vilania logo será desvendada! Socorro! Socorro! – gritou ela, com todas as forças, – Aqui dentro! Flora! Flora!

– Escute-me, só por um momento, senhora! – falou o monge, recobrando-se pela urgência do perigo. – Por tudo o que é santo e sagrado, juro que a honra de sua filha ainda não foi violada. Perdoe minha transgressão! Poupe-me da vergonha de uma descoberta e permita-me voltar ao mosteiro sem ser perturbado. Conceda-me isso, por misericórdia! Prometo que Antônia não só estará a salvo de mim no futuro, mas que o resto de minha vida haverá de provar...

Elvira o interrompeu bruscamente.

– Antônia a salvo do senhor? Eu é que vou protegê-la! O senhor não vai mais trair a confiança dos pais! Sua iniquidade será revelada aos olhos do público: Toda a cidade de Madri estremecerá diante de sua perfídia, de sua hipocrisia e de sua devassidão. Oh! Aqui, vamos! Flora! Flora, venha cá!

Enquanto ela assim falava, a lembrança de Agnes aflorou na mente do monge. Agnes também havia implorado por misericórdia e ele, igualmente, havia recusado suas súplicas! Agora era a vez de ele sofrer e não podia deixar de reconhecer que sua punição era justa. Enquanto isso, Elvira continuou a chamar Flora em seu auxílio; mas sua voz estava tão embargada de ódio que a criada, enterrada em sono profundo, se mantinha insensível a todos os seus gritos. Elvira não se atrevia ir até o cubículo onde Flora dormia, temendo que o monge aproveitasse a oportunidade para fugir. E essa era realmente a intenção dele. Acreditava que, se conseguisse chegar ao mosteiro sem ser visto por mais ninguém além de Elvira, o único testemunho dela não bastaria para arruinar uma reputação tão bem estabelecida como a dele em Madri. Com essa ideia, recolheu todas as roupas que já havia despido e correu em direção da porta. Elvira já desconfiando de seu plano, seguiu-o e, antes que ele pudesse abrir o trinco, agarrou-o pelo braço e o deteve.

– Nem tente em fugir! – disse ela. – Não vai sair deste quarto sem testemunhas de seu delito.

Ambrósio tentou desvencilhar-se, mas em vão. Elvira não só não o largava, mas também redobrou seus gritos de socorro. O perigo para o frade se tornava a cada instante mais iminente. Ele esperava que a qualquer momento haveria de ver pessoas acudindo aos chamados dela. Levado à loucura pela proximidade da ruína, tomou uma resolução igualmente desesperada e selvagem. Voltando-se subitamente, com uma das mãos agarrou a garganta de Elvira para impedi-la de continuar gritando e, com a outra, derrubou-a violentamente no chão e a arrastou para perto da cama. Confusa com esse ataque inesperado, ela mal teve forças para tentar livrar-se dele. Enquanto isso o monge, tirando o travesseiro debaixo da cabeça de Antônia, comprimiu-o contra o rosto de Elvira e pressionava o joelho com todas as suas forças sobre o estômago dela, tentando acabar com sua existência. E conseguiu, com toda a facilidade. Com sua força natural aumentada pelo excesso de angústia, foi em vão que Elvira lutou para se livrar dele. O monge continuou pressionando seu joelho contra o peito dela, presenciou sem piedade o tremor convulsivo de seus membros e suportou com firmeza desumana o espetáculo da agonia, quando alma e corpo estavam a ponto de se separar. Finalmente, a agonia acabou. Ela parou de lutar pela vida. O monge retirou o travesseiro e olhou para ela. Seu rosto havia adquirido uma assustadora cor negra. Seus membros não se moviam mais. O sangue gelava em suas veias. Seu coração havia parado de bater e suas mãos estavam rígidas e congeladas.

Ambrósio contemplou diante de si aquele corpo outrora nobre e majestoso, agora transformado num cadáver frio, insensível e repugnante.

Mal havia perpetrado esse ato horrível, o frade já se dava conta da enormidade de seu crime. Um suor frio escorria por seus membros; fechou os olhos e foi cambaleando até uma cadeira, afundando-se nela quase tão sem vida quanto a infeliz que jazia estendida a seus pés. Despertou desse estado pela necessidade de fugir e pelo perigo de ser encontrado nos aposentos de Antônia. Não tinha nenhum desejo de tirar proveito de seu crime. Antônia agora lhe parecia um objeto de repulsa. Um frio mortal havia usurpado o lugar daquele ardor que inflamava seu peito. Nenhuma ideia se apresentava em sua mente, a não ser a de morte e de culpa, de vergonha presente e de punição futura. Agitado pelo remorso e pelo medo, preparou-se para fugir. Ainda possuía algum domínio sobre seus temores, de tal modo que não se sentia impedido de tomar as precauções necessárias para sua segurança. Repôs o travesseiro na cama, recolheu suas roupas e, com o talismã fatal nas mãos, dirigiu seus passos inseguros para a porta. Transtornado pelo medo, imaginava que sua fuga era combatida por legiões de fantasmas. Para onde quer que se voltasse, o cadáver desfigurado parecia estar sempre em sua passagem, e demorou muito tempo para que conseguisse alcançar a porta. A murta encantada repetiu seu efeito anterior. A porta se abriu, e ele desceu apressadamente a escada. Entrou no mosteiro sem ser visto e, trancando-se em sua cela, abandonou sua alma às torturas do remorso inútil e aos terrores da iminente descoberta.

CAPÍTULO IX

Digam-nos, vocês que já morreram, nenhum de vocês terá pena
De revelar o segredo para aqueles que deixaram para trás?
Oh! Se algum fantasma cortês se dispusesse a espalhar
O que vocês são e o que nós devemos ser em breve.
Ouvi dizer que as almas que já partiram, às vezes
Preveniram alguns sobre suas mortes:
Seria muito gentil
Bater e dar o alarme.[38]

Ambrósio estremecia ao refletir sobre seus rápidos progressos na iniquidade. O enorme crime que acabara de cometer o deixava verdadeiramente horrorizado. Elvira assassinada estava continuamente diante de seus olhos, e sua culpa já estava punida com as agonias de sua consciência. O tempo, no entanto, enfraqueceu consideravelmente esses sentimentos. Um dia passou, outro o seguiu, e nenhuma suspeita recaiu sobre ele. A impunidade amenizou sua culpa; começou a recobrar o ânimo e, à medida que o medo de ser descoberto se dissipava, passou a menosprezar as recriminações do remorso. Matilde se esforçava para acalmar suas inquietudes. À primeira notícia da morte de Elvira, ela pareceu muito chocada e se uniu ao monge para deplorar o infeliz desfecho de sua aventura. Mas quando descobriu que a agitação

---

38 De um poema de Robert Blair (1699-1746), poeta escocês. (N.T.)

dele estava um pouco mais controlada e que ele estava mais disposto a ouvir seus argumentos, ela começou a mencionar seu crime em termos mais brandos e a convencê-lo de que não era tão culpado quanto se considerava. Falou-lhe que ele apenas se valeu dos direitos de autopreservação que a natureza concede a cada um de nós. Disse-lhe que tanto Elvira como ele poderiam ter morrido, e que a inflexibilidade dela junto com a resolução de arruiná-lo haviam merecidamente determinado que ela fosse a vítima. Em seguida, afirmou que, como Elvira já havia suspeitado dele anteriormente, era uma sorte para ele que os lábios dela estivessem fechados pela morte, pois, sem esse derradeiro acontecimento, suas suspeitas, uma vez tornadas públicas, poderiam ter produzido consequências muito desagradáveis. Ele havia se livrado, portanto, de uma inimiga que conhecia muito bem os erros de sua conduta para torná-la perigosa, e que era o maior obstáculo a seus desígnios com relação a Antônia. Matilde o encorajou a não abandonar seus planos. Garantiu-lhe que, sem a proteção do olhar vigilante da mãe, a filha seria uma conquista fácil. E elogiando e enumerando os encantos de Antônia, Matilde tentava reacender os desejos do monge. Nesse empenho, teve pleno êxito.

Como se os crimes a que suas paixões o haviam induzido só aumentassem de violência, ele ansiava por Antônia mais do que nunca. Como tivera sucesso em ocultar sua culpa recente, acreditava poder ocultá-la também no futuro. Passou a abafar os murmúrios da consciência e resolveu satisfazer seus desejos a qualquer preço. Esperava apenas uma oportunidade de repetir seu antigo plano. Mas obter essa oportunidade pelos mesmos meios era agora impraticável. Nos primeiros arroubos de desespero, tinha partido a encantada murta em mil pedaços. Matilde lhe disse claramente que não deveria mais esperar ajuda dos poderes infernais, a menos que estivesse disposto a aceitar as condições estipuladas. Ambrósio estava determinado a não fazer isso. Ele se convencera de que, por maior que fosse sua iniquidade, desde que preservasse seu direito à salvação, não precisava se desesperar para obter o perdão. Recusou-se categoricamente, portanto, a entrar em qualquer vínculo ou pacto com os demônios;

e Matilde, vendo-o obstinado nesse ponto, absteve-se de insistir no assunto. Ela procurou descobrir alguns meios de colocar Antônia nas mãos do frade. Não demorou muito para que esse meio se apresentasse. Enquanto ia tramando, desse modo, a ruína da jovem, essa infeliz moça ainda sofria profundamente com a perda da mãe. Todas as manhãs, ao acordar, seu primeiro cuidado era correr para o quarto de Elvira. Naquele que se seguiu à visita fatal de Ambrósio, ela acordou mais tarde do que de costume: Convenceu-se disso ao ouvir os sinos do mosteiro tocando. Levantou-se da cama, vestiu algumas roupas às pressas e correu para perguntar como a mãe havia passado a noite, quando seu pé bateu em algo que obstruía a passagem. Olhou para baixo e qual não foi seu horror ao reconhecer o lívido cadáver de Elvira! Antônia deu um grito e se jogou no chão. Apertou contra o peito o corpo inanimado da mãe, sentiu que estava frio e, com um movimento de repulsa, que não conseguiu reprimir, deixou-o cair novamente de seus braços. O grito assustou Flora, que correu em sua ajuda. A cena que contemplou a deixou horrorizada, e seus gritos eram bem mais altos que os de Antônia. Até a casa ecoava seus lamentos, enquanto sua ama, quase sufocada pela dor, só conseguia mostrar sua angústia por meio de soluços e gemidos. Os gritos de Flora logo chegaram aos ouvidos da dona da casa, que tomou conhecimento da causa do alvoroço com terror e surpresa. Um médico foi imediatamente chamado, mas assim que observou o cadáver, declarou que a recuperação de Elvira estava além do poder da medicina. Passou, portanto, a prestar assistência a Antônia, que, a essa altura, precisava realmente de ajuda. Foi levada para a cama, enquanto a dona da casa se ocupava em dar ordens para o enterro de Elvira. A sra. Jacinta era uma mulher simples, amável, caridosa, generosa e devota, embora não fosse muito perspicaz e fosse uma miserável escrava do medo e da superstição. Ela estremecia diante da ideia de passar a noite na mesma casa onde havia um cadáver; estava convencida de que o fantasma de Elvira iria lhe aparecer e de que tal visita haveria de matá-la de medo. Por causa disso, resolveu passar a noite na casa de uma vizinha e insistiu para que o funeral fosse no dia seguinte. Visto que o cemitério de Santa Clara era o mais próximo, ficou acertado que Elvira deveria ser enterrada ali. Dona Jacinta se comprometeu a custear todas as despesas do funeral. Ela não sabia em que circunstâncias Antônia fora deixada, mas pela maneira econômica como a família vivia, concluiu que essas circunstâncias não influiriam em nada. Consequentemente, tinha poucas esperanças de recuperar o dinheiro, mas essa consideração não a impediu de cuidar para que o enterro fosse feito com decência e de mostrar à infeliz Antônia todo o respeito possível.

Ninguém morre de simples tristeza. Antônia era um exemplo disso. Auxiliada por sua constituição física jovem e saudável, livrou-se da profunda dor que a morte da mãe lhe havia causado. Mas não foi tão fácil remover a igualmente profunda prostração do espírito. Seus olhos estavam constantemente cheios de lágrimas. Qualquer ninharia a afetava e nutria evidentemente em seu peito uma profunda e enraizada melancolia. A menor menção de Elvira, a circunstância mais trivial que lhe trouxesse à memória a amada mãe bastava para deixá-la em séria agitação. Muito mais intensa teria sido sua dor, se tivesse conhecimento da terrível agonia que acabou com a existência de sua mãe! Mas disso ninguém suspeitava. Elvira vivia sujeita a fortes convulsões. Todos passaram a supor que, ao pressentir que teria outra, se havia arrastado até o quarto da filha, na esperança de ser socorrida, ou que um ataque súbito a havia acometido, violento demais para que seu estado de saúde já debilitado pudesse resistir; ou ainda, que havia expirado antes que tivesse tido tempo de apanhar o remédio que geralmente a aliviava e que estava numa prateleira, no quarto de Antônia. Essas hipóteses foram aceitas pelas poucas pessoas que se interessavam por Elvira. Sua morte foi considerada um acontecimento natural e logo esquecida por todos, exceto por aquela que tinha muitos motivos para deplorar sua perda.

Na verdade, a situação de Antônia era bastante embaraçosa e desagradável. Estava sozinha no meio de uma cidade dissoluta e cara. Estava mal de dinheiro e pior com amigos. Sua tia Leonella estava ainda em Córdoba, e Antônia não sabia de seu endereço. Nunca mais tinha tido notícias do marquês de las Cisternas. Quanto a Lorenzo, há muito havia abandonado a esperança de ter despertado nele algum interesse. Nesse dilema, não sabia a quem poderia se dirigir para pedir ajuda. Pensou em consultar Ambrósio. Mas se lembrou das recomendações da mãe para evitá-lo tanto quanto possível, e a última conversa que Elvira tivera com ela sobre o assunto lhe havia dado informações suficientes a respeito dos desígnios do monge, a fim de colocá-la em guarda contra ele no futuro. Ainda assim, todas as advertências da mãe não conseguiram mudar sua boa opinião sobre o frade. Ela continuava pensando que a amizade e a companhia dele eram indispensáveis para sua felicidade. Via as falhas dele com um olhar parcial e não conseguia se convencer de que ele pretendia realmente arruinar a vida dela. Mas Elvira lhe havia categoricamente ordenado que cortasse qualquer relacionamento com o frade, e ela tinha o maior respeito pelas ordens da mãe para desobedecê-las agora.

Por fim, resolveu pedir conselho e proteção ao marquês de las Cisternas, pois era seu parente mais próximo. Ela lhe escreveu, relatando brevemente sua desoladora situação. Implorou-lhe que se compadecesse da filha de seu irmão, que continuasse a lhe pagar a pensão de Elvira e que a autorizasse a se retirar para seu antigo castelo em Múrcia, que fora seu refúgio até agora. Depois de selar a carta, entregou-a à fiel Flora, que imediatamente se pôs a cumprir sua missão. Mas Antônia tinha nascido sob uma estrela azarada. Se tivesse enviado a carta ao marquês apenas um dia antes, se tivesse sido recebida como sua sobrinha e acolhida na família, teria escapado de todos os infortúnios que agora a ameaçavam. Ramón sempre tivera a intenção de executar esse plano, mas, primeiro, suas esperanças de fazer a proposta a Elvira pelos lábios de Agnes e, depois, sua decepção por perder sua noiva prometida, bem como a grave doença que por algum tempo o confinou na cama, obrigaram-no a adiar dia após dia a concessão de asilo em sua casa à viúva do irmão. Ele havia encarregado Lorenzo para lhe fornecer dinheiro em abundância. Mas Elvira, não querendo contrair obrigações com esse nobre, lhe garantiu que não precisava de ajuda financeira imediata. Consequentemente, o marquês não imaginou que um atraso insignificante de sua parte pudesse criar algum embaraço; e a angústia e a agitação de sua mente podiam muito bem desculpar sua negligência.

Se tivesse sido informado de que a morte de Elvira havia deixado sua sobrinha sem amigos e desprotegida, ele sem dúvida teria tomado medidas para protegê-la de todo perigo. Mas Antônia não estava destinada a ter tamanha sorte. A carta que enviou ao Palácio de las Cisternas chegou no dia seguinte à partida de Lorenzo de Madri. O marquês estava no auge do desespero, com a convicção de que Agnes realmente não existia mais. Em estado de delírio e com a vida em perigo, ninguém tinha permissão de se aproximar dele. Flora foi informada de que ele nem sequer recebia cartas e que provavelmente seu destino seria decidido dentro de poucas horas. Com essa resposta nada satisfatória, foi obrigada a voltar para sua ama, que agora se encontrava mergulhada em dificuldades maiores do que nunca.

Flora e dona Jacinta se empenharam em consolá-la. Essa última implorava para que ela se acalmasse, pois, enquanto optasse por ficar em sua casa, seria tratada como sua filha. Antônia, ao constatar que a boa mulher tinha grande afeto por ela, sentiu-se um tanto mais calma, ao pensar que tinha pelo menos uma amiga nesse mundo. Chegou então uma carta, endereçada a Elvira. Reconheceu a caligrafia de Leonella e, abrindo-a com alegria, encontrou um relato detalhado das aventuras da tia em Córdoba. Contava à irmã que tinha recebido a herança, que havia se apaixonado e que tinha recebido, em troca, o amor do mais afável dos boticários do passado, do presente e do futuro. Acrescentava que deveria estar em Madri na noite de terça-feira e pretendia ter o prazer de lhe apresentar seu caro esposo. Embora suas núpcias estivessem longe de agradar a Antônia, o regresso de Leonella encheu a sobrinha de alegria. E ficou feliz ao pensar que uma vez mais estaria sob os cuidados de um parente. Não podia deixar de julgar altamente impróprio para uma jovem viver entre pessoas totalmente desconhecidas, sem ninguém para regular sua conduta ou protegê-la das ofensas a que, em sua situação de indefesa, estaria exposta. Por isso aguardava com impaciência pela noite de terça-feira.

E essa noite chegou. Ansiosa, Antônia escutava o rumor das carruagens que passavam pela rua. Nenhuma delas parou, e a hora já ia adiantada, sem que Leonella aparecesse. Mesmo assim, Antônia resolveu esperar acordada até a chegada da tia e, apesar de todas as advertências dela, dona Jacinta e Flora insistiram em fazer o mesmo. As horas passavam lenta e tediosamente. A partida de Lorenzo de Madri tinha interrompido as serenatas. Ela esperava em vão ouvir o som habitual de violões embaixo da janela. Acabou tomando seu próprio violão e tocou alguns acordes. Mas a música havia perdido, naquela noite, todo o encanto, e ela logo repôs o instrumento no estojo. Sentou-se e tomou seu bastidor de bordar, mas nada dava certo. Faltava seda, a linha arrebentava a todo instante e as agulhas caíam tanto que pareciam animadas. Por fim, um pingo de cera da vela, que estava perto dela, caiu sobre sua coroa de violetas predileta. Isso a desanimou totalmente. Largou a agulha e o próprio bordado. Parecia que naquela noite nada conseguiria distraí-la. Sentia-se presa do tédio e resolveu ficar fazendo infrutíferos votos para que a tia chegasse de uma vez.

Ao caminhar com ar apático de um lado para outro do quarto, seus olhos se fixaram na porta que levava aos aposentos que haviam sido de sua mãe. Lembrou-se de que a pequena biblioteca de Elvira continuava ali e pensou que talvez pudesse encontrar algum livro para entretê-la até a chegada de Leonella. Tomou, portanto, a vela que estava em cima da mesa, passou pelo cubículo e entrou no aposento contíguo. Ao olhar a seu redor, a vista desse quarto lhe trouxe à memória mil ideias dolorosas. Era a primeira vez que entrava ali, desde a morte da mãe. O total silêncio que reinava no quarto, a cama sem cobertas, a lareira abandonada, uma lamparina apagada na cornija e algumas plantas fenecendo na janela, negligenciadas desde o falecimento de Elvira, inspiravam em Antônia uma melancólica reverência. A escuridão da noite intensificava essa sensação. Colocou a vela sobre a mesa e deixou-se cair numa grande cadeira, na qual tinha visto a mãe sentada milhares de vezes. Nunca mais a veria sentada ali! Lágrimas espontâneas escorriam por sua face, e ela se entregou à tristeza que se tornava mais profunda a cada momento.

Envergonhada por sua fraqueza, finalmente se levantou e começou a procurar o que a trouxera a esse cenário melancólico. A pequena coleção de livros estava disposta em várias prateleiras. Antônia examinou todos os livros, sem encontrar nada que pudesse interessá-la, até que pôs a mão num volume de antigas baladas espanholas. Leu algumas estrofes de uma delas, que despertaram sua curiosidade. Tomou o livro e sentou-se para folheá-lo com mais facilidade. Aumentou a chama da lamparina, que já se extinguia, e então leu a seguinte balada:

ALONSO, O BRAVO, E IMOGINE, A BELA

Um guerreiro tão ousado e uma donzela tão radiante
Conversavam, enquanto sentados na relva
Eles se olhavam com terno encanto;
Alonso, o Bravo, era o nome do cavaleiro,
O da moça era Imogine, a Bela.

"Oh!", disse o jovem, "amanhã vou partir
Para lutar em terras distantes,
Suas lágrimas por minha ausência logo deixarão de fluir,
Outro haverá de cortejá-la, e você haverá de ceder
A um pretendente mais rico, sua mão."

"Oh! deixe essas suspeitas", disse Imogine, a Bela,
"Ofensivas ao amor e a mim!
Pois, se estás vivo, ou se estás morto,
Juro pela Virgem, que ninguém em teu lugar
Haverá de ser o marido de Imogine."

"Se alguma vez, movida por prazer ou por riqueza
Eu me esquecer de meu Alonso, o Bravo,
Deus conceda que, para punir minha falsidade e orgulho,
Teu espectro no casamento se sente a meu lado,
Pode me acusar de perjúrio, reivindicar-me como noiva,
E que me leve para a sepultura!"

Para a Palestina marchou o herói tão ousado;
Seu amor, ela chorou amargamente.
Mas mal se passaram doze meses, quando eis que
Um barão todo coberto de joias e ouro
Chegou à porta de Imogine, a Bela.

Seu tesouro, seus presentes, seus domínios sem fim
Logo a tornaram infiel à sua promessa;
Ele lhe deslumbrou os olhos, lhe confundiu o cérebro,
Conquistou seu afeto tão fácil e tão falso,
E a levou para casa como esposa.

Abençoado o casamento pelo padre;
A grande festa das bodas começou:
As mesas gemiam com o peso das iguarias;
Nem o riso e a alegria haviam cessado
Quando o sino do castelo tocou "Uma hora!"

Então, com espanto, Imogine, a Bela, notou
Um estranho a seu lado, de terrível expressão;
Não emitia som, não falava, não se movia,
E não olhava em volta,
Mas sério olhava para a noiva.

De viseira fechada, gigantesca era sua altura;
Sua armadura era negra e luzidia;
À sua vista, todo o prazer e riso silenciaram;
Os cães, ao vê-lo, assustados recuaram,
As luzes do ambiente tomaram a cor azul!

Sua presença parecia paralisar a todos;
Os convidados ficaram mudos de medo.
Finalmente, falou a noiva, tremendo:
"Peço, senhor Cavaleiro, que retire seu elmo
E se digne participar de nossa alegria."

*A dama se calou. O estranho obedeceu.
Sua viseira se abre lentamente:
Oh! Deus! que visão para os olhos de Imogine!
Que palavras para clamar seu pavor e surpresa,
Quando o esqueleto exibiu sua caveira.*

*Todos os presentes gritaram aterrorizados;
Todos desviaram o rosto com aversão.
Vermes rastejavam para dentro e para fora,
E ostentava seus olhos e suas têmporas,
Enquanto o espectro se dirigia a Imogine.*

*"Olhe para mim, sua falsa! Eis-me aqui!", exclamou;
"Deve se lembrar de Alonso, o Bravo!
Deus quis, para punir sua falsidade e orgulho
Que meu espectro em seu casamento viesse sentar a seu lado,
Viesse acusá-la de perjúrio, reivindicá-la como noiva
E levá-la daqui diretamente para a sepultura!"*

*Assim dizendo, seus braços em volta da dama jogou,
Enquanto bem alto ela gritava, tomada de pavor;
Então com sua presa pelo campo aberto ele sumiu.
Nunca mais Imogine, a Bela, foi encontrada,
Nem o espectro que a levou para sempre.*

*Não viveu muito o barão; e ninguém desde então
Se dispôs a habitar o castelo,
Pois as crônicas contam que, por ordem sublime
Ali, Imogine sofre a dor de seu crime,
E lamenta seu deplorável destino.*

*À meia-noite, quatro vezes ao ano, seu espectro,
Enquanto os mortais estão entregues ao sono,
Todo de branco, no belo traje nupcial,
Aparece no salão com o cavaleiro-esqueleto,
E grita, enquanto ele rodopia em dança macabra.*

Enquanto bebem de crânios recém-tirados da sepultura,
Dançando em volta deles, os espectros são vistos:
O licor deles é sangue, e esse horrível verso
Eles uivam... "À saúde de Alonso, o Bravo,
E de sua consorte, a Falsa Imogine!"

A leitura dessa história não foi suficiente para dissipar a melancolia de Antônia, que tinha naturalmente uma forte inclinação para o maravilhoso. E sua ama, que acreditava firmemente em aparições, lhe havia contado, quando criança, tantas aventuras horríveis desse tipo, que todas as tentativas de Elvira falharam em erradicar essas impressões da mente da filha. Antônia ainda nutria certo preconceito com relação a superstições; muitas vezes ficava tomada de terror, mas quando descobria que sua causa era natural e insignificante, corava de vergonha por sua fraqueza. Com essa predisposição de espírito, a aventura que acabara de ler bastou para intensificar sua apreensão. A hora e o local contribuíam para sua inquietação. Era tarde da noite e ela estava sozinha, e no quarto outrora ocupado por sua falecida mãe. Fazia mau tempo, preanunciava tempestade; o vento uivava pela casa, as portas rangiam nos batentes e a chuva, que já caía forte, tamborilava nas janelas. Nenhum outro som era possível ouvir. A vela, agora queimando quase no toco, às vezes lançava uma chama abundante para cima, inundando o quarto de luz intensa, para depois enfraquecer novamente até quase se extinguir. O coração de Antônia palpitava agitado; seus olhos vagavam temerosos pelos objetos a seu redor, enquanto a chama trêmula os iluminava a intervalos. Tentou levantar-se, mas suas pernas tremiam tão violentamente, que não conseguiu soerguer-se. Então chamou Flora, que estava numa sala não muito distante; mas a agitação sufocou sua voz e seus gritos se reduziram a murmúrios inaudíveis.

Ela passou alguns minutos nessa situação, mas em seguida seus temores começaram a diminuir. Lutou para se recuperar e adquirir forças suficientes para deixar o aposento. Subitamente, imaginou ter ouvido um leve suspiro perto dela. Essa ideia trouxe de volta sua fraqueza de antes. Já havia se levantado da cadeira e estava a ponto de apanhar a lamparina da mesa. O ruído imaginário a deteve. Recolheu a mão e se apoiou no espaldar de uma cadeira. Ansiosa, apurou o ouvido, mas não escutou mais nada.

– Deus misericordioso! – disse ela para si mesma. – O que poderia ser esse som? Fui enganada ou realmente ouvi isso?

Suas reflexões foram interrompidas por um barulho na porta, rumor quase inaudível. Parecia que alguém estava sussurrando. Antônia ficou mais assustada ainda. Sabia que o trinco da porta estava abaixado, e esse pensamento a deixou um pouco mais tranquila. Logo a seguir, o trinco foi levantado suavemente, e a porta se moveu com cuidado para frente e para trás. O excesso de terror dava agora a Antônia aquela força de que até então havia sido privada. Saiu rapidamente de seu lugar e se dirigiu para a porta do cubículo, de onde logo poderia chegar ao quarto em que esperava encontrar Flora e dona Jacinta. Mal tinha alcançado o meio do aposento quando o trinco foi erguido uma segunda vez. Um movimento involuntário fez com que ela virasse a cabeça. Lenta e gradualmente, a porta girou sobre as dobradiças e, de pé no limiar, Antônia viu uma figura alta e magra, envolta numa mortalha branca que a cobria da cabeça aos pés.

Essa visão paralisou suas pernas e Antônia permaneceu como que petrificada no meio do aposento. O estranho, com passos medidos e solenes, aproximou-se da mesa. A vela, prestes a se apagar, produzia uma chama azul e melancólica enquanto ele avançava em sua direção. Acima da mesa estava fixado um pequeno relógio, cujo ponteiro maior marcava 3 horas. A figura parou diante do relógio. Ergueu o braço direito e apontou para a hora, ao mesmo tempo em que olhava seriamente para Antônia, que, imóvel e em silêncio, esperava a conclusão dessa cena.

A figura permaneceu nessa posição por alguns momentos. O relógio bateu as horas. Quando o som cessou, o desconhecido avançou mais alguns passos para mais perto de Antônia.

– Mais três dias – disse uma voz fraca, vazia e sepulcral. – Mais três dias e nos encontraremos novamente!

Ao ouvir essas palavras, Antônia estremeceu.

– Nós nos encontraremos de novo? – perguntou ela, finalmente, com dificuldade. – Onde haveremos de nos encontrar? Quem hei de encontrar?

A figura apontou para o chão com uma das mãos, e com a outra levantou o lençol que lhe cobria o rosto.

– Deus Todo-poderoso! Minha mãe! – gritou Antônia e caiu no chão, sem sentidos.

Dona Jacinta, que estava trabalhando num quarto vizinho, ficou assustada com o grito. Flora acabava de descer as escadas para buscar óleo novo para a lamparina, perto da qual as duas estavam sentadas. Por isso Jacinta foi correndo sozinha para ajudar Antônia, e grande foi seu espanto ao encontrá-la estendida no chão. Ergueu-a nos braços, levou-a para seu aposento e a colocou na cama ainda sem sentidos. Então passou a banhar-lhe as têmporas, esfregar-lhe as mãos e usar todos os meios possíveis para fazê-la voltar a si. Com alguma dificuldade, ela conseguiu. Antônia abriu os olhos e ficou olhando desesperadamente em volta.

– Onde ela está? – gritou ela, com voz trêmula. – Já foi embora? Estou a salvo? Fale comigo! Por favor, me console! Oh! fale comigo, pelo amor de Deus!

– A salvo de quem, minha filha? – replicou Jacinta, atônita. – O que a preocupa? De quem tem medo?

– Dentro de três dias! Ela me disse que deveríamos nos encontrar dentro de três dias! Eu a ouvi dizer isso! Eu a vi, Jacinta, eu a vi, há poucos instantes!

Ela se atirou no colo de Jacinta.

– Você a viu? Quem é que você viu?

– O fantasma de minha mãe!

– Jesus Cristo! – exclamou Jacinta. Levantando-se da cama, deixou Antônia cair sobre o travesseiro e, consternada, fugiu do quarto.

Ao descer às pressas a escada, encontrou Flora subindo.

– Vá ver sua patroa, Flora – disse ela. – Aqui há coisas muito estranhas! Oh! Eu sou a mulher mais infeliz deste mundo! Minha casa está cheia de fantasmas e de cadáveres, e sabe lá Deus o que mais! Mas tenho certeza de que ninguém gosta dessa companhia menos do que eu. Vá para junto de dona Antônia, Flora, que eu vou cuidar do que me cabe fazer.

Assim dizendo, continuou andando até a porta da rua, abriu-a e, sem se dar o tempo de colocar o véu, apressou o passo em direção do mosteiro dos Capuchinhos. Enquanto isso, Flora corria para os aposentos da patroa, igualmente surpresa e alarmada com a consternação de Jacinta. Encontrou Antônia deitada na cama, desmaiada. Utilizou os mesmos meios já empregados por Jacinta para fazê-la recobrar os sentidos. Mas percebendo que sua ama mal se recuperava de um desmaio para logo em seguida cair em outro, mandou chamar um médico a toda pressa. Enquanto esperava a chegada dele, despiu Antônia e a ajeitou novamente na cama.

Sem se importar com a tempestade, apavorada a ponto de quase perder as forças, Jacinta correu pelas ruas e só parou ao chegar ao portão do mosteiro. Tocou a campainha com força e, logo que o porteiro apareceu, pediu permissão para falar com o padre superior. Ambrósio estava, nesse momento, conversando com Matilde sobre os meios a empregar para chegar até Antônia. Permanecendo desconhecida a causa da morte de Elvira, ele estava convencido de que os crimes não eram tão rapidamente seguidos de punição, como seus instrutores, os monges, lhe haviam ensinado e como ele próprio acreditava até então. Essa convicção o levou a decidir-se pela ruína de Antônia, pois os perigos e as dificuldades que havia enfrentado para se aproveitar dela, parecia que só aumentaram seu desejo. O monge já havia feito uma tentativa de ser admitido na presença da jovem, mas Flora lhe negou a entrada de maneira tão categórica, que o convenceu de que todos os esforços futuros seriam igualmente inúteis. Elvira havia confidenciado suas suspeitas à fiel criada; ela a havia instruído para que nunca deixasse Ambrósio a sós com sua filha e, se possível, impedisse qualquer encontro entre os dois. Flora prometera obedecer e sempre tinha executado suas ordens ao pé da letra. A visita de Ambrósio havia sido negada naquela manhã, embora

Antônia nem sequer soubesse da tentativa do frade. Ele viu que chegar à presença de sua amada por meios abertos estava fora de questão; e tanto ele quanto Matilde passaram a noite tentando inventar algum plano, cujo resultado pudesse ter melhor êxito. Estavam precisamente discutindo um estratagema quando um irmão leigo entrou na cela do frade e o informou de que uma mulher chamada Jacinta Zuniga pedia para falar com ele por alguns minutos.

Ambrósio não estava de modo algum disposto a atender ao pedido da visitante. Ele se negou categoricamente e pediu ao irmão leigo que dissesse à estranha para voltar no dia seguinte. Matilde o interrompeu, dizendo em voz baixa:

– Atenda essa mulher. Tenho meus motivos.

O monge obedeceu e fez sinal de que iria imediatamente ao parlatório. Com essa resposta, o irmão leigo se retirou. Assim que ficaram a sós, Ambrósio perguntou a Matilde por que desejava que ele atendesse essa Jacinta.

– Ela é a dona da casa em que Antônia mora – respondeu Matilde. – Ela pode lhe ser útil. Mas vamos sondá-la e descobrir o que a traz aqui.

Seguiram juntos para a parlatório, onde Jacinta já esperava pelo frade superior. Ela tinha elevada estima pelo frade e acreditava cegamente na piedade e na virtude desse homem; e supondo que ele deveria ter grande influência sobre o diabo, pensou que deveria ser tarefa fácil para ele mandar o fantasma de Elvira para o Mar Vermelho. Foi essa convicção que a levou a se dirigir com tanta pressa para o mosteiro. Assim que viu o monge entrar no parlatório, caiu de joelhos e começou sua história da seguinte maneira:

– Oh! Reverendo padre! Que desastre! Que coisa estranha! Não sei o que posso fazer e, a menos que o senhor possa me ajudar, certamente vou enlouquecer. Bem, tenho certeza de que nunca houve mulher mais infeliz do que eu! Fiz tudo o que estava ao meu alcance para evitar semelhante abominação, mas tudo isso foi muito pouco. De que adianta rezar o rosário quatro vezes ao dia e observar todos os jejuns prescritos pelo calendário? De que adianta ter feito três peregrinações a Santiago de Compostela e ter comprado do Papa tantas indulgências quantas bastariam para resgatar a punição de Caim? Nada prospera comigo! Tudo dá errado, e só Deus sabe se alguma coisa vai dar certo! Pois agora, seja o senhor mesmo o juiz. Minha inquilina morre em meio a convulsões. Por pura bondade, eu a enterro às minhas custas (Não que ela seja minha parente ou que eu seja beneficiária e lucre algum dinheiro com sua morte. Não ganhei nada com isso e, portanto, o senhor sabe, reverendo padre, que a vida ou a morte dessa senhora era a mesma coisa para mim. Mas isso não vem a propósito. Voltando ao que eu estava dizendo), cuidei do funeral dela, fiz tudo de forma decente e adequada, dedicando-me totalmente, Deus sabe! E como o senhor acha que essa dama retribui minha bondade? Ora, na verdade, recusando-se a dormir tranquilamente em seu confortável caixão, como deveria fazer um espírito pacífico e bem-disposto, e voltando para me atormentar, a mim que nunca mais desejo vê-la novamente. Não é por nada, mas parece que se diverte em vir perturbar minha casa à meia-noite, entrando no quarto da filha pelo buraco da fechadura e assustando a pobre menina! Embora ela seja um fantasma, ela poderia ser mais educada e não entrar na casa de uma pessoa que gosta tão pouco de sua companhia. Mas quanto a mim, reverendo padre, a situação é simplesmente essa: se ela entrar em minha casa, eu terei de sair, pois não suporto visitantes desse tipo; era só o que faltava! Assim pode ver, santo homem, que sem sua ajuda estou arruinada e perdida para sempre. Serei obrigada a deixar minha casa. Ninguém haverá de comprá-la quando souber que é mal-assombrada, e então é claro que vou me encontrar numa bela situação! Que mulher sem sorte que sou! O que devo fazer! O que será de mim!

A essa altura, ela começou a chorar amargamente, retorcia as mãos e implorava para saber a opinião do padre superior a respeito desse caso.

– Na verdade, bondosa mulher – replicou ele –, será difícil para mim ajudá-la sem saber qual é seu problema. A senhora se esqueceu de me contar o que aconteceu e o que deseja.

– Minha nossa! – exclamou Jacinta. – Mas, meu santo homem,

o senhor tem razão! Esse, pois, é o fato contado em poucas palavras. Uma inquilina minha morreu recentemente, uma mulher muito boa, devo dizer isso em favor da mesma, pelo menos até onde eu sabia, embora não fosse grande coisa. Ela se mantinha a distância; pois, na verdade, ela se dava ares de superioridade, e sempre que eu me arriscava a falar-lhe, ela me olhava de uma forma que sempre fazia com que me sentisse um pouco esquisita... Que Deus me perdoe por dizer isso! Embora ela fosse mais arrogante do que o necessário e parecesse me menosprezar (ainda que, se estou bem informada, venho de pais tão bons quanto os dela, pois o pai dela era sapateiro em Córdoba e o meu era chapeleiro em Madri, sim senhor, e um chapeleiro muito respeitado também, posso lhe dizer), no entanto, apesar de todo o orgulho, ela era uma pessoa muito bem-comportada, e não pretendo ter inquilino melhor. Isso me faz pensar ainda mais no fato de ela não estar dormindo tranquilamente em seu túmulo; mas não há como confiar nas pessoas neste mundo! De minha parte, nunca a vi fazer algo errado, exceto na sexta-feira antes de sua morte. Na verdade, fiquei muito escandalizada ao vê-la comer uma asa de galinha! "Como, dona Flora!", disse eu (Flora, por favor, reverendo padre, é o nome da criada)... "Como, dona Flora!", disse eu. "Sua patroa come carne às sextas-feiras? Bem! Bem! Veja isso e lembre-se de que dona Jacinta a avisou a respeito!" Essas foram minhas palavras, mas ai de mim! Eu poderia muito bem ter segurado minha língua! Ninguém se importava comigo; e Flora, que é um tanto atrevida e mal-humorada (pior para ela, é o que posso dizer), me disse que não era pecado maior comer uma galinha do que o ovo de onde a própria galinha veio. Mais ainda, ela chegou a dizer que, se a patroa acrescentasse uma fatia de bacon, não estaria nem um palmo mais perto da condenação eterna, Deus nos proteja! Uma pobre alma pecadora e ignorante! Confesso, meu santo homem, que tremi ao ouvi-la proferir tais blasfêmias e esperava a cada momento ver a terra se abrindo para tragá-la, com galinha e tudo! Pois deve saber, venerando padre, que enquanto falava assim, ela segurava o prato em que estava a própria ave assada. E era um belo frango, devo dizer! Assado na grelha, pois eu mesma supervisionei o cozimento. Era um frangote criado em meu quintal, meu santo homem, e a carne era branca como uma casca de ovo, como, aliás, me disse a própria dona Elvira. "Dona Jacinta", disse ela, muito bem-humorada, embora, para dizer a verdade, ela sempre foi muito educada comigo...

A essa altura, Ambrósio perdeu a paciência. Ansioso por saber mais de Jacinta sobre o assunto que parecia envolver Antônia, quase enlouqueceu ao ouvir as divagações dessa velha mulher. Ele a interrompeu e afirmou que, se ela não contasse imediatamente sua história e encerrasse o assunto, ele iria sair do parlatório e deixaria que ela resolvesse seus problemas sozinha. Essa ameaça surtiu o efeito desejado. Jacinta contou seu caso com o mínimo de palavras de que foi capaz, mas seu relato era ainda tão prolixo que Ambrósio precisou de toda a paciência para suportar a narração até o fim.

– E assim, reverendo padre – disse ela, depois de relatar a morte e o sepultamento de Elvira, com todos os pormenores –, e assim, reverendo, ao ouvir o grito, larguei meu trabalho e corri até os aposentos de dona Antônia. Como não encontrei ninguém ali, passei para o quarto contíguo, mas confesso que fiquei com um pouco de medo de entrar, pois era exatamente o mesmo quarto onde dona Elvira costumava dormir. Mesmo assim, entrei e, de fato, lá estava a jovem deitada no chão, fria como uma pedra e branca como uma folha de papel. Fiquei surpresa, como meu santo homem pode supor. Mas, ai de mim! Como tremi quando vi a meu lado uma figura alta cuja cabeça tocava o teto! Confesso que o rosto era o de dona Elvira. Mas de sua boca saíam nuvens de fogo, seus braços carregavam pesadas correntes que balançavam tristemente, e cada fio de cabelo em sua cabeça era uma serpente tão grande quanto meu braço! Diante disso, fiquei realmente muito assustada e comecei a rezar minha Ave-Maria: mas o fantasma me interrompeu, deu três gemidos altos e rugiu com uma voz terrível: "Oh! Essa asa de galinha! Minha pobre alma sofre por isso!" Assim que ela proferiu essas frases, a terra se abriu, tragou o espectro, ouvi um estrondo de trovão, e o cômodo ficou impregnado com cheiro de enxofre. Quando me recuperei do susto e consegui fazer dona Antônia voltar a si, ela me disse que havia gritado ao ver o fantasma da mãe (e bem que podia gritar, pobre alma! Se eu estivesse no lugar dela, teria gritado dez vezes mais alto) e logo me veio à cabeça que, se havia alguém com o poder de aquietar esse espectro, esse alguém deveria ser o senhor, reverendo padre. Por isso vim para cá com toda a pressa para lhe suplicar que benza minha casa com água benta e mande a aparição para o fim do mundo.

Ambrósio arregalou os olhos ante essa história, mas não lhe deu crédito algum.

– Dona Antônia também viu o fantasma? – perguntou ele.

– Tão nitidamente como estou vendo o senhor, reverendo padre!

Ambrósio ficou calado por momentos. Era uma oportunidade que se oferecia para ele se aproximar de Antônia, mas ficou hesitante, pensando se deveria aproveitá-la. A reputação de que gozava em Madri ainda lhe era cara; e desde que havia perdido a realidade da virtude, parecia que a simulação da própria virtude havia se tornado mais valiosa. Estava ciente de que romper publicamente a regra de nunca deixar os muros do convento haveria de depreciar em muito sua suposta austeridade. Ao visitar Elvira, sempre teve o cuidado de manter suas feições escondidas dos criados; exceto pela dama, pela filha e pela fiel Flora, ele era conhecido nessa família pelo exclusivo nome de Padre Jerônimo. Se atendesse ao pedido de Jacinta e a acompanhasse até sua casa, sabia que a violação de sua regra não poderia ser mantida em segredo. Sua ânsia, porém, de ver Antônia obteve a vitória. Esperava até mesmo que a singularidade desse acontecimento o justificasse aos olhos de Madri. Mas quaisquer que fossem as consequências, resolveu aproveitar a oportunidade que o acaso lhe apresentara. Um olhar expressivo de Matilde confirmou sua resolução.

– Bondosa mulher – disse ele a Jacinta –, o que me diz é tão extraordinário, que mal posso acreditar em suas afirmações. Mas vou atender a seu pedido. Amanhã, depois das matinas, pode me esperar em sua casa. Então vou examinar direito o que posso fazer pela senhora e, se estiver ao meu alcance, vou libertá-la dessa visitante indesejada. Agora, vá para casa e que a paz esteja com a senhora!

– Para casa? – exclamou Jacinta. –Eu, voltar para casa? Não, por minha palavra dada! Se não for sob sua proteção, não ponho mais os pés dentro daquela casa. Deus me livre! O fantasma pode me encontrar na escada e me levar para os diabos! Oh! Se eu tivesse aceitado a proposta do jovem Melchior Basco! Então eu deveria ter alguém para me proteger; mas agora sou uma mulher solitária e não encontro nada além de cruzes e infortúnios! Graças a Deus, ainda não é tarde para se arrepender! Qualquer dia da semana Simon Gonzalez vai me fazer uma proposta e, se eu estiver viva até o amanhecer, vou me casar com ele imediatamente. Terei um marido, está decidido, pois agora que esse fantasma passou a morar em minha casa, vou morrer de medo de dormir sozinha. Mas, pelo amor de Deus, reverendo padre, venha comigo agora! Não poderei descansar até que a casa seja purificada, bem como aquela pobre jovem. Pobre menina! Está num estado lastimável; eu a deixei em meio a fortes convulsões e duvido que se recupere facilmente do susto.

O frade se sobressaltou e interrompeu de imediato a mulher.

– Em convulsões, está dizendo? Antônia tem convulsões? Vá em frente, boa mulher! Eu a sigo agora mesmo!

Jacinta insistiu para que ele levasse o jarro de água benta. E ele atendeu ao pedido. Pensando estar segura sob a proteção dele, mesmo que uma legião de fantasmas a atacasse, a velha senhora se desmanchou em agradecimentos, e os dois partiram para a Estrada de Santiago.

Tão forte havia sido a impressão que o espectro causou em Antônia, que nas primeiras duas ou três horas o médico declarou que a vida dela corria perigo. Por fim, quando as convulsões se tornaram cada vez menos frequentes, ele mudou de opinião. Disse que tudo o que era preciso fazer era mantê-la quieta; e ordenou que se preparasse um remédio que lhe tranquilizasse os nervos e lhe proporcionasse aquele repouso de que no momento tanto desejava. O fato de ver Ambrósio, que agora aparecia com Jacinta à sua cabeceira, contribuiu de modo especial para lhe acalmar o espírito. Elvira não havia lhe explicado de modo suficiente sobre a natureza dos desígnios do monge, acabando assim por deixar a filha totalmente alheia a respeito do perigo que a amizade com esse frade representava. Nesse momento, quando ainda horrorizada pela cena que acabava de presenciar e temendo ver a previsão do fantasma realizada, sua mente precisava de todos os socorros da amizade e da religião; por isso Antônia olhava para o frade com gratidão dobrada. Ainda existia aquela forte predisposição em favor dele, a mesma que sentira a primeira vez em que o havia visto. Imaginava, não sabia bem por quê, que a presença dele era uma salvaguarda para ela de todo perigo, insulto ou infortúnio. Mostrou-se imensamente grata pela visita e lhe contou o fato que tanto a havia aterrorizado.

O frade se esforçou para tranquilizá-la e convencê-la de que tudo não passava de uma ilusão de sua abalada imaginação. A solidão em que ela passara a noite, a penumbra do ambiente, o livro que estivera lendo e o quarto em que se encontrava, tudo havia contribuído para colocar diante dela semelhante visão. Ele achou ridícula a ideia de fantasmas e apresentou argumentos incisivos para provar a falácia dessa teoria. A conversa dele tranquilizou e confortou a jovem, mas não a convenceu. Não podia acreditar que o espectro tivesse sido mera criação de sua imaginação. Todos os pormenores estavam mais que bem impressos em sua mente, para permitir que ela pudesse acreditar nessa ideia. Por isso insistia em afirmar que havia visto realmente o fantasma da mãe, que a tinha ouvido anunciar a data de sua morte e declarar que nunca haveria de deixar aquela cama com vida. Ambrósio a desaconselhou a alimentar esses sentimentos e logo depois deixou o quarto, prometendo repetir a visita no dia seguinte. Antônia recebeu essa garantia com toda a alegria. Mas o monge percebeu facilmente que ele não era aceito da mesma forma pela criada da jovem. Flora obedecia às recomendações de Elvira com a mais escrupulosa observância. Examinava com um olhar ansioso todas as circunstâncias que poderiam, no mínimo, prejudicar sua jovem patroa, a quem se afeiçoara havia muitos anos. Ela era natural de Cuba, havia seguido Elvira para a Espanha e amava a jovem Antônia com afeto maternal. Flora não saiu do aposento em momento algum, enquanto o frade esteve lá: observou cada palavra, cada olhar, cada ação dele. Por sua vez, ele percebeu que o olhar desconfiado dela estava sempre fixo nele e, consciente de que seus desígnios não suportariam uma inspeção tão minuciosa, sentia-se frequentemente confuso e desconcertado. Sabia que ela duvidava da pureza de suas intenções, que nunca o deixaria sozinho com Antônia, e o fato de ver sua amada defendida pela presença dessa vigilante observadora, fazia com que ele se desesperasse na tentativa de encontrar os meios para satisfazer sua paixão.

Ao deixar a casa, Jacinta foi a seu encontro e pediu que fossem celebradas algumas missas para o repouso da alma de Elvira, que ela não duvidava que estivesse padecendo no purgatório. Ele prometeu não se esquecer desse pedido, mas conquistou inteiramente o coração da velha senhora ao comprometer-se de vigiar o quarto assombrado durante toda a noite seguinte. Jacinta não encontrou termos suficientemente fortes para expressar sua gratidão, e o monge partiu carregando as bênçãos que ela impetrava aos céus por ele.

Era dia claro quando ele retornou ao mosteiro. Sua primeira preocupação foi comunicar à sua confidente o que tinha acontecido. Sentia uma paixão sincera demais por Antônia para ouvir impassível a previsão de sua morte iminente, e estremeceu com a ideia de perder um ser que lhe era tão caro. A respeito disso, Matilde conseguiu tranquilizá-lo. Ela confirmou os argumentos que ele mesmo havia utilizado. Afirmou que Antônia tinha sido enganada por uma alucinação, pela melancolia que a oprimia no momento e pela inclinação natural de sua mente para a superstição e para o extraordinário. Quanto ao relato de Jacinta, não havia dúvida de que era absurdo. O frade não hesitou em acreditar que ela havia inventado toda a história por medo ou na esperança de convencê-lo mais prontamente a atender a seu pedido. Ignorando as apreensões do monge, Matilde continuou dessa forma:

– Tanto a predição quanto o fantasma são igualmente falsos; mas deve se preocupar, Ambrósio, em verificar a primeira. Antônia deverá, efetivamente, estar morta para o mundo dentro de três dias, mas deverá estar viva para você. A atual doença dela e essa fantasia que pôs na cabeça vão facilitar um plano que já venho arquitetando há muito tempo, mas que seria impraticável sem seu acesso a Antônia. Ela será sua, não por uma única noite, mas para sempre. De nada lhe adiantará toda a vigilância da criada. Você haverá de desfrutar, sem restrições, dos encantos de sua amada. Hoje mesmo o esquema deve ser posto em execução, pois você não tem tempo a perder. O sobrinho do duque de Medina Celi se prepara para pedir Antônia em casamento. Dentro de alguns dias, ela será levada para o palácio de um parente dele, o marquês de las Cisternas, e lá estará a salvo de seu assédio. Fui informada a respeito disso, durante sua ausência, por meus espiões, que estão sempre empenhados em me trazer notícias em seu benefício. Agora, pois, me escute. Há uma essência extraída de certas ervas, conhecidas por poucos, que estampa no semblante da pessoa que a bebe a imagem exata da morte. É preciso ministrá-la a Antônia. Você pode facilmente encontrar meios de colocar algumas gotas no remédio que deve ingerir. O efeito produzirá fortes convulsões por uma hora. Depois disso, o sangue deixará de fluir gradativamente e o coração deixará de bater. Uma palidez mortal tomará conta de suas feições, e ela se parecerá com um cadáver aos olhos de todos. Ela não tem amigos. Você poderá se responsabilizar pela organização do funeral, sem levantar suspeitas, e fará com que seja enterrada nas criptas de Santa Clara. O isolamento e o fácil acesso tornam essas cavernas o lugar ideal para seus planos. Dê a poção soporífera a Antônia essa mesma noite. Quarenta e oito horas depois de tê-la ingerido, a vida retornará a seu corpo. Ela estará então totalmente em seu poder; ela verá que toda resistência é inútil, e a necessidade a obrigará a recebê-lo em seus braços.

– Antônia estará em meu poder! – exclamou o monge. – Matilde, você me emociona! Finalmente, a felicidade será minha, e essa felicidade será um presente de Matilde, será um presente de amizade! Apertarei Antônia em meus braços, longe de todo olhar indiscreto, de todo intruso atormentador! Minha alma vai suspirar no peito dela. Ensinarei a seu jovem coração os primeiros rudimentos de prazer e me deliciarei descontroladamente na infinita variedade de seus encantos! E será meu, de fato, esse prazer? Poderei soltar as rédeas de meus anseios e satisfazer todos os meus desejos selvagens e tumultuosos? Oh! Matilde, como posso lhe expressar minha gratidão?

– Seguindo meus conselhos, Ambrósio. Eu vivo apenas para servi-lo. Seu interesse e felicidade são meus também. Que o corpo de

Antônia seja seu, mas sua amizade e seu coração, Ambrósio, ainda os reivindico como exclusivamente meus. Meu único prazer agora é contribuir com seus planos. Se meus esforços obtiverem a satisfação de seus desejos, considerarei meu trabalho amplamente recompensado. Mas não devemos perder tempo. A essência de que falei só pode ser encontrada no laboratório de Santa Clara. Vá depressa procurar a prioresa e peça permissão para entrar no laboratório; seu pedido não será negado. No fundo da grande sala, há um armário cheio de líquidos de cores e qualidades diferentes. A garrafa em questão está em separado na terceira prateleira, à esquerda. Contém um líquido esverdeado. Encha com ele um pequeno frasco quando não estiver sendo observado... e Antônia será sua.

O monge não hesitou em adotar esse plano infame. Seus desejos, antes violentos demais, adquiriram renovado vigor ao ver Antônia. Enquanto esteve sentado na cabeceira de sua cama, por acaso descobriu alguns daqueles encantos que até então lhe haviam passado despercebidos. Ele os julgou ainda mais perfeitos do que sua ardente imaginação os havia retratado. Às vezes, o braço dela, branco e polido, se exibia ao arrumar o travesseiro. Outras vezes, um movimento brusco descobria parte de seu seio. Mas onde quer que um recém-descoberto encanto se apresentasse, ali repousavam os insaciáveis olhos do frade. Mal conseguia dominar-se para esconder seus desejos de Antônia e de sua vigilante criada. Estimulado pela lembrança dessas belezas, aceitou o esquema traçado por Matilde, sem qualquer hesitação.

Assim que terminaram as matinas, ele se dirigiu ao convento de Santa Clara: Sua chegada deixou toda a irmandade no maior espanto. A prioresa, consciente da honra que era para seu convento receber a primeira visita do monge, esforçou-se para expressar sua gratidão com todas as atenções possíveis. Ele foi conduzido ao jardim, mostraram-lhe todas as relíquias de santos e mártires e foi tratado com tanto respeito e distinção como se fosse o próprio papa. De sua parte, Ambrósio recebeu as cortesias da madre superiora com simpatia e procurou lhe dissipar a surpresa por ele ter descumprido a resolução de não pisar fora dos muros de seu convento. Afirmou que, entre seus penitentes, a doença impedia a muitos de deixar suas casas. E essas eram exatamente as pessoas que mais precisavam de seus conselhos e do conforto da religião. Muitos pedidos lhe haviam sido feitos por essa razão e, embora contrariassem frontalmente seus desejos, julgou absolutamente necessário para o serviço dos céus mudar sua determinação e abandonar seu amado retiro. A prioresa aplaudiu seu zelo e sua caridade para com a humanidade. Afirmou que Madri tinha muita sorte de possuir um homem tão perfeito e irrepreensível. Em meio a essa conversa, o frade finalmente chegou ao laboratório. Encontrou o armário. A garrafa estava no lugar onde Matilde lhe havia descrito e o monge aproveitou a oportunidade para encher seu frasco com o sonífero, sem ser observado. Depois de participar de uma leve refeição nesse convento de religiosas, retirou-se satisfeito com o sucesso de sua visita, deixando as freiras encantadas com a honra que lhes havia concedido.

Ele esperou até a noite antes de tomar o caminho para a casa de Antônia. Jacinta o recebeu com entusiasmo e implorou para que não se esquecesse de sua promessa de passar a noite no quarto assombrado. Ele lhe repetiu a promessa. Encontrou Antônia razoavelmente bem, mas ainda obcecada pela predição do fantasma. Flora não se afastou do lado da cama da patroa, demonstrando com mais clareza do que na noite anterior seu desagrado pela presença do frade. Ainda assim, Ambrósio fingiu não perceber. O médico chegou, enquanto ele conversava com Antônia. Já estava escuro e a luz fazia falta. Flora foi obrigada a descer e providenciar velas ou lamparinas. Como ela deixava outra pessoa no quarto da doente e esperava ficar ausente por apenas alguns minutos, acreditou que não arriscaria nada ao deixar seu posto. Assim que ela saiu do quarto, Ambrósio se dirigiu à mesa, onde estava o remédio de Antônia. Estava num recesso da janela, junto à mesa. O médico, sentado numa poltrona e empenhado em fazer perguntas à paciente, não prestou atenção ao que o monge estava fazendo. Ambrósio aproveitou a oportunidade; tirou o frasco fatal e deixou cair algumas gotas no remédio. Afastou-se então rapidamente da mesa e voltou para o assento que havia deixado. Quando Flora apareceu com as luzes, tudo parecia estar exatamente como antes.

O médico disse que Antônia poderia deixar seus aposentos no dia seguinte em perfeita segurança. Recomendou que seguisse tomando a mesma medicação da noite anterior, que lhe havia proporcionado um sono reparador. Flora interveio dizendo que o remédio estava pronto sobre a mesa. Ele aconselhou a paciente a tomá-lo sem demora e se retirou. Flora pôs o remédio num copo e o deu à patroa. Nesse momento, faltou coragem a Ambrósio. Será que Matilde não o teria enganado? O ciúme não poderia tê-la persuadido a destruir sua rival e substituir o soporífero por um veneno? Essa ideia parecia tão razoável que ele estava a ponto de impedir que Antônia engolisse o remédio. Mas já era tarde demais. O copo já estava vazio e Antônia o devolveu a Flora. Não havia mais nada a se fazer. Ambrósio só podia ficar aguardando com impaciência pelo momento em que decidiria sobre a vida ou a morte de Antônia, sobre a própria felicidade ou seu desespero.

Temendo despertar suspeitas com sua permanência ou trair-se por seu nervosismo, despediu-se de sua vítima e saiu do quarto. Antônia despediu-se dele com menos cordialidade do que na noite anterior. Flora havia dito à sua patroa que admitir visitas do frade era desobedecer às ordens da falecida mãe. Ela lhe descreveu a emoção dele ao entrar no quarto, e o brilho que cintilava em seus olhos ao contemplá-la. Isso havia escapado à observação de Antônia, mas não à de sua criada. Ela lhe falou sobre os desígnios do monge e de suas prováveis consequências em termos muito mais claros do que os de Elvira, embora não tão delicados; conseguiu assim alarmar sua jovem patroa e persuadi-la a tratá-lo com mais distância do que o fizera até então. A ideia de obedecer à vontade da mãe foi determinante para Antônia. Embora sofresse por perder a companhia do monge, ela conseguiu se controlar para recebê-lo com certa reserva e frieza. Agradeceu com respeito e delicadeza por suas visitas anteriores, mas não o convidou a repeti-las no futuro. No momento, não era do interesse do frade insistir para ser recebido novamente em sua presença e se despediu dela como se não pretendesse voltar. Plenamente convencida de que o relacionamento, que ela temia, tinha chegado ao fim, Flora ficou tão incomodada por esse desfecho tão fácil, que começou a duvidar da legitimidade de suas suspeitas. Enquanto iluminava o caminho escada abaixo, ela lhe agradeceu por ter se empenhado para erradicar da mente de Antônia os supersticiosos temores da predição do fantasma. Acrescentou que, como ele parecia interessado no bem-estar de dona Antônia, se alguma mudança ocorresse no estado da jovem, ela teria o cuidado de avisá-lo. O monge, ao responder, fez questão de levantar a voz, esperando que Jacinta o ouvisse. Conseguiu o que queria, pois, ao chegar ao pé da escada com sua acompanhante, lá estava a dona da casa.

– O senhor não está indo embora, não é, reverendo padre? – perguntou ela. – Não prometeu passar a noite no quarto assombrado? Cristo Jesus! Terei de ficar sozinha com o fantasma e estarei em belos apuros pela manhã! Fiz tudo o que pude, disse tudo o que pude, mas aquele obstinado e velho bruto do Simon Gonzalez não quis se casar comigo hoje! E, antes que amanheça, acredito que serei despedaçada pelos fantasmas, duendes, demônios e não sei o que mais! Pelo amor de Deus, meu santo homem, não me deixe numa situação tão lamentável! De joelhos, imploro que cumpra sua promessa. Faça uma vigília esta noite no quarto assombrado. Mande a aparição para o fim do mundo, e Jacinta se lembrará do senhor em suas orações até o último dia de sua existência!

Era esse o pedido que Ambrósio esperava e desejava. Mas ele fingiu levantar objeções e se mostrar relutante em manter a palavra. Disse a Jacinta que o fantasma só existia em seu cérebro e que a insistência para que ele ficasse a noite toda na casa era ridícula e inútil. Jacinta se mostrava obstinada. Não se deu por vencida e pressionou o frade com tanta veemência para que não a deixasse como presa do demônio que, por fim, ele atendeu a seu pedido. Toda essa demonstração de resistência não chegou a impressionar Flora, que era naturalmente de temperamento desconfiado. Ela suspeitava que o monge estava desempenhando um papel contrário às próprias inclinações e que não desejava outra coisa senão permanecer onde estava. Ela chegou a acreditar que Jacinta fazia parte de todo um plano e chegou imediatamente a classificar a pobre velha como uma mera alcoviteira. Enquanto se congratulava por ter descoberto toda a trama contra a honra de sua patroa, ela resolveu, em segredo, inutilizá-la por completo.

– Então – disse ela ao frade, com um olhar meio irônico e meio indignado –; então o senhor pretende ficar aqui esta noite? Faça isso, em nome de Deus! Ninguém vai impedi-lo. Sente-se e espere a chegada do fantasma. Eu vou me sentar também e que Deus permita que eu não veja nada pior do que um fantasma! Não vou me afastar nem um momento da cabeceira de dona Antônia nesta bendita noite. Quero ver quem vai se atrever a entrar no quarto, seja ele mortal ou imortal, seja ele fantasma, demônio ou homem, garanto que se arrependerá de ter cruzado a soleira da porta!

Essa insinuação foi suficientemente clara, e Ambrósio compreendeu seu significado. Mas, em vez de demonstrar que percebera suas suspeitas, respondeu brandamente que aprovava as precauções da dona e a aconselhava a perseverar em sua intenção. Flora lhe assegurou que ele poderia estar certo de que assim faria. Jacinta o conduziu então até o quarto onde o fantasma havia aparecido, e Flora voltou para o de sua patroa.

Jacinta abriu a porta do quarto mal-assombrado com a mão trêmula. Aventurou-se a espreitar, mas nem por toda a riqueza da Índia teria tentado transpor a soleira. Entregou a vela ao monge, desejou-lhe boa sorte e saiu a toda pressa. Ambrósio entrou. Trancou a porta, colocou a vela sobre a mesa e sentou-se na cadeira que Antônia havia ocupado na noite anterior. Apesar das garantias de Matilde de que o fantasma era mera criação da fantasia, sua mente parecia invadida de certo horror misterioso. Foi em vão que tentou afastá-lo. O silêncio da noite, a história da aparição, o aposento forrado de lambris escuros de carvalho, a lembrança do assassinato de Elvira e a incerteza quanto à natureza das gotas dadas por ele a Antônia, tudo isso o deixava inquieto em sua situação atual. Mas ele pensava muito menos no fantasma do que no veneno. Será que poderia ter destruído o único objeto que tornaria a vida plena de sentido para ele; será que a previsão do fantasma poderia ser verdadeira; será que Antônia poderia morrer dentro de três dias e que seria ele a malfadada causa de sua morte... A suposição era horrível demais para pensar nela. Tentou afastar de sua cabeça essas imagens terríveis, mas quanto mais tentava com maior frequência elas voltavam. Matilde lhe havia assegurado que os efeitos do soporífero seriam rápidos. Ele escutava com medo, ainda que com ânsia, esperando ouvir alguma perturbação no quarto ao lado. Tudo permanecia em silêncio. Concluiu que o efeito das gotas não havia começado ainda. Difícil era a prova a que agora se submetia. Um momento seria suficiente para decidir sobre sua desgraça ou sua felicidade. Matilde havia lhe ensinado os meios para se assegurar de que a vida não estava extinta para sempre: Dessa prova dependiam todas as suas esperanças. A cada instante sua impaciência redobrava. Seus temores ficaram mais vivos, sua ansiedade mais desperta. Incapaz de suportar esse estado de incerteza, tentou se distrair, desviando seus pensamentos para qualquer outra coisa. Os livros, como já foi dito, estavam dispostos em prateleiras próximas à mesa. Essa se encontrava exatamente diante da cama, que ficava numa alcova perto da porta do cubículo. Ambrósio tomou um volume e sentou-se à mesa, mas não conseguiu manter a atenção presa às páginas do livro. A imagem de Antônia e aquela do assassinato de Elvira persistiam em se impor em sua imaginação. Mesmo assim, ele continuou lendo, embora seus olhos percorressem os caracteres sem que sua mente se concentrasse no significado que traduziam.

Essa era sua ocupação, quando imaginou ter ouvido passos. Olhou em derredor, mas não viu ninguém. Retomou o livro, mas alguns minutos depois, o mesmo som se repetiu, seguido por um farfalhar logo atrás dele. Levantou-se da cadeira e, olhando em volta, percebeu que a porta do cubículo estava entreaberta. Ao entrar pela primeira vez no quarto, ele tentou abri-la, mas a encontrou trancada pelo lado de dentro.

"O que é isso?", perguntou-se a si mesmo. "Como é que essa porta se abriu?

Aproximou-se dela, abriu-a totalmente e olhou para dentro do cubículo. Não havia ninguém. Enquanto permanecia indeciso, pensou ter ouvido um gemido no quarto contíguo. Era aquele de Antônia e supôs que as gotas começavam a fazer efeito. Mas, ouvindo com mais atenção, descobriu que o barulho era de Jacinta, que havia adormecido ao lado da cama da jovem e roncava à vontade. Ambrósio recuou e voltou para o outro quarto, perguntando-se como a porta do cubículo se abrira subitamente, mas não conseguiu encontrar explicação.

Andou pelo quarto, de um lado para outro, em silêncio. Por fim, parou e a cama atraiu sua atenção. O cortinado estava parcialmente aberto. Suspirou involuntariamente.

– Essa cama – disse ele, em voz baixa –, essa cama era de Elvira! Ela passou muitas noites tranquilas aqui, pois era uma mulher bondosa e inocente. Como deveria ter sido profundo seu sono! E agora dorme ainda mais profundamente! Será que ela realmente dorme? Oh! Queira Deus que sim! E se ela se levantasse do túmulo nessa hora tão triste e silenciosa? E se rompesse as amarras do caixão e flutuasse raivosamente diante de meus arregalados olhos? Oh! Eu nunca poderia suportar essa visão! Ver mais uma vez seu corpo distorcido pelas agonias da morte, suas veias inchadas, seu semblante lívido, seus olhos saltando de suas órbitas de tanta dor! Ouvi-la falar dos castigos futuros, ameaçando-me com a vingança dos céus, culpando-me dos crimes que cometi e dos que vou cometer... Grande Deus! O que é isso?

Ao proferir essas palavras, seus olhos, que estavam fixos na cama, viram a cortina balançar suavemente para frente e para trás. Recordou-se da falada aparição e quase imaginou ter visto a figura imaginária de Elvira reclinada na cama. Alguns momentos de reflexão foram suficientes para tranquilizá-lo.

– Foi apenas o vento – disse ele, recompondo-se.

Voltou a andar pelo quarto. Mas um movimento involuntário de temor e inquietude levava constantemente seu olhar para a alcova. Aproximou-se dela com indecisão. Parou antes de subir os poucos degraus que a ladeavam. Estendeu a mão três vezes para remover a cortina e por três vezes desistiu.

– Terrores absurdos! – exclamou ele, finalmente, sentindo-se envergonhado da própria fraqueza...

Subiu os degraus rapidamente e, nesse momento, uma figura vestida de branco saltou da alcova e passou por ele, seguindo em direção do cubículo. A loucura e o desespero deram ao monge aquela coragem que até então lhe havia faltado. Desceu os degraus, perseguiu a aparição e tentou agarrá-la.

– Fantasma ou demônio, vou agarrá-lo! – exclamou ele, segurando o fantasma pelo braço.

– Oh! Cristo Jesus! – gritou uma voz estridente. – Santo padre, por que me segura! Eu lhe asseguro que não quis lhe fazer mal!

Essas palavras, bem como o braço que segurava, convenceram o monge de que o suposto fantasma era de carne e osso. Puxou o intruso até a mesa e, apanhando a vela, descobriu que era o rosto de... Dona Flora!

Irritado por ter mostrado, por uma causa insignificante, temores tão ridículos, ele lhe perguntou, com ar severo, o que a havia levado a introduzir-se dessa forma naquele quarto. Flora, envergonhada por ter sido descoberta e apavorada com a severidade do olhar de Ambrósio, caiu de joelhos e prometeu fazer uma confissão completa.

– Confesso, reverendo padre – disse ela –, que estou muito triste por tê-lo perturbado; essa não era, realmente, minha intenção. Pretendia sair do quarto tão silenciosamente quanto entrei; se o senhor não ficasse sabendo que eu o vigiava, teria sido a mesma coisa como se eu nunca o tivesse vigiado. Certamente, fiz muito mal em espioná-lo, não posso negar. Mas, meu Deus! Reverendo padre, como pode uma pobre e fraca mulher resistir à curiosidade? A minha era tanta que eu quis saber o que o senhor estava fazendo e não pude deixar de dar uma espiada, sem que ninguém ficasse sabendo. Então deixei a velha dona Jacinta sentada ao lado da cama de minha patroa e me aventurei a entrar furtivamente no cubículo. Como não queria interrompê-lo, de início me contentei em olhar através do buraco da fechadura. Mas como não consegui ver nada, puxei o trinco e, enquanto o senhor estava de costas para a alcova, enfiei-me nela suave e silenciosamente. Ali fiquei escondida, atrás do cortinado, até que o senhor me descobriu e me agarrou antes que eu tivesse tempo de chegar à porta do cubículo.

Essa é toda a verdade, asseguro-lhe, meu santo padre, e peço-lhe mil vezes perdão por minha impertinência.

Durante essa fala, o frade teve tempo de se recompor. Ficou satisfeito ao ler para a espiã arrependida um texto sobre os perigos da curiosidade e a mesquinhez da ação em que ela acabara de ser descoberta. Flora declarou-se inteiramente convencida de que havia agido mal. Prometeu nunca mais reincidir no mesmo erro e estava se retirando muito humilde e contrita para o quarto de Antônia, quando a porta do cubículo repentinamente se abriu e Jacinta entrou apressada, pálida e sem fôlego.

– Oh! Padre! Padre! – exclamou ela, com voz quase embargada de terror. – O que devo fazer! O que devo fazer! Que triste situação! Nada além de infortúnios! Nada além de pessoas mortas e pessoas moribundas! Oh! Vou enlouquecer! Vou enlouquecer!

– Fale! Fale! – gritaram Flora e o monge, ao mesmo tempo. – O que aconteceu? Qual é o problema?

– Oh! Outro cadáver em minha casa! Certamente, alguma bruxa lançou um feitiço sobre minha casa, sobre mim e sobre tudo o que está a meu redor! Pobre dona Antônia! Lá está ela acometida das mesmas convulsões que mataram a mãe dela! O fantasma falou a verdade! Tenho certeza de que o fantasma lhe falou a verdade!

Flora correu, ou melhor, voou para o quarto da patroa. Ambrósio a seguiu, com o coração tremendo de esperança e de apreensão. Encontraram Antônia como Jacinta havia descrito, sofrendo violentas convulsões, das quais tentaram em vão aliviá-la. O monge mandou Jacinta ao mosteiro com toda a pressa e a encarregou de trazer o padre Pablos com ela, sem perda de tempo.

– Irei buscá-lo – respondeu Jacinta – e lhe direi que venha para cá. Mas quanto a acompanhá-lo até aqui, isso não vou fazer. Tenho certeza de que a casa está enfeitiçada e que vou morrer queimada, se eu pisar nela novamente.

Com essa resolução, ela partiu para o mosteiro e transmitiu ao padre Pablos as ordens do monge. Então se dirigiu para a casa do velho

Simón González, a quem decidiu nunca mais abandonar, até que fizesse dele seu marido e da residência dele a sua.

O padre Pablos mal viu Antônia, declarou-a incurável. As convulsões continuaram por uma hora. Durante esse tempo, sua agonia foi se tornando mais branda do que aquela cujos gemidos partiam o coração do frade. Cada expressão de dor da jovem era como se uma adaga se cravasse no peito dele, que se amaldiçoou mil vezes por ter executado um plano tão bárbaro. Com o passar das horas, aos poucos os ataques se tornaram menos frequentes e Antônia se mostrava menos agitada. Ela sentia que o desenlace se aproximava e que nada poderia salvá-la.

– Digno Ambrósio – disse ela, com voz débil, enquanto lhe beijava a mão –, agora me sinto livre para expressar quanto meu coração está agradecido por sua atenção e gentileza. Estou no leito de morte. Mais uma hora e não existirei mais. Por isso posso reconhecer sem restrições que renunciar à sua companhia foi muito doloroso para mim. Mas essa era a vontade de minha mãe e não me atrevi a desobedecer. Morro sem mágoa: são poucos os que lamentarão que eu os deixo; são poucos os que lamento deixar. Entre esses poucos, lamento ter de deixar o senhor. Mas nos encontraremos de novo, Ambrósio! Um dia nos encontraremos no céu. E lá, nossa amizade será renovada e minha mãe a verá com prazer!

Ela fez uma pausa. O frade estremeceu quando ela mencionou Elvira. Antônia atribuiu a emoção dele à piedade e ao respeito que sentia pela mãe dela.

– O senhor está triste por mim, padre – continuou ela. – Ah!, não lastime minha perda. Não tenho crimes de que me arrepender, pelo menos de nenhum dos quais tenho consciência, e restituo minha alma sem medo àquele de quem a recebi. Tenho poucos pedidos a fazer. Espero, no entanto, que os poucos que tenho sejam atendidos. Peço-lhe que mande oficiar uma missa solene para o repouso de minha alma e outra para o da alma de minha amada mãe. Não que eu duvide que ela esteja descansando em paz em sua sepultura; agora estou convencida de que minha razão estava divagando e a falsidade da previsão do fantasma é suficiente para provar meu erro. Mas todos têm suas falhas.

Minha mãe pode ter tido as dela, embora eu não as conhecesse; desejo, portanto, que uma missa seja celebrada para repouso dela, e as despesas podem ser cobertas pelas poucas economias que possuo. O que sobrar, deixo para minha tia Leonella. Depois que eu morrer, avise o marquês de las Cisternas que a infeliz família do irmão dele não haverá mais de importuná-lo. Mas o desapontamento que tive me torna injusta. Fiquei sabendo que ele está doente e, talvez, se estivesse em seu poder, teria me dado proteção. Diga-lhe apenas, padre, que estou morta e que, se acaso ele estivesse em falta comigo, eu o perdoaria de coração. Dito isso, nada mais tenho a pedir além de suas orações. Prometa lembrar-se de meus pedidos e renunciarei à minha vida sem dor nem tristeza.

Ambrósio se comprometeu a realizar seus desejos e passou a dar-lhe a absolvição. Cada momento parecia anunciar a aproximação do desenlace de Antônia. Sua visão falhava, seu coração batia lentamente, seus dedos se enrijeciam e ficavam frios e, às 2 da manhã, ela expirou sem um gemido. Assim que o último suspiro abandonou o corpo, o padre Pablos retirou-se, sinceramente afetado pela melancólica cena. De sua parte, Flora cedeu à dor mais descontrolada.

Ambrósio estava diante das mais diversas preocupações. Tentou auscultar a pulsação que, assim lhe garantira Matilde, provaria que a morte de Antônia era nada mais que temporal. Conseguiu e, com um pouco de pressão, sentiu a vida de Antônia palpitando sob sua mão e seu coração ficou como que extasiado. Procurou, no entanto, esconder cuidadosamente sua satisfação pelo êxito de seu plano. Assumiu um ar melancólico e, dirigindo-se a Flora, aconselhou-a a não se entregar a uma dor desesperadora. As lágrimas da mulher eram muito sinceras para permitir que ouvisse os conselhos dele, e continuou chorando copiosamente.

O frade se retirou, prometendo antes ocupar-se pessoalmente do funeral que, por consideração a Jacinta, como ele explicou, deveria se realizar com toda a diligência. Mergulhada na dor pela perda de sua querida ama, Flora mal prestou atenção ao que ele dizia. Ambrósio apressou-se em encomendar o enterro. Obteve permissão da prioresa para que o cadáver fosse depositado na cripta de Santa Clara; na sexta-feira de manhã, todas as cerimônias necessárias foram realizadas, e o corpo de Antônia baixou ao túmulo.

Nesse mesmo dia, Leonella chegou a Madri, com a intenção de apresentar seu jovem marido a Elvira. Circunstâncias diversas a haviam obrigado a adiar a viagem de terça para sexta-feira, e não tivera oportunidade de informar a irmã sobre essa alteração em seus planos. Como era de coração verdadeiramente afetuoso e como sempre teve uma consideração sincera por Elvira e sua filha, sua surpresa ao saber de seu súbito e melancólico destino foi acompanhada por imensa dor e desilusão. Ambrósio, atendendo às instruções deixadas por Antônia, prometeu que, tão logo tivesse quitado as pequenas dívidas de Elvira, lhe enviaria o resto do dinheiro. Assim acertados, como nenhum outro negócio detivesse Leonella em Madri, ela voltou para Córdoba com toda a pressa.

CAPÍTULO X

Oh! Se eu pudesse adorar qualquer coisa sob os céus
Que a terra viu ou a fantasia pudesse inventar,
Teu altar, sagrada liberdade, deveria estar erguido,
Levantado não por mãos vulgares de mercenários,
Com odorífera relva e lindas flores silvestres,
Sempre a adorná-lo ou a perfumá-lo com a brisa de verão.[39]

Com toda a sua atenção voltada para levar à Justiça os assassinos da irmã, Lorenzo mal podia pensar quanto haveria de sofrer por seus interesses do outro lado. Como já foi mencionado, ele não regressou a Madri até a noite daquele dia em que Antônia foi enterrada. Devendo transmitir ao inquisidor geral a ordem do cardeal-duque (cerimônia a não ser negligenciada quando um membro da Igreja devia ser preso publicamente) para comunicar seus desígnios ao tio e a dom Ramirez e mais, para reunir uma tropa de escolta suficientemente numerosa para impedir resistência, andou ocupado durante as poucas horas que antecederam a meia-noite. Consequentemente, não teve oportunidade de perguntar sobre sua amada e não tomou conhecimento tanto da morte da amada jovem quanto da morte da mãe dela.

O marquês ainda não estava totalmente fora de perigo. Seus delírios haviam cessado, mas o deixaram tão exausto, que os médicos se

---

39 De um poema de William Cowper (1731-1800), poeta e escritor inglês. (N.T.)

recusaram a se pronunciar sobre as prováveis consequências. Quanto ao próprio Ramón, nada mais desejava do que juntar-se a Agnes no túmulo. A existência já se havia tornado insuportável para ele. Não via nada no mundo que merecesse sua atenção, e só esperava ouvir que Agnes estava vingada para ele próprio morrer no mesmo momento.

Seguido pelas ardentes orações de Ramón por seu sucesso, Lorenzo chegou aos portões do convento de Santa Clara uma hora antes do horário marcado pela madre Santa Úrsula. Estava acompanhado pelo tio, por dom Ramirez de Mello e por um grupo de arqueiros selecionados. Embora em número considerável, a chegada deles não causou surpresa. Uma grande multidão já estava reunida às portas do convento, a fim de assistir à procissão. Era natural que todos imaginassem que Lorenzo e seus acompanhantes estivessem ali para a mesma finalidade. Ao reconhecer o duque de Medina, as pessoas recuavam e abriam passagem para seu grupo. Lorenzo colocou-se em frente ao grande portão, pelo qual os peregrinos deveriam passar. Convencido de que a prioresa não conseguiria escapar dele, esperou pacientemente por sua aparição, que deveria ocorrer exatamente à meia-noite.

As freiras estavam celebrando os atos de culto estabelecidos em honra de Santa Clara, nos quais nenhum leigo era admitido. As janelas da capela estavam iluminadas. Do lado de fora, as pessoas ouviam o alto volume do órgão, acompanhado por um coro de vozes femininas que se erguia na quietude da noite. As vozes do coral se calaram e foram seguidas por uma única voz entoando uma melodia: era a voz daquela que estava destinada a representar a figura de Santa Clara na procissão. Para esse papel era sempre escolhida a mais bela virgem de Madri, e a moça em quem recaía a escolha considerava o papel desempenhado como a mais alta das honrarias a que podia aspirar. Enquanto ouvia a música, cuja distância parecia tornar a melodia mais doce, a multidão seguia calada e em profunda atenção. Um silêncio total reinava na multidão, e cada coração estava tomado de reverência pela religião. Todos os corações, menos o de Lorenzo. Ciente de que entre aquelas que cantavam os louvores de Deus tão docemente, havia algumas que encobriam com devoção os pecados mais imundos; os hinos que entoavam com hipocrisia lhe causavam repugnância. Fazia muito tempo que observava com desaprovação e desprezo a superstição que governava os habitantes de Madri. Seu bom senso lhe havia apontado os artifícios dos monges e o grosseiro absurdo de seus milagres, maravilhas e supostas relíquias. Ficava envergonhado ao ver seus conterrâneos, ludibriados por enganos tão ridículos, e apenas desejava ter uma oportunidade para libertá-los dos grilhões monásticos. Essa oportunidade, há tanto tempo desejada em vão, finalmente se apresentava. Resolveu não deixá-la escapar, mas mostrar ao povo, em cores brilhantes, como eram enormes os abusos, frequentemente praticados em mosteiros, e como se concedia, de forma injusta e indiscriminada, estima pública a todos os que usavam um hábito religioso. Ansiava pelo momento destinado a desmascarar os hipócritas e a convencer seus conterrâneos de que nem sempre uma aparência de santidade esconde um coração virtuoso.

O serviço de culto continuou até o momento em que o sino do convento tocou meia-noite. Assim que o som do sino foi ouvido, a música parou. As vozes diminuíram suavemente, e logo depois as luzes desapareceram das janelas da capela. O coração de Lorenzo bateu forte quando percebeu que a execução de seu plano estava próxima. Ele se preparou para alguma resistência, por causa da superstição natural do povo. Mas confiava que madre Santa Úrsula haveria de contribuir com bons motivos para justificar seu procedimento. Ele se sentia bem forte para repelir o primeiro impulso da população, até que seus argumentos fossem ouvidos. Seu único medo era que a madre superiora, suspeitando desse plano, tivesse feito sumir ou trancafiado a freira de cujo depoimento tudo dependia. A menos que madre Santa Úrsula estivesse presente, ele só poderia dizer que a prioresa era suspeita de acusação; e esse pensamento lhe dava um pouco de apreensão quanto ao sucesso da execução do plano. A tranquilidade que parecia reinar no convento o deixava um pouco mais calmo. Ainda assim, esperava o momento com ansiedade quando a presença de sua aliada deveria eliminar qualquer dúvida.

O mosteiro dos Capuchinhos só estava separado do convento das freiras pelo jardim e pelo cemitério. Os monges tinham sido convidados a assistir à procissão. Eles vinham se aproximando, caminhando dois a dois, com tochas acesas nas mãos e entoando hinos em homenagem a Santa Clara. Frei Pablos estava à frente, pois o frade superior se desculpou por não comparecer. O povo abriu caminho para o santo cortejo, e os frades se colocaram em fila em cada lado do portão principal. Alguns minutos bastaram para organizar a ordem da procissão. Feito isso, as portas do convento se abriram de par em par e mais uma vez o coral feminino se fez ouvir em plena melodia. Em primeiro lugar, apareceu um grupo do coral. Logo que as freiras desse grupo passaram, os monges as seguiram em fila dupla, com passos lentos e medidos. Em seguida vieram as noviças, que não carregavam velas, como as irmãs professas, mas seguiam de olhos baixos e pareciam estar ocupadas recitando o rosário. Atrás delas, vinha uma jovem e encantadora moça, que representava Santa Luzia, e trazia nas mãos um pires dourado, no qual havia dois olhos. Os dela estavam cobertos por uma bandagem de veludo, e ela era conduzida por outra freira, vestida de anjo. Era seguida por Santa Catarina, com um ramo de palmeira numa das mãos e com uma espada flamejante na outra; estava vestida de branco, e sua cabeça estava ornamentada com um diadema brilhante. Depois dela vinha Santa Genoveva, cercada por um bom número de diabinhos que assumiam atitudes grotescas, puxando-a pelo manto e brincando em sua volta com gestos esquisitos, tentando desviar a atenção dela do livro, no qual seus olhos estavam constantemente fixos. Esses alegres diabinhos divertiram sobremaneira os espectadores, que manifestaram seu prazer por repetidas gargalhadas. A prioresa tivera o cuidado de escolher uma freira de temperamento naturalmente grave e solene. Tinha todos os motivos para estar satisfeita com sua escolha. As brincadeiras dos diabinhos de nada adiantavam, pois Santa Genoveva seguiu em frente sem mexer um músculo sequer.

Cada uma dessas santas era separada da outra por um grupo do coral que a exaltava entoando hinos, mas declarando-a inferior a Santa Clara, padroeira do convento. Depois delas, surgiu um longo séquito de freiras, cada uma levando uma vela acesa, como aquelas que formavam o coro. Em seguida, vinham as relíquias de Santa Clara, encerradas em recipientes igualmente preciosos por seu material e por sua confecção. Mas não foram elas que atraíram a atenção de Lorenzo. A freira que carregava o coração da santa era a que realmente interessava. De acordo com a descrição de Teodoro, não restava dúvida de que era a madre Santa Úrsula. Ela parecia olhar em volta com ansiedade. Como ele se encontrava na primeira fila, por onde a procissão deveria passar, os olhos dela encontraram os de Lorenzo. Um rubor de alegria inundou suas faces, até então pálidas. Ela se voltou, ansiosa, para sua acompanhante.

– Estamos salvas! – ele a ouviu sussurrar. – É o irmão dela!

Com o coração em paz, agora, Lorenzo assistiu com tranquilidade ao resto do espetáculo. Agora vinha o ornamento mais brilhante. Era uma máquina construída como um trono, adornada com joias e iluminada de forma deslumbrante. Avançava rolando sobre rodas ocultas e era empurrada por várias adoráveis crianças, vestidas de serafins. A parte de cima estava coberta de nuvens prateadas, entre as quais se sobressaía a figura mais bela que os olhos jamais viram: a donzela que representava Santa Clara: Seu vestido era de valor inestimável e, na cabeça, uma coroa de diamantes formava uma auréola artificial. Mas todos esses ornamentos eram ofuscados diante do esplendor dos encantos da jovem. Ao avançar, um murmúrio de alegria percorreu a multidão. Até mesmo Lorenzo confessou secretamente que nunca tinha visto beleza mais perfeita e, se seu coração já não pertencesse a Antônia, teria sido vítima dessa encantadora moça. Dessa maneira, ele a considerou apenas como uma bela estátua, não obtendo da parte dele nenhum tributo a não ser uma fria admiração; e depois que passou por ele, não pensou mais nela.

– Quem é ela? – perguntou um espectador, perto de Lorenzo.

– Alguém de cuja beleza já deve ter ouvido falar com frequência. O nome dela é Virgínia de Villa-Franca. É pensionista no convento de Santa Clara, parente da prioresa, e foi escolhida com justiça como ornamento da procissão.

O trono seguia em frente. Era seguido pela própria prioresa. Ela caminhava na frente das demais freiras com um ar devoto e de uma santa, encerrando a procissão. Movia-se lentamente. Seus olhos se erguiam aos céus. Seu semblante calmo e tranquilo parecia alheio a todas as coisas deste mundo e nenhum traço traía seu orgulho secreto ao exibir a pompa e a opulência de seu convento. Ia passando, acompanhada pelas orações e bênçãos do povo presente. Mas grande foi a confusão e geral foi a surpresa quando dom Ramirez avançou na direção dela e anunciou que estava presa.

Durante um momento, o susto manteve a madre superiora silenciosa e imóvel. Mas assim que se recuperou, exclamou que aquilo era sacrilégio e impiedade e convocou o povo para que resgatasse uma filha da Igreja. Populares estavam ansiosos e prontos para obedecer quando dom Ramirez, protegido da fúria pelos arqueiros, ordenou que desistissem e os ameaçou com a mais severa vingança da Inquisição. A essas terríveis palavras, todas as armas foram baixadas, todas as espadas foram recolhidas em suas bainhas. A própria prioresa empalideceu e estremeceu. O silêncio geral a convenceu de que não tinha mais esperança e que somente sua inocência poderia salvá-la; transtornada, implorou então a dom Ramirez, com voz alterada, que a informasse de que crime era acusada.

– Saberá disso no momento adequado – respondeu ele. – Mas antes de tudo devo deter madre Santa Úrsula.

– Madre Santa Úrsula? – repetiu a prioresa, com voz fraca.

Nesse momento, lançando os olhos em volta, viu perto dela Lorenzo e o duque, que haviam seguido dom Ramirez.

– Ah!, meu Deus! – exclamou ela, juntando as mãos com ar de desespero. – Fui traída!

– Traída? – replicou madre Santa Úrsula, chegando nesse momento, acompanhada de alguns arqueiros, e seguida pela freira, sua companheira na procissão. – Traída não, mas descoberta. Reconheça em mim sua acusadora. Nem pode imaginar quanto eu sei sobre sua culpa! Senhor, meu Deus! – continuou ela, voltando-se para dom Ramirez. – Eu me ponho sob sua custódia. Acuso a prioresa de

Santa Clara de assassinato e respondo com minha vida pela justiça da acusação.

Um grande clamor de total surpresa se ouviu por todos os lados e uma explicação foi exigida por todos em altos brados. As freiras, tremendo e aterrorizadas com o barulho e a confusão geral, se dispersaram e fugiram por onde podiam. Algumas conseguiram retornar ao convento; outras buscaram refúgio nas casas de parentes; e muitas, conscientes do perigo iminente e ansiosas para escapar do tumulto, corriam pelas ruas e vagavam, sem saber para onde ir. A adorável Virginia foi uma das primeiras a fugir. E, para que pudesse ser vista e ouvida melhor, as pessoas pediram para que madre Santa Úrsula lhes falasse de cima do trono ora vazio. A freira obedeceu e subiu na reluzente máquina; e dali se dirigiu à multidão circunstante da seguinte maneira:

– Por mais estranha e indecorosa que possa parecer minha conduta, ao levar em consideração que sou uma mulher e uma freira, a necessidade a justificará plenamente. Um segredo, um segredo horrível pesa em minha alma. Não poderei ter nenhum descanso enquanto não o tiver revelado ao mundo e não tiver atendido aos anseios daquele sangue inocente que clama por vingança em seu túmulo. Não foi pouco o que tive de ousar para obter esta oportunidade de aliviar minha consciência. Se eu tivesse fracassado em minha tentativa de revelar o crime, ou se a madre superiora tivesse suspeitado de que eu conhecia o segredo, minha ruína seria inevitável. Anjos, que vigiam incessantemente aqueles que merecem seu favor, permitiram que eu não fosse descoberta. Agora estou livre para relatar uma história cujas circunstâncias haverão de causar horror a todas as almas honestas. Minha tarefa é rasgar o véu da hipocrisia e mostrar aos pais desavisados a que perigos estão expostas as mulheres que caem sob o domínio dessa tirania monástica. Entre as freiras de Santa Clara, nenhuma era mais amável, nenhuma era mais afável do que Agnes de Medina. Eu a conhecia muito bem. Ela me confiava todos os segredos de seu coração. Eu era sua amiga e confidente e a amava com afeto sincero. Não somente eu. Sua piedade autêntica, sua vontade de agradar e sua disposição angelical fizeram dela a mais amada de todas as que eram estimadas no convento. A própria prioresa, orgulhosa, escrupulosa e ameaçadora, não podia recusar a Agnes aquele tributo de aprovação que não concedia a mais ninguém. Todos temos nossas fraquezas. Infelizmente, Agnes também teve sua fraqueza! Ela violou as leis de nossa Ordem e atraiu o inveterado ódio da implacável madre superiora. As regras de Santa Clara são severas. Mas, tornando-se antiquadas e negligenciadas, muitas delas foram, nos últimos anos, esquecidas ou transformadas, por consentimento universal, em punições mais brandas. A pena prevista para o crime de Agnes era a mais cruel e a mais desumana! A lei já não era aplicada há muito tempo. Infelizmente, porém, ainda existia, e a vingativa prioresa estava determinada a aplicá-la. Essa lei decretava que a pecadora deveria ser encerrada numa masmorra secreta, expressamente destinada a esconder do mundo para sempre a vítima da crueldade e da tirânica superstição. Nessa terrível moradia, ela deveria viver em perpétua solidão, privada de qualquer companhia e considerada morta por aqueles cujo afeto poderia levá-los a tentar seu resgate. Assim, ela deveria definhar pelo resto de seus dias, sem outro alimento além de pão e água, e sem outro consolo além da livre indulgência de suas lágrimas.

A indignação despertada por esse relato foi tão violenta, que madre Santa Úrsula foi interrompida várias vezes durante sua narração. Quando a perturbação terminou e o silêncio prevaleceu novamente na multidão, ela continuou seu discurso, enquanto, a cada palavra proferida, o semblante da madre superiora traía seus crescentes terrores.

– Foi convocado um conselho das doze freiras mais idosas, e eu estava entre elas. A prioresa descreveu em cores exageradas a transgressão de Agnes e não teve escrúpulos em propor que fosse posta em prática essa lei quase esquecida. Para vergonha de nosso sexo, devo dizer que, ou porque a vontade da madre superiora era absoluta no convento, ou porque o desapontamento, a solidão e a abnegação tinham endurecido nossos corações e modificaram nosso caráter, o caso é que essa bárbara proposta foi aceita por nove votos de um total de doze. Eu não era uma das nove. Frequentes oportunidades me convenceram das virtudes de Agnes, e eu a amava e tinha pena dela com toda a sinceridade. Juntaram-se a mim as madres Berta e Cornélia. Decidimos nos opor com a maior força possível, e a madre superiora se viu obrigada a modificar seu plano. Apesar da maioria das irmãs desse conselho estar a seu favor, ela temia romper conosco abertamente. Sabia que, apoiadas pela família Medina, nossas forças seriam ponderosas demais para que ela as enfrentasse. E sabia também que, uma vez aprisionada e considerada morta, se Agnes fosse descoberta, sua ruína seria inevitável. Ela desistiu, portanto, de seu plano, embora com muita relutância. Pediu alguns dias para refletir sobre um modo de punição que pudesse satisfazer a toda a comunidade e prometeu que, tão logo chegasse a uma conclusão, tornaria a convocar o mesmo conselho. Dois dias se passaram. Na noite do terceiro dia, foi anunciado que Agnes deveria ser interrogada no dia seguinte e que, de acordo com seu comportamento na ocasião, sua punição poderia ser reforçada ou mitigada. Na noite anterior ao interrogatório, fui furtivamente à cela de Agnes, numa hora em que supunha que as outras freiras estivessem pregadas no sono. Eu a consolei da melhor maneira possível. Pedi-lhe que tivesse coragem, disse-lhe para contar com o apoio de suas amigas e lhe ensinei certos sinais, por meio dos quais eu poderia lhe acenar se a resposta à madre superiora deveria ser afirmativa ou negativa. Ciente de que a inimiga tentaria confundi-la, embaraçá-la e intimidá-la, eu temia que ela se enredasse em alguma confissão prejudicial a seus interesses. Ansiosa por manter minha visita em segredo, fiquei pouco tempo com Agnes. Disse-lhe que não deixasse seu espírito se abater. Misturei minhas lágrimas às que lhe escorriam pelo rosto, abracei-a com carinho e estava prestes a me retirar, quando ouvi o som de passos que se aproximavam da cela. Eu recuei. Uma cortina que encobria um grande crucifixo me oferecia refúgio, e corri para trás dela. A porta se abriu. A prioresa entrou, seguida por outras quatro freiras. Aproximaram-se da cama de Agnes. A superiora a recriminou pelos erros cometidos nos termos mais amargos. Disse-lhe que era uma desgraça para o convento, que estava decidida a livrar o mundo e ela própria de tal monstro, e ordenou que bebesse o conteúdo de uma taça que lhe era apresentada por uma das freiras. Ciente das propriedades fatais da bebida e tremendo estar às portas da eternidade, a infeliz se esforçou para despertar a piedade da madre superiora com as mais comoventes súplicas. Implorou por sua vida, em termos que poderiam ter derretido o coração de um demônio. Prometeu submeter-se pacientemente a qualquer punição, vergonha, prisão e tortura, se lhe fosse dado viver! Oh! Se pudesse viver só mais um mês, ou uma semana, ou um dia! Sua impiedosa inimiga ouvia as queixas de modo impassível. Disse-lhe que, a princípio, pretendia poupar-lhe a vida e que, se agora mudava de opinião, deveria agradecer à oposição de suas amigas. Continuou insistindo para que ingerisse o veneno. Pediu-lhe que se entregasse à misericórdia do Todo-poderoso, não à dela, e assegurou-lhe que, dentro de uma hora, ela seria contada entre os mortos. Percebendo que seria inútil continuar implorando a essa mulher insensível, Agnes tentou pular da cama e pedir ajuda. Ela esperava que, se não pudesse escapar do destino que lhe fora anunciado, ao menos alguém haveria de testemunhar a violência cometida contra ela. A prioresa adivinhou sua intenção. Agarrou-a com força pelo braço e a empurrou de volta para a cama. Ao mesmo tempo, sacou uma adaga e, encostando-a no peito da infeliz Agnes, disse-lhe que se desse um único grito ou hesitasse um só instante em beber o veneno, perfuraria seu coração naquele exato momento. Já meio morta de medo, Agnes não conseguiu mais oferecer nenhuma resistência. A freira se aproximou com a taça fatal. A prioresa a obrigou a segurar a taça e a engolir o conteúdo. Ela bebeu, e o terrível ato foi consumado. As freiras então se sentaram ao redor da cama. Respondiam aos gemidos de Agnes com reprovações. Interrompiam com sarcasmos as orações com que ela recomendava sua alma à misericórdia divina. Elas a ameaçavam com a vingança do céu e com a perdição eterna. Disseram-lhe para não esperar por perdão e tornaram ainda mais doloroso seu leito de morte, como se estivesse recoberto de espinhos pontiagudos. Esses foram os sofrimentos dessa jovem infeliz, até que o destino a libertou da maldade de suas atormentadoras. Ela expirou horrorizada pelo passado e com medo do futuro; e sua agonia foi tão atroz que deve ter satisfeito amplamente o ódio e a vingança de suas inimigas. Assim que a vítima deixou de respirar, a madre superiora se retirou e foi seguida por suas cúmplices. Foi então que me aventurei a deixar meu esconderijo. Não me atrevia a socorrer minha infeliz amiga, ciente de que não teria conseguido salvá-la, além de ter atraído sobre mim o mesmo cruel desenlace. Completamente chocada e apavorada com essa horrível cena, mal tive forças suficientes para retornar à minha cela. Ao chegar à porta da cela de Agnes, aventurei-me a olhar para a cama, onde jazia seu corpo sem vida, antes tão belo e tão doce! Murmurei uma oração por seu espírito que partira e jurei vingar sua morte por meio da vergonha e da punição de suas assassinas. Correndo perigo e com dificuldade, mantive meu juramento. Inadvertidamente, durante o funeral de Agnes, dominada pela dor, deixei escapar algumas palavras que alarmaram a consciência culpada da prioresa. Todas as minhas ações passaram a ser observadas, todos os meus passos eram vigiados. Eu estava constantemente cercada pelas espiãs da madre superiora. Muito tempo decorreu antes que eu pudesse encontrar um meio de enviar aos parentes dessa infeliz jovem uma insinuação de meu segredo. Haviam divulgado que Agnes tinha expirado subitamente. Essa explicação foi aceita não somente pelos amigos em Madri, mas também pelas pessoas dentro do convento. O veneno não deixou sinais em seu corpo. Ninguém suspeitou da verdadeira causa da morte, que permaneceu desconhecida de todos, exceto para as assassinas e para mim. Não tenho mais nada a dizer. Respondo com minha vida pelo que já disse. Repito que a prioresa é uma assassina; que ela expulsou do mundo, talvez do céu, uma infeliz cuja ofensa era leve e venial; que ela abusou do poder confiado a suas mãos e tem sido uma tirana, bárbara e hipócrita. Acuso também as quatro freiras, Violante, Camila, Alix e Mariana, como suas cúmplices e igualmente criminosas.

Assim, madre Santa Úrsula terminou sua narrativa. Deixou a todos surpresos e horrorizados. Mas, quando relatou o desumano assassinato de Agnes, a indignação da multidão se manifestou de forma tão ruidosa, que mal se pôde ouvir a conclusão do relato de madre Santa Úrsula. Essa confusão aumentava a cada momento. Por fim, uma multidão de vozes gritava que a prioresa deveria ser entregue à fúria do povo. Mas dom Ramirez recusou-se categoricamente a consentir nisso. Até mesmo Lorenzo fez com que as pessoas se lembrassem de que ela não havia sido submetida a julgamento e aconselhou a deixar sua punição a cargo da Inquisição. Todos os protestos foram infrutíferos. O tumulto se tornou ainda mais violento, e a população, mais exasperada. Era em vão que Ramirez tentava tirar a prisioneira do meio da multidão. Para onde quer que ele se voltasse, um bando de manifestantes barrava sua passagem e exigia que ela fosse entregue a eles, e isso mais ruidosamente do que antes. Ramirez ordenou aos membros da escolta que abrissem caminho no meio da multidão, mas oprimidos pelo considerável número de revoltados, não conseguiam sacar suas espadas. Ele ameaçou a multidão com a vingança da Inquisição. Nesse momento de exasperação popular, até mesmo esse nome amedrontador havia perdido seu efeito. Ainda que o pesar pela perda da irmã o fizesse olhar para a prioresa com aversão, Lorenzo não pôde deixar de sentir pena de uma mulher numa situação tão terrível. Mas, apesar de todos os seus esforços, daqueles do duque, dos de dom Ramirez e dos arqueiros, os espectadores ali reunidos continuaram avançando. Forçaram uma passagem entre os guardas que protegiam a vítima, arrastaram-na para fora daquele cerco que a abrigava e começaram a se vingar dela da forma mais sumária e cruel. Louca de terror e sem saber o que dizia, a miserável gritava por um momento de misericórdia. Protestou dizendo que não era culpada pela morte de Agnes e que poderia se livrar, sem sombra de dúvida, de qualquer suspeita. Os amotinados não deram a menor atenção e só queriam satisfazer sua bárbara vingança. Recusaram-se a escutá-la e passaram a lhe dirigir todo tipo de insulto, cobriram-na de lama e sujeira e a chamavam pelos nomes mais ultrajantes. Puxavam-na e a arrancavam uns dos outros e todos os novos agressores se mostravam mais selvagens que os anteriores. Sufocavam com uivos e execrações seus gritos estridentes de misericórdia; e a arrastavam pelas ruas, desprezando-a, pisoteando-a e tratando-a com toda espécie de crueldade que o ódio ou a fúria vingativa pudesse inventar. Por fim, uma pedra, atirada por alguma mão certeira, atingiu-a em cheio na têmpora. Ela caiu no chão banhada em sangue e em poucos minutos sua desprezível existência chegava ao fim.

Mesmo assim, embora ela não ouvisse mais os insultos, os manifestantes continuavam dando vazão à sua raiva contra esse corpo sem vida. Eles o espancaram, pisaram nele e o maltrataram, até que se tornou nada mais do que uma massa de carne, feia, disforme e repugnante.

Incapazes de evitar esse chocante acontecimento, Lorenzo e seus amigos presenciaram o ato horrorizados. Mas se sentiram compelidos a agir quando souberam que a multidão estava atacando o convento de Santa Clara. A população enfurecida, confundindo os inocentes com os culpados e querendo saciar sua raiva, resolveu sacrificar todas as freiras daquela Ordem e não deixar pedra sobre pedra do edifício. Alarmados com essa informação, eles correram para o convento, decididos a defendê-lo, se possível, ou pelo menos resgatar as residentes da fúria dos desordeiros. A maioria das freiras havia fugido, mas algumas ainda permaneciam em suas habitações. A situação era realmente perigosa. Elas, no entanto, haviam tomado a precaução de fechar os portões internos e, assim, Lorenzo esperava repelir a multidão, até que dom Ramirez voltasse com reforços suficientes.

Levado a afastar-se alguns quarteirões do convento por causa da confusão anterior, Lorenzo não conseguiu alcançar os portões de imediato. Quando chegou, a multidão estava tão apinhada, que o impediu de se aproximar desses portões. Nesse espaço de tempo, os amotinados em fúria cercaram o convento. Abriam brechas nos muros, jogavam tochas acesas pelas janelas e juravam que, até o raiar do dia, nenhuma freira da Ordem de Santa Clara restaria viva. Lorenzo tinha acabado de abrir caminho através da multidão, quando um dos portões foi aberto à força. Os desordeiros invadiram a parte interna do edifício, vingando-se de tudo o que aparecia pelo caminho. Despedaçaram os móveis, derrubaram os quadros, destruíram as relíquias e, no exasperado ódio contra a freira, esqueceram-se de todo o respeito pela Santa. Alguns passaram a procurar as freiras, enquanto outros demoliam partes do convento. Outros ainda ateavam fogo nas pinturas e nos valiosos móveis que encontravam. Esses últimos foram os que provocaram a maior devastação. Na verdade, as consequências dessa ação de vandalismo foram mais imediatas do que eles mesmos tinham esperado ou desejado. As chamas que se erguiam das pilhas em fogo atingiram parte do edifício que, velho e seco, contribuiu para que o incêndio se alastrasse com rapidez de sala em sala. As paredes logo foram abaladas pelo elemento devorador. As colunas cederam. Os telhados desabaram sobre os invasores e esmagaram muitos deles sob seu peso. Tudo o que se ouvia eram gritos e gemidos. O convento estava envolto em chamas, e o conjunto das construções se reduziu a um cenário de devastação e horror.

Lorenzo estava chocado por ter sido a causa de tamanha devastação, ainda que não tivesse sido essa sua intenção. Tentou reparar sua culpa protegendo as indefesas habitantes do convento. Entrou no meio da multidão e se empenhou com todos os esforços em reprimir a fúria desenfreada, até que a propagação repentina e alarmante das chamas o obrigou a cuidar da própria segurança. O povo procurava agora sair com a mesma ansiedade que o tinha levado a entrar. Mas a multidão apinhada na porta e o fogo avançando rapidamente sobre as pessoas fez com que muitas delas perecessem antes que tivessem tempo de fugir. A sorte de Lorenzo o levou até uma pequena porta na nave mais distante da capela. O trinco estava levantado. Abriu a porta e encontrou-se na entrada da cripta de Santa Clara.

Nesse ponto, parou para recuperar o fôlego. O duque e alguns homens de sua escolta o seguiram e, portanto, estavam em segurança no momento. Estavam discutindo sobre que direção deveriam tomar para escapar dessa situação aterradora, mas suas deliberações foram interrompidas subitamente pela visão das chamas que subiam por entre as maciças paredes do convento, pelo barulho de algum pesado arco caindo em ruínas, ou pelos gritos das freiras e dos revoltosos, sufocando na multidão, morrendo nas chamas, ou esmagados sob o peso da construção que desabava.

Lorenzo perguntou para onde levava aquela passagem. Responderam-lhe que dava para o jardim dos Capuchinhos, e então decidiram procurar uma saída por ali. Desse modo, o duque, levantando o trinco, passou para o cemitério adjacente. Os demais o seguiram sem cerimônia. Lorenzo, que ficara por último, estava a ponto de deixar a colunata, quando viu que a porta da cripta do cemitério se abria suavemente. Alguém olhou para fora, mas ao perceber estranhos deu um grito, recuou e desceu correndo a escada de mármore.

– O que é isso? – exclamou Lorenzo. – Há algum mistério por aqui. Vamos logo, sigam-me!

Dizendo isso, ele entrou rapidamente na cripta e perseguiu a pessoa que continuava a fugir na frente dele. O duque, que não sabia a causa dessa exclamação, mas supondo que o moço tinha boas razões para isso, seguiu-o sem hesitar. Os outros fizeram o mesmo, e todo o grupo logo chegou ao pé da escada. Como a porta acima deles foi deixada aberta, as chamas próximas ofereciam luz suficiente para que Lorenzo pudesse enxergar o fugitivo correndo pelas longas passagens e por entre os jazigos distantes. Mas quando uma súbita curva o privou da luz das chamas, a escuridão total o envolveu, e ele só pôde contar com o fraco eco dos passos do fujão para se guiar em sua perseguição. Os perseguidores foram então obrigados a avançar com cautela. Pelo que puderam julgar, o fugitivo também parecia ter diminuído seus passos, pois conseguiam ouvi-los em intervalos mais espaçados. Por fim, ficaram desnorteados naquele labirinto de passagens e se dispersaram em várias direções. Levado por sua ânsia de esclarecer o mistério e também porque era impelido a penetrar nele por um impulso secreto e inexplicável, Lorenzo não deu atenção a essa circunstância até que se viu completamente sozinho. O rumor de passos havia cessado. Tudo estava em completo silêncio a seu redor e nenhuma pista se oferecia para guiá-lo até o fugitivo. Parou para refletir sobre os meios mais prováveis que poderiam ajudá-lo na perseguição. Estava convencido de que nenhuma causa natural teria induzido o fugitivo a procurar aquele lugar sombrio numa hora tão incomum. O grito que ouvira parecia ter sido proferido com voz aterrorizada, e ele estava convencido de que algum mistério estava ligado a esse incidente. Depois de alguns minutos de hesitação, decidiu prosseguir tateando as paredes da passagem. Já havia passado algum tempo nesse lento progresso quando avistou uma centelha de luz brilhando a distância. Guiado por ela e de espada em punho, dirigiu seus passos em direção do local, de onde parecia vir o feixe de luz.

Essa luz provinha da lamparina que ardia diante da estátua de Santa Clara. Na frente dela estavam várias mulheres com suas vestes brancas tremulando em decorrência da corrente de ar que soprava entre as masmorras abobadadas. Curioso para saber o que as havia reunido naquele lugar melancólico, Lorenzo se aproximou com cautela. As estranhas pareciam seriamente envolvidas numa conversa. Elas não ouviram os passos de Lorenzo, que pôde se achegar a elas sem ser notado e escutar claramente o que diziam.

– Afirmo – continuava aquela que estava falando quando ele chegou, e a quem as outras escutavam com muita atenção –, afirmo que os vi com os próprios olhos. Desci os degraus voando; eles me perseguiram e com dificuldade escapei de cair nas mãos deles. Se não fosse pela lamparina, eu nunca teria encontrado vocês.

– E o que poderia trazê-los para cá? – perguntou outra, com voz trêmula. – Acha que estavam atrás de nós?

– Queira Deus que meus temores sejam infundados – replicou a primeira. – Mas receio que sejam assassinos! Se nos descobrirem, estaremos perdidas! Quanto a mim, meu destino é certo. Meu parentesco com a prioresa será um crime suficiente para me condenar; e embora essas criptas me tenham até agora proporcionado um refúgio...

Então, ao erguer os olhos, viu Lorenzo, que continuava se aproximando suavemente.

– Os assassinos! – gritou ela.

Levantou-se do pedestal da estátua, onde estava sentada, e tentou escapar correndo. Suas companheiras soltaram ao mesmo tempo um grito de pavor, enquanto Lorenzo agarrava a fugitiva pelo braço. Assustada e desesperada, ela caiu de joelhos diante dele.

– Poupe-me! – exclamou ela. – Pelo amor de Deus, me poupe! Sou inocente, é verdade, sou inocente!

Enquanto falava, sua voz estava quase estrangulada de medo. Com os raios de luz da lamparina refletindo-se em seu rosto descoberto, Lorenzo reconheceu a bela Virgínia de Villa-Franca. Ele se apressou em levantá-la do chão e pediu-lhe que tivesse coragem. Prometeu protegê-la dos manifestantes, garantiu-lhe que seu refúgio ainda era secreto e que ela poderia confiar na prontidão dele para defendê-la até a última gota de sangue. Durante essa conversa, as freiras tomaram as mais variadas atitudes. Uma se ajoelhou e dirigia súplicas aos céus; outra escondeu o rosto no colo da vizinha; algumas escutavam imóveis e com medo o discurso do suposto assassino; enquanto outras ainda abraçavam a estátua de Santa Clara e imploravam sua proteção com gritos exasperados. Ao perceberem o equívoco, elas se aglomeraram em torno de Lorenzo e lhe desejaram as melhores bênçãos do céu. Ele concluiu que, ao ouvir as ameaças da multidão e depois de assistir apavoradas, das torres do convento, as crueldades infligidas à madre superiora, muitas freiras e pensionistas se refugiaram na cripta. Entre as primeiras, reconheceu a adorável Virgínia. Por ser parente próxima da prioresa, ela tinha mais motivos do que as demais para temer os revoltosos; por isso pedia com veemência a Lorenzo para que não a abandonasse à fúria deles. Suas companheiras, a maioria mulheres de famílias nobres, fizeram o mesmo pedido, que ele prontamente atendeu. Prometeu não deixá-las até que tivesse visto cada uma delas a salvo nos braços de parentes. Mas as aconselhou a permanecer na cripta por mais algum tempo, até que a fúria popular estivesse mais controlada e que a multidão fosse dispersada com a chegada da força militar.

— Oxalá! — exclamou Virgínia. — Que eu já estivesse segura nos braços de minha mãe! O que acha, senhor? Será que teremos de ficar neste lugar ainda por muito tempo? Cada momento que passo aqui é uma tortura!

— Espero que não muito — disse ele. — Mas até que possam sair em total segurança, essa cripta será um refúgio impenetrável. Aqui não correm o risco de serem descobertas, e eu as aconselharia a ficar aqui pelas próximas duas ou três horas.

— Duas ou três horas? — exclamou a Irmã Helena. — Se eu ficar mais uma hora nesses porões, vou morrer de medo! Nem por toda a riqueza do mundo eu aguentaria passar novamente pelo que sofri desde que vim para cá. Virgem Santa! Ficar neste lugar melancólico, no meio da noite, cercada pelos cadáveres em decomposição de minhas falecidas companheiras e esperando a cada momento ser despedaçada por seus fantasmas que vagam a meu redor e reclamam, gemem e lamentam em tons que fazem meu sangue gelar... Jesus Cristo! É o que basta para me levar à loucura!

– Peço desculpas – disse Lorenzo –, se fico surpreso pelo fato de que, embora ameaçada por infortúnios reais, seja capaz de ceder a perigos imaginários. Esses terrores são pueris e infundados. Combata-os, santa Irmã. Prometi protegê-la dos desordeiros, mas contra os ataques da superstição, deve confiar em si mesma para se proteger. A ideia de fantasmas é extremamente ridícula. E se continuar a ser influenciada por terrores irreais...

– Irreais? – exclamaram as freiras, a uma só voz. – Ora, nós mesmas ouvimos, senhor! Cada uma de nós ouviu! Repetia-se com frequência e soava cada vez mais melancólico e profundo. O senhor nunca vai me convencer de que todas nós poderíamos ter sido enganadas. Não nós, de forma alguma. Não, não. Se o ruído tivesse sido meramente criado pela imaginação...

– Ouçam! Ouçam! – interrompeu Virgínia, com voz aterrorizada. – Deus nos proteja! Aí está o gemido de novo!

As freiras juntaram as mãos e caíram de joelhos. Lorenzo olhou em volta ansioso e estava a ponto de ceder ao medo que já havia tomado conta das mulheres. Mas voltou a predominar um silêncio total. Ele examinou a cripta, mas não viu nada. Já se preparava para falar com as freiras e ridicularizar suas apreensões infantis, quando sua atenção foi atraída por um gemido profundo e prolongado.

– O que foi isso? – exclamou ele, num sobressalto.

– Aí está, senhor! – disse Helena. – Agora deve estar convencido! O senhor também ouviu o gemido! Diga agora se nossos temores são imaginários! Desde que estamos aqui, esse gemido se repete quase a cada cinco minutos. Sem dúvida, provém de alguma alma que sofre, que deseja uma oração para que possa deixar o purgatório. Mas nenhuma de nós aqui ousa fazer uma pergunta. Quanto a mim, se eu visse uma aparição, o susto, tenho certeza, me mataria na hora.

Mal havia dito isso que um segundo gemido foi ouvido, ainda mais distintamente. As freiras se benzeram e se apressaram em repetir suas orações contra os maus espíritos. Lorenzo apurava o ouvido com toda a atenção. Até pensou que poderia distinguir alguns sons, como de alguém se queixando, mas a distância os tornava incompreensíveis. O rumor parecia vir do meio da pequena abóbada em que ele e as monjas então estavam, e que uma série de passagens ramificando-se em várias direções formava uma espécie de estrela. A curiosidade sempre desperta de Lorenzo o deixou ansioso por desvendar esse mistério. Pediu que ficassem em silêncio, e as freiras obedeceram. Tudo ficou quieto, até que o silêncio foi novamente interrompido por um lamento que se repetiu várias vezes sucessivamente. Ele percebeu que estava mais perceptível e à medida que avançava seguindo o som, notou que estava sendo conduzido para perto da estátua de Santa Clara:

– O rumor vem daqui – disse Ele. – De quem é esta estátua?

Helena, a quem ele dirigiu a pergunta, parou por um momento. De repente, ela juntou as mãos.

– Sim! – exclamou ela. – Deve ser isso mesmo. Eu descobri o significado desses gemidos.

As freiras se aglomeraram a redor dela e pediram ansiosamente para que se explicasse. Ela respondeu gravemente que desde tempos imemoriais a estátua era famosa pelos milagres que lhe eram atribuídos. Disso ela inferiu que a santa estava preocupada com a decadência de um convento sob sua proteção e expressava seu pesar por meio de lamentos audíveis. Lorenzo, que não tinha a mesma fé na santa milagrosa, não achou essa solução do mistério tão satisfatória quanto as freiras, que acreditaram sem qualquer hesitação. Num ponto, é verdade, ele concordava com Helena. Suspeitava que os gemidos provinham da estátua. Quanto mais escutava, mais acreditava nessa ideia. Ele se aproximou da imagem, com a finalidade de examiná-la mais de perto. Mas percebendo sua intenção, as freiras imploraram que desistisse, pelo amor de Deus, pois se tocasse a estátua, sua morte seria inevitável.

– E em que consiste o perigo? – perguntou ele.

– Mãe de Deus! Em quê? – respondeu Helena, sempre ansiosa

para relatar algum milagre. – Se tivesse ouvido falar da centésima parte das histórias maravilhosas relacionadas com essa estátua que a madre superiora costumava contar! Ela nos disse muitas e repetidas vezes que, se ousássemos encostar um dedo nessa estátua, poderíamos esperar consequências fatais. Entre outras coisas, ela nos contou que um ladrão, tendo entrado nessa cripta à noite, notou aquele rubi, cujo valor é inestimável. O senhor consegue vê-lo? Brilha no terceiro dedo da mão que segura uma coroa de espinhos. Essa joia despertou, naturalmente, a cobiça do gatuno, que resolveu apoderar-se dela. Para tanto, subiu no pedestal, apoiou-se no braço direito da santa e estendeu seu braço em direção do anel. Qual não foi sua surpresa, ao ver que a estátua levantava a mão numa posição de ameaça e ao ouvir que seus lábios pronunciavam sua perdição eterna! Tomado pelo terror e consternado, desistiu do roubo e tentou sair da cripta. Mas não conseguiu. A fuga lhe foi negada. Descobriu que lhe era impossível soltar a mão que pousava no braço direito da estátua. Lutou com toda a força, mas em vão. Permaneceu preso na imagem, até que uma angústia insuportável e ardente percorreu suas veias, obrigando-o a gritar por socorro. A cripta se encheu de espectadores. O ladrão confessou seu sacrilégio e só foi possível soltá-lo cortando sua mão, que desde então permanece presa à imagem. O ladrão se tornou eremita e levou uma vida exemplar pelo resto da vida. Mas ainda assim o decreto da santa se cumpriu e a tradição diz que esse homem continua a assombrar essa cripta e a implorar o perdão de Santa Clara com gemidos e lamentações. Agora que penso nisso, os gemidos que acabamos de ouvir podem muito possivelmente ter sido proferidos pelo espírito desse pecador. Mas sobre isso não tenho certeza. Tudo o que posso dizer é que, desde então, ninguém jamais ousou tocar na estátua. Então não seja imprudente, meu bom senhor! Pelo amor de Deus, desista de seu intento e não se exponha desnecessariamente à morte certa.

 Pouco convencido de que sua morte seria tão certa quanto Helena parecia pensar, Lorenzo persistiu em sua resolução. As freiras imploraram com insistentes súplicas para que ele desistisse e até apontaram a mão do ladrão que, na verdade, ainda podia ser vista no braço da estátua. Essa prova, assim imaginavam elas, deveria convencê-lo. Longe disso! E só podiam ficar profundamente escandalizadas quando ele declarou que suspeitava de que aqueles dedos secos e enrugados haviam sido colocados ali por ordem da prioresa. Apesar dos insistentes pedidos e ameaças, ele se aproximou da estátua. Saltou sobre a grade de ferro que cercava a estátua e submeteu a santa a um minucioso exame. A princípio, a estátua parecia ser de pedra, mas, após uma inspeção mais aprofundada, ficou evidente que era feita simplesmente de madeira colorida. Ele a sacudiu levemente e tentou movê-la, mas parecia fazer parte da base sobre a qual se apoiava. Examinou-a repetidas vezes. Ainda assim, não conseguiu encontrar nenhuma pista que o guiasse para a solução desse mistério, que acabou por despertar também a curiosidade das freiras, ainda mais que viam o homem tocando a estátua impunemente. Ele fez uma pausa e escutou: os gemidos se repetiam em intervalos, e ele estava convencido de estar no local mais próximo deles. Refletiu um pouco sobre esse fato singular e percorreu toda a estátua com olhos inquisidores. De repente, pousaram sobre a mão enrugada. Ocorreu-lhe que uma advertência tão particular não teria sido dada sem motivo, uma vez que não se desejava que tocassem no braço da estátua. Ele subiu novamente no pedestal. Examinou o objeto de sua atenção e descobriu um pequeno dispositivo de ferro escondido entre o ombro da santa e o que deveria ter sido a mão do ladrão. Essa descoberta o deixou muito contente. Pôs os dedos nesse dispositivo e apertou-o com força. Imediatamente se ouviu um ruído retumbante dentro da estátua, como se uma corrente bem esticada estivesse sendo liberada. Assustadas pelo som, as tímidas freiras começaram a se afastar, preparadas para sair correndo da cripta ao primeiro sinal de perigo. Como todo o resto permanecia quieto e tranquilo, elas se reuniram novamente em torno de Lorenzo e ficaram observando seus procedimentos com ansiosa curiosidade.

    Vendo que nada se seguiu a essa descoberta, ele desceu do pedestal. Quando tirou a mão do braço da santa, ela tremeu a esse toque, o que provocou renovado terror nas espectadoras, que acreditavam que a estátua estava viva. As ideias de Lorenzo sobre isso eram bem diferentes. Compreendeu facilmente que o barulho que ouviam era causado por ele ter afrouxado uma corrente que prendia a estátua ao pedestal. Tentou movê-la mais uma vez e conseguiu sem muito esforço. Pôs a estátua no chão e então percebeu que o pedestal era oco e coberto na abertura por uma pesada grade de ferro.

Isso despertou tamanha curiosidade em todos, que as irmãs se esqueceram dos perigos reais e também dos imaginários. Lorenzo tentou erguer a grade com a ajuda das freiras, que se empenharam com todas as suas forças. A tentativa foi bem-sucedida e com dificuldade relativamente pequena. Um profundo abismo agora se apresentava diante deles, cuja obscuridade era tão densa, que os olhos lutavam em vão para nela penetrar. A luz da lamparina era fraca demais para ajudá-los. Não se distinguia nada, a não ser um lance de degraus toscos e disformes que mergulhavam no abismo escancarado e logo se perdiam na escuridão. Os gemidos não eram mais ouvidos. Mas todos acreditavam que haviam subido dessa caverna. Ao se inclinar sobre ela, Lorenzo imaginou ter visto algo brilhante piscando na escuridão. Olhou com redobrada atenção para o local onde apareceu e estava convencido de que era uma pequena centelha de luz, ora visível, ora desaparecendo. Comunicou o fato às freiras, e elas também perceberam o brilho. Mas quando ele lhes falou de sua intenção de descer à caverna, todas se opuseram a essa decisão. Todos os protestos delas não foram suficientes para dissuadi-lo. Nenhuma delas teve coragem de acompanhá-lo; nem ele poderia pensar em privá-las da lamparina. Sozinho, portanto, e na escuridão total, ele se preparou para prosseguir com sua ideia, enquanto as freiras se contentavam em fazer orações por seu sucesso e segurança.

Os degraus eram tão estreitos e irregulares que descê-los era como descer a encosta de um precipício. A escuridão que o rodeava tornava seus passos inseguros. Foi obrigado a avançar com grande cautela, para não dar um passo em falso e cair no abismo abaixo dele. Várias vezes esteve a ponto de cair. Tocou o chão firme, no entanto, bem antes do que esperava. Percebeu que a espessa escuridão e as impenetráveis névoas que reinavam na caverna tinham lhe dado a impressão de que o local era muito mais profundo do que realmente era. Chegou ao pé da escada sem se machucar. Parou então e olhou em volta, procurando a centelha de luz que havia chamado sua atenção. Em vão, tudo estava escuro e sombrio. Tentou ouvir os gemidos. Mas não escutou nada, além de murmúrios distantes das freiras acima que, em voz baixa, repetiam suas Ave-Marias. Ficou indeciso quanto a direção que deveria tomar. Em todo caso, decidiu avançar. Foi o que fez, mas bem devagar, temendo que, em vez de se aproximar, estivesse se afastando do objeto de sua busca. Os gemidos pareciam indicar que alguém estava sofrendo ou que, pelo menos, estava em apuros, e ele esperava poder aliviar a situação adversa do indivíduo que se lamentava. Uma voz queixosa, vinda de pouca distância, finalmente chegou a seus ouvidos. Seguiu naquela direção, bem mais contente. O som ficava mais nítido à medida que ele avançava, e logo tornou a ver aquela luzinha, que uma parede baixa e saliente até então havia escondido dele.

A luz vinha de uma lamparina colocada sobre uma pilha de pedras; seus raios fracos e melancólicos serviam mais para apontar do que para dissipar os horrores de uma masmorra estreita e tenebrosa, posta num dos lados da caverna. Mostrava também vários outros recessos de construção similar, mas cuja profundidade se perdia na escuridão. A luz se jogava friamente sobre as paredes úmidas, cuja superfície manchada de orvalho devolvia um fraco reflexo. Uma névoa espessa e pestilenta anuviava o alto da masmorra abobadada. À medida que Lorenzo avançava, sentia um calafrio penetrante se espalhando por suas veias. Os gemidos frequentes o instigavam a seguir em frente. Foi na direção deles e, por meio dos fracos raios da lamparina, viu num canto desse recinto repugnante, uma criatura estendida sobre uma cama de palha, tão miserável, tão emaciada, tão pálida, que duvidou em pensar que se tratava de uma mulher. Estava seminua. Seus longos cabelos desgrenhados caíam em desordem sobre o rosto, ocultando-o quase inteiramente. Um braço descarnado pendia descuidadamente sobre uma manta esfarrapada que cobria seus membros convulsionados e trêmulos. O outro pousava sobre um pequeno embrulho, que segurava junto ao peito. Havia um grande rosário perto dela. Na frente, havia um crucifixo, que ela fitava com seus olhos fundos, e ao lado havia uma cesta e um pequeno jarro de barro.

Lorenzo parou, petrificado de horror. Olhou para aquela miserável criatura com desgosto e pena. Tremeu diante desse espetáculo e ficou com o coração estraçalhado. Não tinha mais forças e suas pernas pareciam não poder suportar seu peso. Foi obrigado a encostar-se ao muro baixo que estava perto dele, incapaz de avançar ou de falar com a pessoa ali estendida. Ela virou os olhos em direção da escada. A parede escondia Lorenzo, e ela não podia vê-lo.

– Ninguém vem!... – murmurou ela, por fim.

Ao falar, sua voz soava profunda e estridente. Suspirou com amargura.

– Ninguém vem! – repetiu ela. – Não! Elas se esqueceram de mim! Não virão mais!

Ela fez uma breve pausa. Depois continuou, tristemente.

– Dois dias! Dois longos, longos dias, e ainda sem comida! E ainda mais, sem esperança, sem conforto! Mulher tola! Como posso desejar prolongar uma vida tão miserável! Mas que morte! Oh! Deus! Perecer desse jeito! Prolongar mais dias nessa tortura! Até agora eu não sabia o que era fome! Ah! Não. Ninguém vem! Elas não virão mais!

Ela ficou em silêncio. Estremeceu e puxou a manta sobre os ombros nus.

– Estou com muito frio! Ainda não estou acostumada com a umidade desta masmorra! É estranho, mas não importa. Em breve vou estar com mais frio, mas não vou senti-lo... ficarei fria, fria como você!

Ela olhou para o embrulho que estava sobre seu peito. Inclinou-se sobre ele e o beijou. Depois se afastou rapidamente e estremeceu de desgosto.

– Já foi tão doce! Teria sido tão adorável, tão parecido com ele! Eu o perdi para sempre! Como alguns dias o mudaram! Eu não o reconheceria! Mesmo assim, eu o amo! Deus! Como o amo! Vou esquecer o que é. Vou lembrar apenas o que era, e amá-lo da mesma forma, como quando era tão doce! Tão amável! Tão parecido com ele! Pensei que tinha derramado todas as minhas lágrimas, mas aqui está uma que ainda persiste.

Ela enxugou os olhos com uma mecha de cabelo. Estendeu a mão para o jarro e o alcançou com dificuldade. Olhou dentro dele com um olhar de desesperada indagação. Suspirou e recolocou-o no chão.

– Totalmente vazio! Nem uma gota! Nem uma gota para refrescar minha garganta seca! Eu daria tesouros por um gole de água! E são as servas de Deus que me fazem sofrer assim! Elas se consideram santas, enquanto me torturam como demônios! São cruéis e insensíveis; e são elas que me pedem arrependimento; e são elas que me ameaçam com a perdição eterna! Salvador, Salvador! O Senhor não pensa assim?

Ela fixou novamente os olhos no crucifixo, tomou o rosário e, enquanto o recitava, o rápido movimento de seus lábios revelava que rezava com fervor. Enquanto ouvia seus melancólicos lamentos, a sensibilidade de Lorenzo era ainda mais fortemente afetada. A primeira visão de semelhante miséria lhe havia causado um choque indescritível. Mas passado esse momento chocante, ele conseguiu se aproximar mais da prisioneira. Ela ouviu seus passos e, dando um grito de alegria, deixou cair o rosário.

– Ouça! Sim! Ouça! – exclamou ela. – Alguém está chegando!

Ela tentou se levantar, mas suas forças não eram suficientes para se soerguer. Caiu para trás e, enquanto afundava novamente na cama de palha, Lorenzo ouviu o barulho de pesadas correntes. Ele se aproximou mais ainda, enquanto a prisioneira continuava falando.

– É você, Camila? Você veio, finalmente? Oh!, já era tempo! Pensei que vocês tinham me abandonado, que eu estava condenada a morrer de fome. Dê-me de beber, Camila, pelo amor de Deus! Estou prestes a desmaiar por causa do longo jejum e estou tão fraca que não consigo me levantar. Minha amiga e boa Camilla, dê-me de beber, para que eu não morra na sua frente!

Temendo que a surpresa, em virtude de seu estado debilitado, pudesse ser fatal, Lorenzo não sabia como se dirigir a ela.

– Não é Camila – disse ele, por fim, falando com voz lenta e afável.

– Quem é então? – replicou a prisioneira. – Alix, talvez, ou Violante. Meus olhos estão tão turvos e fracos que não consigo distinguir suas feições. Mas seja quem for, se seu coração for sensível ao mínimo de compaixão, se não for mais cruel do que lobos e tigres, tenha pena de meus sofrimentos. Saiba que estou morrendo por falta de alimento. Esse é o terceiro dia desde que minha boca recebeu um pouco de comida pela última vez. Você me traz comida? Ou você veio apenas para anunciar minha morte e saber quanto tempo ainda me resta de agonia?

– Você está enganada quanto à minha missão – respondeu Lorenzo. – Não sou emissário da cruel prioresa. Tenho pena de seus sofrimentos e venho aqui para libertá-la.

– Para me libertar? – repetiu a prisioneira. – Disse que veio para me libertar?

Ao mesmo tempo, tentando levantar e apoiando-se nas mãos, ela olhou para o estranho com atenção.

– Bom Deus! Não é nenhuma ilusão! Um homem! Fale! Quem é? O que o traz aqui? Veio me salvar, veio me devolver a liberdade, a vida e a luz? Oh! Fale, fale logo, para que eu não encoraje uma esperança cuja decepção haveria de me destruir.

– Fique calma! – respondeu Lorenzo, com voz suave e compassiva. – A prioresa, de cuja crueldade você se queixa, já pagou o preço dos crimes que cometeu. Você não tem mais nada a temer da parte dela. Dentro de alguns minutos, estará em liberdade e nos braços de seus amigos, de quem foi afastada. Você pode contar com minha proteção. Dê-me sua mão e não tenha medo. Deixe-me conduzi-la para onde possa receber as atenções que seu estado de fraqueza requer.

– Oh! Sim! Sim! Sim! – exclamou a prisioneira com um grito exultante. – Há um Deus, então, e um Deus justo! Alegria! Alegria! Respirarei mais uma vez o ar fresco e verei a luz dos gloriosos raios de sol! Eu vou com você! Estranho, eu irei com você! Oh! Os céus o abençoarão por ter pena de uma infeliz! Mas isso também deve ir comigo – acrescentou ela, apontando para o pequeno embrulho que ainda apertava contra o peito. – Não posso me separar dele. Vou levá-lo comigo. Isso convencerá o mundo de quão terríveis são as moradas falsamente denominadas religiosas. Meu bom estranho, dê-me sua mão para me levantar. Estou fraca de tanta fome, tristeza e doença, e minhas forças me abandonaram completamente! Assim, está bem assim!

Quando Lorenzo se abaixou para erguê-la, a luz da lamparina lhe iluminou o rosto.

– Deus Todo-poderoso! – exclamou ela. – Será possível! Esse olhar! Essas feições! Oh! Sim, é, é...

Ela estendeu os braços e se agarrou ao pescoço dele. Mas seu corpo enfraquecido foi incapaz de suportar as emoções que lhe agitavam o peito. Desmaiou e caiu novamente na cama de palha.

Lorenzo ficou surpreso com suas últimas palavras. Pensou que já tinha ouvido aquela voz antes, com aquela rouquidão com que acabara de se exprimir, mas não conseguia se lembrar de onde. Viu que na perigosa condição dela, a ajuda médica imediata era absolutamente necessária e se apressou em tirá-la da masmorra. A princípio, viu-se impedido por uma forte corrente presa ao corpo da prisioneira e fixada à parede vizinha. Sua força natural, no entanto, auxiliada pela ansiedade em libertar a infeliz, foi suficiente para arrancar a argola à qual uma extremidade da corrente estava presa. Então, tomando a prisioneira nos braços, ele se dirigiu para a escada. A luz da lamparina, acima, assim como o murmúrio das vozes femininas, guiaram seus passos. Conseguiu chegar à escada e, em poucos minutos, alcançou a grade de ferro.

Durante sua ausência, as freiras estiveram terrivelmente atormentadas pela curiosidade e pela apreensão. Ficaram igualmente surpresas e encantadas ao vê-lo emergir repentinamente da caverna. Todas elas se comoveram profundamente ao ver a miserável criatura que ele carregava nos braços. Enquanto as freiras, e Virgínia em particular, se esforçavam para fazê-la voltar a si, Lorenzo relatou em poucas palavras como a havia encontrado. Observou então que, a essa altura, o tumulto deveria ter sido reprimido e que agora poderia conduzi-las ao encontro de seus amigos sem perigo. Todas estavam ansiosas para deixar a cripta. Mesmo assim, para evitar qualquer possibilidade de maus-tratos, elas pediram a Lorenzo que, primeiro, fosse à frente sozinho e examinasse se o terreno estava livre e desimpedido. Ele concordou, e Helena se ofereceu para conduzi-lo até a escada; estavam prestes a se separar quando uma luz forte brilhou em várias passagens das paredes adjacentes. Ao mesmo tempo, ouviram passos de pessoas que se aproximavam apressadamente, e cujo número parecia ser considerável. As freiras ficaram alarmadas. Imaginaram que seu esconderijo havia sido descoberto e que os revoltosos estavam à caça delas. Deixando apressadamente a prisioneira que permanecia desacordada, elas se aglomeraram em torno de Lorenzo e lhe recordaram sua promessa de protegê-las. Somente Virgínia esqueceu do próprio perigo e se dedicava a aliviar os sofrimentos da resgatada. Mantinha a cabeça dela sobre seus joelhos, banhando-lhe as têmporas com água de rosas, esfregando-lhe as mãos frias e salpicando-lhe o rosto com lágrimas de compaixão. Quando os estranhos chegaram mais perto, Lorenzo conseguiu dissipar os temores das suplicantes. Seu nome, pronunciado por várias vozes, entre as quais distinguiu a do duque, ressoou pelas criptas e o convenceu de que era ele o objeto da busca. Ele passou essa informação às freiras, que a receberam com entusiasmo. Alguns momentos depois, suas palavras foram confirmadas. Dom Ramirez, assim como o duque, apareceram, seguidos por auxiliares com tochas. Estavam procurando por ele na cripta, a fim de informá-lo que a multidão havia sido dispersada e o tumulto totalmente dominado. Lorenzo contou brevemente sua aventura na caverna e explicou quanto a desconhecida precisava de assistência médica. Implorou ao duque que se encarregasse dela, bem como das freiras e das pensionistas.

– Quanto a mim – disse ele –, outros cuidados exigem minha atenção. Enquanto vocês e metade dos arqueiros acompanham essas senhoras para seus respectivos lares, desejo que a outra metade fique comigo. Vou examinar a caverna de baixo e pretendo penetrar nos recessos mais secretos dessa cripta. Não posso descansar até estar convencido de que essa infeliz vítima era a única confinada pela superstição nesses subterrâneos.

O duque aplaudiu a decisão. Dom Ramirez se ofereceu para ajudá-lo na inspeção, e sua proposta foi aceita com gratidão. As freiras, depois de agradecimentos dirigidos a Lorenzo, entregaram-se aos cuidados do tio dele e foram conduzidas para fora da cripta. Virgínia solicitou que a desconhecida fosse confiada a ela e prometeu avisar Lorenzo assim que ela estivesse suficientemente recuperada e pronta para receber visitas. Na verdade, ela fez essa promessa mais por consideração a si mesma do que a Lorenzo ou à prisioneira. Ela havia testemunhado a polidez, a afabilidade e a intrepidez dele com notável emoção. Desejava sinceramente preservar a amizade dele e, além dos sentimentos de compaixão despertados pela prisioneira, ela esperava que a atenção dispensada a essa infeliz merecesse a estima de Lorenzo. Ela não precisava se preocupar com isso. A bondade que já demonstrara e a terna preocupação pela sofredora já haviam conquistado para ela um lugar elevado nas boas graças do jovem. Enquanto estava ocupada em aliviar as tristezas da prisioneira, a natureza de suas atenções a adornava com novos encantos e tornava sua beleza mil vezes mais interessante. Lorenzo olhava para ela com admiração e prazer. Considerava-a como um anjo auxiliador que descera do céu para ajudar a pobre inocente; nem poderia seu coração ter resistido às atrações dela, se não estivesse há tempo prometido a Antônia.

O duque se empenhou em conduzir as freiras em segurança para as residências de seus respectivos amigos. A prisioneira resgatada continuava desacordada e não dava sinais de vida, a não ser por gemidos ocasionais. Era levada numa espécie de maca. Virgínia, constantemente ao lado dela, estava apreensiva porque, esgotada pela longa abstinência e abalada pela mudança repentina de cativeiro e escuridão por liberdade e luz, seu corpo nunca haveria de superar o choque. Lorenzo e dom Ramirez continuavam ainda na cripta. Depois de deliberar sobre que plano seguir, foi resolvido que, para evitar perda de tempo, os arqueiros deveriam ser divididos em dois grupos. Com um deles, dom Ramirez deveria examinar a caverna, enquanto Lorenzo, com o outro, poderia penetrar nas criptas mais distantes. Feito esse arranjo e com seus acompanhantes providos de tochas, dom Ramirez dirigiu-se para a caverna. Já havia descido alguns degraus quando ouviu pessoas se aproximando rapidamente da parte interna da cripta. Surpreendido com o fato, deixou a caverna precipitadamente.

– Está ouvindo passos? – disse Lorenzo. – Vamos na direção deles. Parece que vêm vindo por esse lado.

Nesse momento, um grito alto e penetrante o induziu a acelerar os próprios passos.

– Socorro! Socorro, pelo amor de Deus! – gritou uma voz, cujo tom melodioso penetrou o coração de Lorenzo, deixando-o horrorizado.

Ele correu na direção do grito feito um raio e foi seguido por dom Ramirez, com igual rapidez.

CAPÍTULO XI

Deus do céu! Como é frágil o homem, tua criatura!
Como pode ser insensivelmente traído por seu semelhante!
Em nossas forças nos sentimos tão inseguros,
Tão pouca cautela temos diante das forças adversas;
Nos limites floridos do prazer nos embalamos lascivamente,
Mestres ainda de nossa maneira de nos recompor,
Até que as fortes rajadas da paixão furiosa surjam,
Até que a terrível tempestade misture terra e céus,
E veloz para o ilimitado oceano tudo carregue;
Tarde demais lamentamos então nossa tola confiança:
Em torno de nossas condenadas cabeças os vagalhões batem,
E de nossa perturbada visão as terras se retiram, sempre mais diminutas.[40]

Durante todo esse tempo, Ambrósio não tomou conhecimento do que estava acontecendo por perto. A execução de seus desígnios com relação a Antônia ocupava todos os seus pensamentos. Até então, estava satisfeito com o sucesso de seus planos. Antônia havia ingerido o opiáceo, estava enterrada nas criptas de Santa Clara e inteiramente a seu dispor. Matilde, que conhecia bem a natureza e os efeitos do soporífero, tinha calculado que o efeito perduraria até a uma da madrugada.

---

40 De um poema de Matthew Prior (1664-1721), poeta e diplomata inglês. (N.T.)

Ambrósio aguardava com impaciência por essa hora. A comemoração do dia de Santa Clara lhe oferecia uma oportunidade favorável para consumar seu crime. Ele estava certo de que os frades e as freiras estariam envolvidos na procissão e de que ele não tinha motivos para temer uma interrupção. Como não pretendia aparecer na frente da fila de seus monges, decidiu não participar da procissão. E não tinha dúvida de que, estando fora do alcance de ajuda, isolada de todo o mundo e totalmente em seu poder, Antônia haveria de ceder a seus desejos. A afeição que ela sempre havia demonstrado por ele justificava essa persuasão. Mesmo assim, resolveu que, caso ela se mostrasse obstinada, nenhuma consideração deveria impedi-lo de se aproveitar dela. Seguro de que não seria descoberto, não temia diante da ideia de ter de recorrer ao uso da força. Se ainda sentia alguma relutância, não era por princípios de vergonha ou de compaixão, mas pelo fato de sentir por Antônia o mais sincero e ardente afeto e porque não desejava obter os favores de ninguém mais a não ser dela.

Os monges deixaram o mosteiro à meia-noite. Matilde estava entre aqueles que formavam o coral e lideravam os cantos. Ambrósio foi deixado sozinho e livre para seguir suas inclinações. Convencido de que ninguém ficou para trás para observar seus movimentos ou perturbar seus prazeres, caminhou apressado para as alas ocidentais do convento. Com o coração palpitando de esperança e também de ansiedade, atravessou o jardim, destrancou a porta que dava acesso ao cemitério e, em poucos minutos, estava diante da cripta. Nesse ponto, fez uma pausa. Olhou em volta com desconfiança, ciente de que seus atos não deveriam ser vistos por outros olhos. Enquanto hesitava, ouviu o pio melancólico de uma coruja. O vento batia ruidosamente contra as janelas do convento adjacente e, quando a corrente de ar passou por ele, trouxe consigo as notas indistintas do cântico do coral. Abriu a porta com cautela, como se temesse ser ouvido. Entrou e a fechou novamente. Guiado por sua lamparina, percorreu as longas passagens, seguindo as curvas conforme Matilde lhe havia indicado; alcançou e chegou à cripta onde dormia sua amada.

Não era nada fácil descobrir a entrada. Mas isso não foi obstáculo para Ambrósio, que na hora do enterro de Antônia havia observado o caminho com muita atenção, para não se enganar. Encontrou a porta, que estava destrancada, abriu-a e desceu à masmorra. Aproximou-se do humilde túmulo em que Antônia repousava. Ele havia providenciado um pé-de-cabra e uma picareta, mas foi uma precaução desnecessária. A grade estava apenas encostada. Ele a ergueu e, colocando a lamparina na borda, curvou-se silenciosamente sobre a tumba. Ao lado de três cadáveres em decomposição, jazia a bela adormecida. Um vermelho vivo, precursor da reanimação, já se espalhava por suas faces. Envolta em sua mortalha e deitada no esquife, ela parecia sorrir para as imagens da morte a seu redor. Enquanto contemplava ossos putrefatos e repugnantes figuras, talvez outrora tão doces e amáveis, Ambrósio pensava em Elvira, por ele reduzida ao mesmo estado. Quando a lembrança daquele ato horrível emergiu em sua mente, sentiu-se transtornado e imerso num horror sombrio. Isso, porém, só serviu para fortalecer sua resolução de destruir a honra de Antônia.

– Por sua causa, Beleza Fatal! – murmurou o monge, enquanto contemplava sua devota presa. – Por sua causa, eu cometi esse assassinato e me vendi a torturas eternas. Agora você está em meu poder. O produto de minha culpa será pelo menos só meu. Não espere que suas orações proferidas em tons de inigualável melodia, que seus brilhantes olhos cheios de lágrimas e suas mãos levantadas em súplica, como a pedir em penitência o perdão da Virgem, não espere que sua comovente inocência, seu encantador pesar ou todas as suas artes suplicantes a resgatem de meus braços. Antes do raiar do dia, deverá ser minha, e minha você será!

Ele a ergueu ainda imóvel do túmulo. Sentou-se num banco de pedra e, segurando-a em seus braços, observou impacientemente os sintomas do retorno à reanimação. Ele mal podia controlar suas paixões para se conter de desfrutar do corpo dela enquanto ainda estava inconsciente. Sua luxúria natural havia aumentado em ardor pelas dificuldades que o impediam de se satisfazer. Além do mais, pesava também o longo tempo passado sem relações com uma mulher, ou seja, desde o momento em que recusou os protestos de amor de Matilde, que o rechaçou de seus braços para sempre.

– Não sou prostituta, Ambrósio – dissera ela, quando no auge de sua luxúria, ele exigia seus favores com mais intensidade do que o usual. – Agora não sou mais que uma amiga e não serei sua amante. Pare, pois, de pedir que eu satisfaça seus desejos, que isso me insulta. Enquanto seu coração era meu, eu me sentia glorificada em seus abraços. Esses tempos felizes já passaram. Eu me tornei indiferente para você, e é a necessidade, não o amor, que faz com que você me procure. Não posso ceder a um pedido tão humilhante para meu orgulho.

Subitamente privado dos prazeres, cuja fruição habitual os tornava uma verdadeira necessidade, o monge sentiu essa restrição da forma mais severa. Naturalmente viciado na satisfação dos desejos, em pleno vigor da virilidade e do calor da paixão, deixou-se levar por seu temperamento a cobiçar de tal modo o prazer que sua luxúria se tornou verdadeira loucura. De sua afeição por Antônia só restavam alguns resquícios. Ele ansiava era pela posse do corpo da jovem. E mesmo a penumbra da cripta, o silêncio circundante e a resistência que esperava dela pareciam dar um novo incentivo a seus desejos ferozes e desenfreados.

Aos poucos, ele sentia que o peito que repousava em seu colo se reanimava com o retorno do calor. O coração da jovem voltou a pulsar. O sangue fluía mais depressa e os lábios se moviam. Por fim, ela abriu os olhos, mas ainda oprimida e desnorteada pelos efeitos do forte soporífero, voltou a fechá-los imediatamente. Ambrósio a observava atentamente, sem perder um único movimento. Percebendo que ela havia retornado inteiramente à vida, ele a apertou fortemente em seu peito e, em arroubos, beijou-lhe os lábios. A rapidez de sua ação foi suficiente para dissipar a névoa que ainda obscurecia a razão de Antônia. Ela se levantou e lançou um olhar assustado ao redor. As estranhas imagens que se apresentavam por todos os lados contribuíam para confundi-la. Levou a mão à cabeça, numa espécie de tentativa de acalmar a imaginação totalmente desordenada. Por fim, ela o afastou e olhou uma segunda vez para a masmorra; depois seus olhos se fixaram no rosto do frade.

– Onde estou? – perguntou ela, abruptamente. – Como vim parar aqui? Onde está minha mãe? Pensei que a vi! Oh!, um sonho, um sonho terrível me disse... Mas onde estou? Deixe-me ir! Não posso ficar aqui!

Ela tentou se levantar, mas o monge a impediu.

– Tenha calma, adorável Antônia! – respondeu ele. – Você não corre nenhum perigo. Confie em minha proteção. Por que me olha de modo tão sério? Não me reconhece? Não conhece seu amigo? Ambrósio?

– Ambrósio? Meu amigo? Oh! Sim, sim, eu me lembro... Mas por que estou aqui? Quem me trouxe para cá? Por que está aqui comigo? Oh! Flora me disse... Cuidado!... Aqui não há nada além de sepulturas, túmulos e esqueletos! Este lugar me assusta! Meu bom Ambrósio, leve-me embora daqui, pois esse lugar me recorda aquele pesadelo terrível! Pensei que estava morta, jazendo em meu túmulo! Bom Ambrósio, tire-me daqui. Não vai me tirar daqui? Oh! Não vai? Não me olhe assim! Seus olhos flamejantes me apavoram! Poupe-me, padre! Oh! poupe-me, pelo amor de Deus!

– Por que tanto medo, Antônia? – perguntou o frade, envolvendo-a em seus braços e cobrindo-lhe o peito de beijos, que ela em vão tentava evitar. – Por que tem medo de mim, de alguém que a adora? O que importa o lugar onde está? Essa cripta se parece com um jardim do amor. Essa escuridão é a noite amiga do mistério que se derrama sobre nossas delícias! É assim que eu penso e assim é que deve pensar também minha Antônia. Sim, minha doce menina! Sim! Suas veias vão arder com o fogo que circula nas minhas e meus arroubos serão duplicados quando compartilhados com você!

Enquanto assim falava, repetia seus abraços e se permitia as liberdades mais indecentes. Nem mesmo a inocência de Antônia poderia ficar alheia ao libertino desembaraço com que ele agia. Ela estava ciente do perigo, tentou desvencilhar-se de seus braços e, tendo a mortalha como única vestimenta, envolveu o corpo com ela.

– Solte-me, padre! – gritou ela, finalmente, indignada e alarmada ao ver-se totalmente desprotegida. – Por que me trouxe a este lugar? Sua aparência me congela de horror! Leve-me embora daqui, se ainda tiver algum senso de piedade e de humanidade! Deixe-me voltar para a casa de onde saí não sei como. Mas ficar aqui mais um só momento que seja, não quero, nem devo.

Embora o monge tenha ficado um tanto indeciso pelo tom resoluto com que essas palavras foram proferidas, elas não produziram nele outro efeito senão o de surpresa. Tomou a mão dela e a obrigou a sentar-se em seu colo. E fitando-a com olhos faiscantes de desejo, assim lhe respondeu:

– Acalme-se, Antônia. A resistência é inútil, e não preciso mais negar minha paixão por você. Todos julgam que você está morta. Você perdeu suas companheiras para sempre. Aqui você é única e exclusivamente minha. Você está inteiramente em meu poder, e eu estou ardendo de desejos, que devo satisfazer ou morrer. Mas eu só devo minha felicidade a você, minha linda menina! Minha adorável Antônia! Deixe-me instruí-la nas alegrias que ainda não conhece e ensiná-la a sentir aqueles prazeres em meus braços que em breve devo desfrutar nos seus. Ora, essa luta é infantil – continuou ele, vendo-a repelir suas carícias e tentando escapar de suas mãos. – Não há ajuda aqui por perto. Nem o céu nem a terra a salvarão de meus abraços. E por que haveria de rejeitar prazeres tão doces, tão arrebatadores? Ninguém pode nos ver. Nosso amor será um segredo para todo o mundo. O amor e a oportunidade a convidam a entregar-se a suas paixões. Entregue-se a elas, minha Antônia! Renda-se a elas, minha adorável menina! Jogue seus braços assim carinhosamente em volta de mim. Junte seus lábios assim bem perto dos meus! Entre todos os seus dons, a natureza lhe negou o que ela tem de mais precioso, o dom da sensibilidade do prazer? Oh! Impossível! Cada gesto, cada olhar e cada movimento seu revelam que você está pronta para ser feliz e para dar felicidade! Não volte para mim esses olhos suplicantes. Consulte seus encantos. Eles lhe dirão que sou imune a súplicas. Será que posso renunciar a esses membros tão brancos, tão macios, tão delicados? A esses seios abundantes, redondos, cheios e convidativos? A esses lábios repletos de uma doçura inesgotável? Será que posso renunciar a esses tesouros e deixá-los para que outro os desfrute? Não, Antônia; nunca, nunca! Juro por esse beijo, e por esse, e mais esse!

A cada momento a paixão do frade se tornava mais ardente, e o terror de Antônia mais intenso. Ela lutou para se desvencilhar dos braços dele, mas seus esforços não tiveram sucesso; e vendo que a conduta de Ambrósio se tornava ainda mais livre, ela gritou por ajuda com todas as suas forças. A aparência da cripta, o pálido brilho da lamparina, a obscuridade em derredor, a visão dos túmulos e dos restos mortais que seus olhos descobriram em ambos os lados, eram pouco apropriados para lhe despertar aquelas emoções que agitavam o frade. Até suas carícias a aterrorizavam pela fúria e não criavam outro sentimento senão o de medo. Pelo contrário, seu pânico, seu evidente desgosto e incessante oposição pareciam apenas inflamar os desejos do monge e conferir força adicional à sua brutalidade. Os gritos de Antônia não podiam ser ouvidos. Ainda assim, ela continuou gritando e lutando com todo o esforço para escapar, até que, exausta e sem fôlego, caiu de joelhos e, mais uma vez, recorreu a preces e súplicas. Essa tentativa não teve melhor êxito do que as anteriores. Pelo contrário, aproveitando-se da situação, o estuprador deitou-se ao lado dela. Apertou-a contra o peito, deixando-a quase morta de terror e exausta de tanto lutar. Ele abafou seus gritos com beijos, tratou-a com a rudeza de um bárbaro sem princípios, passou de liberdade em liberdade e, na violência de seus delírios de luxúria, feriu seus delicados membros. Sem se importar com suas lágrimas, gritos e súplicas, aos poucos se tornou senhor de sua pessoa e não desistiu de sua presa, até que tivesse consumado o crime, deixando Antônia desonrada.

Mal tivera êxito em seu propósito, que estremeceu ao considerar os meios utilizados para conseguir seu intento. O próprio excesso de sua antiga ânsia de possuir Antônia agora contribuía para lhe inspirar desgosto e um impulso secreto o fez sentir quão vil e desumano era o crime que acabara de cometer. Deixou os braços dela, levantando-se de um salto. Ela, que tão recentemente fora objeto de sua adoração, agora não despertava em seu coração outro sentimento além de aversão e raiva. Ele se afastou dela; ou, se seus olhos pousassem involuntariamente sobre a figura dela, era apenas para lhe lançar olhares de ódio. A infeliz havia desmaiado antes da consumação de sua desonra e só voltou a si para se dar conta de seu infortúnio. Permaneceu estendida no chão em silencioso desespero. As lágrimas corriam umas atrás das outras lentamente por suas faces, e seu peito arfava com frequentes soluços. Oprimida pela dor, continuou por algum tempo nesse estado de torpor. Por fim, levantou-se com dificuldade e, arrastando seus débeis passos em direção à porta, preparou-se para sair da masmorra.

O som de seus passos despertou o monge de sua taciturna apatia. Soergueu-se do túmulo em que se apoiava e, enquanto seus olhos vagavam pelas imagens de decomposição, saiu em perseguição à vítima de sua brutalidade e logo a alcançou. Agarrou-a pelo braço e a forçou violentamente a voltar para a masmorra.

– Aonde acha que vai? – gritou ele, com voz severa. – Volte agora mesmo!

Antônia estremeceu com a fúria estampada no semblante dele.

– O que quer mais? – disse ela, com timidez. – Minha ruína não está completa? Não estou perdida, perdida para sempre? Sua crueldade não está satisfeita, ou ainda tenho que sofrer mais? Deixe-me ir embora. Deixe-me voltar para minha casa e chorar desenfreadamente minha vergonha e minha aflição!

– Voltar para sua casa? – repetiu o monge, com amarga e desdenhosa zombaria; então, subitamente, com olhos faiscantes de raiva, continuou: – O quê? Para que possa me denunciar ao mundo? Para que possa me acusar de hipócrita, estuprador, traidor, monstro de crueldade, de luxúria e de ingratidão? Não, não, não! Conheço muito bem todo o peso de meus crimes. Bem, suas queixas seriam inteiramente justas, e meus crimes totalmente notórios! Não haverá de sair daqui para contar a toda Madri que eu sou um vilão; que minha consciência está carregada de pecados que me levam a não confiar mais no perdão dos céus. Menina infeliz, você deve ficar aqui comigo! Aqui, no meio dessas tumbas solitárias, no meio dessas imagens da morte, desses corpos apodrecidos e asquerosos em decomposição! Aqui você ficará e testemunhará meus sofrimentos; saberá o que é morrer nos horrores do desânimo e dar o último suspiro em blasfêmias e maldições! E quem sou eu para agradecer por isso? Quem me seduziu a cometer esses crimes, que só de lembrar me fazem estremecer? Bruxa fatal! Não foi sua beleza? Você não mergulhou minha alma na infâmia? Você não me tornou um hipócrita perjuro, um estuprador, um assassino? Mais ainda, nesse momento, esse seu olhar de anjo não me leva ao desespero, a perder toda a esperança no perdão de Deus? Oh! Quando eu estiver diante do trono do justo juiz, esse olhar será suficiente para me condenar! Você dirá a meu juiz que era feliz até me encontrar; que era inocente até que eu a desonrei! Virá com aqueles olhos lacrimejantes, com aquelas faces pálidas e lívidas, com aquelas mãos erguidas em súplica, como nos momentos em que você implorou por misericórdia e eu a neguei! Então minha perdição será certa! Então virá o fantasma de sua mãe e me jogará nas moradas dos demônios, no meio das chamas, das fúrias e dos tormentos eternos! E é você quem vai me acusar! É você que vai causar minha angústia eterna! Você, sua garota desgraçada! Você! Você!

Ao proferir essas palavras, ele agarrou violentamente o braço de Antônia e passou a chutar a terra do chão com fúria delirante.

Julgando que ele tivesse perdido o juízo, Antônia caiu de joelhos aterrorizada: Ergueu as mãos e sua voz quase sumiu, antes que pudesse pronunciar duas palavras.

– Me poupe! Me poupe! – murmurou ela, com dificuldade.

– Silêncio! – gritou o frade, enlouquecido, e a jogou no chão...

Ele a deixou e passou a caminhar pela masmorra com ar selvagem e desnorteado. Seus olhos giravam de medo. Antônia estremecia sempre que o fitava nos olhos. Ele parecia meditar sobre algo horrível, e ela perdeu todas as esperanças de escapar com vida daquele lugar. Mas, ao abrigar essa ideia, ela estava sendo injusta com ele. Em meio ao horror e ao desgosto que aprisionavam a alma desse frade, ele ainda sentia pena de sua vítima. Terminada a tempestade da paixão, ele teria dado mundos se os possuísse, para devolver à jovem aquela inocência da qual sua luxúria desenfreada a havia privado. Nenhum vestígio dos desejos que o levaram a cometer esse crime ficou guardado em seu peito. Todas as riquezas da Índia não teriam conseguido levá-lo a se aproveitar novamente de Antônia. Sua natureza parecia revoltar-se diante da simples ideia, e de bom grado apagaria de sua memória a cena que acabara de viver. À medida que sua sombria raiva diminuía, aumentava proporcionalmente sua compaixão por Antônia. Ele parou e teria proferido algumas palavras de conforto à jovem, mas não sabia como encontrá-las e permaneceu olhando para ela com descontrolado pesar. A situação dela parecia tão desesperadora, tão lamentável, que nenhuma força ou ser mortal conseguiria consolá-la. O que poderia fazer por ela? A paz de espírito de Antônia estava para sempre perdida, e sua honra irreparavelmente arruinada. Estava definitivamente segregada da sociedade, e ele não ousaria devolvê-la a essa mesma sociedade. Ele sabia muito bem que, se ela aparecesse no mundo novamente, a culpa dele seria revelada e a punição seria inevitável. Para alguém tão carregado de crimes, a morte vinha armada com duplos terrores. Mesmo assim, se ele devolvesse Antônia à luz e corresse o risco de ela o denunciar, extremamente míseras seriam as expectativas que poderiam se abrir para ela. Ela nunca poderia ter esperança de viver uma vida digna; estaria marcada pela infâmia e condenada a viver na tristeza e na solidão pelo resto de sua existência. Qual era a alternativa? Uma solução muito mais terrível para Antônia, mas que, pelo menos, garantiria a segurança do frade. Ele decidiu deixar o mundo convencido de sua morte e mantê-la cativa nessa prisão sombria: Ali, ele poderia visitá-la todas as noites, trazer-lhe comida, ouvir sua confissão e misturar suas lágrimas com as dela. O Monge sabia que essa solução era injusta e cruel; mas era o único meio de impedir que Antônia propalasse a culpa dele e a própria infâmia dela. Se a libertasse, ele não poderia confiar no silêncio dela. O delito perpetrado era muito grave para que pudesse esperar pelo perdão dela. Além disso, seu reaparecimento despertaria a curiosidade geral e a aflição de Antônia seria tão violenta, que a impediria de ocultar sua causa. Por isso decidiu que Antônia deveria permanecer como prisioneira na masmorra.

Ambrósio se aproximou dela com transparente confusão estampada em seu semblante. Ergueu-a do chão. A mão dela tremeu, ao ser amparada, e ele a deixou cair novamente como se tivesse tocado numa serpente. A natureza parecia fazê-lo recuar ao simples toque. Ele se sentiu ao mesmo tempo repulsivo e atraído por ela, sem que conseguisse explicar nenhum dos dois sentimentos. Havia algo na expressão dela que o deixava aterrorizado; e embora sua compreensão ainda chegasse a perceber, a consciência já lhe apontava toda a dimensão de seu crime. Com palavras desencontradas, mas as mais afáveis que pôde encontrar, enquanto mantinha os olhos baixos e a voz quase inaudível, ele tentou consolá-la perante o infortúnio que a esperava e que não poderia ser evitado. Declarou-se sinceramente arrependido e que derramaria de bom grado uma gota de seu sangue para cada lágrima que sua crueldade lhe havia arrancado. Angustiada e sem esperança, Antônia o ouviu em silenciosa prostração. Mas quando lhe anunciou o confinamento na cripta, destino tão terrível que até a morte lhe parecia preferível, a despertou imediatamente de sua insensibilidade. Viver uma vida de miséria numa cela estreita e repugnante, excluída da convivência com qualquer ser humano, exceto com a de seu estuprador, cercada de cadáveres putrefatos, respirando o ar pestilento da decomposição, para nunca mais contemplar a luz do dia ou sorver a brisa pura do céu, era mais terrível do que ela poderia suportar. Era arte mais forte do que sua aversão pelo frade. Ela se ajoelhou novamente e implorou por misericórdia em termos mais patéticos e urgentes. Prometeu que, se ele lhe restituísse a liberdade, ela ocultaria do mundo os ferimentos recebidos, atribuiria para o reaparecimento dela qualquer razão que ele julgasse apropriada e, para evitar que a menor suspeita recaísse sobre ele, prontificou-se a deixar Madri imediatamente. Suas súplicas eram tão insistentes que causaram considerável impressão no monge. Ele pensou que, como a pessoa dela não mais excitava seus desejos, não tinha interesse em mantê-la escondida como inicialmente pretendia; que estava acrescentando um novo dano àqueles que ela já havia sofrido e que se ela cumprisse suas promessas, quer estivesse confinada ou em liberdade, a vida e a reputação dele estariam igualmente seguras. Por outro lado, tremia de medo de que, em sua aflição, Antônia rompesse involuntariamente o compromisso, mesmo sem intenção, ou que sua excessiva simplicidade e ignorância permitisse que alguém mais astuto descobrisse seu segredo. Por mais fundamentadas que fossem essas apreensões, a compaixão e um sincero desejo de reparar seu delito tanto quanto possível, solicitavam que ele atendesse às preces da suplicante. A dificuldade de explicar o inesperado retorno de Antônia à vida, após sua suposta morte e enterro público, era o único ponto que o mantinha indeciso. Estava ainda pensando nos meios de remover esse obstáculo, quando ouviu o som de passos se aproximando de forma precipitada. A porta da cripta se abriu de par em par, e Matilde entrou correndo, evidentemente muito confusa e apavorada.

Ao ver entrar um estranho, Antônia deu um grito de alegria. Mas suas esperanças de receber socorro logo se dissiparam. O suposto noviço, sem expressar a menor surpresa ao encontrar uma mulher sozinha com o monge, num lugar tão estranho e numa hora tão tardia, dirigiu-se a ele sem perder tempo.

– O que vamos fazer, Ambrósio? Estamos perdidos, a menos que algum meio rápido seja encontrado para dispersar os manifestantes. Ambrósio, o convento de Santa Clara está em chamas. A prioresa foi vítima da fúria da multidão. O mosteiro já está sob ameaça de semelhante destino. Alarmados com a explosão de raiva da multidão, os monges estão procurando por você em todo lugar. Eles acreditam que sua autoridade será suficiente para acalmar essa sublevação. Ninguém sabe o que aconteceu com você, e sua ausência causa espanto e desespero total. Aproveitei da confusão e vim correndo para avisá-lo do perigo.

– Isso será logo resolvido – respondeu o frade. – Vou voltar a toda pressa para minha cela. Qualquer motivo trivial justificará minha ausência.

– Impossível! – replicou Matilde. – A cripta está tomada de arqueiros. Lorenzo de Medina, com vários oficiais da Inquisição, vasculha todos os cantos e faz buscas em todas as passagens. Você será interceptado ao tentar sair daqui. Vão interrogá-lo para saber das razões para estar aqui a esta hora. Antônia será encontrada e você estará perdido para sempre!

– Lorenzo de Medina? Oficiais da Inquisição? O que os traz aqui? Procuram por mim? Sou suspeito? Oh! Fale, Matilde! Responda-me, por piedade!

– Ainda não suspeitam de você, mas temo que em breve haverão de fazê-lo. Sua única chance de escapar da atenção deles está na dificuldade de explorar esta sepultura. A porta está habilmente escondida. Com sorte, talvez não reparem nela, e poderemos permanecer escondidos aqui até que a busca termine.

– Mas Antônia... Se os inquisidores se aproximarem e ouvirem os gritos dela...

– Vou eliminar esse perigo desse jeito! – interrompeu Matilde, ao mesmo tempo em que, sacando um punhal, avançava sobre a presa.

– Espere! Espere! – exclamou Ambrósio, agarrando-lhe a mão e arrancando-lhe a arma já erguida. – O que vai fazer, mulher cruel? A infeliz já sofreu demais, graças aos seus perniciosos conselhos! Quisera Deus que eu nunca os tivesse seguido! Quisera Deus que eu nunca tivesse visto seu rosto!

Matilde lhe lançou um olhar de escárnio.

– Absurdo! – exclamou ela, com raiva e autoridade, deixando o monge amedrontado. – Depois de despojá-la de tudo o que ela mais estimava, tem medo de privá-la de uma vida tão miserável? Mas está bem! Deixe-a viver para convencê-lo de sua loucura. Eu o abandono a seu pérfido destino! Renuncio à aliança que nos unia! Quem teme cometer um crime tão insignificante não merece minha proteção. Ouça! Apure os ouvidos, Ambrósio! Não está ouvindo os arqueiros? Estão chegando, e sua ruína é inevitável!

Nesse momento, o frade ouviu o som de vozes distantes. Correu para fechar a porta, de cujo segredo dependia sua segurança, e que Matilde se esquecera de trancar. Antes que pudesse alcançá-la, viu Antônia correr na frente dele, saindo pela porta e voando na direção do barulho com a rapidez de uma flecha. Ela tinha ouvido com atenção as palavras de Matilde, Tinha ouvido mencionar o nome de Lorenzo e resolveu arriscar tudo para se colocar sob a proteção dele. A porta estava aberta. Os sons a convenceram de que os arqueiros não podiam estar a uma grande distância. Ela reuniu as poucas forças que ainda lhe restavam, correu passando pelo monge antes que ele percebesse sua intenção e dirigiu seus passos em direção das vozes. Assim que se recuperou da surpresa, o frade saiu correndo atrás dela. Foi em vão que Antônia redobrou a velocidade e forçou seus músculos ao máximo. Seu inimigo ganhava terreno a cada momento. Ouviu os passos se aproximando e sentiu o calor da respiração dele em seu pescoço. Ele a alcançou, agarrou-a pelos cabelos que esvoaçavam em cachos e tentou arrastá-la de volta para a masmorra. Antônia resistiu com todas as suas forças. Envolveu os braços em torno de uma coluna que sustentava o teto e gritou por socorro. Foi em vão que o monge tentou, por meio de ameaças, reduzi-la ao silêncio.

– Socorro! – seguia ela gritando. – Socorro! Ajuda! Pelo amor de Deus!

Apressado pelos gritos, já se escutava o som de passos mais perto. O frade esperava a cada instante a chegada dos inquisidores. Antônia ainda resistia, e ele agora lhe impunha silêncio pelos meios mais horríveis e desumanos. Ainda tinha em mãos o punhal de Matilde. Sem se permitir um momento de reflexão, ele o ergueu e o cravou duas vezes no peito de Antônia! Ela gritou e caiu no chão. O monge tentou levá-la embora, mas ela ainda conseguiu abraçar a coluna com firmeza. Naquele instante, a luz de tochas que se aproximavam já se refletia nas paredes. Temendo ser descoberto, Ambrósio foi obrigado a abandonar sua vítima e retornar às pressas para o vão da cripta, onde havia deixado Matilde.

Sua fuga, porém, não passou despercebida. Dom Ramirez, que vinha na frente de todos, viu uma mulher sangrando no chão e, fugindo do local, um homem que, por sua fuga desordenada, deveria ser o assassino. Junto com alguns arqueiros, ele passou imediatamente a perseguir o fugitivo, enquanto os outros permaneceram com Lorenzo para proteger a estranha ferida. Eles a ergueram e a amparavam nos braços. Ela havia desmaiado pela dor excessiva, mas logo deu sinais de que iria voltar a si. Abriu os olhos e, ao erguer a cabeça, a quantidade de cabelos louros, que até então ocultavam seu rosto, caiu para trás.

– Deus todo-poderoso! É Antônia! – Tal foi a exclamação de Lorenzo, enquanto a arrancava dos braços do acompanhante e a apertava nos seus.

Embora desferido por mão insegura, o punhal havia respondido muito bem ao propósito daquele que o utilizou. Os ferimentos eram mortais, e Antônia estava consciente de que nunca poderia se recuperar. Mesmo assim, os poucos momentos que lhe restavam eram momentos de felicidade. A aflição que se refletia no semblante de Lorenzo, a exasperada angústia em seus lamentos e sua tensa preocupação com seus ferimentos a convenceram, sem sombra de dúvida, de que ela era a dona dos sentimentos desse cavalheiro. Ela não seria removida da cripta, de medo que o movimento haveria de acelerar sua morte, e ela não queria perder os momentos que passava recebendo provas do amor de Lorenzo e assegurando-lhe o seu. Ela lhe disse que, se não tivesse sido desonrada, poderia lamentar a perda da vida; mas privada da honra e marcada pela vergonha, a morte era para ela uma bênção. Ela não poderia ter sido sua esposa e, tendo sido negada a ela essa esperança, se resignava a descer ao túmulo sem um suspiro de arrependimento. Ela o incitava a ter coragem, conjurava-o a não se abater por dores inúteis e confessou que lamentava não ter mais ninguém no mundo inteiro além dele. Mesmo que cada suave palavra sua aumentasse em vez de aliviar a dor de Lorenzo, ela continuou conversando com ele até o momento da separação. Sua voz foi ficando mais fraca e quase inaudível. Uma nuvem espessa cobriu seus olhos. Seu coração batia mais lentamente e de forma irregular; e cada instante parecia anunciar que seu destino estava próximo.

Ela estava deitada, com a cabeça reclinada no peito de Lorenzo e seus lábios ainda murmurando para ele palavras de conforto. Foi interrompida pelo sino do convento, que tocava ao longe, marcando a hora. De repente, os olhos de Antônia se acenderam com um brilho celestial: Seu corpo parecia ganhar nova força e animação. Ela se soergueu dos braços de seu amado.

– Três horas! – exclamou ela. – Mãe, estou indo!

Ela juntou as mãos e caiu sem vida no chão. Lorenzo, em agonia, se jogou ao lado dela. Arrancou os cabelos, bateu no peito e se recusou a abandonar o corpo inerte. Por fim, sem forças, permitiu que o retirassem da cripta e o levassem para o Palácio de Medina, pouco mais vivo do que a infeliz Antônia.

Enquanto isso, embora perseguido de perto, Ambrósio conseguiu chegar a seu abrigo. A porta já estava fechada quando dom Ramirez chegou, e muito tempo se passou antes que fosse descoberto o esconderijo do fugitivo. Mas nada resiste à perseverança. Embora habilmente escondida, a porta não conseguiu escapar da vigilância dos arqueiros. Forçaram a abertura e entraram na cripta, para o infinito desespero de Ambrósio e de sua companheira. A confusão do monge, sua tentativa de se esconder, sua fuga rápida e o sangue respingado em suas vestes não deixaram margem para dúvidas de que ele era o assassino de Antônia. Mas quando ele foi reconhecido como o imaculado Ambrósio, "o santo homem", o ídolo de Madri, seus perseguidores ficaram extremamente surpresos e mal podiam acreditar que não era uma visão que tinham diante deles. O frade não tentou se justificar e manteve um taciturno silêncio. Ele foi preso e amarrado. A mesma precaução foi tomada com relação a Matilde. Ao retirarem seu capuz, a delicadeza de suas feições e a profusão de seus cabelos dourados revelaram seu sexo, o que foi motivo de novo espanto para os presentes. O punhal também foi encontrado na tumba, onde o monge o havia jogado e, depois de submeter a masmorra a minuciosa busca, os dois culpados foram conduzidos às prisões da Inquisição.

Dom Ramirez teve o cuidado de esconder da população tanto os crimes como a identidade dos presos, porquanto temia uma repetição dos tumultos que se seguiram à prisão da prioresa de Santa Clara. Ele se contentou em comunicar aos Capuchinhos a culpa de seu padre superior. Para evitar a vergonha de uma acusação pública e, temendo a fúria popular da qual já tinham conseguido salvar o mosteiro a muito custo, os monges prontamente permitiram que os inquisidores revistassem todo o prédio sem alarde. Não descobriram mais nada. Todos os objetos encontrados nas celas do frade e de Matilde foram apreendidos e levados à Inquisição para servirem de prova. Todo o resto permaneceu como estava, e a ordem e a tranquilidade foram restabelecidas mais uma vez em Madri.

 O convento de Santa Clara foi completamente destruído pela devastação praticada pelo povo em revolta e pelo fogo. Nada restou dele, exceto as paredes principais, cuja espessura e solidez as haviam preservado das chamas. As freiras que nele residiam foram obrigadas, em decorrência disso, a se integrar a outras comunidades. Mas o preconceito contra elas era grande, e as superioras relutavam em admiti-las. Como, no entanto, a maioria delas tinha parentesco com famílias ilustres por suas riquezas, nascimento e poder, os vários conventos foram obrigados a recebê-las, embora o fizessem a contragosto. Esse preconceito era extremamente falso e injustificado: depois de uma investigação minuciosa, ficou provado que todas no convento tinham sido persuadidas da morte de Agnes, com exceção das quatro freiras que madre Santa Úrsula havia denunciado. Essas caíram vítimas da fúria popular, assim como várias outras perfeitamente inocentes e que nem sequer tinham conhecimento do caso. Cega de indignação, a multidão tinha sacrificado todas as freiras que caíram em suas mãos. Aquelas que escaparam devem suas vidas inteiramente à prudência e à moderação do duque de Medina. Elas tinham consciência disso e sentiam por esse nobre cavalheiro um profundo sentimento de gratidão.

 Virgínia foi uma daquelas que não poupou agradecimentos. Ela desejava igualmente retribuir as atenções dele e obter as boas graças do tio de Lorenzo, o que conseguiu sem maiores dificuldades. O duque contemplou sua beleza com interesse e admiração; e enquanto seus olhos se encantavam com sua forma, a doçura de suas maneiras e sua terna preocupação pela freira doente conquistavam o coração dele. Virgínia tinha suficiente discernimento para perceber isso e redobrou sua atenção para com a adoentada. Quando ele se despediu dela na porta do palácio de seu pai, o duque pediu permissão para perguntar, ocasionalmente, por sua saúde. Seu pedido foi prontamente atendido: Virgínia lhe garantiu que o marquês de Villa-Franca teria orgulho em poder colher uma oportunidade para agradecer pessoalmente a proteção dispensada à sua filha. Separaram-se então, ele encantado com sua beleza e afabilidade, e ela muito satisfeita com ele e, mais ainda, com o sobrinho.

   Ao entrar no palácio, o primeiro cuidado de Virgínia foi chamar o médico da família para tratar da desconhecida. Sua mãe se apressou em compartilhar com ela esse ato de caridade. Alarmado com os tumultos e temendo pela segurança de sua filha única, o marquês se havia dirigido às pressas até o convento de Santa Clara e ainda estava procurando por ela. Mensageiros foram enviados a todos os lugares com a incumbência de informá-lo de que ele a encontraria em segurança em casa e pedindo-lhe, portanto, que regressasse imediatamente. A ausência dele deu a Virgínia liberdade para dedicar toda a sua atenção à paciente; e embora estivesse ainda muito abalada pelo que tinha acontecido naquela noite, nada poderia induzi-la a deixar o leito da enferma. Em virtude da debilidade de sua saúde, causada pelas privações e pela profunda tristeza, a enferma levou tempo até recobrar os sentidos. Tinha grande dificuldade em engolir os medicamentos prescritos, mas, removido esse obstáculo, ela venceu facilmente a doença, decorrente de nada mais do que de fraqueza. A atenção que lhe foi dada, a comida saudável que há muito não conhecia, sua alegria por ter reconquistado a liberdade, a vida em sociedade e, como ela ousava esperar, o amor, tudo isso se contribuiu para seu pronto restabelecimento.

   Desde o primeiro instante em que a conheceu, sua melancólica situação, seus sofrimentos quase inigualáveis haviam conquistado o afeto de sua amável anfitriã. Virgínia sentia por ela o mais vivo interesse. Mas como ela ficou feliz quando reconheceu na freira prisioneira, sua hóspede, já suficientemente recuperada para lhe contar sua história, a irmã de Lorenzo!

   Essa vítima da crueldade monástica não era outra senão a infeliz Agnes. Durante sua permanência no convento, Virgínia a conhecia muito bem. Mas seu corpo extremamente debilitado, suas feições alteradas pela aflição, sua morte tida como certa por todos e seu cabelo longo e desgrenhado, que lhe cobria parte do rosto e do peito, impediram, de início, que ela fosse reconhecida. A prioresa pôs em prática todos os artifícios com o propósito de induzir Virgínia a tomar o véu, pois a herdeira de Villa-Franca não seria uma aquisição nada desprezível para seu convento. Sua aparente bondade e incessante atenção eram tão bem-sucedidas, que a jovem parente chegou a pensar seriamente em ingressar na vida religiosa. Mais bem familiarizada com os desgostos e o tédio de uma vida monástica, Agnes havia conseguido penetrar nos desígnios da madre superiora. Ela tremia pela jovem inocente e tentava levá-la a compreender quanto podia estar sendo enganada. Passou a lhe descrever em suas verdadeiras cores os inúmeros inconvenientes ligados a um convento: a constante limitação, os ciúmes baixos, as intrigas mesquinhas, a servidão e a grosseira bajulação esperada pela superiora. Ela então fez Virgínia refletir sobre a perspectiva brilhante que se apresentava diante dela: Ela era idolatrada pelos pais, gozava da admiração de toda Madri, era dotada pela natureza e pela educação de toda a perfeição do corpo e da mente e, portanto, poderia sonhar com uma posição mais afortunada. Sua riqueza lhe forneceria os meios de exercer em toda a extensão, caridade e benevolência, virtudes tão caras a ela; e sua permanência no mundo lhe permitiria descobrir objetivos dignos de seu interesse e proteção, o que não poderia fazer na reclusão de um convento.

Essas observações induziram Virginia a deixar de lado qualquer ideia de tomar o hábito religioso; mas outro argumento, não usado por Agnes, tinha mais peso para ela do que todos os outros juntos. Ela tinha visto Lorenzo no parlatório quando ele visitou a irmã no convento. Acabou gostando dele, e suas conversas com Agnes geralmente terminavam em alguma referência ao irmão. E Agnes, que adorava Lorenzo, desejava apenas uma oportunidade para elogiá-lo. Falava dele com grande prazer e, para convencer sua ouvinte de como eram justos e nobres os sentimentos dele, de como era culta sua mente e elegante a forma como se expressava, lhe mostrava ocasionalmente algumas das cartas que recebia dele. Logo percebeu que, a partir da leitura dessas missivas, o coração da jovem amiga havia absorvido impressões que ela estava longe de pretender transmitir, mas estava realmente feliz em descobrir. Não poderia desejar para o irmão uma união mais favorável. Herdeira de Villa-Franca, virtuosa, afetuosa, bela e talentosa,

Virgínia parecia ter sido indicada para fazê-lo feliz. Ela sondou o irmão sobre o assunto, embora sem mencionar nomes ou circunstâncias. Ele lhe assegurou em suas respostas que seu coração e sua mão estavam totalmente descomprometidos, e ela pensou que, com base nisso, poderia prosseguir com seu plano sem perigo. Consequentemente, ela se esforçou para fortalecer a paixão nascente de sua amiga. Lorenzo passou a ser o assunto constante de suas conversas e a avidez com que a jovem ouvia, os suspiros que frequentemente escapavam de seu peito e a ansiedade com que, após qualquer digressão, trazia a conversa de volta ao assunto de onde ela havia se desviado, bastaram para convencer Agnes de que as atenções de seu irmão estariam longe de serem depreciadas. Ela, finalmente, se aventurou a mencionar suas intenções ao duque, o qual, embora não conhecesse a mencionada dama, sabia o suficiente de sua posição para considerá-la digna da mão de seu sobrinho. Combinaram entre eles que Agnes é que deveria insinuar a ideia a Lorenzo, e ela aguardaria apenas seu retorno a Madri para lhe propor que a amiga dela se tornasse sua noiva. Os tristes eventos ocorridos nesse espaço de tempo a impediram de levar a cabo seu plano. Virgínia chorou sinceramente sua perda, tanto como companheira quanto como a única pessoa com quem podia falar de Lorenzo. Sua paixão continuou a atormentar seu coração em segredo, e ela quase decidiu confessar seus sentimentos à mãe quando o acaso, mais uma vez, colocou o amado em seu caminho. Ao vê-lo tão perto dela, ao contemplar a polidez, a compaixão, a intrepidez dele, tudo isso contribuía para inspirar um novo ardor à afeição que já a dominava. E ao reencontrar revigorada a amiga e advogada, considerou o fato um presente dos céus; Atreveu-se até a nutrir a esperança de se unir a Lorenzo e resolveu lançar mão para tanto da influência da irmã dele.

Supondo que, antes de morrer, Agnes pudesse ter feito a proposta, o duque havia tomado todas as insinuações de casamento de seu sobrinho como referentes a Virgínia: Consequentemente, ele lhes deu sua total aprovação. Ao retornar ao palácio, o relato que lhe foi feito sobre a morte de Antônia e o comportamento de Lorenzo na ocasião evidenciaram seu engano. Ele lamentou o ocorrido, mas com a infeliz moça efetivamente fora do caminho, acreditou que seus desígnios ainda chegariam a bom termo. É verdade que a situação de Lorenzo naquele momento não era nada adequada para pensar em casamento. Suas esperanças foram frustradas no momento em que esperava realizá-las; a morte terrível e repentina de sua senhora o havia afetado profundamente. O duque o encontrou acamado e doente. Seus assistentes manifestaram sérias apreensões por sua vida; mas o tio não compartilhava dos mesmos temores. Era da opinião, e com certeza muito prudente, de que "os homens morrem e os vermes os devoram, mas não por amor!" Por isso afirmava que, por mais profunda que fosse a impressão causada no coração de seu sobrinho, o tempo e Virgínia acabariam por levá-lo a esquecer a dor. Ele se apressou em ir ao encontro do jovem aflito e tentou consolá-lo, solidarizando-se com sua angústia, mas encorajando-o a resistir a ataques de desespero. Admitiu que não podia deixar de se sentir chocado com um evento tão terrível, nem poderia culpar sua sensibilidade, e lhe implorava que não se atormentasse com vãs lamentações, mas que lutasse contra a aflição e preservasse sua vida, se não para o próprio bem, pelo menos para o bem daqueles que lhe dedicavam grande afeto. Enquanto cuidava, dessa forma, para que Lorenzo esquecesse a perda de Antônia, o duque visitava Virgínia com assiduidade e aproveitava todas as oportunidades para promover o interesse de seu sobrinho pelo coração dela.

Era realmente de esperar que Agnes não demorasse muito para perguntar por dom Ramón. Ela ficou chocada ao saber da situação miserável a que o sofrimento o havia reduzido. Mas não pôde deixar de se alegrar secretamente ao refletir que a doença dele provava a sinceridade de seu amor. O duque se encarregou de anunciar ao enfermo a felicidade que o aguardava. Embora não tenha omitido nenhuma precaução para prepará-lo para receber a notícia, nessa súbita mudança do desespero para a felicidade, os arroubos de alegria foram tão violentos, que quase se mostraram fatais para Ramón. Uma vez passados, a tranquilidade de sua mente, a certeza da felicidade e, acima de tudo, a presença de Agnes (que tão logo restabelecida pelos cuidados de Virgínia e da marquesa, se apressou em atender seu amado), o ajudaram a superar os efeitos de sua terrível doença. A serenidade de espírito se difundiu por todo o seu corpo, e ele se recuperou com tanta rapidez, que chegou a surpreender a todos.

    O mesmo não aconteceu com Lorenzo. A morte de Antônia em circunstâncias tão terríveis pesava demais em sua mente. Foi reduzido a uma sombra. Nada mais lhe dava prazer. Com muita dificuldade, foi persuadido a ingerir algum alimento, o suficiente para manter-se vivo, e não morrer de inanição. A companhia de Agnes era seu único conforto. Ainda que o acaso não tivesse permitido que passassem muito tempo juntos, ele sentia por ela uma amizade sincera e muito afeto. Percebendo o quanto sua presença era necessária, ela raramente saía do quarto dele. Ouviu suas queixas com atenção incansável e o acalmava com a delicadeza de suas maneiras e compartilhando sua aflição. Morava ainda no Palácio de Villa-Franca, cujos proprietários a tratavam com especial afeto. O duque havia comunicado ao marquês seus planos com relação a Virgínia. A união era perfeita. Lourenço era herdeiro da imensa fortuna do tio e distinguia-se em Madri por ser uma pessoa amável, de amplo conhecimento e de conduta exemplar. Acrescente-se a isso que a marquesa havia descoberto a forte inclinação da filha por ele.

    Em decorrência disso, a proposta do duque foi aceita sem hesitação: Todas as precauções foram tomadas para induzir Lorenzo a ver a dama com aqueles sentimentos que ela tão bem merecia despertar. Em suas visitas ao irmão, Agnes era frequentemente acompanhada pela marquesa; e assim que ele conseguiu caminhar até a antessala, Virginia, sob o olhar da mãe, às vezes tinha permissão para expressar seus votos por sua recuperação. E sempre o fez com muita delicadeza. A maneira como mencionava Antônia era tão terna e reconfortante e, quando lamentava o melancólico destino de sua rival, seus olhos brilhavam de forma tão linda em meio às lágrimas, que Lorenzo não podia contemplá-la nem ouvi-la sem emoção. Os parentes de Lorenzo, assim como a dama, perceberam que a cada dia a companhia dela parecia lhe dar um novo prazer e que ele falava dela em termos de grande admiração. Mas eles prudentemente mantiveram suas observações em segredo.

Nenhuma palavra foi dita que pudesse levá-lo a suspeitar do propósito deles. Todos continuaram com a mesma conduta e a mesma atenção de antes e deixaram que o tempo amadurecesse num sentimento mais caloroso a amizade que ele já sentia por Virgínia.

Com o passar do tempo, as visitas foram se tornando mais frequentes; e ultimamente não passava um dia sem que ela tomasse algumas horas para ficar ao lado da cama de Lorenzo. Ele ia recobrando gradativamente suas forças, mas o processo de sua recuperação era lento e duvidoso. Certa noite, ele parecia estar mais animado que o normal. Agnes e seu amado, o duque, e Virgínia e seus pais estavam sentados ao redor dele. Pela primeira vez, ele perguntou à sua irmã que lhe contasse como havia escapado dos efeitos do veneno que madre Santa Úrsula a vira ingerir. Com medo de recordar aquele cenário em que Antônia havia morrido, ela havia escondido dele, até então, toda a história de seus sofrimentos. Como agora era ele mesmo que introduziu o assunto e pensando que, talvez, a narrativa de seus sofrimentos pudesse afastá-lo da contemplação daqueles sobre os quais ele se debruçava constantemente, ela atendeu de imediato a seu pedido. As demais pessoas presentes já conheciam a história; Mas o interesse que todos sentiam por sua heroína fez com que se dispusessem a ouvi-la outra vez. Como todos apoiaram o pedido de Lorenzo, Agnes obedeceu. Primeiramente, ela falou sobre a descoberta que ocorrera na capela do mosteiro, sobre o ressentimento da madre superiora e sobre a cena da meia-noite, que madre Santa Úrsula, escondida, havia presenciado. Embora a freira já tivesse descrito esse último acontecimento, Agnes o relatou agora de forma mais detalhada. Depois disso, prosseguiu com sua narrativa da seguinte maneira:

CONCLUSÃO DA HISTÓRIA DE AGNES DE MEDINA

Minha suposta morte foi acompanhada das maiores agonias. Aqueles momentos que acreditei serem meus últimos foram ainda mais amargos pela afirmação da madre superiora de que eu não poderia escapar da perdição. E quando meus olhos se fecharam, a ouvi descarregar sua raiva em maldições por causa de meu pecado. O horror dessa situação, de estar no leito de morte, do qual toda esperança fora banida, de estar num sono do qual despertaria apenas para me encontrar como presa de chamas e de fúrias do inferno, tudo isso era mais assustador do que posso descrever. Quando recobrei os sentidos, minha alma ainda estava impressionada com essas imagens terríveis: Olhei em volta com medo, esperando ver os ministros da vingança divina. Durante a primeira hora, meus sentidos estavam tão confusos e meu cérebro tão transtornado, que me esforçava em vão para organizar as estranhas imagens que flutuavam em confusão selvagem diante de mim. Se eu tentasse me erguer do chão, a divagação de minha cabeça me enganava. Tudo a meu redor parecia balançar, e eu caí mais uma vez por terra. Meus olhos fracos e ofuscados eram incapazes de suportar a proximidade da luz que tremulava acima de mim. Fui obrigada a fechá-los novamente e permanecer imóvel na mesma posição.

Uma hora inteira se passou antes que me sentisse suficientemente bem para examinar os objetos ao redor. Quando os examinei, fiquei aterrorizada ao perceber que estava estendida sobre uma espécie de cama de vime, com seis alças que, sem dúvida, tinham servido para que as freiras me levassem ao túmulo. Eu estava coberta com um lençol de linho. Algumas flores murchas estavam jogadas sobre mim. De um lado havia um pequeno crucifixo de madeira; do outro, um rosário de contas graúdas. Quatro paredes baixas e estreitas me confinavam. O teto tinha uma pequena abertura gradeada, através da qual entrava o pouco de ar que circulava nesse local miserável. Um leve brilho de luz que vinha através das grades permitiu que eu distinguisse os horrores que me cercavam. Eu me sentia oprimida por um cheiro nauseabundo e sufocante; e percebendo que a porta gradeada estava destrancada, pensei que talvez pudesse escapar. Ao me erguer com esse propósito, minha mão pousou sobre algo macio; eu o agarrei e o aproximei da luz. Deus Todo-poderoso! Que horror e que nojo, que angústia! Apesar de seu estado de putrefação e dos vermes que a devoravam, percebi que era uma cabeça humana em decomposição e reconheci as feições de uma freira que morrera alguns meses antes! Joguei-a para longe de mim e afundei quase sem vida em meu esquife.

 Quando minhas forças voltaram, esse cenário e a consciência de estar cercada pelos corpos repugnantes e em decomposição de minhas companheiras falecidas aumentaram meu desejo de escapar de minha terrível prisão. Eu tentei novamente alcançar a luz. A porta gradeada estava ao meu alcance: Levantei-a sem dificuldade; provavelmente foi deixada aberta para facilitar minha saída da masmorra. Apoiando-me na irregularidade das paredes, em algumas pedras que se projetavam além das demais, consegui escalá-las e me arrastar para fora de minha prisão. Agora me encontrava numa cripta toleravelmente espaçosa. Várias tumbas, de aparência semelhante àquela de onde eu acabara de escapar, estavam dispostas em ordem, ao longo dos lados, e pareciam estar consideravelmente afundadas na terra. Uma lamparina sepulcral estava suspensa no teto por uma corrente de ferro e lançava uma luz triste em toda a masmorra. Emblemas da morte eram vistos por toda parte: crânios, omoplatas, fêmures e outros restos mortais estavam espalhados no chão úmido. Cada túmulo era ornamentado com um grande crucifixo e, num canto, havia uma estátua de madeira de Santa Clara. De início, não dei muita atenção a esses objetos; uma porta, a única saída do local, havia atraído meu olhar. Fui depressa até lá, enrolada em meu lençol. Empurrei a porta e, para meu inexprimível terror, descobri que estava trancada pelo lado de fora.

 Adivinhei imediatamente que a prioresa, confundindo o tipo do licor que me obrigou a beber, em vez de veneno, me havia ministrado um poderoso sonífero. A partir disso, concluí que, estando aparentemente morta, tinha passado pelos diferentes rituais do enterro; e que, se não conseguisse provar que estava viva, meu destino seria morrer de fome. Essa ideia me deixou aterrorizada, não apenas por mim, mas também pela inocente criatura que ainda vivia em meu ventre. Tentei abrir a porta novamente, mas ela resistiu a todos os meus esforços. Gritei com todas as forças que podia, pedindo ajuda; mas como eu estava muito longe de todas as pessoas, nenhuma voz amiga me respondeu. Um profundo e melancólico silêncio reinava na cripta, e eu perdi toda a esperança de reaver a liberdade. Minha longa abstinência já começava a me atormentar. As torturas que a fome me infligia eram as mais dolorosas e insuportáveis e pareciam aumentar a cada hora que passava. Às vezes eu me jogava no chão e me contorcia descontroladamente e em total desespero; às vezes, levantava sobressaltada, voltava para a porta, tentava novamente abri-la à força e repetia meus gritos infrutíferos de socorro. Muitas vezes eu pensava em bater minha cabeça contra o canto agudo de algum monumento, estourando meus miolos e, assim, acabando com meus infortúnios de uma vez; mas a lembrança de meu bebê me levava a mudar de ideia. Temia fazer alguma coisa que pusesse em risco a existência de meu filho e a minha. Então eu dava vazão à minha angústia com exclamações em voz alta e queixas iradas; e quando minhas forças me abandonavam novamente, silenciosa e sem esperança, eu me sentava aos pés da estátua de Santa Clara, cruzava os braços e me deixava levar pelo mais tétrico desespero. Assim se passaram várias horas horríveis. A morte se aproximava com passos rápidos, e eu esperava que a qualquer momento haveria de chegar meu fim. De repente, um túmulo vizinho chamou minha atenção. Sobre ele havia uma cesta, que até então eu não havia observado. Levantei-me de um salto e corri em sua direção tão rapidamente quanto meu exausto corpo permitia. Com que avidez agarrei a cesta ao descobrir que continha um pão de tipo rústico e uma pequena garrafa de água.

Eu me atirei com avidez sobre esses humildes alimentos. Ao que tudo indica, haviam sido colocados na cripta havia vários dias. O pão estava duro e a água, imunda. Mesmo assim, nunca tinha provado comida tão deliciosa. Quando o tremendo apetite foi satisfeito, passei a fazer conjeturas sobre minha nova situação. Eu me perguntava se a cesta havia sido colocada ali para atender à minha necessidade. A esperança respondeu às minhas dúvidas de forma afirmativa. Comecei a pensar também em quem poderia adivinhar que eu precisava dessa ajuda. Se estavam sabendo que eu estava viva, por que iriam me deixar trancada naquela lúgubre cripta? Se eu fosse mantida prisioneira, o que significava a cerimônia de meu enterro? Ou se eu estava condenada a morrer de fome, por que haveriam de deixar provisões a meu alcance? Nenhum amigo guardaria segredo sobre uma punição tão terrível; tampouco parecia provável que um inimigo, movido de compaixão, tivesse resolvido me suprir com meios de subsistência. Enfim, eu estava inclinada a pensar que a intenção da madre superiora com relação à minha vida havia sido descoberta por alguma de minhas companheiras do convento, que havia encontrado meios de substituir o veneno por sonífero e que decidira deixar um pouco de comida para me sustentar, até que pudesse me libertar. Além disso, que ela poderia estar tentando transmitir informações a meus parentes sobre o meu perigo que eu corria, a fim de que viessem me libertar do cativeiro. Mas por que então a qualidade de minhas provisões era tão simples? Como essa minha amiga poderia ter entrado na cripta sem o conhecimento da madre superiora? E se ela havia entrado, por que a porta foi trancada com tanto cuidado? Essas reflexões me deixavam transtornada. Ainda assim, essa ideia era a mais favorável às minhas esperanças, e acabei por considerá-la a minha preferida.

Minhas reflexões foram interrompidas pelo som de passos distantes que se aproximavam bem devagar. Raios de luz atravessavam agora as fendas da porta. Sem saber se as pessoas que avançaram vinham para me socorrer ou por algum outro motivo para a cripta, tentei chamar sua atenção dando altos gritos de socorro. O som dos passos revelavam que estavam mais perto. A luz ficou mais forte. Por fim, com inexprimível prazer, ouvi a chave girando na fechadura. Convencida de que minha libertação estava próxima, voei em direção à porta com um grito de alegria. A porta se abriu, mas todas as minhas esperanças de fuga se desvaneceram, quando a prioresa apareceu seguida pelas mesmas quatro freiras, que haviam sido testemunhas de minha suposta morte. Elas carregavam tochas nas mãos e olhavam para mim num silêncio amedrontador.

Recuei aterrorizada. A madre superiora entrou na cripta, assim como suas companheiras. Ela me fitou com um olhar severo e ressentido, mas não demonstrou nenhuma surpresa ao me encontrar ainda viva. Ela sentou no mesmo lugar que eu acabara de deixar. A porta foi novamente fechada, e as freiras se posicionaram atrás de sua superiora, enquanto o brilho de suas tochas, ofuscado pelos vapores e umidade da cripta, dourava com raios frios os monumentos ao redor. Por alguns momentos, todas guardaram um silêncio mortal e solene. Fiquei a alguma distância da prioresa. Por fim, ela acenou para que eu avançasse. Tremendo com a severidade de seu aspecto, minhas forças mal me bastaram para obedecer. Eu me aproximei um pouco, mas minhas pernas não conseguiam suportar meu peso. Caí de joelhos. Juntei as mãos e as levantei para lhe pedir misericórdia, mas não consegui articular uma sílaba.

Ela me fitou com olhos raivosos.

– Vejo uma penitente ou uma criminosa? – perguntou ela, por fim. – Essas mãos estão levantadas em contrição por seus crimes, ou com medo do castigo? Essas lágrimas reconhecem a justiça de sua condenação ou apenas solicitam mitigação de seus sofrimentos? Receio que seja a última alternativa!

Ela fez uma pausa, mas manteve os olhos fixos nos meus.

– Tenha coragem – continuou ela. – Não desejo a sua morte, mas seu arrependimento. A poção que lhe ministrei não era veneno, mas um sonífero. Minha intenção, ao enganá-la, era fazê-la sentir as agonias de uma consciência culpada, se a morte a tivesse surpreendido de repente, enquanto seus crimes ainda não haviam sido expiados. Você sofreu essas agonias. Eu a trouxe para cá para se familiarizar com a crueldade da morte e creio que sua angústia momentânea lhe servirá como um benefício eterno. Não é meu objetivo destruir sua alma imortal; ou pedir que você desça à sepultura, sobrecarregada com o peso dos pecados não expiados. Não, filha, longe disso. Vou purificá-la com um castigo saudável e dar-lhe todo o tempo para sua contrição e seu remorso. Ouça então minha sentença. O zelo imprudente de suas amigas atrasou sua execução, mas agora não podem impedi-la. Toda Madri acredita que você está morta. Seus parentes estão totalmente convencidos de sua morte, e as freiras que defenderam sua causa assistiram a seu funeral. Ninguém suspeita de que ainda esteja viva; tomei precauções para que esse segredo se torne um mistério impenetrável.

Então abandone todos os pensamentos de um mundo do qual está separada para sempre e utilize as poucas horas que ainda lhe restam para se preparar para o próximo.

Essa introdução me levou a esperar algo terrível. Eu tremia e teria falado só para aplacar sua ira, mas um gesto da madre superiora me mandou calar. E prosseguiu:

– Embora nos últimos anos tenham sido injustamente negligenciadas e agora contestadas por muitas de nossas irmãs equivocadas (a quem o céu se digne converter!), é minha intenção reviver as leis de nossa Ordem com todo o seu vigor. A lei contra a incontinência é severa, mas não mais do que uma ofensa tão monstruosa o exige. Submeta-se a ela, filha, sem resistência; Você encontrará o benefício da paciência e da resignação numa vida melhor do que esta. Dê ouvidos então à sentença de Santa Clara. Debaixo dessas criptas, existem prisões destinadas a receber criminosas como você. Sua entrada é habilmente camuflada, e aquela que entrar numa dessas prisões deve renunciar a toda esperança de liberdade. E para lá deve ser levada agora. A comida lhe será fornecida, mas não o suficiente para satisfazer seu apetite. Terá apenas a quantidade para manter corpo e alma unidos e a qualidade será a mais simples possível. Chore, filha, chore e umedeça o pão com suas lágrimas: Deus sabe que você tem muitos motivos para se entristecer! Acorrentada a uma dessas masmorras secretas, excluída do mundo e da luz para sempre, sem conforto além da religião, sem companhia além do arrependimento, assim você deverá gemer pelo resto de seus dias. Essas são as ordens de Santa Clara. Submeta-se a elas sem reclamar. Siga-me!

Transtornada por esse bárbaro decreto, minhas poucas forças restantes me abandonaram. Respondi caindo a seus pés e banhando-os com lágrimas. A superiora, insensível à minha aflição, levantou-se com ar majestoso. Repetiu suas ordens de forma categórica, mas minha excessiva fraqueza me impedia de lhe obedecer. Mariana e Alix me levantaram do chão e me carregaram nos braços. A prioresa foi avançando, apoiada em Violante, e Camila a precedia com uma tocha. Assim passou nossa triste procissão pelos corredores, em silêncio, rompido apenas por meus suspiros e gemidos. Paramos diante do santuário principal de Santa Clara. A estátua foi removida de seu pedestal, embora eu não soubesse como. Em seguida, as freiras levantaram uma grade de ferro até então escondida pela imagem e a deixaram cair ruidosamente do outro lado. Aquele terrível ruído, repetido pelas abóbadas acima e pelas cavernas abaixo de mim, me despertou da apatia em que eu estava mergulhada. Olhei à minha frente: um abismo se apresentou a meus olhos amedrontados, e uma escada íngreme e estreita, por onde me levaram as freiras que me conduziam. Gritei e recuei, implorei por compaixão, enchi o ar com meus gritos e invoquei a ajuda de céus e terra. Em vão! Fui levada escada abaixo e forçada a entrar numa das celas que se abria ao lado das cavernas.

Meu sangue gelou, enquanto contemplava essa melancólica morada. O nevoeiro frio pairando no ar, as paredes verdes de umidade, a cama de palha tão rústica e sem conforto, a corrente destinada a me prender para sempre à minha prisão, e os répteis de toda espécie que avistei correndo para suas tocas, à medida que as tochas avançavam, tudo isso apertou meu coração de pavor tão intenso que achava impossível que eu conseguisse suportar. Levada à loucura pelo desespero, repentinamente consegui me livrar das freiras que me seguravam. Caí de joelhos aos pés da prioresa e implorei sua misericórdia nos termos mais ardentes e desvairados.

– Se não em mim – disse eu –, tenha pena, pelo menos, pelo ser inocente, cuja vida está ligada à minha! Grande é meu crime, mas não permita que meu filho sofra por ele! Meu filho não cometeu crime algum. Oh! Poupe-me pelo bem de meu filho ainda não nascido, a quem, antes que desfrute da vida, sua severidade o condena à morte!

A prioresa recuou com altivez. Afastou seu hábito para longe de mim, como se meu toque fosse contagioso.

– O quê? – exclamou ela, com ar exasperado. – O quê? Ousa implorar pelo fruto de sua vergonha? Deve-se permitir que viva uma criatura concebida em culpa tão monstruosa? Mulher devassa, não fale mais por ele! Melhor que o miserável pereça do que viva: gerado em perjúrio, incontinência e profanação, não pode deixar de provar que é fruto da imoralidade. Ouça-me, sua culpada! Não espere misericórdia de minha parte nem para você nem para seu rebento. Em vez disso, ore para que a morte o leve antes de seu nascimento; ou, caso chegue a ver a luz, que seus olhos sejam imediatamente fechados de novo e para sempre! Não haverá de receber ajuda alguma em seu trabalho de parto; traga seu rebento ao mundo, alimente-o, cuide dele e trate de enterrá-lo você mesma. Deus queira que venha a expirar logo, para que você não seja consolada pelo fruto de sua iniquidade!

Essas palavras desumanas, as ameaças nelas contidas, os terríveis sofrimentos anunciados pela madre superiora e seus votos pela morte de meu filho, que, embora ainda não nascido, eu já o amava ternamente, tudo isso era mais do que meu corpo exausto poderia suportar. Dando um profundo gemido, caí sem sentidos aos pés de minha implacável inimiga. Não sei quanto tempo permaneci nessa situação; mas imagino que deve ter passado algum tempo até minha recuperação, pois foi tempo suficiente para a prioresa e as freiras deixarem a caverna. Quando recobrei os sentidos, encontrei-me no silêncio e na total solidão. Não ouvia nem mesmo os passos em retirada de minhas perseguidoras. Tudo estava no maior silêncio e tudo era terrível! Eu havia sido jogada na cama de palha. A pesada corrente, que já havia olhado com terror, agora rodeava meu corpo e me prendia à parede. Uma lamparina iluminava a masmorra com raios fracos e melancólicos, permitindo-me que eu visse todos os seus horrores: Ela era separada da caverna por uma parede baixa e irregular de pedra; uma ampla abertura fazia as vezes de entrada, pois não havia porta. Um crucifixo de chumbo estava afixado na parede, em frente de minha cama de palha. Havia uma manta esfarrapada a meu lado e também um rosário; e não muito longe de mim havia um jarro de água e uma cesta de vime com um pedaço de pão e uma garrafa de óleo para abastecer a lamparina.

Com um olhar desanimado, examinei esse cenário de sofrimento: Quando pensei que estava condenada a passar o resto de meus dias ali, meu coração foi tomado por amarga angústia. Outrora me haviam ensinado a esperar por coisas tão diferentes! Em certa época, minhas perspectivas pareciam tão brilhantes, tão lisonjeiras! Agora tudo estava perdido para mim. Amigos, conforto, sociedade, felicidade, num momento fui privada de tudo! Morta para o mundo, morta para o prazer, eu vivia apenas para sentir a miséria. Como me parecia belo aquele mundo do qual estava para sempre excluída! Quantas coisas queridas ele continha e que eu nunca mais voltaria a ver! Enquanto lançava um olhar de terror em torno de minha prisão, enquanto me encolhia com o vento cortante que uivava em minha morada subterrânea, a mudança parecia tão impressionante, tão abrupta, que duvidava de sua realidade.

Que a sobrinha do duque de Medina, a futura noiva do marquês de las Cisternas, criada na riqueza, aparentada com as famílias mais nobres da Espanha e cheia de amigos afetuosos, que num momento se tornasse prisioneira, separada do mundo para sempre, carregada de correntes e reduzido a sustentar a vida com os alimentos mais grosseiros, parecia uma mudança tão repentina e incrível, que eu acreditei que se tratava de uma assustadora visão. Sua duração, porém, me convenceu de meu engano, confirmando-me que era a pura realidade. A cada manhã eu ia perdendo um pouco de minhas esperanças. Por fim, abandonei toda ideia de fuga. Resignei-me a meu destino e passei a esperar a liberdade somente para o momento em que viesse acompanhada da morte.

Minha angústia espiritual e as cenas terríveis em que fui protagonista anteciparam a hora do parto. Na solidão e na miséria, abandonada por todos, sem a ajuda de ninguém, sem o conforto da amizade, com dores capazes de comover o coração mais duro, dei à luz meu filho. Veio com vida ao mundo; mas eu não sabia como cuidar dele ou por quais meios preservar sua existência. Eu só podia banhá-lo com minhas lágrimas, aquecê-lo em meu peito e orar por sua segurança. Logo fui privada desse pesaroso cuidado. A falta de atendimento adequado, minha ignorância sobre como cuidar dele, o frio intenso da masmorra e o ar insalubre que enchia seus pulmões encerraram a curta e dolorosa existência de meu doce filhinho. Ele expirou poucas horas depois do nascimento, e eu presenciei sua morte com tamanha angústia, que nem sei como explicar.

Mas minha dor foi inútil. Meu filho não existia mais; nem todos os meus suspiros poderiam dar a seu pequeno e tenro corpo a possibilidade de respirar por um momento. Rasguei um pedaço de minha mortalha e nele enrolei meu adorável filhinho. Coloquei-o sobre meu peito, com seu bracinho em volta de meu pescoço e sua pálida e fria face descansando na minha. Assim repousavam seus membros sem vida, enquanto eu o cobria de beijos, falava com ele, chorava e gemia por ele sem descanso, dia ou noite. Camila entrava regularmente em minha prisão, uma vez a cada vinte e quatro horas para me trazer comida. Apesar de sua natureza dura, ela não podia contemplar esse espetáculo sem se comover. Temia que uma dor tão excessiva afetasse meu cérebro e, na verdade, nem sempre eu estava em meu juízo perfeito. Por um impulso de compaixão, ela insistiu para que eu lhe permitisse enterrar o pequeno cadáver, mas eu nunca concordei. Jurei que não me separaria dele enquanto eu tivesse vida. Sua presença era meu único conforto, e nenhum argumento poderia me induzir a desistir dessa presença contínua dele. Seu corpinho logo se tornou, porém, uma massa em decomposição e, aos olhos de todos, era um objeto repugnante e desagradável; aos olhos de todos, mas não aos de uma mãe. Em vão os sentimentos humanos me fizeram recuar ante esse emblema da mortalidade com repugnância; eu resisti e venci essa repugnância. Eu persistia em segurar meu bebê no colo, em lamentá-lo, amá-lo, adorá-lo! Hora após hora eu passava em minha triste cama, contemplando o que um dia fora meu filho. Eu me esforçava para retraçar suas características por baixo da lívida decomposição que se estendia por todo o seu corpo. Durante meu confinamento, essa triste ocupação era minha única alegria e, naquela época, nada no mundo me faria desistir dela. Mesmo quando fui libertada da prisão, eu trouxe meu filho nos braços. As súplicas de minhas duas bondosas amigas (nesse momento ela tomou as mãos da marquesa e de Virgínia e as beijou, uma após outra) finalmente me persuadiram a proceder ao enterro de meu pobre menino. Mas foi com relutância que me separei dele. A razão, porém, finalmente prevaleceu, e permiti que o levassem; e agora repousa em solo sagrado.

Eu disse há pouco que Camila vinha regularmente, uma vez por dia, e me trazia comida; além disso, procurava não aumentar meus sofrimentos com recriminações. Ela me levou, é verdade, a abandonar todas as esperanças de liberdade e de felicidade mundana; mas me encorajava a suportar com paciência minha angústia temporária e me aconselhava a buscar conforto na religião.

Minha situação evidentemente a afetava mais do que ela se atrevia a confessar, mas ela acreditava que atenuar minha culpa me deixaria menos propensa a me arrepender. Frequentemente, enquanto seus lábios pintavam a enormidade de minha culpa em cores brilhantes, seus olhos deixavam transparecer como ela era sensível a meus sofrimentos. Na verdade, estou certa de que nenhuma de minhas atormentadoras (pois as outras três freiras entravam em minha prisão ocasionalmente) agia movida pelo espírito de crueldade opressiva mas, antes, pela ideia de que afligir meu corpo era a única maneira de proteger minha alma. Não, até mesmo essa convicção poderia não ter tido tanto peso para elas, e poderiam ter pensado que minha punição era muito severa, se suas consciências não tivessem sido reduzidas à obediência cega pela madre superiora. O ressentimento dessa última se mantinha com força total. Quando meu plano de fuga foi descoberto pelo padre superior dos Capuchinhos, ela supôs que minha infâmia rebaixava a posição dela diante do monge e, em decorrência, demonstrou todo o ódio que podia contra mim. Ela disse às freiras que tomavam conta de mim que meu pecado era da natureza mais hedionda, que nenhum sofrimento poderia igualar a ofensa e que nada poderia me salvar da perdição eterna, exceto uma punição aplicada com a maior severidade possível. A palavra da superiora era como um oráculo para muitas freiras do convento. Elas acreditavam em tudo o que a prioresa dissesse. Embora contrários à razão e à caridade, elas não hesitavam em admitir a verdade dos argumentos dela. Seguiam suas determinações ao pé da letra e estavam totalmente convencidas de que me tratar com indulgência ou mostrar o mínimo de compaixão por meus infortúnios seria um meio direto de destruir minhas chances de salvação.

Camila era a que mais se preocupava comigo e foi justamente

ela a encarregada pela prioresa de tratar-me com toda a rudeza. Em cumprimento a essas ordens, ela frequentemente se esforçava para me convencer de que meu castigo era mais que justo, em razão da enormidade de meu crime: Ela me dizia que eu deveria me considerar muito feliz por ter a oportunidade de salvar minha alma por meio da mortificação de meu corpo e, às vezes, até me ameaçava com a perdição eterna. Mesmo assim, como observei antes, ela sempre terminava com palavras de encorajamento e conforto; e, embora pronunciadas pelos lábios de Camila, reconhecia nela com facilidade as expressões da madre superiora. Uma vez, e apenas uma vez, a prioresa veio me visitar no calabouço. Ela me tratou com a mais implacável crueldade: Despejou de sua boca uma série de recriminações, zombou de minha fragilidade e, quando implorei por misericórdia, disse-me para pedi-la aos céus, visto que na terra já não a merecia. Ela até olhou para meu filho morto sem a menor emoção; e quando ela me deixou, eu a ouvi dizer a Camila para aumentar o rigor de meu cativeiro. Mulher insensível! Mas é melhor deixar meu ressentimento, pois ela já pagou por seus erros com a triste e inesperada morte que teve. Que descanse em paz e que seus crimes sejam perdoados no céu, assim como eu a perdoo por meus sofrimentos na terra!

Foi assim que andei me arrastando numa existência miserável. Longe de me familiarizar com minha prisão, eu a contemplava a cada momento com novo horror. O frio parecia mais penetrante e amargo, o ar mais espesso e pestilento. Meu corpo ficou fraco, febril e emaciado. Eu era incapaz de me levantar da cama de palha e exercitar meus membros dentro dos estreitos limites que o comprimento de minha corrente me permitia. Embora exausta, fraca e cansada, eu tinha medo de adormecer. Meus breves momentos de sono eram constantemente interrompidos por algum inseto desagradável rastejando sobre meu corpo. Às vezes eu sentia um sapo inchado, hediondo e impregnado com os vapores venenosos da masmorra, arrastando-se por sobre meu peito: Outras vezes era um lagarto rápido e frio que me despertava, deixando seu rastro viscoso em meu rosto e se enredando nas mechas de meus desalinhados e emaranhados cabelos. Muitas vezes, ao acordar, encontrava meus dedos cobertos por longos vermes que se reproduziam na carne em decomposição de meu filho. Nessas ocasiões, eu gritava de terror e nojo e, enquanto sacudia os vermes, tremia com toda a fraqueza de uma mulher.

Essa era a minha situação quando Camilla subitamente adoeceu. Uma febre perigosa, supostamente infecciosa, a deixou de cama. Todas, exceto a irmã leiga designada para cuidar dela, a evitavam com cautela, com medo de contrair a doença. Ela sofria de constantes delírios e não podia, de forma alguma, continuar me prestando seus serviços. A madre superiora e as freiras, que conheciam meu confinamento secreto, tinham deixado Camila inteiramente responsável por mim; em decorrência disso, não se importavam mais comigo. E como estavam ocupadas com os preparativos para a próxima comemoração da festa de Santa Clara, é mais do que provável que nunca tenham pensado em sim. Foi madre Santa Úrsula que me contou, depois que fui libertada, por que Camila havia deixado de me atender. Naquela época, eu nem podia suspeitar do motivo. Pelo contrário, eu esperava a aparição de minha carcereira, primeiro com impaciência e depois com desespero. Um dia passou; outro o seguiu; o terceiro chegou. Nada de Camila! E nada de visita! Eu me dava conta da passagem do tempo pelo consumo de minha lamparina, para a qual, felizmente, me restava ainda um suprimento de óleo para uma semana. Imaginei que as freiras haviam me esquecido ou que a prioresa havia ordenado que me deixassem morrer. A última ideia parecia a mais provável. Mas o amor pela vida é tão natural, que estremeci ao descobrir que é verdadeiro. Embora amargurada por todas as espécies de miséria, minha existência ainda era cara para mim, e eu temia perdê-la. Cada minuto que passava me mostrava que eu deveria abandonar toda esperança de alívio. Eu fui me transformando num verdadeiro esqueleto. Meus olhos falhavam, e meus membros estavam começando a se enriquecer. Eu só podia expressar minha angústia e as pontadas daquela fome que corroía meu coração por gemidos frequentes, cujo melancólico som ecoava no teto abobadado da masmorra. Aceitei, resignada, meu destino. Já esperava o momento da morte quando meu anjo da guarda, quando meu amado irmão chegou a tempo de me salvar. A princípio, minha visão turva e fraca se recusou a reconhecê-lo; e quando consegui distinguir suas feições, a súbita explosão de êxtase foi demasiada para que eu pudesse suportar. Estava dominada pela alegria de ver mais uma vez um amigo, amigo tão caro para mim. A natureza de meu ser não suportou tamanhas emoções e se refugiou na insensibilidade.

    Vocês já sabem quais são minhas obrigações para com a família Villa-Franca. Mas o que vocês não podem saber é a extensão de minha gratidão, sem limites, como é a excelência de meus benfeitores. Lorenzo! Ramón! Nomes que me são tão caros! Ensinem-me a suportar com firmeza essa transição repentina da miséria para a felicidade. Recentemente, uma prisioneira acorrentada, morrendo de fome, sofrendo todos os inconvenientes do frio e da necessidade, escondida da luz, excluída da sociedade, sem esperança, abandonada e, como eu temia, esquecida. Agora que recuperei a vida e a liberdade, desfrutando de todos os confortos da riqueza e das facilidades, cercada por aqueles que tanto amo e a ponto de me tornar noiva do homem que há muito tempo já é dono de meu coração, minha felicidade é tão fantástica, tão perfeita, que mal posso sonhar com isso e acreditar. Tenho ainda um só e único desejo a ver realizado, o de que meu irmão recupere sua saúde de antes e que a memória de Antônia fique enterrada em seu túmulo. Atendido esse desejo, não tenho mais nada a pedir. Creio que meus sofrimentos passados obtiveram dos céus o perdão daquela minha fraqueza momentânea. Tenho plena consciência de que pequei, e de forma grave; mas espero que meu marido, que já desfrutou de minha honra uma vez, não duvide nunca da lisura de minha conduta no futuro. Tenho sido frágil e cometi muitos erros, mas não foi por ceder à fraqueza da carne. Ramón, foi a profunda afeição por você que me traiu. Eu confiava plenamente em minha força, mas dependia tanto de sua honra quanto da minha. Eu tinha jurado nunca mais vê-lo: Se não fossem as consequências daquele momento de descuido, eu teria mantido minha resolução. O destino quis o contrário, e não posso deixar de me alegrar com o decreto dele. Mesmo assim, minha conduta tem sido altamente censurável e, ainda que tente me justificar, muito me envergonho ao lembrar minha imprudência. Vamos deixar de lado esse assunto ingrato; Primeiramente, quero lhe assegurar, Ramón, de que jamais terá motivo para se arrepender de nossa união, e por mais que tenha sido culpada de erros sua amada, mais exemplar será a conduta de sua esposa.

Nesse momento, Agnes terminou seu relato, e o marquês replicou a suas gentilezas em termos igualmente sinceros e afetuosos. Lorenzo expressou sua satisfação ante a perspectiva de estar tão intimamente ligado a um homem por quem sempre nutrira a mais alta estima. A Bula do Papa havia dispensado Agnes, de modo pleno e definitivo, de seus compromissos religiosos. O casamento foi, portanto, celebrado assim que os preparativos necessários foram feitos, pois o marquês desejava que a cerimônia fosse realizada com todo o esplendor e publicidade possíveis. Terminadas as comemorações e tendo a noiva recebido os cumprimentos de praxe de toda Madri, ela partiu com dom Ramón para seu castelo na Andaluzia. Lorenzo acompanhou os recém-casados, assim como a marquesa de Villa-Franca e sua adorável filha. Desnecessário dizer que Teodoro estava na festa e seria impossível descrever sua alegria com o casamento de seu patrão. Antes da partida, o marquês, querendo expiar em certa medida sua negligência no passado, fez algumas perguntas sobre Elvira. Ao descobrir que ela e a filha haviam recebido muita ajuda de Leonella e de Jacinta, ele mostrou seu respeito à memória da cunhada, dando belos presentes para às duas mulheres. Lorenzo seguiu o exemplo... Leonella ficou muito lisonjeada com as atenções de nobres tão distintos, e Jacinta abençoou a hora em que sua casa foi enfeitiçada.

De sua parte, Agnes também não se esqueceu de recompensar suas amigas do convento. A digna madre Santa Úrsula, a quem devia sua liberdade, foi nomeada a seu pedido Superintendente das "Damas da Caridade", que era uma das melhores e mais opulentas sociedades de toda a Espanha. Berta e Cornélia, não desejando abandonar a amiga, foram nomeadas para cargos importantes no mesmo estabelecimento. Quanto às freiras que ajudaram a madre superiora nas punições aplicadas a Agnes, Camila, acamada por causa de uma doença, pereceu nas chamas que consumiram o convento de Santa Clara; Mariana, Alix e Violante, além de outras duas, foram vítimas da fúria popular. As três outras, que apoiaram a sentença da prioresa no Conselho, foram severamente repreendidas e transferidas para casas religiosas em províncias obscuras e distantes: Ali permaneceram por alguns anos, envergonhadas de sua antiga fraqueza e evitadas com aversão e desprezo por suas companheiras.

A lealdade de Flora também não podia ficar sem recompensa. Quando foi consultada sobre seus desejos, ela declarou estar impaciente para voltar a ver sua terra natal. Por conseguinte, foi providenciada uma passagem para Cuba, onde ela chegou em segurança, carregada de presentes recebidos de Ramón e de Lorenzo.

Com as dívidas de gratidão quitadas, Agnes se sentia livre para se dedicar a seu plano favorito. Alojados na mesma casa, Lorenzo e Virgínia estavam continuamente juntos. Quanto mais ele a via, mais se convencia dos méritos dela. De sua parte, ela se esforçava para agradá-lo, e era impossível que não o conseguisse.

Lorenzo contemplava com admiração sua beleza, seus modos elegantes, seus inúmeros talentos e seu caráter acessível. Ele também ficava muito envaidecido pela forte inclinação que ela demonstrava por ele e que não tinha habilidade suficiente para disfarçar. Os sentimentos dele, no entanto, não eram de caráter tão ardente como aquele que transparecia de modo marcante em sua paixão por Antônia. A imagem daquela adorável e desafortunada jovem ainda estava muito viva em seu coração e frustrava todos os esforços de Virgínia para substituí-la. Ainda assim, quando o duque lhe propôs o casamento, que ele desejava ardentemente que ocorresse, seu sobrinho não rejeitou a oferta. As constantes súplicas dos amigos e o mérito da dama venceram sua relutância em assumir um novo compromisso. Ele mesmo fez o pedido ao marquês de Villa-Franca, que o aceitou com alegria e gratidão. Virgínia se tornou sua esposa e nunca lhe deu motivos para se arrepender de sua escolha. Sua estima por ela aumentava a cada dia. Os incessantes esforços dela para agradá-lo não podiam deixar de ter êxito. Seu afeto assumia cores mais fortes e calorosas. A imagem de Antônia foi se apagando aos poucos, e Virgínia se tornou a única senhora daquele coração, que bem merecia possuir sem rival.

Os anos restantes de Ramón e Agnes e de Lorenzo e Virgínia foram tão felizes quanto os atribuídos aos mortais, nascidos para serem vítimas da dor e da decepção. Os imensos sofrimentos que os afligiram no passado os preparam para enfrentar com sobranceria todos os eventuais infortúnios que se seguisse. Eles tinham experimentado os dardos mais agudos, tirados da aljava da desdita, comparando com os demais, que restaram, que pareciam cegos e inofensivos. Tendo resistido às mais pesadas tempestades do destino, contemplavam calmamente seus temores com serenidade; ou, se alguma vez tivessem de enfrentar eventuais vendavais da aflição, deveriam lhes parecer amenos como os zéfiros que sopram nos mares durante e verão.

CAPÍTULO XII

Ele era um demônio despeitado e cruel:
O inferno não abriga ninguém pior no sinistro recinto,
Por orgulho, inteligência, raiva e rancor aguçados.
Assim como o homem, o inimigo pode ser bom ou mau.[41]

No dia seguinte à morte de Antônia, a cidade de Madri inteira foi tomada por sentimentos de consternação e espanto. Um arqueiro que havia presenciado os fatos na cripta relatou, indiscretamente, as circunstâncias do assassinato e revelou, inclusive, o nome do assassino. A confusão que essa notícia causou entre os devotos foi sem igual. A maioria deles não conseguia acreditar e foi diretamente ao mosteiro para confirmar o fato. Ansiosos por evitar a vergonha a que a má conduta de seu superior expunha toda a irmandade, os monges asseguravam aos visitantes que Ambrósio estava impedido de recebê-los como sempre, apenas porque se encontrava doente. Essa explicação não convenceu ninguém. À medida que essa desculpa era repetida dia após dia, a história do arqueiro foi, aos poucos, adquirindo mais credibilidade. Os defensores do monge se deram por vencidos. Ninguém mais tinha dúvidas de que ele era culpado; e aqueles que antes eram enumerados entre os que mais ardorosamente o enalteciam, agora eram os primeiros a condená-lo ferozmente.

Enquanto sua inocência ou culpa era debatida em Madri com

---

41 De um poema de James Thomson (1700-1748), poeta e dramaturgo escocês. (N.T.)

a maior aspereza, Ambrósio era vítima dos tormentos da própria infame consciência e do medo da iminente punição que recairia sobre ele. Quando olhava para trás e se lembrava da imensa reputação de que gozava até pouco tempo, universalmente honrado e respeitado, em paz com o mundo e consigo mesmo, mal podia acreditar que era de fato o culpado daqueles crimes, e agora temia o destino que deveria enfrentar. Poucas semanas haviam passado desde que ele tinha deixado de ser puro e virtuoso, respeitado pelos mais sábios e pelos nobres de Madri, e visto pelo povo com uma reverência que beirava a idolatria. Agora se via manchado pelos pecados mais repugnantes e monstruosos, era objeto de execração geral, prisioneiro do Santo Ofício e, provavelmente, condenado a perecer nas mais severas torturas. Ele não esperava enganar os juízes. As provas de sua culpa eram fortes demais. O fato de estar na cripta em hora tão tardia, sua confusão com a descoberta, o punhal que, no primeiro alarme estava em suas mãos, havia sido escondido por ele, e o sangue de Antônia que respingou em seu hábito, eram provas mais que suficientes de que ele era o assassino. Ele esperava com agonia pelo dia do interrogatório. Não dispunha de nada que pudesse confortá-lo em sua angústia. A religião não lhe dava mais forças. Se tentasse ler os livros de moral que colocaram em suas mãos, não conseguiria ver nada além da enormidade de seus pecados. Se tentasse orar, lembrava-se de que não merecia a proteção do céu e acreditava que seus crimes eram tão monstruosos, que desconcertavam até mesmo a infinita bondade de Deus. Pensava que poderia haver esperança para todos os outros pecadores, mas para ele não haveria nenhuma. Estremecendo ante o passado, angustiado pelo presente e temendo o futuro, assim passou ele os poucos dias que precederam aquele que estava marcado para seu julgamento.

Esse dia chegou. Às 9 horas da manhã, a porta de sua prisão se abriu e seu carcereiro, entrando, ordenou que o seguisse. Obedeceu, tremendo. Foi conduzido a um salão espaçoso, forrado com tecido preto. À mesa, estavam sentados três homens sérios e de aparência severa, também vestidos de preto. Um deles era o Grande Inquisidor, para quem a importância dessa causa o levara a decidir-se por conduzir ele próprio o interrogatório. Numa mesa menor, a pouca distância, estava sentado o secretário, munido de todos os utensílios necessários para escrever. Esse fez sinal a Ambrósio para avançar e tomar assento na extremidade inferior da mesa. Ao olhar para baixo, viu diversos instrumentos de ferro espalhados pelo chão. Seus formatos eram desconhecidos para ele, mas a apreensão adivinhou de imediato que se tratava de instrumentos de tortura. Empalideceu e, com dificuldade, conseguiu se controlar para não cair no chão.

Reinava um profundo silêncio, exceto quando os inquisidores sussurravam misteriosamente algumas palavras entre si. Quase uma hora havia se passado, e a cada segundo os temores de Ambrósio se tornavam mais pungentes. Por fim, uma pequena porta, oposta àquela pela qual havia entrado na sala, rangeu pesadamente sobre as dobradiças. Um oficial apareceu, e foi imediatamente seguido pela bela Matilde. Seus cabelos caíam desordenadamente sobre o rosto; suas faces estavam pálidas, e seus olhos, fundos e vazios. Lançou um olhar melancólico a Ambrósio. Ele replicou com um de aversão e de reprovação. Ela tomou uma posição bem em frente a ele. Um sino tocou três vezes. Era o sinal para a abertura do tribunal, e os inquisidores passaram a exercer suas funções.

Nesses julgamentos não se menciona a acusação nem o nome do acusador. Os prisioneiros devem apenas responder se vão confessar. Se eles responderem que, não havendo crime, não podem confessar, são submetidos imediatamente à tortura. Isso é repetido a intervalos, até que o suspeito se declare culpado ou até que a paciência dos inquisidores se esgote. Mas sem um reconhecimento direto de culpa, a Inquisição nunca pronuncia a sentença final a seus prisioneiros. Em geral, muito tempo se passa antes que se proceda ao interrogatório. Mas o julgamento de Ambrósio foi antecipado por causa de um solene Auto de Fé[42] que deveria se realizar dentro de alguns dias

---

[42] Na Espanha e em Portugal, *auto de fé* era, desde o século XIV, uma proclamação solene de uma sentença proferida pela Inquisição contra um acusado de heresia, de bruxaria ou de outra ofensa grave contra a religião cristã; o culpado era geralmente executado no suplício da fogueira, isto é, queimado vivo. (N.T.)

e no qual os Inquisidores pretendiam incluir esse distinto culpado, a fim de dar um marcante testemunho da vigilância que eles exerciam.

O monge não era apenas acusado de estupro e assassinato; o crime de bruxaria também lhe foi atribuído, assim como a Matilde. Ela havia sido detida como cúmplice do assassinato de Antônia. Ao fazer uma busca em sua cela, encontraram diversos livros e instrumentos suspeitos que justificavam a acusação feita contra ela. Para incriminar o monge, apresentaram o espelho brilhante, que Matilde havia deixado acidentalmente na cela dele. As estranhas figuras gravadas na borda chamaram a atenção de dom Ramirez, enquanto revistava a cela do frade. Por isso o levou consigo, e decidiu mostrá-lo ao Grande Inquisidor, que, depois de examiná-lo por algum tempo, tomou uma pequena cruz de ouro que pendia de seu cinto e a colocou sobre o espelho. Instantaneamente, se ouviu um barulho muito alto, semelhante ao de um trovão, e o aço se partiu em mil pedaços. Esse fato confirmava a suspeita de que o monge lidava com magia. Chegaram até a supor que sua antiga influência sobre a mente das pessoas devia ser inteiramente atribuída à bruxaria.

Determinados a fazê-lo confessar não apenas os crimes que havia cometido, mas também outros, dos quais era inocente, os inquisidores iniciaram o interrogatório. Embora temesse as torturas, como temia ainda mais a morte, que o condenaria aos tormentos eternos, o frade proclamou sua pureza com voz firme e resoluta. Matilde seguiu seu exemplo, mas falou com visível medo e tremendo. Depois de exortá-lo em vão a confessar, os inquisidores ordenaram que o monge fosse submetido à tortura. A ordem foi imediatamente executada. Ambrósio sofreu as dores mais excruciantes provocadas por métodos inventados pela crueldade humana. Mas a morte é tão terrível quando acompanhada de culpa, que ele teve forças suficientes para persistir em negar qualquer crime. Como consequência, sua agonia foi redobrada. Ele só foi libertado depois de desmaiar, vencido pela dor excessiva; a perda dos sentidos o resgatou das mãos de seus algozes.

Matilde era a seguinte a ser submetida à tortura; mas apavorada com a visão dos sofrimentos do frade, sua coragem a abandonou totalmente.

Caiu de joelhos, reconheceu sua comunicação com espíritos infernais e confessou que havia presenciado o assassinato de Antônia, perpetrado pelo monge. Mas, quanto ao crime de bruxaria, ela se declarou a única culpada, sendo Ambrósio perfeitamente inocente. Essa última afirmação não recebeu crédito. O monge recobrou os sentidos a tempo de ouvir a confissão de sua cúmplice. Mas ele estava muito debilitado pelo que já havia sofrido para poder suportar, nesse momento, novas torturas. Ele foi mandado de volta para a prisão, mas antes foi informado de que, assim que recuperasse razoavelmente as forças, deveria se preparar para um segundo interrogatório. Os inquisidores esperavam que ele se reapresentasse menos endurecido e obstinado. Matilde recebeu a informação de que deveria expiar seu crime na fogueira do Auto de Fé, cuja realização se aproximava. Todas as suas lágrimas e súplicas não conseguiram mitigar sua condenação, e foi arrastada à força para fora da sala do tribunal.

    De volta ao calabouço, os sofrimentos do corpo de Ambrósio eram muito mais suportáveis do que os de sua mente. Seus membros deslocados, as unhas arrancadas das mãos e dos pés, os dedos esmagados e quebrados pela pressão de parafusos, tudo era superado pela angústia e pela agitação de sua alma e pela intensidade de seus temores. Ele viu que, culpado ou inocente, seus juízes estavam decididos a condená-lo. A lembrança do que sua negação já lhe custara o aterrorizava ante a ideia de ser novamente torturado e quase o induzia a confessar seus crimes. Mas quando se detinha a pensar nas consequências da confissão, essas o deixavam mais uma vez indeciso. Sua morte seria inevitável, e essa seria uma morte terrível. Tinha escutado a sentença de Matilde e não duvidava de que algo semelhante estivesse reservado para ele. Estremeceu com a aproximação do Auto de Fé, com a ideia de morrer nas chamas da fogueira, somente para escapar de tormentos transitórios e passar para outros mais sutis e perpétuos! Com medo, voltou os olhos da mente para o espaço além do túmulo; não podia esconder de si mesmo como deveria ser justo temer a vingança do céu. Nesse labirinto de terror, de bom grado teria se refugiado nas trevas do ateísmo; de bom grado teria negado a imortalidade da alma; de bom grado teria se persuadido de que, uma vez fechados os olhos, eles nunca mais se abririam, e que, no mesmo momento, aniquilaria sua alma e seu corpo. Mesmo esse recurso lhe foi negado. Para permitir que ele fosse cego à falácia dessa crença, seu conhecimento era muito extenso, seu entendimento muito sólido e justo. Ele não podia deixar de sentir a existência de um Deus. Essas verdades, outrora seu conforto, agora se apresentavam diante dele em luz mais clara, mas que só serviam para mergulhá-lo na perturbação. Elas destruíam suas esperanças infundadas de escapar da punição; e dissipadas pelo brilho irresistível da verdade e da convicção, faziam com que as névoas enganosas da filosofia se desvanecessem como um sonho.

Com uma angústia quase grande demais para ser suportada por qualquer mortal, ele esperava a hora em que seria novamente interrogado. Ele se ocupava em planejar esquemas ineficazes para escapar da punição presente e futura. Da primeira não havia possibilidade; da segunda, o desespero o levou a negligenciar o único meio. Enquanto a razão o obrigava a reconhecer a existência de um Deus, a consciência o fazia duvidar de sua bondade infinita. Não acreditava que um pecador como ele pudesse encontrar misericórdia. Ele não havia sido induzido ao erro, e a ignorância não poderia lhe servir de desculpa. Ele tinha uma visão do vício em suas mais verdadeiras cores; antes de cometer seus crimes, tinha analisado com todo o cuidado suas consequências; e ainda assim os havia cometido.

– Perdão? – exclamou ele, num acesso de loucura. – Oh! Não pode haver perdão para mim!

Persuadido disso, em vez de se humilhar em penitência, de deplorar sua culpa e dedicar as poucas horas que ainda lhe restavam para amainar a ira dos céus, ele se entregou aos arroubos de uma raiva desesperada; lamentava a punição de seus crimes, mas não por tê-los cometido; e buscava alívio para sua angústia em suspiros inúteis, em vãs lamentações, em blasfêmias e desespero. À medida que os escassos raios de sol que atravessavam as barras da janela de sua prisão desapareciam aos poucos e seu lugar era tomado pela fraca e pálida luz de uma lamparina, ele sentia seus temores redobrarem, e suas ideias se tornavam mais sombrias, mais solenes, mais desanimadas. Ele tinha medo da aproximação do sono. Assim que seus olhos se fechavam, cansados de tantas lágrimas, surgiam visões assustadoras, que pareciam repetir o que sua mente andara arquitetando durante o dia. Via-se em regiões sulfurosas e em cavernas em chamas, cercado por demônios apontados como seus atormentadores e que o submetiam a diversas torturas, cada uma delas mais terrível que a outra. No meio de todo esse cenário sombrio, vagavam os espíritos de Elvira e da filha. Elas o responsabilizavam por suas mortes, contavam os crimes dele aos demônios e os instavam a lhe infligir tormentos de crueldade ainda mais refinada. Essas eram as imagens que flutuavam diante de seus olhos enquanto dormia, e não desapareciam até que seu repouso fosse interrompido pelo excesso de dor. Então ele se levantava do chão, onde se havia estendido, com a testa coberta de suor frio e com o olhar perdido e desvairado, e o que se limitava a fazer era tentar substituir aquelas terríveis certezas por conjeturas mais suportáveis. Caminhava pela masmorra com passos desordenados; olhava com terror para a escuridão circundante e muitas vezes gritava:

– Oh! Como é terrível a noite para o culpado!

O dia do segundo interrogatório estava próximo. Ele havia sido obrigado a ingerir medicamentos estimulantes, cujos efeitos deveriam restaurar suas forças e permitir que suportasse a tortura por mais tempo. Na noite anterior a esse temido dia, o medo do que haveria de acontecer naquela manhã não o deixou dormir. O pavor era tão violento, que quase aniquilava suas forças mentais. Ele se sentou como alguém totalmente transtornado, perto da mesa em que a lamparina ardia com uma tênue chama. O desespero havia reduzido suas faculdades a uma total apatia, e assim ele permaneceu por algumas horas, incapaz de falar, ou de se mover, ou mesmo de pensar.

– Levante os olhos, Ambrósio! – disse uma voz bem conhecida...

O monge teve um sobressalto e ergueu os melancólicos olhos. Matilde estava diante dele. Ela havia abandonado o hábito religioso. Agora usava um vestido bem feminino, ao mesmo tempo elegante e esplêndido. Uma profusão de diamantes brilhava em seu manto; e seus cabelos estavam presos por uma coroa de rosas. Na mão direita, carregada um pequeno livro. Uma viva expressão de alegria transparecia em seu semblante; mas se distinguia ainda por uma espécie de majestade altiva e imperial que inspirava reverência no monge e, em certa medida, o impedia de se mostrar exultante ao vê-la.

– Você aqui, Matilde? – perguntou ele, finalmente. – Como conseguiu entrar? Onde estão suas correntes? O que significa essa magnificência e a alegria que brilha em seus olhos? Os juízes a dispensaram? Existe alguma chance de eu escapar? Responda-me por piedade e diga-me o que devo esperar ou temer.

– Ambrósio! – respondeu ela, com ar de imponente dignidade. – Eu frustrei a fúria da Inquisição. Estou livre. Dentro de alguns momentos, reinos estarão a meu dispor, em vez dessas masmorras. Mas eu comprei minha liberdade por um preço caro, por um preço terrível! Você se atreve a pagar o mesmo, Ambrósio? Você ousaria ultrapassar sem medo os limites que separam os homens dos anjos?... Você está calado... Você olha para mim com olhar de suspeita e medo... Leio seus pensamentos e confesso que são justos. Sim, Ambrósio; sacrifiquei tudo pela vida e pela liberdade. Não sou mais uma candidata ao céu! Renunciei ao serviço de Deus e me alistei sob a bandeira dos inimigos dele. O que fiz é passado que não conta. Mas se estivesse em meu poder voltar atrás, eu não o faria. Oh!, meu amigo, expirar em tais tormentos! Morrer entre maldições e execrações! Suportar os insultos de uma turba exasperada! Ficar exposto a todas as mortificações da vergonha e da infâmia! Quem pode refletir sem horror sobre semelhante desgraça? Deixe-me então exultar em minha troca. Vendi a felicidade distante e incerta pela presente e segura. Preservei uma vida que, de outra forma, perderia na tortura; e ganhei o direito de obter toda a felicidade que pode tornar essa vida deliciosa! Os espíritos infernais me obedecem como sua soberana. Com a ajuda deles, passarei meus dias em meio ao luxo e à voluptuosidade. Vou desfrutar sem limites de todos os prazeres dos sentidos. Toda paixão deve ser satisfeita, até a saciedade. Então pedirei a meus servos que inventem novos prazeres, para reviver e estimular meus apetites saturados! Vou agora, impaciente, para exercer meu domínio recém-conquistado. Eu aspiro por liberdade. Nada deve me prender um momento mais nessa morada abominável, a não ser a esperança de persuadi-lo a seguir meu exemplo. Ambrósio, eu ainda o amo. Nossa culpa e perigo compartilhados tornaram você ainda mais querido para mim, e eu gostaria de salvá-lo da morte iminente. Reúna suas forças interiores e tome uma resolução. Renuncie, em troca de benefícios imediatos e certos, à esperança de uma salvação, difícil de conseguir e talvez totalmente errônea. Largue os preconceitos das almas vulgares; abandone um Deus que já o abandonou, e eleve-se ao nível dos seres superiores!

Ela fez uma pausa, aguardando a resposta do monge. Ele estremeceu, enquanto a dava:

– Matilde! – disse ele, em voz baixa e instável, depois de longo silêncio. – Que preço você pagou por sua liberdade?

Ela respondeu de maneira firme e destemida:

– Ambrósio, paguei com minha alma!

– Mulher depravada, o que é que você fez? Passados apenas alguns anos, como deverão ser terríveis seus sofrimentos!

– Homem fraco, passada esta noite, quão terríveis vão ser seus sofrimentos! Você se lembra do que já suportou? Amanhã deverá suportar tormentos duas vezes mais cruéis. Você se lembra dos horrores dos castigos pelo fogo? Dentro de dois dias, você será mais uma vítima da fogueira! O que será então de sua vida? Ainda ousa esperar por perdão? Ainda é seduzido por visões de salvação? Pense em seus crimes! Pense em sua luxúria, em seu perjúrio, sua desumanidade e sua hipocrisia! Pense no sangue inocente que clama ao trono de Deus por vingança, e então espere por misericórdia! Então sonhe com o céu e suspire por mundos de luz e reinos de paz e de prazer! Absurdo! Abra os olhos, Ambrósio, e seja prudente. O inferno é seu destino. Você está condenado à perdição eterna. Nada há além de seu túmulo, a não ser um abismo de chamas devoradoras. E então você pretende correr a toda pressa para esse inferno? Quer apertar em seus braços essa perdição, antes que seja necessário? Quer mergulhar nessas chamas quando ainda tem a possibilidade de evitá-las? Isso é coisa de louco. Não, não, Ambrósio! Vamos fugir da vingança divina.

Siga meu conselho: num momento de coragem compre a felicidade de anos. Aproveite o presente e esqueça aquilo que esse futuro promete.

– Matilde, seus conselhos são perigosos. Não me atrevo, não os seguirei. Não devo desistir de meu direito à salvação. Monstruosos são meus crimes; mas Deus é misericordioso, e não vou perder a esperança de obter o perdão.

– Essa é sua decisão? Não tenho mais nada a dizer. Corro para a alegria e a liberdade e o abandono à morte e aos tormentos eternos.

– Espere um momento, Matilde! Você comanda os demônios do inferno: Você pode forçá-los a abrir essas portas da prisão. Você pode me libertar dessas correntes que me oprimem. Salve-me, eu suplico, e tire-me dessa medonha morada!

– Você pede o único benefício que meu poder não pode lhe conceder. Não me é permitido ajudar um clérigo e um aliado de Deus. Renuncie a esses títulos e peça o que quiser.

– Não vou vender minha alma para a perdição!

– Então persista em sua obstinação, até que se encontre na fogueira. Então vai se arrepender de seu erro e vai suspirar por uma oportunidade de escapar quando o momento já passou. Agora vou deixá-lo. Se, contudo, antes que chegue a hora da morte, a sabedoria o iluminar, escute bem os meios de que deve dispor para reparar essa sua falha. Deixo-lhe este livro. Leia as quatro primeiras linhas da sétima página, contada do fim para o início. O espírito que já viu uma vez aparecerá imediatamente diante de você. Se for sensato, nos encontraremos novamente. Se não, adeus para sempre!

Ela deixou o livro cair no chão. Uma nuvem de fogo azul a envolveu. Ela acenou para Ambrósio e desapareceu. O brilho momentâneo que iluminou a masmorra, ao se dissipar repentinamente, parecia ter aumentado sua escuridão natural. A lamparina solitária mal espargia luz suficiente para guiar o monge até a cadeira. Ele se jogou no assento, cruzou os braços e, apoiando a cabeça na mesa, mergulhou em reflexões desconcertantes e desconexas.

Ele ainda estava nessa posição quando a porta da prisão se abriu e o despertou de seu torpor. Estava sendo convocado para comparecer perante o Grande Inquisidor. O monge se levantou e seguiu seu carcereiro com passos marcados pela dor. Foi conduzido à mesma sala, colocado diante dos mesmos examinadores e foi novamente interrogado se confessaria seus crimes. Respondeu como da vez anterior, isto é, não havendo crime, ele não poderia confessar ter cometido algum. Mas, quando os executores se preparavam para interrogá-lo, ele viu os instrumentos de tortura e se lembrou das dores que infligiam, sua firme resolução arrefeceu. Esquecendo-se das consequências e ansioso apenas por escapar dos terrores do momento presente, fez uma ampla confissão. Revelou todos os detalhes de seus delitos e assumiu não apenas os crimes pelos quais fora acusado, mas também outros dos quais nem se suspeitava. Ao ser interrogado sobre a fuga de Matilde, que havia causado muita confusão, ele confessou que a moça tinha vendido a alma a Satanás e que sua fuga era resultante de atos de bruxaria. Ele garantiu ainda aos juízes que, de sua parte, nunca tinha feito nenhum pacto com os espíritos infernais; mas a ameaça de ser torturado fez com que ele se declarasse bruxo, herege e qualquer outro título que os inquisidores decidissem atribuir a ele. Em decorrência dessa confissão, sua sentença foi imediatamente pronunciada. Ordenaram-lhe que se preparasse para morrer no Auto de Fé, que seria celebrado às 12 horas daquela mesma noite. Essa hora foi escolhida a partir da ideia de que o horror das chamas era obviamente intensificado pela escuridão da meia-noite e, desse modo, a execução teria um efeito maior sobre o espírito do povo presente.

Ambrósio, mais morto do que vivo, foi deixado sozinho em sua masmorra. O momento em que essa terrível sentença foi pronunciada quase provocou sua morte. Ele aguardava desesperadamente pela manhã seguinte, e seus terrores só aumentavam com a aproximação da meia-noite. Algumas vezes, ele mergulhava em sombrio silêncio; outras vezes, sucumbia a fortes emoções, torcia as mãos e amaldiçoava a hora em que contemplou a luz pela primeira vez. Num desses momentos, seus olhos pousaram no misterioso presente de Matilde. Seus arroubos de raiva foram instantaneamente interrompidos. Ele olhou seriamente para o livro; ele o tomou, mas imediatamente o jogou longe, com uma expressão de horror. Passou a caminhar rapidamente de um lado para outro da masmorra. Então parou e fixou os olhos novamente no local onde o livro havia caído. Pensou que havia, pelo menos, um meio para escapar do destino que temia. Ele se abaixou e tomou o livro pela segunda vez. Por algum tempo, permaneceu parado, trêmulo e indeciso. Desejava ansiosamente experimentar esse encantamento, mas temia suas consequências. A lembrança da sentença finalmente acabou com sua indecisão. Abriu o livro; mas sua agitação era tão grande que a princípio procurou em vão pela página mencionada por Matilde. Envergonhado de si mesmo, apelou a toda a coragem em auxílio. Abriu o livro na sétima página. E começou a ler em voz alta. Mas seus olhos se desviavam frequentemente do livro para procurar em volta o espírito que desejava, mas que temia ver. Ainda assim, persistiu em seu propósito; e, com voz insegura e frequentes interrupções, conseguiu terminar as quatro primeiras linhas da página.

As palavras estavam escritas numa língua totalmente desconhecida para ele. Mal havia pronunciado a última palavra quando os efeitos do encantamento se tornaram evidentes. Ouviu-se um forte estrondo, como de um trovão; a prisão estremeceu até os alicerces; um raio de luz inundou toda a cela. No momento seguinte, envolto em redemoinhos sulfurosos, Lúcifer apareceu diante dele uma segunda vez. Mas não veio como daquela vez que, invocado por Matilde, tomou a forma de um serafim para enganar Ambrósio. Apareceu com toda a feiura que havia adquirido desde sua queda do paraíso. Seus membros avariados ainda traziam marcas dos raios do trovão do Todo-poderoso. Uma escuridão tétrica se espalhava sobre toda a sua forma gigantesca. Suas mãos e pés eram dotados de longas garras. A fúria que brilhava em seus olhos podia paralisar de terror o coração dos mais corajosos. Sobre seus enormes ombros balançavam duas enormes asas negras; e, em vez de cabelos, trazia na cabeça serpentes vivas, que se enroscavam em torno de sua testa, emitindo assobios assustadores. Numa das mãos, segurava um pergaminho e, na outra, uma caneta de ferro. Raios ainda brilhavam a seu redor, e também o trovão que, com repetidos estrondos, parecia anunciar a destruição da natureza.

Aterrorizado com uma aparição tão diferente da que havia esperado, Ambrósio ficou contemplando o demônio, sem conseguir dizer uma palavra sequer. As trovoadas haviam cessado, e um total silêncio reinou na masmorra.

– Para que fui convocado aqui? – disse o demônio, com uma voz rouca, amortecida pelas névoas sulfurosas.

Ao som dessas palavras, a natureza parecia tremer. Um violento terremoto abalou o solo, acompanhado por um novo estrondo do trovão, mais alto e mais terrível que o primeiro.

Ambrósio se mostrou por muito tempo incapaz de responder à pergunta do demônio.

– Estou condenado à morte – disse ele, com voz fraca, com o sangue gelando nas veias, enquanto olhava para seu terrível visitante. – Salve-me! Tire-me daqui!

– Mas vai pagar por meus serviços? Você se atreve a abraçar minha causa? Será meu em corpo e alma? Está preparado para renunciar àquele que o criou e àquele que morreu por você? Só responda "Sim" e Lúcifer será seu escravo.

– Não se contentaria com um preço menor? Nada pode satisfazê-lo a não ser minha ruína eterna? Espírito, você está pedindo demais. Mas leve-me embora dessa masmorra: Seja meu servo por uma hora e eu serei seu por mil anos. Essa oferta não será suficiente?

– Não. Quero sua alma; deverá ser minha, e minha para sempre.

– Demônio insaciável, não vou me condenar a tormentos sem fim. Não vou abandonar minhas esperanças de algum dia ser perdoado.

– Não quer? Em que quimera repousa então sua esperança? Mortal de vista curta! Miserável sem nome! Você não é culpado? Não é um infame aos olhos dos homens e dos anjos? Pecados tão enormes podem ser perdoados? Espera escapar de meu poder? Seu destino já está decidido. O Eterno o abandonou. Meu, você está marcado no livro do destino, e meu deve ser e será!

– Demônio, não é verdade! Infinita é a misericórdia do Todo-poderoso e o penitente encontrará seu perdão. Meus crimes são monstruosos, mas não perco a esperança de obter o perdão. Talvez, quando tiverem recebido o devido castigo...

– Castigo? O purgatório foi feito para um crime como o seu? Espera que seus pecados sejam perdoados com orações de velhas caducas supersticiosas e de monges preguiçosos? Ambrósio, seja sensato! Você deve ser meu. Está condenado às chamas, mas ainda pode evitá-las. Assine esse pergaminho. Eu o levarei daqui, e você poderá passar seus anos restantes feliz e em liberdade. Aproveite de sua existência. Delicie-se com todos os prazeres que seu apetite reclama. Mas a partir do momento em que deixar seu corpo, lembre-se de que sua alma me pertence e que não serei defraudado em meu direito.

O monge ficou em silêncio, mas seu olhar deixava transparecer que as palavras do tentador não haviam sido pronunciadas em vão. Ele refletiu com horror sobre as condições propostas. Por outro lado, acreditava que já estava condenado à perdição eterna e que, ao recusar a ajuda do demônio, estava apenas apressando as torturas das quais jamais poderia escapar. O demônio percebeu que sua resolução estava abalada. Renovou então sua proposta e se esforçou para tirar o monge dessa indecisão. Descreveu as agonias da morte com as cores mais terríveis e trabalhou tão poderosamente na questão que envolvia o desespero e o medo de Ambrósio, que o convenceu a receber o pergaminho. E então o demônio, com a caneta de ferro que segurava, furou uma veia da mão esquerda do monge. A perfuração foi profunda e instantaneamente ficou repleta de sangue; ainda assim, Ambrósio não sentiu dor. A caneta foi colocada em sua mão. Ele tremeu. O miserável pôs o pergaminho na mesa e se preparou para assiná-lo. Subitamente, deteve a mão. Afastou-se rapidamente e atirou a caneta sobre a mesa.

– O que eu estou fazendo? – gritou ele; então, voltando-se para o demônio com ar desesperado: – Deixe-me! Vá embora! Não vou assinar o pergaminho!

– Tolo! – exclamou o desapontado demônio, lançando olhares tão furiosos, que deixaram a alma do frade horrorizada. – Acha então que pode brincar comigo? Tudo bem! Delicie-se em agonia, expire em torturas e então aprenda a extensão da misericórdia do Eterno! Mas tome cuidado para não zombar de mim outra vez! Não me chame mais, até que tenha resolvido aceitar minha oferta! Tente me convocar uma segunda vez para me dispensar assim tão despreocupadamente, e essas garras irão destroçá-lo em mil pedaços! Fale de uma vez! Você vai assinar o pergaminho?

– Não vou! Deixe-me! Vá embora!

Instantaneamente, ouviu-se um estrondo apavorante do trovão. Mais uma vez a terra tremeu com violência. A masmorra se encheu de gritos estonteantes, e o demônio foi embora entre blasfêmias e maldições.

A princípio, o monge se alegrou por ter resistido às artimanhas do sedutor e por ter obtido um triunfo sobre o inimigo da humanidade. Mas à medida que a hora do castigo se aproximava, seus antigos terrores reviviam em seu coração. Seu repouso momentâneo parecia ter revigorado seus temores. Quanto mais perto da hora marcada, mais ele sentia medo de se apresentar diante do trono de Deus. Estremeceu ao pensar que logo deveria estar mergulhado na eternidade e com que rapidez haveria de encontrar os olhos de seu Criador, a quem havia ofendido gravemente. O sino anunciou que já era meia-noite. Era o sinal para ser conduzido à fogueira! Ao ouvir a primeira badalada, o sangue parou de circular nas veias do monge. Parecia ouvir as palavras morte e tortura murmuradas em cada uma das badaladas. Ele já esperava ver os arqueiros entrando em sua prisão, e logo que o sino parou de tocar, tomou o livro mágico num impulso de desespero. Abriu-o, virou apressadamente as páginas para encontrar a sétima e, como se temesse permitir-se um momento de reflexão, leu com rapidez as linhas fatais. Acompanhado por todos os terrores de antes, Lúcifer apareceu mais uma vez diante do condenado.

– Você me convocou – disse o demônio. – Está determinado a se mostrar sensato? Vai aceitar minhas condições? Já sabe quais são. Renuncie à sua pretensão de salvação, entregue-me sua alma e eu vou livrá-lo dessa masmorra instantaneamente. Ainda dá tempo. Resolva ou será tarde demais. Vai assinar o pergaminho?

– Devo!... O destino me obriga! Aceito suas condições.

– Assine o pergaminho! – replicou o demônio, em tom exultante.

O contrato e a caneta ensanguentada ainda estavam sobre a Mesa. Ambrósio se aproximou e se preparou para assinar seu nome. Um momento de reflexão o fez hesitar.

– Ouça! – gritou o tentador. – Eles estão vindo! Vamos lá, rápido! Assine o pergaminho e eu o tiro daqui nesse instante.

Com efeito, ouviu-se a aproximação dos arqueiros, encarregados de conduzir Ambrósio à fogueira. O rumor dos passos encorajou o monge em sua resolução.

– O que realmente está escrito nesse pergaminho? – perguntou ele.

– Que sua alma será entregue a mim para sempre, e sem reservas.

– O que vou receber em troca?

– Minha proteção e a libertação dessa masmorra. Assine e eu o tiro daqui agora mesmo.

Ambrósio tomou a caneta e a posicionou sobre o pergaminho. Mais uma vez, a coragem o abandonou. Sentiu uma pontada de terror no coração e, uma vez mais, jogou a caneta sobre a mesa.

– Fraco e pueril! – exclamou o demônio, exasperado. – Pare com essa brincadeira! Assine o contrato neste instante, ou vou sacrificá-lo à minha fúria!

Nesse momento, o ferrolho da porta foi retirado. O prisioneiro ouviu o barulho de correntes. A pesada barra de ferro caiu. Os arqueiros estavam prestes a entrar. Levado à loucura pelo perigo iminente, recuando de medo pela aproximação da morte, apavorado com as ameaças do demônio e não vendo outro meio de escapar da destruição, o miserável monge obedeceu. Assinou o contrato fatal e o entregou rapidamente nas mãos do espírito maligno, cujos olhos, ao receber o presente, brilharam com malicioso êxtase.

– Tome-o! – disse o abandonado por Deus. – Agora, pois, salve-me! Tire-me daqui!

– Espere! Você renuncia livre e integralmente a seu Criador e a seu Filho?

– Renuncio! Renuncio!
– Você me entrega sua alma para sempre?
– Para sempre!
– Sem reservas ou subterfúgios? Sem futuro apelo futuro à misericórdia divina?

A última corrente da porta da prisão caiu. Ouviu-se a chave girando na fechadura. A porta de ferro já rangia pesadamente nas dobradiças enferrujadas.

– Sou seu para sempre e irrevogavelmente! – exclamou o monge, com espasmos de terror. – Eu renuncio a todo direito de salvação! Não reconheço nenhum poder além do seu! Ouça! Ouça! Estão vindo! Oh! Salve-me! Tire-me daqui!

– Triunfei! Você é meu sem remissão, e eu cumpro minha promessa.

Enquanto ele falava, a porta se abria. Instantaneamente, o demônio agarrou um dos braços de Ambrósio, estendeu suas amplas asas e saltou com ele para o ar. O teto se abriu enquanto eles subiam e se fechou novamente quando deixaram o calabouço.

Ao entrar na masmorra, o carcereiro ficou totalmente surpreso com o desaparecimento do prisioneiro. Embora nem ele nem os arqueiros tivessem chegado a tempo para presenciar a fuga do monge, um cheiro de enxofre que infestava a prisão foi suficiente para lhes revelar de onde e de quem veio a ajuda para libertá-lo. Correram para informar o Grande Inquisidor a respeito do ocorrido. A história de como o diabo havia resgatado um feiticeiro logo se espalhou por toda Madri; e durante alguns dias toda a cidade se ocupou em discutir o assunto. Aos poucos, porém, foi deixando de ser o principal assunto de conversas. Outras aventuras surgiram, que passaram a atrair a atenção geral; e Ambrósio logo foi totalmente esquecido, como se nunca tivesse existido. Enquanto isso, o monge, amparado por seu guia infernal, atravessou os ares com a rapidez de uma flecha e, em poucos minutos, estava à beira de um precipício, o mais íngreme da Sierra Morena[43].

Embora salvo da Inquisição, Ambrósio ainda não sentia as bênçãos da liberdade. O condenável contrato pesava em sua mente; e as cenas em que ele tinha sido o ator principal deixaram para trás tais impressões, que tornaram seu coração a sede da anarquia e da confusão. Os objetos que tinha agora diante dos olhos e que a lua cheia, navegando entre as nuvens, lhe permitiu contemplar, não eram destinados a transmitir aquela calma, de que ele tanto precisava. A desordem de sua imaginação aumentava com a desolação do cenário que podia divisar em volta: cavernas sombrias e rochedos íngremes, que se erguiam uns acima dos outros e dividindo as nuvens passageiras; aglomerados solitários de árvores, espalhados aqui e acolá, entre cujos grossos e entrelaçados galhos o vento da noite suspirava rouca e tristemente; o grito estridente das águias da montanha, que construíam seus ninhos entre esses solitários desertos; o rugido ensurdecedor das torrentes, inchadas pelas chuvas recentes, torrentes que se precipitavam violentamente por tremendos precipícios; e as águas escuras de um riacho silencioso e lento que refletia fracamente os raios da lua e banhava a base do rochedo em que Ambrósio estava. O monge lançou um olhar de terror em torno dele. Seu guia infernal continuava a seu lado e lhe dirigiu um olhar misto de malícia, exultação e desprezo.

– Para onde você me trouxe? – perguntou o monge, por fim, com voz rouca e trêmula. – Por que me trouxe a este cenário tão melancólico? Leve-me daqui e rapidamente! Leve-me até Matilde!

O demônio não respondeu, mas continuou a fitá-lo em silêncio.

Ambrósio não podia aturar aquele olhar. Desviou os olhos, enquanto o demônio assim falava:

– Então eu o tenho em meu poder! Esse modelo de piedade! Esse ser sem reprovação! Esse mortal que pôs suas insignificantes virtu-

---

[43] *Sierra Morena* é uma cadeia de montanhas situada no sul da Espanha, bastante próxima da fronteira com Portugal. (N.T.)

des no mesmo nível daquelas dos anjos. Ele é meu! Irrevogavelmente, eternamente meu! Companheiros de meus sofrimentos! Habitantes do inferno! Como vai ser gratificante meu presente!

Fez uma pausa e então se dirigiu ao monge:

– Levá-lo até Matilde? – continuou ele, repetindo as palavras de Ambrósio. – Miserável! Você logo estará com ela! Você merece um lugar perto dela, pois o inferno não pode se vangloriar de possuir um canalha mais culpado do que você. Escute, Ambrósio, enquanto revelo seus crimes! Você derramou o sangue de duas inocentes. Antônia e Elvira morreram por suas mãos. Aquela Antônia, que você estuprou, era sua irmã! Aquela Elvira, que você assassinou, o deu à luz! Trema, hipócrita depravado! Matricida desumano! Estuprador incestuoso! Trema diante de seus pecados! E você era aquele que se considerava imune à tentação, isento das fragilidades humanas e livre do erro e do vício! O orgulho é então uma virtude? A desumanidade não é culpa? Saiba, homem vaidoso! Há muito tempo o marquei como minha presa. Observei os movimentos de seu coração. Vi que você era virtuoso por vaidade, não por princípio, e aproveitei o momento oportuno para seduzi-lo. Observei sua idolatria cega pelo retrato da Madona. Fiz com que um espírito subordinado, mas astuto, assumisse uma forma semelhante, e você cedeu avidamente às lisonjas de Matilde. Seu orgulho se sentia plenamente satisfeito com a bajulação dela; sua luxúria só precisava de uma oportunidade para se manifestar; você caiu cegamente na armadilha e não teve escrúpulos em cometer um crime que reprovava nos outros com severidade extrema. Fui eu quem colocou Matilde em seu caminho; fui eu que lhe abriu o caminho até o quarto de Antônia; fui eu que fiz com que chegasse a suas mãos o punhal que você cravou no peito de sua irmã; e fui eu quem alertou Elvira em sonhos sobre seus desígnios com relação à filha dela e, assim, impedindo que você a violentasse enquanto ela dormia, e impedindo que acrescentasse estupro e incesto à série de seus crimes. Escute bem, Ambrósio! Se você tivesse resistido a mim um minuto mais, teria salvado seu corpo e sua alma. Os guardas que você ouviu se aproximando da porta da masmorra vinham para lhe trazer o perdão. Mas eu já tinha triunfado. Minhas tramas tinham dado certo. Dificilmente eu poderia propor crimes que você não os executasse com toda a rapidez. Você é meu, e o próprio céu não pode resgatá-lo de meu poder. Não espere que sua penitência possa anular nosso contrato. Aqui está seu vínculo assinado com seu sangue; você renunciou ao direito de obter misericórdia e nada pode restaurar os direitos a que você abdicou insensatamente. Acredita que seus pensamentos secretos escaparam de mim? Não, não, eu os li todos! Pensou que ainda deveria ter tempo para o arrependimento. Eu vi seu artifício, sabia de sua falsidade e me regozijei em lograr o enganador! Você é meu de pleno e definitivo direito. Faço questão de manter meu direto e digo-lhe que não sairá vivo dessas montanhas.

Durante a fala do demônio, Ambrósio ficou estupefato de terror e surpresa. Essa última declaração fez com que caísse na realidade.

– Não sairei vivo destas montanhas? – perguntou ele. – Seu pérfido, o que é que quer dizer? Esqueceu nosso contrato?

O demônio respondeu com uma maliciosa risada:

– Nosso contrato? E eu não cumpri minha parte? O que mais prometi além de salvá-lo da prisão? Eu não fiz isso? Você não está a salvo da Inquisição, a salvo de todos menos de mim? Tolo que você foi por ter confiado num demônio! Por que você não estipulou que queria a vida, o poder e o prazer? Então tudo lhe teria sido concedido. Agora, suas reflexões chegam tarde demais. Malfeitor, prepare-se para a morte! Você não tem muito tempo de vida!

Ao ouvir essa frase, terríveis foram os sentimentos do miserável devoto! Caiu de joelhos e ergueu as mãos ao céu. O demônio leu sua intenção e o interrompeu.

– O quê? – gritou ele, lançando-lhe um olhar de fúria: – Você ainda ousa implorar a misericórdia do Eterno? Haveria de fingir penitência e desempenhar outra vez o papel de hipócrita? Vilão, renuncie a suas esperanças de perdão. Assim eu garanto minha presa!

Ao dizer isso, cravando suas garras na coroa raspada do monge, voou com ele, carregando-o acima dos rochedos. As cavernas e as montanhas ecoavam os gritos de Ambrósio. O demônio continuou voando alto, até atingir uma altura assustadora, e então soltou o monge, que foi caindo de ponta-cabeça no imenso vazio. A ponta afiada de uma rocha o recebeu e foi rolando de precipício em precipício até que, ferido e desfigurado, foi parar nas margens de um rio. Ainda tinha vida em seu corpo miserável, por isso tentou levantar-se, mas não conseguiu. Suas pernas quebradas e deslocadas se recusavam a desempenhar sua função, e ele não foi capaz de deixar o local onde havia caído. O sol subia agora acima do horizonte e seus raios abrasadores batiam em cheio na cabeça do pecador moribundo. Miríades de insetos foram atraídos pelo calor e começaram a beber o sangue que escorria das feridas de Ambrósio. Ele não tinha forças para afugentá-los; via-os cobrindo-o aos milhares, presos às suas feridas, picando seu corpo por toda parte e infligindo-lhe as torturas mais intensas e insuportáveis. As águias dos rochedos rasgaram sua carne em pedaços e arrancaram seus globos oculares com seus bicos afiados. Uma sede ardente o atormentava; Ouviu o murmúrio do rio que corria a seu lado, mas foi em vão que tentou se arrastar em sua direção. Cego, mutilado, indefeso e desesperado, descarregando sua raiva em blasfêmias e maldições, execrando a própria existência, mas temendo a chegada da morte, destinada a entregá-lo a tormentos maiores, seis aterradores dias o vilão passou em agonia. No sétimo dia, caiu uma violenta tempestade. Os ventos em fúria pareciam rasgar rochas e florestas. O céu ora estava negro de nuvens, ora coberto de fogo. A chuva caía torrencialmente, e o rio transbordou. As águas revoltas inundaram as margens e chegaram até o local onde estava Ambrósio. E quando as águas recuaram, levaram rio abaixo o cadáver de um monge desesperado.

Altiva senhora, por que recuou quando aquela pobre e frágil criatura se aproximou? O ar estava infectado pelos erros dela? Sua pureza foi manchada pela respiração dela, mesmo que só de passagem? Ah!, senhora, afague essa sobrancelha insultuosa: sufoque a reprovação que acaba de explodir de seu lábio desdenhoso: não fira uma alma, que já sangra! Ela sofreu, ainda sofre. Seu ar é alegre, mas seu coração está partido; seu vestido brilha, mas seu peito geme.

Senhora, olhar com piedade para a conduta dos outros é uma virtude em nada inferior à de olhar com severidade para a própria.

Impressão e Acabamento
Gráfica Oceano